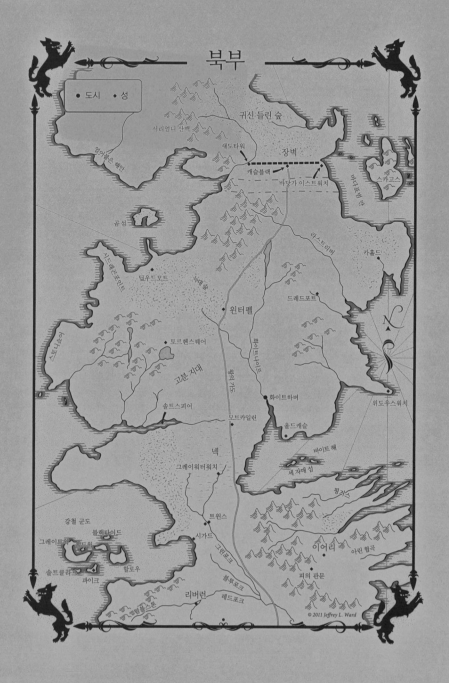

왕들의 전쟁

1

*이 도서의 국립중앙도서관 출판예정도서목록(CIP)은 서지정보유통지원시스템 홈페이지(http://seoji.nl.go.kr)와
국가자료공동목록시스템(http://www.nl.go.kr/korisnet)에서 이용하실 수 있습니다.
(CIP제어번호: CIP2017010042)

GEORGE R. R. MARTIN

왕들의 전쟁

조지 R. R. 마틴 장편소설

이수현 옮김

1

얼음과 불의 노래 제2부

A SONG OF ICE AND FIRE

은행나무

목차

일러두기

1 등장인물의 이름이 다른 이름이나 단어와 혼동할 여지가 있는 경우에는 최대한 혼동을 피하는 방향으로 표기했다. 또한 이름에 일반명사가 포함되어 있는 경우, 외래어 표기법을 따르되 기존 독자의 편의를 고려해 임의로 표기하기도 했다. (예: 존 스노우, 새기독, 드래곤)

2 본문의 주는 모두 옮긴이의 것으로, 괄호 안에 글씨 크기를 줄여 표기했다.

프롤로그

혜성의 꼬리가 새벽을 갈랐다. 드래곤스톤의 험준한 바위산 위로 흐르는 붉은 선이 마치 분홍색과 자주색 하늘에 난 상처 자국 같았다.

크레센 학사는 바람이 휘몰아치는 거처 바깥 발코니에 서 있었다. 까마귀들이 오랜 비행을 마치고 내려앉는 곳이었다. 양쪽에 3.5미터 높이로 솟아오른 석상 둘 다 까마귀 똥이 얼룩졌다. 하나는 지옥견, 또 하나는 와이번(전설 속의 생물로 드래곤의 머리와 날개에 두 다리를 지닌 모습으로 흔히 나온다.)으로, 천 년 동안 이 오래된 요새 벽에 앉아 생각에 잠겨 있었다. 처음 드래곤스톤에 왔을 때는 그런 기괴한 돌 조각상들의 군대가 불편했지만, 세월이 지나면서 익숙해졌다. 이제 그는 그 조각상들을 오랜 친구로 여기고, 셋이 함께 불길한 하늘을 바라보았다.

학사는 징조를 믿지 않았다. 그러나…… 크레센은 이 나이를 먹도록 그렇게 밝은 혜성을 본 적이 없었고, 피와 화염과 석양을 연상시키는 그 무시무시한 색깔도 처음 보았다. 석상들은 그런 혜성을 본 적이 있을까. 그 석상들은 크레센보다 훨씬 오래전부터 이곳에 있었고, 크레센이 사라진 후에도 오래도록 이곳에 있을 터였다. 돌이 말을 할 수 있다면…….

'어리석기는.' 크레센은 성가퀴에 몸을 기댔다. 밑에서는 돌진해온 바다가 부서졌고, 손가락에 닿는 검은 돌은 거칠었다. '말하는 석상에 하늘의 예언이라니. 늙은이가 되어서 다시 어린아이처럼 경솔해졌군.' 평생 힘들게 쟁취한 지혜도 건강과 힘과 함께 떠나버린 것일까? 그는 그 대단한 올드타운의 시타델에서 수련하고 사슬 목걸이를 받은 학사였다. 무지한 농장 일꾼처럼 미신으로 머리를 채우다니 어찌된 일인가?

그럼에도…… 그럼에도……. 혜성은 이제 성 뒤편 드래곤몬트의 뜨거운 분화구에서 흐린 회색 연기가 오르는 낮 시간에도 불타올랐고, 어제 아침에는 시타델에서 하얀 까마귀가 소식을 가져왔다. 오랫동안 예상했으나 그렇다고 덜 두려워지지는 않은 소식, 여름이 끝났다는 소식이었다. 온통 징조투성이였다. 부인하기에는 너무 많았다. '이게 다 무슨 뜻인고?' 크레센은 울고 싶었다.

"크레센 학사님, 손님이 오셨습니다." 필로스가 크레센의 엄숙한 명상을 방해하기 싫다는 듯 조용히 말했다. 어떤 헛소리가 크레센의 머릿속을 채우고 있었는지 알았다면 소리를 쳤으리라. "공주께서 하얀 까마귀를 보시겠답니다." 언제나 정확한 필로스는 이제 그 아이를 공주라고 불렀다. 그 아버지가 왕이었으므로. 거대한 짠물에서 연기를 피우는 바위섬의 왕일지언정, 그래도 왕은 왕이었다. "광대가 같이 왔습니다."

노인은 와이번 석상에 한 손을 얹고 몸을 가누며 새벽하늘로부터 몸을 돌렸다. "내 의자까지 부축해주고 손님을 안으로 들이게."

필로스는 크레센의 팔을 잡고 안으로 인도했다. 젊은 날 크레센은 활달하게 걸었으나, 이제는 여든 번째 명명일이 머지않았고 다리가 노쇠하여 휘청거렸다. 2년 전에는 넘어져서 엉덩이가 부서졌고, 결코 제대로 낫지 못했다. 작년에 크레센이 병들자, 올드타운의 시타델에서 필로스를 보내왔다. 스타니스 공이 드래곤스톤 통행을 금지하기 겨우 며칠 전의 일이었다. 시타델에서는 노고를 돕기 위해 보냈다고 했지만, 크레셴은 진실을 알고 있었다. 필로스는 크레셴이 죽으면 그 자리를 대신하기 위해서 왔다. 언짢지는 않았다. 누군가는 그의 자리를 대신해야 할 테고, 그날이 머지않으니…….

크레셴은 손아래 학사의 부축을 받아 책과 종이 더미 뒤에 앉았다. "가서 모셔 오게. 숙녀를 기다리게 해서는 안 되지." 그는 한 손을 내저었다. 더는 신속하게 움직일 수 없는 남자가 서두르라고 독촉하는 힘없는 몸짓이었다. 살은 주름지고 검버섯투성이였으며, 피부는 거미줄 같은 핏줄과 그 아래 뼈 모양이 들여다보일 정도로 얇았다. 그리고 한때 확고하고 날래던 두 손은 어찌나 떨리는지…….

필로스가 돌아왔을 때는, 늘 수줍어하는 소녀가 함께 있었다. 그 뒤에는 소녀의 어릿광대가 발을 끌다가 깡충거리다가 하는 특유의 기묘한 게걸음으로 따라왔다. 머리에는 낡은 주석 들통으로 만든 가짜 투구를 썼는데, 사슴뿔을 꼭대기에 묶고 소 목에 다는 방울을 여러 개 늘어뜨렸다. 광대가 비틀거릴 때마다 종이 각기 다른 소리를 울렸다. 댕그랑 댕댕 디리링 도롱 도롱.

"이런 이른 시각에 누가 우리를 보러 오셨나, 필로스?" 크레셴이 물었다.

"저랑 패치에요, 학사님." 속임수를 모르는 파란 눈이 크레셴을 보고 깜박거렸다. 안타깝게도, 예쁜 얼굴은 아니었다. 그 아이는 아버지의 주걱턱과 어머니의 비뚤어진 귀를 닮은 데다, 요람에서 목숨을 앗아갈 뻔했던 회색비늘병이 남긴 외모의 결함마저 떠안았다. 한쪽 뺨의 절반과 목의 살이 딱딱하게 죽었고, 피부가 갈라지고 벗겨져 검은색과 회색으로 얼룩덜룩한 데다가 만져보면 돌 같았다. "필로스가 하얀 까마귀를 볼 수 있다고 해서요."

"물론 보셔도 됩니다." 크레셴이 대답했다. 그는 한 번도 그 아이의 청을 거부하지 않았다. 그 아이는 너무 많이 거부당하면서 살았다. 이름은 시린이었고, 다음 명명일이면 열 살이었으며, 크레센 학사가 평생 본 중에 가장 슬픈 아이였다. '이 아이의 슬픔은 내 탓이지. 내가 남긴 실패야.' 노인은 생각했다. "필로스 학사, 나 대신 까마귀 방에서 그 새를 데려와 시린 아가씨께 보여드리겠나."

"기꺼이 그러겠습니다." 필로스는 예의 바른 젊은이로, 스물다섯도 안 되었는데 육십 줄 노인처럼 근엄했다. 필로스에게 익살과 생기가 더 있다면 좋으련만. 이곳에는 그런 게 필요했다. 음침한 장소에는 근엄함이 아니라 쾌활함이 필요했고, 연기 오르는 산 그림자를 등에 업고 폭풍과 소금물에 둘러싸인 습기 찬 황무지에 선 외로운 요새 드래곤스톤은 단연 음침한 장소였다. 학사들은 주어진 대로 받아들여야 했기에, 크레센은 12년쯤 전에 주인과 함께 이곳으로 왔고 주인을 잘 섬겼다. 그러나 드래곤스톤을 사랑하지는 못했고, 이곳을 진정 집처럼 느끼지도 못했다. 최근 들어 붉은 여인이 나와 마음을 어지럽히는 불안한 꿈에서 깨어나면, 여기가 어디인지 바로 알지 못할 때도 많았다.

광대가 까마귀 방으로 통하는 가파른 철 계단을 오르는 필로스를 보려고 얼룩덜룩한 머리통을 돌렸다. 그 움직임에 종이 울렸다. 광대는 종을 울리며 말했다. "바닷속에선 새들이 깃털 대신 비늘을 달지. 나는 알아, 나는 안다네, 오, 오, 오."

패치페이스(Patchface, 누더기 얼굴)는 광대치고도 안쓰러운 존재였다. 한때는 재담으로 웃음을 불러일으켰을지 모르나, 바다가 그 힘을 빼앗아 갔다. 재기의 절반과 기억 전부와 함께 말이다. 살찌고 물렁했으며, 씰룩거리고 몸을 떨기 일쑤였고 앞뒤가 맞지 않는 말을 할 때가 더 많았다. 이제 패치를 보고 웃는 사람은 그 소녀뿐이었고, 패치가 살았는지 죽었는지 신경 쓰는 사람도 그 소녀뿐이었다.

'못생긴 어린 소녀와 서글픈 광대, 그리고 학사까지 셋……. 사람들을 울리는 이야기가 있다네.' 크레센은 소녀에게 가까이 오라 손짓했다. "같이 앉읍시다. 어디 방문하기에는 이른 시간이로군요. 동이 막 텄어요. 침대에 아늑하게 있어야 할 시간이지요."

"나쁜 꿈을 꿨어요. 드래곤들이 절 잡아먹으러 오는 꿈요." 시린이 말했다.

그 아이는 크레센이 기억하는 한 언제나 악몽에 시달렸다. 그는 부드럽게 말했다. "전에도 이야기했을 텐데요. 드래곤은 살아날 수 없어요. 돌에 새겨진 조각일 뿐이에요. 옛날에는 우리 섬이 발리리아의 위대한 프리홀드에 속한 최서단의 변경 기지였지요. 이 요새를 세운 사람들은 발리리아인이었고, 우리에게는 전해지지 않은 석조 기술이 있었답니다. 자고로 성이란 방어를 위해 두 벽이 맞닿는 곳마다 탑을 두어야 하지요. 발리리아인들은 그런 탑을 드래곤 모양으로 만들어서 요새가 한층 무서워 보이게 했어요. 단순한 요철 대신 천 개의 가고일을 성벽에 얹은 것도 마찬가지 이유에서지요." 그는 시린의 작은 분홍색 손을 검버섯 핀 노쇠한 손에 잡고 부드럽게 쥐었다. "그러니 두려워할 것은 아무것도 없답니다."

시린은 설득되지 않았다. "하늘에 뜬 저건요? 댈라와 마트리스가 우물가에서 이야기를 하고 있었는데, 댈라가 붉은 여인이 제 어머니에게 저건 드래곤의 입김이라고 말하는 소리를 들었대요. 드래곤이 입김을 내뿜는다면, 그건 살아난다는 뜻 아닌가요?"

크레센 학사는 신랄하게 생각했다. '붉은 여인. 그 여자는 어미의 머릿속을 광기로 채우는 걸로도 부족해서 딸의 꿈에도 독을 풀어야 한단 말인가?' 댈라에게 그런 이야기를 퍼뜨리지 말라고 단단히 주의를 주리라. "하늘에 뜬 저것은 혜성이랍니다. 하늘에서 길을 잃은 꼬리 달린 별이지요. 곧 사라져서 우리가 사는 동안 다시는 보이지 않을 거예요. 두고 보세요."

시린은 용감하게 고개를 끄덕였다. "어머니가 하얀 까마귀는 이제 여름이 끝났다는 뜻이랬어요."

"그래요, 아가씨. 하얀 까마귀는 오직 시타델에서만 날아오지요." 크레센의 손가락이 사슬 목걸이를 더듬었다. 사슬마다 다른 금속으로 주조하여, 각기 다른 분야의 배움에 통달했음을 나타내는 목걸이였다. 학사의 목걸이, 교단의 표시. 자부심 높던 젊은 날에는 편하게 그 목걸이를 걸었으나, 이제는 그 무게가 무거웠고 살에 닿는 금속이 차가웠다. "다른 까마귀들보다 더 몸집이 크고 더 영리해서 가장 중요한 내용만 전달하게 되어 있답니다. 이번 까마귀는 콘클라베를 열고 전국의 학사들이 보낸 보고서와 측정 내용을 검토한 결과, 이번의 큰 여름이 마침내 끝났다는 선언이 내려졌다고 전하러 왔습니다. 10년 2개월 16일. 산 사람들이 기억하는 가장 긴 여름이었지요."

"이젠 추워지나요?" 시린은 여름 아이였고, 진정한 추위를 알지 못했다.

크레센이 대답했다. "조만간 그렇겠지요. 신들이 보우하신다면 따뜻한 가을과 풍성한 수확을 주셔서, 다가올 겨울에 대비할 수 있게 하실 겁니다." 평민들은 긴 여름은 그보다 더 긴 겨울을 뜻한다고 했지만, 그런 이야기로 어린아이를 겁줄 이유는 없었다.

패치페이스가 종을 울리더니 노래했다. "바닷속은 언제나 여름이라네. 인어들은 머리에 내니몬꽃을 꽂고 은색 해초로 가운을 지어 입지. 나는 알아, 나는 안다네, 오, 오, 오."

시린이 키득거렸다. "은색 해초로 만든 가운은 좋은데."

"바닷속에는 눈이 위로 오르고, 비는 뼈처럼 메말랐지. 나는 알아, 나는 안다네, 오, 오, 오."

"진짜 눈이 올까?" 아이가 물었다.

"올 겁니다." 크레센이 대답하며 생각했다. '하지만 부디 몇 년 동안은 오지 않기를, 그 후에도 오래 오지는 않기를 빕니다.' "아, 필로스가 새를 데려왔군요."

시린은 즐거운 비명을 올렸다. 크레센조차도 눈처럼 하얀 몸에 매보다 크고, 백변종이 아니라 시타델에서 교배해 만든 진짜 하얀 까마귀라는 사실을 알려주는 검은 눈을 반짝이는 새가 인상적이라는 사실은 인정해야 했다. "이리 온." 크레센이 부르자 까마귀는 날개를 펼치고 허공에 떠올랐다가, 시끄럽게 퍼덕거리면서 방 안을 가로질러 크레센 옆 탁자에 내려앉았다.

"이제 아침 식사를 가지러 가겠습니다." 필로스가 말했다. 크레센은 고개를 끄덕였다. "이분은 시린 아가씨란다." 크레센은 까마귀에게 말했다. 까마귀는 마치 절을 하듯이 하얀 머리통을 올렸다가 내리며 까악거렸다. "아가씨. 아가씨."

아이는 입을 딱 벌렸다. "말을 하네요!"

"몇 마디는요. 제가 말했듯이 이 새들은 영리하거든요."

"영리한 새, 영리한 사람, 영리하고 영리한 광대." 패치페이스가 종소리를 울리며 말했다. "오, 영리하고 영리하고 영리한 광대." 그는 노래를 부르기 시작했다. "그림자들이 춤추러 온답니다, 주인님. 춤추세요 주인님. 춤추세요 주인님." 그는 한쪽 발에서 반대쪽 발로 깡충깡충 뛰면서 노래했다. "그림자들이 머물러 온답니다, 주인님. 머물러요 주인님, 머물러요 주인님." 광대는 한 마디 할 때마다 고개를 젖혀 사슴뿔에 달린 종을 요란하게 울렸다.

하얀 까마귀가 빽 소리를 지르더니 날개를 퍼덕이며 까마귀 방 계단의 철 난간에 앉았다. 시린은 몸을 움츠렸다. "패치는 늘 저 노래를 불러요. 그만두라고 했는데 안 들어요. 저 노래 때문에 겁이 나요. 그만두게 해주세요."

노인은 생각했다. '내가 어떻게 그리할꼬? 예전 같으면 영영 입 다물게할 수도 있었겠지만, 지금은…….'

처음 왔을 때 패치페이스는 소년이었다. 고인이 된 스테폰 공이 협해 건너 볼란티스에서 발견한 아이였다. 왕이— 그러니까 그 시절에는 아직 많이 미치지 않았던 옛 왕 아에리스 타르가르옌 2세가 스테폰 공을 혼인시킬 누이가 없는 라에가르 왕자의 신부를 찾기 위해 협해 건너로 보냈을 때의 일이었다. 스테폰 공은 성과 없이 임무를 마치고 집으로 돌아오기 2주 전에 크레센에게 이렇게 썼다. "우리는 정말 훌륭한 어릿광대를 찾았다네. 아직 소년이지만 원숭이처럼 날렵하고 신하들 열 명을 합친 것보다 더 기지가 있지. 공놀이 곡예도 하고 수수께끼도 내고 마술도 부리는 데다가 네 가지 언어로 아름다운 노래를 부를 줄 안다네. 우린 이 아이의 자유를 사서 집에 데려가려 하네. 로버트는 반색을 할 테고, 어쩌면 이 아이가 스타니스에게도 웃는 법을 가르칠지 몰라."

그 편지를 떠올리자 크레센은 슬퍼졌다. 아무도 스타니스에게 웃는 법을 가르치지 못했고, 패치페이스는 특히 웃기지 못했다. 폭풍은 갑자기 울부짖으며 찾아왔고, 십브레이커 만(Shipbreaker Bay, 선박 파괴 만)은 그 이름이 사실임을 증명했다. 스테폰 공의 돛대 두 개짜리 갤리선 '바람 긍지' 호는 성이 보이는 곳에서 부서졌다. 그의 맏아들과 둘째 아들은 성벽 난간에 서서 아버지의 배가 바위에 부딪쳐 부서지고 바닷물에 가라앉는 광경을 지켜보았다. 스테폰 바라테온 공과 그 부인과 함께 백 명의 노잡이와 선원이 가라앉았고, 그 후 며칠 동안 바닷물이 밀려올 때마다 스톰스엔드 아래 해변에는 부풀어 오른 시체들이 새로 널렸다.

그 소년은 셋째 날에 밀려왔다. 크레센 학사는 다른 사람들과 함께 해변에 내려가서 죽은 이들의 신원을 확인하고 있었다. 그들이 발견했을 때 광대 소년은 벌거벗은 채였고, 피부는 하얗고 쭈글쭈글했으며 젖은 모래투성이였다. 크레셴은 시체라고 생각했지만, 조미가 매장용 수레까지 끌고 가려고 발목을 잡자 소년이 물을 토해내고 일어나 앉았다. 조미는 죽는 날까지도 그때 패치페이스의 몸이 축축하고 차가웠다고 맹세하곤 했다.

아무도 광대가 바다에서 떠다닌 이틀을 설명하지 못했다. 어부들은 인어가 그에게 씨를 받고 그 대신 물속에서 숨 쉬는 방법을 가르쳐준 거라고 말하곤 했다. 패치페이스는 아무 말도 하지 않았다. 스테폰 공이 편지에 썼던 재기 넘치고 영리한 소년은 스톰스엔드에 이르지 못했다. 그들이 발견한 소년은 몸과 마음이 망가져서 재기를 보이기는커녕 말도 제대로 하지 못하는 다른 누군가였다. 그럼에도 광대 얼굴 탓에 누구인지는 분명히 알 수 있었다. 자유도시 볼란티스에서는 노예와 하인의 얼굴에 문신을 하는 유행이 돌았기에, 소년의 목부터 머리 가죽까지 붉은색과 초록색 정사각형 문양이 얼룩덜룩하게 새겨져 있었다.

당시 스톰스엔드의 수호성주였던 노(老) 하버트 경은 이렇게 단언했다. "이 가엾은 아이는 미친 데다 고통받고 있으니, 다른 사람은커녕 본인에게도 쓸모가 없소. 그 아이의 잔에 양귀비즙을 채워주는 게 가장 친절한 일일 거요. 고통 없는 잠으로 끝내는 것이지. 이해할 만한 머리가 있다면 학사에게 고마워할 게요." 그러나 크레셴은 그 제안을 거부했고, 끝내는 승리했다. 그의 승리에서 패치페이스가 어떤 즐거움이라도 얻었는지는, 이토록 오랜 세월이 지난 지금까지도 알 수 없었다.

"그림자들이 춤추러 온답니다, 주인님, 춤추세요 주인님, 춤추세요 주인님." 광대는 고개를 흔들어 요란하게 종을 울리며 노래했다. 뎅동, 디리링, 뎅동.

하얀 까마귀가 찢어지는 소리를 냈다. "주인님, 주인님, 주인님, 주인님."

학사는 불안에 찬 공주에게 말했다. "광대는 내키는 대로 노래하지요. 무슨 말을 하는지 새겨듣지 마세요. 내일이면 또 다른 노래를 기억해내어 다시는 이 노래를 부르지 않을 수도 있답니다." 스테폰 공이 편지에 적기를, 이 아이는 네 가지 언어로 아름답게 노래할 수 있다 했었다…….

필로스가 성큼성큼 들어왔다. "학사님, 실례합니다."

"포리지를 잊었군." 크레센은 재미있어하며 말했다. 필로스답지 않은 일이었다.

"학사님, 어젯밤에 다보스 경이 돌아왔습니다. 주방에서 이야기하더군요. 바로 알고 싶어 하실 것 같아서요."

"다보스가…… 어젯밤에 왔다고? 지금은 어디에 있나?"

"왕과 함께 계십니다. 거의 밤새 함께 계셨답니다."

스타니스 공이 시간에 개의치 않고 그를 깨워 조언을 듣던 시절도 있었건만. 크레센은 불평했다. "나한테 말을 하셨어야지. 날 깨우셨어야지." 그는 시린의 손을 놓았다. "실례합니다, 아가씨. 아버님과 이야기를 해야겠습니다. 필로스, 부축 좀 해주게. 이 성엔 계단이 너무 많아. 날 괴롭히려고 매일 밤 계단이 늘어나는 것 같지 뭔가."

시린과 패치페이스도 따라나섰지만, 아이는 노인의 굼벵이 같은 속도에 조바심을 내며 앞서 달려갔고, 광대는 종소리를 미친 듯이 울리며 그 뒤를 따라 뛰었다.

크레센은 '바다 드래곤 탑'의 나선계단을 내려가며 새삼, 성채는 허약한 이들에게 우호적인 곳이 아니라는 사실을 떠올렸다. 스타니스 공은 폭풍이 불 때마다 오래된 성벽이 울리는 요란한 소리 때문에 '돌북'이라 이름 붙은 드래곤스톤의 중앙 아성 꼭대기에 있는 '지도 탁자의 방'에 있을 터였다. 그리로 가려면 회랑을 가로지르고, 중간 벽과 내벽의 수호 가고일들과 검은 철문을 지나고, 크레센이 생각하기도 싫을 만큼 많은 계단을 올라가야 했다. 젊은이들은 한 번에 두 계단씩 올라갔지만, 고관절이 아픈 늙은이에게는 계단 하나하나가 고문이었다. 그래도 스타니스 공 쪽에서 찾아올 리 없었기에, 학사는 시련에 몸을 맡겼다. 그나마 부축해줄 필로스라도 있으니 고마운 일이었다.

발을 끌며 회랑을 걸으려니 옆으로 지나치는 높은 아치 창문으로 외벽 안뜰과 외벽은 물론이고 그 너머의 어촌까지 훤히 보였다. 훈련장에서는 궁수들이 "준비, 조준, 발사" 구호에 맞춰 연습용 과녁판을 쏘고 있었다. 화살은 날아오르는 새 떼 같은 소리를 냈다. 위병들은 성벽 길을 걸으며 가고일들 사이로 성벽 밖에 진을 친 군대를 내다보았다. 3000명이 각자가 속한 영주의 깃발 아래 아침 식사를 하러 앉았고, 아침 공기가 요리 불의 연기로 뿌옇게 흐렸다. 무질서하게 뻗어나간 진지를 지나, 정박지에는 배가 가득했다. 지난 반년 간 드래곤스톤이 보이는 곳까지 온 배는 이동을 금지당했다. 스타니스 공의 '맹위'호는 노가 300개인 삼중갑판의 전투 갤리선인데도, 주위를 둘러싼 거대한 무장상선과 외돛상선들 사이에서 작아 보일 지경이었다.

돌북 성 바깥에 선 위병들은 학사들을 알아보고 통과시켰다. 크레센은 안으로 들어가서 말했다. "여기에서 기다리게. 나 혼자 뵙는 게 낫겠네."

"올라가실 길이 멉니다, 학사님."

크레센은 미소 지었다. "내가 그걸 잊었을까 봐? 이 계단을 하도 오르내려서 계단마다 이름까지 안다네."

반쯤 올라갔을 때는 그 결정이 후회스러웠다. 크레센은 멈춰 서서 숨을 고르고 엉덩이의 통증을 삭이다가 돌을 스치는 장화 소리를 들었고, 계단을 내려오던 다보스 시워스 경과 정통으로 마주쳤다.

다보스는 평범한 얼굴에 비천한 출신이 뚜렷하게 드러나는 여윈 사내였다. 눈동자와 머리 색과 비슷한 갈색의 더블릿과 반바지를 입고, 앙상한 어깨에는 소금과 물보라 자국이 지고 햇빛에 바랜 녹색 망토를 걸쳤다. 목에 걸린 가죽끈에는 낡은 가죽 주머니가 달렸다. 빈약한 턱수염은 희끗희끗했고, 불구인 왼손에는 가죽 장갑을 꼈다. 다보스는 크레센을 보고 걸음을 멈췄다.

크레센 학사가 말했다. "다보스 경, 언제 돌아오셨소?"

"캄캄한 새벽에 왔지요. 제가 제일 좋아하는 시간에요." '반손이' 다보스만큼 밤에 배를 잘 몰 수 있는 사람은 없다고들 했다. 스타니스 공에게 기사 서임을 받기 전까지 다보스는 칠왕국을 통틀어 가장 악명 높고 교묘한 밀수꾼이었다.

"그러면?"

다보스는 고개를 저었다. "학사님이 경고하신 대롭니다. 그자들은 일어서지 않을 겁니다. 그분을 위해서는요. 그분을 좋아하지 않으니까요."

'그렇지. 절대로 봉기하지 않을 거야. 강하고, 능력 있고, 공정한 분이시지만…… 어쩌면 현명하지 않은 수준까지 공정하시지만…… 그걸로는 부족해. 언제나 부족하지.' 크레센은 생각했다. "다 이야기해본 건가요?"

"다요? 아닙니다. 절 만나주는 사람들에게만 말했지요. 이 귀족들은 저도 좋아하질 않아요. 그치들에게 전 언제나 양파 기사죠." 다보스는 왼손을 오므려, 짧아진 손가락으로 주먹을 쥐었다. 스타니스가 엄지손가락만 빼고 모든 손가락의 마지막 마디를 자른 손이었다. "길리안 스완과 노(老) 펜로즈 공과는 식사를 같이 했고, 타스 가문은 숲속에서 한밤중에 만났습니다. 나머지는— 흠, 베릭 돈다리온은 실종 상태로 죽었다는 얘기도 돌고, 카론 공은 렌리와 함께합니다. 레인보우가드(Rainbow Guard, 무지개 기사단)의 '주황색 기사' 브라이스라나요."

"레인보우가드?"

"렌리가 자기 킹스가드를 만들었는데, 이 일곱 기사는 흰 옷을 입지 않고 각자 다른 색 옷을 입는답니다. 로라스 티렐이 단장이고요." 과거의 밀수꾼이 설명했다.

렌리 바라테온이 좋아할 만한 생각이었다. 정체를 공공연히 드러내는 아름다운 새 옷을 입은 화려한 새 기사단이라니. 렌리는 어렸을 때부터 밝은 색채와 호화로운 천을 사랑했고, 그만의 놀이를 사랑했다. "나 좀 봐!" 렌리는 웃는 얼굴로 스톰스엔드 안을 뛰어다니면서 외치곤 했다. "나 좀 봐, 난 드래곤이야" 아니면 "나 좀 봐, 난 마법사야" 아니면 "나 좀 봐, 나 좀 봐, 난 비의 신이야" 하는 식으로.

흐트러진 검은 머리에 웃음기 가득한 눈을 지닌 대담한 어린 소년은 이제 스물한 살의 성인이었고, 아직도 자신의 놀이에 빠져 있었다. '나 좀 봐, 난 왕이야.' 크레셴은 서글픈 생각에 잠겼다. '아, 렌리, 렌리, 다정한 렌리, 지금 무슨 짓을 하는지 아십니까? 안다 한들 신경이나 쓰시나요? 나 말고 렌리에 대해 걱정하는 사람이 있긴 할까?' 그는 다보스 경에게 물었다. "영주들이 무슨 이유를 대면서 거절하던가요?"

"어떤 사람은 부드럽게 말했고, 어떤 사람은 퉁명스럽게 말했고, 누군가는 변명을 했고, 누군가는 약속을 했고, 누군가는 거짓말만 했지요." 그는 어깨를 으쓱했다. "말이란 공허할 뿐입니다."

"그분께 희망을 전해드릴 순 없었나요?"

"전해드릴 수 있는 건 거짓 희망뿐인데, 그런 짓은 안 합니다. 주군께선 제게 진실을 들으셨습니다."

크레셴 학사는 스톰스엔드 포위가 풀린 후, 다보스가 기사 서임을 받던 날을 기억했다. 스타니스 공과 소규모 수비군은 티렐 공과 레드와인 공의 대군에 맞서서 1년 가까이 성을 지켜냈다. 바다마저 봉쇄당했고, 아버의 와인빛 깃발을 휘날리는 레드와인의 갤리선들이 밤낮으로 바다를 감시했다. 스톰스엔드 안에서는 말을 다 잡아먹은 지 오래였고, 개와 고양이도 없어졌으며, 수비군은 풀뿌리와 쥐를 먹기에 이르렀다. 그러다가 초승달이 뜨고 먹구름이 별을 가리는 밤이 왔다. 어둠을 틈탄 밀수꾼 다보스는 레드와인의 경계선을 대담하게 통과하고 십브레이커 만의 바위도 피했다. 그의 작은 배는 선체도, 돛도, 노도 검었고 선창에는 양파와 소금에 절인 생선이 가득했다. 대단한 식량은 아니었으나, 에다드 스타크가 스톰스엔드에 이르러 포위를 풀 때까지 수비군이 살아남을 만큼은 되었다.

스타니스 공은 다보스에게 래스 곶(Cape Wrath, 분노의 곶)에서 고른 땅과 작은 아성, 그리고 기사의 영예로 보상했다……. 그러나 동시에 밀수꾼으로 지낸 세월의 대가로 왼손 손가락 끝을 잃을 것이라 선언했다. 다보스는 스타니스가 직접 칼을 휘두른다는 조건으로 그 벌을 받아들였다. 그보다 못한 자에게는 벌을 받지 않겠노라고 말이다. 스타니스는 손가락을 깨끗하게 잘라내기 위해 푸주한의 식칼을 사용했다. 그 후, 다보스는 새로운 가문의 이름으로 '시워스(Seaworth, 항해에 적합하다)'를 고르고, 깃발에는 연한 회색 바탕에 검은색 배를 그려 넣고 그 돛에 양파를 넣었다. 과거 밀수꾼이었던 기사는 스타니스 공의 은혜로 씻고 다듬을 손톱이 네 개나 줄었다고 말하기를 즐겼다.

그래, 그런 사내가 거짓 희망을 전할 리가 없었다. 가혹한 진실을 약화시키지도 않았으리라. "다보스 경, 진실은 혹독할 수 있어요. 아무리 스타니스 공 같은 분이라 해도 말이오. 스타니스 공은 오직 전력으로 킹스랜딩에 돌아가 적을 분쇄하고 정당한 왕권을 주장하실 생각뿐인데, 이제……."

"이런 빈약한 군대로 킹스랜딩에 갔다간 죽을 일밖에 없습니다. 수가 모자라요. 제가 그렇게 말씀을 드렸습니다만, 주군의 자존심을 아시지요." 다보스는 장갑 낀 손을 들어 보였다. "저분이 뜻을 굽히는 것보다 제 손가락이 다시 자라는 게 빠를 겁니다."

늙은 학사는 한숨을 내쉬었다. "경은 할 일을 다 했구려. 이젠 내가 목소리를 더해야겠소." 그는 힘겹게 계단을 다시 올랐다.

스타니스 공의 은신처는 휑한 검은색 벽에 정확히 동서남북을 내다보는 길고 좁은 창문 네 개가 난 커다랗고 둥근 방이었다. 방 한가운데에는 그 방이 '지도 탁자의 방'이라 불리는 이유가 된 거대한 탁자가 놓였는데, 아에곤 타르가르옌이 정복에 나서기 전에 육중한 나무 판에 조각하게 한 물건이었다. '지도 탁자'는 길이가 15미터가 넘었고, 가로로 제일 넓은 부분은 8미터 정도였으나, 제일 좁은 부분은 1미터를 겨우 넘었다. 아에곤의 목수들은 웨스테로스 땅을 본떠서 탁자를 조각했고, 웨스테로스의 모든 만과 반도를 아로새겨 직선으로 남은 가장자리가 없었다. 300년 가까이 윤을 내면서 시커메진 표면에는 아에곤 시절의 칠왕국이 그려져 있었다. 강과 산맥, 성과 도시, 호수와 숲까지.

그 방에는 의자가 단 한 개뿐이었고, 웨스테로스 해안선 바깥에 있는 드래곤스톤의 위치에 정확하게, 탁자를 내려다보기 좋게 높이 놓였다. 그 의자에는 끈을 단단히 조인 가죽조끼와 거칠게 짠 갈색 모직 반바지를 입은 남자가 앉아 있었다. 크레셴 학사가 들어서자 그 남자는 시선을 들었다. "내가 부르든 말든 상관없이 올 줄 알았네." 온기라고는 없는 목소리였다. 원래 그렇기도 했다.

드래곤스톤의 주인이자 신들의 은혜로 웨스테로스 칠왕국의 철왕좌에 앉을 정당한 후계자인 스타니스 바라테온은 어깨가 떡 벌어지고 팔다리는 근육질이었으며, 단단한 얼굴과 살갗은 햇빛에 말려 강철처럼 질겨진 가죽 같았다. 사람들은 스타니스에 대해 말할 때 엄혹하다는 표현을 썼고, 실제로 그는 엄혹했다. 아직 서른다섯 살도 안 됐지만 검은 머리털은 귀 뒤로만 둘러져 있어 왕관의 그림자 같았다. 스타니스의 형인 고(故) 로버트 왕은 말년에 수염을 길렀다. 크레셴은 그 모습을 보지 못했지만, 들리는 말로는 숱이 빽빽하고 마구잡이로 뻗은 수염이었다고 했다. 스타니스는 그에 답하듯이 구레나룻을 바싹 깎았다. 덕분에 각진 턱은 푸르스름했고 뺨은 홀쭉 들어가 보였다. 도드라진 이마 아래, 벌어진 상처 같은 눈은 밤바다처럼 어두운 푸른색이었다. 입은 가장 우스꽝스러운 광대에게도 절망을 안겨줄 입이었다. 얇고 색이 옅은 입술과 악문 근육은 찌푸리고 찡그리고 날카롭게 명령하기 위해 존재할 뿐, 그 입은 미소 짓는 법을 잊었고 소리 내어 웃는 방법은 아예 몰랐다. 가끔 세상이 고요하고 잔잔하게 가라앉은 밤이면 크레센 학사는 성 반대편에서도 스타니스 공이 이를 가는 소리를 들을 수 있을 것 같았다.

"예전 같으면 절 깨우셨겠지요." 노인은 말했다.

"예전에는 학사가 젊었지. 이젠 늙고 병들어 잠을 자야 하지 않나." 스타니스는 말을 부드럽게 할 줄도 몰랐고, 꾸미거나 칭찬을 할 줄도 몰랐다. 그는 생각하는 그대로 말했고, 그게 싫은 사람들은 알아서 할 일이었다. "다보스가 무슨 말을 했을지야 금방 알아냈을 텐데 뭘. 그대는 언제나 그렇지."

"그러지 못해서야 도움이 되지 않겠지요. 계단에서 다보스를 만났습니다."

"그리고 다보스가 다 말했겠지? 손가락만이 아니라 혀도 자를 걸 그랬군."

"그랬다면 형편없는 특사가 되었겠지요."

"어차피 형편없는 특사였네. 폭풍 영주들은 날 위해 일어서지 않을 거야. 그자들은 나를 좋아하지 않는 모양이고, 나의 정당성은 아무 의미도 없지. 그 비겁자들은 성벽 뒤에 숨어서 바람이 어디로 부는지, 누가 이길 것 같은지 기다려볼 거야. 대담한 자들은 이미 렌리에 대한 지지를 선언했고. 렌리라니!" 스타니스는 렌리라는 이름을 독처럼 뱉었다.

"동생분은 지난 13년간 스톰스엔드의 주인이었습니다. 그 영주들은 동생분께 충성을 맹세한 휘하의—"

스타니스가 말을 끊었다. "그랬지. 그건 원래 나의 권리여야 했어. 난 드래곤스톤을 달라고 한 적이 없어. 원한 적도 없고. 그저 로버트 형의 적들이 여기에 있었고, 형이 그자들을 뿌리 뽑으라 명했기에 접수했을 뿐. 난 동생의 의무를 다하여 형의 함대를 구축하고 형 대신 일했네, 렌리도 나에게 그래야 마땅하건만. 그런데 로버트 형이 감사의 표시로 뭘 해줬지? 나를 드래곤스톤의 영주로 임명하고, 스톰스엔드와 그 수입은 모두 렌리에게 줬지. 스톰스엔드는 300년 간 바라테온 가문의 것이었어. 로버트 형이 철왕좌에 앉았을 때 나에게 물려줘야 했어."

그것은 깊고 오랜 불만이었고, 지금은 그 어느 때보다 더 깊게 느껴졌다. 이곳이 그의 군주가 가진 치명적인 약점이었다. 드래곤스톤은 오랜 역사를 지닌 강력한 성이었으나, 이곳에 충성하는 휘하 영주는 한 줌뿐이었고, 그들의 돌투성이 섬 요새들은 스타니스가 필요로 하는 군세를 일으키기에는 형편없이 인구가 적었다. 협해 너머 자유도시인 미르와 리스에서 데려온 용병들을 합쳐도 성벽 바깥에 진을 친 군대는 라니스터 가문의 세력을 꺾기에는 한참 부족했다.

크레센 학사는 조심스럽게 대꾸했다. "로버트 형님께서 부당하셨지만, 그럴 만한 이유는 있었지요. 드래곤스톤은 오랫동안 타르가르엔 가문의 권좌였습니다. 이곳을 통치하자면 사나이의 힘이 필요했는데, 렌리는 당시 어린아이에 불과했어요."

"아직도 어린아이야." 스타니스가 선언했다. 텅 빈 방에 쩌렁쩌렁하게 분노가 울렸다. "내 머리에서 왕관을 낚아챌 생각을 하는 어린 도둑이지. 렌리가 왕좌에 앉을 일을 한 게 뭐가 있지? 소협의회에 앉아서는 리틀핑거와 농담 따먹기나 하고, 마상 시합이 있으면 화려한 갑옷을 입고 나가서 더 뛰어난 남자 손에 말에서 떨어지기나 했지. 그게 자기가 왕이 되어야 한다 생각하는 내 동생 렌리의 전부야. 묻건대, 신들은 왜 나에게 형제들이라는 괴로움을 안긴 건가?"

"제가 신들을 대신하여 답할 수야 없지요."

"학사는 최근에 대답 자체를 거의 안 하는 것 같은데. 렌리의 학사는 누구지? 어쩌면 그쪽 학사를 불러다가 조언을 구하는 게 나을지도 모르겠군. 동생이 내 왕관을 훔치기로 결정했을 때 그쪽 학사는 뭐라고 했을 것 같은가? 그대의 동료가 내 반역자 피붙이에게 무슨 조언을 했을까?"

"렌리 공이 조언을 구했다면 저도 놀랄 겁니다, 전하." 스테폰 공의 세 아들 중 막내는 대담하지만 부주의하고, 계산보다는 충동에 따라 행동하는 남자로 성장했다. 그런 면에서도 렌리는 로버트를 닮았고, 스타니스와는 정반대였다.

"전하라." 스타니스는 쓰게 그 말을 되풀이했다. "치켜세우면서 조롱하는군. 내가 무슨 왕인가? 드래곤스톤과 협해에 뜬 바윗덩이 몇 개가 내 왕국인데." 그는 의자 계단을 내려와서 탁자 앞에 섰다. 블랙워터 강어귀와 지금의 킹스랜딩 자리에 그려진 숲에 그림자가 떨어졌다. 스타니스는 그 자리에 서서 그가 요구하려는 나라를, 그토록 가까이 있으면서도 그토록 먼 땅을 굽어보았다. "오늘 밤에 난 휘하 영주들과 저녁을 먹을 걸세. 셀티가르, 벨라리온, 바르 에몬, 그래봐야 얼마 안 되는 놈들이지. 솔직히 말하면 초라한 자들이지만, 내 형제들이 내게 남겨준 전부일세. 리스의 해적인 살라도르 산이 내가 진 빚을 기록해 들고 나타날 테고, 미르인 모로시는 조수와 가을 강풍을 조심해야 한다고 할 테고, 선글라스 공은 경건하게 일곱 신의 의지가 어쩌니 저쩌니 할 테지. 셀티가르는 폭풍 영주 중에 누가 합류하는지 알고 싶어 할 거야. 벨라리온은 즉시 공격하지 않는다면 자기 군을 이끌고 돌아가겠다고 위협할 것이고. 그자들에게 뭐라고 해야 하나? 이젠 어떻게 해야 하나?"

크레센 학사는 대답했다. "전하의 진정한 적은 라니스터입니다. 전하와 동생분이 라니스터에 대항하여 공동 전선을 편다면—"

"렌리와 화평은 안 돼." 스타니스는 반론을 용납하지 않는 말투로 대꾸했다. "그놈이 왕을 자칭하는 한은 안 되네."

"그렇다면 렌리는 관두지요." 학사는 항복했다. 그의 주인은 고집이 세고 자존심이 강했다. 일단 마음을 굳히면 바꿀 수 없었다. "다른 이들도 전하의 필요에 부응할지 모릅니다. 에다드 스타크의 아들이 북부의 왕으로 선포됐습니다. 윈터펠과 리버런의 모든 군세를 업고 있지요."

"풋내기 어린아이인 데다가, 역시 거짓 왕이야. 내가 쪼개진 왕국을 받아들여야 하나?"

"반쪽짜리 왕국이라도 없는 것보다는 낫지요. 그리고 전하께서 그 아이가 아비의 복수를 하게 도와주신다면—"

"내가 왜 에다드 스타크의 복수를 해줘야 하지? 그 남자는 나에게 아무 의미도 없었어. 아, 로버트야 그 친구를 사랑했지. 형제처럼 사랑한다는 소리를 얼마나 자주 들었던지. 로버트의 형제는 네드 스타크가 아니라 나였지만, 로버트가 날 대하는 모습을 보면 절대 그걸 알 수 없었을 거야. 난 로버트를 위해 스톰스엔드를 지켰고, 메이스 티렐과 팍스터 레드와인이 성벽 밖에서 잔치를 하는 동안 훌륭한 사내들이 굶주리는 모습을 지켜봤네. 로버트가 나에게 고마워했던가? 아니. 우리가 쥐 고기와 무를 씹을 때 포위를 깨줬다고 스타크에게 고마워했지. 난 로버트의 명에 따라 함대를 구축하고, 로버트의 이름으로 드래곤스톤을 점령했어. 내 손을 잡으면서 잘했다 동생아, 너 없이 내가 뭘 하겠느냐, 그런 소리라도 했던가? 아니지, 윌렘 대리가 비세리스와 갓난아기를 데리고 도망가게 놔뒀다고 비난했어. 내가 막을 수나 있었다는 듯이 말이야. 난 15년 동안 로버트의 소협의회에 앉아서, 로버트가 술 마시고 계집질하는 동안 존 아린을 도와 왕국을 통치했어. 그런데 존이 죽었을 때 로버트가 날 수관으로 임명했던가? 아니지, 사랑하는 친구 네드 스타크에게 말을 달려가서 그 영예를 내렸지. 둘 다에게 득 될 일이기나 했던가."

크레센 학사는 온화하게 말했다. "그럼에도 불구하고…… 그분이 전하께 크나큰 잘못을 범하셨습니다만, 과거는 먼지에 불과합니다. 스타크와 힘을 합친다면 미래를 쟁취할 수 있습니다. 전하께서 의사를 타진해보실 만한 다른 이들도 있지요. 아린 부인은 어떻습니까? 왕비가 자기 남편을 살해했다면, 정의를 실현하고 싶을 테지요. 존 아린의 후계자인 어린 아들도 있지 않습니까. 시린을 그 아이와 약혼시킨다면—"

스타니스 공은 반대했다. "그 아이는 허약하고 부실해. 그 아비도 그걸 알고 나에게 드래곤스톤에 대자로 들여달라 부탁했지. 내 시동으로 일했다면 좋았으련만, 그리 되기도 전에 그 저주받을 라니스터 여인이 아린 공을 독살해버렸고, 이제 라이사는 이어리에 아들을 숨겨두었네. 내 장담하는데 그 여자는 아들과 절대 떨어지지 않을 거야."

학사는 설득하려 했다. "그렇다면 시린을 이어리로 보내셔야지요. 드래곤스톤은 어린아이가 지내기에는 음울한 곳입니다. 익숙한 얼굴을 가까이 두게 어릿광대를 같이 보내시지요."

"익숙하고도 끔찍한 얼굴이지." 스타니스는 생각에 잠겨 이맛살을 찌푸렸다. "그렇다곤 해도…… 시도할 가치는 있을지도 모르겠군……."

"칠왕국의 적법한 주인이 과부와 찬탈자들에게 도움을 구걸해야 하나요?" 여인의 목소리가 날카롭게 물었다.

크레센 학사는 몸을 돌리고 절을 했다. "마님." 들어오는 소리를 듣지 못했다는 사실이 분했다.

스타니스 공은 험상궂은 얼굴로 대꾸했다. "나는 구걸하지 않소. 누구에게도. 그 점을 명심하시오."

"그 말을 들으니 기쁘군요." 셀리스 부인은 남편만큼이나 키가 컸고, 몸도 홀쭉하고 얼굴도 홀쭉했으며, 돌출귀에 날카로운 코, 윗입술에 희미하게 난 수염이 특징이었다. 부인은 매일 털을 뽑고 꼬박꼬박 저주했지만,

그래도 수염은 매번 다시 났다. 눈동자는 색이 옅었고, 입매는 엄했으며, 목소리는 채찍 같았다. 그녀는 지금 그 채찍을 휘둘렀다. "아린 부인은 당신에게 충성해야 하고, 스타크도, 당신 동생인 렌리도, 나머지도 다 마찬가지예요. 당신이 단 하나의 진실한 왕이에요. 신의 은혜로 당신에게 주어진 것을 남에게 간청하고 거래하다니 가당치도 않아요."

셀리스 부인은 신들이 아니라 '신'이라고 말했다. 붉은 여인이 그녀의 마음과 정신을 다 손에 넣어, 칠왕국의 옛 신들과 새로운 신들 모두로부터 등을 돌리고 '빛의 군주'라 불리는 신을 숭배하게 만든 탓이었다.

"그 신의 은혜는 간직하시라고 하시오." 아내의 열렬한 새 신앙을 공유하지 않는 스타니스 공은 그렇게 말했다. "나에게 필요한 건 축복이 아니라 검이오. 나에게 말하지 않고 숨겨둔 군대라도 있소?" 애정이라고는 느껴지지 않는 목소리였다. 스타니스는 여자들이 주위에 있으면 불편해했고, 아내라 해도 마찬가지였다. 킹스랜딩에 가서 로버트 왕의 소협의회에 앉는 동안 그는 셀리스와 딸을 드래곤스톤에 남겨두었다. 편지는 드물게 보냈고, 방문은 더 드물었다. 결혼 침대에서의 의무는 1년에 한두 번 치렀으나 아무런 기쁨을 누리지 못했고, 한때 희망했던 아들들은 결코 생기지 않았다.

"내 형제와 삼촌과 사촌들에게는 군대가 있어요. 플로렌트 가문은 당신의 깃발 아래 모일 거예요."

"플로렌트 가문이 출진시킬 수 있는 병력은 기껏해야 2000이오." 스타니스는 칠왕국 모든 가문의 군세를 알고 있다고들 했다. "그리고 당신은 형제와 삼촌들에 대한 믿음이 나보다 강하구려. 당신 삼촌이 메이스 티렐의 분노를 무릅쓰기에는 플로렌트 영지가 하이가든에 너무 가깝소."

"다른 방법도 있어요." 셀리스 부인이 다가섰다. "창밖을 보세요. 당신이 기다리던 징조가 하늘에 빛나고 있어요. 붉은빛이죠. 불길의 붉은색, 진정한 신의 타오르는 심장을 나타내는 붉은색. 그분의 깃발— 당신의 깃발이에요! 저 붉은빛이 드래곤의 뜨거운 입김처럼 하늘을 가로지르는 모습을 보세요. 그리고 당신은 드래곤스톤의 주인이죠. 당신의 때가 왔다는 뜻이에요, 전하. 이보다 더 확실할 순 없어요. 당신은 옛날 정복자 아에곤이 그랬듯이 이 황량한 바위에서 출항하여, 아에곤처럼 앞에 있는 모든 것을 쓸어버릴 왕이에요. 말만 하세요. 빛의 군주가 지닌 힘을 받아들이세요."

"그 빛의 군주가 내 손에 병력을 얼마나 쥐여줄 수 있소?" 스타니스가 다시 물었다.

"당신에게 필요한 전부를요." 그의 아내가 약속했다. "스톰스엔드와 하이가든과 그 휘하 영주들 모두의 검을 안겨주실 거예요."

"다보스라면 다르게 말할 거요. 그자들의 군세는 렌리에게 충성을 맹세했소. 다들 예전에 로버트를 사랑했듯이 내 매력적인 동생을 사랑하지……. 그리고 나를 사랑한 적은 없어."

"그래요. 하지만 렌리가 죽는다면—"

스타니스는 눈을 가늘게 뜨고 부인을 바라보았고, 크레센은 참지 못하고 끼어들었다. "생각할 수 없는 일입니다. 전하, 렌리가 아무리 어리석은 짓을 했다 해도—"

"어리석은 짓? 난 반역이라고 부르겠네." 스타니스는 부인을 돌아보았다. "내 동생은 젊고 강하며, 거대한 군을 거느린 데다가, 레인보우가드라는 근위대까지 있소."

"멜리산드레가 불길을 들여다보고 렌리가 죽는 모습을 봤어요."

크레센은 공포에 질렸다. "형제 살해라니요……. 생각할 수 없는 사악한 짓입니다……. 제발 제 말을 들어주십시오."

셀리스 부인은 침착한 눈으로 그를 보았다. "그래서 무슨 말을 하겠소, 학사? 스타크에게 무릎을 꿇고 라이사 아린에게 우리 딸을 팔면 왕국의 절반은 얻을 수 있다는 말?"

스타니스 공이 말했다. "그대의 조언은 이미 들었네, 크레센 학사. 이제 부인의 조언을 들어보지. 나가보게."

크레센 학사는 뻣뻣한 무릎을 굽혔다. 천천히 발을 끌며 문으로 가는 동안 등에 꽂히는 셀리스 부인의 시선을 느낄 수 있었다. 계단 밑에 이를 때쯤에는 똑바로 서는 데에만도 온 힘을 기울여야 했다. "도와주게." 그는 필로스에게 말했다.

무사히 방에 돌아간 크레센은 필로스를 내보내고 절뚝거리며 다시 발코니로 나가서, 가고일들 사이로 바다를 내다보았다. 살라도르 산의 전투선 하나가 성을 지나쳐 달려갔다. 노가 올라갔다가 내려가면서 화려한 줄무늬 선체가 회녹색 바닷물을 갈랐다. 크레센은 그 배가 곶 너머로 사라질 때까지 지켜보았다. '내 두려움도 저렇게 쉽게 사라질 수 있다면 얼마나 좋을꼬.' 이 일을 하기엔 너무 오래 산 것일까?

학사는 사슬 목걸이를 걸 때 자식을 둘 희망을 버리지만, 그럼에도 크레센은 자주 아버지 같은 기분을 느꼈다. 로버트, 스타니스, 렌리…… 성난 바다가 스테폰 공을 앗아간 후 크레센이 기른 세 아들이었다. 그가 무슨 잘못을 했기에 이제 하나가 다른 하나를 죽이는 모습을 보아야 한단 말인가? 그것만은 용납할 수 없었다. 용납하지 않을 것이다.

그 여자가 문제의 핵심이었다. 셀리스 부인이 아니라, 다른 여인. 붉은 여인. 하인들은 이름을 말하기가 무섭다고 그 여자를 그렇게 불렀다. 크레센은 지옥견 석상을 향해 말했다. "난 그 이름을 말하겠다. 멜리산드레. 그 여자야." 아사이의 멜리산드레. 여마법사. 그림자술사. 그리고 빛의 군주이며 불의 심장이요, 불꽃과 그림자의 신인 를로르의 여사제. 멜리산드레의 광기가 드래곤스톤 바깥까지 퍼져가게 해서는 안 된다.

눈부신 아침이 지나고 나니 거처가 어둡고 음울해 보였다. 노인은 어설

픈 손으로 촛불을 켜고 까마귀 방 계단 아래 위치한 작업실로 갔다. 선반에 연고와 물약, 각종 약이 가지런히 놓여 있었다. 그는 맨 아래 선반에 한 줄로 놓인, 고약이 담긴 땅딸막한 진흙 단지들 뒤에서 새끼손가락만 한 새파란 유리병을 찾아냈다. 흔들어보니 달그락거리는 소리가 났다. 크레센은 유리병에 내려앉은 먼지를 후후 불고 탁자로 가지고 돌아갔다. 그는 의자에 털썩 주저앉아서 마개를 뽑고 유리병의 내용물을 부었다. 크레센이 읽다가 놓아둔 양피지 위에 씨앗만 한 결정 십여 개가 굴러 떨어졌다. 촛불 빛을 받은 결정들이 보석처럼 빛났다. 이제까지 진정한 자주색을 본 적이 없었다는 생각이 들 만큼 강렬한 자주색이었다.

목에 두른 사슬이 유난히 무거웠다. 크레센은 새끼손가락 끝으로 결정 하나를 살짝 건드렸다. 이렇게 작은 물건에 삶과 죽음을 좌우할 힘이 깃들어 있다니. 그것은 세상 반대편에 있는 비취해의 섬들에서만 자라는 특별한 식물에서 추출한 물건이었다. 숙성시킨 잎사귀를 석회수와 설탕물과 여름 군도에서 나는 희귀한 향신료를 섞은 액체에 담가야 했다. 그 후에 잎사귀는 버릴 수 있지만, 물약은 재와 함께 굳혀서 결정화시켜야 했다. 느리고 힘든 작업이었고, 필요한 재료는 비싼 데다가 구하기 어려웠다. 그러나 리스의 연금술사들은 그 방법을 알았고, 브라보스의 '얼굴 없는 자들'과…… 학사들도 방법을 알았다. 시타델의 벽 밖에서 그런 이야기가 나오는 일은 없었지만 말이다. 학사가 치유 기술을 익히면 은고리를 버린다는 사실은 온 세상이 다 알았다. 그러나 세상은 치유법을 아는 사람은 살해법도 안다는 점을 잊고 싶어 했다.

크레센은 이제 아사이인들이 그 잎사귀에 붙인 이름도, 리스의 독살자들이 그 결정에 붙인 이름도 기억하지 못했다. 시타델에서 그 독약은 그저 '교살자'라고만 불렸다. 와인에 녹이면 마신 사람의 목구멍 근육이 주먹보다 더 꽉 죄어들면서 숨통을 막았다. 희생자의 얼굴은 그 죽음을 초래한 작은 결정 같은 자주색이 된다고들 했으나, 그것은 음식 조각에 목이 막혀 죽는 사람도 마찬가지였다.

그리고 오늘 밤 스타니스 공은 연회에 휘하 봉신들과 부인…… 그리고 붉은 여인, 아사이의 멜리산드레와 함께할 것이다.

크레센 학사는 스스로를 타일렀다. '쉬어야 해. 어두워질 때까지는 힘을 온전히 회복해야지. 손이 떨려서도 안 되고, 용기가 흔들려도 안 돼. 끔찍한 일이지만 해야만 해. 신들이 있다면 분명 나를 용서하시겠지.' 최근에 도무지 잠을 제대로 자지 못했다. 낮잠을 자면 앞으로 해야 할 일에 맞게 생기를 되찾으리라. 그는 지쳐서 비틀거리며 침대로 향했다. 그러나 눈을 감아도 여전히 혜성을 볼 수 있었다. 꿈속의 암흑 한가운데에서 불타는 듯 빨갛고 선명하게 살아 있었다. 잠에 빠져들기 직전에 크레센은 마지막으로 생각했다. '나의 혜성일지도 모르지. 살인을 예고하는 핏빛 징조…… 그래…….'

깨어났을 때는 캄캄했고, 침실은 어두웠으며 온몸의 관절이 쑤셨다. 크레센은 두통을 안고 힘겹게 몸을 일으켰다. 그는 지팡이를 꽉 쥐고 비틀거리며 일어섰다. '너무 늦었어. 날 부르러 오지 않았구나.' 그는 언제나 연회에 불려 갔고, 스타니스 공 가까운 상석에 앉았다. 크레센은 주군의 얼굴이 떠올랐다. 지금의 모습이 아니라 예전의 소년 모습이, 형에게 햇살이 빛나는 동안 그늘 속에 차갑게 서 있던 모습이. 스타니스가 뭘 하든 로버트가 먼저 했고, 더 잘했다. 가엾게도……. 그 소년을 위해 서둘러야 했다.

크레센 학사는 양피지 위에 두었던 결정을 찾아서 집어 들었다. 리스의 독살자들이 좋아한다는 속이 빈 반지는 없었으나, 로브의 헐렁한 소매 안에는 크고 작은 주머니가 잔뜩 달렸다. 그는 그런 주머니 중 하나에 '교살자' 씨앗을 집어넣고 문을 열었다. "필로스? 자네 어디 있나?" 답이 들리지 않자 그는 더 큰 소리로 불렀다. "필로스, 도움이 필요하네." 여전히 답이 없었다. 이상한 일이었다. 젊은 학사는 계단을 반층 내려간 방에서 지냈다. 부르면 바로 들릴 거리였다.

결국 크레센은 하인들을 소리쳐 불러야 했다. "서둘러라. 내가 너무 늦게까지 잤구나. 지금쯤이면 연회 중일 텐데…… 술도 마시고……. 날 깨웠어야지." 필로스 학사는 어떻게 된 것일까? 정말이지 이해가 가지 않았다.

다시 한 번 긴 회랑을 지나야 했다. 거대한 창문들로 강렬한 바다 냄새를 실은 밤바람이 불어 들어왔다. 드래곤스톤의 벽 안쪽에서는 횃불 빛이 일렁였고, 벽 바깥의 야영지에서는 수백 개의 요리 불이 타는 모습이 지상에 떨어진 별밭 같았다. 하늘에서는 붉고 사악한 혜성이 타올랐다. '저런 걸 무서워하기에는 내가 너무 늙고 현명하지 않나.' 학사는 스스로에게 말했다.

대연회장으로 가는 문은 돌로 만든 드래곤의 입안에 있었다. 크레센은 하인들에게 밖에 남으라고 말했다. 혼자 들어가는 편이 나았다. 허약해 보일 순 없었다. 크레센은 지팡이에 몸을 무겁게 기대고 마지막 몇 계단을 올라, 절뚝거리면서 출입구의 이빨 아래를 지났다. 위병 두 명이 육중한 붉은 문을 열자 갑자기 소음과 불빛이 쏟아져 나왔다. 크레센은 드래곤의 목구멍으로 걸어 내려갔다.

쟁그랑거리는 나이프와 접시 소리, 낮게 오가는 식탁 대화의 소음 너머로 종소리를 울리는 패치페이스의 노랫소리가 들렸다. "……춤추세요, 주인님. 춤을 추세요." 아침에 불렀던 그 끔찍한 노래였다. "그림자들이 머물러 온답니다, 주인님. 머물러요 주인님, 머물러요 주인님." 아래쪽 탁자에는 기사, 궁수, 용병대장들이 가득 앉아서 검은 빵을 찢어 생선 스튜에 적시고 있었다. 여기에는 다른 연회와는 달리 품위를 떨어뜨리는 큰 웃음소리도, 시끌벅적한 고함 소리도 없었다. 스타니스 공이 허락하지 않았다.

크레센은 귀족들이 왕과 함께 앉는 높은 연단을 향해 걸어갔다. 패치페이스를 피하기 위해 멀찍이 돌아야 했다. 광대는 종을 흔들며 춤을 추느라 크레셴의 접근을 보지도 듣지도 못했다. 그는 한쪽 다리에서 반대쪽 다리로 깡충 뛰다가 크레셴 쪽으로 휘청이면서 크레셴의 지팡이를 쳐내고 말았다. 두 사람은 팔다리가 얽혀서 같이 나뒹굴었고, 주위에서는 웃음소리가 터졌다. 우스꽝스러운 광경일 게 분명했다.

패치페이스는 크레셴의 몸 위에 반쯤 엎드려서, 얼룩덜룩한 광대 얼굴을 가까이 붙였다. 사슴뿔과 종이 달린 주석 투구는 떨어지고 없었다. "바닷속에 도착했네. 난 알아, 난 알아, 오, 오, 오." 광대는 키들거리면서 몸을 굴려 벌떡 일어나더니 춤을 추었다.

크레셴 학사는 어떻게든 상황을 극복해보려 희미한 미소를 지으며 일어서려고 했지만, 엉덩이가 어찌나 아픈지 순간적으로 다시 부러진 게 아닌가 겁이 날 정도였다. 그러다가 힘센 손이 그의 겨드랑이를 잡고 일으켜 세웠다. "고맙소, 경." 그는 중얼거리면서 어떤 기사가 도와줬는지 보려고 고개를 돌렸고······

"학사님." 멜리산드레가 비취해의 음악적인 풍미가 섞인 낮은 목소리로 말했다. "좀 더 조심하셔야지요." 언제나 그렇듯이 머리끝부터 발끝까지 붉은색이었다. 흐르는 듯 부드러운 비단으로 만든 길고 헐렁한 가운은 불길처럼 빛났고, 느슨하게 늘어진 소매와 보디스에 파인 깊은 틈 사이로 더 어두운 핏빛 안감이 번득였다. 목에는 학사의 사슬보다 더 꽉 끼는 붉은 금목걸이를 둘렀는데, 장식으로 커다란 루비를 하나 달았다.

머리카락은 흔히 보는 붉은 머리 같은 오렌지색이나 딸기색이 아니라, 횃불 빛을 받아 깊은 광택을 발하는 구릿빛이었다. 심지어 눈동자마저 붉었다······. 그러나 피부는 매끈하고 희었다. 흠 하나 없는 크림빛이었다. 날씬하고 우아했으며, 대부분의 기사보다 더 키가 컸고, 가슴은 풍만하고 허리는 잘록했으며 얼굴은 하트 모양이었다. 남자들은 그녀를 한번 보면 쉽게 눈을 떼지 못했고, 그건 학사라 해도 마찬가지였다. 많은 이들이 그녀를 두고 아름답다 했다. 그녀는 아름답지 않았다. 그녀는 붉었고, 무시무시했으며, 붉었다.

"난…… 고맙소이다."

멜리산드레는 깍듯하게 말했다. "학사님 연세라면 발 디딜 곳을 잘 보셔야지요. 밤은 어둡고 공포가 가득하니."

그녀가 믿는 종교의 기도문 한 구절이었다. '상관없다. 나에겐 나의 신앙이 있어.' 그는 말했다. "아이들만이 어둠을 두려워하지요." 말하면서도 패치페이스가 다시 노래하는 소리가 들렸다. "그림자들이 춤추러 와요, 주인님, 춤추세요 주인님, 춤추세요 주인님."

멜리산드레가 말했다. "수수께끼로군요. 영리한 광대와 어리석은 현자라니." 그녀는 허리를 굽히고 바닥에 떨어진 패치페이스의 투구를 집어 크레셴의 머리에 얹었다. 주석 들통이 귀 위로 내려앉으면서 워낭이 조용히 울렸다. "사슬 목걸이에 어울리는 왕관이네요, 학사님." 그 말에 사방에서 웃음소리가 터졌다.

크레셴은 입술을 지그시 물고 분노를 가라앉히려 애썼다. 그 여자는 그를 약하고 힘없는 존재로 여겼지만, 이 밤이 지나기 전에 그렇지 않음을 알게 될 터였다. 늙었을지는 몰라도 그는 여전히 시타델 출신의 학사였다. "내겐 진실 외에 다른 왕관이 필요 없다오." 그는 광대의 투구를 벗으며 말했다.

"이 세상엔 올드타운에서 가르치지 않는 진실도 있지요." 멜리산드레는 붉은 비단을 흔들며 몸을 빙글 돌리고 다시 스타니스 왕과 그 왕비가 앉은 상석으로 돌아갔다. 크레셴은 사슴뿔이 달린 주석 들통을 패치페이스에게 돌려주고 그 뒤를 따랐다.

그의 자리에 필로스 학사가 앉아 있었다.

노인은 걸음을 멈추고 바라볼 수밖에 없었다. 그는 한참 만에 말했다. "필로스 학사. 자네…… 날 깨우지 않았더군."

필로스도 얼굴을 붉히기는 했다. "전하께서 쉬게 놓아두라 명하셨습니다. 학사님은 오시지 않으셔도 된다고요."

크레셴은 말이 없는 기사와 선장과 영주들을 훑어보았다. 늙고 심술궂은 셀티가르 공은 석류석으로 붉은색 게 무늬를 장식한 겉옷을 걸쳤다. 잘생긴 벨라리온 공은 바다 같은 초록색 비단옷을 선택했고, 목에는 긴 금발에 어울리는 백금 해마를 장식했다. 열네 살의 통통한 소년인 바르 에몬 공은 하얀 바다표범을 가두리에 두른 자주색 벨벳 옷으로 몸을 감쌌고, 액셀 플로렌트 경은 적갈색 옷에 여우 모피를 두르고도 수수해 보였으며, 경건한 선글라스 공은 목과 손목과 손가락을 문스톤으로 치장했고, 리스 출신의 선장 살라도르 산은 진홍색 새틴과 금과 보석으로 장식한 햇살 같았다. 다보스 경만이 갈색 더블릿에 녹색 모직 겉옷으로 간단하게 입었고, 다보스 경만이 동정 어린 눈으로 크레셴과 시선을 마주쳤다.

"그대는 나에게 쓸모가 있기에는 너무 늙고 미혹해, 노인장." 스타니스 공의 목소리처럼 들렸지만, 그럴 리가 없었다. 그럴 수는 없었다. "앞으로는 필로스가 조언할 거요. 이미 그대가 까마귀 방까지 올라가질 못해서 까마귀들을 담당하고 있기도 하고. 그대가 날 섬기다가 죽는 일은 없게 해야지."

크레셴 학사는 눈을 깜박였다. '스타니스, 나의 주인이여, 내 슬프고 시무룩한 소년이여, 내가 갖지 못한 아들이여, 이래서는 안 됩니다. 내가 당신을 얼마나 아끼는지, 얼마나 당신을 위해 사는지, 그 모든 것에도 불구하고 얼마나 당신을 사랑하는지 모르는 겁니까? 그래요, 난 당신을 사랑했습니다. 로버트보다도, 렌리보다도 사랑했지요. 사랑받지 못하는 아이였고, 나를 가장 필요로 하는 아이였으니까요.' 그러나 크레셴이 내놓은 말은 이게 다였다. "분부대로 하겠습니다. 하지만…… 배가 고프군요. 이 식탁에 제가 앉을 자리가 없을까요?" 당신 곁에, 그 곁에…….

다보스 경이 장의자에서 일어섰다. "학사께서 제 옆에 앉으신다면 영광이겠습니다, 전하."

"그러게." 스타니스 공은 고개를 돌리고 멜리산드레에게 뭔가 말을 했다. 그녀는 스타니스 공 오른쪽이라는 영예로운 자리에 앉아 있었다. 남편의 왼쪽에 앉은 셀리스 부인이 치장한 보석 못지않게 밝고 깨지기 쉬운 미소를 비쳤다.

'너무 멀어.' 크레센은 다보스 경이 앉은 자리를 쳐다보며 무지근하게 생각했다. 전직 밀수꾼과 주빈석 사이에는 영주들 절반이 앉아 있었다. '저 여자의 컵에 교살자를 넣으려면 더 가까이 가야 하는데, 어떻게 하지?'

학사가 천천히 탁자 주위를 돌아서 다보스 시워스에게 가는 동안 패치페이스가 주변을 뛰어다녔다. "여기선 우리가 물고기를 먹지." 광대는 대구를 홀(笏)처럼 휘두르며 즐겁게 외쳤다. "바닷속에서는 물고기가 우리를 먹는다네. 나는 알아, 나는 알지, 오, 오, 오."

다보스 경이 몸을 옮겨 자리를 만들었다. 그는 크레센이 앉자 음울하게 말했다. "오늘 밤에는 우리 모두 뒤죽박죽으로 앉는 게 맞겠지요. 곧 광대짓이 벌어질 테니까요. 붉은 여인이 불 속에서 승리를 보았다니까, 스타니스 공이 수에 상관없이 왕권 주장을 밀고 나가겠답니다. 저 여자 일이 끝나기 전에 우리 모두가 패치페이스가 본 것을 보게 될까 두렵군요. 바다 밑바닥이라ㅡ"

크레센은 온기를 찾으려는 것처럼 두 손을 소매에 밀어 넣었다. 손가락이 모직물 사이에서 딱딱한 결정을 찾아냈다. "스타니스 공."

스타니스는 붉은 여인에게서 몸을 돌렸으나, 대답한 사람은 셀리스 부인이었다. "스타니스 왕이시오. 예의를 지키시오, 학사."

"늙어서 정신이 오락가락하니 할 수 없지." 왕이 퉁명스럽게 말했다. "뭔가, 크레셴? 터놓고 말하게."

"출항하시려거든, 스타크 공과 아린 부인과 제휴해야만 합니다……."

"난 누구와도 제휴하지 않아." 스타니스 바라테온이 말했다.

"빛이 어둠과 제휴하지 않는 것과 마찬가지지요." 셀리스 부인이 남편의 손을 잡았다.

스타니스는 고개를 끄덕였다. "스타크는 내 왕국의 절반을 훔치려 들고, 라니스터는 내 왕좌를 훔쳤으며, 내 사랑하는 동생은 나의 권리인 병력과 성채들을 훔쳤지. 모두 다 찬탈자들이고, 모두 다 내 적이야."

크레셴은 절망하며 스타니스를 잃었다고 생각했다. 보이지 않게 멜리산드레에게 접근할 수만 있다면…… 그 여자의 컵에 아주 잠깐만 손을 댈 수 있다면. 그는 필사적으로 말했다. "전하께서는 형님이신 로버트 왕의 적법한 후계자이며, 진정한 칠왕국의 주인이자 안달인과 로인인과 최초인의 왕이십니다. 하나 그렇다 해도 동맹군 없이 승리를 바랄 수는 없습니다."

셀리스 부인이 말했다. "동맹은 있소. 빛의 군주이며 불의 심장, 불꽃과 그림자의 신인 를로르가 계시지."

노인은 굽히지 않았다. "신들은 아무리 낙관하더라도 불안한 동맹입니다. 게다가 그 신은 여기에서 아무 힘이 없습니다."

"그렇게 생각하나요?" 멜리산드레가 고개를 돌리자 목에 걸린 루비가 불빛을 받아, 한순간 혜성처럼 밝게 타올랐다. "그런 어리석은 말을 하려면 본인의 왕관을 다시 쓰셔야겠네요, 학사님."

셀리스 부인이 맞장구를 쳤다. "맞아요. 노인장에겐 패치의 투구가 딱 맞아. 명하노니 그걸 다시 쓰시오."

패치페이스가 말했다. "바닷속에선 아무도 모자를 쓰지 않지. 나는 안다네, 나는 알아, 오, 오, 오."

스타니스 공의 눈은 도드라진 이마 아래 그늘졌고, 소리 없이 턱을 움직이면서 입매가 팽팽해졌다. 그는 화가 나면 언제나 이를 갈았다. 그는 한참 만에 사납게 말했다. "광대, 왕비의 명이다. 크레센에게 너의 투구를 줘라."

늙은 학사는 생각했다. '아니야, 이건 당신이 아니야, 당신의 방식이 아니야. 언제나 공정했고 언제나 엄혹했지만, 결코 잔인하진 않았어. 결코. 웃음을 이해하지 못하는 만큼 조롱도 이해하지 못했어.'

패치페이스가 춤을 추며 다가오자 워낭 소리가 댕그랑, 댕댕, 디링디링 디링 울렸다. 크레센은 광대가 뿔 달린 들통을 머리에 얹는 동안 말없이 앉아 있었다. 크레센은 그 무게에 고개를 수그렸다. 종이 울렸다. "앞으로는 노래로 조언을 해야겠네요." 셀리스 부인이 말했다.

"너무 나가는군." 스타니스 공이 말했다. "크레센은 노인이고, 나에게 충실히 봉사했소."

'그리고 마지막까지 봉사하겠습니다, 사랑하는 주군, 내 불쌍하고 외로운 아들이여.' 크레센에게 갑자기 방법이 보였다. 아직 시큼한 레드와인이 반쯤 찬 다보스 경의 잔이 앞에 있었다. 그는 소매 속에서 단단한 결정을 찾아서 엄지와 집게손가락 사이에 꽉 잡고 잔에 손을 뻗었다. '매끄럽고 능숙하게…… 지금 헛손질을 해선 안 돼.' 그는 기도했고, 신들은 친절을 베푸셨다. 눈 깜짝할 사이에 손이 비었다. 지난 몇 년 간 두 손이 그렇게 흔들림 없었던 적이 없었다. 지금의 반만큼도 우아하게 움직인 적이 없었다. 다보스는 보았지만, 다른 이들은 아무도 보지 못했다. 크레센은 잔을 들고 일어섰다. "제가 바보였는지도 모르지요. 멜리산드레 님, 와인을 한 잔 드시겠습니까? 당신의 신인 빛의 군주께 경의를 표하며, 그분의 힘에 건배할까요?"

붉은 여인은 크레센을 찬찬히 보았다. "그리하지요."

모두가 그를 지켜보고 있었다. 자리를 뜨려는데 다보스가 그를 잡았다. 스타니스 공에게 잘린 짧은 손가락으로 그의 소매를 잡았다. "뭐하시는 겁니까?" 다보스가 속삭였다.

크레센 학사는 대답했다. "해야만 할 일이오. 이 나라를 위해, 그리고 내 주군의 영혼을 위해." 그는 다보스의 손을 뿌리치다가 바닥에 와인을 한 방울 흘렸다.

멜리산드레가 주빈석 아래에서 크레센을 맞이했다. 모두의 시선이 두 사람에게 꽂혔으나, 크레센의 눈에는 그 여자밖에 보이지 않았다. 붉은 비단, 붉은 눈, 목에 건 붉은 루비, 잔을 쥔 크레센의 손 위로 손을 올리며 희미하게 미소 짓는 붉은 입술. 그녀의 살갗은 열병에 걸린 듯 뜨거웠다. "와인을 쏟아버리기에 아직 늦지 않았어요, 학사."

"아니오." 그는 쉰 목소리로 속삭였다. "아니야."

"그러시다면." 아사이의 멜리산드레는 그의 손에서 잔을 받아서 천천히 들이켰다. 멜리산드레가 다시 내민 잔에는 와인이 반 모금밖에 남아 있지 않았다. "이제 드시죠."

손이 떨렸지만, 크레센은 마음을 다잡았다. 시타델의 학사는 두려워하지 말아야 했다. 혀에 닿는 와인이 시큼했다. 그의 손에서 떨어진 빈 잔이 바닥에서 산산조각 났다. 붉은 여인이 말했다. "제 주인은 이곳에서도 힘이 있으시답니다. 그리고 불은 모든 것을 씻어내지요." 그녀의 목에 달린 루비가 붉게 번득였다.

크레센은 대꾸하려 했지만, 말이 목에 걸렸다. 기침 소리는 공기를 들이마시려 애쓰느라 끔찍하게 색색거리는 소리로 변했다. 강철 손가락이 그의 목을 죄었다. 크레센은 무릎을 꿇고 쓰러지면서도 여전히 고개를 저어 그녀를 부인하고, 그녀의 힘을 부인하고, 그녀의 마법을 부인하고, 그녀의 신을 부인했다. 이윽고 크레셴의 사슴뿔에 달린 방울이 울리며 바보, 바보, 바보 노래를 했고 붉은 여인은 동정하는 눈으로 그를 굽어보았다. 그녀의 붉고도 붉은 눈에서 촛불이 춤을 추었다.

아리아

윈터펠에서 "말상 아리아"라고 불렸을 때는 그보다 나쁜 별명이 있을 수 없다고 생각했지만, 그건 고아 소년인 초록 손 로미가 "혹 머리"라고 부르기 전까지의 일이었다.

아리아가 머리를 만져보니 실제로 혹이 난 듯 울퉁불퉁했다. 골목길로 끌려 들어갔을 때 아리아는 요렌에게 죽는가 보다 했지만, 심술궂은 노인은 그저 아리아를 꽉 붙잡고 단검으로 엉키고 떡 진 머리카락을 잘라냈다. 바람이 불어와서 한 주먹의 지저분한 갈색 머리카락을 포장 돌 위로 굴리던 광경이 떠올랐다. 바람은 아버지가 죽은 성소 방향으로 불었다. "난 도시에서 남자들과 남자애들을 데리고 나간다." 요렌은 날카로운 칼로 아리아의 머리를 밀면서 으르렁거렸다. "이제 꼼짝 말고 있거라, 소년." 요렌이 작업을 끝냈을 때 아리아의 머리에는 까칠한 자국과 울퉁불퉁한 털 무더기밖에 남지 않았다.

그 후에 요렌은 윈터펠에 이를 때까지는 고아 소년 아리가 되는 거라고 말했다. "성문 통과는 어렵잖을 테지만 여행길은 또 다른 문제다. 넌 질 나쁜 놈들과 함께 먼 길을 가야 해. 이번에는 장벽에 갈 놈들이 서른인데, 그것들이 네 이복형제 같을 거라곤 생각도 하지 말아라." 그는 아리아를 흔들었다. "에다드 공이 지하감옥에서 고르라 하셨지. 그 밑에 귀족 같은 건 없었다. 이놈들의 절반은 은화 몇 닢이면 순식간에 널 왕비에게 넘길 게다. 나머지 절반도 똑같이 할 텐데, 먼저 강간부터 하겠지. 그러니 다른 놈들과 어울리지 말고 볼일은 숲속에서 혼자 봐라. 오줌 쌀 때가 제일 힘들테니까 필요 이상 물을 마시지 말고."

그의 말대로 킹스랜딩을 벗어나기는 쉬웠다. 성문을 지키는 라니스터 위병들은 지나가는 사람을 모조리 세웠지만, 요렌이 그중 한 명의 이름을 부르자 그들의 마차는 손짓을 받고 빠져나갈 수 있었다. 아리아에게 눈길 한 번 주는 사람이 없었다. 그들은 새 둥지 같은 머리를 한 깡마른 소년이 아니라 수관의 딸인 귀족 소녀를 찾고 있었다. 아리아는 뒤도 돌아보지 않았다. 블랙워터 급류가 범람해서 플리바텀과 레드킵과 대성소와 도시 전체를 쓸어버리고 모든 사람을, 특히 조프리 왕자와 그 어머니를 쓸어 가기를 기원했다. 하지만 그런 일은 일어나지 않을 테고, 어쨌든 산사가 아직 도시 안에 있으니 같이 떠내려갈 터였다. 아리아는 그 점을 기억하고 나서 대신 윈터펠에 돌아가기를 기원하기로 마음먹었다.

오줌 싸기에 대해서는 요렌이 틀렸다. 여정에서 제일 힘든 부분은 그게 아니었다. 초록 손 로미와 핫파이가 제일 힘든 부분이었다. 고아 소년들. 요렌은 배에 음식을 채워주고 발에 신발을 신겨준다는 약속으로 길거리에서 몇 명을 데려오고, 나머지는 쇠사슬을 찬 죄수들 중에서 찾아냈다. 요렌은 출발하면서 그들에게 말했다. "경비대에는 훌륭한 사내들이 필요하다만, 네놈들이라도 없는 것보단 낫겠지."

요렌은 지하감옥에서 성인 남자들도 골랐다. 도둑과 밀렵꾼과 강간범들이었다. 최악은 검은 감옥에서 찾아낸 세 명이었는데, 요렌도 그들에게는 겁을 먹었는지 손발에 족쇄를 채워 마차 뒤에 태웠고, 장벽까지 내내 묶어두리라 다짐했다. 하나는 코가 없고 코를 베어낸 자리에 구멍만 나 있었다. 그리고 이가 뾰족하고 뺨에는 진물이 흐르는 상처가 있는 역겨운 대머리 뚱보는 눈이 사람 눈 같지가 않았다.

그들은 킹스랜딩에서 마차 다섯 대를 끌고 나갔다. 마차에는 장벽으로 가져갈 보급품을 실었는데, 가죽과 피륙, 선철 막대들, 까마귀 장 하나, 책과 종이와 잉크, 초엽 한 짝, 기름 단지들, 약과 향료 상자들이었다. 밭갈이 말들이 마차를 끌었고, 요렌은 준마 두 마리와 사내아이들이 탈 당나귀 여섯 마리를 샀다. 아리아는 진짜 말을 타고 싶었지만, 마차에 타는 것보다는 당나귀가 나았다.

성인 남자들은 그녀에게 아무 신경도 쓰지 않았지만, 아이들에 있어서는 그렇게 운이 좋지 못했다. 아리아는 제일 어린 고아보다도 두 살이 더 어렸고, 더 작고 마르기도 했다. 로미와 핫파이는 아리아의 침묵을 겁먹었거나, 멍청하거나, 귀가 멀었다는 뜻으로 받아들였다. "저 혹 머리가 가진 검 좀 봐." 어느 날 아침, 과수원과 밀밭들을 지나 출발하는데 로미가 말했다. 로미는 도둑질을 하다가 걸리기 전에 염색소 견습으로 일해서, 두 팔다 팔꿈치까지 얼룩덜룩한 초록색이었다. 큰 소리로 웃을 때면 타고 가는 당나귀처럼 시끄러웠다. "혹 머리 같은 시궁쥐가 어디서 검을 얻었대?"

아리아는 화가 나서 입술을 씹었다. 마차들을 앞서가는 요렌의 색 바랜 검은 망토를 볼 수 있었지만, 울면서 달려가서 도움을 청할 생각은 없었다.

"꼬마 종자였나 보지." 핫파이가 끼어들었다. 핫파이의 어머니는 죽기 전에 제빵사였고, 이 아이는 온종일 어머니의 수레를 밀고 다니면서 "뜨거운 파이요! 뜨거운 파이요!" 외치곤 했다. 그래서 붙은 이름이 핫파이(Hot Pie)였다. "어느 귀족 나리의 쬐끄만 종자 놈이었던 거야."

"종자는 무슨. 저 꼴을 봐. 진짜 검도 아닐걸. 주석으로 만든 장난감일 거야."

아리아는 그들이 '바늘'을 조롱하는 게 싫었다. "이건 성에서 제련한 강철이야, 멍청이들아." 그녀는 안장에서 몸을 돌리고 둘을 노려보며 쏘아붙였다. "너희는 입 좀 닥치는 게 좋겠어."

고아 소년들이 야유를 올렸다. "어디서 그런 검을 얻었냐, 혹 얼굴?" 핫파이는 알고 싶어 했다.

"혹 머리야." 로미가 별명을 바로잡았다. "훔쳤겠지 뭐."

"훔치지 않았어!" 아리아는 외쳤다. 존 스노우가 준 '바늘'이었다. 아리아를 혹 머리라고 부르는 건 막을 수 없겠지만, 존을 도둑으로 몰게 둘 수는 없었다.

핫파이가 말했다. "훔친 거라면 우리가 뺏을 수도 있잖아. 어차피 쟤 물건도 아니고. 나도 저런 검을 잘 쓸 수 있어."

로미가 부추겼다. "해봐. 빼앗아봐. 덤벼보라고."

핫파이는 당나귀 옆구리를 걷어차서 아리아에게 가까이 붙었다. "어이, 혹 머리, 그 검 내놔." 핫파이의 머리카락은 지푸라기색이었고, 살찐 얼굴은 온통 햇볕에 타서 벗겨졌다. "넌 쓸 줄도 모르잖아."

'쓸 줄 알거든.' 아리아는 이렇게 말할 수도 있었다. '난 사내아이를 죽였어. 너처럼 뚱뚱한 애였지. 배를 찔렀더니 죽더라. 날 내버려두지 않으면 너도 죽여버릴 거야.' 그러나 감히 할 수가 없었다. 요렌은 마구간지기 소년에 대해 알지 못했지만, 그걸 알고 나면 어떻게 할지 두려웠다. 다른 사람들 중에도 살인자가 있을 테고, 족쇄를 찬 세 명은 확실히 살인자겠지만, 왕비가 찾고 있는 건 그들이 아니었으니 같은 상황이 아니었다.

"저것 봐라." 초록 손 로미가 나귀 울음소리를 내며 웃었다. "분명히 이제 울 거야. 울고 싶냐, 혹 머리?"

아리아는 전날 밤 꿈에서 아버지를 보고 울었다. 아침이 왔을 때는 빨간 눈으로 깨어났고, 목숨이 달렸다 해도 눈물을 더 흘릴 수 없을 만큼 운 후였다.

"바지도 적실걸." 핫파이가 거들었다.

"좀 내버려둬." 뒤에서 달리던 덥수룩한 검은 머리 소년이 말했다. 로미는 그 아이가 내내 닦기만 하고 쓰지 않는 뿔 달린 투구를 따서 그 아이에게 '황소'라고 이름 붙였다. 감히 황소를 놀리지는 못했다. 그 아이는 나이가 더 많았고, 나이에 비해서도 몸집이 컸으며 가슴이 떡 벌어졌고 팔 힘도 강해 보였다.

로미가 말했다. "아리, 그냥 핫파이에게 검을 줘버리는 게 좋을걸. 엄청 갖고 싶어 하잖아. 이 녀석은 남자애 하나를 걷어차서 죽였어. 너한테도 똑같이 할 거야."

핫파이가 허풍을 떨었다. "내가 그놈을 넘어뜨리고 불알을 걷어찼지. 그러고는 죽을 때까지 계속 걷어찼어. 아주 박살을 냈지. 불알이 깨져서 피투성이가 되고 자지는 시커메졌어. 그 검 내놓는 게 좋을 거야."

아리아는 허리에 찬 연습용 목검을 뺐다. "이건 줄 수 있어." 싸우고 싶지 않아서 한 말이었다.

"그건 그냥 나무 막대기잖아." 핫파이가 더 가까이 당나귀를 몰아 오더니 바늘의 손잡이에 손을 뻗으려 했다.

아리아는 휙 소리 나게 막대기를 휘둘러 핫파이의 당나귀 엉덩이를 내리쳤다. 당나귀는 울부짖으며 뛰어오르다가 핫파이를 땅바닥에 처박았다. 당나귀에서 뛰어내린 아리아가 일어서려는 핫파이의 배를 찌르자 핫파이는 신음 소리를 내며 다시 주저앉았다. 아리아가 핫파이의 얼굴을 때리자 코에서 나뭇가지 부러지는 소리가 났다. 콧구멍에서 피가 흘러내렸다. 핫파이가 울기 시작하자 아리아는 당나귀에 앉은 채 입만 떡 벌린 초록 손 로미 쪽으로 몸을 돌렸다. "너도 검을 받고 싶어?" 아리아가 외쳤지만, 로미는 초록색으로 물든 두 손을 얼굴 앞으로 들어 올리고 꺼지라고 소리치기만 했다.

"뒤에!" 황소의 외침을 듣고 아리아가 몸을 홱 돌렸다. 핫파이가 무릎을 꿇고, 크고 울퉁불퉁한 돌덩어리를 움켜쥐고 있었다. 아리아는 핫파이가 돌을 던지게 내버려두고, 고개를 숙여 날아오는 돌을 피했다. 그런 다음에 달려들었다. 핫파이가 한 손을 들어 올리자 그 손을 때렸고, 그다음엔 뺨을, 그다음엔 무릎을 때렸다. 핫파이가 붙잡으려 들자 춤추듯 피하면서 나무 막대기로 뒤통수를 때렸다. 핫파이는 엎어졌다가 일어났고, 흙과 피가 얼룩진 시뻘건 얼굴로 비틀거리며 아리아를 뒤쫓았다. 아리아는 '물의 춤꾼' 자세에 들어가서 기다렸다. 핫파이가 충분히 가까이 왔을 때 다리 사이를 찔렀다. 목검 끝이 날카로웠다면 핫파이의 엉덩이로 튀어나왔을 만큼 세게.

요렌이 아리아를 뜯어말렸을 때, 바닥에 뻗은 핫파이는 반바지를 갈색으로 물들이고 냄새를 풍기며 아리아가 때리고 때리고 또 때리는 동안 울고 있었다. "그만." 검은 형제는 소리를 지르며 아리아의 손에 잡힌 목검을 빼앗았다. "저 바보를 죽이고 싶으냐?" 로미와 다른 아이들이 빽빽거리기 시작하자 노인은 그들에게도 호통을 쳤다. "입 다물지 않으면 내가 다물게 해준다. 이런 짓거리를 또 벌인다면 너희를 마차 뒤에 매달고 장벽까지 끌고 갈 거다." 요렌은 침을 뱉었다. "넌 벌을 더 받아야겠다, 아리. 따라와라. 당장."

다들 그녀를 쳐다보고 있었다. 심지어 사슬과 족쇄를 차고 마차 뒤에 실린 세 명까지 그랬다. 뚱뚱한 죄수가 뾰족뾰족한 이를 맞부딪치며 쉭 소리를 냈지만, 아리아는 그 남자를 무시했다.

노인은 끊임없이 욕을 하고 중얼거리면서 아리아를 끌고 도로를 벗어나 숲속으로 들어갔다. "나한테 손톱만 한 분별이라도 있었다면 널 킹스랜딩에 버리고 왔을 거다. 알았냐, 꼬마?" 그는 언제나 아리아가 확실하게 들을 수 있도록 강조해서 그 말을 으르렁거렸다. "끈 풀고 바지 내려라. 어서, 여기엔 볼 놈 없다. 시키는 대로 해."

아리아는 뚱하니 시키는 대로 했다. "저기 저쪽, 참나무에 붙어라. 그래, 그렇게." 아리아는 나무둥치를 끌어안고 거친 나무껍질에 얼굴을 댔다. "이제 비명을 질러라. 큰 소리로 질러."

'안 그럴 거야.' 아리아는 고집스럽게 생각했지만, 요렌이 나무 막대기로 드러난 허벅지 뒤편을 때리자 빽 소리가 터져 나왔다. "그게 아픈 것 같냐? 이건 어떠냐." 막대기가 바람 소리를 냈다. 아리아는 쓰러지지 않으려고 둥치를 붙들고 다시 소리를 질렀다. "하나 더." 아리아는 나무를 붙잡고 입술을 물었으며, 나무 막대기가 날아오는 소리를 듣고 움찔했다. 타격이 오자 펄쩍 뛰며 악을 썼다. '난 울지 않아. 울지 않을 거야. 난 윈터펠의 스타크야. 우리 집안 문장은 다이어울프야. 다이어울프는 울지 않아.' 왼쪽 다리를 타고 흘러내리는 가느다란 핏줄기가 느껴졌다. 허벅지와 뺨이 아픔에 홧홧했다. "이제 좀 내 말이 들리겠지. 다음에 또 그 막대기를 형제에게 휘두르면, 네가 때린 횟수의 두 배를 맞을 줄 알아라. 이제 옷 추슬러."

'걔들은 내 형제가 아니야.' 아리아는 몸을 웅크리고 바지춤을 올리며 생각했지만, 소리 내어 말하지 않을 정도의 정신은 있었다. 허리띠와 끈을 매는 손이 서툴렀다.

요렌이 아리아를 보고 있었다. "아프냐?"

'잔잔한 물처럼 침착하게.' 아리아는 시리오 포렐에게 배운 대로 스스로를 타일렀다. "조금."

요렌은 침을 뱉었다. "그 파이 꼬마는 더 아프다. 네 아버지를 죽인 건 그놈이 아니고, 좀도둑 로미도 아니다. 그놈들을 때린다고 아버지가 돌아오진 않아."

"알아요." 아리아는 뚱하니 중얼거렸다.

"네가 모르는 게 하나 있다. 원래는 그렇게 돌아갈 일이 아니었다. 내가 마차를 사고 짐을 싣고 떠날 준비를 다 했는데, 웬 놈이 사내아이를 달고 와서는 동전 주머니와 전언을 같이 내밀었지. 누가 보낸 건지는 상관 말라면서, 에다드 공이 검은 옷을 입을 거라고, 같이 가게 될 테니 기다리라고 했어. 내가 왜 거기 있었겠냐? 그런데 뭔가가 잘못된 거다."

"조프리." 아리아는 속삭이듯 말했다. "누군가 그놈을 죽여야 해요!"

"누군가가 죽이겠지만, 그건 나도 아니고 너도 아닐 거다." 요렌은 아리아의 목검을 던져줬고, 같이 도로로 돌아가면서 말했다. "마차 뒤에 초엽이 좀 있다. 그걸 씹으면 아픈 데 도움이 될 게다."

초엽은 냄새가 지독했고 피같이 붉은 침을 뱉게 만들었지만, 도움이 되기는 됐다. 그래도 당나귀에 앉기에는 쓰라려서 그날도, 그다음 날도, 그다음 날도 걸어야 했다. 핫파이는 더 지독했다. 요렌이 나무통 몇 개를 옮겨준 덕분에 보릿자루를 깔고 마차 뒤에 누울 수 있었는데, 마차 바퀴가 돌에 걸릴 때마다 훌쩍거렸다. 초록 손 로미는 다치지도 않았지만 아리아에게서 최대한 거리를 두었다. "저 녀석, 네가 쳐다볼 때마다 움찔거리더라." 황소는 자기가 탄 당나귀 옆을 걷는 아리아에게 그렇게 말했다. 아리아는 대답하지 않았다. 아무에게도 말을 하지 않는 편이 안전해 보였다.

그날 밤 아리아는 딱딱한 땅바닥에 얇은 담요를 깔고 누워서 거대한 붉은 혜성을 올려다보았다. 그 혜성은 아주 아름다우면서 동시에 무서웠다. 황소는 그 혜성을 "붉은 검"이라 불렀다. 막 벼려내어 아직 뜨겁게 달아오른 칼날처럼 생겼다는 주장이었다. 아리아도 눈을 가늘게 뜨고 보면 검을 볼 수 있었지만, 그건 새로 만든 검이 아니라 물결무늬의 발리리아 강철로 만들어진 아버지의 대검 '얼음'이었고, 붉은색은 왕의 집행관 일린 경이 에다드 공의 목을 자른 후에 칼날에 묻은 피였다. 정작 그 일이 일어났을 때는 요렌이 그 광경을 못 보게 했지만, 아리아는 '얼음'이 이 혜성처럼 보였을 것만 같았다.

　마침내 잠이 든 아리아는 꿈에서 집을 보았다. 왕의 가도는 굽이굽이 장벽으로 이어지다가 윈터펠을 지났고, 요렌은 아무도 모르게 아리아를 그곳에 두고 가겠다고 약속했었다. 어머니를, 롭과 브랜과 리콘을 다시 보고 싶은 마음이 간절했다……. 하지만 제일 많이 생각나는 건 존 스노우였다. 어떻게든 윈터펠에 가기 전에 장벽부터 갈 수 있다면 좋으련만. 그러면 존이 머리를 헝클어뜨리면서 "동생"이라고 부를 텐데. 그러면 아리아가 "보고 싶었어"라고 말하고, 존도 똑같은 순간에 그 말을 하겠지. 언제나 한목소리로 말했던 것처럼. 그러고 싶었다. 다른 무엇보다도 그 순간을 누리고 싶었다.

산사

조프리 왕의 명명일 아침은 화창하고 바람이 심했으며, 빠른 속도로 움직이는 높은 구름 사이로 거대한 혜성의 긴 꼬리를 볼 수 있었다. 마상 시합장까지 동행할 아리스 오크하트 경이 도착했을 때, 산사는 탑방 창문으로 그 혜성을 보고 있었다. "저게 무슨 의미라고 생각하세요?" 산사가 물었다.

아리스 경은 즉시 대답했다. "약혼자분께 영광 있으리라는 의미지요. 전하의 명명일인 오늘, 하늘을 가로질러 불타는 모습이 마치 신들께서 전하를 위해 깃발을 올린 것 같지 않습니까. 평민들은 조프리 왕의 혜성이라 이름 붙였다 합니다."

분명히 조프리에게는 그렇게 말했겠지. 산사는 그 말이 미덥지 않았다. "하인들이 저 혜성을 '드래곤의 꼬리'라고 부르는 걸 들었어요."

"조프리 왕께서는 과거 드래곤 아에곤이 앉았던 자리에 앉아 계십니다. 아에곤의 아들이 지은 성안에서요. 조프리 왕은 드래곤의 후계자십니다. 그리고 진홍색은 라니스터 가문의 상징 색이니, 이 또한 적절한 징조지요. 이 혜성은 조프리 왕의 즉위를 알리는 전령이라 믿어 의심치 않습니다. 그분이 적을 짓밟고 승리하리라는 의미지요."

'정말 그럴까? 신들이 그렇게 잔인할까?' 산사의 어머니는 지금 조프리의 적들 중 하나였고, 롭 오빠도 마찬가지였다. 산사의 아버지는 왕의 명에 따라 죽었다. 다음에는 롭과 어머니가 죽을까? 혜성은 붉었지만, 조프리는 라니스터일 뿐 아니라 바라테온이기도 했고, 바라테온의 문장은 금빛 바탕에 검은색 수사슴이었다. 그러니 신들이 조프리에게 보냈다면 금빛 혜성이어야 하지 않을까?

산사는 덧문을 닫고 창에서 몸을 휙 돌렸다. "오늘은 무척 아름다우십니다, 아가씨." 아리스 경이 말했다.

"고마워요." 산사는 조프리가 그의 명명일을 기념하는 마상 시합에 자신을 참석시키려 하는 줄 알았기에, 얼굴과 옷차림에 특별히 신경을 기울였다. 연한 자주색 비단 가운을 입고, 조프리가 선물한 문스톤 머리그물을 썼다. 가운의 긴 소매는 두 팔에 남은 멍을 감춰주었다. 그 멍도 조프리의 선물이었다. 롭이 북부의 왕으로 선포되었다는 소식이 전해졌을 때 조프리는 무시무시하게 격노했고, 보로스 경을 보내어 산사를 때렸다.

"가실까요?" 아리스 경이 팔을 내밀자 산사는 그 팔을 잡고 방을 나섰다. 킹스가드 중에 누군가에게 끌려가야 한다면 아리스 경이 제일 나았다. 보로스 경은 성질이 급했고, 메린 경은 차가웠으며, 맨던 경의 이상하게 죽은 눈은 불편했고, 프레스턴 경은 산사를 멍청한 어린아이 취급했다. 아리스 오크하트는 공손했고 정중하게 말했다. 조프리가 산사를 때리라고 명령했을 때 반대한 적도 있었다. 결국에는 때렸지만, 메린 경이나 보로스 경처럼 세게 때리지는 않았고, 어쨌든 맞서보기는 했다. 다른 이들은 덮어놓고 복종했다…… 사냥개는 예외였다. 조프리는 결코 사냥개에게 산사를 벌하라고 시키지 않았다. 다른 다섯 명을 이용했다.

연갈색 머리의 아리스 경은 보기에 나쁘지 않은 얼굴이었다. 오늘은 새

하얀 비단 망토의 어깨 부분을 황금 잎사귀로 여미고, 가슴팍에 반짝이는 금실로 가지를 넓게 펼친 참나무를 수놓은 튜닉을 입은 모습이 유난히 늠름했다. "오늘의 명예는 누가 따낼까요?" 산사는 그와 팔짱을 끼고 계단을 내려가면서 물었다.

"저요." 아리스 경은 미소 지으며 대답했다. "하지만 재미없는 승리가 될 지도 모르겠습니다. 규모도 작고, 빈약한 시합이 될 테니까요. 종자들과 자유기수들을 합해도 시합장에 들어오는 수가 마흔이 안 될 겁니다. 풋내기들을 말에서 떨궈봐야 대단한 명예는 못 되지요."

지난번 마상 시합은 달랐다. 로버트 왕이 산사의 아버지를 위해 개최한 시합이었다. 전국에서 대귀족들과 전설적인 대전사들이 참가하러 왔고, 도시 전체가 몰려 나가서 구경했다. 산사는 그 화려함을 기억했다. 강을 따라 펼쳐진 큰 천막들은 문 앞마다 기사의 방패를 걸어놓았고, 길게 늘어선 비단 깃발들이 바람에 휘날렸으며, 윤이 나는 강철과 금박 입힌 박차에 반사되는 햇빛이 눈부셨다. 낮이면 나팔 소리와 말발굽 소리가 울려 퍼졌고, 밤이면 연회와 노래가 가득했다. 산사의 인생에서 가장 마법 같은 나날이었지만, 이제는 다른 시대의 기억 같았다. 로버트 바라테온은 죽었고, 산사의 아버지도 죽었다. 바엘로르 대성소의 계단에서 반역자로 참수당했다. 이제 나라에는 왕이 셋이나 있었고, 트라이던트 강 너머에서 전쟁이 맹위를 떨치는 동안 도시에는 필사적인 사람들이 가득했다. 조프리의 마상 시합을 레드킵의 두꺼운 돌벽 안에서 치러야 하는 것도 놀랍지 않았다.

"왕대비께서도 오실까요?" 산사는 아들을 저지할 세르세이가 있을 때 언제나 더 안전한 기분이었다.

"안타깝게도 못 오실 듯합니다. 긴급한 일로 소협의회가 모였답니다." 아리스 경은 목소리를 낮췄다. "타이윈 공께서 왕대비님의 명대로 군대를 데려오시지 않고 하렌홀로 잠적하셨습니다." 그는 진홍색 망토를 두르고 사자 장식이 달린 투구를 쓴 라니스터 위병이 일렬로 지나가자 입을 다물었다. 아리스 경은 소문을 좋아했지만, 아무도 듣지 않는다는 확신이 있을 때만 말했다.

목수들이 외벽 안뜰에 관람석과 시합용 목책을 세워놓았다. 형편없는 시합장이었고, 구경하러 모여든 사람들도 관람석을 반밖에 채우지 못했다. 구경꾼들 대부분은 도시 경비대의 황금 망토 아니면 라니스터 가문의 진홍색 망토를 두른 위병들이었다. 귀족들은 궁정에 남아 있던 한 줌뿐이었다. 잿빛 얼굴의 자일스 로스비 공은 분홍색 비단 손수건에 대고 기침을 했다. 탠다 부인은 차분하고 따분한 롤리스와 신랄한 팔리스, 두 딸을 양옆에 거느렸다. 흑단 같은 피부의 잘라바르 쇼는 달리 갈 피난처가 없는 망명자였고, 헤이포드 가문의 여주인인 아기 에메산드는 유모의 무릎에 앉아 있었다. 소문에는 곧 왕대비의 사촌 중 하나와 결혼하리라 했다. 그래야 라니스터가 헤이포드 영지를 차지할 수 있으니까.

왕은 진홍색 차양 아래에서, 나무 의자의 조각 팔걸이 위에 무심하게 한쪽 다리를 걸치고 앉아 있었다. 미르셀라 공주와 토멘 왕자가 그 뒤에 앉았다. 왕실 관람석 뒤편에는 산도르 클리게인이 두 손을 검대에 얹고 섰다. 넓은 어깨에 새하얀 킹스가드의 망토를 늘어뜨리고 보석 브로치로 여몄는데, 거친 갈색 직물로 만든 튜닉과 금속 단추가 박힌 가죽조끼와 대조를 이루는 눈 같은 하얀 천이 부자연스러웠다. "산사 아가씨." 사냥개는 그녀를 보자 무뚝뚝하게 말했다. 나무를 톱질하는 소리처럼 거친 목소리였다. 얼굴과 목에 남은 화상 흉터 때문에 말을 하면 입 한쪽이 씰룩거렸다.

미르셀라 공주는 산사의 이름을 듣고 소심하게 고개를 끄덕여 인사했지만, 어린 토멘 왕자는 열성적으로 뛰어 일어났다. "산사, 들었어요? 난 오늘 마상 시합에서 달릴 거예요. 어머니께서 그래도 된다셨어." 토멘은 여덟 살이었다. 토멘을 보면 동생 브랜이 떠올랐다. 둘은 거의 같은 나이였다. 브랜은 불구가 되어, 그러나 안전하게 윈터펠에 있었다.

브랜과 함께 있을 수 있다면 무엇이든 줄 텐데. 산사는 토멘에게 진지하게 말했다. "왕자님의 적수가 무사할지 걱정이네요."

"저 녀석의 적수는 짚을 채운 인형일 거야." 조프리가 일어서면서 말했다. 왕은 금방이라도 전쟁이 닥치기를 기대한다는 듯, 가슴팍에 포효하는 사자를 새겨 넣은 금박 흉갑을 입고 있었다. 조프리는 오늘로 열세 살이었고, 나이에 비해 키가 컸으며, 라니스터의 녹색 눈동자와 금발을 지녔다.

"전하." 산사는 예절에 따라 무릎을 굽히며 말했다.

아리스 경이 절을 했다. "실례하겠습니다, 전하. 시합장에 나갈 준비를 해야 해서요."

조프리는 무뚝뚝하게 손을 내저어 아리스 경을 보내고 산사를 머리끝부터 발끝까지 살폈다. "내가 선물한 보석을 걸쳐서 기쁘군."

오늘 왕은 친절하게 굴기로 한 모양이었다. 산사는 안도했다. "감사드립니다……. 상냥한 말씀에도요. 행운이 가득한 명명일이 되기를 빕니다, 전하."

"앉으시오." 조프리는 빈 옆자리를 가리키며 명했다. "소식 들었소? 거지 왕이 죽었다오."

"누구요?" 산사는 순간 롭 이야기일까 봐 두려웠다.

"비세리스 말이오. 미친 왕 아에리스의 막내아들. 내가 태어나기 전부터 자유도시들을 전전하며 왕을 자칭했지. 흠, 어머니 말씀이 마침내 도트락인들이 그놈에게 왕관을 씌웠다는군. 녹인 금으로 말이야." 조프리는 소리 내어 웃었다. "웃기지 않나? 드래곤이 타르가르옌의 문장인데 말이야. 거의 당신의 반역자 오빠가 늑대에게 죽었다는 소식이나 다름없어. 내가 그놈을 잡으면 늑대들 밥으로 줄지도 모르겠군. 내가 그놈과 단독 결투를 해볼 마음이 있다는 말을 했던가?"

"저도 꼭 보고 싶습니다, 전하." '당신 생각보다 훨씬 더.' 산사는 차분하고 정중한 말투를 고수했지만, 그래도 조프리는 산사가 조롱하는 것인지 여부를 판단하려고 눈을 가늘게 떴다. 산사는 얼른 물었다. "오늘 시합에 나가시나요?"

왕은 얼굴을 찌푸렸다. "어머님께서 나를 축복하는 마상 시합에 내가 나가는 건 적절치 않다고 하시더군. 그렇지만 않다면 내가 우승자가 될 텐데 말이야. 그렇지 않나, 개?"

사냥개는 입을 씰룩였다. "이놈들 상대로야 안 될 것 있겠소?"

산사는 아버지의 마상 시합에서 사냥개가 우승했다는 사실을 돌이켰다. "경은 오늘 마상 창시합에 출전하시나요?"

클리게인의 목소리에는 경멸이 짙게 배어 있었다. "내가 무장하고 나설 가치가 없지. 이건 각다귀들의 시합이오."

왕이 웃음을 터뜨렸다. "내 개는 사납게도 짖지. 개에게 오늘의 우승자와 싸우라고 할까 봐. 죽을 때까지." 조프리는 한쪽이 죽을 때까지 싸우게 만들기를 좋아했다.

"기사만 하나 줄어들 거요." 사냥개는 기사 서약을 한 적이 없었다. 그의 형이 기사였고, 그는 형을 증오했다.

나팔 소리가 요란하게 울렸다. 왕은 의자에 기대앉아서 산사의 손을 잡았다. 예전 같으면 심장이 두근거렸겠지만, 그건 자비를 청한 그녀에게 아버지의 머리통으로 답하기 전의 일이었다. 지금은 조프리의 손이 닿으면 역겹기만 했지만, 그런 감정을 드러내지 않아야 한다는 정도는 알았다. 산사는 아주 가만히 앉아 있었다.

"킹스가드의 메린 트랜트 경입니다." 의전관이 외쳤다.

금으로 무늬를 아로새긴 눈부신 하얀 갑옷을 입고, 회색 갈기를 나부끼는 우윳빛 군마에 오른 메린 경이 시합장 서쪽으로 들어왔다. 등 뒤로 눈밭 같은 하얀 망토가 흘러내렸다. 손에는 3.5미터짜리 기마 창을 들었다.

"아버의 레드와인 가문, 호버 경입니다." 의전관이 노래했다. 호버 경은 와인색과 푸른색으로 호화롭게 입힌 검은색 종마를 타고 동쪽에서 들어왔다. 기마 창에도 같은 두 색깔로 줄무늬를 넣었고, 방패에는 레드와인 가문의 상징인 포도송이를 그렸다. 레드와인 쌍둥이는 산사만큼이나 본의 아니게 왕비의 손님이 된 처지였다. 그들을 조프리의 마상 시합에서 달리게 하자는 게 누구 생각이었을지 궁금했다. 본인들의 생각은 아니었으리라.

축제 담당관이 신호를 보내자, 두 기사는 창을 비스듬히 겨누고 말에 박차를 가했다. 지켜보는 위병들과 관람석에 앉은 귀족들이 큰 소리를 질렀다. 두 기사는 시합장 중앙에서 만나 나무와 강철을 맞부딪쳤다. 하얀 창과 줄무늬 창 둘 다 산산조각이 났다. 호버 레드와인은 그 충격에 휘청거렸지만, 어찌어찌 떨어지지 않고 자리를 지켰다. 두 기사는 시합장 양 끝으로 가서 말을 돌리고, 부러진 창을 내던진 후 종자들에게서 새로운 창을 받아 들었다. 호버 경의 쌍둥이 형제인 호라스 레드와인 경이 격려하는 소리를 질렀다.

그러나 두 번째 교차에서 메린 경은 창끝을 휘둘러 호버 경의 가슴을 때렸고, 호버 경은 안장에서 밀려나서 요란한 소리와 함께 땅에 떨어졌다. 호라스 경이 욕을 퍼부으며 다친 형제를 도우러 달려 나왔다.

"말을 형편없이 탔어." 조프리 왕이 선언했다.

"레드워치 스톤헬름(Stonehelm, 돌투구 성)의 발론 스완 경입니다." 의전관이 외치는 소리가 들렸다. 활짝 편 하얀 날개 한 쌍이 발론 경의 대투구를 장식했고, 방패에서는 흑조와 백조가 싸웠다. "하렌홀의 영주 자노스 공의 후계자, 슬린트 가문의 모로스입니다."

"저 우쭐대는 멍청이 좀 보라지." 조프리는 시합장의 절반이 들을 수 있을 만큼 큰 소리로 야유했다. 아직 종자에 지나지 않는 데다 심지어 갓 종자가 된 모로스는 기마 창과 방패를 가누기 힘들어했다. 기마 창은 기사의 무기였고, 슬린트 가문은 태생이 비천했다. 조프리가 하렌홀 영주로 격상시키고 소협의회에 앉히기 전까지만 해도 자노스 공은 도시 경비대장에 불과했다.

'떨어져서 망신당했으면 좋겠어. 발론 경에게 죽어버렸으면 좋겠어.' 산사는 비통하게 생각했다. 조프리가 산사의 아버지에게 죽음을 선고했을 때, 산사가 울부짖는 동안 왕과 군중들이 볼 수 있게 에다드 공의 머리카락을 잡고 잘린 머리통을 높이 들어 올린 자가 자노스 슬린트였다.

모로스는 금색 소용돌이 문양으로 장식한 검은 갑옷 위에 검은색과 금색 격자무늬 망토를 걸쳤다. 방패에는 그 아비가 새로 생긴 가문의 상징으로 고른 피 묻은 창을 넣었다. 하지만 모로스는 말을 재촉하면서 방패를 어찌해야 할지 모르는 것 같았고, 발론 경의 창끝은 그 문장을 정통으로 때렸다. 모로스는 창을 떨어뜨리고 균형을 잡으려고 애쓰다가 실패했다. 떨어지다가 한쪽 발이 등자에 걸렸고, 달아나는 군마가 청년을 시합장 끝까지 끌고 가면서 머리통이 계속 땅에 부딪쳤다. 조프리는 경멸을 담아 야유했다. 산사는 혹시 신들이 복수해달라는 그녀의 기도를 들어주신 걸까 겁에 질렸다. 그러나 모로스 슬린트를 말에서 풀어주고 보니 피투성이이긴 해도 살아 있었다. 왕은 동생에게 말했다. "토멘, 네 적수를 잘못 골랐나 보다. 지푸라기 기사라도 저 녀석보다는 낫겠어."

그다음은 호라스 레드와인 경 차례였다. 그는 쌍둥이 형제보다 성적이 좋아서, 파란색과 흰색 줄무늬 바탕에 은색 그리핀을 그려 넣은 천으로 말을 꾸민 나이 든 기사를 무찔렀다. 화려해 보이지만 형편없는 참가자였다. 조프리는 입술을 비쭉였다. "엉망이군."

"내가 경고했지요. 각다귀들이라고." 사냥개가 말했다.

왕은 지루해하고 있었다. 그 탓에 산사는 불안해졌다. 산사는 눈을 내리깔고 무슨 일이 있어도 조용히 있기로 결심했다. 조프리 바라테온의 기분이 나빠지면, 어떤 말이 심기를 건드릴지 몰랐다.

의전관이 외쳤다. "베일리시 공을 모시는 자유기수, 로소르 브룬입니다. 홀라드 가문의 붉은 기사 돈토스 경입니다."

문장도 없는 찌그러진 갑옷을 입은 몸집 작은 자유기수는 시합장 서쪽에 제대로 나타났지만, 그 상대는 보이지 않았다. 한참 만에 진홍색 비단에 휘감긴 밤색 종마가 속보로 걸어 나왔으나, 그 위에 돈토스 경은 없었다. 기사는 잠시 후에, 흉갑과 깃털 투구 외에는 아무것도 걸치지 않은 채 욕을 하며 비틀비틀 나타났다. 다리는 창백하고 앙상했으며, 말을 쫓아 달리자 남근이 보기 흉하게 덜렁거렸다. 구경꾼들이 아우성을 치고 모욕적인 말을 퍼부었다. 달려가는 말고삐를 잡은 돈토스 경은 올라타려고 했지만, 말은 가만히 서 있지 않았고 기사는 너무 취해서 맨발이 자꾸 등자를 헛디뎠다.

그때쯤에는 군중들이 미친 듯이 웃고 있었다……. 조프리 왕만 빼고. 조프리는 산사가 잘 기억하는 눈빛을 짓고 있었다. 바엘로르 대성소에서 에다드 스타크 공의 죽음을 선언하던 날 보았던 것과 똑같은 눈빛이었다. 마침내 붉은 기사 돈토스 경은 소용없는 짓을 포기하고 먼지 속에 주저앉아 깃털 투구를 벗었다. "졌소이다. 와인 좀 갖다 주시오." 돈토스가 외쳤다.

왕이 일어섰다. "저장고에서 통으로 가져와라! 저놈이 빠져 죽는 꼴을 봐야겠다."

산사는 헛숨을 들이켜고 말았다. "그럴 순 없어요."

조프리가 고개를 돌렸다. "뭐라고 했지?"

산사는 자신이 말했다는 사실을 믿을 수가 없었다. 미쳤던 걸까? 궁정의 절반 앞에서 조프리에게 안 된다고 하다니. 아무 말도 하지 않을 생각이었는데. 그래도…… 돈토스 경은 주정뱅이였고 멍청했으며 쓸모없었으나, 악의는 없는 인물이었다.

"나보고 그럴 순 없다고 했나? 그랬어?"

"제발, 전 그저…… 불운이 따를 거예요, 전하……. 명, 명명일에 사람을 죽이면요."

"거짓말을 하는군. 저놈이 그리 마음 쓰인다면 같이 빠져 죽게 해야겠다."

"저자는 아무래도 좋습니다, 전하." 말이 필사적으로 튀어나왔다. "빠져 죽게 하시든, 머리를 자르시든 상관없어요. 다만…… 내일 죽이세요. 부디…… 전하의 명명일인 오늘 말고요. 전하께 불운이 따른다면 참을 수 없는 일입니다……. 왕들이라 해도 끔찍한 운이 따른다고, 가수들이 다들 그래요……."

조프리는 얼굴을 찡그렸다. 그는 산사가 거짓말을 하는 줄 알고 있었다. 산사도 알 수 있었다. 그는 대가를 치르게 할 것이다.

그때 사냥개가 쉰 목소리로 말했다. "계집애 말이 맞소. 명명일에 뿌린 씨를 1년 내내 수확하는 법이지." 왕이 그 말을 믿든 말든 상관없다는 듯 덤덤한 목소리였다. 정말 그런 거였을까? 산사는 알지 못했다. 그저 벌을 피하기 위해 필사적으로 아무 말이나 했을 뿐이었다.

조프리는 불쾌한 기분을 드러내며 앉은 자세를 바꾸더니 돈토스 경을 향해 손가락을 튕겼다. "끌고 나가라. 저 광대 놈은 내일 죽이겠다."

"맞아요." 산사가 말했다. "광대가 맞습니다. 그걸 알아보시다니 정말 영명하세요. 저자는 기사보다는 광대에 더 어울려요. 그렇지 않나요? 알록달록한 옷을 입히고 어릿광대짓을 하게 하셔야 해요. 빠른 죽음이라는 자비를 얻을 자격이 없습니다."

왕은 산사를 잠시 바라보았다. "어머니 말씀만큼 멍청하진 않은가 보군." 그는 목소리를 높였다. "내 약혼녀 말 들었나, 돈토스? 오늘부터 넌 내 광대다. 문보이와 같이 자고 알록달록한 옷을 입을 수 있어."

죽음이 목전에 닥쳐서 술이 깬 돈토스 경은 무릎을 대고 기었다. "감사드립니다, 전하. 아가씨께도 감사드립니다."

돈토스가 라니스터 위병 한 쌍에게 끌려 나가자 축제 담당관이 귀빈석으로 다가왔다. "전하, 브룬과 싸울 새로운 도전자를 부를까요, 아니면 다음 시합으로 넘어갈까요?"

"둘 다 됐다. 이것들은 기사가 아니라 각다귀들이야. 내 명명일만 아니었으면 모조리 죽여버리고 싶구나. 마상 시합은 끝났다. 다들 내 눈앞에서 치워라."

축제 담당관은 고개를 숙였지만, 토멘 왕자는 그렇게 순순히 따르지 않았다. "내가 지푸라기 기사를 상대로 달리기로 되어 있었잖아."

"오늘은 안 돼."

"하지만 달리고 싶어!"

"네가 뭘 하고 싶어 하든 상관없어."

"어머니께서 달릴 수 있다고 하셨어."

"맞아, 어머니께서 그러셨어." 미르셀라 공주가 맞장구를 쳤다.

"어머니께서 그러셨어." 왕이 흉내를 내며 조롱했다. "애같이 굴지 마."

"우린 애들이야. 애같이 굴어도 돼." 미르셀라가 도도하게 선언했다.

그러자 사냥개가 소리 내어 웃었다. "정곡인데요."

조프리가 졌다. "알았다. 내 동생도 다른 놈들보다 더 나쁠 순 없겠지. 담당관, 창 과녁을 가져와라. 토멘이 각다귀가 되고 싶다는구나."

토멘은 기쁨의 함성을 지르고, 통통하고 짧은 다리를 힘껏 놀려 준비하러 달려 나갔다. "행운을 빌어요." 산사는 토멘에게 외쳤다.

왕자의 조랑말에 안장을 얹는 동안, 시합장 맨 끝에 창 과녁이 섰다. 토멘의 적수는 짚을 채워 넣은 애들 크기만 한 가죽 전사로, 한 손에는 방패를 반대쪽 손에는 완충재를 감은 철퇴를 쥐고 회전판에 앉아 있었다. 누군가가 그 허수아비 기사의 머리에 사슴뿔 한 쌍을 묶어두었다. 산사는 조프리의 아버지인 로버트 왕이 투구에 사슴뿔을 달았었음을 기억했다…….그러나 로버트의 동생으로 반역자가 되어 왕을 자칭한 렌리 공도 마찬가지였다.

종자 두 명이 토멘 왕자에게 화려한 은색과 진홍색의 갑옷을 입혔다. 투구에는 붉은 깃털이 높이 솟았고, 방패에서는 라니스터의 사자와 바라테온의 왕관 쓴 수사슴이 함께 뛰놀았다. 종자들이 토멘을 도와 조랑말에 앉혔고, 레드킵의 훈련대장인 아론 산타가르 경이 나서서 여덟 살짜리 손에 맞게 만든, 날이 무딘 잎사귀 모양의 은제 장검을 건넸다.

토멘은 그 칼을 높이 치켜들었다. "캐스털리록!" 토멘은 어린아이다운 높은 목소리로 외치고는 조랑말을 걷어차고 과녁을 향해 단단하게 다져진 땅을 달리기 시작했다. 탠다 부인과 자일스 공이 소란스레 응원을 시작했고, 산사도 목소리를 더했다. 왕은 말없이 생각에 잠겨 있었다.

토멘은 조랑말을 속보로 몰면서 장검을 힘껏 휘두르더니, 지나치면서 상대 기사의 방패를 제대로 때렸다. 과녁이 빙그르르 돌고, 푹신한 철퇴가 획 날아서 왕자의 뒤통수를 세게 때렸다. 토멘은 안장에서 미끄러졌고, 땅에 떨어지면서 새 갑옷이 낡은 냄비 자루처럼 덜그럭거렸다. 장검은 날아가버렸고, 조랑말은 안뜰을 가로질러 달려갔고, 웃음소리가 크게 일었다. 조프리 왕이 제일 오래, 제일 크게 웃었다.

"아." 미르셀라 공주가 부르짖더니, 재빨리 귀빈석을 빠져나가서 동생에게 달려갔다.

산사는 이상하게 충동적인 용기에 사로잡혀 왕에게 말했다. "같이 가보셔야지요. 동생이 다쳤을지도 몰라요."

조프리는 어깨를 으쓱였다. "그러면 또 어때서?"

"동생을 일으켜 세우고 정말 잘 달렸다고 말해주셔야 해요." 산사는 멈출 수가 없었다.

"얻어맞고 말에서 떨어져서 흙바닥을 굴렀잖아. 그건 잘 달린 게 아니지."

"보십쇼." 사냥개가 끼어들었다. "용기가 있군요. 다시 시도하는데요."

종자들이 토멘 왕자를 도와서 조랑말에 태우고 있었다. '조프리가 아니라 토멘이 형이었다면 좋았을 텐데. 토멘과는 결혼해도 괜찮을 텐데.'

그때 문루에서 나는 소리가 사람들을 놀랬다. 사슬이 철컹거리면서 쇠창살이 위로 올라가고, 쇠경첩이 삐걱거리면서 거대한 성문이 열렸다. "누가 문을 열라고 했나?" 조프리가 물었다. 시내에 일어나는 말썽 때문에 레드킵의 성문은 며칠째 닫혀 있었다.

강철이 부딪치는 소리와 말발굽 소리가 나더니 쇠창살 아래로 기수들이 나타났다. 클리게인은 장검 손잡이에 한 손을 얹고 왕에게 다가섰다. 방문자들은 남루하고 찌그러지고 먼지투성이였지만, 들고 있는 군기는 진홍색 바탕에 금빛으로 그려진 라니스터의 사자였다. 몇 명은 라니스터 중장병의 갑옷과 붉은 망토를 입었으나, 그보다는 너절한 갑옷을 입고 날카로운 강철 무기를 쳐든 자유기수와 용병들이 더 많았고…… 다른 이들도 있었다. 낸 할멈의 이야기 중에서도 브랜이 좋아하던 무서운 이야기에서 튀어나온 것 같은 야만인들이었다. 그들은 해진 동물 가죽과 가죽 갑옷을 걸쳤고, 머리는 길었고 수염이 거칠었다. 머리나 손에 피 묻은 붕대를 감은 이들도 있었고, 눈이나 귀나 손가락이 없는 자들도 있었다.

그들 사이에서, 앞뒤가 높이 솟은 기묘한 안장 위에 앉아 키가 큰 붉은 말을 모는 사람은 바로 왕대비의 난쟁이 동생, 사람들이 '꼬마 악마'라고 부르는 티리온 라니스터였다. 주걱상의 얼굴을 덮도록 기른 수염은 철사처럼 굵었고 뻣뻣한 노란색과 검은색 털이 엉켜 있었다. 등에는 하얀 줄무늬가 들어간 검은색 그림자삵 모피 망토가 흘러내렸다. 오른팔은 하얀 비단 삼각건으로 고정하고 왼손으로 고삐를 잡기는 했지만, 그 외에는 윈터펠에서 산사가 보고 기억했던 기괴한 모습 그대로였다. 툭 튀어나온 이마와 짝짝이 눈을 지닌 티리온은 여전히 산사가 이제까지 본 중 가장 못생긴 남자였다.

토멘은 기쁨의 소리를 지르더니 조랑말에 박차를 가하여 그쪽으로 달려갔다. 야만인 중에서 털투성이이다 못해 구레나룻에 얼굴이 다 가려진 느릿느릿한 거한이 소년을 갑옷째로 안장에서 들어 올리더니 제 삼촌 옆에 내려놓았다. 티리온이 토멘의 등갑을 때리자 토멘의 숨 가쁜 웃음소리가 울려 퍼졌고, 산사는 그 둘이 키가 같다는 사실에 놀랐다. 미르셀라가 동생을 따라 뛰어갔고, 난쟁이는 미르셀라의 허리를 잡고 들어 올려 빙그르르 돌렸다.

난쟁이는 꺅꺅거리는 미르셀라를 땅에 내려놓고 이마에 가볍게 입을 맞추더니 뒤뚱거리며 조프리 쪽으로 걸어왔다. 부하 두 명이 그 뒤를 바싹 따랐다. 도둑고양이처럼 움직이는 검은 머리 검은 눈의 용병과, 한쪽 눈이 있었을 자리에 빈 눈구멍만 남은 여윈 청년이었다. 토멘과 미르셀라가 그 뒤를 따라왔다.

난쟁이는 왕 앞에서 한쪽 무릎을 꿇었다. "전하."

"당신." 조프리가 말했다.

"나요." 꼬마 악마가 응수했다. "삼촌이자 연장자라는 사실을 감안하면 좀 더 정중한 인사가 적절하겠지만."

"댁은 죽었다던데." 사냥개가 말했다.

작은 남자는 큰 남자를 노려보았다. 한쪽 눈은 녹색, 한쪽 눈은 검은색이었고 둘 다 서늘했다. "난 왕에게 이야기하고 있었다. 왕의 잡종개가 아니라."

"살아 계셔서 기뻐요." 미르셀라 공주가 말했다.

"나도 같은 마음이란다, 아가야." 티리온은 산사를 돌아보았다. "아가씨, 삼가 조의를 표합니다. 신들은 실로 잔인하시지요."

산사는 할 말을 생각해낼 수가 없었다. 어떻게 이자가 조의를 표할 수가 있지? 놀리는 걸까? 잔인했던 건 신들이 아니라 조프리였다.

"네게도 조의를 표한다, 조프리." 난쟁이가 말했다.

"무슨 조의?"

"네 아버님이 돌아가시지 않았던가? 검은 턱수염을 기른 덩치 크고 사나운 남자 말이다. 생각해보면 기억이 날 텐데. 선왕이었으니."

"아, 그렇지. 그래, 참 슬픈 일이었지. 멧돼지가 죽였어."

"'사람들이' 그렇게 말하던가요, 전하?"

조프리는 얼굴을 찌푸렸다. 산사는 무슨 말이든 해야 한다고 느꼈다. 모르데인 성사가 늘 하던 말이 뭐였더라? 숙녀의 무기는 예절이라고 했었지. 산사는 그 갑옷을 갖추고 말했다. "제 어머니가 공을 포로로 잡으셨던 일은 안타까워요."

티리온이 대꾸했다. "아주 많은 사람들이 그 일을 안타까워하지요. 내가 끝장나지 않았다는 점을 더 안타까워하는 사람도 있겠고……. 그래도 고맙군요. 조프리, 네 어머니는 어디에서 찾을 수 있을까?"

"내 소협의회와 함께 계시지. 당신 형인 제이미가 전투에서 계속 져서 말이야." 왕은 그게 산사 잘못이라도 된다는 듯이 화난 눈빛을 보냈다. "제이미는 스타크에게 붙잡혔고, 우린 리버런을 잃었고, 이젠 산사의 멍청한 오빠가 왕을 자칭하고 있어."

난쟁이는 뒤틀린 미소를 지었다. "요새는 온갖 것들이 다 왕을 자칭하지."

조프리는 그 말을 어떻게 해석해야 할지 몰랐지만, 의심을 품고 언짢아했다. "그래. 뭐, 삼촌이 죽지 않아 기쁘군. 내 명명일 선물은 가져왔나?"

"가져왔지. 나의 재치."

"그보다는 롭 스타크의 머리통이 좋겠는데." 조프리는 산사에게 음흉한 눈빛을 던졌다. "토멘, 미르셀라, 가자."

산도르 클리게인은 잠시 뒤에 머물렀다. "나라면 그 혀를 잘 간수하겠소, 난쟁이." 그는 그렇게 경고하고 나서 큰 걸음으로 주군을 따라갔다.

산사는 난쟁이와 그의 괴물들과 함께 남았다. 산사는 달리 무슨 말을 해야 할지 생각하다가 가까스로 말했다. "팔을 다치셨군요."

"그린포크에서 싸울 때 그대의 북부인 중 하나가 가시 철퇴로 쳤다오. 말에서 떨어지면서 피했지." 티리온은 히죽 웃더니 산사의 얼굴을 찬찬히 살피면서 표정을 부드럽게 바꿨다. "아버님 때문에 그렇게 슬픈 건가?"

"아버지는 반역자였어요." 산사는 즉시 말했다. "제 오빠와 어머니도 반역자고요." 금세 몸에 익힌 반사 반응이었다. "전 사랑하는 조프리에게 충성해요."

"물론 그렇겠지. 늑대들에게 둘러싸인 사슴만큼이나 충성스럽겠지."

"사자예요." 산사는 무심코 속삭였다. 그러고는 불안하게 주위를 둘러보았지만, 그 말을 들을 만큼 가까이 선 사람은 없었다.

라니스터는 산사의 손을 쥐고 잠시 힘을 주어 잡았다. "나는 작은 사자에 불과하고, 맹세코 그대를 공격하지는 않을 거라오." 그는 절을 하고 말했다. "하지만 지금은 실례해야겠군. 왕대비와 소협의회와 급한 볼일이 있어서."

산사는 괴상한 익살극처럼 걸음마다 심하게 기우뚱거리며 걸어가는 티리온의 모습을 지켜보았다. '저 사람은 조프리보다 상냥하게 말하지만, 왕비도 나에게 상냥하게 말했지. 그래봐야 라니스터야. 왕비의 동생이고 조프리의 삼촌이야. 친구가 아니야.' 한때 그녀는 조프리 왕자를 진심으로 사랑했고, 그 어머니인 왕비를 존경하고 신뢰했다. 그들은 그 사랑과 신뢰를 아버지의 머리통으로 갚았다. 다시는 그런 실수를 되풀이할 생각이 없었다.

티리온

으스스하도록 하얀 킹스가드 옷을 입은 맨던 무어 경은 수의에 싸인 시체처럼 보였다. "왕대비 전하께서 회의 중에는 방해하지 말라 명하셨습니다."

"내가 방해해봤자 작은 방해일 텐데." 티리온은 소매에서 양피지 두루마리를 꺼냈다. "내 아버지이자 왕의 수관이신 타이윈 라니스터 공의 편지를 가져왔네. 그분의 인장이 찍혀 있어."

"왕대비 전하께서는 방해를 싫어하십니다." 맨던 경은 티리온이 아둔해서 아까 한 말을 듣지 못했다는 듯 천천히 같은 말을 되풀이했다.

언젠가 제이미는 맨던 무어가 킹스가드에서 가장 위험한 인물인데—물론 제이미 자신을 제외하고 말이지만—다음에 무슨 짓을 할지 얼굴에 전혀 드러내지 않기 때문이라고 했다. 표정으로 암시해준다면 좋으련만. 칼싸움을 벌인다면 아마 브론과 티멧이 죽일 수 있을 테지만, 조프리의 근위기사를 죽이고 시작한다면 좋은 징조로 여겨지진 않을 것이다. 하지만 이 남자에게 거절당하고 물러선다면 티리온이 권위를 어찌 세우겠는가? 티리온은 억지 미소를 지었다. "맨던 경, 내 동행들은 처음 만났겠지. 이쪽은 불탄 남자 씨족의 붉은 손, 티멧의 아들 티멧일세. 그리고 이쪽은 브론이야. 아마 아린 공의 위병대장이었던 바디스 이겐 경은 기억할 테지?"

"알지요." 맨던 경의 눈동자는 연한 회색빛으로, 이상하게 무미건조하고 생기가 없었다.

"더는 모를걸." 브론이 엷은 미소를 지으며 정정했다.

맨던 경은 그 말을 들었다는 기색을 비치지 않았다.

티리온은 가볍게 말했다. "그건 그렇다 치고, 난 정말로 누님을 만나서 이 편지를 건네야 한다네, 경. 부디 우리를 위해 문을 열어줄 수 있을까?"

하얀 기사는 대답하지 않았다. 티리온이 아무래도 힘으로 밀고 들어가야겠다는 결론에 이르기 직전, 맨던 경이 돌연 비켜섰다. "공은 들어갈 수 있습니다. 저들은 안 됩니다."

작은 승리였지만, 달콤했다. 첫 번째 시험에 통과한 셈이었다. 티리온 라니스터는 키가 커진 기분마저 느끼면서 어깨로 문을 밀고 들어갔다. 왕의 소협의회에 속한 다섯 명이 토론을 딱 멈췄다. "너." 세르세이가 불신과 불쾌감이 반반씩 섞인 말투로 말했다.

"조프리가 예절을 어디에서 배웠는지 알겠군." 티리온은 멈춰 서서 문을 지키는 발리리아산 스핑크스 한 쌍을 감탄의 눈으로 보며, 편안한 자신감을 발산하려 했다. 세르세이는 개가 공포의 냄새를 맡듯이 약한 기운을 감지할 수 있었다.

"네가 여기에서 뭘 하는 거지?" 누이의 아름다운 녹색 눈동자가 한 점의 애정도 없이 티리온을 살폈다.

"우리 아버지의 편지를 배달하고 있지." 티리온은 어슬렁어슬렁 탁자로 걸어가서 단단히 말린 양피지 두루마리를 둘 사이에 내려놓았다.

내시 바리스가 세심하게 분을 뿌린 손으로 편지를 집어 들고 이리저리 돌려보았다. "타이윈 공은 사려 깊기도 하시지요. 게다가 그분이 인장으로 쓰시는 밀랍은 참으로 아름다운 금빛이로군요." 바리스는 인장을 자세히 들여다보았다. "모든 면에서 진짜로 보입니다."

"물론 진짜겠지." 세르세이는 바리스의 손에서 편지를 낚아채더니 인장을 깨고 두루마리를 펼쳤다.

티리온은 누이가 편지를 읽는 모습을 지켜보았다. 조프리는 로버트만큼이나 소협의회에 자주 참석하지 않는 모양인지, 누이가 왕의 자리를 차지하고 있었다. 티리온은 수관의 자리에 기어 올라갔다. 그래야 적절해 보였다.

"터무니없군." 왕대비가 마침내 말했다. "아버님께서 소협의회의 당신 자리를 대신하라고 내 동생을 보내셨소. 우리더러 티리온을 왕의 수관으로 받아들이라는군. 아버님이 직접 오실 수 있을 때까지는."

파이셀 대학사는 길게 늘어진 흰 수염을 쓰다듬으며 무겁게 고개를 끄덕였다. "환영함이 마땅하겠군요."

"그렇다마다요." 턱살이 늘어진 대머리 자노스 슬린트는 개구리 같았다. 그것도 분수를 모르고 잘난 체하는 개구리. "공이 절실히 필요한 때입니다. 반란은 사방에서 일어나지, 하늘에는 불길한 징조가 떠 있지, 시내에는 폭동이 일지……."

"그건 누구 잘못이오, 자노스 공?" 세르세이가 날카롭게 비난했다. "귀공의 황금 망토들이 질서 유지를 책임지고 있소. 그리고 티리온 너는 전장에서 우리에게 더 도움이 될 텐데."

티리온은 소리 내어 웃었다. "아니, 고맙지만 전장은 이제 됐어. 말 등보다는 의자에 앉는 게 낫고, 전투 도끼보다는 와인 잔을 쥐는 게 나아. 천둥 같은 북소리, 갑옷에 번득이는 햇빛, 히힝거리고 활보하는 멋진 군마들? 글쎄, 북소리에는 머리가 아프고, 내 갑옷에 내리쬐는 햇빛 덕분에 몸은 수확제의 거위처럼 구워지지. 게다가 그 멋진 군마들은 사방에 똥을 싸대거든. 그렇다고 불평하는 건 아니야. 내가 아린 협곡에서 받은 환대에 비하면 북소리나 말똥이나 파리에 물리는 건 좋아한다고 말할 수 있지."

리틀핑거가 웃음을 터뜨렸다. "말 잘했소, 라니스터. 꼭 내 마음과 같군요."

티리온은 드래곤 뼈 손잡이와 발리리아 강철 날로 이루어진 어느 단검을 떠올리며 그에게 미소를 지었다. '우린 그 단검에 대해 이야기해야 해. 곧.' 피터 베일리시 공이 그 화제도 이렇게 재미있어할까 궁금했다. 티리온은 협의회원들에게 말했다. "부디 나에게 가능한 사소한 방식으로나마 봉사하게 해주시길."

세르세이는 편지를 다시 읽었다. "병사는 몇이나 데려왔지?"

"몇백 명쯤. 주로 내 사람들이야. 아버지는 부하들과 헤어지길 싫어하셔서 말이지. 어쨌든 전장에서 싸우고 계시니."

"렌리가 이 도시로 행군하거나, 스타니스가 드래곤스톤에서 배를 타고 오면 네가 데려온 몇백 명이 무슨 쓸모가 있지? 나는 군대를 요청했는데 아버지는 난쟁이를 보내시는군. 수관은 왕이 소협의회의 동의를 얻어서 지명하는 거야. 조프리는 아버님을 지명했어."

"그리고 아버님은 나를 지명하셨지."

"그럴 순 없어. 조프리의 동의 없이는 안 돼."

"타이윈 공과 어울리고 싶다면, 그분은 군대와 함께 하렌홀에 계시답니다." 티리온은 정중하게 말했다. "여러분, 내가 누님과 따로 이야기를 나눌 수 있겠소?"

바리스는 으레 보이는 반지르르한 미소와 함께 미끄러지듯 일어섰다. "사랑스러운 누님의 목소리를 얼마나 듣고 싶으셨겠습니까. 여러분, 두 분에게 함께 있을 시간을 드립시다. 우리 문제투성이 왕국의 고민거리들이야 그대로 있을 테니까요."

자노스 슬린트는 머뭇거리며, 파이셀 대학사는 느릿느릿 일어섰지만 어쨌든 일어섰다. 리틀핑거가 마지막으로 일어섰다. "집사에게 마에고르 성채에 거처를 준비하라 이를까요?"

"고맙군요, 피터 공. 하지만 난 스타크 공이 예전에 지내던 수관의 탑에 거하겠소."

리틀핑거는 소리 내어 웃었다. "나보다 용감하군요, 라니스터. 우리의 예전 수관 두 명의 운명을 알고 있습니까?"

"두 명? 나한테 겁을 줄 생각이라면 왜 네 명이라 말하지 않고요?"

"넷요?" 리틀핑거는 한쪽 눈썹을 올렸다. "아린 공보다 앞선 수관들도 그 탑에서 끔찍한 최후를 맞이했던가요? 안타깝게도 당시에는 너무 어려서 그분들에게 관심을 두지 못했군요."

"아에리스 타르가르옌의 마지막 수관은 킹스랜딩 약탈 중에 살해당했지만, 수관의 탑에 자리를 잡을 시간도 없었을 것 같긴 하구려. 고작 2주 동안만 수관이었으니. 그 전의 수관은 불에 타서 죽었지. 또 그 전에는 땅도 돈도 없이 망명 중에 죽었으면서도 행운이라고 생각했던 수관이 둘 있었소. 아마 내 아버님이 이름과 재산과 온전한 몸을 다 가지고 킹스랜딩을 떠난 마지막 수관이셨을 거요."

"흥미진진하군요. 그러니 저라면 수관의 탑보다는 차라리 지하감옥에서 자겠습니다."

'그 소원은 이뤄질지도 모르지.' 티리온은 그렇게 생각하며 말했다. "용기와 어리석음은 친척이라지요. 수관의 탑에 어떤 저주가 드리워 있을지는 몰라도, 나 정도면 그 저주의 주목을 피할 만큼 작기를 빌 뿐이오."

자노스 슬린트는 웃음을 터뜨렸고, 리틀핑거는 미소를 지었으며, 파이셀 대학사는 근엄하게 고개를 숙이고 두 사람을 따라 나갔다.

"아버지가 역사 수업으로 우리를 괴롭히라고 널 이렇게 멀리 보내신 게 아니길 빈다." 둘만 남자 세르세이가 말했다.

"누나의 다정한 목소리를 어찌나 듣고 싶던지." 티리온은 한숨을 내쉬었다.

"어찌나 그 내시의 혀를 달군 집게로 뽑아버리고 싶던지." 세르세이가 대꾸했다. "아버지는 감을 잃으신 거냐? 아니면 네가 편지를 위조한 거냐?" 세르세이는 편지를 다시 한 번 읽으면서 점점 짜증을 높였다. "왜 나한테 널 떠맡기신 거지? 난 아버지가 직접 오시길 원했는데." 그녀는 타이윈 공의 편지를 구겨 쥐었다. "난 조프리의 섭정이고, 왕명을 보냈단 말이다!"

"그리고 아버지는 누나를 무시했지." 티리온이 지적했다. "꽤 큰 군대를 갖고 있으면 그럴 수 있어. 그런 사람이 아버지가 처음도 아닐 테고. 혹시 처음인가?"

세르세이의 입매에 힘이 들어갔다. 안색이 붉어지는 것이 보였다. "내가 이 편지는 위조라고 말하고 너를 지하감옥에 처넣으라고 하면 아무도 그 명을 무시하지 않을 거다. 그 점은 장담하지."

티리온도 구멍이 숭숭 뚫린 얼음 위를 걷고 있다는 사실은 알았다. 한 발만 잘못 디뎌도 떨어지리라. 그는 사근사근하게 맞장구를 쳤다. "우리 아버지만 빼면 아무도 무시하지 않겠지. 군대를 거느린 아버지 말이야. 하지만 내가 누나를 도우러 이 먼 길을 왔는데 왜 날 지하감옥에 처넣고 싶겠어?"

"네 도움은 필요 없다. 난 아버지더러 오라고 했어."

티리온은 조용히 말했다. "그래. 하지만 누나가 원하는 건 제이미 형이지."

누이는 스스로가 교묘하다 여겼지만, 그는 그녀와 함께 자랐다. 그는 누이의 얼굴을 애독서 못지않게 잘 읽을 수 있었고, 지금 그 얼굴에서 읽히는 감정은 격노와 두려움, 그리고 절망이었다. "제이미는—"

"—누나만이 아니라 나에게도 형제야." 티리온은 그녀의 말을 끊었다. "날 지지해주면, 약속하는데 우린 제이미를 자유의 몸으로 만들어서 무사히 돌아오게 할 거야."

"어떻게?" 세르세이가 물었다. "스타크 녀석과 그 어미는 우리가 에다드 공의 목을 쳤다는 사실을 잊지 않을 거야."

"사실이야." 티리온은 동의했다. "하지만 누나는 아직 그 딸들을 붙잡고 있잖아. 맞지? 큰딸 쪽은 밖에서 조프리와 함께 있던데."

"산사 말이지. 버릇없는 동생 쪽도 내가 데리고 있다고 퍼뜨렸지만, 거짓말이야. 로버트가 죽었을 때 데려오라고 메린 트랜트를 보냈는데, 가증스러운 춤 선생이 끼어드는 바람에 애가 도망쳤어. 그 후에는 아무도 그 애를 못 봤고. 아마 죽었겠지. 그날 아주 많은 사람이 죽었으니."

티리온은 스타크의 두 딸이 다 있기를 희망하고 있었지만, 하나로도 어떻게든 해야 했다. "협의회에 앉은 우리 친구들에 대해 말해봐."

누이는 문 쪽을 흘긋 보았다. "그자들에 대해 뭘?"

"아버지는 그 친구들을 싫어하시는 것 같았어. 내가 떠날 때 그치들의 머리통이 성벽에 걸린 스타크 공 옆에 있으면 어떻게 보일지 궁금해하시더라고." 그는 탁자 너머로 몸을 기울였다. "저들의 충성심은 확실해? 저들을 믿어?"

"난 아무도 믿지 않아." 세르세이가 딱 잘라 말했다. "저들이 필요할 뿐이지. 아버지는 저놈들이 우리를 속인다고 생각하시는 건가?"

"의심하시는 정도겠지."

"어째서? 무엇을 아시기에?"

티리온은 어깨를 으쓱였다. "누나 아들의 길지 않은 치세가 지금까지 어리석은 짓과 재난의 긴 행렬이었다는 사실을 아시지. 그렇다는 건 누군가가 조프리에게 아주 형편없는 조언을 하고 있다는 뜻이겠고."

세르세이는 탐색하는 눈빛으로 그를 보았다. "조프리에게 훌륭한 조언이 부족했던 건 아니야. 그 애는 언제나 의지가 확고했지. 이제는 왕이 됐으니, 하라는 대로 하지 않고 자기 좋을 대로 해야 한다고 생각하고 있어."

"왕관이란 그걸 쓴 머리통에 해괴한 짓을 하지." 티리온은 수긍했다. "에다드 스타크 일은…… 조프리 짓이야?"

세르세이는 얼굴을 찌푸렸다. "그 애는 스타크를 사면하고, 검은 옷을 입게 해주라는 조언을 받았어. 그러면 그자가 우리를 방해할 일은 영영 없어지고, 우리는 그 아들과 화평을 맺을 수 있었겠지. 하지만 조프리는 군중들에게 더 좋은 볼거리를 제공하기로 마음먹었어. 내가 뭘 어쩌겠어? 조프리는 도시 절반을 앞에 두고 에다드 공의 머리통을 요구했어. 그리고 자노스 슬린트와 일린 경은 분별없이 나서서 그 머리를 잘라버렸지. 나에게는 한마디 묻지도 않고서!" 세르세이는 주먹을 꽉 쥐었다. "최고성사는 자기에게 우리가 거짓 계획을 말하고 바엘로르 대성소를 피로 더럽혔다고 주장해."

"일리 있는 말이로군. 그래서 슬린트 공이라는 작자가 그 사태의 일부였던 거지? 말해봐. 그자에게 하렌홀을 수여하고 소협의회에 넣는 멋진 생각은 누가 한 거야?"

"리틀핑거가 주선했어. 우리에겐 슬린트의 황금 망토들이 필요했어. 에다드 스타크는 렌리와 모의하고 스타니스 공에게 편지를 써서 왕좌를 제안했지. 우리가 다 잃을 수도 있는 상황이었어. 아슬아슬했지. 산사가 찾아와서 아버지의 계획을 고하지 않았다면……."

티리온은 놀라고 말았다. "정말로? 친딸이 말이야?" 산사는 언제나 상냥하고 예의 바르고 다정한 아이 같았다.

"그 아이는 사랑에 빠져 있었어. 조프리를 위해서라면 뭐든 했지. 조프리가 자기 아버지의 목을 자르고 그걸 자비라고 하기 전까지는 말이야. 그걸로 사랑도 종지부를 찍었어."

"국왕 폐하께는 신민들의 마음을 얻어내는 데 독특한 방식이 있으시군." 티리온은 비딱한 미소를 지으며 말했다. "바리스탄 셀미 경을 킹스가

드에서 쫓아내는 것도 조프리가 바란 일이었어?"

세르세이는 한숨을 쉬었다. "조프리는 로버트의 죽음을 누군가의 탓으로 돌리고 싶어 했어. 바리스가 바리스탄 경이 어떠냐고 했지. 나쁘지 않잖아? 그러면 제이미에게 킹스가드 단장직과 소협의회 자리가 가고, 조프리는 자기 개에게 뼈다귀를 던져줄 수 있으니까. 그 애는 산도르 클리게인을 아주 좋아해. 우린 셀미에게 영지와 성채를 제공하려고 준비했지. 그 쓸모없는 늙은 바보의 분에 넘치게 말이야."

"그 쓸모없는 늙은 바보가 진흙 문에서 자기를 막으려던 슬린트의 황금 망토 두 놈을 베었다고 들었는데."

티리온의 누이는 불만이 가득한 얼굴이었다. "자노스가 부하를 더 보냈어야 해. 자노스는 자기 생각만큼 유능하지가 않아."

티리온은 신랄하게 지적했다. "바리스탄 경은 로버트 바라테온의 킹스가드 단장이었어. 아에리스 타르가르옌의 일곱 기사 중에서 살아남은 건 바리스탄과 제이미뿐이지. 평민들은 바리스탄에 대해 거울 방패의 세르윈과 드래곤 기사 아에몬 왕자를 이야기할 때와 같은 투로 떠들어. 그런데 그 대담한 바리스탄이 롭 스타크나 스타니스 바라테온 옆에서 말을 달리는 모습을 본다면 무슨 생각을 할 것 같아?"

세르세이는 시선을 피했다. "생각해보지 않았어."

"아버지는 생각했어. 그래서 날 보내신 거야. 이런 어리석은 짓은 끝내고 누나 아들이 조언을 따르게 하라고 말이야."

"조프리는 내 말만큼이나 네 말도 안 들을걸."

"들을지도 모르지."

"그 애가 왜 그러겠어?"

"누나는 자기를 절대 해치지 않을 줄 아니까."

세르세이는 눈을 가늘게 떴다. "열병이라도 난 게 아니고서야, 내가 아들을 해쳐도 좋다고 허락하리라 믿진 않겠지."

티리온은 한숨을 내쉬었다. 자주 있는 일이었지만, 그녀는 핵심을 이해하지 못했다. 그는 누이를 안심시켰다. "조프리는 누나 못지않게 나에게도 해를 입을 일이 없어. 하지만 그 녀석이 위협적이라고 믿기만 하면, 좀 더 귀를 기울이겠지." 그는 세르세이의 손을 잡았다. "난 누나의 동생이야. 받아들이고 싶지 않다 해도 누나에겐 내가 필요해. 누나 아들에게도 내가 필요해. 그 녀석이 그 흉한 철의자를 지키려면 말이야."

누이는 티리온이 자신을 건드렸다는 데 놀란 모양이었다. "넌 언제나 교활했지."

"나만의 사소한 방식으로 그렇지." 티리온은 씩 웃었다.

"시도해볼 가치는 있을지 모르겠군……. 하지만 착각하지 마, 티리온. 내가 널 받아들인다면, 너는 이름은 왕의 수관일지 몰라도 실제로는 내 오른팔이 되는 거야. 행동에 나서기 전에 모든 계획과 의도를 나와 공유하고, 내 동의 없이는 아무것도 하지 마. 알겠어?"

"아, 그럼."

"동의해?"

티리온은 거짓말을 했다. "물론이지. 난 누나의 종복이야." 그럴 필요가 있는 동안에는. "그래서, 이제 목적이 일치했으니, 우리 사이에는 비밀이 없어야겠지. 에다드 공을 죽인 건 조프리였고, 바리스탄 경을 내쫓은 건 바리스였고, 슬린트 공을 우리에게 선사한 건 리틀핑거라고 했어. 존 아린을 죽인 건 누구지?"

세르세이는 손을 확 뺐다. "그걸 내가 어떻게 알아?"

"비탄에 빠진 이어리의 과부는 나라고 생각하는 것 같아. 그런 생각이 어디에서 났을까?"

"확실히 말해두는데 나는 몰라. 그 멍청이 에다드 스타크도 같은 문제로 나를 비난했지. 넌지시 아린 공이 어떤 의심을 했다고…… 아니, 그보다는 믿었다고……."

"누나가 우리 사랑하는 제이미와 붙어먹는다는 거?"

세르세이가 그의 뺨을 때렸다.

"내가 아버지처럼 눈이 먼 줄 알아?" 티리온은 뺨을 문질렀다. "누나가 누구와 자든 난 상관없어…… 남동생 하나에게는 다리를 벌리고 다른 하나에게는 벌려주지 않다니 부당하다는 생각은 들지만."

세르세이가 그의 뺨을 때렸다.

"진정해, 세르세이. 놀린 것뿐이야. 솔직한 마음으로는 차라리 괜찮은 창녀와 자겠어. 난 제이미 형이 누나한테 뭘 봤는지 이해한 적이 없어. 자기 자신의 거울상이라면 모를까."

세르세이가 그의 뺨을 때렸다.

티리온의 뺨은 양쪽 다 벌겋게 화끈거렸지만, 그는 미소 지었다. "계속 이러면 나도 화낼지 몰라."

그 말은 세르세이의 손을 멈췄다. "그러든 말든 내가 왜 신경 써야 하지?"

티리온은 고백하듯 말했다. "새로운 친구들을 사귀었거든. 누나 마음에 들진 않을 거야. 그래서 로버트는 어떻게 죽였어?"

"자기가 자초한 일이야. 우리야 도와줬을 뿐이지. 란셀은 로버트가 멧돼지를 쫓는 걸 보고 독한 와인을 줬어. 그 남자가 제일 좋아하는 시큼한 레드와인으로, 다만 평소 마시던 것보다 세 배는 독한 걸로 줬지. 그 냄새 나는 바보는 그걸 좋아했어. 언제든 들이켜기를 멈출 수 있었는데도, 한 부대를 다 마시고 란셀에게 한 부대 더 가져오라고 했지. 나머지는 멧돼지가 맡아줬고. 티리온 너도 그 잔치에 있었어야 하는 건데. 그렇게 맛있는 멧돼지는 먹어본 적이 없단다. 버섯과 사과와 같이 요리했는데, 승리의 맛이 나더구나."

"정말이지, 누나는 과부가 적성이었나 봐." 큰 소리로 고함을 쳐대는 바보였지만, 티리온은 로버트 바라테온을 좋아하는 편이었다……. 물론 누나가 너무나 싫어하는 사람이었던 탓도 있으리라. "내 뺨을 때릴 만큼 때렸다면, 나가볼게." 티리온은 다리를 비틀어 어색한 자세로 의자에서 내려갔다.

세르세이는 얼굴을 찌푸렸다. "나가도 좋다고 허락하지 않았다. 제이미를 어떻게 자유의 몸으로 만들 생각인지 알고 싶어."

"내가 알게 되면 말할게. 책략이란 과일과 같아서 무르익을 시간이 필요하거든. 당장은 말을 타고 길거리를 달리면서 이 도시를 가늠해봐야겠어." 티리온은 문 옆에 놓인 스핑크스 머리에 손을 올렸다. "나가면서 한 가지만 요청할게. 부디 산사 스타크에게는 해가 가지 않도록 해줘. 스타크의 딸을 둘 다 잃는 건 곤란해."

협의회실 밖으로 나간 티리온은 맨던 경에게 고개를 끄덕이고, 아치형 천장의 긴 회랑을 걸어갔다. 브론이 옆에 섰다. 티멧의 아들 티멧은 보이지 않았다. "우리 붉은 손은 어디 있나?" 티리온이 물었다.

"탐험 욕구를 느꼈지요. 그런 부류는 회랑에서 기다리게 생겨먹질 않았어요."

"누군가 중요한 사람을 죽이진 않았으면 좋겠군." 티리온이 달의 산맥 속 산채에서 데리고 온 산악민들은 나름의 방식으로 충성스러웠지만, 그만큼 자부심 강하고 싸우기 좋아하는 데다가, 실제 모욕에나 상상 속의 모욕에나 강철로 답하는 경향이 있었다. "티멧을 찾아봐. 그리고 찾는 동안 나머지가 숙소를 배정받고 식사를 했는지 살피게. 다들 수관의 탑 아래 막사에 넣었으면 좋겠네만, 집사가 돌까마귀를 달 형제들 근처에 두지 못하게 하고, 불탄 남자 씨족은 거처를 자기들끼리만 써야 한다고 일러."

"댁은 어디 가시고?"

"난 말을 타고 '부서진 모루'에 다시 가네."

브론은 건방지게 히죽거렸다. "호위 필요하쇼? 길거리는 위험하다던데."

"내 누이의 위병대장을 호출해서 나도 누나 못지않게 라니스터라는 사실을 상기시켜줄 거야. 위병대장은 충성 맹세의 대상이 세르세이나 조프리가 아니라 캐스털리록이라는 사실을 돌이킬 필요가 있어."

한 시간 후, 티리온은 진홍색 망토를 걸치고 사자 장식 반투구를 쓴 라니스터 위병 십여 명을 대동하여 레드킵을 달려 나갔다. 티리온은 쇠창살 문 아래를 지나면서 성벽 위에 꽂힌 머리통들에 주목했다. 타르 칠을 한 지도 오래되어 시커멓게 썩은 머리통들은 도저히 알아볼 수 없는 상태였다. "바일러 대장, 저 머리통들은 내일 내렸으면 하네. 침묵의 자매들에게 넘겨서 씻기도록 해." 그 머리통들을 몸뚱이와 맞추기는 보통 어려운 일이 아니겠지만, 해야만 할 일이었다. 전쟁 중이라 해도 어떤 문제에서는 품위를 보여야 했다.

바일러는 머뭇거렸다. "국왕께서 반역자들의 머리통은 끄트머리의 빈 자리 셋을 채울 때까지 성벽에 걸어두고 싶다고 하셨습니다."

"어디 내가 때려 맞춰볼까. 하나는 롭 스타크, 다른 두 자리는 스타니스와 렌리겠지. 맞나?"

"예, 맞습니다."

"내 조카는 오늘로 열세 살이야, 바일러. 그 점을 기억하게. 내일 저 머리통들을 내리게. 그러지 않으면 빈자리에 다른 사람이 들어갈지도 몰라. 무슨 뜻인지 알겠나?"

"제가 직접 감독하겠습니다."

"좋아." 티리온은 말에 박차를 가하여 속보로 달렸다. 붉은 망토들은 최대한 알아서 따라오게 놓아두고.

그는 세르세이에게 도시를 가늠해보려 한다고 말했다. 완전히 거짓말은 아니었다. 티리온 라니스터는 보이는 모습이 별로 달갑지 않았다. 킹스 랜딩의 길거리는 언제나 바글거리고 시끌벅적했지만, 지금은 과거 기억 과는 다른 방식으로 위험한 냄새가 났다. '직물 거리' 근처 도랑에 널브러 진 벌거벗은 시체를 들개들이 찢어놓고 있었는데, 아무도 신경 쓰지 않는 것 같았다. 황금 망토를 두르고 검은색 고리 갑옷 셔츠를 입고, 철 곤봉에 서 손을 멀리 떨어뜨리지 않는 도시 경비대원들이 쌍을 이루어 골목길을 누비는 모습이 많이 보였다. 시장에는 얼마라도 받겠다며 가재도구를 파 는 누더기 차림의 사내들로 북적였고…… 먹을 것을 파는 농부들은 현저 히 적었다. 그나마 눈에 띄는 식료품은 1년 전의 세 배 가격이었다. 행상 인 하나는 꼬챙이에 구운 쥐를 팔고 다니며 큰 소리로 외쳤다. "신선한 쥐 있어요. 신선한 쥐 고기요." 그야 오래되어 퀴퀴하게 썩어가는 쥐보다는 신선한 쥐가 나으리라. 끔찍하게도 그 쥐 고기는 푸주한들이 파는 고기 대 부분보다 맛있어 보였다. '밀가루 거리'에서는 상점 문 하나 걸러 하나마 다 경비병이 보였다. 시절이 어려울 때는 제빵사들에게도 용병이 빵보다 싼 모양이었다.

"들어오는 식량이 없는 거로군. 그렇지?" 그는 바일러에게 물었다.

"적긴 합니다." 위병대장이 인정했다. "강역에 전쟁이 나고 하이가든에 서는 렌리 공이 반란군을 일으키는 바람에 남쪽과 서쪽 길이 닫혔지요."

"그리고 내 훌륭하신 누님께선 어떻게 대처하셨나?"

바일러는 장담했다. "왕의 평화를 되찾기 위한 조치를 취하고 계십니다. 슬린트 공은 도시 경비대 규모를 세 배로 늘렸고, 왕대비께서는 도시 방 어를 위해 숙련공 천 명을 투입하셨습니다. 석공들은 성벽을 강화하고, 목 수들은 전갈석궁(scorpion, 거대한 투석기와 노궁 중간쯤 되는 무기로 철제 스프 링을 쓴 형태가 전갈을 닮았다 하여 붙여진 이름)과 일반 투석기를 백 개 단위로 만드는 중이며, 화살 제조인들은 화살을 만들고, 대장장이들은 검을 벼리고 있습니다. 또 연금술사 길드는 와일드파이어(wildfire, 들불) 만 병을 약속했습니다."

티리온은 안장에서 불편하게 몸을 움직거렸다. 세르세이가 게으르지 않았다는 점은 다행이었으나, 와일드파이어는 불안정한 물건이었고, 만 병이면 킹스랜딩 전체를 잿더미로 바꿀 수 있는 양이었다. "그 모든 작업에 지불할 돈은 어디에서 찾았지?" 로버트 왕이 왕가를 빚더미에 올려놓고 떠났다는 사실은 비밀이 아니었고, 연금술사들은 이타적인 경우가 드물었다.

"리틀핑거 공께서는 언제나 방법을 찾아내십니다. 도시에 들어오고자 하는 이들에게 세금을 물리셨습니다."

"그래, 그건 효과 있겠군." 티리온은 말하면서 영리하다고 생각했다. 영리하고 잔인했다. 전쟁을 피하여 안전하다고 여겨지는 킹스랜딩으로 도망쳐 온 사람이 수만 명이었다. 왕의 가도에서 피난 행렬을 보았다. 탐욕스러운 눈빛으로 티리온의 말과 마차들을 주시하던 불안한 아비와 어미와 아이들 무리. 일단 도시에 도착하면 보나 마나 전쟁과 자기들 사이에 안심이 되는 높은 성벽을 두기 위해 전 재산을 바치리라……. 하지만 와일드파이어에 대해 알게 된다면 생각을 다시 할지 몰랐다.

부서진 모루 간판 아래 자리한 여관은 그 성벽이 보이는 곳에 있었다. 그들이 그날 아침에 들어온 '신들의 문' 근처였다. 안뜰로 달려 들어가자 사내아이 하나가 뛰어나와서 티리온이 말에서 내리는 것을 도왔다. 그는 바일러에게 말했다. "부하들을 데리고 성으로 돌아가게. 나는 여기에서 밤을 보낼 테니."

위병대장은 의심스러운 표정이었다. "안전하시겠습니까?"

"글쎄, 안전에 대해서라면, 내가 오늘 아침에 떠날 때 이 여관엔 검은 귀 씨족이 가득했다네. 체윅의 딸 첼라가 근처에 있을 때는 누구도 아주 안전하진 않지." 티리온은 무슨 뜻인지 어리둥절해하는 바일러를 놓아두고 뒤 뚱거리며 문을 향해 걸어갔다.

여관 휴게실로 들어가자 유쾌하고 떠들썩한 소리가 그를 맞이했다. 그 는 첼라의 목쉰 웃음소리와 그보다 밝은 음악 같은 샤에의 폭소를 알아들 었다. 샤에는 난롯가에 자리를 잡고, 티리온이 샤에를 지키라고 남겨둔 검 은 귀 씨족 세 명과 그에게 등을 보이고 앉은 통통한 남자와 함께 둥근 목 조 탁자에 둘러앉아 와인을 마시고 있었다. 그는 여관 주인이리라 생각했 다…… 샤에가 티리온을 부르고 불청객이 일어서기 전까지는. "공의 모습 을 뵈니 어찌나 기쁜지요." 그는 분을 바른 얼굴에 은은한 내시의 미소를 지으며 지껄였다.

티리온은 비틀거렸다. "바리스 공, 여기에서 공을 보리라고는 생각지 못 했소."

'다른 자들에게나 잡혀가라지. 대체 어떻게 이렇게 빨리 찾아냈담?'

"제가 방해했다면 용서하십시오. 공의 어린 숙녀분을 만나보고 싶다는 갑작스러운 충동에 사로잡혔지 뭡니까."

"어린 숙녀라니." 샤에는 그 말을 음미했다. "반만 맞았어요. 제가 어리 긴 하죠."

'열여덟 살이지. 열여덟에 창녀지만, 재치가 넘치고 이불 속에서는 고양 이처럼 민첩한 데다, 커다란 검은 눈과 결 좋은 검은 머리와 달콤하고 부 드럽고 굶주린 작은 입에…… 내 여자야! 빌어먹을 내시.' 티리온은 억지 로 예절을 갖추어 말했다. "오히려 내가 방해꾼이 아닌가 걱정이오, 바리 스 공. 내가 들어왔을 때는 유쾌한 대화 중이던데."

"우리 바리스 나리께선 첼라의 귀를 칭찬하고 그런 멋진 목걸이를 걸다 니 수많은 남자를 죽인 게 틀림없다고 했답니다." 샤에가 설명했다. 샤에 가 그런 말투로 바리스를 '우리 나리'라고 부르는 걸 들으니 불쾌했다. 베갯머리에서 티리온을 부르는 호칭이었으니 말이다. "그리고 첼라는 바리스 공에게 패배자를 죽이는 건 겁쟁이들이나 하는 짓이라고 했지요."

"놈을 살려두어, 훗날 자기 귀를 되찾아서 수치를 씻을 기회를 주는 게 더 용감하다." 첼라가 설명했다. 그 작고 가무잡잡한 여자의 소름 끼치는 목걸이에는 쭈글쭈글하게 마른 마흔여섯 개의 귀가 걸려 있었다. 티리온이 예전에 세어보았다. "그래야 적을 두려워하지 않는다는 사실을 증명할 수 있어."

샤에가 폭소했다. "그랬더니 우리 나리께선 당신이 검은 귀 씨족이라면 짝귀 사내들을 꿈에서 볼까 두려워 잠을 못 자겠다고 했지요."

티리온이 말했다. "나는 절대로 직면할 일 없는 문제로군. 난 내 적들이 무서워서 모조리 죽이거든."

바리스가 키득거렸다. "저희와 함께 와인을 좀 드시렵니까?"

"와인을 마시지." 티리온은 샤에 옆에 앉았다. 첼라와 샤에는 모를지 몰라도, 그는 여기에서 무슨 일이 일어나는지 이해했다. 바리스는 메시지를 전하고 있었다. '공의 어린 숙녀분을 만나보고 싶다는 갑작스러운 충동에 사로잡혔지 뭡니까'라고 했을 때 바리스는 '당신은 숨기려고 했지만 난 이 여자가 어디에 있는지도 알고, 누구인지도 알고, 여기 와 있어요'라는 뜻을 전했다. 티리온은 누가 배신했을까 궁금했다. 여관 주인, 아니면 마구간지기 소년, 도시 문을 지키던 위병…… 아니면 티리온의 부하 중 누군가일까?

바리스는 와인 잔을 채우며 샤에를 보고 말했다. "전 도시로 돌아올 때 언제나 신들의 문을 통과하기를 좋아한답니다. 문루의 조각들이 어찌나 정교한지, 볼 때마다 눈물이 나지요. 조각상의 눈들은 또 어찌나 표정 넘치는지. 그렇게 생각하지 않으시나요? 쇠창살문 아래로 말을 달릴 때면 그 눈들이 따라오는 것처럼 보일 정도예요."

"전 전혀 몰랐네요, 나리. 괜찮으시다면 내일 다시 볼게요." 샤에가 대답했다.

'굳이 그럴 것 없어, 내 사랑.' 티리온은 잔에 든 와인을 빙빙 돌리며 생각했다. '바리스는 조각에 대해 조금도 신경 쓰지 않아. 바리스가 떠들어대는 '눈'이란 자신의 눈이지. 자신이 지켜보고 있으며, 우리가 문을 통과하는 순간 바로 우리가 여기 있음을 알았다는 뜻이야.'

"조심하세요. 킹스랜딩은 요새 안전하지만은 않답니다. 저는 이 거리를 잘 아는데도 오늘처럼 혼자 비무장으로 오려면 겁이 날 정도예요. 이 어두운 시절에는 사방에 무법자가 있지요. 아, 그럼요. 차가운 강철과 더 차가운 심장을 지닌 자들요." 바리스는 '내가 혼자 비무장으로 온 길을 다른 자들이 검을 쥐고 올 수 있다'고 말하고 있었다.

샤에는 웃기만 했다. "그런 놈들이 절 귀찮게 군다면, 첼라가 휩쓸고 나서 짝귀들이 될걸요."

바리스는 평생 그렇게 재미있는 말은 처음 듣는다는 듯이 폭소했지만, 티리온에게 돌린 눈동자에는 웃음기가 없었다. "공의 어린 숙녀분에게는 붙임성이 있군요. 제가 공이라면 아주 잘 돌보겠습니다."

"그럴 작정이오. 샤에를 해치려 하는 자는— 흠, 나는 검은 귀 씨족이 되기엔 너무 키가 작고, 그만 한 용기도 없지."

'들었나? 너와 같은 언어로 말하고 있다, 내시. 샤에를 해치면 내가 네놈의 목을 자를 거야.'

바리스가 일어섰다. "저는 이만 가보겠습니다. 얼마나 피곤하실지 압니다. 그저 공을 환영하고, 제가 공의 도착에 얼마나 기쁜지 말씀드리고 싶었을 뿐입니다. 협의회에는 공이 절실히 필요하답니다. 혜성은 보셨습니까?"

"난 난쟁이지, 장님이 아니오." 티리온이 말했다. 왕의 가도에서는 혜성이 하늘의 반을 덮은 것처럼 보였고, 초승달보다 더 밝게 빛났다.

"길거리에서는 그 혜성을 '붉은 전령'이라 부른답니다. 왕의 행차에 앞서는 의전관이라고, 뒤따를 불과 피를 경고하러 온다고 하지요." 내시는 분을 바른 두 손을 마주 비볐다. "수수께끼를 하나 남겨드려도 될까요, 티리온 공?" 바리스는 답을 기다리지 않았다. "어느 방에 왕, 사제, 금을 지닌 부자, 이렇게 대단한 남자 셋이 앉아 있습니다. 세 사람 사이에 용병이 하나 서 있는데, 평범한 출생에 대단한 지성은 못 되는 그저 그런 사람이지요. 대단한 사람들은 각각 용병에게 다른 둘을 베라고 합니다. 왕이 말하지요. '나는 너의 정당한 통치자다. 내 말을 들어라.' 사제가 말하지요. '신들의 이름으로 명하노니 내 말대로 해라.' 부자가 말하지요. '내 말대로 하면 이 금이 다 네 것이다.' 그러면, 말해보십시오. 누가 살고 누가 죽을까요?" 내시는 허리를 깊이 숙이고 부드러운 슬리퍼를 끌며 서둘러 휴게실을 나갔다.

바리스가 가고 나자 첼라는 코웃음을 쳤고 샤에는 예쁜 얼굴에 주름을 잡았다. "부자가 살겠죠. 그렇지 않나요?"

티리온은 생각에 잠겨서 와인을 마셨다. "그럴지도 모르지. 아닐지도 모르고. 그건 용병에게 달린 문제 같군." 그는 잔을 내려놓았다. "그만 위층으로 올라가지."

샤에가 계단 맨 위에서 그를 기다려야 했다. 샤에의 다리는 날씬하고 유연한 반면에 티리온의 다리는 짧고 발육이 덜 된 데다가 아팠으므로. 하지만 티리온이 도착했을 때 그녀는 미소 짓고 있었다. "나 보고 싶었어요?" 그녀는 그의 손을 잡으며 놀렸다.

"지독히도." 티리온은 인정했다. 샤에는 150센티미터를 조금 넘을 뿐이었지만, 그래도 그는 그녀를 올려다보아야 했다……. 그러나 그녀라면 상관없었다. 올려다보기 아름다운 광경이었다.

"레드킵에선 늘 제가 보고 싶겠네요." 샤에는 그를 이끌고 침실로 가면서 말했다. "그 수관의 탑이란 데 있는 차가운 침대에 혼자 있으면요."

"맞는 말이야." 티리온에게 결정권이 있다면 얼마든지 샤에를 데리고 있을 테지만, 아버지가 금지한 일이었다. 타이윈 공은 이렇게 명령했다. '그 창녀는 궁정에 데려가지 말아라.' 그녀를 이 도시에 데려온 것만으로도 상당한 반항이었다. 티리온의 권위는 모두 아버지로부터 나왔다. 샤에도 이해해야 했다. 그는 약속했다. "멀지는 않을 거야. 넌 집을 한 채 얻어서 경비와 하인들을 거느릴 테고, 난 가능한 한 자주 찾아갈 거야."

샤에는 문을 걸어차서 닫았다. 그 방의 좁은 창문에 낀 흐릿한 유리판으로 비세니아 언덕 위에 자리 잡은 바엘로르 대성소를 볼 수 있었지만, 티리온은 다른 풍경에 정신을 빼앗겼다. 샤에는 몸을 구부리고 가운 아랫단을 잡더니, 머리 위로 끌어 올려서 옆으로 던졌다. 샤에는 속옷을 잘 입지 않았다. "당신은 절대 쉬지 못할 거예요." 샤에는 한 손을 엉덩이에 올리고, 벌거벗은 아름다운 분홍빛 몸으로 티리온 앞에 서서 말했다. "자러 갈 때마다 날 생각하겠죠. 그러면 단단해질 테고, 당신을 도울 사람은 없을 테고, 그대로는 잘 수가 없어서—" 샤에는 티리온이 너무나 좋아하는 짓궂은 웃음을 지었다. "혹시 그래서 거길 수관의 탑이라고 부르는 건가요? 손밖에 못 써서?"

"조용히 키스나 해." 그는 명령했다.

그녀의 입술에선 와인 맛이 났고, 반바지 끈을 풀면서 밀착해오는 그녀의 작고 단단한 가슴을 느낄 수 있었다. "나의 사자." 티리온이 옷을 벗으려고 입술을 떼자 샤에가 속삭였다. "우리 다정한 나리, 나의 라니스터 거인." 티리온은 그녀를 침대 쪽으로 밀었다. 티리온이 몸속으로 들어가자 샤에는 무덤에 누운 성왕 바엘로르도 깨울 만큼 크게 비명을 질렀고, 그녀의 손톱은 그의 등에 홈을 파놓았다. 통증이 그렇게 즐겁기는 처음이었다.

나중에 그는 내려앉은 매트리스 한가운데에서, 구겨진 시트들 속에 누위 혼자 생각했다. '멍청이. 넌 절대 배우질 못하는 거냐, 난쟁이? 저 여자는 창녀야, 빌어먹을. 저 여자가 사랑하는 건 네 거시기가 아니라 네 돈이라고. 티샤 기억해?' 그래도 티리온의 손가락이 가볍게 어루만진 젖꼭지는 단단해졌고, 그녀의 젖가슴에서는 그가 열정에 사로잡혀 깨물었던 자국을 볼 수 있었다.

"그래서, 왕의 수관이 되셨으니 이제 뭘 하실 건가요, 우리 나리?" 티리온이 그 따뜻하고 달콤한 살결 위로 손을 오므리자 샤에가 물었다.

"세르세이는 예상도 못할 일." 티리온은 그녀의 가느다란 목에 대고 부드럽게 중얼거렸다. "난…… 정의를 행할 거야."

브랜

　브랜은 편안한 깃털 침대와 담요보다 딱딱한 돌 창턱이 더 좋았다. 잠자리에서는 벽이 좁혀 들어오고 천장은 무겁게 늘어졌다. 잠자리에서는 침실이 그의 감방이었고 윈터펠은 감옥이었다. 그러나 창밖에서는 아직도 넓은 세상이 그를 불렀다.

　걸을 수도 없었고, 벽을 타거나 사냥을 하거나 예전처럼 목검을 들고 싸울 수도 없었지만 아직 볼 수는 있었다. 브랜은 탑과 홀의 마름모꼴 판유리 뒤에서 촛불과 난롯불이 켜지면서 윈터펠 사방의 창문들이 빛나기 시작하는 모습을 보는 게 좋았고, 다이어울프들이 별들을 향해 노래하는 소리를 듣는 것도 좋았다.

　최근 들어 브랜은 늑대들 꿈을 자주 꾸었다. 다이어울프들이 울부짖으면 그들이 나에게 말하고 있다고, 형제 대 형제로 말을 건다고 생각하기도 했다. 거의 이해할 수 있을 정도였다……. 완전히는 아니지만, 정말은 아니지만, 그래도 거의……. 마치 그들이 브랜이 예전에 알았다가 잊어버린 언어로 노래하는 것처럼 느껴졌다. 왈더들은 다이어울프를 두려워할지 몰라도, 스타크에게는 늑대의 피가 흘렀다. "그렇지만 다른 사람보다 그 피가 더 강한 사람도 있지요." 낸 할멈은 그렇게 경고하기도 했다.

서머의 울부짖음은 길고 슬펐으며, 비탄과 갈망이 가득했다. 섀기독의 울부짖음은 좀 더 흉포했다. 그들의 목소리는 성이 다 울리고, 마치 다이어울프 두 마리가 아니라 한 무리가 윈터펠에 출몰한 것처럼 들릴 때까지 안뜰과 홀에 메아리쳤다……. 한때는 여섯 마리였던 무리가 이제는 둘뿐이었다. 그들도 형제들을 그리워할까? 브랜은 궁금했다. 그들이 그레이윈드와 고스트를 부르고, 니메리아를, 레이디의 그림자를 부르는 걸까? 다들 돌아와서 무리 짓기를 원하는 걸까?

"늑대 마음을 누가 알겠습니까?" 브랜이 다이어울프들이 왜 울부짖는지 묻자 로드릭 카셀 경은 그렇게만 답했다. 브랜의 어머니가 자신의 부재를 대비해 그를 윈터펠의 수호성주로 임명한 터라, 직무에 바쁜 그는 한가로운 의문을 품을 시간이 없었다.

"자유를 부르짖는 거죠." 견사장이자, 자기 사냥개들과 마찬가지로 다이어울프를 꺼리는 팔렌이 선언했다. "벽 안에 갇힌 게 싫은 겁니다. 그걸 누가 탓할 수 있겠습니까? 야생 짐승은 성안이 아니라 야생에 속한 것을요."

"사냥을 하고 싶은 게지요." 요리사 게이지는 거대한 스튜 주전자에 수이트(소나 양의 콩팥이나 허리께에 든 굳은 지방) 덩어리를 던져 넣으며 비슷한 의견을 냈다. "늑대는 어떤 인간보다 냄새를 잘 맡거든요. 틀림없이 사냥감 냄새를 맡은 겁니다."

루윈 학사는 그렇게 생각하지 않았다. "늑대들은 달을 보고 울부짖는 일이 많지요. 이 녀석들은 혜성을 향해 울부짖는 겁니다. 혜성이 얼마나 밝은지 보이지요, 브랜? 아마 저게 달이라고 생각하는 걸 겁니다."

브랜이 그 말을 그대로 전하자, 오샤는 큰 소리로 웃었다. "늑대들이 학사님보다 더 지혜롭네. 늑대들은 그 회색 사람이 잊은 진실을 알아." 오샤의 말투를 듣자 어쩐지 몸이 떨렸다. 브랜이 그러면 그 혜성이 무슨 뜻이냐고 묻자, 오샤는 대답했다. "피와 불. 그리고 좋은 거라곤 없지."

브랜은 도서관 화재에서 건져낸 두루마리들을 같이 정리하다가 차일 성사에게도 혜성에 대해 물었다. "그건 계절을 베는 검입니다." 차일은 그렇게 대답했고, 얼마 지나지 않아서 올드타운에서 하얀 까마귀가 가을 소식을 가지고 날아왔다. 그러니 차일이 옳은 게 분명했다.

그러나 낸 할멈은 달리 생각했고, 낸은 다른 누구보다 더 오래 산 사람이었다. "드래곤." 그녀는 고개를 들고 코를 훌쩍이며 말했다. 그녀는 눈이 거의 멀어서 혜성을 볼 수 없었지만, 냄새는 맡을 수 있다고 주장했다. "드래곤이우, 도련님." 낸 할멈은 그렇게 우겼다. 할멈에게 왕자님 소리는 듣지 못했다. 언제나와 마찬가지였다.

호도는 "호도"라고만 말했다. 언제나 그 말밖에 하지 않았다.

다이어울프들은 계속 울부짖었다. 성벽에 선 위병들은 저주의 말을 중얼거렸고, 견사에 든 사냥개들은 맹렬히 짖어댔으며, 마구간에서는 말들이 칸막이를 걷어찼고, 왈더들은 난롯가에서 몸을 떨었고, 루윈 학사마저도 잠 못 드는 밤에 대해 불평했다. 신경 쓰지 않는 건 브랜뿐이었다. 섀기독이 작은 왈더를 문 후에 로드릭 경은 두 늑대를 신의 숲에 가두어두었지만, 윈터펠의 돌들은 소리에 기묘한 장난을 쳤고, 가끔은 늑대들이 브랜의 창문 바로 아래 뜰에서 울부짖는 것처럼 들렸다. 외벽 위에서 보초병들처럼 뛰어다니며 울부짖는 게 분명하다 싶을 때도 있었다. 늑대들을 볼 수 있으면 좋으련만.

브랜은 위병대 본부와 종탑 위에 걸린 혜성을 볼 수 있고, 더 멀리 멍 든 자줏빛 황혼을 배경으로 땅딸막하고 둥근 최초의 아성에 달린 가고일들의 검은 그림자도 볼 수 있었다. 예전에 브랜은 그 건물들의 안팎 모든 돌을 알았었다. 다른 아이들이 계단을 달려 내려가는 것처럼 쉽게 돌벽을 누비며 어디든 올라갔다. 저 건물들의 지붕은 그의 비밀 장소였고, 무너진 탑 위에 사는 까마귀들은 그의 특별한 친구들이었다.

그러다가 그는 추락했다.

브랜은 추락을 기억하지 못했지만, 사람들이 그랬다고 하니 그 말이 맞을 거라고 생각했다. 그 때문에 거의 죽을 뻔했다. 그 일이 일어난 최초의 아성 꼭대기에서 비바람에 시달리는 가고일들을 보니 배 속이 꽉 조이는 이상한 느낌이 들었다. 이제 그는 벽을 오를 수 없고, 걸을 수도 뛸 수도 검술 시합을 할 수도 없으며, 예전에 꾸던 기사의 꿈은 상해버렸다.

서머는 브랜이 추락한 날에도 울부짖었고, 브랜이 망가진 채 침대에 누워 있던 기간에도 내내 울부짖었다. 롭이 전쟁터로 떠나기 전에 그렇게 말해줬다. 서머는 애통해했고, 섀기독과 그레이윈드는 그 슬픔을 함께 나누었다. 그리고 저주받을 까마귀가 아버지의 죽음에 대한 소식을 가져온 밤에도 늑대들은 알고 있었다. 브랜이 학사의 탑에서 리콘과 함께 숲의 아이들에 대해 이야기하고 있었을 때, 서머와 섀기독이 울부짖는 소리 때문에 루윈의 목소리가 들리지 않을 정도였다.

'지금은 누굴 위해 애통해하는 걸까?' 어떤 적이 한때는 브랜의 형 롭이었던 북부의 왕을 참살했을까? 이복형인 존 스노우가 장벽에서 떨어졌을까? 어머니가, 아니면 누이 중 누군가가 죽은 걸까? 아니면 이건 학사와 성사와 낸 할멈이 생각하는 것처럼 뭔가 다른 일 때문일까?

'내가 진짜 다이어울프라면 저 노래를 이해할 텐데.' 브랜은 아쉬워하며 생각했다. 늑대 꿈속에서 브랜은 어떤 탑보다 더 높고 삐죽삐죽한 얼음 덮인 산맥 사면을 질주할 수 있었고, 온 세상을 발밑에 두고 보름달 아래 정상에 설 수 있었다.

"우우우우." 브랜은 시험 삼아 소리쳐보았다. 두 손을 오므려 입가에 대고 혜성을 향해 고개를 들어 올리며 울부짖었다. "우우우우우우우우우우우, 아우우우우우우우우우." 바보 같은 소리였다. 높고 허허롭고 떨리는 것이,

늘대가 아니라 어린 소년의 울부짖음이었다. 그래도 서머는 대답해줬고, 서머의 장중한 목소리는 브랜의 가느다란 목소리를 뒤덮었다. 그리고 새 기독이 그 소리를 합창으로 바꿔놓았다. 브랜은 다시 한 번 소리를 질렀다. 무리 중에 마지막으로 남은 그들은 함께 울부짖었다.

그 소리에 위병 하나가 브랜의 방문 앞으로 찾아왔다. 코에 혹이 난 헤이헤드였다. 그는 안을 들여다보고 창밖을 향해 울부짖는 브랜을 보더니 말했다. "뭐하시는 겁니까, 왕자님?"

브랜은 왕자라는 말을 들으면 기분이 이상했다. 브랜은 롭의 후계자이고, 롭은 이제 북부의 왕이지만 말이다. 브랜은 고개를 돌리고 위병을 향해 울부짖었다. "우우우우우우. 우우―우우―우우우우우우우."

헤이헤드는 얼굴을 찌푸렸다. "이제 그만하십쇼."

"우우우―우우우―우우우우우우. 우우우―우우우―우우우우우우우우우우."

위병은 물러났다가 루윈 학사와 함께 돌아왔다. 머리끝부터 발끝까지 회색 차림에 목에는 꽉 조인 학사의 사슬을 한 루윈은 방을 가로질러서 브랜의 이마에 손을 얹었다. "브랜, 그 짐승들은 브랜이 도와주지 않아도 충분히 소리를 내요. 시간이 늦었습니다. 자야지요."

"늑대들에게 말을 걸고 있어요." 브랜은 그 손을 치웠다.

"헤이헤드를 시켜서 침대로 안아 옮길까요?"

"혼자 할 수 있어요." 미켄이 벽에 철봉을 한 줄 박아놓아서, 브랜은 팔로 몸을 끌고 방 안을 돌아다닐 수 있었다. 그러자면 움직임이 느리고 힘겨웠으며 어깨가 아팠지만, 안겨서 돌아다니기는 싫었다. "어쨌든 내가 자고 싶지 않으면 잘 필요 없잖아요."

"사람은 누구나 자야 해요, 브랜. 왕자들이라 해도요."

"난 잠이 들면 늑대로 변해요." 브랜은 고개를 돌리고 밤하늘을 내다보왔다. "늑대들도 꿈을 꾸나요?"

"모든 생물이 꿈을 꾼다고 생각하긴 합니다만, 사람처럼은 아닐 겁니다."

"죽은 사람도 꿈을 꾸나요?" 브랜은 아버지를 생각하며 물었다. 윈터펠 아래 어두운 지하묘지에서는 석공이 화강암에 아버지의 모습을 깎고 있었다.

학사는 대답했다. "그렇다는 사람도 있고, 아니라는 사람도 있지요. 죽은 이들은 그 문제에 대해 말이 없으니까요."

"나무들은 꿈을 꾸나요?"

"나무들요? 아뇨……."

"꿔요." 브랜은 갑자기 확신을 품고 말했다. "나무들은 나무 꿈을 꾸죠. 난 가끔 어떤 나무를 꿈꿔요. 신의 숲에 있는 것 같은 영목인데, 나에게 소리를 치죠. 늑대 꿈이 더 나아요. 냄새도 맡고, 가끔은 피 맛도 느낄 수 있어요."

루윈 학사는 목이 쓸려 따끔거리는 부분의 사슬을 잡아당겼다. "다른 아이들과 시간을 좀 더 보내기만 하면—"

"다른 아이들은 싫어요." 왈더들 이야기였다. "내가 그 애들을 보내버리라고 했잖아요."

루윈은 엄격해졌다. "프레이 가문 아이들은 어머님의 대자로, 어머님의 분명한 명령에 따라 이곳에 오게 된 겁니다. 브랜이 쫓아낼 수도 없지만, 친절한 일도 아닙니다. 우리가 쫓아낸다면 그 둘이 어디로 가겠습니까?"

"집으로요. 내가 서머를 데리고 있지 못하는 건 개들 잘못이에요."

"프레이 소년이 공격해달라고 한 건 아닙니다. 제 경우에도 마찬가지였지만."

"그건 새끼독이죠." 리콘의 거대한 검은 늑대는 어찌나 사나운지 브랜마저 무서울 때가 있었다. "서머는 아무도 물지 않았어요."

"서머는 바로 이 방에서 한 남자의 목을 찢었습니다. 잊은 건가요? 브랜과 형제분들이 눈밭에서 발견한 귀여운 새끼들은 위험한 짐승으로 자랐어요. 그게 사실입니다. 프레이 소년들이 늑대를 조심하는 게 현명한 겁니다."

"늑대들이 아니라 왈더들을 신의 숲에 넣어야 해요. 그러면 그 녀석들은 원하는 만큼 건널목의 주인 놀이를 할 수 있을 테고, 서머는 다시 나랑 잘 수 있겠죠. 내가 왕자라면 왜 내 말을 듣지 않는 거죠? 난 댄서를 타고 달리고 싶은데, 에일벨리는 내가 성문 밖에 나가지도 못하게 해요."

"당연한 겁니다. 늑대 숲에는 위험이 가득해요. 지난번에 말을 타고 나갔을 때 배웠을 텐데요. 어떤 범법자에게 잡혀서 라니스터에게 팔려 가고 싶은 겁니까?"

"서머가 날 구해줄 거예요." 브랜은 고집스럽게 주장했다. "왕자들은 바다를 항해하고 늑대 숲에서 멧돼지를 사냥하고 마상 창시합을 할 수 있다고요."

"브랜, 왜 그렇게 스스로를 괴롭히는 건가요? 언젠가는 그런 일을 할 수 있을지 몰라도, 지금은 여덟 살 소년에 불과해요."

"차라리 늑대가 될래요. 그러면 숲속에 살면서 내가 자고 싶을 때 자고, 아리아와 산사를 찾을 수 있을 거예요. 누나들이 어디 있는지 냄새를 맡아서 구하러 가고, 롭 형이 전투에 나서면 그레이윈드처럼 그 옆에서 싸울 수 있겠죠. 내 이빨로 킹슬레이어의 목을 찢어버리면 전쟁이 끝나고 다들 윈터펠로 돌아오겠죠. 내가 늑대라면……." 브랜은 울부짖었다. "우-우-우— 우-우-우— 우-우-우-우-우-우."

루윈이 목소리를 높였다. "진정한 왕자라면 마땅히 환영해야—"

"아우-우-우-우." 브랜은 더 큰 소리로 울부짖었다. "아-아우-우-우-우-우-우."

학사는 항복했다. "원하는 대로 해요." 그는 슬픔과 넌더리가 섞인 눈빛을 던지고 침실을 나갔다.

혼자 남으니 울부짖음도 재미가 없어졌다. 브랜은 잠시 후에 조용해졌다. 그리고 억울해하며 생각했다. '난 개들을 환영했어. 난 윈터펠의 영주답게 굴었어. 제대로 된 영주였다고. 그렇지 않았다곤 못 할걸.' 트윈스에서 왈더들이 도착했을 때, 그들이 사라지길 원했던 쪽은 리콘이었다. 네 살짜리 아기인 리콘은 이런 모르는 애들 말고 어머니와 아버지와 롭을 원한다고 소리를 질렀다. 그런 리콘을 달래고 프레이 아이들을 환영한 건 브랜이었다. 브랜은 그들에게 고기와 술과 불가 자리를 권했다. 루윈 학사도 그 후에 브랜에게 잘했다고 말할 정도였다.

다만 그건 그 게임을 하기 전이었다.

그 게임은 통나무와 지팡이, 물줄기와 소리 지르기로 이루어졌다. 왈더와 왈더는 브랜에게 물이 제일 중요하다고 했다. 통나무 대신 판자나 여러 개의 돌덩이를 이용할 수도 있었고, 나뭇가지가 지팡이가 될 수 있었다. 소리를 지를 필요도 없었다. 하지만 물이 없으면 게임이 되지 않았다. 루윈 학사와 로드릭 경은 아이들이 개울을 찾아 늑대 숲을 돌아다니는 일을 허용하지 않을 터였기에, 그들은 신의 숲에 있는 탁한 웅덩이 하나를 이용하기로 했다. 왈더와 왈더는 땅에서 보글보글 솟아오르는 뜨거운 물을 본 적이 없지만, 둘 다 이런 물이라면 게임이 더 재미있어질 거라 인정했다.

둘 다 이름이 왈더 프레이였다. 큰 왈더는 트윈스에 왈더가 잔뜩 있고, 하나같이 그들의 조부인 왈더 프레이 공의 이름을 땄다고 말했다. "윈터펠엔 각자 이름이 있는데." 리콘은 그 말을 듣고 건방지게 말했다.

게임을 하는 방식은 이랬다. 통나무를 물 위에 놓고, 한 명이 지팡이를 들고 통나무 중간에 섰다. 그 아이는 건널목의 주인으로, 다른 아이 하나가 다가오면 이렇게 말해야 했다. "나는 건널목의 주인이다. 거기 누구냐?" 그러면 다른 아이들은 자기가 누구며 왜 건너도록 허락받아야 하는지 연설을 해야 했다. 주인은 그들에게 맹세를 시키거나 질문에 대답을 받을 수 있었다. 진실을 말할 필요는 없지만, 맹세는 "아마도"라고 말하지 않는 한 유효했다. 그러니 건널목의 주인이 알아차리지 못하게 "아마도"라고 말하는 것이 게임의 비결이었다. 그렇게만 하고 나면 건널목의 주인을 물에 빠뜨리고 새로 건널목의 주인이 될 수 있었다. "아마도"라고 말한 경우에만 말이다. 그러지 않고 건널목의 주인을 공격하면 게임에서 탈락했다. 주인은 원하는 때에 누구든 칠 수 있고, 막대기를 쓸 수 있는 유일한 사람이었다.

연습을 해보니 게임은 밀고 때리고 물에 떨어지는 게 거의 다였고, 누군가가 "아마도"라는 말을 했는지 하지 않았는지에 대한 시끄러운 말다툼이 많이 일어났다. 작은 왈더가 건널목의 주인일 때가 제일 많았다.

얼굴이 붉고 배가 나온 그는 키가 크고 통통한데도 '작은 왈더'였다. '큰 왈더'는 얼굴선이 날카롭고 말랐으며 키가 15센티쯤 작았다. 작은 왈더는 이렇게 설명했다. "나보다 52일 먼저 태어났거든. 그러니 처음에는 나보다 컸는데, 내가 더 빨리 자랐지."

키가 작은 '큰 왈더'가 덧붙여 말했다. "우린 형제가 아니라 사촌 사이야. 난 자모스의 아들 왈더야. 아버지는 왈더 공의 네 번째 부인이 낳은 아들이지. 저 녀석은 메렛의 아들 왈더인데, 저 녀석 할머니는 왈더 공의 세 번째 부인인 크레이크홀이지. 내가 나이는 더 많지만 저 녀석이 계승 순위는 나보다 앞이야."

작은 왈더가 항의했다. "나이가 많다고 해봐야 52일 차이야. 게다가 우리 둘 다 트윈스를 가질 날은 안 와, 멍청아."

"난 가질 거야." 큰 왈더가 선언했다. "왈더가 우리만 있는 것도 아니야. 스테브론 경의 손자는 '검은 왈더'라고 하는데 계승 순위 네 번째고, 에몬 경의 아들인 '붉은 왈더'가 있고, 또 계승 순위에는 없는 서자 왈더도 있지. 왈더 프레이가 아니라 왈더 리버스라고 해. 게다가 왈다라는 여자애들도 있어."

"그리고 티르도 있지. 넌 늘 티르를 까먹더라."

"걘 왈티르잖아. 왈더랑 너무 다르다고." 큰 왈더는 대수롭지 않다는 듯 대꾸했다. "그리고 걘 우리보다 나중이니까 상관없어. 어쨌든 그 녀석은 마음에 든 적이 없어."

로드릭 경은 그 둘이 존 스노우의 예전 침실을 같이 쓰도록 결정했다. 존은 밤의 경비대에 들어갔고 다시는 돌아오지 않을 거라면서 말이다. 브랜은 그게 싫었다. 프레이들이 존의 자리를 훔치려 드는 느낌이었다.

브랜은 왈더들이 요리사의 아들인 터닙과 조세스의 딸들인 밴디와 시라와 같이 노는 모습을 부러운 눈으로 지켜보고 있었다. 왈더들은 브랜이 심판을 맡아서 누가 "아마도"라고 했는지 여부를 결정해야 한다고 정했으나, 놀이가 시작되자 브랜에 대해서는 까맣게 잊어버렸다.

고함 소리와 물 튀는 소리에 다른 아이들이 이끌려 왔다. 견사에서 일하는 팰라, 케인의 아들인 캘론, 킹스랜딩에서 브랜의 아버지와 함께 죽은 뚱보 톰의 아들인 톰투. 오래지 않아 모두가 흠뻑 젖고 진흙투성이가 되었다. 팰라는 머리끝부터 발끝까지 갈색이 된 데다가 머리카락에는 이끼가 묻은 채 웃느라 숨을 쉬지 못했다. 브랜은 그 저주받은 까마귀가 온 밤 이후로 그렇게 많은 웃음소리를 들은 적이 없었다. 그는 쓸쓸하게 생각했다. '나에게 다리만 있었다면 모두 다 물에 처넣을 텐데. 나 말고는 아무도 건널목의 주인이 되지 못할 텐데.'

마침내 리콘이 신의 숲으로 달려 들어왔다. 섀기독이 따라왔다. 리콘은 터닙과 작은 왈더가 막대기를 붙잡고 싸우다가 터닙이 발을 헛디뎌 팔을 휘저으며 요란하게 물에 떨어지는 모습을 지켜보고 소리쳤다. "나! 이제 나! 나 하고 싶어!" 작은 왈더가 손짓해 부르자 섀기독이 따라가려고 했다. 리콘이 명령했다. "안 돼, 섀기. 늑대는 낄 수 없어. 넌 브랜이랑 같이 있어." 그리고 섀기독은 브랜 옆에 남았다……

……작은 왈더가 막대기로 리콘의 배를 제대로 때리기 전까지는. 브랜이 눈을 깜박이기도 전에 검은 늑대가 판자 위로 날았고, 물속에 피가 번졌으며, 왈더들은 살인이라고 새된 소리를 질러댔고, 리콘은 진흙 속에 앉아서 깔깔거렸으며, 호도가 육중한 몸을 움직여 다가오며 소리를 쳤다. "호도! 호도! 호도!"

이상하게도 그날 이후 리콘은 왈더들을 좋아하게 되었다. 그들은 두 번다시 건널목의 주인 놀이를 하지 않았지만, 대신 다른 놀이를 했다. 괴물과 처녀, 쥐와 고양이, 내 성 안에 들어와 같은 놀이들. 리콘을 자기들 편에둔 왈더들은 부엌에서 파이와 벌집을 강탈하고, 성벽 주위를 뛰어다니고, 견사에 있는 강아지들에게 뼈다귀를 던져주고, 로드릭 경의 날카로운 시선을 받으며 목검 훈련을 받았다. 리콘은 심지어 그 아이들에게 석공이 아버지의 무덤을 조각하고 있는 깊은 지하묘지까지 보여줬다. 브랜은 그 말을 듣고 소리쳤다. "너에겐 그럴 권리가 없었어! 거긴 우리만의 장소야. 스타크의 공간이라고!" 하지만 리콘은 전혀 신경 쓰지 않았다.

침실 문이 열렸다. 루윈 학사가 녹색 단지를 들고 들어왔고, 이번에는 오샤와 헤이헤드가 함께 왔다. "잠이 오는 약을 만들었습니다."

오샤가 깡마른 팔로 브랜을 안아 들었다. 오샤는 여자치고 키가 아주 컸고, 단단하고 힘이 셌다. 그녀는 힘들이지 않고 브랜을 침대로 날랐다.

루윈 학사는 단지 뚜껑을 뽑으면서 말했다. "이걸 마시면 꿈도 꾸지 않고 잘 겁니다. 꿈 없이 달콤한 잠을요."

"그럴까요?" 브랜은 믿고 싶었다.

"그래요. 마셔요."

브랜은 마셨다. 텁텁하고 걸쭉한 물약이었지만, 꿀이 들어 있어서 쉽게 넘어갔다.

"아침에는 기분이 더 나을 겁니다." 루윈은 브랜에게 미소를 짓고 토닥이며 나갔다.

오샤는 뒤에 남아 있었다. "또 늑대 꿈이야?"

브랜은 고개를 끄덕였다.

"너무 힘들게 싸우지 마. 도련님이 심장 나무에게 말 거는 걸 봤는데. 신들이 응답하려고 할 수도 있어."

"신들이?" 브랜은 벌써 졸음에 취해서 중얼거렸다. 오샤의 얼굴이 흐릿하게 회색으로 변했다. 브랜은 생각했다. '꿈도 없이 달콤한 잠.'

그러나 어둠이 내려앉았을 때 브랜은 신의 숲에서, 회녹색 파수목과 시간 그 자체만큼 나이 많은 울퉁불퉁한 참나무들 아래를 조용히 걷고 있었다. '내가 걷고 있어.' 브랜은 기쁨에 들떠서 생각했다. 마음속으로는 이게 꿈에 불과하다는 사실을 알았지만, 걷는 꿈이 벽과 천장과 문만 있는 침실이라는 현실보다 나았다.

숲속은 어두웠지만, 혜성이 앞길을 밝혀주어 발 디딤에 안정감이 있었다. 그는 튼튼한 네 다리로 강하고 빠르게 움직였고 발밑으로 부드럽게 부서지는 낙엽이며 굵은 나무뿌리, 단단한 돌, 두꺼운 부엽토를 느낄 수 있었다. 좋은 느낌이었다.

생생하고 아찔한 냄새들이 머릿속을 채웠다. 뜨거운 웅덩이의 초록색 진창이 내는 악취, 발아래에서 썩어가는 풍성한 흙 냄새, 참나무 사이에 있는 다람쥐 냄새. 다람쥐 냄새를 맡자 뜨거운 피 맛과 잇새에서 부서지는 뼈의 느낌이 떠올랐다. 입에 침이 고였다. 식사를 한 지 반나절도 지나지 않았지만, 아무리 사슴 고기라 해도 죽은 고기에는 즐거움이 없었다. 다람쥐들이 잎사귀 사이에서 안전하게 재잘거리며 부스럭거리고 돌아다니는 소리를 들을 수 있었다. 그 녀석들도 그와 그의 형제가 어슬렁거리는 곳까지 내려올 만큼 어리석지는 않았다.

형제의 냄새도 맡을 수 있었다. 친숙한 냄새, 강력하고 거친 냄새가 그 털가죽만큼 검었다. 그의 형제는 분노에 가득 차서 벽을 따라 뛰고 있었다. 형제는 낮이고 밤이고 지치지도 않고 돌고 또 돌며 찾으려 했다……. 사냥감을, 나갈 길을, 어머니를, 한배 형제들을, 무리를…… 찾고 또 찾았으나 결코 찾지 못했다.

나무들 아래로 벽이 서 있었다. 인간이 만든 죽은 돌 더미가 이 살아 있는 숲 주위를 빙 둘러쌌다. 얼룩덜룩한 회색으로, 여기저기 이끼가 끼었으나 두껍고 튼튼했으며 어떤 늑대도 건너뛸 수 없을 만큼 높았다. 숲을 둘러싼 돌 더미를 통과하는 구멍들은 차가운 철과 나뭇조각에 막혔다. 그의 형제는 구멍마다 멈춰 서서 이를 드러내며 화를 냈지만, 나갈 길이 없었다.

그도 첫날 밤에 똑같이 해보았고, 아무 소용없음을 안 후였다. 여기에서는 으르렁거려봐야 길이 열리지 않았다. 벽 주위를 돈다고 벽이 뒤로 물러나지 않았다. 한쪽 다리를 올리고 나무에 표시를 한다고 인간들을 쫓을 수 없었다. 세상은 그들 주위로 단단히 조여들었으나, 벽을 둘러친 나무 너머에도 아직 인간의 돌로 만든 거대한 회색 동굴이 서 있었다. '윈터펠.' 기억이 났다. 갑자기 그 이름이 되살아났다. 하늘처럼 높은 그 인간의 절벽 너머에서 진정한 세상이 부르고 있었고, 그는 그 부름에 응하거나 아니면 죽어야 했다.

아리아

그들은 아침부터 저녁까지, 숲과 과수원과 깔끔하게 가꾼 밭을 지나고 작은 마을과 북적북적 장이 서는 큰 마을과 튼튼한 성채를 통과하며 여행했다. 어두워지면 야영지를 세우고 '붉은 검'의 빛에 의지하여 밥을 먹었다. 어른들이 돌아가며 파수를 섰다. 아리아는 나무 사이로 언뜻언뜻 다른 여행자들의 야영지 불빛을 보곤 했다. 매일 밤 야영지가 느는 것 같았고, 왕의 가도를 오가는 사람들의 수도 매일 늘어났다.

아침이고 점심이고 밤이고 사람들이 왔다. 노인들과 어린아이들, 몸집 큰 남자들과 작은 남자들, 맨발의 소녀들과 가슴에 젖먹이를 안은 여자들까지. 농가의 마차를 모는 사람들도 있었고, 황소가 끄는 수레 뒤에 타고 들썩이는 사람들도 있었다. 그 밖에도 짐말, 조랑말, 노새, 당나귀, 뭐든 걷거나 달리거나 구르는 거라면 다 타고 나왔다. 어떤 여자는 어린 여자아이를 태운 젖소를 끌고 갔다. 아리아는 손수레에 망치와 부집게와 모루까지 도구를 다 싣고 밀고 가는 대장장이를 보았고, 오래지 않아서 손수레를 미는 남자를 하나 더 보았다. 그 수레에는 담요에 싸인 아기 둘만 실려 있었다. 대부분은 어깨에 짐을 지고 지치고 경계하는 표정으로 걸었다. 그들은 남쪽으로, 도시를 향해, 킹스랜딩을 향해 걸어갔고, 북쪽으로 향하는 요렌과 그 무리에게 말 한마디라도 건네는 사람은 백 명 중 하나뿐이었다. 아리아는 왜 다른 사람은 아무도 그들과 같은 방향으로 가지 않을까 궁금했다.

여행자들 대부분은 무장을 하고 있었다. 아리아는 단검과 비수, 낫과 도끼를 보았고 여기저기에 검도 있었다. 나뭇가지로 곤봉을 만들거나, 울퉁불퉁한 장대를 깎아 들기도 했다. 그들은 무기를 거머쥐고 지나가는 아리아 일행의 마차들을 한참 쳐다보다가, 결국에는 보내주었다. 마차에 무엇이 실려 있건 간에 서른 명은 상대하기엔 너무 많은 숫자였으니까.

'네 눈으로 보거라. 네 귀로 듣거라.' 시리오는 그렇게 말했었다.

어느 날은 미친 여자가 길가에서 그들을 향해 소리를 지르기 시작했다. "바보들아! 그놈들이 너희를 죽일 거야, 바보들!" 허수아비처럼 말랐고, 눈은 움푹 들어갔으며 발은 피투성이였다.

다음 날 아침에는 회색 암말을 탄 부티 나는 상인이 요렌 옆에서 말고삐를 당기더니 마차와 그 안에 든 물건 전부를 원래 값의 4분의 1에 사겠다고 제안했다. "전쟁이오. 놈들이 원하는 대로 가져갈 테니, 나한테 파는 게 더 나을 거요." 요렌은 구부러진 어깨를 비틀며 몸을 돌리고 침을 뱉었다.

아리아는 같은 날에 첫 번째 무덤을 보았다. 길옆에 어린아이가 들어갈 만한 작은 둔덕이 있었다. 부드러운 흙에 수정이 하나 박혀 있었는데, 로미가 그걸 가져오고 싶어 했다가 황소가 죽은 사람은 내버려두는 게 좋을 거라고 말하자 단념했다. 십 몇 리를 더 가자 프래드가 더 많은 무덤을 가리켰다. 새로 판 무덤이 한 줄로 늘어서 있었다. 그 후에는 무덤을 보지 않고 지나가는 날이 거의 없었다.

한번은 어둠 속에서, 알 수 없는 이유로 겁에 질려서 깨어났다. 머리 위에서는 '붉은 검'이 수많은 별들과 함께 하늘을 차지하고 있었다. 요렌이

나지막이 코를 고는 소리, 불이 탁탁 타들어가는 소리, 당나귀들이 조용히 움직이는 소리까지 들을 수 있었지만 밤이 이상하리만치 조용하게 느껴졌다. 세상이 숨을 죽이는 듯했고, 그 정적에 몸이 떨렸다. 아리아는 '바늘'을 꼭 붙잡고 다시 잠들었다.

아침이 오고 프래드가 깨어나지 않았을 때, 아리아는 들리지 않던 소리가 프래드의 기침 소리였음을 깨달았다. 그들은 무덤을 파고 그 용병을 자던 자리에 묻었다. 흙을 덮기 전에 요렌은 프래드에게서 가치 있는 물건을 다 벗겨냈다. 어떤 남자는 그의 장화를 갖겠다고 했고, 어떤 남자는 단검을 달라고 했다. 사슬 갑옷 셔츠와 투구는 따로 나뉘었다. 장검은 요렌이 황소에게 건넸다. "너 같은 팔뚝이라면 이걸 쓰는 법을 배울 수 있을지 모르지." 타버라는 소년이 프래드의 시신 위에 도토리를 한 줌 뿌렸다. 참나무가 자라서 무덤을 표시해주도록.

그날 저녁 그들은 담쟁이가 덮인 어느 마을 여관에 멈췄다. 요렌은 지갑에 든 동전을 세어보고 따뜻한 식사를 할 만큼은 된다는 결론을 내렸다. "잠은 늘 그랬듯이 밖에서 자겠지만, 혹시 뜨거운 물과 비누가 필요한 녀석이 있다면 이 집에 목욕탕이 있긴 하다."

아리아는 감히 나서지 못했다. 이제는 몸에서 요렌 못지않게 시큼하고 역겨운 냄새가 났지만 어쩔 수 없었다. 아리아의 옷 속에 사는 생물 중에 몇 마리는 플리바텀에서부터 이 먼 길을 따라왔는데, 물에 빠뜨려 죽이는 건 부당한 일 같았다. 타버와 핫파이와 황소는 욕조로 향하는 남자들의 줄에 합류했다. 목욕탕 앞에 앉은 사람들도 있었다. 나머지는 휴게실로 밀려 들어갔다. 요렌은 심지어 로미에게 맥주잔을 들려, 마차 뒤에 사슬에 묶인 채로 남겨진 족쇄 찬 죄인 셋에게 보내기도 했다.

씻은 자들이나 씻지 않은 자들이나 뜨거운 돼지고기 파이와 구운 사과를 먹었다. 여관 주인은 그들에게 무료로 맥주를 돌렸다. "나한테도 몇 년 전에 검은 옷을 입은 동생이 있었지. 음식 시중드는 영리한 녀석이었는데, 어느 날 말콤 경 식탁에서 후추를 훔치다 들켰지 뭐요. 후추 맛을 좋아했을 뿐인데, 고작해야 한 꼬집이었는데, 말콤 경이 엄해서 말이오. 장벽에도 후추가 있소?" 요렌이 고개를 젓자 여관 주인은 한숨을 내쉬었다. "안타깝구먼. 링크는 후추를 사랑했는데."

아리아는 오븐에서 갓 나와서 아직도 따뜻한 파이를 숟가락으로 떠먹으며 맥주를 조심스럽게 홀짝였다. 아버지가 가끔 맥주를 마시게 해줬던 기억이 났다. 산사는 그 맛에 얼굴을 찌푸리며 와인이 훨씬 좋다고 했지만, 아리아는 맥주 맛이 마음에 들었다. 산사와 아버지를 생각하니 슬퍼졌다.

여관에는 남쪽으로 향하는 사람들이 가득했고, 요렌이 반대쪽으로 간다고 말하자 휴게실에 말도 안 된다는 소리가 터져 나왔다. 여관 주인이 장담했다. "곧 돌아오게 될 거요. 북쪽으론 못 가요. 밭은 절반이 타버렸고, 남은 사람들은 다 성채 안에 들어갔소. 한 무리가 새벽에 달려가면 저녁 무렵엔 또 다른 무리가 나타나요."

요렌은 완고하게 말했다. "우리한텐 상관없는 일이오. 툴리든 라니스터든 상관없소. 경비대는 싸움에 끼지 않아."

'툴리 공은 내 외조부야.' 아리아는 생각했다. 그러니 아리아에게는 상관이 있었지만, 그녀는 입술을 씹고 침묵을 지키며 귀를 기울였다.

여관 주인이 말했다. "라니스터와 툴리 정도가 아니오. 달의 산맥에서 내려온 야인들이 있는데, 그놈들에게 끼지 않는다고 말해보시구려. 게다가 스타크도 꼈소. 죽은 수관의 아들인 젊은 영주가 내려와서……."

아리아는 긴장하며 몸을 바로 하고 앉았다. 롭 이야기일까?

"그 녀석은 늑대를 타고 전투에 나선다던데." 손에 맥주잔을 든 노란 머리 남자가 말했다.

"바보 같은 소리." 요렌은 침을 뱉었다.

"나한테 그렇게 말해준 남자는 직접 봤다오. 말처럼 큰 늑대였다고 맹세하더라고."

"맹세한다고 진짜가 되는 건 아니야, 호드." 여관 주인이 말했다. "자넨 나한테 진 빚을 갚겠다고 계속 맹세하는데, 난 아직까지 동화 한 닢 못 봤거든." 휴게실에 웃음소리가 터졌고, 노란 머리 남자는 얼굴이 시뻘게졌다.

"늑대들에겐 힘든 한 해였지요." 여행으로 때가 탄 녹색 망토의 혈색 나쁜 남자가 나섰다. "신의 눈 호수 주변에선 늑대 무리가 누가 기억하는 것보다 더 대담해졌다오. 양이든 소든 개든 가리지 않고 닥치는 대로 죽이는데다가, 사람을 무서워하질 않지. 밤에 그 숲에 들어가려면 목숨이 위험할 거요."

"아, 또 풍문이로군. 그거 다 이야기일 뿐이오."

"나도 사촌한테 똑같은 얘길 들었는데, 거짓말할 애가 아니야." 나이 많은 여자 하나가 말했다. "수백 마리는 되는 거대한 늑대 무리가 있다고, 사람도 죽인다고 합디다. 그 무리를 이끄는 건 암늑대인데, 일곱 번째 지옥에서 온 암캐라지."

암늑대라. 아리아는 맥주를 찰랑거리며 생각했다. 신의 눈 호수가 트라이던트 부근이었던가? 지도가 있다면 좋을 텐데. 그녀가 니메리아를 버려둔 곳이 트라이던트 근처였다. 버리고 싶지 않았지만, 조리가 선택의 여지가 없다고, 늑대가 같이 돌아가면 조프리를 물었다는 이유로 죽게 될 거라고 했었다. 조프리가 물려도 싸다 해도 말이다. 그들은 고함을 지르고 돌을 던져야 했고, 니메리아는 아리아가 던진 돌 몇 개가 제대로 맞고 나서야 따라오기를 그만두었다. '어쩌면 이젠 나도 못 알아볼지 몰라. 혹시 알아보더라도 날 미워하겠지.'

녹색 망토를 입은 남자가 말했다. "난 그 지옥의 암캐가 어느 날 마을에 걸어 들어간 이야기를 들었어요. 장날이라 사방에 사람들이 있었는데, 대담하게 걸어가서 어미 품에 안긴 아기를 갈기갈기 찢은 거요. 이 이야기를 듣고 무튼 공과 그 아들들은 그 늑대를 끝장내겠노라 맹세했지. 그래서 늑대 사냥개 한 무리를 끌고 소굴을 추적했는데, 간신히 살아 돌아왔지요. 개들은 한 마리도 못 돌아왔고.”

“그건 그냥 이야기예요.” 아리아는 자제하지 못하고 불쑥 말해버렸다. “늑대는 어린 아기를 먹지 않아요.”

“네가 늑대에 대해 뭘 안다는 거냐?” 녹색 망토를 입은 남자가 물었다.

아리아가 답을 생각하기도 전에 요렌이 그녀의 팔을 잡았다. “이놈이 맥주에 취해서 맛이 간 것뿐이오.”

“아니, 아니에요. 늑대는 아기들을 먹지 않는다고요…….”

“나가. 그리고 어른들이 얘기할 때 입 다무는 방법을 배울 때까지 밖에 있어라.” 요렌은 아리아를 뒤쪽 마구간으로 이어지는 옆문으로 뻣뻣하게 밀었다. “이제 가봐. 가서 마구간지기가 우리 말들에 물은 줬는지 살펴봐라.”

아리아는 분노에 차서 밖으로 나갔다. “안 그런단 말이야.” 아리아는 중얼거리면서 성큼성큼 걷다가 돌덩이를 걷어찼다. 돌은 굴러가서 마차 아래에 멈췄다.

“소년.” 우호적인 목소리가 외쳤다. “귀여운 소년.”

족쇄를 찬 남자들 중 하나가 그녀에게 말을 걸고 있었다. 아리아는 바늘의 칼자루에 한 손을 올리고 조심스럽게 마차에 다가갔다.

그 죄수는 사슬을 덜그럭거리며 빈 맥주잔을 들어 올렸다. “남자는 맥주 맛을 좀 더 보고 싶다. 무거운 목걸이를 차고 있으니 갈증이 나는구나.” 셋 중에 제일 젊은 남자로, 날씬하고 이목구비가 섬세했으며 늘 미소 짓는 얼굴이었다. 머리카락은 한쪽이 붉고 한쪽은 희었는데, 감옥 생활과 여행으로 떡 지고 지저분했다. “남자는 목욕도 하고 싶다.” 그는 아리아가 바라보는 눈빛을 보고 말했다. “소년은 친구를 사귈 수 있다.”

"친구들이라면 있어." 아리아가 말했다.

"난 아무도 안 보이는데." 코가 없는 남자가 말했다. 그는 땅딸막하고 몸이 두꺼웠으며, 손이 컸다. 검은 털이 팔다리와 가슴은 물론이고 등까지 뒤덮었다. 아리아는 그 남자를 보고 언젠가 책에서 보았던 여름 군도의 유인원 그림을 떠올렸다. 얼굴에 난 구멍 때문에 오래 쳐다보기는 힘들었다.

대머리 남자는 입을 벌리고 거대한 흰 도마뱀처럼 쉭쉭 소리를 냈다. 아리아가 흠칫 놀라서 물러서자 그는 입을 크게 벌리고 그녀를 향해 혀를 흔들었는데, 거의 혀뿌리만 남아 있었다. "그만해." 아리아는 불쑥 외쳤다.

"남자는 검은 감옥에서 동료를 고르지 못하노라." 붉고 흰 머리카락의 잘생긴 남자가 말했다. 그 남자의 말투를 들으면 시리오가 떠올랐다. 같지만 달랐다. "이 둘에게는 예의라고는 없느니. 남자가 용서를 청해야 하리라. 너는 아리라는 이름이지. 그렇지 않은가?"

"혹 머리." 코가 없는 남자가 말했다. "머리도 울퉁불퉁 얼굴도 울퉁불퉁한 막대기 소년. 조심해라, 로라스. 막대기로 널 때릴 테니까."

잘생긴 남자가 말했다. "남자는 동료들에 대해 부끄러워해야 마땅하다, 아리. 이 몸은 한때 자유도시 로라스의 자켄 하가르가 되는 영예를 누렸도다. 집에 있었더라면 좋았을 것. 이 몸의 본데없는 죄수 동료들은 로지와……." 그는 맥주잔을 코 없는 남자 쪽으로 휘둘렀다. "……바이터(Biter, 깨무는 놈)로다." 바이터는 다시 아리아를 향해 쉭쉭거리며 뾰족하게 늘어선 누런 이를 보였다. "사람에게는 이름이 있어야 하느니, 그렇지 않은가? 바이터는 말을 할 수 없고 쓸 수도 없으나, 이빨은 무척 날카로우니, 바이터라 부르면 미소를 짓는다. 매력적이지 않은가?"

아리아는 마차에서 뒷걸음질 쳐 물러섰다. "아니." 저들은 날 해치지 못해. 다 사슬에 묶여 있잖아.

남자는 맥주잔을 거꾸로 뒤집었다. "남자는 울어야 하겠구나."

코가 없는 남자, 로지는 욕설을 하며 마시던 맥주잔을 아리아에게 내던 졌다. 족쇄와 수갑 때문에 움직임이 둔해졌다고는 해도, 아리아가 펄쩍 뛰 어 피하지 않았다면 무거운 백랍 잔을 머리에 맞을 뻔했다. "맥주를 가져 와, 이 꼬맹아. 당장!"

"그 입 닥치시지." 아리아는 시리오라면 어떻게 했을지 생각하려 했다. 그리고 연습용 목검을 뽑았다.

로지가 말했다. "더 가까이 오기만 하면 그 막대기를 네 똥구멍에 밀어 넣고 죽도록 쑤셔주마."

'공포가 칼보다 더 위험해.' 아리아는 애써 마차에 다가갔다. 한 발자국 디딜 때마다 힘들어졌다. '큰족제비처럼 사납게, 잔잔한 물처럼 침착하 게.' 그 말들이 머릿속에 울렸다. 시리오라면 두려워하지 않았을 것이다. 아리아가 바퀴를 만질 수 있을 만큼 가까이 갔을 때 갑자기 바이터가 뛰 어 일어서더니, 수갑을 절그렁거리면서 아리아를 붙잡으려 했다. 족쇄 때 문에 그의 손은 아리아의 얼굴에서 10센티미터쯤 못 미쳐 멈췄고, 그는 쉭쉭거렸다.

아리아는 그를 때렸다. 작은 두 눈 사이를 힘껏.

바이터는 비명을 지르며 물러났다가, 온몸의 무게를 사슬에 실었다. 사 슬 고리들이 차르랑 미끄러지고 돌면서 팽팽해졌고, 거대한 쇠고리들이 마차 바닥 널을 당기면서 낡고 건조한 나무가 삐거덕거리는 소리가 들렸 다. 바이터의 팔에 힘줄이 툭툭 돋으면서 크고 창백한 두 손이 아리아를 향해 뻗어왔지만, 사슬은 버텼고, 마침내 바이터도 뒤로 주저앉고 말았다. 바이터의 뺨에 난 진물투성이 상처에서 피가 흘렀다.

"소년은 분별력보다 용기가 더 크구나." 자켄 하가르라던 남자가 말했다.

아리아는 마차에서 슬금슬금 물러났다. 어깨에 닿은 손을 느끼고 휙 돌 면서 다시 목검을 치켜들었지만, 황소일 뿐이었다. "뭐하는 거야?"

황소는 방어적으로 두 손을 들어 올렸다. "요렌이 아무도 저 셋에게는 가까이 가지 말랬잖아."

"난 저놈들이 무섭지 않아." 아리아가 말했다.

"그렇다면 넌 바보야. 난 저들이 무서워." 황소의 손이 칼자루로 내려갔고, 로지가 소리 내어 웃기 시작했다. "여기에서 물러나자."

아리아는 발을 땅에 비볐지만, 황소를 따라 여관 앞으로 돌아갔다. 로지의 웃음소리와 바이터의 쉭쉭거리는 소리가 뒤따라왔다. "싸우고 싶어?" 아리아는 황소에게 물었다. 뭐든 때리고 싶었다.

황소는 깜짝 놀라서 아리아를 보고 눈을 깜박였다. 목욕 후에 아직 덜 마른 숱 많은 검은 머리가 깊고 푸른 눈 위로 흘러내렸다. "네가 다칠 텐데."

"못 그럴걸."

"넌 내가 얼마나 힘이 센지 몰라."

"넌 내가 얼마나 빠른지 몰라."

"네가 자초한 거야, 아리." 그는 프래드의 장검을 뽑았다. "이건 싸구려 강철이지만, 그래도 진짜 검이야."

아리아는 '바늘'을 뽑았다. "이건 질 좋은 강철이니까, 네 것보다 더 진짜야."

황소는 고개를 저었다. "내가 널 베어도 울지 않겠다고 약속할래?"

"네가 약속하면 나도 하지." 아리아는 옆으로 몸을 틀어 물의 춤꾼 자세를 취했지만, 황소는 움직이지 않았다. 그는 아리아 뒤쪽 어딘가를 보고 있었다. "뭐가 잘못됐어?"

"황금 망토들이야." 황소의 얼굴이 바싹 긴장했다.

'그럴 리가 없어.' 그렇게 생각했지만, 아리아가 돌아보니 그들이 왕의 가도를 달려오고 있었다. 검은색 고리 갑옷을 입고 도시 경비대의 황금 망토를 두른 남자 여섯 명이었다. 하나는 장교로, 검은색 법랑 흉갑에 금색 원반 네 개를 장식했다. 그들은 여관 앞에 말을 세웠다. '네 눈으로 보거라.' 시리오의 목소리가 속삭이는 것 같았다. 아리아의 눈은 안장 아래 맺힌 하얀 거품 같은 땀을 보았다. 말들이 먼 길을 거세게 달려왔다는 뜻이었다. '잔잔한 물처럼 침착하게.' 아리아는 황소의 팔을 잡고 꽃이 핀 높은 산울타리 뒤로 끌고 갔다.

"뭐야? 뭐하는 건데? 놔."

"그림자처럼 조용히." 아리아는 황소를 끌어 앉히며 속삭였다.

요렌이 책임진 사람들 중 일부는 아직 목욕탕 앞에 앉아서 욕조에 들어갈 차례를 기다리고 있었다. 황금 망토 하나가 외쳤다. "너희들, 검은 옷을 입기로 한 놈들인가?"

"그럴지도 모르지." 조심스러운 대답이 돌아갔다.

"댁들에게 합류하는 게 나을 걸 그랬어. 장벽은 춥다는데 말이야." 늙은 레이슨이 말했다.

황금 망토의 장교가 말에서 내렸다. "어떤 소년에 대한 체포 영장이—"

요렌이 헝클어진 검은 수염을 만지작거리면서 여관 밖으로 나왔다. "그 소년을 원한다는 게 누구요?"

다른 황금 망토들도 내려서 말 옆에 섰다. "우린 왜 숨는 거야?" 황소가 속삭였다.

"저놈들이 찾는 건 나야." 아리아가 마주 속삭였다. 황소의 귀에서 비누 냄새가 났다. "조용히 있어."

"왕대비께서 원하신다. 노인장이 상관할 바 아니지만." 장교는 허리띠에서 리본을 하나 뽑았다. "여기, 대비 전하의 인장과 명령장이다."

산울타리 뒤에서는 황소가 의심스럽다는 듯이 고개를 저었다. "왕대비가 아리 널 왜 원하겠어?"

아리아는 그의 어깨를 때렸다. "조용!"

요렌은 금색 밀랍 덩이가 붙은 명령장을 만지작거렸다. "예쁘구먼." 그는 침을 뱉었다. "그런데 말이야, 그놈은 이제 밤의 경비대 소속이야. 도시에서 무슨 짓을 했든 상관없다고."

"왕대비님은 네놈 견해에 관심 없으시다, 늙은이. 나도 마찬가지고." 장교가 말했다. "그 소년을 데려가겠다."

아리아는 도망칠까 생각했지만, 황금 망토들에게는 말이 있으니 당나귀로는 멀리 도망치지 못할 게 뻔했다. 게다가 도망치는 데에도 너무 지쳤다. 메린 경이 데리러 왔을 때도 도망쳤고, 놈들이 아버지를 죽였을 때도 도망쳤다. 진짜 물의 춤꾼이라면 바늘을 들고 나가서 저놈들을 다 죽여버리고, 다시는 어느 누구에게서도 도망치지 않을 텐데.

요렌은 완고하게 말했다. "아무도 못 데려간다. 이런 문제에 대한 법이 있어."

황금 망토는 소검(shortsword, 장검보다는 짧고 단검보다는 긴 한 손 검)을 뽑았다. "이게 법이다."

요렌은 칼을 보고 말했다. "그건 법이 아니라 그냥 검이지. 그런 건 나도 있어."

장교는 미소 지었다. "바보 늙은이, 나에겐 다섯 명이 더 있다."

요렌은 침을 뱉었다. "나한텐 서른 명이 있는데."

황금 망토는 소리 내어 웃었다. "이 떼거리?" 코가 부러진 덩치 큰 놈 하나가 외쳤다. "누가 먼저 나설래?" 그는 강철 검을 드러내며 외쳤다.

타버가 건초 더미에 박힌 쇠스랑을 뽑았다. "나다."

"아니, 나야." 퉁퉁한 석공 컷잭이 늘 입고 다니는 가죽 앞치마에서 망치를 빼며 외쳤다.

"나야." 커즈가 손에 가죽 벗기는 단검을 들고 땅바닥에서 일어섰다.

"나와 저놈." 코스가 장궁의 활시위를 당겼다.

"우리 모두다." 레이슨이 짚고 다니던 단단하고 긴 지팡이를 낚아채며 말했다.

도버가 옷 꾸러미를 들고 벌거벗은 몸으로 목욕탕에서 나오더니, 벌어지는 상황을 보고는 단검만 빼고 모조리 땅에 떨구고 물었다. "싸움이야?"

"그런가 봐요." 핫파이는 던질 돌을 찾아서 기어 다니며 말했다. 아리아는 지금 보는 광경을 믿을 수가 없었다. 그녀는 핫파이를 싫어했다! 대체 핫파이가 왜 그녀를 위해 위험을 감수한단 말인가?

코가 부러진 사내는 아직도 이 상황이 우습다고 생각했다. "계집애들아, 그 돌맹이와 막대기 치우지 않으면 엉덩이 좀 맞을 줄 알아라. 검을 어느 쪽으로 쥐는지도 모르는 것들."

"난 알아!" 아리아는 그들이 시리오처럼 자신을 위해 죽게 놓아둘 순 없었다. 그렇게 만들지 않겠다! 아리아는 '바늘'을 손에 쥐고 산울타리를 헤치고 나가서 미끄러지듯이 물의 춤꾼 자세를 취했다.

부러진 코가 시끄럽게 웃어댔다. 장교는 아리아를 아래위로 훑어보았다. "그 칼 치워라, 계집애야. 널 해치고 싶어 하는 놈은 없다."

"난 계집애가 아니야!" 아리아는 격분해서 외쳤다. 문제가 뭘까? 그녀를 잡으려고 이 먼 길을 달려와놓고, 그녀가 나섰더니 웃기만 하다니. "너희가 원하는 건 나야."

"우리가 원하는 건 저놈이다." 장교는 소검으로 프래드의 싸구려 철검을 손에 들고 나와서 아리아 옆에 선 황소를 가리켰다.

그러나 잠시라도 요렌에게서 시선을 뗀 게 실수였다. 검은 형제의 검이 순식간에 장교의 울대를 눌렀다. "둘 다 못 데려간다. 내가 네놈 울대뼈가 잘 여물었나 보길 원하지 않는다면 말이야. 설득이 더 필요하다면 여관 안에 형제가 열, 아니 열다섯은 더 있다. 내가 너라면 그 칼은 놓고, 저 뚱뚱하고 귀여운 말에 궁둥이 얹고 도시로 달려가겠다." 요렌은 침을 탁 뱉고 검 끝을 조금 더 찔러 넣었다. "당장."

장교의 손가락이 풀렸다. 쥐고 있던 검이 흙 속에 떨어졌다.

"그 칼은 우리가 갖지. 장벽엔 질 좋은 강철이 늘 필요하거든." 요렌이
말했다.

"네놈 말대로 하지. 일단은. 가자." 황금 망토들은 검집에 검을 넣고 말
에 올랐다. "장벽까지 꽁지 빠지게 가는 게 좋을 거다, 늙은이. 다음에 잡
으면 저 사생아 놈과 함께 네놈의 머리통도 가져갈 테니까."

"이보다는 나은 놈들을 데려오는 게 좋을 거다." 요렌이 칼의 평평한 부
분으로 장교가 탄 말 엉덩이를 철썩 때려 왕의 가도로 내보냈다. 부하들이
그 뒤를 따라갔다.

황금 망토들이 보이지 않는 곳까지 멀어지자 핫파이는 환성을 올렸지
만, 요렌은 그 어느 때보다 더 화난 얼굴이었다. "멍청아! 놈을 떼어냈다고
생각하냐? 다음번에는 거드름 피우면서 망할 명령장 같은 걸 내밀지 않을
게. 나머지 놈들을 목욕탕에서 끌어내. 이동해야겠다. 밤새 달리면 저놈
들보다 조금이라도 계속 앞서 있을 수도 있겠지." 요렌은 장교가 떨어뜨
린 소검을 주웠다. "갖고 싶은 놈?"

"저요!" 핫파이가 외쳤다.

"아리한테 휘두르진 말아라." 요렌은 칼자루 쪽을 핫파이에게 건네고
아리아에게 걸어왔지만, 아리아가 아니라 황소에게 말했다. "왕대비가 널
간절히 원한다."

아리아는 갈피를 잃었다. "얘를 왜 원한대요?"

황소는 험상궂은 얼굴로 아리아를 보았다. "너는 왜 원하겠어? 쪼끄만
시궁쥐에 불과한데."

"그렇게 치면 너는 사생아에 불과하잖아!" 아니면 사생아인 척만 하는
지도 몰랐다. "진짜 이름은 뭐야?"

"겐드리." 그는 확신은 별로 없다는 듯이 대답했다.

"너희 둘 다 누가 안 데려가나 싶긴 하다만, 그렇다고 너희를 데려가게 두진 않는다. 너희 둘은 말을 타라. 황금 망토가 보이면 드래곤에게 쫓기는 놈들처럼 장벽으로 달려가는 거야. 나머지 우리들이야 놈들에게 아무 의미도 없으니까."

"요렌은 아니잖아요." 아리아가 지적했다. "그놈이 아저씨 머리통도 가져간댔잖아요."

"흥, 내 어깨에서 머리통을 뗄 수 있다면 얼마든지 떼어 가라고 해." 요렌이 말했다.

존

"샘?" 존은 가만히 불렀다.

공기에서 종이와 먼지와 세월의 냄새가 났다. 앞에는 높은 나무 책장들이 어둠을 향해 솟아올랐는데, 책장마다 가죽 장정본과 오래된 두루마리통이 가득했다. 어딘가에 숨겨진 등불의 희미한 노란 불빛이 책 더미를 통과하여 스며들었다. 이렇게 오래된 마른 종이 더미에 불똥이라도 날릴까 싶어진 존은 들고 온 양초를 불어 껐다. 그리고 희미한 불빛을 따라 아치형 천장의 길고 좁은 길을 천천히 걸었다. 온통 검은 옷차림에 검은 머리, 긴 얼굴, 회색 눈의 존은 그림자 속의 그림자였다. 두 손은 검은색 몰스킨 장갑이 덮었다. 오른손은 화상 때문에 꼈고, 왼손은 한 손에만 장갑을 끼면 바보같이 느껴져서 꼈다.

샘웰 탈리는 돌벽을 깎아서 만든 벽감 안에서 탁자 위로 몸을 구부리고 앉아 있었다. 불빛은 그의 머리 위에 매달린 등잔에서 흘러나왔다. 그는 존의 발걸음 소리를 듣고 고개를 들었다.

"밤새 여기 있었던 거야?"

"내가 그랬나?" 샘은 깜짝 놀란 얼굴이었다.

"우리와 아침 식사를 하지도 않았고, 침대에 잠을 잔 흔적도 없었어." 래스트는 샘이 탈영했을지도 모른다고 했지만, 존은 믿지 않았다. 탈영에도 나름의 용기가 필요했는데, 샘에게는 그만 한 용기가 없었다.

"아침이야? 여기 내려와 있다 보면 알 길이 없어."

"샘, 넌 굉장한 바보야. 장담하는데 우리가 이제 차갑고 딱딱한 바닥에서 자게 되면 그 침대가 그리워질걸."

샘은 하품을 했다. "아에몬 학사님이 사령관님께 드릴 지도를 찾으라고 보내셨어. 생각도 못 했는데…… 존, 저 책들 말이야. 저런 걸 본 적 있어? 책이 몇천 권은 돼!"

존은 주위를 둘러보았다. "윈터펠의 도서관에도 몇백 권은 있어. 지도는 찾았어?"

"아, 응." 샘이 탁자 위로 손을 저으며 소시지처럼 통통한 손가락들로 앞에 어수선하게 놓인 책과 두루마리들을 가리켰다. "못해도 열 개는 넘을 거야." 샘은 네모난 양피지 하나를 폈다. "그림은 색이 바랬지만, 지도 제작자가 어디에 야인 마을을 표시했는지 알아볼 수 있어. 그리고 다른 책도 있는데…… 그게 어디 있더라? 조금 전에 그 책을 읽고 있었는데." 샘이 두루마리 몇 개를 밀어내자 장정이 삭고 먼지투성이가 된 책이 드러났다. 그는 경건한 태도로 말했다. "이건 새도타워에서 얼어붙은 해안의 론포인트(Lorn Point, 고독의 갑)까지 가는 여정에 대한 보고인데, 레드와인이라는 이름의 순찰자가 쓴 거야. 날짜는 적혀 있지 않지만 도렌 스타크를 북부의 왕으로 언급한 걸 봐서 분명히 정복 이전 기록이야. 존, 이 사람들은 거인들과 싸웠어! 레드와인은 심지어 숲의 아이들과 거래도 했대. 여기 다 나와." 샘은 한 손가락으로 조심스럽게 책장을 넘겼다. "지도도 그렸는데, 봐……."

"너도 우리 순찰에 대한 보고서를 쓸 수 있을 거야, 샘."

용기를 북돋우려고 한 말이었지만, 적절하지 않은 말이었다. 내일 직면해야 할 일을 돌이키는 것이야말로 지금 샘이 가장 피하고 싶어 하는 바였다. 그는 목적 없이 두루마리들을 뒤적였다. "지도가 더 있어. 찾을 시간만 더 있으면…… 모든 게 뒤죽박죽이야. 그렇지만 내가 다 제대로 정리할 수 있어. 나라면 할 수 있어. 하지만 시간이 걸리겠지……. 사실 몇 년은 걸릴 거야."

"모르몬트는 그보다 좀 빨리 그 지도들을 받고 싶을 텐데." 존은 통에 든 두루마리를 하나 뽑아서 지독한 먼지를 후후 불어냈다. 두루마리를 펴자 손가락 사이에서 종이 모서리가 떨어져 나갔다. "이것 봐. 이건 바스러지고 있어." 존은 빛바랜 문서에 눈살을 찌푸리며 말했다.

"살살 다뤄." 샘이 탁자를 빙 돌아와 존이 든 두루마리를 빼앗더니, 상처 입은 짐승을 대하듯 끌어안았다. "중요한 책은 필요할 때면 베껴 쓰곤 했어. 제일 오래된 책 중에는 50번씩 베껴 쓴 것도 있을 거야."

"글쎄, 그 내용은 굳이 베껴 쓸 것 없겠던데. 절인 청어 스물세 통, 생선 기름 열여덟 단지, 소금 한 통……."

"물품 목록 아니면 매매 증서겠지." 샘이 말했다.

"600년 전에 절인 청어를 얼마나 먹었는지 누가 신경 쓴다고?"

"내가." 샘은 조심스럽게 그 두루마리를 존이 뽑아낸 통에 다시 집어넣었다. "그런 장부에서 얼마나 많은 걸 배울 수 있는지 몰라. 정말이야. 당시 밤의 경비대에 사람이 얼마나 많았는지, 어떻게 살았는지, 뭘 먹었는지……."

"음식을 먹고 우리가 사는 것처럼 살았을걸." 존이 말했다.

"너도 알면 놀랄 거야. 이 방은 보물이야, 존."

"네가 그렇다면 그렇겠지." 존에게는 미심쩍었다. 보물이란 금, 은, 보석을 말하지 먼지와 거미와 삭아가는 가죽을 말하는 게 아니었다.

"그렇다니까." 뚱뚱한 소년은 불쑥 말했다. 샘은 존보다 나이가 많았고, 법적으로도 성인이었지만, 소년이 아니라고 생각하기가 힘들었다. "나무에 새겨진 얼굴들 그림도 찾았고, 숲의 아이들이 쓰는 언어에 대한 책도 한 권 있었어……. 시타델에도 없는 문서들, 옛 발리리아에서 전해진 두루마리들, 천 년 전에 죽은 학사들이 쓴 계절 기록……."

"그 책들은 우리가 돌아왔을 때도 여기에 있을 거야."

"우리가 돌아온다면 말이지……."

"늙은 곰은 노련한 경비대원을 200명 데려가고, 그중에 4분의 3이 순찰자야. 반쪽 손 쿼린이 섀도타워에서 또 형제들 백 명을 데려올 거야. 넌 혼힐에 있는 아버지의 성에서 못지않게 안전할 거야."

샘웰 탈리는 작고 슬픈 미소를 지었다. "아버지의 성에서도 별로 안전했던 적은 없어."

신들은 잔인한 장난을 친다. 핍과 토드, 그 밖에 위대한 순찰에 끼고 싶어 안달이 난 모두가 캐슬블랙에 남아야 했다. 반면 자칭 겁쟁이인 데다가 심하게 살이 쪘고 소심하며 검술이 서툰 만큼 말 타는 실력도 엉망인 샘웰 탈리는 귀신 들린 숲을 마주해야 했다. 늙은 곰은 가면서 소식을 보낼 수 있게 까마귀가 든 새장을 두 개 싣기로 계획했다. 아에몬 학사는 눈이 보이지 않는 데다가 말을 달리기에는 너무 노쇠했으니, 학사의 개인 집사가 그 자리를 대신해야 했다. "까마귀를 위해선 네가 필요해, 샘. 그리고 날 도와서 그렌을 겸손하게 만들어줄 사람도 있어야지."

샘의 턱이 떨렸다. "너도 까마귀를 돌볼 수 있잖아. 그렌이나, 다른 누구라도 할 수 있어." 샘은 필사적인 마음에 살짝 날카로워진 목소리로 말했다. "방법은 내가 알려줄 수 있어. 너도 글자를 알잖아. 모르몬트 사령관의 편지는 너도 나만큼 잘 쓸 수 있어."

"난 늙은 곰의 개인 집사야. 사령관의 종자로 시중을 들면서 말을 돌보고 천막을 쳐야 할 거야. 새들까지 보살필 시간은 없을 거라고. 샘, 넌 서약을 했어. 이제 넌 밤의 경비대 형제야."

"밤의 경비대 형제라면 이렇게 겁에 질리지 않아야지."

"우리 모두 겁에 질렸어. 무서워하지 않는다면 바보겠지." 지난 2년 동안 너무 많은 순찰자가 실종되었고, 그중에는 존의 숙부인 벤젠 스타크도 있었다. 그들은 숲속에서 숙부의 부하 두 명의 시체를 발견했으나, 그 시체들은 차가운 밤에 다시 일어났다. 그 기억을 떠올리자 존의 불에 탄 손가락들이 경련했다. 그는 아직도 꿈속에서 그 시귀를, 타오르는 파란 눈과 차가운 검은 손을 지닌 죽은 오서를 보았지만, 샘이 그 일까지 떠올리게 할 수는 없었다. "우리 아버지는 두려움은 부끄러울 게 아니라고 했어. 우리가 두려움을 어떻게 직시하느냐가 중요한 거지. 가자. 지도 모으는 거 도와줄게."

샘은 슬프게 고개를 끄덕였다. 책장이 너무 빈틈없이 들어차 있어서 앞뒤 한 줄로 걸어 나가야 했다. 아치형의 천장은 형제들이 '지렁이 길'이라 부르는 터널로 이어졌다. 땅속으로 캐슬블랙의 아성과 탑들을 연결하는 구불구불한 지하 통로였다. 여름에 지렁이 길은 쥐나 다른 해로운 것들만 이용하는 곳이었지만, 겨울은 달랐다. 눈이 10미터에서 15미터씩 쌓이고 북쪽에서 찬바람이 요란하게 불어오면, 캐슬블랙을 한데 묶어주는 건 그 터널뿐이었다.

존은 올라가면서 곧이라고 생각했다. 그는 아에몬 학사에게 여름이 끝났다는 소식을 가지고 온 전령을 보았다. 시타델의 거대한 까마귀는 고스트처럼 하얗고 조용했다. 존은 아주 어렸을 때 한 번 겨울을 보았지만, 다들 그때는 짧고 온화한 겨울이었다고 말했다. 이번 겨울은 다를 것이다. 뼛속으로 느낄 수 있었다.

가파른 돌계단 덕분에 지표면에 도착할 무렵 샘은 대장장이의 풀무처럼 씨근거리고 있었다. 밖으로 나가자 상쾌한 바람에 존의 망토가 요란하게 펄럭였다. 고스트는 곡물 저장고의 초벽(wattle-and-daub wall, 나뭇가지를 엮고 그 위에 흙을 발라 세운 벽) 뒤에 엎드려 자고 있었는데, 존이 나타나자 깨어서 숱 많은 하얀 꼬리를 빳빳하게 세우고 총총히 걸어왔다.

샘은 실눈을 뜨고 장벽을 올려다보았다. 200미터가 넘는 얼음 절벽이 그들 위로 솟아 있었다. 때로 존에게는 장벽이 자기 기분이 있는 생물처럼 보였다. 얼음의 빛깔은 빛의 변화에 따라 바뀌곤 했다. 얼어붙은 강처럼 깊은 푸른색이었다가, 내린 지 오래된 눈 같은 지저분한 흰색이었다가, 구름이 해를 가리고 지나가면 어두워져서 구멍투성이 돌덩어리의 옅은 회색을 띠었다. 장벽은 동서로 시선이 닿는 곳 어디까지나 뻗어나갔고, 너무나 커서 캐슬블랙의 목재 아성과 석재 탑들이 작고 하찮아 보일 정도였다. 장벽은 세상의 끝이었다.

'그리고 우린 그 너머로 갈 거야.'

아침 하늘에는 가느다란 회색 구름들이 줄무늬를 넣었고, 그 구름 뒤에 옅은 붉은색 선이 있었다. 검은 형제들은 그 혜성을 '모르몬트의 횃불'이라고 부르면서 (반만 농담으로) 신들이 귀신 들린 숲을 뚫고 가는 노인장의 앞길을 밝혀주려고 보냈을 거라고 말했다.

"혜성이 어찌나 밝아졌는지 이젠 낮에도 볼 수 있어." 샘이 손에 쥔 책들로 눈 위를 가리며 말했다.

"혜성은 신경 쓰지 마. 늙은 곰이 원하는 건 지도야."

고스트가 성큼성큼 앞서 달려갔다. 오늘 아침에는 구내가 텅 비어 보였다. 많은 순찰자들이 땅속의 보물을 파내고 앞이 보이지 않을 정도로 만취하려고 몰스타운의 매춘굴에 간 탓이었다. 그렌도 같이 갔다. 핍과 할더와 토드가 그렌의 첫 순찰 임무를 축하하기 위해 첫 여자를 사주겠다고 제안한 터였다. 그들은 존과 샘도 같이 가길 원했지만, 샘은 거의 귀신 들린 숲

만큼이나 매춘부들을 무서워했고, 존은 끼고 싶지 않았다. 그는 토드에게 말했다. "너희는 원하는 대로 해. 난 서약을 했어."

성소 옆을 지나면서 존은 노래하는 목소리들을 들었다. 어떤 남자들은 전투에 나가기 전에 매춘부를 품고 싶어 했고, 어떤 남자들은 신들을 보고 싶어 했다. 존은 어느 쪽이 나중에 더 만족할까 궁금했다. 그는 매춘굴만큼이나 성소에도 매력을 느끼지 못했다. 존의 신들은 야생에, 영목들이 뼈처럼 흰 나뭇가지를 펼친 곳에 신전을 두었다. '일곱 신은 장벽 너머에서 아무 힘도 없지만, 나의 신들은 그곳에서 기다리고 있을 거야.'

무기고 밖에서는 엔드류 타스 경이 새로 온 신병들을 가르치고 있었다. 칠왕국을 돌아다니며 장벽에 올 남자들을 모으는 방랑 까마귀 중 하나인 콘위가 어젯밤에 데려온 이들이었다. 이번 신병들은 지팡이에 몸을 기댄 회색 수염 하나, 형제 사이로 보이는 금발 소년 둘, 때 묻은 새틴 옷을 입은 멋쟁이 하나, 한쪽 발이 안으로 굽은 기형의 남루한 사내 하나, 그리고 자기가 전사라고 생각하는 게 분명한 히죽거리는 미치광이 하나였다. 엔드류 경은 그에게 그게 착각이라는 사실을 알려주고 있었다. 엔드류 경은 알리서 쏜 경보다 온화한 훈련대장이었지만, 그래도 멍투성이가 되도록 훈련을 시켰다. 샘은 신병이 한 대 맞을 때마다 움찔했지만, 존은 그 칼싸움을 유심히 보았다.

"네가 보기엔 저 녀석들이 어떠냐, 스노우?" 도날 노이는 맨가슴에 가죽 앞치마를 걸치고, 왼쪽 팔 그루터기를 드러낸 채 무기고 문 앞에 서 있었다. 거대한 배와 술통 같은 가슴, 납작한 코와 거무스름한 턱이 보기 아름다운 외모는 아니었지만, 그럼에도 노이를 보는 것은 반가운 일이었다. 이 무기제조인은 훌륭한 친구였다.

"여름 냄새가 나네요." 존은 엔드류 경이 돌진해서 상대를 나자빠지게 만드는 모습을 보며 말했다. "콘위는 저 사람들을 어디에서 찾았대요?"

"걸타운 근처 어느 영주의 지하감옥이라지. 도둑놈 하나에 이발사 하나, 거지 하나, 고아 둘, 그리고 남창 하나야. 그런 놈들로 인간의 영토를 지키다니."

"지키게 될 거예요, 저들도." 존은 샘에게 은밀한 미소를 지었다. "우리도 해냈으니까요."

노이는 존을 가까이 끌어당겼다. "네 형제에 대한 기별은 들었냐?"

"어젯밤에요." 콘위와 그가 데려온 이들은 북부의 소식을 가져왔고, 휴게실에서는 거의 그 이야기만 오갔다. 존은 아직도 그 소식에 대해 자신이 어떤 기분인지 잘 알 수 없었다. 롭이 왕이라고? 함께 놀고, 싸우고, 첫 와인을 나눠 마신 형제가? '하지만 어머니의 젖을 함께 물지는 않았지, 그래. 그래서 이제 롭은 보석 뿔잔으로 여름 와인을 마시는 동안 나는 개울 옆에 무릎을 꿇고 눈 녹은 물을 떠먹는 건가.'

"롭은 훌륭한 왕이 될 거예요." 존은 충심으로 말했다.

"그럴까?" 대장장이는 솔직한 눈으로 존을 보았다. "그랬으면 좋겠구나. 하지만 한때 로버트를 두고 나도 같은 말을 했을지 몰라."

"로버트 바라테온의 전투 망치를 아저씨가 벼렸다면서요." 존은 기억을 떠올렸다.

"그래. 난 로버트의 사람이었지. 바라테온 가문 사람. 팔을 잃기 전까지 스톰스엔드에서 대장장이이자 무기제조인으로 일했어. 난 바다에서 죽기 전의 스테폰 공을 기억할 만큼 나이가 많고, 스테폰 공의 세 아들도 이름을 받았을 때부터 알았어. 이건 말해주마. 로버트는 그 왕관을 쓴 후로 결코 예전 같은 사람이 아니었어. 어떤 사내들은 검과 같아서, 싸우기 위해 태어나지. 걸어만 놓으면 녹이 슬어."

"그럼 그 동생들은요?"

무기제조인은 잠시 생각했다. "로버트는 진짜 강철이었지. 스타니스는 검고 단단하고 강한 순철이지만, 순철이 그렇듯이 부러지기가 쉬워. 구부러지기 전에 부러질 게다. 그리고 렌리, 렌리는 구리라고 할 수 있지. 눈부시게 반짝여서 보기에는 예쁘지만 결국에는 그만 한 가치가 없어."

그렇다면 롭은 어떤 금속일까? 존은 묻지 않았다. 도날 노이는 바라테온 가문 사람이었다. 조프리를 적법한 왕으로 여기고 롭을 반역자로 볼 가능성이 높았다. 밤의 경비대에서는 그런 문제를 깊이 파고들지 않는다는 암묵적 합의가 존재했다. 여기 남자들은 칠왕국 전역에서 장벽으로 왔고, 어떤 서약을 하든 오래된 애정과 충성은 쉽게 잊히는 게 아니었다……. 존 스스로만 해도 그 점을 이해할 만한 이유가 있었다. 샘조차도……. 샘의 아버지 가문은 하이가든에 충성을 맹세했고, 하이가든의 티렐 공은 렌리 왕을 지지했다. 그런 문제는 이야기하지 않는 게 최선이었다. 밤의 경비대는 누구 편도 들지 않았다. "모르몬트 사령관이 기다리세요." 존이 말했다.

"늙은 곰에게 못 가게 붙들진 않으마." 도날 노이는 존의 어깨를 철썩 치고 미소 지었다. "내일은 신들이 함께하시길 빈다, 스노우. 네 숙부를 데리고 돌아올 거지?"

"그럴 거예요." 존은 그에게 약속했다.

모르몬트 사령관은 화재로 사령관의 탑이 탄 후부터 왕의 탑에 거처했다. 존은 고스트를 문밖을 지키는 보초들 옆에 남겨두었다. "또 계단이네." 샘은 올라가기 시작하면서 비참하게 말했다. "난 계단이 싫어."

"흠. 숲에서 계단 오를 일 없는 것 하나는 좋네."

그들이 개인 방으로 들어가자 까마귀가 바로 알아차렸다. "스노우!" 까마귀가 새된 소리를 질렀다. 모르몬트는 하던 대화를 멈췄다. "그 지도들을 가져오는 데 오래도 걸렸구나." 그는 남은 아침 식사를 밀어내고 탁자 위에 자리를 만들었다. "여기 놓거라. 나중에 살펴보마."

듬성듬성한 수염 아래 좁은 턱과 처진 입을 가린 근육질의 순찰자, 토렌 스몰우드가 존과 샘을 냉담하게 쳐다보았다. 그는 알리서 쏜의 심복이었고, 존에게나 샘에게나 아무 애정이 없었다. "사령관이 지휘하고 명령할 자리는 캐슬블랙입니다." 그는 새로 온 두 명을 무시하고 모르몬트에게 말했다. "제가 보기엔 그렇습니다만."

까마귀가 커다란 검은 날개를 퍼덕였다. "제가, 제가, 제가."

모르몬트는 순찰자에게 말했다. "자네가 사령관이 되거든 좋을 대로 하게. 하지만 난 아직 죽지 않았고, 형제들이 내 자리에 자네를 세운 것 같지도 않군."

스몰우드는 완고하게 말했다. "벤 스타크가 실종되고 제레미 경이 죽었으니 이제 제가 제1순찰자입니다. 지휘는 제가 해야 마땅합니다."

모르몬트는 받아들이지 않았다. "내가 벤 스타크를 내보냈고, 그 전에는 웨이마르 경을 내보냈네. 자네까지 보내놓고 얼마나 오래 기다린 후에 실종으로 생각하고 단념해야 하나 생각하면서 앉아 있진 않겠네. 그리고 스타크는 죽은 게 확실해질 때까지 제1순찰자야. 그날이 올 경우에 후임자를 정하는 건 자네가 아니라 나고. 이제 내 시간은 그만 잡아먹게. 해가 뜨자마자 출발이야. 잊은 건 아니겠지?"

스몰우드는 자리에서 일어섰다. "사령관님 명령대로 하지요." 그는 나가는 길에 마치 이게 존의 잘못이라는 듯이 노려보았다.

"제1순찰자라니!" 늙은 곰의 눈이 샘을 찾았다. "차라리 널 제1순찰자로 임명하고 말지. 내 면전에 대고 내가 같이 말을 달리기엔 너무 늙었다고 하다니 뻔뻔한 놈. 네 눈엔 내가 늙어 보이냐?" 모르몬트의 얼룩덜룩한 두피에서 후퇴한 털은 그의 턱 밑에 다시 모여서 가슴팍을 다 덮는 텁수룩한 회색 수염을 이루었다. 그는 그 가슴팍을 두드렸다. "내가 노쇠해 보여?"

샘은 입을 열고 작게 끽 소리를 냈다. 늙은 곰에게 겁먹은 것이다. 존이 얼른 나섰다. "아닙니다, 사령관님. 강해 보이십니다. 마치…… 마치……."

"날 속일 생각 말아라, 스노우. 내가 그런 말에 넘어가지 않는다는 걸 알 텐데. 그 지도나 보자." 모르몬트는 지도를 거칠게 뒤적이며 잠깐씩만 보고 못마땅한 듯 소리를 냈다. "찾을 수 있는 게 이게 다였나?"

"그, 그, 그게……." 샘은 말을 더듬었다. "더…… 더 있긴 했, 했는데…… 너, 너무 무, 무질서……."

"이것들은 너무 오래됐어." 모르몬트는 불평했고, 그의 까마귀는 날카로운 소리로 메아리를 울렸다. "오래, 오래."

"마을은 생겼다가 사라질지 몰라도 산과 강은 같은 자리에 있을 겁니다." 존이 지적했다.

"맞는 말이다. 까마귀들은 골라놓았느냐, 탈리?"

"아, 아, 아에몬 학사님께서 저, 저녁에 머, 머, 먹이를 준 후에 고, 고르신다고."

"제일 좋은 놈들을 데려가겠다. 똑똑하고 튼튼한 새들로."

"튼튼." 사령관의 까마귀가 우쭐거렸다. "튼튼, 튼튼."

"혹시 우리 모두가 저 밖에서 도살당한다면 내 후임자에게 어디에서 어떻게 죽었는지는 알려야지."

도살이라는 말을 듣자 샘웰 탈리는 말문이 막혀버렸다. 모르몬트는 몸을 앞으로 기울였다. "탈리, 내가 네 나이 절반만 했을 때, 어머니는 나보고 입을 벌리고 서 있으면 족제비가 제 굴로 착각하고 목을 타고 내려갈 거라고 하셨다. 할 말이 있거든 해라. 그렇지 않거든 족제비를 조심하고." 그는 무뚝뚝하게 손을 내저었다. "가봐라. 바보짓 하기엔 내가 너무 바쁘다. 분명히 학사에겐 너에게 맡길 일거리가 있겠지."

샘은 침을 꿀꺽 삼키고 뒷걸음질 치더니, 허둥지둥 나가다가 걸려 넘어질 뻔했다.

"저 녀석은 보이는 것만큼 바보냐?" 사령관은 샘이 나가자 물었다. "바보." 까마귀가 투덜거렸다. 모르몬트는 존의 대답을 기다리지 않았다. "저 녀석 아버지가 렌리 왕의 협의회에서 높은 위치를 차지하니 저 녀석을 보낼까 생각도 했다만…… 아니, 안 그러는 게 좋겠지. 렌리는 덜덜 떠는 뚱뚱한 소년의 말에 주의를 기울이지 않을 거야. 아넬 경을 보내겠다. 안정감도 더 있고, 아넬 경의 어머니는 초록 사과 포소웨이 가문이었지."

"물어봐도 괜찮으시다면, 렌리 왕에게 뭘 원하십니까?"

"모두에게 원하는 것과 똑같다. 사람, 말, 검, 갑옷, 곡물, 치즈, 와인, 모직물, 못……. 밤의 경비대는 자존심이 높지 않아. 주는 거라면 다 받지." 사령관의 손가락이 투박한 탁자 나무 판을 두드렸다. "바람이 친절하게 불어준다면 알리서 경이 달이 바뀔 때까지 킹스랜딩에 도착하겠지만, 조프리라는 녀석이 알리서 경의 말에 주의를 기울일지 어떨지 알 수 없다. 라니스터 가문은 경비대의 친구였던 적이 없지."

"쏜에게는 궁정에 내보일 시귀의 손이 있습니다." 그 기분 나쁘고 핏기 없는 검은 손가락들은 병 속에서도 아직 살아 있는 것처럼 움직이고 경련했다.

"그런 손이 하나 더 있었다면 렌리에게 보낼 텐데 말이다."

"디웬은 장벽을 넘어가면 뭐든 찾을 수 있다고 합니다."

"그래, 디웬은 그러지. 그 사람은 마지막으로 순찰 나갔을 때 4미터가 넘는 곰을 봤다고 해." 모르몬트는 코웃음을 쳤다. "내 누이는 곰을 연인으로 뒀다는 소리를 듣는다만, 4미터가 넘는 곰이 있다고 믿느니 그 말을 믿겠다. 아무리 시체가 걸어 다니는 세상이라도…… 아니, 그러니 더더욱 사람은 제 눈을 믿어야 하는 거야. 시체가 걷는 건 내 눈으로 봤다. 거대한 곰은 못 봤고." 그는 존에게 살피는 눈빛을 던졌다. "그나저나 손 이야기를 하고 있었지. 네 손은 어떠냐?"

"전보다 낫습니다." 존은 몰스킨 장갑을 벗고 손을 내보였다. 흉터가 팔뚝 중간까지 덮었고, 얼룩덜룩한 분홍색 새살은 아직 약하고 당기는 느낌이었지만, 그래도 낫고 있었다. "하지만 가렵습니다. 아에몬 학사님은 그건 좋은 신호라고 하세요. 말을 달리는 동안 가지고 다니라고 연고도 주셨습니다."

"통증이 있어도 '긴 발톱'을 휘두를 수 있겠느냐?"

"그런대로요." 존은 학사가 보여주던 방식대로 주먹을 폈다 쥐면서 손가락을 풀었다. "아에몬 학사님 말씀대로 손가락을 빨리 움직일 수 있게 매일 운동할 겁니다."

"눈은 멀었을지 몰라도 아에몬은 자기 일을 잘 알지. 난 신들에게 아에몬 학사를 20년만 더 살려두라고 기도 드린다. 아에몬이 왕이 될 수도 있었다는 걸 아느냐?"

존은 불시에 기습당한 셈이었다. "아버지가 왕이었다는 말씀은 하셨지만…… 전 학사님이 형제 중에 손아래셨겠거니 했습니다."

"그렇기는 했다. 아에몬의 아버지의 아버지는 다에론 타르가르옌 2세였다. 도르네를 편입시킨 왕이었지. 당시 협약 중에는 도르네 공녀와 결혼한다는 조건이 있었다. 공녀는 네 아들을 낳아줬지. 아에몬의 아버지 마에카르는 그중 막내였고, 아에몬은 셋째 아들이었다. 뭐랄까, 이 모든 일은 내가 태어나기 한참 전에 일어났다. 스몰우드가 생각하는 내 나이만큼이나 오래됐지."

"아에몬은 드래곤 기사의 이름을 딴 이름이죠."

"그랬다. 자격 없는 왕 아에곤이 아니라 그 아에몬 왕자가 다에론 왕의 진짜 아버지라는 말도 있지. 그렇다 쳐도 우리의 아에몬에겐 드래곤 기사의 전쟁 기질은 없었다. 아에몬은 자기가 어렸을 때 검은 느리고 머리는 빨랐다는 말을 즐겨 하지. 그 할아버지가 짐을 싸서 시타델로 보낸 것도 당연해. 그때 아홉 살, 아니면 열 살이었을 거다……. 그리고 계승 순위도 아홉 번째 아니면 열 번째였지."

아에몬 학사는 명명일을 백 번도 넘게 헤아린 나이였다. 노쇠하고 쪼그라든 주름투성이에 눈이 먼 그를 아리아와 비슷한 나이의 어린 소년으로 상상하기는 쉽지 않았다.

모르몬트는 이야기를 계속했다. "아에몬이 책에 파묻혀 있는 동안 그 백부인 왕위 후계자가 마상 시합에서 사고로 죽었다. 두 아들을 남겼는데, 둘 다 머지않아서 봄의 대역병으로 무덤에 따라갔지. 다에론 왕도 역병으로 죽어서, 왕관은 다에론의 둘째 아들인 아에리스에게 넘어갔다."

"미친 왕요?" 존은 어리둥절했다. 아에리스는 로버트 이전의 왕이었으니 그렇게 오래전 사람이 아니었다.

"아니, 이건 아에리스 1세 이야기다. 로버트가 퇴위시킨 건 아에리스 2세였지."

"이게 얼마나 오래전 일입니까?"

"80년은 족히 됐을 게다. 여전히 내가 태어나기 전이지만, 아에몬은 그 무렵에 학사의 사슬에 들어갈 고리를 여섯 개는 벼려냈지. 아에리스 1세는 타르가르옌이 으레 그렇듯이 제 누이와 혼인해서 10년인가 12년을 통치했다. 아에몬은 학사 서약을 하고 시타델을 떠나서 어느 귀족 밑에 들어갔지……. 그러다가 왕이 후계 없이 죽었다. 철왕좌는 다에론 왕의 네 아들 중 막내에게 넘어갔다. 그게 아에몬의 아버지인 마에카르였지. 새로운 왕은 아들들을 모두 궁정으로 소환했고, 아에몬을 소협의회에 넣으려 했지만, 아에몬은 그 자리는 대학사가 맡아야 마땅하다고 말하면서 거부했다. 그 대신 큰형인 다른 다에론의 성채에 봉직하러 갔지. 그런데 그 형도 죽었다. 지성이 모자라는 딸 하나만 후계로 남기고 말이다. 아마 어느 창녀에게 옮은 매독으로 죽었을 게다. 그다음 형제는 아에리온이었다."

"괴물 아에리온요?" 존은 그 이름을 알고 있었다. "자기가 드래곤인 줄 알았던 왕자"는 낸 할멈의 무서운 이야기 중 하나였다. 존의 동생 브랜은 그 이야기를 좋아했다.

"바로 그 인물이지만, 자칭하기로는 '눈부신 불길' 아에리온이었지. 그는 어느 날 밤, 친구들에게 이걸 마시면 드래곤으로 변할 거라고 말한 후 잔에 와일드파이어를 부어 마셨는데, 신들께서 친절을 베푸셔서 시체로 변했다. 마에카르 왕은 그 후 1년도 지나지 않아서 어느 추방 귀족과의 전투 중에 죽었지."

존도 이 나라의 역사에 아주 무지하지는 않았다. 학사에게 배운 바가 있었다. "그게 '대협의회'가 열린 해였죠. 영주들은 아에리온 왕자의 어린 아들과 다에론 왕자의 딸을 건너뛰어 아에곤에게 왕관을 넘겼어요."

"그렇기도 하고 아니기도 하다. 그들은 조용히 아에몬에게 먼저 제안했지. 그리고 아에몬은 조용히 거절했어. 신들은 자신에게 통치가 아니라 봉사를 맡겼다고 대답했어. 서약을 했고 그 서약을 깨지 않겠다고도 했지. 최고성사가 직접 면제 선언을 해주겠다고 했는데도 말이다. 아무튼, 정신이 제대로 박힌 자들이라면 아에리온의 핏줄을 왕좌에 올리고 싶어 할 리 없었고, 다에론의 딸은 여자일 뿐 아니라 모자랐기에, 아에몬의 동생에게 왕위를 돌릴 수밖에 없었다. 아에곤 5세, 넷째 아들의 넷째 아들이라, '뜻밖의 왕' 아에곤이라고 불렸지. 아에몬은 궁정에 남아 있다가는 동생의 통치에 불만을 품은 자들이 자신을 이용하려 들 줄 알고 장벽으로 왔다. 그리고 여기에 머물렀지. 동생과 동생의 아들과 그 아들이 차례로 통치하고 죽다가 마침내 제이미 라니스터가 드래곤 왕의 계보를 끊을 때까지."

"왕." 까마귀가 까악거렸다. 까마귀는 날개를 퍼덕이며 개인 방 안을 가로질러 모르몬트의 어깨에 앉았다. "왕." 까마귀는 앞뒤로 몸을 꺼떡이며 다시 말했다.

"왕이라는 말을 좋아하는군요." 존은 미소 지으며 말했다.

"말하기도 쉽고, 좋아하기도 쉬운 단어지."

"왕." 새가 다시 말했다.

"저 녀석이 사령관님보고 왕관을 쓰라는 것 같은데요."

"왕국엔 이미 왕이 셋이나 있고, 내 취향에는 둘이나 더 많다." 모르몬트는 한 손가락으로 까마귀 부리 아래를 쓰다듬었지만, 그동안에도 존 스노우에게서 시선을 떼지는 않았다.

그래서 기분이 이상했다. "사령관님, 왜 제게 아에몬 학사님에 대한 이런 이야기를 해주신 겁니까?"

"이유가 있어야 하나?" 모르몬트는 찌푸린 얼굴로 앉은 자세를 바꿨다. "네 형제인 롭이 북부에서 왕위에 올랐다. 너와 아에몬에게는 공통점이 있는 셈이지. 왕을 형제로 뒀다는."

"공통점이라면 또 있지요." 존이 말했다. "서약요."

늙은 곰은 크게 콧방귀를 꼈고, 까마귀는 퍼드덕 날아올라서 방 안을 돌았다. "나에게 서약을 깬 남자를 모조리 넘겨준다면 장벽엔 방어 병력이 모자랄 일이 없을 게다."

"전 언제나 롭이 윈터펠의 영주가 될 줄 알고 있었습니다."

모르몬트가 휘파람을 불자 까마귀가 다시 날아와서 팔에 앉았다. "영주와 왕은 또 다른 문제지." 그는 주머니에서 옥수수알 한 줌을 꺼내 까마귀에게 내밀었다. "네 형제인 롭은 백 가지 색깔의 비단과 새틴과 벨벳을 입는 반면 너는 검은색 고리 갑옷 차림으로 살고 죽을 것이다. 네 형제는 아름다운 왕비를 맞아 아들을 보겠지. 너는 아내도 맞지 않을 테고, 네 피를 이은 자식을 품에 안는 일도 없을 게다. 롭은 통치하고, 너는 봉사할 게다. 사람들은 너를 까마귀라고 부를 테고, 롭은 전하라고 부를 테지. 가수들은 롭이 하는 온갖 사소한 일을 칭송할 테지만, 네가 한 가장 위대한 일이라 해도 노래가 만들어지는 일은 없을 거다. 이 모든 게 조금도 괴롭지 않다고 말해보거라, 존……. 그러면 내 너를 거짓말쟁이라고 부를 테고, 내 말이 맞을 게다."

존은 활시위처럼 팽팽하게 몸을 바로 했다. "설령 괴롭다 한들, 저 같은 서자가 어찌할 수 있겠습니까?"

"넌 어떻게 하겠느냐? 서자인 너는?" 모르몬트가 물었다.

"괴로워하고, 서약을 지키겠지요." 존이 대답했다.

캐틀린

아들이 쓴 왕관은 갓 단조한 물건이었고, 캐틀린 스타크의 눈에는 그 왕관의 무게가 롭의 머리를 무겁게 누르는 듯 보였다.

옛 겨울 왕들의 왕관은 3세기 전에 사라졌다. 토르헨 스타크가 항복하여 무릎을 꿇었을 때 정복자 아에곤에게 바쳤다. 아에곤이 그 왕관을 어떻게 했는지는 아무도 알지 못했다. 호스터 공의 대장장이는 맡은 일을 잘해냈고, 롭의 왕관은 옛 스타크 왕들에 대한 이야기 속에 나오는 왕관과 비슷해 보였다. 두들겨 편 청동으로 만든 왕관은 뒤쪽이 뚫린 형태로, 최초인의 문자를 새겼고, 장검 모양으로 만든 검은색 쇠못 아홉 개가 높이 솟았다. 이 왕관에 금이나 은이나 보석 같은 것은 없었다. 청동과 철이야말로 추위에 맞서 싸우는 어둡고 강한 겨울의 금속이었다.

리버런의 대연회장에서 포로들이 끌려오기를 기다리는 동안, 캐틀린은 롭이 왕관을 숱 많은 갈색 머리카락 위에 놓이게 뒤로 미는 모습을 보았다. 몇 분 후에 롭은 그 왕관을 다시 앞으로 옮겼다. 그다음에는 90도쯤 옆으로 돌렸다. 그러면 이마 위에 좀 더 편하게 놓일지 모른다는 듯이 말이다. 캐틀린은 그 모습을 지켜보며 생각했다. '왕관을 쓴다는 건 쉬운 일이

아니지. 특히나 열다섯 살 소년에게는.'

위병들이 포로를 데리고 들어오자 롭은 검을 가져오라 외쳤다. 올리바 프레이가 손잡이 쪽을 내밀었고, 캐틀린의 아들은 검을 빼내어 무릎 위에 올렸다. 모두가 볼 수 있는 명백한 위협이었다. "전하, 부르신 자가 왔습니다." 툴리 가문의 위병대장인 로빈 라이거 경이 알렸다.

"왕 앞에 무릎을 꿇어라, 라니스터!" 테온 그레이조이가 외쳤다. 로빈 경이 포로를 무릎 꿇렸다.

캐틀린은 별로 사자처럼 보이지 않는다고 생각했다. 클레오스 프레이 경은 타이윈 라니스터 공의 누이인 젠나 라니스터의 아들이었으나, 아름답기로 유명한 라니스터의 금발과 초록색 눈은 이어받지 못했다. 그 대신 아비인 노(老) 왈더 공의 둘째 아들 에몬 프레이 경의 실오라기 같은 갈색 머리와 좁은 턱, 야윈 얼굴을 물려받았다. 눈동자는 흐릿하고 물기를 머금었으며 멈추지 못하고 깜박거렸지만, 그건 불빛 때문일 수도 있었다. 리버런의 지하감옥은 어둡고 습기 찼으며…… 요새는 붐비기도 했다.

"일어서시오, 클레오스 경." 아들의 목소리는 제 아비처럼 얼음 같지는 않았으나, 열다섯 소년 같지도 않았다. 전쟁이 롭을 때 이른 어른으로 만들어놓았다. 롭의 무릎에 가로놓인 강철 날 가장자리에 아침 햇살이 희미하게 번득였다.

그러나 클레오스 프레이 경이 불안해하는 이유는 그 검이 아니었다. 짐승이었다. 캐틀린의 아들은 그 짐승에게 그레이윈드라는 이름을 붙였다. 사슴 사냥개만큼 크고 군더더기 없는 몸에 털 빛은 어두운 연기색이었고, 눈동자는 녹인 금 같았다. 그 짐승이 앞으로 걸어가서 사로잡힌 기사를 킁킁대자 대연회장에 모인 모두가 공포의 냄새를 맡을 수 있었다. 클레오스 경은 속삭이는 숲 전투 중에 사로잡혔고, 그 전투에서 그레이윈드는 여섯 명의 목을 찢어발겼다.

기사는 재빨리 일어섰다. 그러면서 어찌나 민첩하게 뒤로 물러서는지, 구경꾼 몇 명이 큰 소리로 웃을 정도였다. "고맙습니다, 영주님."

"전하요." 그레이트존, 엄버 공이 소리쳤다. 언제나 롭의 북부 봉신들 중에서 가장 목소리가 큰 남자였다……. 그리고 본인이 주장하기로는 가장 진실하고 가장 사납기도 했다. 그는 제일 처음 롭을 북부의 왕으로 선언한 남자였고, 새로운 군주에 대한 무례를 용납하지 않았다.

"전하." 클레오스 경은 얼른 바로잡았다. "죄송합니다."

'이자는 대담한 사내가 아니야.' 캐틀린은 생각했다. 사실상 그는 라니스터라기보다 프레이였다. 그와 사촌 지간인 킹슬레이어는 전혀 달랐다. 그들은 제이미 라니스터의 완벽한 치아 사이로 '전하'라는 말을 끌어내지 못했다.

"그대를 감옥에서 데리고 나온 것은 그대의 사촌인 킹스랜딩의 세르세이 라니스터에게 내 전언을 보내기 위해서요. 그대는 화평의 깃발 아래 여행할 것이며, 내 가장 뛰어난 병사 서른 명이 호위할 거요."

클레오스 경은 눈에 띄게 안도했다. "그렇다면 더없이 기쁜 마음으로 전하의 전언을 왕대비께 전하겠습니다."

"내가 자유를 주는 것이 아님을 알아두시오. 그대의 조부인 왈더 공은 그분의 지지와 프레이 가문의 지지를 나에게 맹세하셨소. 그대의 수많은 사촌과 숙부들이 속삭이는 숲에서 우리와 함께 말을 달렸으나, 그대는 사자 깃발 아래에서 싸우는 쪽을 선택했소. 따라서 그대는 프레이가 아니라 라니스터요. 기사로서 명예를 걸고 내 뜻을 전한 후에 왕대비의 답변을 가지고 돌아와서 다시 포로가 되겠노라 맹세하길 바라오."

클레오스 경은 바로 답했다. "그렇게 맹세합니다."

"이 안에 모인 모든 이들이 그 말을 들었소." 캐틀린의 동생인 에드무어 툴리 경이 경고했다. 그는 죽어가는 아버지를 대신하여 리버런과 트라이던트 영주들을 대변했다. "경이 돌아오지 않는다면 온 왕국이 경이 맹세를 저버렸음을 알게 될 거요."

"난 맹세를 지킬 겁니다." 클레오스 경은 퉁명스럽게 대꾸했다. "전언은 뭡니까?"

"화평 제안이오." 롭이 장검을 쥐고 일어섰다. 그레이윈드가 그 곁으로 움직였다. 대연회장이 조용해졌다. "섭정대비에게, 내 조건을 수락한다면 이 검을 집어넣고 우리 사이의 전쟁을 끝내겠노라 전하시오."

캐틀린은 대연회장 저편에서 키가 크고 여윈 리카드 카스타크 공이 늘어선 위병들 사이를 뚫고 문밖으로 나가는 모습을 보았다. 다른 사람은 아무도 움직이지 않았다. 롭은 그 혼란에 전혀 신경 쓰지 않았다. "올리바, 서한을." 롭의 명령에 종자가 장검을 받고 두루마리 양피지를 바쳤다.

롭은 양피지를 폈다. "첫째, 왕대비는 내 누이들을 풀어주고 킹스랜딩에서 화이트하버까지 바다로 갈 수송 편을 제공해야 한다. 산사와 조프리 바라테온의 약혼은 끝나는 것으로 이해한다. 수호성주에게 누이들이 무사히 윈터펠에 돌아왔다는 소식을 받으면, 왕대비의 사촌인 종자 윌렘 라니스터와 클레오스 경의 형제인 티온 프레이를 풀어주고, 캐스털리록 아니면 왕대비가 원하는 곳 어디로든 안전하게 보내주겠다."

캐틀린 스타크는 각각의 얼굴들, 찌푸린 이마와 굳게 다문 입술들 뒤에 숨은 생각들을 읽을 수 있다면 좋겠다 생각했다.

"둘째, 내 아버지의 유골은 생전에 바라시던 대로 윈터펠 지하묘지에서, 아버지의 형제들 곁에서 쉬실 수 있도록 우리에게 돌려준다. 킹스랜딩에서 아버지를 모시다가 죽은 위병들의 유해 역시 돌려줘야 한다."

산 사람들이 남쪽으로 갔다가, 차가운 뼈가 되어 돌아오리니. '네드가 옳았어. 네드는 자기가 있을 곳은 윈터펠이라고 말했는데, 내가 그 말을 들었던가? 아니. 가라고, 로버트의 수관이 되어야 한다고 했지. 우리 가문

을 위해, 우리 아이들을 위해서라고……. 내가 한 짓이다. 내가. 다른 누구도 아닌…….'

"셋째, 내 아버지의 대검 '얼음'을 나에게 돌려보낸다. 여기 리버런으로."

캐틀린은 양손 엄지손가락을 검대에 걸고 돌처럼 고요한 얼굴로 서 있는 동생 에드무어 툴리 경을 보았다.

"넷째, 왕대비는 부친 타이윈 공에게 명하여 트라이던트 그린포크 전투에서 사로잡은 우리 측 기사와 영주들을 풀어주도록 한다. 그렇게 하면 나도 속삭이는 숲과 주둔지 전투에서 잡은 포로들을 풀어주겠다. 단 제이미 라니스터 한 명은 그 부친이 잘 처신하도록 인질로 남겨둔다."

캐틀린은 테온 그레이조이의 음흉한 미소를 뜯어보며 그게 무슨 의미일까 생각했다. 그 젊은이는 마치 자기만 어떤 비밀 농담을 안다는 듯한 표정을 짓곤 했다. 캐틀린은 그게 도무지 마음에 들지 않았다.

"마지막으로, 조프리 왕과 섭정대비는 북부의 영역에 대한 모든 권리를 단념해야 한다. 이후로 우리는 칠왕국의 일부가 아니라, 예전처럼 자유롭고 독립적인 왕국이다. 우리의 영토는 넥 지역 북쪽의 스타크 영토 전역을 포함하고, 서쪽으로는 골든투스, 동쪽으로는 달의 산맥을 경계로 트라이던트 강과 그 지류들이 적시는 모든 땅을 더한다."

"북부의 왕!" 그레이트존 엄버가 우렁차게 외쳤다. 그는 소리를 지르면서 거대한 주먹으로 허공을 때렸다. "스타크! 스타크! 북부의 왕!"

롭은 양피지를 다시 말았다. "바이먼 학사가 우리가 요구하는 영토의 지도를 그려두었다. 그대는 왕대비에게 사본을 가져갈 것이다. 타이윈 공은 그 영토 바깥으로 물러나야 하며, 습격과 방화와 약탈을 멈춰야 한다. 섭정대비와 그 아들은 나의 백성들에게 어떤 세금이나 소득, 봉사도 요구하지 않으며 나의 영주와 기사들을 철왕좌와 바라테온 가문과 라니스터 가문에 진 어떤 충성 맹세나 서약, 빚과 의무로부터도 풀어준다. 더하여 라니스터 가문은 평화의 담보로 양쪽이 동의하는 귀족 인질 열 명을 전달한다. 이 인질들은 신분에 따라 귀빈으로 대우하겠다. 이 협약 조건을 충실히 따르기만 한다면 인질은 매년 두 명씩 풀어주어 가족들에게 안전하게 돌려보내겠다." 롭은 두루마리 양피지를 기사의 발치에 던졌다. "이것이 화평 조건이다. 섭정대비가 수락한다면 화평을 맺겠다. 그렇지 않을 때는—" 롭이 휘파람을 불자 그레이윈드가 이를 드러내고 앞으로 나갔다. "속삭이는 숲을 한 번 더 재현해주지."

"스타크!" 그레이트존이 다시 포효했고, 이번에는 다른 목소리들이 합세했다. "스타크, 스타크, 북부의 왕!" 다이어울프가 고개를 젖히고 울부짖었다.

클레오스 경은 얼굴이 새하얘져 있었다. "왕대비께서 전언을 들으실 겁니다, 영— 전하."

"좋소." 롭이 말했다. "로빈 경, 클레오스 경이 제대로 식사하고 깨끗한 옷을 입도록 살피시오. 날이 밝자마자 출발할 것이오."

"분부대로 하겠습니다, 전하." 로빈 라이거 경이 대답했다.

"이것으로 마치지." 롭이 그레이윈드를 거느리고 떠나려고 몸을 돌리자 모여 있던 기사들과 휘하 영주들이 무릎을 꿇었다. 올리바 프레이가 서둘러 문을 열러 달려갔다. 캐틀린은 동생을 옆에 두고 따라 나섰다.

"잘했다." 캐틀린은 대연회장 뒤쪽 회랑에서 아들에게 말했다. "늑대로 위협하는 건 왕보다는 소년에게 어울리는 장난이었지만 말이다."

롭은 그레이윈드의 귀 뒤를 긁어주며 미소 지었다. "그 작자 표정 보셨어요, 어머니?"

"내가 본 건 걸어 나가는 카스타크 공이었다."

"저도 봤어요." 롭은 두 손으로 왕관을 들어 올려 올리바에게 건넸다. "이 물건은 내 침실에 다시 갖다 둬."

"즉시 그리하겠습니다, 전하." 종자는 서둘러 달려갔다.

"카스타크 공과 똑같은 기분이었던 사람들이 또 있었을 거라 장담하지." 캐틀린의 동생인 에드무어가 단언했다. "라니스터 놈들이 내 아버지의 영토에 역병처럼 퍼져서 곡식을 훔치고 영지민들을 죽여대는데 어떻게 우리가 화평을 말할 수 있나. 다시 말하지만, 우린 하렌홀로 진군해야 해."

"그럴 힘이 부족해요." 롭은 좋지 않은 기색이었다.

에드무어는 집요했다. "여기 앉아 있다고 강해지나? 우리 군은 매일 줄고 있어."

"그게 누구 탓인데?" 캐틀린은 동생에게 날카롭게 말했다. 롭이 왕관을 쓴 후, 강역 영주들이 각자 영지 방어를 위해 떠나도 좋다고 허락해준 것은 에드무어의 주장에 따른 결정이었다. 마크 파이퍼 경과 캐릴 밴스 공이 먼저 떠났다. 조노스 브라켄 공이 타버린 성의 껍데기나마 다시 찾고 죽은 자들을 묻어주겠노라 맹세하며 뒤따랐고, 이제는 제이슨 말리스터 공이 다행히 아직 싸움의 피해를 입지 않은 시가드의 권좌로 돌아갈 의도를 내비쳤다.

에드무어 경이 말했다. "나의 강역 영주들에게 자기들 밭이 약탈당하고 영지민들이 칼을 맞는 동안 가만히 있으라고 할 수는 없어. 하지만 카스타크 공은 북부인이야. 카스타크가 우리를 떠난다면 나쁜 일이 되겠어."

롭이 말했다. "직접 이야기해볼게요. 카스타크는 속삭이는 숲에서 아들 둘을 잃었어요. 자식들을 죽인 놈들과 화평을 맺고 싶어 하지 않는다고 누가 비난할 수 있겠어요……. 제 아버지를 죽인 자들이기도 한데……."

캐틀린이 말했다. "피를 더 흘린다고 네 아버지가 우리에게 돌아오는 것은 아니고, 리카드 공의 아들들도 마찬가지다. 제안을 안 할 수는 없었어……. 좀 더 현명한 사람이라면 더 듣기 좋은 제안을 했을지도 모르겠다만."

"그보다 더 좋은 제안을 했다간 구역질이 났을걸요." 아들의 수염은 적갈색 머리털보다 더 붉은색이었다. 롭은 수염을 길러서 더 사납고, 왕답고…… 나이 들어 보인다고 생각하는 모양이었다. 그러나 수염이 있든 없든 롭은 아직 열다섯 살 소년이었고, 리카드 카스타크 못지않게 복수를 원했다. 형편없는 내용이라고는 해도 화평안을 제안하도록 설득하기가 쉽지 않았다.

"세르세이 라니스터는 결코 사촌들과 네 누이들을 맞바꾸지 않을 게다. 너도 잘 알다시피 그 여자는 자기 동생을 원할 거야." 이전에도 했던 이야기였고, 캐틀린은 왕들은 아들들의 절반만큼도 주의 깊게 귀를 기울이지 않는다는 사실을 알아가고 있었다.

"킹슬레이어를 풀어줄 순 없어요. 제가 원한다 해도 안 돼요. 영주들이 절대 따르지 않을 거예요."

"네 영주들은 너를 왕으로 만들었어."

"그리고 그만큼 쉽게 취소할 수도 있죠."

"아리아와 산사가 안전하게 돌아오는 데 치러야 할 대가가 너의 왕관이라면, 기꺼이 치러야지. 네 영주들 중 절반은 감옥에 있는 라니스터를 살해하고 싶어 할 거다. 그자가 네 포로로 있는 동안 죽는다면, 사람들은—"

"죽어 마땅했다고 하겠죠." 롭이 말을 맺었다.

"그러면 네 누이들은?" 캐틀린은 날카롭게 물었다. "그 애들도 죽어 마땅할까? 장담하는데 자기 동생이 해를 입는다면 세르세이는 피로 갚을 테고—"

"라니스터는 죽지 않아요. 제 허가 없이는 아무도 그자와 이야기하지 못합니다. 식사와 물, 깨끗한 짚 더미도 받고 있어요. 받을 권리도 없는 편안함을 누리고 있다고요. 하지만 풀어주진 않을 겁니다. 아무리 아리아와 산사를 위해서라도요."

캐틀린은 아들이 그녀를 내려다보고 있음을 깨달았다. 이렇게 빨리 성장해버린 건 전쟁 탓일까, 아니면 그들이 머리에 씌운 왕관 탓일까? "제이미 라니스터를 다시 전장에 세우는 게 두려운 거로구나. 그렇지?"

그레이윈드가 롭의 분노를 감지한 것처럼 으르렁거렸고, 에드무어 툴리는 캐틀린의 어깨에 친밀하게 손을 얹었다. "캣, 그러지 마. 저 아이에겐 이럴 권리가 있어."

"날 아이라고 부르지 말아요." 롭은 외숙부에게 벌컥 화를 냈다. 그를 지원하려 했을 뿐이었던 가엾은 에드무어에게 분노를 퍼부었다. "난 거의 성인이고, 왕입니다. 경의 왕이지요. 그리고 난 제이미 라니스터가 두렵지 않아요. 난 이미 한 번 그자를 패배시켰고, 필요하다면 다시 패배시킬 겁니다. 다만……." 롭은 눈가로 흘러내린 머리카락을 넘기고 고개를 저었다. "아버지가 계셨다면 킹슬레이어와 교환할 수 있었을지 몰라도……."

"……여자애들과 교환은 안 된다?" 캐틀린의 목소리는 얼음처럼 차분했다. "여자애들은 그만큼 중요하지 않다는 거지?"

롭은 대답하지 않았지만, 눈에 상처받은 빛이 어렸다. 파란 눈, 툴리 가문의 눈, 그녀가 물려준 눈이었다. 캐틀린의 말에 상처받은 게 분명했지만 롭은 그 사실을 인정하기에는 너무 제 아비를 닮았다.

'나답지 않았어. 신들이시여 자비를 베푸소서, 제가 무엇이 되어가는 걸까요? 롭은 최선을 다하고 있어. 정말 애쓰고 있어. 나도 알아. 나도 이해해. 그런데도……. 난 내 삶의 반석이었던 네드를 잃었어. 딸들까지 잃고는 견딜 수가 없어…….'

롭이 말했다. "동생들을 위해 할 수 있는 일은 다 할 겁니다. 왕대비에게 분별이 있다면 제 조건을 수락하겠죠. 그러지 않는다면, 제 제안을 거부한 날을 후회하게 해주겠어요." 롭은 이 문제를 더 이야기하려 하지 않았다. "어머니, 정말로 트윈스에 가지 않으시겠어요? 전장에서도 멀어질 테고,

프레이 공의 딸들과 안면을 익혀두시면 전쟁이 끝났을 때 제 신부를 고르는 데에도 도움이 될 텐데요."

'내가 곁에서 없어지기를 바라는구나. 왕이란 어머니를 둔 존재로 보이지 않아야 하는 데다가, 내가 듣기 싫은 소리를 하니까 그런 거야.' 캐틀린은 지친 기분으로 생각했다. "너도 어미의 도움 없이 왈더 공의 딸들 중 누가 더 좋은지 결정할 나이는 됐잖니, 롭."

"그렇다면 테온과 같이 가세요. 내일 떠날 거예요. 말리스터를 도와서 포로들 다수를 시가드까지 호송하고, 거기서 배를 타고 강철 군도로 갈 겁니다. 어머니도 배를 한 척 구하시면, 바람만 잘 불면 달이 바뀔 때까지는 윈터펠에 돌아가실 수 있어요. 브랜과 리콘에겐 어머니가 필요해요."

그리고 너에겐 어머니가 필요 없다는 말을 하고 싶은 거냐? "내 아버지에겐 남은 시간이 얼마 없다. 네 외조부님이 살아 계신 한 내가 있을 곳은 리버런의 그분 곁이야."

"전 어머니에게 가라고 명령할 수도 있어요. 왕으로서요. 그럴 수 있어요."

캐틀린은 그 말을 무시했다. "다시 말하는데, 나라면 파이크에는 다른 사람을 보내고, 테온은 곁에 가까이 두겠다."

"발론 그레이조이를 다루기에 그 아들보다 나은 사람이 누가 있겠어요?"

"제이슨 말리스터. 타이토스 블랙우드. 스테브론 프레이……. 테온만 아니면 누구든 좋다."

아들은 그레이윈드 옆에 쪼그리고 앉아서 늑대의 털을 헝클어뜨리며 그녀의 눈을 피했다. "테온은 우리를 위해 용감하게 싸웠어요. 늑대 숲에서 야인들을 상대로 어떻게 브랜을 구했는지도 말씀드렸죠. 라니스터가 화평을 거부한다면, 그레이조이 공의 장선(longship, 강과 바다를 같이 오갈 수 있는 배로, 속도를 중시하여 가벼운 나무로 만든 길고 좁은 선체와 얕은 깊이가 특징이다. 바이킹 시대의 약탈선이 이런 형태의 배였다.) 함대가 필요할 거예요."

"그레이조이의 아들을 인질로 붙들어두면 함대도 더 빨리 얻게 될 거다."

"테온은 평생의 절반을 인질로 살았어요."

"그럴 만한 이유가 있었지. 발론 그레이조이는 신뢰할 만한 남자가 아니야. 다른 이유로 부족하다면 그자가 직접 왕관을 썼던 사람이라는 사실을 기억해라. 다시 왕관을 쓰려 할 수도 있어."

롭은 일어섰다. "그런 걸로 원한을 품진 않겠어요. 제가 북부의 왕이라면, 그레이조이도 강철 군도의 왕이 되라죠. 그걸 원한다면요. 우리를 도와서 라니스터를 무너뜨리기만 한다면 기꺼이 왕관을 주겠어요."

"롭—"

"전 테온을 보냅니다. 가볼게요, 어머니. 그레이윈드, 가자." 롭은 다이어울프를 옆에 거느리고 기운차게 걸어가버렸다.

캐틀린은 그 모습을 지켜볼 수밖에 없었다. 그녀의 아들이자 이제는 그녀의 왕. 얼마나 기이한 느낌인지. 모트카일린에서 그녀는 아들에게 지휘하라고, 명령을 내리라고 말했었다. 그리고 아들은 그렇게 했다. 그녀는 불쑥 말했다. "난 아버지를 뵈러 가겠다. 같이 가자, 에드무어."

"난 데스몬드 경이 훈련시키는 새로운 궁병대에 잠깐 이야기할 게 있어. 나중에 뵈러 갈게."

'그때까지 살아 계시다면 말이지.' 캐틀린은 그렇게 생각했지만, 아무 말도 하지 않았다. 그녀의 동생은 병실보다는 차라리 전투를 대면할 사람이었다.

죽어가는 아버지가 누운 중앙 아성으로 가는 지름길은 신의 숲을 가로질렀다. 풀과 야생화와 빽빽한 느릅나무와 붉은 나무들이 보였다. 나뭇가지에는 아직 바스락거리는 나뭇잎들이 무성하게 달려, 2주 전에 하얀 까마귀가 리버런에 가져온 전언을 모르는 듯했다. 콘클라베는 가을이 왔다고 선언했지만, 신들은 아직 바람과 나무들에게 그 사실을 일러주지 않았다. 겨울의 망령이 앞에 버티고 선 가을은 언제나 두려운 시간이었다. 가장 슬기로운 이들조차도 다음 수확이 마지막이 될지 어떨지 알 수 없었다.

리버런의 영주인 호스터 툴리는 개인 방 침대에 누워 있었다. 동쪽으로 그의 성벽 너머, 텀블스톤과 레드포크 두 강이 만나는 지점이 보이는 방이었다. 캐틀린이 들어갔을 때 그는 잠들어 있었다. 머리와 수염은 깃털 침대만큼이나 새하얗고, 한때 당당했던 몸은 그 속에서 죽음이 자라면서 작고 약하게 변했다.

침대 옆에는 아직도 쇠사슬 갑옷을 입고 여행으로 때가 묻은 망토를 걸친 아버지의 동생, 검은 물고기가 앉아 있었다. 먼지투성이 장화에는 여기저기 마른 진흙 자국이 있었다. "롭은 숙부님이 돌아오신 걸 아나요?" 브린덴 툴리 경은 롭의 눈이자 귀로, 척후대와 별동대를 지휘했다.

"아니, 마구간에서 왕이 공표 중이라는 말을 듣고 곧바로 여기로 왔다. 전하께선 내 정보를 따로 먼저 듣고 싶을 거라 생각했지." 검은 물고기는 키가 크고 여위었으며 머리가 희끗희끗했고, 절도 있는 움직임에 깨끗하게 면도한 얼굴은 주름지고 바람에 삭았다. "좀 어떠냐?" 캐틀린은 롭에 대한 질문이 아님을 알아들었다.

"거의 똑같아요. 학사가 통증을 다스리도록 드림와인과 양귀비즙을 드려서 대부분의 시간을 주무시고, 거의 먹지도 않으세요. 매일매일 더 약해지시는 것 같아요."

"말은 하나?"

"네……. 하지만 갈수록 말이 안 되는 소리를 하세요. 후회하는 일, 끝내지 못한 과업, 오래전에 죽은 사람들과 오래전에 지나간 시절 이야기를 하시죠. 때로는 지금이 무슨 계절인지, 제가 누구인지도 모르세요. 한번은 절 어머니 이름으로 부르시기도 했어요."

"아직도 네 어머니를 그리워하는 거야." 브린덴 경이 대꾸했다. "너에겐 네 어머니의 얼굴이 있어. 나도 네 광대뼈와 턱에서 알아볼 수 있다······."

"저보다 숙부님이 어머니를 더 많이 기억하실걸요. 오래전이니까요." 캐틀린은 침대에 앉아서 아버지의 얼굴 위로 흘러내린 가느다란 흰 머리카락을 쓸어 넘겼다.

"말을 타고 나갈 때마다, 돌아왔을 때 형님이 살아 있을지 죽었을지 생각한다." 그렇게 다퉜으면서도, 캐틀린의 아버지와 그가 예전에 의절한 동생 사이에는 깊은 유대가 있었다.

"그래도 아버지와 화해는 하셨잖아요."

그들은 잠시 말없이 앉아 있었다. 그러다가 캐틀린이 고개를 들었다. "롭이 들어야 할 소식이 있다고요?" 호스터 공이 마치 그 소리를 들은 것처럼 신음하며 옆으로 돌아누웠다.

브린덴은 일어섰다. "밖으로 나가자. 형님을 깨우지 않는 게 좋겠다."

그녀는 숙부를 따라서 마치 뱃머리처럼 삼각형으로 돌출된 석조 발코니로 나갔다. 그녀의 숙부는 하늘을 흘긋 보고 얼굴을 찌푸렸다. "이제는 낮에도 볼 수 있구나. 내 부하들은 저걸 '붉은 전령'이라고 부른다만······ 전령이라면 무슨 전언을 가져왔단 말인지."

캐틀린은 눈을 들어, 신의 얼굴에 생긴 긴 생채기처럼 새파란 하늘을 가로지르는 혜성의 희미한 붉은 선을 보았다. "그레이트존은 롭에게 옛 신들이 네드를 위해 복수의 붉은 깃발을 편 거라고 했지요. 에드무어는 저게 리버런을 위한 승리의 징조라고 생각해요. 긴 꼬리가 달린 물고기라는 거죠. 그것도 파란 바탕에 빨강이니 툴리의 색깔이라고." 그녀는 한숨을 내쉬었다. "제게도 그런 믿음이 있었으면 좋겠네요. 진홍색은 라니스터의 색깔이에요."

"저건 진홍색이 아니야. 툴리의 붉은색은 강 진흙의 붉은색이니 그것도 아니지. 저 하늘에 얼룩진 건 피다, 얘야."

"우리의 피인가요, 저들의 피인가요?"

"언제 한쪽만 피를 흘리는 전쟁이 있었더냐?" 숙부는 고개를 저었다. "신의 호수 주위 강역은 사방이 피와 불길에 뒤덮였다. 싸움은 남쪽으로는 블랙워터까지, 북쪽으로는 트라이던트를 거슬러 거의 트윈스까지 번졌어. 마크 파이퍼와 캐릴 밴스는 소규모 승리를 몇 번 거뒀고, 남부 귀족인 베릭 돈다리온은 습격자들을 습격하면서 타이윈 공의 약탈 부대를 쓰러뜨리고 숲속으로 사라졌다. 버튼 크레이크홀 경이 돈다리온을 베겠다고 큰소리를 치다가 베릭 공의 함정에 부하들을 끌고 들어가서 전멸당했다더구나."

"킹스랜딩에 네드와 함께 갔던 위병들 몇 명이 베릭 공과 함께 있어요." 캐틀린은 기억을 돌이켰다. "신들께서 그 사람들을 지켜주시길."

"들리는 이야기가 사실이라면 돈다리온이나 같이 말을 달리는 붉은 사제나 자기들 몸을 지킬 만큼은 영리한 것 같구나. 하지만 네 아버지 휘하의 영주들은 그보다 안타까운 이야기를 자아내고 있다. 롭은 그들을 내보내지 말았어야 해. 메추라기들처럼 흩어져서 각자의 땅을 지키려 드는데, 그건 어리석은 짓이야. 캣, 어리석어. 조노스 브라켄은 폐허가 된 성 안에서 싸우다가 부상을 입었고, 그 조카인 헨드리는 참살당했다. 타이토스 블랙우드는 자기 영지에서 라니스터 놈들을 쓸어냈다만, 놈들이 소와 돼지와 곡물까지 다 가져가서 지킬 거라곤 레이븐트리홀과 시커멓게 불탄 황무지밖에 남지 않았다. 대리의 군대는 영주의 아성을 되찾았지만 2주도 지나지 않아서 그레고르 클리게인이 그들을 덮쳐 수비 병력을 모조리 죽이고 말았다. 영주까지 전부 다."

캐틀린은 공포에 질렸다. "대리는 어린아이에 불과했어요."

"그래, 그리고 그 가문의 마지막 핏줄이었지. 그 아이를 잡았다면 괜찮은 몸값을 받았을 테지만, 그레고르 클리게인 같은 미친개에게 황금이 무슨 의미가 있다더냐? 그 짐승의 머리통은 왕국 전체 백성들에게 훌륭한 선물이 될 게다."

캐틀린은 그레고르 경의 악랄한 명성을 알고 있었지만, 그렇다 해도……. "제게 머리통 얘기는 하지 마세요, 숙부님. 세르세이는 네드의 머리를 레드킵 성벽 위에 꽂아서 까마귀와 파리들이 들끓게 놓아뒀어요." 지금까지도 그녀는 네드가 정말로 죽었다는 사실을 믿기가 힘들었다. 어떤 밤이면 어둠 속에서 반쯤 깨어, 한순간이나마 옆에 네드가 있으리라 생각하기도 했다. "클리게인은 타이윈 공의 앞잡이에 지나지 않아요." 캐틀린은 캐스털리록의 영주이며 서부의 관리자, 세르세이 왕대비와 킹슬레이어 제이미 경과 꼬마 악마 티리온의 아버지이며 새로 왕관을 쓴 소년 왕 조프리 바라테온의 외조부인 타이윈 라니스터야말로 진정한 위험이라고 믿었다.

"사실이다." 브린덴 경도 인정했다. "그리고 타이윈 라니스터는 누구의 어릿광대도 아니지. 그자는 하렌홀의 성벽 뒤에 안전하게 앉아서 우리의 수확물로 군대를 먹이고 자기가 취하지 않은 곡식은 불태우고 있어. 그자가 풀어놓은 개는 그레고르 하나만이 아니야. 아모리 로치 경도 들판에 나와 있고, 사람을 죽이기보다는 불구로 만들기를 좋아하는 코호르 출신 용병도 있다. 난 놈들이 뒤에 남긴 풍경을 보았다. 마을 전체가 불타고, 여자들은 강간당하고 불구가 되었으며, 도살당한 어린아이들은 묻히지도 못하고 늑대와 들개들을 끌고 있다……. 그 꼴을 보면 죽은 사람도 구역질을 할 게다."

"에드무어가 이 소식을 들으면 격분할 거예요."

"그리고 바로 그게 타이윈 공이 바라는 바야. 끔찍한 짓에도 목적은 있다, 캣. 라니스터는 우리를 자극해서 전투로 끌어내고 싶어 해."

캐틀린은 조바심을 치며 말했다. "롭은 그 소망을 들어줄 거예요. 안 그래도 여기에서 고양이처럼 들썩이고 있는데, 에드무어와 그레이트존과 다른 이들이 부추기겠죠." 그녀의 아들은 큰 승리를 두 번 따냈다. 속삭이는 숲에서 제이미 라니스터를 박살 내고, 그 후에는 주둔지 전투로 리버런 성벽 밖에서 지휘관을 잃은 제이미의 군대를 궤멸했다. 하지만 휘하 영주들이 하는 소리를 들으면 롭이 정복자 아에곤의 재림이라도 되는 것 같았다.

검은 물고기 브린덴은 텁수룩한 회색 수염 한쪽을 치켰다. "다들 어리석구나. 내가 가진 전쟁의 첫 번째 규칙은 이거다, 캣. 적이 원하는 대로 해주지 말 것. 타이윈 공은 자기가 고른 전장에서 싸우고 싶어 한다. 우리가 하렌홀로 진군하길 원해."

"하렌홀." 트라이던트에서 자란 아이들은 누구나 하렌홀에 대한 이야기들을 알았다. 300년 전, 칠왕국이 일곱 개 왕국이었고 강역은 강철 군도에서 온 강철인들의 통치를 받던 시절에 검은 왕 하렌이 신의 눈 호숫가에 지은 거대한 요새. 하렌은 드높은 자부심에 웨스테로스에서 가장 높은 홀과 탑을 짓고 싶어 했다. 하렌의 군대가 주변에서 돌과 목재, 금과 일꾼들을 강탈하는 동안 호숫가에 거대한 그림자 같은 성이 솟아오르는 데 40년이 걸렸다. 채석장에서 썰매에 묶여 돌을 나르다가, 혹은 다섯 개의 거대한 탑을 쌓다가 죽은 포로가 수천 명이었다. 사람들은 겨울에 얼어 죽고 여름에 쪄 죽었다. 3000년 동안 서 있었던 영목들이 들보와 서까래용으로 잘려 나갔다. 하렌은 제 꿈을 장식하기 위해 강역과 강철 군도를 다 가난하게 만들었다. 그리고 마침내 하렌홀이 완성되어 하렌 왕이 그곳에 들어간 바로 그날, 정복자 아에곤이 킹스랜딩에 상륙했다.

캐틀린은 윈터펠에서 그녀의 아이들에게 그 이야기를 해주던 낸 할멈의 목소리를 기억할 수 있었다. 그 이야기는 언제나 이렇게 끝났다. "그리고 하렌 왕은 두꺼운 벽과 높은 탑은 드래곤을 상대로 별 쓸모가 없다는 사실을 배웠지요. 드래곤은 날아다니니까요." 하렌과 그 직계 자손은 모두 그 거대한 성채를 집어삼킨 불 속에서 죽었고, 그 후에 하렌홀을 손에 넣은 가문은 모두 불운을 맞이했다. 하렌홀은 강력할지 모르나 어둡고 저주받은 장소였다.

"롭이 그 성의 그림자 속에서 싸우게 하진 않겠어요. 그렇지만 뭔가 하긴 해야 해요, 숙부님."

"그것도 빨리 해야지." 브린덴은 동의했다. "아직 최악은 이야기하지 않았다. 내가 서쪽으로 보낸 자들이 캐스털리록에 새로운 군대가 모이고 있다는 소식을 가지고 돌아왔어."

또 다른 라니스터 군대라니. 생각만 해도 속이 울렁거렸다. "롭에게 즉시 전해야 해요. 누가 지휘할까요?"

"스태퍼드 라니스터 경이라는 것 같다." 브린덴은 몸을 돌려 강을 바라보았다. 붉고 푸른 망토가 바람에 흔들렸다.

"또 다른 조카인가요?" 캐스털리록의 라니스터는 지긋지긋하도록 크고 융성한 가문이었다.

"사촌이다. 타이윈 공의 죽은 아내와 형제라니, 이중으로 친척인 셈이지. 나이도 많고 약간 모자란 작자지만, 대븐 경이라는 아들이 있고, 그쪽은 좀 더 위협적이야."

"그렇다면 그 군대를 전장으로 끌고 오는 게 아들이 아니라 아버지이기를 빌어야겠군요."

"아직 그들을 맞이하려면 시간이 조금 있다. 이 군대는 용병과 자유기수들, 그리고 라니스포트 양어장에서 끌려 나온 풋내기들일 거야. 스태퍼드 경은 위험한 전투를 감행하기 전에 무장을 갖추고 훈련을 시켜야 할 거다……. 그리고 착각하지 말아라. 타이윈 공은 킹슬레이어가 아니야. 부주의하게 서두를 리가 없다. 인내심을 갖고 기다리다가 스태퍼드 경이 진군하고 나서야 하렌홀 성벽 뒤에서 움직일 거다."

"다만……." 캐틀린이 말했다.

"음?" 브린덴 경이 재촉했다.

"다만, 다른 위협에 직면하여 하렌홀을 떠나야 할 때는 예외가 되겠죠."

숙부는 생각에 잠긴 얼굴로 그녀를 보았다. "렌리 공 말이로구나."

"렌리 왕이죠." 그 남자에게 도움을 청하려면, 스스로 붙인 칭호로 불러 줘야 할 것이었다.

"가능할지도." 검은 물고기는 위험한 미소를 지었다. "하지만 뭔가를 원할 게다."

"왕들이 늘 원하는 걸 원하겠죠. 주종의 맹세요."

티리온

자노스 슬린트는 푸주한의 아들이었고, 고기 써는 사내처럼 웃었다. "와인 더 들겠소?" 티리온이 물었다.

"사양해선 안 되겠지요." 자노스 공은 잔을 내밀며 말했다. 그는 몸이 술통 같았고, 주량도 술통과 비슷했다. "조금도 사양하지 않겠습니다. 훌륭한 레드와인이에요. 아버산입니까?"

"도르네요." 티리온이 손짓하자 하인이 와인을 따랐다. 어두운 소연회장에는 티리온과 자노스 공 둘만이 촛불을 켠 작은 식탁 앞에 앉아 있었다. "상당한 발견이지. 도르네 와인이 이렇게 맛이 풍부한 경우는 잘 없는데 말이오."

"풍부하다—" 커다란 개구리 얼굴의 사내는 와인을 꿀꺽꿀꺽 마시면서 말했다. 자노스 슬린트는 술을 홀짝이는 남자가 아니었다. 티리온은 그 점을 곧바로 마음에 새겼다. "그래요. 풍부하다, 제가 찾던 말이 바로 그겁니다. 바로 그거예요. 이렇게 말해도 될지 모르겠지만, 티리온 공께선 언어에 재능이 있습니다. 그리고 기발한 이야기를 하시지요. 그래요, 기발합니다."

"그렇게 생각한다니 기쁘구려……. 하지만 난 자네처럼 영주가 아니니

공이라고 할 것 없이 티리온이라고만 불러도 충분하오, 자노스 공."

"바라시는 대로 하지요." 그는 검은색 새틴 더블릿 앞섶에 와인을 뚝뚝 떨어뜨리며 다시 술을 들이켰다. 그 위에 걸친 금란 케이프는 작은 창 모양의 여밈으로 고정했는데, 그 창끝에는 어두운 붉은색을 칠했다. 그리고 그는 제대로 취했다.

티리온은 예의 바르게 입을 가리고 트림했다. 자노스 공과 달리 그는 와인을 천천히 마셨지만, 배가 무척 불렀다. 티리온이 수관의 탑에 거처를 정하고 제일 먼저 한 일이 시내에서 가장 뛰어난 요리사를 수소문해서 고용하는 것이었다. 오늘 저녁에 그들은 소꼬리 수프, 피칸과 포도와 붉은 회향과 부스러뜨린 치즈를 버무린 여름 채소, 뜨거운 게살 파이, 향료를 친 호박, 그리고 버터에 요리한 메추라기로 식사를 했다. 요리마다 어울리는 와인이 함께 나왔다. 자노스 공은 오늘 저녁의 절반만큼도 잘 먹은 적이 없다고 인정했다. "하렌홀에 자리를 잡으면 달라지겠지요." 티리온이 말했다.

"그야 물론이지요. 수관님의 요리사에게 제 밑에 들어오겠냐고 물어봐야 할지도 모르겠습니다. 어떻게 생각하십니까?"

"그보다 작은 일로도 전쟁이 일어났던 역사가 있어요." 티리온의 말에 둘 다 한참 동안 소리 내어 웃었다. "하렌홀을 권좌로 받아들이다니 대담하시군. 그렇게 암울한 곳을. 게다가 크기는 얼마나 큰지……. 유지비가 많이 들 거요. 게다가 저주받았다는 말도 있지."

"제가 돌 더미를 두려워해야 합니까?" 자노스 슬린트는 그 생각을 비웃었다. "대담하다고 하셨지요. 출세하려면 대담해야 합니다. 제가 그랬듯이요. 하렌홀로, 그래요! 안 될 게 뭡니까? 아시잖습니까. 수관님도 대담한 사나이라는 걸 느낄 수 있어요. 작을지는 몰라도 대담하지요."

"친절한 말씀이오. 와인을 더?"

"아닙니다. 정말 아니에요. 전…… 아, 될 대로 되라지, 주십쇼. 안 될 것 있겠습니까? 대담한 사내라면 실컷 마셔야지요!"

"맞는 말이오." 티리온은 슬린트의 잔을 끝까지 채웠다. "당신이 도시 경비대장 후임으로 지명한 이름들을 훑어봤소."

"훌륭한 사내들입니다. 훌륭하지요. 여섯 중 누구라도 괜찮겠지만 저라면 알라르 딤을 택하겠습니다. 제 오른팔이지요. 아주 좋은 놈입니다. 충성스럽고요. 그놈을 고르시면 걱정할 게 없을 겁니다. 국왕께서만 괜찮으시다면요."

"물론 그럴 테지." 티리온은 와인을 한 모금 마셨다. "난 자슬린 바이워터 경을 생각하고 있었소. 3년 동안 진흙 문 지휘관으로 있었고, 발론 그레이조이의 반란 당시에 용맹하게 복무했지. 로버트 왕이 파이크에서 기사 서임을 내렸소. 그런데도 귀공의 목록에는 그 이름이 보이지 않더군."

자노스 슬린트 공은 와인을 쭉 들이켜고는 한동안 입안에서 굴리고 나서야 삼켰다. "바이워터요. 뭐. 용감한 놈이기는 하지요. 하지만…… 그놈은 융통성이 없어요. 괴짜랄까요. 부하들은 그놈을 좋아하지 않습니다. 불구이기도 하지요. 파이크에서 손을 잃었고, 그 덕분에 기사 서임을 받았어요. 저보고 묻는다면 손 하나와 경 소리를 맞바꾸다니 형편없는 거래라고 하겠습니다." 그는 소리 내어 웃었다. "자슬린 경은 스스로와 스스로의 명예를 과하게 생각한단 말이지요. 그놈은 지금 있는 자리에 두는 게 나을 겁니다, 티리온. 알라르 딤이 적임자예요."

"딤은 거리에서 별로 인기가 없다고 들었는데."

"거리에서 두려워하지요. 그게 더 낫습니다."

"내가 들은 이야기는 또 뭐요? 매춘굴에서 말썽이 있었다고?"

"그거요. 그건 그 녀석 잘못이 아닙니다, 나리— 아니 티리온. 암요. 그 여자를 죽일 생각은 절대로 없었어요. 그건 그 여자가 자초한 겁니다. 그 여자보고 물러서라고, 딤이 맡은 일을 하게 놔두라고 경고했단 말이지요."

"그렇다 해도…… 어미와 자식 간이니, 여자가 아기를 구하려고 들 거라 예상할 수도 있었겠지." 티리온은 미소 지었다. "이 치즈 좀 먹어봐요. 와인과 끝내주게 잘 어울린다오. 말해보시오, 왜 그 불쾌한 일에 딤을 골랐소?"

"좋은 지휘관이라면 부하들을 아는 법입니다, 티리온. 어떤 놈은 이 일에 적합하고, 어떤 놈은 저 일에 어울리지요. 어린 아기를, 그것도 아직 젖도 안 뗀 아기를 죽이자면 특정한 부류가 필요합니다. 아무나 못 하지요. 아무리 창녀와 그 새끼라도 말입니다."

"그렇겠지." 티리온은 창녀라는 말만 듣고도 샤에를, 그리고 오래전 티샤를, 그리고 지난 세월 그의 돈과 씨앗을 받았던 다른 여자들 모두를 생각했다.

슬린트는 무신경하게 말을 계속 이었다. "험한 일에 어울리는 험한 놈이 딤이지요. 시킨 대로 하고, 그 후에 한 마디 발설도 안 하거든요." 그는 치즈를 한 조각 잘라냈다. "이거 좋군요. 맛이 예리해요. 잘 드는 날카로운 칼과 맛있고 날카로운 치즈만 있으면 전 행복하지요."

티리온은 어깨를 으쓱였다. "가능할 때 즐기시구려. 강역이 불길에 휩싸이고 렌리가 하이가든의 왕이 됐으니 곧 맛있는 치즈를 구하기가 힘들어질 거요. 그래서, 당신에게 그 창녀의 사생아를 죽이라고 보낸 게 누구요?"

자노스 공은 티리온에게 조심스러운 시선을 던지더니, 웃음을 터뜨리며 치즈 조각을 흔들었다. "이거 교활한 분이시구먼, 티리온. 날 속일 수 있다고 생각하셨습니까? 자노스 슬린트가 하지 말아야 할 말을 하게 만들자면 와인과 치즈 가지고는 안 되지요. 나도 자부심이 있어요. 결코 질문하지 않고, 결코 그 후에 발설하지 않는다 이겁니다."

"딤과 마찬가지로군."

"바로 그렇지요. 제가 하렌홀로 떠나면 그놈을 대장으로 삼으세요. 그러면 후회하실 일 없을 겁니다."

티리온은 치즈를 한 입 베어 물었다. 날카롭다고 할 만큼 맛이 강렬했고, 와인이 잘 스며들었다. 딱 좋은 선택이었다. "왕이 누굴 지명하든 당신 자리를 이어받기가 쉽지 않으리라는 점은 알겠소. 모르몬트 공도 같은 문제에 직면해 있지."

자노스 공은 어리둥절한 얼굴이었다. "모르몬트라면 여영주라고 생각했는데요. 곰과 잔다는 그 여자 아닙니까?"

"내가 말하는 건 그 오빠 쪽이오. 제오 모르몬트, 밤의 경비대 사령관 말이오. 내가 장벽에 찾아갔을 때 모르몬트 공은 자리를 물려받을 괜찮은 사내를 찾으려니 얼마나 걱정인지 언급했지. 경비대에는 최근에 뛰어난 사람이 너무 적다오." 티리온은 히죽 웃었다. "당신 같은 남자를 얻으면 좀 더 편히 자겠지. 용맹한 알라르 딤도 그렇고."

자노스 공은 으르렁거렸다. "그럴 일은 없습니다!"

"그렇게 생각하겠지만, 삶에는 기묘한 방향 전환이 있는 법이오. 에다드 스타크를 생각해봐요. 자기 인생이 바엘로르 성소 계단에서 끝날 거라고는 상상도 못 했을 거요."

"그렇게 생각한 사람은 거의 없었지요." 자노스 공은 클클거리며 인정했다.

티리온도 클클 웃었다. "내가 보지 못해 유감이오. 바리스마저도 놀랐다던데."

자노스 공은 턱이 흔들리도록 웃어졌혔다. "거미는 모든 것을 안다고들 하지요. 그자도 그건 몰랐습니다."

"어떻게 알았겠소?" 티리온은 말투에 처음으로 차가운 기색을 실었다. "바리스는 검은 옷을 입는다는 조건으로 스타크를 사면해야 한다고 내 누이를 설득했는데 말이오."

"음?" 자노스 슬린트는 티리온을 보고 멍하니 눈을 껌벅였다.

"내 누이 세르세이 말이오." 티리온은 이 멍청이가 무슨 뜻인지 파악하지 못하나 싶어 조금 더 강하게 되풀이했다. "섭정대비."

"아, 네." 슬린트는 와인을 한 모금 삼켰다. "그 문제에 대해서는…… 왕이 명하셨습니다, 나리. 왕이 직접요."

"그 왕은 열세 살이오." 티리온은 상기시켰다.

"그래도 그분이 왕이지요." 슬린트가 얼굴을 찡그리자 턱살이 떨렸다. "칠왕국의 주인."

"흠, 적어도 그중 하나이기는 하지." 티리온은 심술궂은 미소를 지으며 말했다. "당신 창을 좀 볼 수 있겠소?"

"제 창요?" 자노스 공은 당황해서 눈을 껌벅였다.

티리온은 손짓으로 가리켰다. "케이프를 여민 그 잠금쇠 말이오."

자노스 공은 머뭇거리며 장식물을 빼서 티리온에게 건넸다.

티리온은 의견을 말했다. "라니스포트에는 이보다 솜씨 좋은 금세공인들이 있지. 이렇게 말해도 괜찮을지 모르겠지만, 붉은색 법랑 피가 너무 진하군. 말해보시오, 당신이 직접 그 사람 등에 창을 꽂았소? 아니면 명령만 내렸소?"

"명령을 내렸고, 다시 그때가 온대도 그럴 겁니다. 스타크 공은 반역자였습니다." 슬린트의 머리 한가운데 벗어진 자리가 시뻘게졌고, 금란 케이프는 어깨에서 흘러내려 바닥에 떨어졌다. "그자는 날 사려고 했어요."

"귀공이 이미 팔린 몸이라고는 꿈도 못 꿨겠지."

슬린트는 와인 잔을 쾅 소리 나게 내려놓았다. "취했소? 내가 여기 멀뚱히 앉아서 내 명예를 의심하는 소리를 들을 줄 안다면……."

"무슨 명예 말인가? 자네가 자슬린 경보다 괜찮은 거래를 했다는 건 내 인정하지. 등 뒤에서 찌른 창 하나에 귀족 작위와 성이라니. 심지어 창을 직접 찌를 필요조차 없었어." 티리온은 금장식을 자노스 슬린트에게 다시 던졌다. 슬린트가 벌떡 일어서는 바람에 장식은 그 가슴에 맞고 튕겨 나와 바닥을 굴렀다.

"그 말투가 마음에 안 드는군…… 꼬마 악마. 난 하렌홀의 영주고 왕의 소협의회 회원이오. 당신이 누구라고 날 이렇게 질책하는 거요?"

티리온은 고개를 옆으로 기울였다. "내가 누군지는 잘 알 텐데. 아들이 몇이나 있지?"

"내 아들들은 왜 물으시나, 난쟁이?"

"난쟁이?" 티리온의 분노가 번득였다. "꼬마 악마에서 멈췄어야지. 난 라니스터 가문의 티리온이고, 자네에게 신들이 갯달팽이에게 준 것만 한 분별력이라도 있다면 언젠가 무릎을 꿇고 내 아버지가 아니라 나를 대해야 했던 걸 감사하게 될 거야. 자, 아들이 몇이지?"

티리온은 자노스 슬린트의 눈에 갑자기 떠오른 공포를 알아볼 수 있었다. "세, 셋입니다. 딸이 하나 있고요. 제발, 나리—"

"빌 필요 없네." 티리온은 의자에서 내려섰다. "약속하는데 자식들에게는 아무 해도 가지 않을 거야. 둘째 셋째 아들은 종자로 보내도록 하지. 충직하게 잘 봉사한다면 기사가 될 수 있을 거야. 라니스터 가문이 봉사하는 자에게 보상을 하지 않는다는 말은 결코 없게 해야지. 맏아들은 슬린트 공이라는 작위와 이 소름 끼치는 문장을 계승하도록 하지." 티리온은 금으로 만든 작은 창을 걷어차서 바닥 저편으로 날렸다. "영지도 찾아줄 테고, 그곳에 권좌를 직접 세울 수 있게 해줌세. 하렌홀은 아닐 테지만, 부족하지는 않을 거야. 어떤 여자와 결혼할지야 그 아이에게 달렸고."

자노스 슬린트의 얼굴이 붉은색에서 흰색으로 변했다. "그, 그럼…… 그러면……?" 턱살이 지방 덩어리처럼 흔들렸다.

"자네는 어떻게 할 거냐고?" 티리온은 잠시 멍청이가 떨게 놓아두었다가 대답했다. "무장상선 '여름의 꿈'호가 아침에 출항하네. 선주에게 들으니 걸타운, 세 자매 섬, 스카고스 섬을 거쳐 바닷가 이스트워치에 들른다더군. 모르몬트 사령관을 만나거든 안부 인사와 더불어 내가 밤의 경비대가 겪는 어려움을 잊지 않았다고 전하게. 오래 살면서 훌륭하게 복무하길 비네."

자노스 슬린트는 즉결 처형이 아니라는 사실을 깨닫자 혈색을 찾고 턱을 내밀었다. "그건 두고 봐야지, 꼬마 악마. 난쟁이. 그 배에 타는 건 네놈일지도 몰라. 어때? 장벽에 가게 되는 건 네놈일 거라고." 그는 짖어대듯이 불안하게 웃었다. "너와 네 위협은, 흠, 두고 보자고. 난 왕의 친구야. 조프리 왕이 이 일에 대해 뭐라고 할지 들어보자고. 리틀핑거와 왕대비도. 암, 그렇지. 자노스 슬린트에겐 훌륭한 친구가 많아. 내 장담하는데, 누가 배를 타게 될지 보자고. 암, 그렇고말고."

슬린트는 과거 경비대원일 때 그랬듯이 발뒤축을 대고 몸을 빙글 돌리더니, 돌바닥에 장화 소리를 울리며 소연회장을 성큼성큼 걸어갔다. 그는 계단을 올라가서 문을 열어젖혔고…… 검은색 흉갑에 금색 망토를 두른 주걱턱의 키 큰 남자와 맞닥뜨렸다. 그의 오른쪽 손목 그루터기에는 쇠로 만든 손이 붙어 있었다. "자노스." 그 남자는 희끗희끗한 머리와 두드러진 이마 아래로 움푹 들어간 눈을 번쩍이며 말했다. 자노스 슬린트가 물러서자 그 남자 뒤에서 황금 망토 여섯 명이 조용히 소연회장 안으로 들어섰다.

"슬린트 공." 티리온이 외쳤다. "자슬린 바이워터 경은 아시겠지. 우리의 새로운 도시 경비대장이오."

"가마를 대령시켜두었습니다." 자슬린 경이 슬린트에게 말했다. "부두는 멀고 어두운 데다가, 밤거리는 안전하지 않으니까요. 대원들."

황금 망토들이 한때 지휘관이었던 자를 밖으로 안내하는 동안, 티리온은 자슬린 경을 곁으로 불러서 양피지 두루마리를 건넸다. "긴 항해가 될 테고, 슬린트 공은 동행을 원할 걸세. 이 여섯 명을 여름의 꿈호에 합류시키게."

바이워터는 목록을 슥 보고 미소 지었다. "명대로 하겠습니다."

티리온은 조용히 말했다. "딤이라는 놈이 있지. 선장에게 이스트워치에 도착하기 전에 그놈은 배 밖으로 쓸려 나가도 이상하지 않을 거라 전하게."

"북부의 바다는 폭풍이 심하게 친다고 들었습니다." 자슬린 경은 고개를 숙이고, 망토를 휘날리며 물러났다. 그는 나가면서 바닥에 떨어진 슬린트의 금란 케이프를 짓밟았다.

티리온은 혼자 앉아서 남아 있는 달고 질 좋은 도르네 와인을 홀짝였다. 하인들이 와서 식탁에 놓인 접시를 치웠다. 그는 하인들에게 와인은 두고 가라고 일렀다. 하인들이 가고 나자, 풍기는 향수 냄새에 어울리는 하늘하늘한 라벤더색 로브를 입은 바리스가 미끄러져 들어왔다. "오, 잘 처리됐군요."

"그렇다면 난 왜 이렇게 입안이 쓴 거요?" 티리온은 손가락으로 관자놀이를 눌렀다. "알라르 딤은 바다에 던져버리라 일렀소. 당신도 똑같이 해치우고 싶은 유혹이 지대하군."

바리스가 대꾸했다. "결과에 실망하실지도 모릅니다. 폭풍은 왔다가 가고, 파도는 머리 위로 부서지고, 큰 고기는 작은 고기를 잡아먹고, 저는 계속 파도를 타지요. 슬린트 공이 그렇게나 좋아하던 와인을 저도 좀 맛볼 수 있을까요?"

티리온은 찌푸린 얼굴로 와인병을 향해 손을 흔들었다.

바리스는 잔을 채웠다. "아. 여름처럼 달콤하군요." 그는 또 한 모금을 마셨다. "제 혀 위에서 포도의 노랫소리가 들리는군요."

"그게 무슨 노래일지 궁금하군. 내 머리가 쪼개지기 직전이니 포도에게 조용하라고 하시오. 내 누이였소. 그게 참으로 충성스러운 자노스 공이 말하지 않으려던 거였어. 세르세이가 황금 망토들을 매춘굴에 보낸 거요."

바리스는 신경질적으로 키득거렸다. 그러니까 그는 내내 알고 있었던 것이다.

"내게 말할 때는 그 부분을 빠뜨렸지." 티리온은 추궁하듯 말했다.

"귀공의 사랑스러운 누님이니까요." 바리스는 금방이라도 눈물을 쏟을 듯 비탄에 잠겨서 말했다. "말하기 힘든 일입니다. 귀공이 어떻게 받아들일지 두려웠답니다. 절 용서하실 수 있겠습니까?"

"아니." 티리온은 딱 잘라 대답했다. "저주받을. 당신이나 누나나." 그는 세르세이를 건드릴 수 없었다. 아직은 아니었다. 설령 그가 원한다 해도 건드릴 수 없었고, 건드리고 싶은지에 대한 확신도 전혀 없었다. 그러나 누이가 잔인한 짓을 계속하는 동안 여기에 앉아서 자노스 슬린트와 알라르 딤 같은 딱한 작자들을 벌하면서 정의 놀음을 하려니 마음이 들쑤셨다. "앞으로는 아는 대로 말하시오, 바리스 공. 아는 대로 전부 다."

내시의 미소는 음흉했다. "그러자면 시간이 꽤 걸릴 수도 있답니다. 저는 아는 게 많거든요."

"그 아이를 구하기에는 부족했던 모양이오."

"안타깝게도, 그랬습니다. 서자가 하나 더 있었지요. 좀 더 나이가 많은 소년이었어요. 그 아이는 해를 입지 않도록 조치를 취했습니다만⋯⋯ 고백건대, 갓난아기가 위험에 처하리라곤 꿈도 꾸지 못했습니다. 한 살도 안 된 데다가 창녀를 어미로 둔 천출 계집아이가 무슨 위협이 될 수 있겠습니까?"

티리온은 씁쓸하게 말했다. "로버트의 딸이었다는 것만으로도 세르세이에게는 충분했던 모양이오."

"그래요. 통탄할 슬픔입니다. 그 가엾은 귀여운 아기와 그 어미에 대해서는 제 탓을 해야겠지요. 너무나 어리고, 왕을 사랑했는데 말입니다."

"그랬소?" 티리온은 죽은 여자의 얼굴을 보지 못했지만, 그의 마음속에서 그 여자는 샤에이자 티샤였다. "창녀가 진정으로 누군가를 사랑할 수 있을까? 아니, 대답하지 마시오. 어떤 것들은 알지 못하는 편이 낫지." 그는 샤에를 돌과 목재로 지어 우물과 마구간과 정원을 갖춘 넓은 저택에 살게 했다. 시키는 대로 일할 하인들을 두고, 벗으로 삼게 여름 군도에서 온 하얀 새도 한 마리 선물했으며, 몸을 장식할 비단과 은과 보석, 그녀를 지킬 위병들도 줬다. 그런데도 샤에는 불만스러워하는 눈치였다. 티리온과 좀 더 같이 있고 싶다고 말했다. 그를 섬기고 돕고 싶다고 말이다. "당신은 여기, 이불 속에서 나에게 가장 도움이 돼." 티리온은 어느 날 밤 사랑을 나눈 후에 옆에 누워서, 머리는 샤에의 가슴에 기대고, 사타구니는 기분 좋게 쓰라린 상태로 그렇게 말했다. 샤에는 아무 말 없이 눈으로만 답했다. 그녀가 듣고 싶은 말은 그게 아니라는 사실을 알 수 있었다.

티리온은 한숨을 내쉬며 다시 와인에 손을 뻗었다가, 자노스 공이 떠올라 와인병을 밀어냈다. "스타크의 죽음에 대해서는 누나가 한 말이 맞는 것 같군. 그 미친 짓은 내 조카 덕분이었어."

"조프리 왕이 명령을 내리셨지요. 자노스 슬린트와 일린 페인 경은 망설이지도 않고 잽싸게 그 명을 수행했습니다……"

"……마치 기다렸다는 듯이 말이지. 그래, 그건 이미 이익이 없는 행위였다는 결론이 났소. 어리석은 짓이었지."

"귀공이 도시 경비대를 손에 쥐셨으니, 전하께서 더는…… 어리석은 짓을 하지 못하게 살피실 수 있겠지요? 물론 아직 왕대비의 집안 위병들을 고려해야 합니다만……."

"붉은 망토 말이오?" 티리온은 어깨를 으쓱였다. "바일러의 충성 대상은 캐스틸리록이오. 바일러는 내가 아버지의 재가를 받아서 여기에 와 있다는 걸 알아. 세르세이도 나에게 맞서서 붉은 망토를 이용하기는 어려울 거요…… 게다가, 그쪽은 백 명밖에 안 돼. 내 부하들만 해도 150명은 있소. 그리고 바이워터가 당신이 주장하는 대로라면 황금 망토 6000명도 있지."

"자슬린 경이 용감하고, 명예롭고, 충실하며…… 고마움을 아는 인물임을 아시게 될 겁니다."

"누구에 대한 고마움일까?" 티리온은 바리스를 믿지 않았지만, 그의 가치를 부정할 수는 없었다. 바리스는 확실히 많은 것을 알았다. "왜 이렇게 도움을 주는 거요, 바리스 공?" 티리온은 바리스의 부드러운 손, 분 바른 대머리 얼굴, 끈적한 엷은 미소를 찬찬히 뜯어보며 물었다.

"당신은 수관이십니다. 저는 왕국과 왕, 그리고 당신을 위해 일하지요."

"존 아린과 에다드 스타크를 위해 일했듯이 말이오?"

"아린 공과 스타크 공에게도 최선을 다했습니다. 그분들이 때 이른 죽음을 맞았을 때는 슬프고 충격받았지요."

"내 기분은 어떻겠소. 내가 다음일 것 같은데."

"아, 전 그렇게 생각하지 않아요." 바리스는 잔에 든 와인을 빙글빙글 돌리며 말했다. "권력이란 재미있는 겁니다. 제가 여관에서 냈던 수수께끼는 생각해보셨습니까?"

"한두 번 생각해보기는 했지." 티리온은 시인했다. "왕과 사제와 부자―누가 살고 누가 죽을까? 검사는 누구 명에 따를까? 그건 답이 없거나, 답이 너무 많은 수수께끼요. 검을 든 사내에게 모든 게 달렸어."

"그런데도 그자는 아무도 아니지요. 왕관도 황금도 신들의 총애도 없어요. 뾰족한 강철 조각 하나뿐."

"그 강철 조각이 삶과 죽음을 가르는 권력이지."

"그렇다 해도…… 만약 정말로 우리를 지배하는 것이 검사들이라면, 우린 왜 왕들이 권력을 쥔 척하는 걸까요? 왜 검을 쥔 힘센 사내가 조프리 같은 어린 왕이나, 그 아버지같이 와인에 전 멍청이의 말에 복종할까요?"

"그야 이 어린 왕이나 술 취한 멍청이들이 다른 검을 든 다른 대장부들을 부를 수 있으니까겠지."

"그렇다면 그 다른 검사들에게 진정한 권력이 있는 거로군요. 아니, 과연 그런가요? 그들의 검은 어디에서 왔지요? 그들은 왜 복종할까요?" 바리스는 미소 지었다. "어떤 사람은 지식이 권력이라고 하지요. 어떤 사람은 모든 권력은 신들에게서 온다고 합니다. 또 다른 사람들은 권력은 법에서 나온다고 하고요. 그러나 그날 바엘로르 성소 계단에서 우리의 경건하신 최고성사와 합법적인 섭정대비와 언제나 지식이 충만한 종복인 이 몸은 군중 속의 구두 수선공이나 통장이만큼이나 힘이 없었습니다. 진정으로 에다드 스타크를 죽인 것은 누구일까요? 명령을 내린 조프리? 검을 휘두른 일린 페인 경? 아니면…… 또 다른 누군가?"

티리온은 고개를 옆으로 기울였다. "그 저주받을 수수께끼에 답을 내릴 생각이 있긴 한 거요, 아니면 내 머리만 더 아프게 만들 작정이오?"

바리스는 미소 지었다. "그렇다면 답하지요. 권력은 사람들이 권력이 있다고 믿는 곳에 있습니다. 그 이상도 이하도 아니에요."

"그러면 권력은 속임수다?"

"벽에 비친 그림자라고나 할까요." 바리스는 나직이 말했다. "그러나 그림자도 누군가를 죽일 수 있습니다. 그리고 때로는 아주 작은 남자도 아주 큰 그림자를 드리울 수 있지요."

티리온은 미소 지었다. "바리스 공, 이상하게 점점 당신이 좋아지는군. 그래도 당신을 죽일지도 모르지만, 그때는 슬퍼질 것 같소."

"엄청난 칭찬으로 받아들이겠습니다."

"당신은 정체가 뭐요, 바리스?" 티리온은 정말로 알고 싶어졌다. "사람들은 거미라고 하지."

"거미들과 정보원들이 사랑받는 일은 드물지요. 저는 왕국의 충성스러운 하인일 뿐입니다."

"그리고 내시이기도 하지. 그건 잊지 맙시다."

"잊을 때가 드물지요."

"사람들은 나를 두고도 반쪽짜리라고 하지만, 난 신들이 나에게 더 친절했다고 생각하오. 나는 작고, 다리가 뒤틀린 데다가, 여자들이 나를 갈망하는 눈으로 보는 일은 없지…… 그렇다 해도 여전히 나는 남자요. 내 침대를 덥힌 여자는 섀에가 처음이 아니고, 언젠가는 아내를 맞이하여 아들을 둘지도 몰라. 신들이 보우하신다면 그 아이는 제 백부의 외모를 닮고 제 아비처럼 머리를 굴리겠지. 당신에게는 그런 희망이 없소. 난쟁이들은 신들의 장난이지만…… 내시는 사람이 만들지. 누가 당신 남근을 잘랐소, 바리스? 언제, 그리고 왜? 당신은 정말로 누구요?"

내시의 미소에는 조금의 흔들림도 없었지만, 그의 눈은 웃음기가 아닌 무엇인가로 번득였다. "물어봐주시다니 친절하십니다만, 제 이야기는 길고 슬픈 데다가, 우리에겐 의논해야 할 반역 문제들이 있습니다." 그는 로브 소매에서 양피지를 꺼냈다. "왕의 갤리선 '하얀 수사슴'호의 선장이 사흘 후에 몰래 빠져나가서 스타니스 공에게 검과 배를 바치려고 합니다."

티리온은 한숨을 내쉬었다. "그 친구로 피투성이 교훈을 삼아야겠군?"

"자슬린 경이 선장의 자취를 지울 수도 있겠지만, 왕 앞에서 재판을 벌이는 편이 다른 선장들의 충성심을 유지하는 데 도움이 되겠지요."

'내 조카 왕에게 할 일도 주고 말이야.' "그 말대로 합시다. 조프리의 심판을 받도록 해두시오."

바리스는 양피지에 표시를 했다. "호라스와 호버 레드와인 경이 위병에게 뇌물을 주어 모레 밤에 뒷문으로 빠져나가려고 합니다. 펜토스의 갤리선 '달의 항해자'호를 타고 노잡이로 위장하여 빠져나갈 준비가 되어 있군요."

"그 친구들이 몇 년 동안 노를 잡게 만들 수 있겠소? 얼마나 좋아하나 보고 싶은데." 티리온은 미소 지었다. "아니, 그런 귀한 손님들을 잃었다간 누님이 심란해하겠지. 자슬린 경에게 알리시오. 뇌물을 받은 놈은 잡아서 밤의 경비대 형제로 복무하는 게 얼마나 명예로운 일인지 설명해주도록 하고. 혹시 레드와인 형제가 돈이 부족한 위병을 하나 더 찾을 때에 대비해서 달의 항해자호 주위에 사람들을 배치하도록 해요."

"분부대로 하지요." 양피지에 또 표시가 들어갔다. "수관님의 사람인 티멧이 오늘 저녁 '은의 거리'에 있는 도박장에서 어느 와인 장수의 아들을 베었습니다. 속임수를 썼다고 비난했더군요."

"속임수를 썼소?"

"아, 의심할 여지가 없지요."

"그렇다면 도시의 정직한 사내들이 티멧에게 고마워해야겠군. 왕의 감사 인사를 받도록 하겠소."

내시는 신경질적으로 키득거리며 다시 표시를 했다. "그리고 갑자기 성자들이 들끓고 있습니다. 혜성이 온갖 괴상한 사제와 설교자와 예언자들을 낳은 모양입니다. 싸구려 술집과 급식소에서 구걸을 하면서 걸음을 멈추고 듣는 사람이라면 누구에게나 파멸과 파괴를 예언하고 있습니다."

티리온은 어깨를 으쓱였다. "아에곤의 상륙으로부터 300년째가 가까우니, 그럴 법도 하지. 고함을 쳐대게 놔두시오."

"그자들은 공포를 퍼뜨리고 있습니다."

"그건 당신 일인 줄 알았는데."

바리스는 손으로 입을 가렸다. "그런 말씀을 하시다니 잔인하기도 하셔라. 마지막 건입니다. 탠다 부인이 어젯밤에 소규모 만찬을 베풀었답니다.

메뉴와 손님 명단이 있습니다. 와인을 부었을 때 자일스 공이 일어나서 왕을 위한 건배를 올렸더니, 발론 스완 경이 이렇게 말했다는군요. '그러자면 세 잔은 있어야겠는데요'라고요. 많은 이들이 웃었고……."

티리온은 한 손을 들어 올렸다. "그만. 발론 경은 농담을 한 거요. 난 반역적인 식탁 농담에는 관심 없소, 바리스 공."

"너그럽고 현명하십니다." 양피지는 내시의 소매 속으로 사라졌다. "우리 둘 다 할 일이 많지요. 가보겠습니다."

내시가 떠나고 나자 티리온은 오랫동안 앉아서 촛불을 바라보며 누이가 자노스 슬린트의 해고 소식을 어떻게 받아들일까 생각했다. 행복하게 받아들일 리야 없겠지만, 하렌홀에 있는 타이윈 공에게 성난 항의 편지를 보내는 것 외에 세르세이가 할 수 있는 일은 없어 보였다. 티리온은 이제 도시 경비대를 손에 넣었고, 150명의 사나운 산악민들과 브론이 모집 중인 용병 부대까지 있었다. 그는 충실한 보호를 받고 있었다.

'보나 마나 에다드 스타크도 똑같이 생각했겠지.'

티리온이 소연회장을 떠나올 때 레드킵은 어둡고 고요했다. 브론이 그의 개인 방에서 기다리고 있었다. "슬린트는요?" 브론이 물었다.

"자노스 공은 아침에 장벽으로 출항할 거야. 바리스는 내가 조프리의 사람을 내 사람으로 교체했다고 믿게 하려고 했지. 그보다는 리틀핑거의 사람을 바리스의 사람으로 교체했다고 봐야겠지만, 그런 걸로 해두자고."

"알아두셔야겠는데, 티멧이 어떤 놈을 죽였답니다."

"바리스가 말해줬어."

용병은 놀라는 것 같지 않았다. "그 멍청이는 눈이 하나 달린 놈은 속이기가 더 쉬울 줄 알았나 봅디다. 티멧이 단검으로 그놈 손목을 탁자에 꽂아놓고 맨손으로 목을 뜯어냈어요. 손가락에 힘을 주고—"

"소름 끼치는 세부사항은 넘어가지. 저녁 식사가 배 속에 불안하게 얹혀 있거든." 티리온이 말했다. "신병 모집은 어떻게 되어가나?"

"잘되어가지요. 오늘 밤에 새로 셋을 들였어요."

"어떤 놈을 고용할지는 어떻게 알지?"

"대충 훑어보지요. 질문을 해보고, 어디에서 싸웠고 얼마나 거짓말을 잘하는지 알아봅니다." 브론은 미소 지었다. "그런 다음에 날 죽일 기회를 주지요. 나도 그놈들을 죽일 기회를 갖고."

"죽인 놈 있었나?"

"우리가 쓸 만한 놈 중에는 없었어요."

"그놈들 중에 누가 자넬 죽이면?"

"그놈이 댁이 고용하고 싶어 할 놈이겠지요."

티리온은 조금 취했고, 무척 피곤했다. "말해보게, 브론. 내가 자네더러 아기를 죽이라고 한다면…… 아직 어미젖을 빠는 계집애를 죽이라고 한다면 말이야. 내 말대로 하겠나? 질문 없이?"

"질문 없이요? 아니오." 용병은 엄지와 집게손가락을 마주 비볐다. "얼마냐고 물어보겠지요."

'이런데 나에게 알라르 딤이 왜 필요하겠나, 슬린트 공? 나에게 그런 놈이 백 넘게 있는데 말이야.' 티리온은 웃고 싶었다. 울고 싶었다. 무엇보다도, 샤에를 보고 싶었다.

아리아

길은 잡초 사이에 두 줄로 난 바큇자국에 불과했다.

좋은 부분은, 오가는 사람이 워낙 적으니 일행이 어느 쪽으로 갔는지 알릴 사람도 없다는 것이었다. 왕의 가도를 쏟아져 내려가던 사람 홍수는 이제 실개천에 불과했다.

나쁜 부분은, 길이 뱀처럼 구불구불 이어지며 더 작은 길과 엉키기도 하고, 때로는 완전히 사라진 것 같았다가 5~6리쯤 지나서 다들 희망을 버렸을 때 다시 나타나기도 한다는 점이었다. 아리아는 그게 싫었다. 땅은 온화해서 초지와 삼림지 사이사이에 완만한 언덕과 계단식 밭들이 보였고, 느리게 흐르는 얕은 개울가에 버드나무가 빽빽하게 자란 작은 계곡들이 있었다. 그렇다 해도 길이 너무 좁고 굽어 있으니 이동 속도가 기어가는 수준으로 느려졌다.

속도를 늦추는 범인은 무거운 짐의 무게로 차축을 삐걱이며 움직이는 마차들이었다. 그들은 하루에도 열두 번씩 이동을 멈추고 움푹한 데 빠진 바퀴를 빼내거나, 타고 가던 말과 당나귀까지 마차에 묶어서 진흙 비탈을 끌고 올라야 했다. 한번은 빽빽한 참나무 숲 한가운데에서 소달구지에 장작을 신고 가는 세 남자와 맞닥뜨렸는데, 양쪽 다 비킬 방법이 없었다. 그들은 숲지기들이 황소를 풀어서 숲속으로 이동하고, 달구지를 돌린 다음, 황소를 다시 매고, 왔던 길로 돌아가는 동안 기다리는 수밖에 없었다. 황소는 마차보다 더 느렸기에, 그날 그들은 거의 이동을 하지 못했다.

아리아는 계속 어깨 너머를 돌아보며 언제 황금 망토들이 그들을 따라잡을까 생각할 수밖에 없었다. 밤이면 무슨 소리만 나도 잠에서 깨어 바늘의 칼자루를 움켜잡았다. 이제는 야영을 할 때마다 꼭 파수를 세웠지만, 아리아는 그들을 믿지 않았다. 고아 소년들이 맡을 때는 특히 못 믿었다. 킹스랜딩 골목길에서라면 꽤 잘해냈을지 몰라도, 이 야외에서 그 아이들은 어쩔 바를 몰랐다. 그림자처럼 조용히 움직이면서 아리아는 그들 모두를 지나쳐서 아무도 보지 않을 숲속에서 별빛에 의지하여 소변을 볼 수 있었다. 한번은 초록 손 로미가 파수를 보고 있을 때 참나무 하나를 타고 올라가서 나무에서 나무로 이동하여 로미의 머리 위까지 갔는데, 로미는 아무것도 보지 못했다. 그 위로 뛰어내릴까 싶기도 했지만, 로미의 비명 소리가 야영지를 다 깨울 테고 요렌은 다시 그녀를 때릴지도 몰랐다.

로미와 다른 고아들은 이제 왕대비가 목을 원한다는 이유로 황소를 특별한 사람 취급했지만, 그는 받아들이지 않았다. 그는 화를 내며 말했다. "난 무슨 왕비에게든 아무 짓도 한 적 없어. 난 내 일을 했을 뿐이야. 풀무와 부집게와 온갖 잡일을 맡았지. 난 무기제조인이 될 거였는데, 어느 날 모트 장인이 나보고 밤의 경비대에 들어가라고 했어. 내가 아는 건 그게 전부야." 그런 다음 그는 투구를 닦으러 갔다. 선이 곱고 둥글며 눈 구멍은 가늘게 파였고 커다란 금속 황소 뿔이 두 개 달린 멋진 투구였다. 아리아는 그가 기름 먹인 천으로 윤을 내어, 강철이 요리 불이 비칠 정도로 반질반질해지는 모습을 보곤 했다. 그러나 그가 자기 머리에 그 투구를 쓰는 일은 없었다.

"분명히 그 반역자의 서자일 거야." 로미는 어느 날 밤, 겐드리가 듣지 못하게 소리 죽여 말했다. "늑대 영주 있잖아. 바엘로르 성소 계단에서 칼 맞은."

"아니거든." 아리아는 단언했다. '내 아버지는 서자를 딱 한 명 뒀고, 그건 존이야.' 그녀는 말에 안장을 얹고 집까지 그냥 달려갈 수 있으면 좋겠다고 생각하며 숲속으로 걸어갔다. 이마에 흰 점이 있는 밤색 암말, 좋은 말이었다. 그리고 아리아는 언제나 훌륭한 기수였다. 그냥 말을 달리면, 원치 않는 한 이들 중 누구도 다시 보지 않을 수 있었다. 다만 그렇게 되면 앞에서 정찰해줄 사람도, 뒤에서 파수를 볼 사람도, 잠을 잘 때 지킬 사람도 없을 테고 황금 망토들에게 따라잡혔을 때는 혼자일 것이다. 요렌과 나머지 일행과 함께 있는 편이 더 안전했다.

어느 날 아침, 요렌이 말했다. "신의 숲 호수가 멀지 않다. 왕의 가도는 트라이던트를 건널 때까지 안전하지 않을 거다. 그러니 호숫가를 서쪽으로 돌아 올라간다. 놈들도 거기에서 우릴 찾진 않을 거야." 그는 두 줄의 바큇자국이 교차하는 다음 지점에서 마차를 서쪽으로 돌렸다.

여기에서는 농지가 숲에 자리를 내주었고, 마을과 성채가 더 작은 데다가 간격도 더 멀었으며, 언덕은 더 높고 계곡은 더 깊었다. 음식을 구하기도 더 힘들어졌다. 요렌은 도시에서 마차에 소금에 절인 생선, 딱딱한 빵, 라드, 순무, 콩과 보리 자루, 노란 치즈 덩어리를 싣고 출발했지만, 이제는 그것도 다 먹어버렸다. 자급자족하는 수밖에 없어지자 요렌은 밀렵꾼이었던 코스와 커즈에게 의지했다. 요렌이 그들을 일행에 앞서서 숲속으로 들여보내면, 해 질 녘에 사슴 한 마리를 꿰어 들거나 허리띠에 메추라기 한 묶음을 흔들며 돌아오곤 했다. 그보다 나이가 어린 소년들은 길가에서 블랙베리를 따거나, 과수원을 지날 때는 울타리를 넘어서 사과를 서리해 자루에 채우곤 했다.

아리아는 서리에도 능숙했고 열매를 따는 손도 빨랐으며, 혼자 나가기를 좋아했다. 어느 날은 순수한 우연으로 토끼 한 마리와 마주쳤다. 긴 귀와 씰룩거리는 코를 지닌 통통한 갈색 토끼였다. 토끼들은 고양이보다 빨리 뛰었지만, 고양이의 반만큼도 나무를 타지 못했다. 아리아는 목검으로 토끼를 때려서 귀를 잡고 돌아갔고, 요렌은 그 토끼에 버섯과 야생 양파를 더해 스튜를 끓였다. 아리아가 잡은 토끼였기에, 다리 하나를 통째로 받았다. 그녀는 그 다리를 겐드리와 나눠 먹었다. 나머지 일행은 한 입씩 받았다. 족쇄를 찬 세 명도 포함이었다. 자켄 하가르는 토끼 스튜를 두고 아리아에게 정중하게 감사 인사를 했으며, 바이터는 행복한 표정으로 지저분한 손가락에 묻은 기름을 빨았지만, 코가 없는 로지는 그저 웃더니 말했다. "사냥꾼 나셨네. 울퉁불퉁한 얼굴에 울퉁불퉁한 머리의 토끼 사냥꾼 나셨어."

브라이어화이트(Briarwhite, 흰 가시나무)라는 성채 밖 옥수수밭에서는 농사꾼 한 무리가 그들을 에워싸고 그들이 먹은 옥수수값을 요구했다. 요렌은 그들이 든 낫을 보고 동화 몇 닢을 던져주었다. "예전에는 도르네부터 윈터펠까지 어디서나 검은 옷 입은 사람에게 잔치를 베풀고, 대귀족들도 자기네 지붕 밑에 들여서 영광이라고 했는데 말이야. 이젠 이런 겁쟁이들이 벌레 먹은 사과 한 입에도 목돈을 원하는구먼." 그는 씁쓸하게 말하고 침을 뱉었다.

"그건 사탕옥수수야. 너같이 냄새 나는 늙고 까만 새에겐 분에 넘치지." 한 명이 거칠게 대답했다. "당장 우리 밭에서 나가. 이 좀도둑과 강도들도 끌고 나가. 안 그러면 옥수수밭에 묶어서 다른 까마귀 쫓는 데나 쓸 테다."

그들은 그날 밤 어스름에 옥수수를 구웠다. 길고 갈래 진 막대기에 옥수수를 끼워서 돌려 굽고는, 뜨거운 채로 그냥 먹었다. 아리아는 환상적인 맛이라고 생각했지만, 요렌은 화가 난 나머지 먹지도 않았다. 그의 머리 위에는 그의 망토처럼 누더기가 된 검은색 구름이 걸려 있는 것 같았다. 그는 가만히 있지 못하고 야영지 안을 돌아다니며 혼자 중얼거렸다.

다음 날에는 서둘러 돌아온 코스가 요렌에게 앞쪽에 진을 친 일행에 대해 경고했다. "스무 명에서 서른 명인데, 사슬 갑옷에 반투구 차림입니다. 몇 명이 심하게 다쳤고, 한 명은 소리를 들어서는 죽어가고 있어요. 그 사람이 요란한 소리를 내는 덕분에 가까이 가서 봤지요. 창과 방패를 갖췄는데, 말은 한 마리밖에 없고 그나마도 절름발이예요. 냄새로 봐서는 거기 있은 지 꽤 된 것 같습니다."

"깃발이 보이더냐?"

"진흙색 바탕에 노란색과 검은색으로 얼룩덜룩한 사향고양이입니다."

요렌은 초엽 하나를 입에 구겨 넣고 씹다가 인정했다. "어딘지 모르겠군. 이쪽일 수도 있고, 저쪽일 수도 있어. 그렇게 심하게 다쳤다면 정체가 뭐든 상관없이 우리 말을 빼앗을 가능성이 높다. 그 이상을 빼앗을 수도 있겠지. 멀찍이 돌아서 가야겠다." 몇 킬로미터를 벗어나야 했고, 최소한 이틀이 더 걸렸지만, 요렌은 그만하면 싼 대가라고 말했다. "장벽에서 지낼 시간이야 충분할 게다. 남은 평생이 될 텐데 뭐. 서둘러 갈 필요 없지."

북쪽으로 다시 방향을 틀자 밭을 지키는 남자들이 점점 더 많이 보였다. 남자들이 길가에 말없이 서서 지나가는 사람 누구에게나 차가운 눈빛을 보낼 때가 많았다. 다른 곳에서는 말을 타고, 안장에 도끼를 비끄러맨 채 울타리를 따라 달리며 순찰하기도 했다. 어떤 곳에서는 활을 들고 옆 나뭇가지에 화살통을 건 채 죽은 나무에 걸터앉아 있는 남자를 보기도 했다. 그 남자는 아리아 일행을 보자마자 활시위에 화살을 걸었고, 마지막 마차가 시야에서 사라질 때까지 눈을 떼지 않았다. 지나가는 내내 요렌은 저주를 퍼부었다. "나무 위에 있는 저놈. 다른 자들이 잡으러 올 땐 그 위가 얼마나 좋은가 보자. 그때가 되면 밤의 경비대를 찾아서 비명을 지를 게다.

암 그렇고말고."

다음 날에는 도버가 저녁 하늘에 비친 불그스름한 빛을 보았다. "이 길이 다시 꺾였든지, 아니면 해가 북쪽으로 지나 본데요."

요렌이 더 잘 보이게 높은 곳에 올라섰다. "불이다." 그렇게 알리더니 엄지손가락에 침을 묻혀 들어 올렸다. "바람 방향을 봐서는 우리에게서 멀어지는 쪽이다만. 그래도 지켜봐야겠군."

그리고 그들은 지켜보았다. 세상이 어두워질수록 불은 점점 밝아지는 것 같더니, 마침내는 북쪽 전체가 타오르는 것처럼 보였다. 가끔은 연기 냄새마저 맡을 수 있었지만, 바람 방향은 그대로였고 불길은 가까이 다가오지 않았다. 새벽에는 불이 저절로 꺼졌지만, 그날 밤에는 아무도 제대로 자지 못했다.

마을이 있던 자리에 도착했을 때는 정오 무렵이었다. 몇 킬로미터에 걸쳐 들판은 새까만 황야가 되었고, 집들은 검게 탄 껍데기만 남았다. 불타고 도살당한 짐승들의 시체가 여기저기 흩어졌는데, 까마귀 떼가 담요처럼 덮고 있다가 방해를 받으면 날아오르며 미친 듯이 까악거렸다. 성채 안에서는 아직도 연기가 피어올랐다. 멀리서는 튼튼해 보이던 나무 울타리도 충분히 튼튼하지는 않았던 모양이었다.

말을 타고 마차들 앞으로 달려 나간 아리아는 성벽 위 날카로운 말뚝에 꽂힌 채로 불탄 시체들을 보았다. 시체들은 그들을 집어삼킨 불길과 싸우려 했던 것처럼 얼굴 앞에 두 손을 단단히 올리고 있었다. 요렌은 아직 꽤 거리가 있을 때 일행을 멈춰 세우고, 아리아와 다른 소년들에게 마차를 지키라고 해놓고 머치와 컷잭과 함께 걸어 들어갔다. 그들이 부서진 문을 통과하자 성벽 안에서 까마귀 떼가 날아올랐고, 마차 안 새장에 든 까마귀들이 새된 소리를 지르며 그들을 불러댔다.

"우리도 따라 들어가야 할까?" 요렌과 다른 두 사람이 들어간 지 한참이

지나자 아리아는 겐드리에게 물었다.

"요렌은 기다리랬어." 겐드리의 목소리가 울리는 느낌이라 돌아보니, 반짝이는 강철에 구부러진 큰 뿔이 달린 투구를 쓰고 있었다.

마침내 돌아온 요렌은 품에 어린 여자아이를 안고 있었고, 머치와 컷잭은 낡고 찢어진 퀼트로 만든 들것에 어떤 여자를 싣고 있었다. 여자아이는 두 살 정도밖에 되지 않았고 내내 울었는데, 목에 뭐가 막힌 것처럼 낑낑거리는 소리였다. 아직 말을 하지 못하거나 말하는 방법을 잊은 것 같았다. 여자는 오른팔이 피투성이 팔꿈치에서 끝났으며, 눈은 똑바로 어딘가를 향할 때조차 아무것도 보지 않았다. 여자는 말을 했지만, 오직 한 마디 말만 했다. "제발." 여자는 그 말만 외치고 또 외쳤다. "제발. 제발." 로지는 그게 웃기다고 생각했다. 그는 코가 있던 자리의 구멍으로 소리를 내며 웃었고, 바이터도 웃기 시작했는데 둘은 머치가 욕을 하며 닥치라고 하고 나서야 멈췄다.

요렌은 여자를 마차 뒷자리에 고정하라고 했다. "빨리 해라. 어두워지면 늑대가 올 거고, 더 나쁜 것도 올 거다."

"무서워." 핫파이는 외팔이 여자가 마차 안에서 팔다리를 휘젓는 모습을 보며 중얼거렸다.

"나도야." 아리아도 고백했다.

핫파이는 아리아의 어깨를 꾹 잡았다. "사실 난 남자애를 걷어차서 죽인 적 없어, 아리. 그냥 우리 엄마가 만든 파이를 팔았을 뿐이야."

아리아는 어린 여자아이가 우는 소리나 여자가 "제발"이라고 속삭이는 소리를 듣지 않으려고 최대한 마차들을 앞서서 달렸다. 예전에 낸 할멈이 해준 이야기가 생각났다. 사악한 거인들이 어두운 성 안에 가둔 남자 이야기였다. 그 남자는 아주 용감하고 영리해서 거인들을 속이고 탈출했다……. 그러나 성 밖으로 나가자마자 '다른자'들이 그를 잡아서 뜨거운 붉은 피를 마셔버렸다. 이제 아리아는 그 남자가 어떤 기분이었을지 알았다.

외팔이 된 여자는 저녁 무렵에 죽었다. 겐드리와 컷잭이 언덕 비탈에 자란 수양버들 아래 무덤을 팠다. 바람이 불자 아리아는 길게 늘어진 버드나무 가지들이 속삭이는 소리를 들을 수 있을 것만 같았다. "제발. 제발. 제발." 목덜미 털이 쭈뼛 일어섰고, 무덤 옆에서 달아날 뻔했다.

"오늘 밤엔 불을 피우지 않는다." 요렌이 말했다. 저녁 식사는 코스가 찾아낸 야생 무 한 줌과 말린 콩 한 컵, 근처 개울에서 퍼 온 물이었다. 물에서는 이상한 맛이 났고, 로미는 그게 상류 어딘가에서 썩어가는 시체들의 맛이라고 말했다. 늙은 레이슨이 뜯어말리지 않았으면 핫파이가 로미를 때렸을 것이다.

아리아는 무엇으로라도 배를 채우기 위해서 물을 지나치게 많이 마셨다. 절대로 잠들 수 없을 거라 생각했지만, 어쨌든 잠이 들었다. 깨었을 때는 칠흑같이 어두웠고 방광이 터질 것 같았다. 사방에 담요와 망토를 둘둘만 사람들이 자고 있었다. 아리아는 바늘을 찾아 들고 일어서서 귀를 기울였다. 보초의 조용한 발소리, 남자들이 불안한 잠 속에서 돌아눕는 소리, 로지의 요란한 코골이 소리, 바이터가 자면서 내는 기묘한 쉭쉭 소리가 들렸다. 다른 마차에서는 요렌이 앉아서 초엽을 씹으며 비수 날을 가느라 강철이 돌에 스치는 소리가 규칙적으로 울렸다.

파수를 맡은 소년들 중에 핫파이도 있었다. "어디 가?" 그는 아리아가 나무들 쪽으로 가는 모습을 보고 물었다.

아리아는 대충 숲 쪽을 손짓했다.

"아니, 안 돼." 핫파이가 말했다. 그는 허리띠에 검을 차더니 다시 대담해졌다. 소검에 불과하고, 고기 써는 칼처럼 잡긴 했어도 말이다. "노인장이 오늘 밤에는 모두 바싹 붙어 있어야 한댔어."

"오줌 싸러 가야 해." 아리아가 설명했다.

"그러면 저기 저 나무를 써." 핫파이가 가리켰다. "저 밖에 뭐가 있을지 몰라, 아리. 아까 늑대 소리를 들었다고."

핫파이와 싸운다면 요렌이 좋아하지 않을 터였다. 아리아는 겁에 질린 척했다. "늑대? 진짜야?"

"들었다니까." 핫파이가 단언했다.

"아무래도 안 가도 되겠어." 아리아는 담요가 있는 곳으로 돌아가서 자는 척하다가, 핫파이의 발소리가 멀어지자 몸을 굴려 그림자처럼 조용히 야영지 반대쪽 숲으로 빠져나갔다. 이쪽에도 보초병들은 있었지만, 아리아는 어렵지 않게 그들을 피했다. 그래도 확실히 하기 위해 평소보다 두 배 멀리 나갔다. 그녀는 근처에 아무도 없음을 확인하고 나서야 반바지를 내리고 쪼그려 앉았다.

발목에 옷을 건 채로 오줌을 싸고 있는데 나무 밑에서 부스럭거리는 소리가 들렸다. 아리아는 당황해서 핫파이라고, 핫파이가 따라온 거라고 생각했다. 그러다가 숲속에서 달빛을 반사하여 번쩍이는 눈동자를 보았다. 아리아는 배 속이 꽉 죄는 기분으로 바늘을 움켜쥐고, 오줌이 묻을까 신경 쓰지 않고 눈동자 수를 헤아렸다. 둘 넷 여덟 열둘, 한 무리였다…….

한 마리가 나무 아래에서 어슬렁어슬렁 걸어 나왔다. 그놈은 아리아를 보고 이를 드러냈고, 아리아는 얼마나 자기가 멍청했으며 다음 날 아침에 반쯤 뜯어 먹힌 그녀의 시체를 발견하면 핫파이가 얼마나 고소해할까 하는 생각밖에 할 수 없었다. 하지만 그 늑대는 몸을 돌려 어둠 속으로 다시 돌아갔고, 곧바로 다른 눈동자들도 사라졌다. 그녀는 떨면서 아래를 닦고 바지춤을 매고 멀리서 칼 가는 소리를 따라 야영지로, 요렌에게로 돌아갔다. 아리아는 벌벌 떨며 마차에 탄 요렌 옆에 올라가서 쉰 목소리로 속삭였다. "늑대들이 있어요. 숲속에."

"그래. 그렇겠지." 요렌은 아리아를 돌아보지도 않았다.

"그놈들이 겁을 줬어요."

"그랬나?" 요렌은 침을 뱉었다. "너희 족속은 늑대들을 좋아하는 줄 알았는데."

"니메리아는 다이어울프였어요." 아리아는 제 몸을 끌어안았다. "그건 달라요. 어쨌든 니메리아는 가버렸어요. 조리와 제가 가버릴 때까지 돌을 던졌죠. 그러지 않으면 왕비가 죽였을 테니까." 그 이야기를 꺼내니 슬퍼졌다. "니메리아가 킹스랜딩에 있었다면, 아버지의 머리를 자르게 내버려두지 않았을 거예요."

"고아 소년들에겐 아비가 없다. 아니면 잊어버린 거냐?" 초엽 때문에 침이 붉어져서, 요렌의 입에서 피가 흐르는 것처럼 보였다. "우리가 두려워해야 할 늑대는 오직 사람 거죽을 쓴 놈들뿐이다. 그 마을을 덮친 놈들 같은."

"집에 가고 싶어요." 아리아는 비참하게 말했다. 용감하려고 무척이나애를 썼지만, 큰족제비처럼 사나워지려고 애썼지만, 그래도 가끔은 그저어린 소녀에 불과하다는 기분이 들었다.

검은 형제는 마차에 실린 짐짝에서 새로운 초엽을 한 장 벗겨내어 입에밀어 넣었다. "널 찾아낸 곳에 그냥 두고 왔어야 했는지도 모르겠다. 너희들 모두 말이다. 도시가 더 안전해 보이는구나."

"상관없어요. 난 집에 가고 싶어요."

"장벽에 신병을 데려가는 일을 30년 가깝게 했다." 요렌의 입가에서 반짝이는 거품이 마치 피거품 같았다. "그 세월 동안 잃어버린 건 셋뿐이었지. 늙은이 하나가 열병으로 죽었고, 도시 소년이 똥을 싸다가 뱀에 물려죽었고, 어느 바보는 잘 때 날 죽이려다가 붉은 미소를 얻었다." 그는 붉은미소가 무슨 뜻인지 보여주려고 비수로 목을 긋는 시늉을 했다. "30년 동안 셋이었어." 그는 오래된 초엽을 뱉어냈다. "이번엔 배를 타는 게 더 현명했을지도 모르겠다. 가는 길에 누굴 더 찾을 가능성은 없었을지 몰라도……. 영리한 놈이라면 배를 탔을 텐데, 나는…… 나는 30년 동안 이 왕의 가도를 탔지." 그는 비수를 칼집에 넣었다. "자러 가거라. 내 말 들리느냐?"

아리아는 자려고 노력했다. 하지만 얇은 담요를 덮고 누워서도 늑대들이 울부짖는 소리를 들을 수 있었다……. 그리고 그보다 희미하게, 바람에 실려 온 속삭임처럼 들린 다른 소리는 비명인지도 몰랐다.

다보스

아침 하늘은 신들을 태우는 연기로 어두웠다.

모두 다 불타고 있었다. '처녀'와 '어머니', '전사'와 '대장장이', 그리고 진주 눈의 '노파'와 도금 수염을 단 '아버지'. 심지어는 인간이라기보다는 짐승에 가깝게 조각한 '이방인'까지. 오래된 마른 나무와 셀 수 없이 여러 겹 칠한 유약이 맹렬하게 굶주린 빛을 발하며 불타올랐다. 서늘한 공기 속에 열기가 일렁였다. 그 뒤 성벽에 선 가고일과 석조 드래곤들이 흐릿하게 보였다. 마치 다보스가 눈물의 베일을 통해 보는 것처럼. 혹은 그 짐승들이 몸을 떨며 동요하는 것처럼…….

"불길한 짓이에요." 알라드가 말했지만, 그래도 목소리를 낮출 정도의 분별력은 있었다. 데일이 찬동하는 말을 중얼거렸다.

"조용히 해라. 너희가 어디 있는지 기억해." 다보스의 아들들은 훌륭한 사내들이었으나 젊었고, 알라드는 특히 경솔했다. '내가 밀수업자로 남았다면 알라드는 장벽에 가게 됐겠지. 스타니스가 그런 결과를 맞지 않게 해 줬으니, 그것도 내가 그분에게 진 빚이다…….'

일곱 신이 타는 모습을 보려고 수백 명이 성문까지 찾아왔다. 공기 중에 지독한 냄새가 진동했다. 대부분의 병사들도 평생 숭배한 신들에게 이런 모욕이 가해진다는 데 불편함을 느낄 수밖에 없었다.

붉은 여인은 불가를 세 번 돌면서 한 번은 아사이어로, 한 번은 고급 발리리아어로, 또 한 번은 공용어로 기도했다. 다보스는 마지막 기도만 이해했다. "를로르여, 어둠 속에 있는 우리에게 오소서. 빛의 군주시여, 당신께 이 거짓된 신들을, 하나이자 일곱인 이 신들과 대적자를 바칩니다. 이들을 받으시고 당신의 빛을 비춰주소서. 밤은 어둡고 공포가 가득하니." 셀리스 왕비가 기도문을 따라 읊었다. 그 옆에서 스타니스는 바싹 깎은 검푸른 수염자국 아래 턱을 돌처럼 단단하게 굳히고 무표정하게 지켜보고 있었다. 평소보다 화려한 차림새가 마치 성소를 찾을 때 같았다.

드래곤스톤의 성소는 정복자 아에곤이 출항하기 전날 밤에 무릎을 꿇고 기도했던 자리에 있었다. 그래도 왕비의 병사들은 아랑곳하지 않았다. 그들은 제단을 뒤엎고, 신상들을 끌어 내리고, 전투 망치로 스테인드글라스를 박살 냈다. 바르 성사는 하릴없이 그들을 저주할 뿐이었으나, 휴버드 램튼 경은 신들을 지키기 위해 세 아들을 이끌고 성소로 갔다. 램튼 가문 사람들은 왕비의 병사 네 명을 죽인 후에야 제압당했다. 그 후에는 영주들 중에서 가장 온화하고 독실한 건서 선글라스가 더는 스타니스를 지지할 수 없다고 말했다. 지금 그는 바르 성사와 휴버드 경의 살아남은 두 아들과 함께 무더운 감방에 있었다. 다른 영주들은 교훈을 받아들이는 데 느리지 않았다.

밀수업자 다보스에게 신들이 대단한 의미였던 적은 없었으나, 대부분이 그렇듯 그 역시 전투에 나가기 전에는 '전사'에게, 배를 진수시키기 전에는 '대장장이'에게, 아내가 아이를 밸 때마다 '어머니'에게 공물을 바쳤다. 그 신들이 불타는 모습을 지켜보려니 속이 불편했다. 연기 때문만은 아니었다.

'크레센 학사라면 막았을 텐데.' 그 노인은 빛의 군주에게 도전했다가 불신에 대한 벌을 받았다. 적어도 소문은 그렇게 말했다. 다보스는 진실을 알고 있었다. 그는 학사가 와인 잔에 뭔가를 넣는 장면을 보았다. '독이었어. 달리 뭐였겠나? 학사는 스타니스에게서 멜리산드레를 떨쳐내기 위해 죽음의 잔을 마셨으나, 그 여자의 신이 그녀를 지켜주었지.' 다보스는 그 이유 때문에라도 붉은 여인을 기꺼이 죽일 마음이 있었으나, 시타델의 학사도 실패한 일에 그가 무슨 승산이 있으랴? 그는 출세한 밀수업자에 불과했다. 플리바텀 출신의 다보스, 양파 기사.

불타는 신들은 붉은색과 주황색과 노란색으로 일렁이는 불길의 로브에 휩싸여 예쁜 불빛을 밝혔다. 바르 성사는 언젠가 다보스에게 그 신상들이 최초의 타르가르옌이 발리리아에서 타고 왔던 배들의 돛대를 깎아서 만들어졌다고 말해준 바 있었다. 몇 세기 동안 사람들은 그 신상을 칠하고 다시 칠하고, 금과 은을 입히고 보석을 박았다. "조각상이 아름다운 만큼 를로르께서 더 기뻐하실 겁니다." 멜리산드레는 스타니스에게 그 신들을 끌어 내려 성문 밖으로 끌고 나가라고 하면서 그렇게 말했다.

'전사'를 가로질러 누운 '처녀'는 그를 끌어안으려는 것처럼 두 팔을 벌리고 있었다. '어머니'는 불길이 얼굴을 핥자 몸을 떠는 것처럼 보였다. 그녀의 심장에는 장검이 한 자루 박혀 있었는데, 가죽 손잡이가 불길에 휩싸여 살아 움직였다. '아버지'는 제일 처음 쓰러졌기에 맨 밑바닥에 있었다. 다보스는 '이방인'의 손이 뒤틀리고 오그라드는 모습을 지켜보았다. 손가락이 시커멓게 타서 하나씩 떨어지고 달아오른 숯덩이로 변했다. 근처에서 셀티가르 공이 발작적으로 기침을 하더니 붉은 게를 수놓은 리넨 천으로 주름진 얼굴을 가렸다. 미르인들은 불의 온기를 즐기며 농담을 나눴지만, 젊은 바르 에몬 공은 혈색이 잿빛으로 변했고, 벨라리온 공은 불을 보느니 왕을 보고 있었다.

다보스는 그가 무슨 생각을 하는지 알고 싶은 마음이 굴뚝같았지만, 벨라리온 같은 사람은 결코 그에게 비밀을 털어놓지 않을 것이다. 타이드(Tide, 조수)의 주인은 고대 발리리아 혈통이었고, 그의 가문은 타르가르옌 왕자들에게 세 번이나 신부를 제공했다. 다보스 시워스는 생선과 양파 냄새 풍기는 놈이었다. 다른 귀족들과의 관계와 다를 게 없었다. 그는 귀족들을 하나도 믿을 수 없었고, 귀족들이 자기들만의 협의회에 그를 끼워줄 리도 없었다. 그들은 그의 아들들 역시 멸시했다. '하지만 내 손자들은 저들의 손자들과 마상 시합을 할 것이고, 언젠가는 저들의 핏줄이 내 핏줄과 결혼할지도 모르지. 때가 오면 내 작은 검정 배가 벨라리온의 해마나 셀티가르의 붉은 게들처럼 높이 휘날릴 거야.'

스타니스가 왕좌를 얻는다면 말이다. 그러지 못한다면…….

'지금의 나는 모든 것을 그분에게 빚졌다.' 스타니스가 다보스를 기사로 승격시켰다. 그의 식탁에 앉을 수 있는 명예를 내렸고, 밀수업자의 작은 배 대신 전투 갤리선을 내렸다. 데일과 알라드도 갤리선 선장이 되었고, 매릭은 맹위호의 노잡이 대장이었으며, 매토스는 블랙베타호에서 제 아비에게 복무했고, 데반은 왕의 종자로 들어갔다. 언젠가 데반은 기사 서임을 받을 테고, 다른 어린 아들 둘도 그렇게 될 터였다. 마리아는 래스 곶에 있는 작은 성의 안주인이 되어 그녀를 마님이라고 부르는 하인들을 두었고, 다보스는 자기 숲에서 붉은 사슴을 사냥할 수 있었다. 이 모든 것이 스타니스 바라테온이 손가락 관절 몇 개를 대가로 준 것들이었다. '나에게 하신 일은 정당했어. 난 평생 왕법을 비웃고 살았지. 저분은 내 충성심을 얻어냈어.' 다보스는 목에 건 가죽끈에 달린 작은 주머니를 건드렸다. 그 잘린 손가락은 그의 행운이었고, 지금 그에게는 행운이 필요했다. '우리 모두에게 필요하지. 스타니스 공에게 가장 필요하고.'

창백한 불길이 회색 하늘을 핥았다. 검은 연기가 소용돌이치며 올랐다.

바람이 연기를 실어 오자 남자들은 눈을 깜박이고 눈물을 흘리고 눈을 비볐다. 알라드는 고개를 돌리고 기침하며 욕을 했다. 다보스는 다가올 일을 미리 맛보는 셈이라고 생각했다. 이 전쟁이 끝나기 전에 많은 것이 더 불타리라.

멜리산드레는 진홍색 새턴과 핏빛 벨벳으로 만든 로브를 입었고, 두 눈은 그 목에서 불붙은 듯 반짝이는 커다란 루비처럼 붉었다. "고대 아사이의 책에는 긴 여름이 지나고 별들이 피를 흘리며 차가운 암흑의 숨결이 세상에 무겁게 떨어지는 날이 오리라 적혀 있도다. 이 불안한 때에 한 전사가 불 속에서 불타는 검을 뽑으리니. 그 검은 '빛의 인도자(Lightbringer)', 영웅들의 붉은 검일 것이며 그 검을 쥐는 자는 아조르 아하이의 재림이니, 어둠이 그 앞에서 도망치리라." 그녀는 모여든 사람들에게 전해지도록 목소리를 높였다. "를로르의 사랑을 받는 아조르 아하이! 빛의 전사이며 불의 아들이여! 앞으로 나오시오, 당신의 검이 당신을 기다리니! 앞으로 나와 그 손에 검을 잡으시오!"

스타니스 바라테온이 진군하는 병사처럼 성큼성큼 걸어 나갔다. 종자들이 그의 시중을 들기 위해 나섰다. 다보스는 아들 데반이 왕의 오른손에 길고 두툼한 장갑을 끼우는 모습을 보았다. 데반은 가슴팍에 불타는 심장을 수놓은 크림색 더블릿을 입고 있었다. 왕의 목에 뻣뻣한 가죽 케이프를 묶는 브라이엔 파링도 비슷하게 차려입었다. 다보스는 등 뒤에서 희미하게 종이 울리는 소리를 들었다. "바닷속에서는 연기가 보글보글 솟아오르고, 불길은 녹색 파란색 까만색으로 탄다네." 어딘가에서 패치페이스가 노래했다. "나는 안다네, 나는 알아, 오, 오, 오."

왕은 불길을 막기 위해 가죽 망토를 앞으로 치켜들고, 이를 악물고 불속으로 뛰어들었다. 그는 곧장 '어머니'에게 가서 장갑 낀 손으로 검을 쥐더니, 한 번 세게 당겨서 불타는 나무에서 뽑아냈다. 그런 다음 검을 높이

들고 물러섰다. 체리처럼 붉게 달아오른 강철 검날 주위로 비췻빛 불길이 소용돌이쳤다. 위병들이 왕의 옷에 달라붙은 재를 털어내기 위해 달려들었다.

"불의 검!" 셀리스 왕비가 외쳤다. 액셀 플로렌트 경과 다른 왕비의 사람들이 이어받아 외쳤다. "불의 검! 불타오른다! 불타오른다! 불의 검!"

멜리산드레가 두 손을 머리 위로 높이 들어 올렸다. "보라! 징조가 약속되었고, 이제 징조가 나타났다! 빛을 가져오는 검을 보라! 아조르 아하이가 재림하셨다! 모두 빛의 전사를 환영하라! 모두 불의 아들을 환영하라!"

들쭉날쭉한 고함의 파도가 답하는 동안, 스타니스의 장갑에서 연기가 나기 시작했다. 왕은 욕을 하며 검 끝을 축축한 땅에 꽂아 넣고 다리를 때려 불을 껐다.

"신이시여, 우리에게 당신의 빛을 비춰주소서!" 멜리산드레가 외쳤다.

"밤은 어둡고 공포가 가득하니." 셀리스와 그녀의 사람들이 응답했다. 다보스는 생각했다. '나도 저 말을 외쳐야 하나? 내가 스타니스에게 진 빛이 그 정도인가? 이 불의 신이 정말로 스타니스의 신인가?' 짧아진 손가락들이 움찔거렸다.

스타니스는 장갑을 벗어 땅바닥에 떨궜다. 불길 속의 신들은 이제 거의 모습을 알아볼 수 없었다. '대장장이'의 머리통이 재와 잉걸불을 피워 올리며 떨어졌다. 멜리산드레는 아사이의 언어로 노래했고, 그 목소리는 바다의 조수처럼 오르내렸다. 스타니스는 그슬린 가죽 케이프를 풀고 말없이 귀를 기울였다. 땅에 꽂힌 '빛의 인도자'는 아직 달아오른 붉은빛을 발했지만, 검에 붙어 있던 불길은 사그라들었다.

노래가 끝났을 때 신들은 숯덩이만 남았고, 왕의 인내심도 다했다. 그는 '빛의 인도자'를 내버려두고 왕비의 팔꿈치를 잡아 드래곤스톤으로 다시 들어갔다. 붉은 여인은 잠시 뒤에 남아서 데반과 브라이엔 파링이 무릎을 꿇고 왕의 가죽 망토로 타버린 검을 돌돌 마는 모습을 지켜보았다. 다보스는 생각했다. '영웅들의 붉은 검이 꽤나 엉망이로군.'

남아 있는 몇몇 귀족은 불어오는 불길을 마주 보며 조용히 말을 나누었다. 그들은 다보스가 쳐다보는 모습을 보고 침묵했다. '스타니스가 몰락하면 저놈들이 즉시 날 끌어내리겠지.' 다보스는 그들처럼 왕비의 사람으로 간주되는 것도 아니었으니 말이다. 그들은 빛의 군주에게 몸을 바쳐 셀리스 부인— 아니, 셀리스 왕비의 총애와 지원을 얻어낸 야심 많은 기사와 소귀족들이었다.

멜리산드레와 왕의 종자들이 귀중한 검을 들고 자리를 떠날 무렵에는 불이 사그라들기 시작했다. 다보스와 그의 아들들은 바닷가를 따라 기다리는 배로 향하는 군중들의 물결에 합류했다. 그는 걸으면서 말했다. "데반이 맡은 일을 잘해냈구나."

"그 장갑을 떨어뜨리지 않고 가져왔죠, 네." 데일이 말했다.

알라드가 고개를 끄덕였다. "데반의 더블릿에 달린 그 불타는 심장, 그건 뭐죠? 바라테온의 상징은 왕관 쓴 수사슴인데요."

"영주는 하나 이상의 상징을 선택할 수 있지." 다보스가 말했다.

데일이 미소 지었다. "검은 배와 양파요, 아버지?"

알라드가 돌멩이를 걷어찼다. "양파는 다른 자들이 가져가라지……. 그 불타는 심장도 그렇고. 일곱 신을 태우는 건 안 좋은 짓이었어."

다보스가 말했다. "언제 그렇게 독실해졌느냐? 밀수업자의 아들이 신들의 일에 대해 뭘 안다고?"

"전 기사의 아들이에요, 아버지. 아버지도 기억 못 하시면 저들이 왜 기억하겠어요?"

"기사의 아들이지만, 기사는 아니지. 관계없는 일에 간섭한다면 영영 기사가 못 될 테고. 스타니스는 우리의 적법한 왕이고, 그분에게 이의를 품는 건 우리 몫이 아니다. 우린 그분의 배를 몰고 그분의 명에 따른다. 그게 다야."

데일이 말했다. "말이 나온 김에 말인데요, 망령호에 배급된 물통이 마음에 안 들어요. 건조하지도 않은 소나무라뇨. 조금만 길게 항해하면 물이 샐 거라고요."

알라드가 말했다. "나도 레이디마리아호에 똑같은 물통을 받았어. 잘 마른 나무는 모조리 왕비님 부하들이 가져갔어요."

"내가 왕께 말씀드려 보마." 다보스는 그렇게 약속했다. 알라드보다는 그가 말하는 게 나았다. 그의 아들들은 뛰어난 전사이며 뱃사람으로서는 더 뛰어났지만, 귀족들에게 말하는 방법은 알지 못했다. '이 녀석들은 나만큼 비천한 태생이면서, 그 점을 돌이키기는 싫어하지. 이 녀석들은 우리 깃발을 보고 바람에 날 듯이 달리는 검고 큰 배만 봐. 양파에는 눈을 감아 버리고.'

다보스는 항구가 이렇게 북적이는 모습을 본 적이 없었다. 부두마다 식료품을 싣는 선원들이 바글거렸고, 여관마다 주사위 놀이를 하거나 술을 마시거나 매춘부를 찾는 병사들이 가득했다……. 스타니스는 섬에 매춘부를 허용하지 않았으니 헛된 일이었지만 말이다. 해안가에는 배가 늘어서 있었다. 전투 갤리선과 어선, 튼튼한 무장상선과 몸체가 큰 무역선들. 가장 좋은 정박지는 가장 큰 배들이 차지했다. '로드스테폰'호와 '바다의 수사슴'호, 벨라리온 공의 은빛 배 '드리프트마크의 자랑'과 자매함 세 척, 셀티가르 공의 화려한 '붉은 발톱'호, 길쭉한 강철 뱃머리를 단 크고 무거운 '황새치'호 사이에서 스타니스의 기함 '맹위'호가 흔들거렸다. 바다로 나가면 살라도르 산의 거대한 '발리리안'호가 그보다 작은 리스의 갤리선 20여 척의 줄무늬 들어간 선체들 사이에 떠 있었다.

블랙베타, 망령, 레이디마리아호가 노가 백 개 이하인 다른 갤리선들 여

섯 척과 함께 정박한 석조 선창 끝에 비바람에 시달린 작은 여관이 하나
있었다. 다보스는 목이 말랐다. 그는 아들들과 헤어져서 여관 쪽으로 걸음
을 돌렸다. 여관 앞에는 비와 소금기에 침식되어 생김새가 다 지워진 허리
높이의 가고일이 하나 쪼그려 앉아 있었다. 그래도 그 가고일과 다보스는
오랜 친구였다. 그는 여관으로 들어가면서 돌 가고일의 머리를 한 번 토닥
이고 중얼거렸다. "행운을."

시끄러운 휴게실 안쪽에 살라도르 산이 앉아서 나무 그릇에 담긴 포도
를 먹고 있었다. 그는 다보스를 보고 가까이 오라고 손짓했다. "기사 양반,
와서 같이 앉지. 포도 한 알 잡수셔. 아니 두 알. 놀랍도록 달다네." 이 날씬
하고 미소 띤 리스인의 화려함은 협해 양쪽에서 유명했다. 오늘 그는 소매
가 길다 못해 바닥까지 늘어진 번쩍이는 은색 옷을 입었다. 단추는 비취로
조각한 원숭이였고, 성긴 흰색 곱슬머리에는 공작 깃털을 부채처럼 장식
하여 멋을 낸 녹색 모자를 얹었다.

다보스는 탁자 사이를 누비고 나아가 의자에 앉았다. 기사 서임을 받기
전에 그는 살라도르 산에게 화물을 자주 샀다. 이 리스인은 밀수업자이
자 무역상이고 은행가이며 악명 높은 해적이자 자칭 '협해의 왕자'였다.
'해적이라도 부유해지면 왕자 소리를 듣지.' 리스까지 가서 이 늙은 악당
을 스타니스 공의 대의에 끌어들인 장본인이 다보스였다.

"신들을 태우는 모습은 안 보셨나?" 다보스가 물었다.

"붉은 사제들은 리스에 큰 사원을 뒀지. 그치들은 언제나 이걸 태우고
저걸 태우면서 를로르를 부르짖어. 난 그치들의 불에 질렸네. 곧 스타니스
왕도 질리시겠지. 희망이지만." 그는 누군가가 자기 말을 엿들을지 모른다
는 사실에는 신경도 쓰지 않고 포도를 먹으며 입술 위로 씨를 뱉어 손가
락으로 튕겨냈다. "나의 '천색조(Bird of Thousand Colors)'호가 어제 들어
왔다네, 경. 전함이 아니고 무역선이니 킹스랜딩에 들렀지. 포도 정말 안

먹겠나? 그 도시에선 애들이 굶고 있다더군." 그는 다보스 앞에 포도를 흔들며 미소 지었다.

"나에게 필요한 건 맥주와 소식이야."

"웨스테로스 사람들은 늘 서두른다니까. 그래서 좋을 게 뭐가 있나? 인생을 서두르는 사람은 무덤에도 서둘러 가기 마련이야." 살라도르 산은 불평하다 말고 트림을 했다. "캐스털리록의 영주가 난쟁이를 킹스랜딩으로 보냈다네. 그 못생긴 얼굴이 공격군을 겁줘서 물리치길 바라는 거려나? 아니면 꼬마 악마가 성가퀴를 뛰어다니면 우리가 웃다가 죽기를 기대하는 걸까? 난쟁이는 황금 망토들을 지배하던 무지렁이를 쫓아내고 그 자리에 무쇠 손을 단 기사를 앉혔지." 그는 포도알을 하나 따서 엄지와 검지 손가락으로 꾹 눌러 터뜨렸다. 포도즙이 손가락을 타고 흘렀다.

여관 하녀가 자기를 더듬는 손들을 쳐내면서 다가왔다. 다보스는 에일 한 잔을 주문하고 다시 산을 보았다. "도시 방어는 얼마나 잘되어 있나?"

산은 어깨를 으쓱였다. "성벽은 높고 튼튼하지만, 그 벽에 누굴 배치할까? 물론 전갈석궁과 화염투하기를 만들고는 있지만, 황금 망토들은 너무 수가 적은 데다 풋내기들이고, 다른 병력은 없어. 토끼를 향해 곤두박질치는 매처럼 빠르게 공격하면 그 큰 도시는 우리 것이 될 걸세. 우리 돛을 가득 채울 바람만 불어준다면 자네의 왕은 내일 저녁에 철왕좌에 앉을 수 있을 거야. 난쟁이에겐 알록달록한 광대 옷을 입히고 창끝으로 작은 뺨을 찔러가며 춤을 추게 시키고, 어쩌면 자네의 훌륭한 왕이 하룻밤 내 침대를 데우게 아름다운 세르세이 왕비를 선물로 주실 수도 있겠지. 내가 아내들과 너무 오래 떨어져 있었는데, 그게 다 자네 왕을 섬기느라 그런 게 아닌가."

"해적, 자네에겐 아내가 없이 첩만 있고, 배마다 동원한 날짜만큼 대가를 받았어."

"그런다는 약속만 받았지." 살라도르 산은 애절하게 말했다. "기사 양반, 내가 열망하는 건 금이지 종이에 적힌 말이 아니라네." 그는 포도를 입안에 던져 넣었다.

"우리가 킹스랜딩의 금고를 손에 넣으면 자네 금을 받게 될 걸세. 칠왕국에 스타니스 바라테온보다 더 명예를 아는 남자는 없어. 그분은 약속을 지키실 걸세." 다보스는 그렇게 말하면서도, 비천한 밀수업자가 왕들의 명예를 보증해야 한다니 이 세상이 가망 없이 뒤틀렸다는 생각을 했다.

"그분은 그렇게 말하고 또 말했지. 그러니 난 공격하게 해달라고 말하겠네. 이 포도도 지금 그 도시만큼 무르익진 않았다네, 옛 친구여."

하녀가 맥주를 가지고 돌아왔다. 다보스는 그녀에게 동화 한 닢을 건네고, 맥주잔을 들어 올리며 말했다. "자네 말대로 킹스랜딩을 빼앗을 수 있다고 해보지. 하지만 얼마나 오래 지킬 수 있을까? 타이윈 라니스터는 대군을 이끌고 하렌홀에 있다고 하고, 렌리 공은……."

"아, 그래. 동생 말이지. 그 부분은 별로 좋지 않네, 친구. 렌리 왕은 분발하고 있어. 아참, 여기서는 렌리 공이지. 미안하군. 왕이 워낙 많다 보니 내 혓바닥이 왕이라는 말에 싫증을 내려 하네. 아무튼 렌리는 아름다운 젊은 왕비와 꽃무늬 영주들과 반짝이는 기사들, 강력한 보병들을 이끌고 하이가든을 떠났다네. 장미 가도(road of roses)를 따라 행군해서 우리가 말하던 대단한 도시로 향한다지."

"신부를 데려간다고?"

산은 어깨를 으쓱였다. "난들 아나. 하룻밤이라도 그 여자의 허벅지 사이 따뜻한 은신처와 헤어지기가 싫은 모양이지. 아니면 승리를 확신하는지도 모르고."

"왕에게 말씀드려야 해."

"이미 말했네, 기사 양반. 전하께선 내가 앞에 나타날 때마다 날 보고 얼굴을 찌푸리시지만 말이야. 내가 허름한 옷을 입고 절대 웃지 않으면 날 좀 좋아하실까? 흠, 그러진 않겠어. 난 정직한 남자야. 비단과 금실 은실을 입은 내 모습을 견뎌셔야지. 그러지 않으면 나를 더 사랑하는 곳으로 배를 몰고 갈 테니 말이야. 그건 '빛의 인도자'가 아니었네, 친구."

갑작스러운 화제 전환에 다보스는 불편해졌다. "검 말인가?"

"불에서 뽑아낸 검, 그래. 사람들은 나에게 이것저것 말을 해준다네. 내 기분 좋은 미소 탓이겠지. 불탄 검이 어떻게 스타니스에게 도움이 되겠나?"

"불타는 검이야." 다보스가 바로잡았다.

"불탄 검이네. 그리고 그 점에 기뻐하게나, 친구여. '빛의 인도자'를 어떻게 벼려냈는지 그 이야기를 아나? 내가 말해줘야겠군. 세상에 어둠이 무겁게 깔린 시절이었네. 영웅이 그 어둠과 싸우려면 영웅의 칼을, 한 번도 존재한 적 없는 그런 칼을 가져야 했지. 그래서 아조르 아하이는 서른 낮 서른 밤을 사원에서 잠도 자지 않고 일하며, 성스러운 불로 칼을 하나 벼렸네. 달구고, 두드리고, 접고, 달구고, 두드리고, 접고, 그런 식으로 검이 완성될 때까지 일했지. 하지만 아조르 아하이가 강철을 식히기 위해 물속에 집어넣자 검이 산산조각 나버렸다네.

영웅이 된 몸으로 어깨를 으쓱이고 이런 맛있는 포도나 찾아 들어가버릴 순 없다 보니, 아조르 아하이는 다시 시작했네. 두 번째 시도에는 50일 밤낮이 걸렸고, 이번 검은 첫 번째보다 더 훌륭해 보였지. 아조르 아하이는 칼날을 식히기 위해 사자를 한 마리 잡아다가 그 붉은 심장에 찔러 넣었네만, 이번에도 강철은 산산조각 나버렸네. 아조르 아하이는 어떻게 해야 할지 알았기에 엄청난 비탄과 슬픔을 느꼈지.

세 번째 검을 만드는 데에는 백 일 밤낮이 걸렸고, 검이 성스러운 불 속에서 새하얗게 빛나자 아조르 아하이는 아내를 불렀네. '니사 니사.' 아내의 이름이 그랬다네. '가슴을 풀어 헤치고, 내가 이 세상 무엇보다 당신을 사랑한다는 사실을 알아두오.' 나는 이유를 모르겠지만 그 여자는 시키는 대로 했고, 아조르 아하이는 연기가 오르는 검을 아내의 산 심장에 찔러 넣었다네. 그 여자가 비탄과 황홀경에 내지른 소리가 달 표면에 금을 냈지만, 그 피와 영혼과 힘과 용기는 모두 강철검 속으로 들어갔다고 하네. 그게 영웅들의 붉은 검, 빛의 인도자의 제련에 얽힌 이야기야.

이제 내 뜻을 알겠나? 전하께서 불 속에서 뽑은 게 그냥 불탄 검이라는 사실에 기뻐하게. 지나친 빛은 눈을 해치고, 불은 태운다네, 친구." 살라도르 산은 마지막 포도알을 먹어치우고 입술을 찰싹 때렸다. "왕께서 언제 우리에게 항해 명령을 내릴 것 같나, 기사 양반?"

"곧이겠지. 그분의 신이 바라시면."

"그분의 신이라고 했나, 기사 친구? 자네의 신이 아니고? 양파 배의 기사 다보스 시워스 경의 신은 어디 있나?"

다보스는 맥주를 마시며 잠시 시간을 벌었다. 여관 안은 북적거렸고, 그는 살라도르 산이 아니었다. 답을 조심해야 했다. "스타니스 왕이 내 신이야. 그분이 날 만드시고 신뢰라는 축복을 내리셨지."

"기억하겠네." 살라도르 산은 일어섰다. "실례하지. 이 포도 덕분에 허기가 드는데, 발리리안호에서 저녁 식사가 날 기다리거든. 후추를 넣고 다진 양고기에 버섯과 회향과 양파를 채워 구운 갈매기지. 우리 조만간 킹스랜딩에서 식사를 같이 하겠지? 레드킵에서, 그 난쟁이 놈이 즐거운 노래를 불러주는 동안 만찬을 하겠지. 스타니스 왕과 이야기를 나누거든, 검은 달이 뜰 때면 나에게 다시 드래곤 금화 3만 닢을 빚지시게 된다고 언급해주게나. 그 신상들은 나에게 줬어야 했어. 태워버리기엔 너무 아름다운 데다가, 펜토스나 미르에서 상당한 값을 받을 수 있었을 텐데 말이야. 뭐, 세르세이 왕비를 하룻밤 빌려주신다면 용서해드리지." 리스인은 다보스의 어깨를 두드리고 마치 이 여관이 자기 것이라는 듯이 으스대며 걸어 나갔다.

다보스 시워스 경은 맥주잔을 두고 한참 미적거리며 생각에 잠겼다. 1년 전, 로버트 왕이 조프리 왕자의 명명일을 기념하는 마상 시합을 열었을 때 그는 스타니스와 함께 킹스랜딩에 있었다. 그는 붉은 사제인 미르의 토로스를 기억했고, 그자가 난전에서 휘두르던 불타는 검을 기억했다. 붉은 로브를 펄럭이고 검에는 연한 녹색 불길이 소용돌이치니 화려한 구경거리였지만, 다들 그 검에 진짜 마법 같은 것은 없음을 알고 있었다. 결국 그 불은 약해졌고 청동 욘 로이스가 평범한 철퇴로 토로스의 머리를 내리쳤다.

'진정한 불의 검이라면 보기에도 굉장하겠지. 하지만 그런 대가를 치러야 한다면……' 그는 니사 니사를 생각하며 아내인 마리아를 떠올렸다. 처진 가슴으로 상냥한 미소를 짓는 성격 좋고 통통한 여인, 세상에서 제일가는 여인. 그는 자신이 그녀의 가슴에 검을 찌르는 모습을 그려보고 몸을 떨었다. '난 영웅의 재목이 아니야.' 그게 마법 검의 대가라면, 그런 값은 치르고 싶지 않았다.

다보스는 맥주를 다 마시고 잔을 밀어낸 다음 여관을 나섰다. 그는 나가는 길에 가고일의 머리를 토닥이고 중얼거렸다. "행운을." 모두에게 행운이 필요할 터였다.

데반이 눈처럼 하얀 승용마를 끌고 블랙베타호에 찾아온 것은 어두워지고도 한참 지나서였다. "아버님, 전하께서 지도 탁자의 방에서 보자고 명하십니다. 즉시 말을 타고 달려가셔야 합니다."

데반이 종자의 옷을 멋지게 차려입은 모습을 보니 좋았지만, 소환 명령은 불안했다. 항해 명령을 내릴까? 킹스랜딩 공격의 때가 무르익었다고 느끼는 선장은 살라도르 산 혼자가 아니었지만, 밀수업자라면 인내심을 익혀야 했다. '우리에겐 이길 희망이 없어. 드래곤스톤에 돌아온 날 크레센 학사에게 그렇게 말했고, 그동안 바뀐 건 아무것도 없어. 우리는 수가 너무 적고, 적은 너무 많아. 노를 저어 간다면 우린 죽는 거야.' 그럼에도 그는 말에 올랐다.

다보스가 돌북 성에 도착했을 때는 귀족 기사들과 중요한 봉신들 십여 명이 막 떠나고 있었다. 셀티가르 공과 벨라리온 공은 다보스에게 무뚝뚝한 목례를 던지고 걸어갔고 다른 이들은 그를 완전히 무시했지만, 액셀 플로렌트 경은 잠시 멈춰 서서 말을 걸었다.

셀리스 왕비의 숙부는 술통에 굵은 팔과 안짱다리가 붙은 것 같은 남자였다. 플로렌트 가문 사람답게 튀어나온 귀는 조카인 왕비의 귀보다 더 컸다. 귀에 돋아난 굵은 털도 성안을 오가는 소리 대부분을 듣는 데 방해가 되지는 않았다. 액셀 경은 스타니스가 킹스랜딩에서 로버트의 소협의회에 앉아 있었던 10년 동안 드래곤스톤의 수호성주로 일했지만, 최근에는 왕비의 사람들 중 선봉에 섰다. "다보스 경, 변함없이 반갑구려."

"저도 그렇습니다."

"오늘 아침에도 본 기억이 있네. 거짓 신들이 흥겨운 빛을 내며 탔지. 그렇지 않나?"

"잘 타더군요." 아무리 정중해도 다보스는 이 남자를 믿지 않았다. 플로렌트 가문은 렌리에 대한 지지를 선언했다.

"멜리산드레 님이 말씀하시길 가끔은 를로르께서 충실한 하인들이 불길 속에서 미래를 엿볼 수 있게 해주신다는군. 오늘 아침 불을 지켜보는 데 아름다운 무용수 십여 명이 보이지 뭔가. 노란색 비단을 입은 처녀들이 위대한 왕 앞에서 빙빙 돌며 춤을 추더군. 난 그게 진정한 예지였다고 생각하네, 경. 우리가 킹스랜딩을 빼앗고 정당한 왕좌를 탈환한 후에 전하를 기다리는 영광을 엿본 것이야."

'스타니스에게 그런 춤은 취향이 아닐 텐데.' 다보스는 그렇게 생각했지만, 왕비의 숙부에게 거스를 생각은 없었다. "저는 불만 보았습니다만, 연기 때문에 눈물이 나더군요. 실례하겠습니다. 왕께서 기다리셔서요." 그는 왜 액셀 경이 애를 쓸까 생각하며 그 옆을 지나쳐 갔다. '액셀 경은 왕비의 사람이고 나는 왕의 사람인데.'

스타니스는 옆에 필로스 학사를 세우고, 어수선한 종이 더미가 쌓인 지도 탁자 앞에 앉아 있었다. "경, 와서 이 편지를 한번 보게." 왕은 다보스가 들어가자 말했다.

다보스는 공손하게 종이를 한 장 집어 들었다. "좋아 보이기는 합니다만, 안타깝게도 저는 글을 읽지 못합니다, 전하." 다보스는 누구 못지않게 지도와 해도를 분석할 수 있었지만, 편지와 다른 서류들은 힘에 부쳤다. '하지만 데반은 글자를 배웠고, 그 아래 스테폰과 스타니스도 배웠지.'

"깜박했군." 짜증으로 왕의 이마에 골이 패었다. "필로스, 읽어주게."

"알겠습니다." 학사는 양피지를 하나 집어 들고 목청을 가다듬었다. "다들 내가 스톰스엔드의 영주 스테폰 바라테온과 그 부인인 에스터몬트 가문의 카사나 사이에서 태어난 적자임을 알리라. 나는 내 가문의 명예를 걸고 내 사랑하는 형 로버트, 고인이 된 우리 왕이 적자를 남기지 않았음을 선언한다. 사내아이 조프리와 토멘, 계집아이 미르셀라는 세르세이 라니스터와 그 형제인 킹슬레이어 제이미의 혐오스러운 근친상간으로 태어났다. 내 가문과 혈통의 권리로 나는 오늘 웨스테로스 칠왕국의 철왕좌에 대한 권한을 주장한다. 모든 진실한 이들은 충성을 선언하라. 빛의 군주의 이름으로, 안달인과 로인인과 최초인의 왕이며 칠왕국의 주인인 바라테온 가문의 스타니스 1세가 서명하고 날인한다." 필로스가 바스락거리는 양피지를 내려놓았다.

스타니스는 얼굴을 찌푸리며 말했다. "이제부터는 킹슬레이어 제이미 경으로 고치도록. 어떤 놈이든 간에 기사이기는 하니 말이야. 로버트를 사랑하는 형이라고 불러야만 하는지도 잘 모르겠군. 로버트는 꼭 필요한 것 이상으로 나를 사랑하지 않았고, 나도 마찬가지였다."

"해 될 것 없는 예의입니다, 전하." 필로스가 말했다.

"거짓말이지. 빼도록 하라." 스타니스는 다보스를 돌아보았다. "학사가 말하길 우리가 쓸 수 있는 까마귀가 117마리라는군. 모두 쓸 생각이네. 117마리의 까마귀가 아버부터 장벽까지 왕국 곳곳으로 내 편지 117통을 전할 거야. 백 마리쯤은 폭풍과 매와 화살을 뚫고 도착하겠지. 그렇게 되면 백 명의 학사가 그만한 숫자의 개인 방과 침실에서 그만한 숫자의 영주들에게 내 편지를 읽어줄 것이고…… 그다음엔 거의 틀림없이 편지는 불 속에 들어가고 입술들은 침묵을 맹세하겠지. 이 대귀족들은 조프리 아니면 렌리, 아니면 롭 스타크를 사랑한다. 나는 그들의 정당한 왕이지만, 그자들은 가능한 한 나를 부인할 거야. 그러니 자네가 필요하다."

"명에 따르겠습니다. 언제나처럼."

스타니스는 고개를 끄덕였다. "자네가 블랙베타호를 몰아 북쪽으로 걸 타운, 핑거스, 세 자매 섬, 화이트하버까지 가길 바라네. 자네 아들 데일은 망령호를 타고 남쪽으로 래스 곶과 부러진 팔을 지나 아버까지 도르네 해안 전역을 항해할 거야. 양쪽 모두 편지 상자를 싣고 가서, 모든 항구와 성채와 어촌에 편지를 하나씩 전하게. 글을 읽을 줄 아는 자는 모두가 읽도록 성소와 여관 문에 못을 박아."

다보스는 말했다. "글을 읽을 줄 아는 사람이 적을 텐데요."

필로스 학사가 거들었다. "다보스 경 말씀이 맞습니다, 전하. 편지를 큰 소리로 읽게 하는 편이 낫습니다."

"그 편이 낫지만, 더 위험하지. 이 내용은 달갑게 받아들여지지 않을 거야." 스타니스가 말했다.

"제게 편지를 읽을 기사들을 주십시오. 제가 무슨 말을 하는 것보다 훨씬 설득력이 있을 겁니다."

스타니스는 그 말에 만족한 것 같았다. "그래, 보내주지. 싸움을 하느니 편지를 읽을 기사가 백 명은 있네. 공공연히 행동해도 될 곳에서는 그렇게 하고, 은밀하게 굴어야 할 곳에는 은밀하게 해. 검은 돛이든 비밀 통로든, 자네가 아는 밀수업자의 비결은 다 동원하게. 편지가 떨어지거든 성사를 몇 명 붙들어 더 베껴 쓰도록 하고. 자네의 둘째 아들도 이용하겠네. 레이디마리아호를 타고 협해를 건너 브라보스와 다른 자유도시들에 가서 그곳을 통치하는 자들에게 다른 편지를 전해야 해. 온 세상이 나의 권리와 세르세이의 추악한 행위를 알게 될 것이야."

'말을 할 수는 있겠지만, 세상이 그 말을 믿을까요?' 다보스는 생각에 잠겨 필로스 학사를 보았다. 왕은 그 눈길을 알아차렸다. "학사는 편지 쓰기를 계속하는 게 좋겠네. 편지가 아주 많이 필요할 테니 말이야. 그것도 곧."

"분부대로 하겠습니다." 필로스는 절을 하고 나갔다.

왕은 필로스가 사라질 때까지 기다렸다가 말했다. "내 학사 앞에서 하지 못할 말이 뭔가, 다보스?"

"주군, 필로스는 호감 가는 친구입니다만, 저는 그 목에 걸린 사슬을 볼 때마다 크레셴 학사를 생각하며 슬퍼하지 않을 수 없습니다."

"그 노인이 죽은 게 필로스 탓인가?" 스타니스는 불 속을 보았다. "난 그 연회에 크레셴이 참석하길 원하지 않았네. 그래, 크레셴은 날 화나게 했고, 좋지 않은 조언을 했지만, 그렇다고 죽기를 바라지는 않았어. 몇 년 동안 편히 쉴 수 있길 바랐지. 그 정도 보상을 받을 자격은 있었어. 하지만……." 스타니스는 이를 갈았다. "하지만 크레셴은 죽었네. 그리고 필로스는 능숙하게 나를 돕고 있어."

"필로스는 별 문제가 아닙니다. 그 편지…… 전하의 휘하 영주들은 어떻게 받아들였는지 궁금합니다만?"

스타니스는 코웃음을 쳤다. "셀티가르는 감탄스럽다고 말했지. 내 변소 안을 보여줬어도 감탄스럽다고 했을 거야. 다른 자들은 거위 떼처럼 고개만 주억거렸네. 벨라리온만이 이 문제를 결정하는 건 양피지에 적힌 말이 아니라 강철이라고 했지. 내가 그것도 모를 거라는 듯이 말이야. 내 영주들은 다른자들에게나 잡혀가라지. 난 자네 의견을 듣겠네."

"전하의 편지는 직설적이고 강력합니다."

"그리고 사실이지."

"그리고 사실이지요. 하지만 증거가 없습니다. 그 근친상간 말입니다. 1년 전보다 나아진 게 없어요."

"스톰스엔드에 증거 비슷한 게 하나 있어. 로버트의 서자. 로버트가 내 결혼식 날 밤에, 나와 내 신부를 위해 마련해둔 침대에서 만든 아이지. 델레나는 플로렌트 가문인 데다 당시 처녀였던지라, 로버트는 그 아기를 인정했네. 에드릭 스톰이라고 하지. 내 형의 복사판이라고들 해. 사람들이 그 아이를 보고 나서 다시 조프리와 토멘을 본다면, 의아한 생각이 들 수밖에 없을 걸세."

"하지만 스톰스엔드에 있는 아이를 사람들이 어떻게 보겠습니까?"

"어려운 일이지. 많은 어려움 중 하나야." 그는 지도 탁자를 손가락으로 두드리다가 눈을 들었다. "자넨 편지에 대해 할 말이 더 있지. 말해봐. 공허한 사탕발림이나 배우라고 자넬 기사로 만든 게 아니야. 그건 영주들로 충분해. 하고 싶은 말을 하게, 다보스."

다보스는 이마를 찌푸렸다. "마지막에 들어간 구절 말입니다. 뭐라셨지요? 빛의 군주의 이름으로……."

"그래." 왕의 턱에 힘이 들어갔다.

"전하의 백성들은 그 말을 좋아하지 않을 겁니다."

"자네가 그렇듯이?" 스타니스는 날카롭게 말했다.

"그 대신 신들과 인간들이 보는 앞에서라든가, 옛 신들과 새로운 신들의 은총으로라고 하신다면……."

"나에게 독실함을 설파하는 건가, 밀수업자?"

"주군께 저도 같은 질문을 하려 했습니다."

"그런가? 자네는 내 새로운 학사를 좋아하지 않는 만큼 나의 새로운 신도 좋아하지 않는 것 같군."

"저는 빛의 군주를 모릅니다." 다보스는 인정했다. "하지만 오늘 아침에 우리가 태운 신들은 알았지요. '대장장이'는 제 배들을 안전하게 지켜주었고, '어머니'는 제게 튼튼한 아들 일곱을 주셨습니다."

"자네에게 튼튼한 아들 일곱을 준 건 자네 처야. 아내에게도 기도하나? 우리가 오늘 아침에 태운 건 나무에 불과하네."

"그럴지도 모르지만, 제가 플리바텀에서 동화 한 닢을 구걸하는 소년이었을 때는 성사들이 제게 먹을 것을 주곤 했습니다."

"지금은 내가 자넬 먹여 살리지."

"전하께선 제게 명예로운 자리를 주셨지요. 그 대신 저는 전하께 진실을 드립니다. 자기들이 늘 숭배하던 신들을 빼앗아 가고 발음도 이상한 이름의 신을 준다면, 전하의 백성들은 전하를 좋아하지 않을 겁니다."

스타니스는 벌떡 일어섰다. "를로르. 그 발음이 뭐가 그리 어렵나? 백성들이 날 좋아하지 않을 거라고? 언제는 나를 좋아했던가? 어떻게 내가 가진 적도 없는 걸 잃을 수 있다는 건가?" 그는 남쪽 창으로 걸어가서 달빛 비치는 바다를 내다보았다. "나는 만 너머에서 바람 긍지호가 침몰하는 모습을 본 날에 신들에 대한 믿음을 버렸네. 내 어머니와 아버지를 물에 빠뜨려 죽일 만큼 괴물 같은 신들이라면 결코 나의 숭배를 받지 못하리라 맹세했지. 킹스랜딩에서 최고성사는 모든 정의와 선행은 일곱 신으로부터 나온다고 지껄여댔지만, 내가 본 정의와 선행은 언제나 인간이 만드는 것이었어."

"신들을 믿지 않으신다면—"

"—왜 이 새로운 신을 두고 애를 쓰냐고?" 스타니스가 말을 잘랐다. "나도 스스로에게 물어봤네. 나는 신들에 대해 별로 알지 못하고 신경도 쓰지 않지만, 붉은 사제들에게는 힘이 있네."

'그렇지요. 하지만 어떤 힘일까요?' "크레센에겐 지혜가 있었습니다."

"난 크레센의 지혜와 자네의 책략을 믿었네만, 그게 나에게 무슨 도움이 되었나, 밀수업자? 폭풍 영주들은 자네를 쫓아냈네. 나는 그자들에게 구걸을 했고 그자들은 날 비웃었지. 이제 구걸은 더 없을 것이고, 비웃음도 없을 거야. 철왕좌는 정당히 나의 것이지만, 내가 어떻게 그걸 얻을까? 왕국에는 왕이 네 명 있고, 셋은 나보다 병사도 금도 더 많아. 나에겐 함대가 있고…… 그 여자가 있지. 붉은 여인. 내 기사들 중 절반은 그 여인의 이름도 말하기 두려워한다는 걸 알고 있었나? 다른 건 아무것도 못한다 해도, 성인 남자들에게 그만한 두려움을 일으킬 수 있는 여마법사라면 경시할 게 아니야. 겁에 질린 남자는 패배한 남자지. 그리고 붉은 여인이 그 이상을 할 수 있을지도 몰라. 난 그걸 알아볼 생각이네."

젊었을 때 난 상처 입은 참매를 한 마리 발견해서 건강해질 때까지 돌보았네. 이름을 '프라우드윙(Proudwing, 자랑스러운 날개)'이라고 지었지. 그 새는 내 어깨에 앉았고 나를 따라 방에서 방으로 퍼덕였으며 내 손에서 먹이를 받아먹었지만, 하늘로 솟구치지는 못했네. 몇 번이고 매사냥에 데리고 나갔지만, 결코 나무 위로 날아오르지를 못했어. 로버트는 그 새를 위크윙(Weakwing, 약한 날개)이라고 불렀네. 로버트에게는 공격이 빗나가는 법이 없는 선더클랩(Thunderclap, 벼성)이라는 큰 매가 한 마리 있었지. 하루는 우리의 종조부였던 하버트 경이 나보고 다른 새를 시험해보라고 하셨네. 내가 프라우드윙으로 바보짓을 하고 있다고 말이야. 그리고 그 말씀이 옳았어." 스타니스 바라테온은 창문으로부터, 그리고 남쪽 바다 위를 떠도는 유령들로부터 몸을 돌렸다. "일곱 신은 나에게 참새 한 마리 가져다준 적이 없네. 다른 매를 시험해볼 때가 됐어, 다보스. 붉은 매를 말이야."

테온

　파이크 앞바다에는 안전한 정박지가 없었지만, 테온 그레이조이는 바다에서 아버지의 성을 보고 싶었다. 로버트 바라테온의 전투 갤리선이 에다드 스타크의 대자가 된 그를 실어갈 때 마지막으로 보았던 10년 전처럼. 그날 그는 난간 옆에 서서 노가 물을 때리는 소리와 노잡이 대장의 북소리에 귀를 기울이며 파이크가 점점 작아지는 모습을 보았었다. 지금 그는 앞쪽 바다에서 솟아오르듯 커져가는 파이크를 보고 싶었다.
　그의 소망에 부응하느라 미라함호는 돛이 찢어질 듯 부풀고 선장은 바람과 선원들과 고귀하신 귀족 나리들의 어리석음에 대해 저주를 퍼붓는 항해를 감행해야 했다. 테온은 망토의 두건을 뒤집어쓰고 물보라를 막으며 고향 집을 찾아보았다.
　해안은 온통 날카로운 바위와 절벽투성이였고, 성도 돌섬과 하나처럼 보였다. 탑과 벽과 다리 모두 똑같은 흑회색 돌을 쪼아서 만들었고, 똑같은 소금물에 젖었으며, 똑같이 널리 퍼진 암녹색 이끼에 덮였고, 똑같은 바다새들의 똥으로 얼룩졌으니 그럴 수밖에 없었다. 그레이조이 가문이 요새를 세운 땅은 과거에 바다의 배를 찌르는 장검과 같았으나, 파도에 밤낮으로 두드려 맞아 수천 년 전에 갈라지고 부서졌다. 이제 남은 육지라곤 성난 파도가 거품을 일으키며 부딪치는 척박하고 황량한 섬 세 개와 어느 바다 신의 신전 기둥처럼 물 위로 우뚝 솟은 촛대 바위 십여 개뿐이었다.

음산하고 어둡고 험악한 파이크는 그 섬들과 촛대바위들 위로, 거의 그 일부분처럼 서 있었다. 곶은 파이크 외벽의 거대한 석조 다리 아래에서 끊겼는데, 절벽 꼭대기에서 성들이 차지한 작은 섬들 중 육중한 주성이 장악한 제일 큰 섬으로 건너뛰는 다리였다. 더 멀리에 각각 하나씩 섬을 차지한 부엌 성과 핏빛 성이 있었다. 그 너머 촛대바위들에 달라붙은 탑과 딴채들은 바위들이 가까이 붙어 있으면 지붕 덮인 아치 길로 연결되고, 바위 사이가 멀면 나무와 밧줄로 만든 길고 흔들거리는 보행로로 이어졌다.

바다 탑은 성 전체에서 가장 오래된 부분으로, 부러진 검에 해당하는 가장 바깥쪽 섬 위에 둥글고 높게 솟아올랐는데, 탑 아래 깎아지른 듯한 기둥은 끝없이 파도에 두들겨 맞아 반쯤 먹혀 들어간 상태였다. 탑 아랫부분은 수백 년 간 맞은 소금 물보라 때문에 하얗고, 위층은 두꺼운 담요처럼 탑을 타고 올라간 이끼 때문에 초록색이었으며, 삐죽삐죽한 꼭대기는 밤마다 켜는 화톳불이 남긴 검댕으로 시커멨다.

바다 탑 위로 아버지의 깃발이 펄럭였다. 미라함호에서는 거리가 멀어서 깃발 자체밖에 보이지 않았지만, 테온은 그 천에 그려진 문장을 알고 있었다. 그레이조이 가문의 금빛 크라켄이 검은색 바탕에 팔을 내뻗고 있을 것이다. 철 기둥에 걸린 깃발은 바람이 급격하게 불자 날아오르려고 애쓰는 새처럼 몸을 비틀고 떨어댔다. 그리고 적어도 여기에서는, 그 위에 스타크의 다이어울프가 펄럭이며 그레이조이의 크라켄에 그림자를 드리우는 일이 없었다.

테온은 그보다 더 마음을 뒤흔드는 광경을 본 적이 없었다. 성 뒤쪽 하늘에서는 빠르게 움직이는 옅은 구름 너머로 혜성의 붉은 꼬리를 볼 수 있었다. 리버런에서 시가드까지 가는 내내 말리스터 가문 사람들은 그 혜성의 의미에 대해 언쟁을 벌였다. '저건 내 혜성이야.' 테온은 털을 덧댄 망토 속에 손을 넣어 망토 주머니 속에 숨겨진 작은 방수포 가방을 만졌다. 그 안에는 롭 스타크가 준 편지가 들어 있었다. 왕관이나 다름없는 종이였다.

"성이 기억하시는 대로인가요, 나리?" 선장의 딸이 그의 팔에 몸을 붙이며 물었다.

"전보다 작아 보이는군." 테온은 속내를 고백했다. "거리가 멀어서 그럴지도 몰라." 미라함호는 철광석과 교환하기 위한 와인과 옷감과 씨앗을 싣고 올드타운에서부터 올라온 배가 불룩한 남부 상선이었다. 미라함의 선장 역시 배가 불룩한 남부 상인이었고, 파이크 성 발치에 거품을 일으키는 바위투성이 바다를 보자 통통한 입술을 떨며 멀찍이 배를 세웠다. 테온의 마음에 들지 않게 멀었다. 좁고 긴 장선을 모는 강철인 선장이라면 절벽을 따라가서 문루와 주성 사이를 연결한 높은 다리 아래를 통과할 테지만, 이 통통한 올드타운 선장에게는 그런 배도, 그럴 만한 승조원도, 그런 짓을 할 용기도 없었다. 그래서 그들은 안전한 거리를 두고 항해했고, 테온은 파이크를 멀리서 보고 만족해야 했다. 그런데도 미라함호는 바위를 피하느라 힘겹게 나아갔다.

"저긴 바람이 심하겠네요." 선장의 딸이 말했다.

테온은 웃음을 터뜨렸다. "바람이 심하고 춥고 습기 차지. 사실 비참할 정도로 엄혹한 곳이야…… 하지만 언젠가 내 아버님은 엄혹한 곳이 엄혹한 사람을 낳고, 엄혹한 이들이 세상을 지배한다고 하셨지."

선장은 바닷물처럼 초록색이 된 얼굴로 굽신거리며 테온에게 다가와서 물었다. "이제 항구로 가도 되겠습니까, 나리?"

"그러게." 테온은 희미한 미소를 입가에 떠올리며 말했다. 이 올드타운 남자는 금화 앞에서 부끄러움을 모르는 아첨꾼으로 변했다. 테온의 희망대로 시가드에 강철 군도에서 온 장선이 한 척이라도 있었다면 많이 다른 항해가 되었을 것이다. 강철인 선장들은 자부심이 강하고 고집이 셌으며, 누군가의 혈통에 경외심을 갖지 않았다. 강철 군도는 누군가를 경외하기엔 너무 작았고, 장선은 더 작았다. 사람들이 자주 말하듯 선장이 자기 배의 왕이라면, 강철 군도를 '만 명의 왕이 다스리는 땅'이라고 하는 것도 당연했다. 그리고 자기네 왕이 난간 너머로 똥을 싸고 폭풍에 시퍼레지는 모습을 본다면, 그 앞에 무릎을 꿇고 신인 척 떠받들기는 어려웠다. 수천 년 전에 '붉은 손' 유론 왕은 이렇게 말했다. "사람을 만드는 건 익사한 신이지만, 왕관을 만드는 건 사람들이다."

장선이었다면 건너오는 데 걸린 시간도 절반이었을 것이다. 미라함호는 솔직히 물속을 뒹구는 욕조나 다름없었고, 폭풍 속에서 이 배를 탈 마음은 추호도 없었다. 그렇다 해도 테온이 불평만 할 처지는 아니었다. 그는 익사하지 않고 여기까지 왔고, 이 배는 다른 즐거움을 제공해주었다. 그는 선장의 딸에게 팔을 두르고 그녀의 아버지에게 말했다. "로드스포트 (Lordsport, 주군의 항구)에 도착하면 부르게. 우린 내 선실에 내려가 있을 테니." 그는 여자를 데리고 배꼬리 쪽으로 향했다. 그녀의 아버지는 침울하게 입을 다문 채 그들을 바라보았다.

사실 그 선실은 선장의 방이었는데, 시가드에서 출항할 때 선장이 테온에게 넘겼다. 선장이 딸까지 테온에게 넘긴 것은 아니었지만, 그녀는 자진해서 그의 침대에 들어왔다. 와인 한 잔, 몇 마디 속삭임만으로 충분했다. 그 여자는 테온의 취향에는 조금 통통했고, 피부는 오트밀처럼 얼룩덜룩했지만, 젖가슴은 기분 좋게 손을 채웠고, 테온이 처음 취했을 때 숫처녀였다. 나이를 생각하면 놀라웠지만, 테온에게는 즐거운 일이었다. 선장이 승낙했을 리 없었고, 그것 또한 재미있는 점이었다. 선장이 대귀족에 대한, 아니 약속받은 후에 생각을 떠난 적 없을 두둑한 금화 지갑에 대한 예의를 다하면서 분노를 삼키려 애쓰는 모습이라니.

테온이 어깨를 들썩여 젖은 망토를 벗는 동안 그 여자가 말했다. "집을 다시 보게 되어 정말 기쁘시겠어요, 나리. 몇 년 동안이나 떠나 계셨죠?"

"10년, 아니면 그 비슷한 세월. 에다드 스타크의 대자로 윈터펠에 갔을 때 난 열 살 소년이었지." 이름은 대자였지만, 실제로는 인질이었다. 인생의 절반을 인질로 살았다……. 그러나 이제는 아니었다. 그의 인생은 다시 스스로의 것이 되었고, 스타크는 어디에도 보이지 않았다. 그는 선장의 딸을 끌어당겨 귓가에 입을 맞췄다. "망토 벗어."

그녀는 갑자기 부끄러워하며 눈을 내리깔았지만, 시키는 대로 했다. 물보라에 젖어 무거워진 옷이 어깨에서 미끄러져 갑판에 떨어지자 그녀는 그에게 살짝 허리를 굽혀 절하고 불안한 미소를 지었다. 그렇게 웃을 때면 멍청해 보였으나, 어차피 그는 여자에게 영리함을 요구한 적이 없었다. "이리 와." 그는 말했다.

그녀는 그렇게 했다. "전 강철 군도를 본 적이 없어요."

"운이 좋았다고 봐야지." 테온은 그녀의 머리를 쓰다듬었다. 고운 검은색 머리카락이었지만, 바람에 엉켜 있었다. "강철 군도는 가혹하고 돌이 많은 곳이고, 안락함은 거의 없고 풍광은 황량해. 여기에선 죽음이 늘 가까이 있고, 삶은 심술궂고 빈약하지. 남자들은 밤마다 에일을 마시면서, 바다와 싸우는 어부들과 메마른 땅에서 작물을 그러모으려고 애쓰는 농부들 중에 누구 운이 더 나쁜지 입씨름을 해. 솔직히 말하면 그 둘보다 광부들이 더 지독하지. 어둠 속에서 등이 부러져라 일하는데, 뭘 위해서? 철, 납, 주석, 그런 게 우리의 보물이야. 옛 강철인들이 약탈에 나선 것도 당연하지."

멍청한 여자는 듣고 있는 것 같지 않았다. "저도 같이 뭍에 오를 수 있어요. 나리만 괜찮으시다면요……."

"뭍에 오를 수 있지." 태온은 그녀의 가슴을 꽉 쥐면서 동의했다. "하지만 나와 같이 갈 순 없어."

"나리의 성에서 일할게요. 전 생선을 손질하고 빵을 굽고 버터를 만들 수 있어요. 아버지는 제가 만든 후추게 스튜만큼 맛있는 걸 먹어본 적이 없다고 하시는걸요. 절 나리의 부엌에 두시면 제가 후추게 스튜를 만들어드릴 수 있어요."

"그리고 밤에는 내 침대를 데우고?" 그는 빠르고 능숙한 손놀림으로 그녀의 보디스 끈을 풀기 시작했다. "옛날 같으면 널 포획물로 집에 끌고 가서, 네가 원하든 말든 아내로 삼았겠지. 옛 강철인들은 그런 짓을 했어. 남자들은 자기처럼 강철인으로 태어난 바위 아내를 진정한 신부로 두었지만, 약탈로 사로잡은 여자들을 소금 아내로 삼기도 했지."

여자의 눈이 커졌다. 태온이 그녀의 가슴을 풀어 헤쳐서는 아니었다. "그럼 저도 나리의 소금 아내가 될게요."

"안타깝게도 그런 시절은 지나갔어." 태온의 손가락이 묵직한 젖꼭지 부근에 빙글빙글 원을 그리며 통통한 갈색 젖꼭지를 향해 움직였다. "우린 이제 불과 검을 들고 바람을 타고 가서 원하는 대로 약탈하지 못해. 이제는 다른 사람들처럼 땅속을 파고 바닷속에 낚싯줄을 던지고, 소금 절인 대구와 포리지를 겨울을 날 만큼 확보하면 운이 좋다고 생각하지." 그는 젖꼭지를 입에 물고 여자가 신음할 때까지 깨물었다.

"원하신다면 제 안에 다시 넣으셔도 돼요." 여자는 젖꼭지를 빠는 태온의 귓가에 속삭였다.

태온이 그녀의 가슴에서 고개를 들었을 때는, 그의 입이 닿았던 피부에 검붉은 흔적이 남았다. "난 네게 새로운 걸 가르쳐주고 싶은데. 내 바지를 풀고 네 입으로 날 즐겁게 해줘."

"제 입으로요?"

테온은 엄지손가락으로 그녀의 도톰한 입술을 쓸었다. "그 입술은 그러라고 만들어진 거야, 귀염둥이. 내 소금 아내가 되려면 내 명령대로 해야지."

그녀는 처음에는 주저했지만, 멍청한 여자치고는 빨리 배웠다. 테온은 흡족했다. 그녀의 입은 음부 못지않게 축축하고 달콤했으며, 이렇게 하면 그녀의 멍청한 수다를 들을 필요가 없었다. 그는 그녀의 엉킨 머리카락 사이로 손가락을 넣으며 생각했다. '예전 같으면 정말로 소금 아내로 삼았겠지. 예전. 우리가 아직 옛 방식을 지켜 곡괭이가 아니라 도끼로 살아가고, 재산이든 여자든 영광이든 원하는 건 뭐든 빼앗던 시절이라면.' 그 시절 강철인들은 광부 일을 하지 않았다. 광산을 캐는 건 약탈로 잡아온 포로들의 일이었고, 농사를 짓고 염소와 양을 돌보는 비참한 일도 마찬가지였다. 강철인에게 적절한 사업은 전쟁이었다. 익사한 신은 강철인을 창조할 때 부수고, 강간하고, 왕국을 개척하고, 불과 피와 노래로 이름을 쓰게끔 만들었다.

드래곤 아에곤은 검은 하렌을 불태우고, 하렌의 왕국을 연약한 강 사나이들에게 돌려주고, 강철 군도를 훨씬 더 큰 왕국의 보잘것없는 벽지로 축소시킴으로써 그 옛 방식을 파괴했다. 그러나 오래된 핏빛 이야기들은 군도 전역에서, 부목으로 피운 불가와 연기 오르는 난롯가에서, 파이크의 높은 석조 홀 뒤편에서도 전해졌다. 테온의 아버지는 수많은 칭호 중 하나로 '사신(死神)'을 넣었고, 그레이조이의 가언은 '우리는 씨를 뿌리지 않는다'고 큰소리쳤다.

발론 공은 대반란을 일으켰을 때 왕관에 대한 공허한 허영심만 충족하려 한 게 아니라 그 옛 방식을 되살리고자 했다. 로버트 바라테온은 친구인 에다드 스타크의 도움을 받아서 그 희망에 피투성이 종지부를 찍었지만, 이제는 그들 둘 다 죽었다. 한갓 소년들이 그들의 자리에서 통치했고,

정복자 아에곤이 만든 왕국은 부서지고 찢어졌다. '지금이 제철이야.' 테온은 여자의 입술이 그의 남성을 오르내리는 동안 생각했다. '지금이 제철이고, 제때고, 내가 주역이야.' 그는 발론 공 자신이 실패한 일에 막내아들이, 인질로 잡혀갔던 그 어린아이가 성공했다고 말하는 날 아버지가 뭐라고 할까 생각하며 비딱한 미소를 지었다.

절정은 폭풍처럼 갑자기 찾아왔고, 그는 자신의 씨앗으로 여자의 입을 가득 채웠다. 흠칫 놀란 여자는 몸을 뒤로 빼려 했지만, 테온이 그 머리카락을 단단히 잡고 움직이지 못하게 했다. 그녀는 그 후에 슬금슬금 테온 곁으로 올라왔다. "제가 나리를 즐겁게 해드렸나요?"

"그런대로."

"소금 맛이 났어요." 여자가 중얼거렸다.

"바다처럼?"

그녀는 고개를 끄덕였다. "전 언제나 바다를 사랑했답니다, 나리."

"나도 그랬어." 그는 그녀의 젖꼭지를 무료하게 만지작거리며 말했다. 사실이었다. 강철 군도에서 태어난 남자들에게 바다는 자유를 의미했다. 시가드에서 미라함호가 닻을 올리기 전까지는 잊고 있었다. 들리는 소리들이 예전 감정을 다시 불러일으켰다. 나무와 밧줄이 삐걱거리는 소리, 선장이 명령을 외치는 소리, 바람을 가득 받은 돛이 내는 날카로운 소리, 모두가 그의 심장이 뛰는 소리만큼 친숙했고, 그만큼 위안이 되었다. 테온은 스스로에게 맹세했다. '명심해야겠어. 다시는 바다에서 멀리 떨어지지 말아야 한다는 걸.'

"절 데려가주세요, 나리." 선장의 딸은 애걸했다. "나리의 성에 갈 필요도 없어요. 마을에 머물면서 나리의 소금 아내가 될 수 있어요." 그녀는 테온의 빰을 쓰다듬으려고 손을 뻗었다.

테온 그레이조이는 그 손을 밀어내고 침대에서 내려섰다. "내가 있을 자리는 파이크고, 네가 있을 자리는 이 배야."

"전 여기 못 남아요."

그는 바지 끈을 묶었다. "왜?"

"제 아버지요. 나리가 가시고 나면 아버지가 절 벌할 거예요. 제게 욕을 하고 때릴 거예요."

테온은 못에 걸린 망토를 집어 어깨에 걸쳤다. "아버지들이란 그렇지." 그는 은제 여밈으로 망토를 고정하며 수긍했다. "아버지에게 기뻐해야 한 다고 말해. 내가 널 품은 횟수를 생각하면 아이를 밸 가능성이 높잖아. 왕 의 서자를 키울 명예를 아무나 얻는 게 아니야." 그녀가 멍청하게 쳐다보 았기에, 그는 그녀를 내버려두고 나갔다.

미라함호는 나무가 우거진 갑(岬)을 돌고 있었다. 소나무가 덮인 절벽 아래에서 어선 십여 척이 그물을 당기고 있었다. 덩치 큰 외돛상선인 미 라함호는 그 어선들로부터 멀찍이 떨어져서 침로를 바꿨다. 테온은 더 잘 보려고 뱃머리로 움직였다. 성이 먼저 보였다. 보틀리 가문의 근거지였 다. 테온이 어렸을 때 그 성은 목재와 윗가지로 지어져 있었지만, 로버트 바라테온이 송두리째 파괴해버렸다. 사웨인 공이 성을 돌로 다시 지었기 에, 지금 언덕 위에는 작은 정사각형 아성이 서 있었다. 땅딸막한 모퉁이 탑마다 연녹색 깃발이 늘어졌는데, 하나같이 은빛 물고기 떼가 새겨져 있 었다.

물고기가 지배하는 작은 성의 미심쩍은 보호 아래 로드스포트 마을이 있었고, 그 항구에는 배들이 득실거렸다. 테온이 마지막으로 보았을 때 로 드스포트는 연기가 오르는 황무지였고, 불타버린 장선의 뼈대와 부서진 갤리선들이 죽은 괴물의 뼈처럼 돌투성이 해안에 흩어져 있었으며, 집들 은 무너진 벽과 차가운 잿더미에 불과했다. 10년이 흐른 지금, 전쟁의 흔 적은 거의 남아 있지 않았다. 평민들은 예전 집의 돌로 새 집을 짓고, 새로

풀을 베어 지붕을 이었다. 상륙지 옆에는 예전 여관의 두 배만 한 크기에, 아래층은 다듬돌로 짓고 위로 두 층은 목재를 올린 새 여관이 섰다. 그러나 그 너머에 있었던 성소는 재건되지 않았다. 성소가 서 있던 자리에 칠각형의 토대만 남아 있었다. 로버트 바라테온의 맹위 덕분에 강철인들은 새로운 신들에게 입맛을 잃은 모양이었다.

테온은 신들보다 배에 더 관심이 있었다. 헤아릴 수 없이 많은 어선들의 돛대 사이로 하역 중인 티로시의 무역선 옆에서 선체에 검은 타르를 칠한 이벤의 외돛상선이 느릿느릿 움직였다. 그리고 최소 50에서 60척은 되어 보이는 무수한 장선들이 바다에 나와 있거나 북쪽의 자갈투성이 해안에 올라가 있었다. 돛에 다른 섬들에 속하는 문장들이 보였다. 윈치 가문의 핏빛 달, 굿브러더 공의 검은색 줄무늬 전투 나팔, 할로우의 은빛 낫. 테온은 유론 숙부의 침묵호를 찾아보았다. 그 늘씬하고 무시무시한 붉은 배는 보이지 않았지만, 아버지의 '대(大)크라켄'호는 그 이름을 닮은 회색 강철 충각으로 뱃머리를 장식하고 서 있었다.

발론 공이 테온이 올 것을 예상하고 그레이조이 휘하를 소집한 것일까? 그의 손은 다시 망토 안에 든 방수포 가방으로 향했다. 그 편지에 대해서는 롭 스타크밖에 알지 못했다. 그들은 전서조에게 비밀을 맡길 만큼 어리석지 않았다. 그러나 발론 공 역시 바보가 아니었다. 이토록 오랜 세월이 지나서 아들이 돌아오는 이유를 추측하고, 그에 따라 행동했을 수도 있었다.

그렇게 생각하니 기분이 좋지 않았다. 아버지의 전쟁은 오래전에 끝났고, 졌다. 지금은 테온의 시간이었다. 테온의 계획, 테온의 영광, 그리고 때가 되면 테온의 왕관이었다. '하지만 함대가 모이고 있다면……'

생각해보니 그저 조심하는 것일 수도 있었다. 전쟁이 바다 건너까지 번질까 봐 방어에 나선 것이다. 늙은이들은 본래 조심스러웠다. 그의 아버지는 이제 늙었고, 강철 함대를 지휘하는 숙부 빅타리온도 늙었다. 유론 숙부는 분명 다를 테지만, 침묵호는 항구에 없는 듯 보였다. 테온은 스스로에게 말했다. '더 잘된 일이야. 이렇게 되면 더 빨리 공격할 수 있잖아.'

미라함호가 육지로 향하는 동안 테온은 초조하게 갑판 위를 서성이며 해안을 살폈다. 부둣가에 발론 공 본인이 있으리라 생각하지는 않았지만, 아버지가 누군가 마중을 보냈을 터였다. 집사인 썩은 입 사일러스, 아니면 보틀리 공, 어쩌면 갈라진 턱의 다그머라도. 다그머의 무시무시한 얼굴을 다시 본다면 반가울 텐데. 그들이 테온의 도착 소식을 받지 못했을 리는 없었다. 롭이 리버런에서 까마귀를 보냈고, 시가드에 장선이 없는 것을 보고 롭의 까마귀가 도착하지 못했다고 생각한 제이슨 말리스터도 파이크에 까마귀를 보냈다.

그런데도 낯익은 얼굴이라곤 없었고, 로드스포트에서 파이크까지 그를 호위할 의장대도 없었다. 평민들만 평범한 일에 바빴다. 해안 일꾼들이 티로시 무역선에서 와인 통을 굴려 내리고, 어민들은 그날 잡은 양을 외치고, 아이들은 뛰어다니며 놀았다. 익사한 신의 소금물 로브를 입은 사제 하나가 말 두 마리를 끌고 자갈투성이 해안을 따라 걸었고, 그 위로는 매춘부 하나가 여관 창문으로 몸을 내밀고서 지나가는 이쁜 선원들을 불렀다.

로드스포트 상인들 한 줌이 배를 맞이하러 모여 있었다. 미라함호가 정박하는 동안 상인들이 질문을 던졌다. 선장은 아래를 향해 마주 외쳤다. "올드타운에서 왔소이다. 사과와 오렌지, 아버산 와인, 여름 군도의 깃털을 싣고 왔소. 후추, 짜서 엮은 가죽, 미르의 레이스 한 필, 들어본 적도 없을 만큼 달콤한 올드타운의 나무 하프 한 쌍도 있지요." 건널 판자가 삐걱거리는 소리를 내더니 쿵 하고 떨어졌다. "그리고 여러분의 후계자를 데려왔소."

로드스포트 사람들은 멍하니 둔한 눈으로 테온을 바라보았고, 그는 이 사람들이 자신이 누구인지 모른다는 사실을 깨달았다. 그래서 화가 났다. 그는 선장의 손바닥에 금화를 쥐여주었다. "부하들을 시켜 내 소지품을 가져오게." 그는 답을 기다리지 않고 판자를 성큼성큼 내려가서 외쳤다. "여관 주인. 말이 필요하네."

"분부대로 합죠." 여관 주인은 대꾸하면서 고개도 숙이지 않았다. 그는 강철인들이 얼마나 대담할 수 있는지 잊고 있었다. "적당한 말이 한 마리 있을 것도 같네요. 어디로 타고 가실 겁니까?"

"파이크." 그 바보는 아직도 그가 누구인지 몰랐다. 가슴팍에 크라켄을 수놓은 훌륭한 더블릿을 입을 것을.

"어두워지기 전에 파이크에 도착하려면 얼른 떠나야 할 겁니다. 제 아들놈이 같이 가면서 길을 안내하도록 하지요."

"자네 아들은 필요 없네." 장중한 목소리가 외쳤다. "자네 말도 필요 없어. 내가 조카를 제 아버지의 집까지 데려가겠네."

말한 사람은 아까 해안을 따라 말을 끌고 오던 사제였다. 그 남자가 다가오자 평민들이 무릎을 굽혔고, 테온은 여관 주인이 "젖은 머리"라고 중얼거리는 소리를 들었다.

키가 크고 말랐으며, 험악한 검은 눈과 매부리코를 지닌 그 사제는 녹색과 회색과 파란색으로 얼룩덜룩한 로브를 입고 있었다. 익사한 신의 소용돌이 색이었다. 팔에는 가죽끈으로 물주머니를 달았고, 허리까지 내려오는 검은 머리와 다듬지 않은 수염에는 말린 해초를 꼬아 만든 밧줄을 땋아 늘였다.

테온은 한 가지 기억을 환기했다. 발론 공은 드물게 보내는 무뚝뚝한 편지에서 자신의 막냇동생이 폭풍 속에서 가라앉았다가, 무사히 해안에 밀려 올라오면서 신성을 얻었다고 쓴 적이 있었다. "아에론 숙부님?" 테온은 확신 없이 물었다.

"테온, 내 조카야." 사제가 대답했다. "네 아버지가 너를 데려오라고 명하셨다. 가자."

"곧 갈게요, 숙부님." 그는 미라함호로 돌아서서 선장에게 명령했다. "내 소지품."

테온의 커다란 주목 활과 화살통을 가져온 것은 선원이었지만, 좋은 옷이 담긴 꾸러미를 가져온 것은 선장의 딸이었다. "나리." 그녀는 핏발 선 눈으로 말했다. 테온이 꾸러미를 받아 들자 마치 그를 포옹하려는 듯이 굴었다. 자기 아버지와 테온의 사제 숙부와 섬 사람 절반 앞에서 말이다.

테온은 재빨리 몸을 틀었다. "감사의 말을 해두지."

"제발, 전 나리를 정말 사랑해요."

"난 가야 해." 그는 숙부를 서둘러 따라갔다. 숙부는 이미 부둣가를 한참 내려가 있었고, 테온은 성큼성큼 열 걸음 만에 숙부를 따라잡았다. "숙부님을 보리라곤 기대하지 않았어요. 10년이 지났으니 아버님과 어머님이 직접 오시거나, 다그머와 의장대를 보내시지 않을까 했죠."

"파이크의 사신이 내린 명령에 의문을 제기하는 건 네 몫이 아니다." 사제의 태도는 차가웠다. 테온이 기억하는 숙부와는 전혀 달랐다. 아에론 그레이조이는 숙부들 중에서 가장 쾌활했고, 우유부단하고 잘 웃었으며 노래와 에일과 여자들을 좋아했다. "다그머는 네 아버지의 명령으로 올드윅에 가 있다. 스톤하우스 가문과 드럼 가문을 끌어내기 위해서."

"무슨 목적으로요? 배들은 왜 모여 있죠?"

"배들이 언제는 왜 모이더냐?" 숙부는 물가 여관 앞에 묶어둔 말 두 마리 앞에 도착하자 테온을 돌아보았다. "사실대로 말해라, 조카야. 지금 너는 늑대 신들에게 기도하느냐?"

테온은 기도 자체를 거의 하지 않았지만, 그건 사제에게 고백할 만한 말이 아니었다. 아무리 아버지의 동생이라 해도 말이다. "네드 스타크는 나무에게 기도했지요. 아니오, 전 스타크의 신들에게 아무 관심도 없습니다."

"잘됐구나. 무릎을 꿇어라."

땅바닥은 온통 돌멩이와 진흙투성이였다. "숙부님, 전—"

"꿇어라. 아니면 그러기엔 자존심이 너무 강한 거냐? 이젠 녹색 땅의 귀족으로 납셔서?"

테온은 무릎을 꿇었다. 그에게는 목적이 있었고, 그 목적을 달성하려면 아에론의 도움이 필요할 수도 있었다. 왕관에는 바지에 진흙과 말똥을 좀 묻힐 가치가 있었다. 아마도.

"고개를 숙여라." 숙부는 물주머니를 들어 코르크 마개를 뽑고 가느다란 바닷물 한 줄기를 테온의 머리 위로 부었다. 바닷물은 테온의 머리카락을 적시고 이마를 흘러내려 눈으로 들어갔다. 넓게 퍼진 물이 뺨을 따라 흐르고, 한 줄기가 망토와 더블릿 안으로 들어가 등을 타고 내려갔다. 척추를 타고 차가운 개울이 흘렀다. 소금기에 눈이 타는 것 같았고, 소리를 지르지 않는 데에만 전력을 다해야 했다. 입술에서 바다의 맛을 느낄 수 있었다. 아에론 그레이조이가 읊었다. "당신이 그랬듯, 당신의 하인인 테온이 바다에서 다시 태어나게 하소서. 소금으로 그를 축복하고, 돌로 축복하고, 강철로 축복하소서. 조카야, 아직 기도문을 알고 있느냐?"

"죽은 자는 결코 죽지 않으니." 테온은 기억을 떠올려 말했다.

"죽은 자는 결코 죽지 않으니." 숙부가 되풀이했다. "다만 더 강하고 단단하게 다시 일어나리라. 일어서라."

테온은 눈을 깜박여 소금기 때문에 나온 눈물을 밀어 넣으면서 일어섰다. 숙부는 말없이 물주머니에 마개를 끼우고, 말을 풀어 올라탔다. 테온도 똑같이 했다. 그들은 함께 출발해서 여관과 항구를 뒤로 하고, 보틀리 공의 성을 지나 돌투성이 언덕으로 올라갔다. 사제는 말을 더 하지 않았다.

결국 테온이 먼저 말을 꺼냈다. "전 인생의 절반을 집에서 떠나 있었어요. 그동안 군도가 변했나요?"

"남자들은 바다에서 낚시하고, 땅을 파고, 죽는다. 여자들은 피와 고통 속에서 아이를 낳고, 죽는다. 낮이 지나면 밤이 온다. 바람과 조류는 여전하다. 군도는 우리의 신이 만든 모습 그대로다."

'맙소사, 정말 음울해지셨네.' 테온은 생각했다. "파이크에서 누나와 어머니를 보게 될까요?"

"아니다. 네 어머니는 네 이모와 함께 할로우에 살고 있다. 기침으로 고생인데, 그쪽은 덜 으슬으슬하지. 네 누이는 네 아버지의 전언을 듣고 블랙윈드를 타고 그레이트윅에 갔다. 돌아오는 데 오래 걸리겠지."

블랙윈드(Black Wind, 검은 바람)가 아샤의 배 이름이라는 점은 듣지 않고도 알 수 있었다. 누나를 보지 못한 지 10년이었지만, 그래도 그 정도는 알았다. 롭 스타크가 늑대에게 그레이윈드라는 이름을 붙였는데 누나는 배 이름을 블랙윈드라고 붙이다니 이상한 일이었다. "스타크는 회색이고 그레이조이는 검은색." 그는 미소 지으며 중얼거렸다. "하지만 바람 같기는 매한가지군요."

사제는 아무 반응도 하지 않았다.

"숙부님은 어때요? 제가 파이크에서 잡혀갔을 때는 사제가 아니었죠. 숙부님이 한 손에 에일 뿔잔을 들고 탁자 위에 서서 오래된 약탈 노래를 부르던 모습을 기억해요."

"나는 젊었고 허영심이 강했다. 하지만 바다가 내 어리석음과 허영심을 씻어 내렸지. 그 남자는 익사했다, 조카야. 그 남자의 폐에는 바닷물이 가득 찼고, 물고기가 눈에 붙은 비늘을 먹어치웠다. 다시 일어났을 때 나는 세상을 선명하게 보았다."

'음침할 뿐 아니라 미쳤군.' 테온은 자신이 기억하던 예전의 아에론 그레이조이가 좋았다. "숙부님, 아버지가 왜 병력과 함대를 소집한 겁니까?"

"파이크에서 너에게 말해주실 게다."

"지금 아버지의 계획을 알고 싶은데요."

"나에게서 듣지는 못한다. 우리는 이 계획을 아무에게나 말하지 말라는 명령을 받았다."

"저한테도요?" 테온은 분노가 치솟았다. 그는 전쟁에서 병사들을 이끌었고, 왕과 함께 사냥했으며, 마상 시합 난전에서 명성을 얻었고, 검은 물고기 브린덴과 그레이트존 엄버와 함께 말을 달렸으며, 속삭이는 숲에서 싸웠고, 이름을 댈 수 없을 만큼 많은 여자와 잤는데, 그런데도 그의 숙부는 여전히 그를 열 살짜리 아이처럼 대했다. "아버지가 전쟁을 계획하신다면 제가 꼭 알아야죠. 전 아무나가 아니에요. 파이크와 강철 군도의 후계자죠."

"그 점은 두고 봐야지." 숙부가 말했다.

따귀를 맞는 것 같은 말이었다. "두고 본다고요? 제 형들은 둘 다 죽었어요. 전 아버지에게 남은 하나뿐인 아들입니다."

"네 누나가 있다."

'아샤.' 그는 어리둥절해서 생각했다. 아샤는 테온보다 세 살 위였지만, 그렇다 해도……. "여자가 계승할 경우는 직계에 남자 후계자가 없을 때만입니다." 그는 큰 소리로 주장했다. "경고하는데 제 권리를 빼앗기진 않겠습니다."

숙부는 끙 소리를 냈다. "익사한 신의 하인에게 경고를 해? 넌 생각보다 더 많은 것을 잊었구나. 그리고 네 아버지가 이 성스러운 군도를 스타크에게 넘겨줄 줄 안다면 넌 엄청난 바보다. 이제 조용히 해라. 네가 재잘거리지 않아도 갈 길이 멀다."

테온은 입을 다물었지만, 그러기가 쉽지는 않았다. '그러니까 그렇게 된거군.' 마치 윈터펠에서 보낸 10년이 그를 스타크로 만들 수 있다는 듯이 말이다. 에다드 공은 그를 자기 자식들과 같이 키웠지만, 테온은 결코 그들 중 하나가 아니었다. 스타크 부인부터 제일 천한 부엌데기까지 성안 모두가 테온이 아버지의 처신을 위해 잡혀 온 인질이라는 사실을 알았고, 그에 맞게 대했다. 서자인 존 스노우조차도 테온보다는 더 훌륭한 대우를 받았다.

에다드 공이 가끔 아버지처럼 굴려고 하기는 했지만, 테온에게 그는 언제나 파이크에 피와 불을 가져오고 그를 집에서 떼어놓은 남자로 남았다. 소년 시절에 그는 스타크의 엄격한 얼굴과 음울한 대검에 대한 두려움 속에서 살았다. 스타크의 아내는 그보다 더 냉담하고 의심이 많았다.

그들의 아이들로 말하자면, 손아래 아이들은 테온이 윈터펠에서 보낸 대부분의 시간 동안 울어젖히는 아기들이었다. 테온이 관심을 둘 만한 연령대는 롭과 롭의 천출 이복형제 존 스노우밖에 없었다. 서자 존은 무뚝뚝한 소년이었고, 경멸을 예민하게 감지했으며, 테온의 고귀한 태생과 롭이 그를 높이 평가한다는 점을 질투했다. 롭에 대해서는 테온도 동생과도 같은 애정을 느꼈지만…… 그 부분은 언급하지 않는 게 좋을 것이다. 파이크에서는 아직도 옛 전쟁이 진행 중인 듯했다. 놀랄 일은 아니었다. 강철 군도는 과거 속에 살았다. 현재는 견뎌내기 너무 가혹하고 쓰라렸다. 게다가 그의 아버지와 숙부들은 늙었고, 늙은 귀족들은 원래 그랬다. 아무것도 잊지 않고 용서는 더더욱 하지 않으며 먼지 쌓인 불화를 무덤까지 가져갔다.

리버런에서 시가드까지 말을 달리는 동안 동행했던 말리스터 가문도 마찬가지였다. 파트렉 말리스터는 나쁘지 않은 친구였다. 그들은 계집질과 와인과 매사냥에서 같은 취향을 공유했다. 그러나 늙은 제이슨 공은 아들인 파트렉이 테온과 즐겨 어울리는 모습을 못마땅하게 여겼고, 아들을 따로 불러다가 말리스터의 권좌 시가드는 강철 군도의 약탈자들로부터 해안을 지키기 위해 지은 성채이고, 파이크의 그레이조이 가문은 그 약탈자들의 수장이라는 점을 상기시켰다. 시가드의 '울림 탑'은 거대한 강철 종 때문에 붙은 이름이었고, 그 종은 서쪽 수평선에 장선들이 보이면 마을 주민들과 일꾼들을 성안으로 불러들이기 위해 울렸다.

"그 종은 300년 동안 딱 한 번 울렸는데 말이야." 파트렉은 다음 날 아버지가 한 말을 알려주고 풋사과 와인 한 병을 나누며 테온에게 말했다.

"내 형이 시가드를 급습했을 때였지." 테온이 말했다. 제이슨 공은 성벽 아래에서 로드릭 그레이조이를 베어 바다에 되돌려주었다. "너희 아버지께서 그 일로 내가 증오라도 품고 있을 줄 아신다면, 로드릭이 어떤 놈인지 몰라서야."

그들은 파트렉이 아는 요염하고 젊은 방앗간 마누라를 찾아서 말을 달리며 그 문제를 두고 웃었다. '파트렉이 지금 같이 있으면 좋을 텐데.' 말리스터든 아니든 간에 파트렉이 그의 숙부 아에론이었던 이 늙고 심술궂은 사제보다는 정감 있는 동행이었다.

그들이 말을 달리는 길은 황량한 돌투성이 산속으로 구불구불 올라갔다. 곧 바다가 보이지 않게 됐지만, 아직도 습기 찬 공기 속에는 소금 냄새가 강했다. 그들은 터벅터벅 걷는 속도를 유지하며 작은 양치기 목장과 버려진 광산을 지났다. 이 새롭고 성스러운 아에론 그레이조이는 말이 별로 없었다. 그들은 음침한 침묵 속에 말을 몰았다. 마침내 테온은 침묵을 더 견디지 못하고 말했다. "이젠 롭 스타크가 윈터펠의 영주예요."

아에론은 계속 말을 몰았다. "늑대는 다 비슷하지."

"롭은 철왕좌에 대한 충성 맹세를 깨고 스스로 북부의 왕 자리에 올랐어요. 전쟁이에요."

"학사의 까마귀들은 바위만이 아니라 소금 위로도 빨리 난다. 낡고 식은 소식이다."

"새로운 날이 온 거예요, 숙부님."

"아침마다 새로운 날이 오고, 예전과 다를 게 없지."

"리버런에서는 다르다고 할걸요. 붉은 혜성이 새로운 시대의 전조라고 해요. 신들이 보낸 전령이라고요."

"전조이기는 하지." 사제는 동의했다. "하지만 그자들의 신이 아니라 우리 신의 전조. 우리 백성들이 예전에 가지고 다니던 것 같은 불타는 낙인이야. 익사한 신이 바다에서 가져온 불길이고, 밀물이 왔다는 선언이다. 그분이 하신 대로 돛을 올리고, 불과 검을 들고 세상으로 나갈 때가 왔다."

테온은 미소 지었다. "전적으로 동의합니다."

"한 인간이 신에게 동의한다는 것은 빗방울 하나가 폭풍에 동의하는 것과 같다."

'이 빗방울은 언젠가 왕이 될 거야, 늙은이.' 테온은 숙부의 침울함을 더는 견딜 수 없었다. 그는 말에 박차를 가하고 앞서 달리며 미소를 지었다.

그들이 파이크 성벽에 도착했을 때는 해 질 녘이 가까웠다. 벼랑에서 벼랑까지 이어지는 초승달 모양의 어두운 돌벽 중앙에 문루가 자리했고, 양쪽으로 땅딸막한 탑이 세 개씩 있었다. 테온은 아직도 그 돌벽에 로버트 바라테온의 투석기가 남겨놓은 상처들을 알아볼 수 있었다. 새로운 남쪽 탑은 옛 탑의 폐허 위에 섰고, 돌 색깔이 약간 옅은 회색이었으며 이끼에 덮이지도 않았다. 로버트가 뚫고 들어간 지점이었다. 그는 전투 망치를 손에 들고, 네드 스타크를 옆에 두고 돌무더기와 시체들을 넘어 그리로 기어올랐다. 테온은 당시에 안전한 바다 탑에서 전투를 지켜보았고, 아직도 가끔은 꿈속에서 그때의 횃불 빛을 보고 천둥 같은 붕괴음을 듣곤 했다.

성문은 열려 있었고, 녹슨 쇠창살문은 올라가 있었다. 성가퀴에 선 위병들은 테온 그레이조이가 드디어 집에 오는 순간을 이방인의 시선으로 지켜보았다.

외벽 너머는 하늘과 바다를 면한 50에이커의 단단한 곳이었다. 마구간과 견사, 다른 딴채들이 여기에 흩어져 있었다. 성의 개들이 자유로이 돌아다니는 한편 양과 돼지들은 우리 안에 모여 있었다. 남쪽은 벼랑, 그리고 주성으로 향하는 넓은 돌다리였다. 테온은 안장에서 내리면서 부서지는 파도 소리를 들을 수 있었다. 마구간지기가 그의 말을 받으러 왔다. 빼빼 마른 어린아이들과 노비 몇 명이 멍한 눈으로 그를 쳐다보았지만, 아버지는 흔적도 없었고 어려서 기억하던 사람 중 아무도 보이지 않았다. '암울하고 씁쓸한 귀향이로군.'

사제는 말에서 내리지 않았다. "하룻밤 머물면서 우리의 고기와 술을 나누시지 않고요, 숙부님?"

"나에게 너를 데려오라고 했기에, 너를 데려왔다. 이제 나는 우리 신의 사업으로 돌아간다." 아에론 그레이조이는 말 머리를 돌리고 쇠창살문의 진흙 묻은 창살 아래로 천천히 달려 나갔다.

볼품없는 회색 드레스를 입은 등이 굽은 노파가 조심스럽게 다가왔다. "나리, 나리를 방에 모셔다 드리라는 명을 받았습니다."

"누구 명령인가?"

"아버님 명이시지요."

테온은 장갑을 벗었다. "그러니까 자네는 내가 누구인지 아는군. 왜 아버지는 나를 맞이하러 나오시지 않았지?"

"바다 탑에서 기다리십니다요. 여독을 풀고 나서 가시지요."

'네드 스타크가 차갑다고 생각했던 게 바보 같군.' 테온은 그렇게 생각하며 물었다. "그리고 자네는 누군가?"

"헬리야입니다. 아버님을 위해 이 성을 관리하지요."

"사일러스가 여기 집사였는데. 별명이 썩은 입이었지." 지금도 테온은 그 노인의 입김에서 나던 시큼한 와인 냄새를 떠올릴 수 있었다.

"5년 전에 죽었습죠."

"그럼 콸렌 학사는 어떻게 됐지? 어디 있나?"

"바닷속에서 주무십니다. 지금은 웬다미르 학사님이 까마귀들을 돌보지요."

'나야말로 이방인 같구나.' 테온은 생각했다. 아무것도 변하지 않았으나, 모든 것이 변했다. "내 방으로 안내하게." 그는 명령했다. 헬리야는 뻣뻣하게 절을 하고 앞장서서 다리 쪽으로 향했다. 오래된 돌은 물보라에 미끄러웠고 군데군데 이끼투성이였으며, 발아래에서는 거대한 야생 짐승처럼 바다가 포말을 일으켰고, 소금 바람이 옷을 움켜잡았다. 그것만은 테온이 기억하는 대로였다.

귀향을 상상할 때마다 그는 어렸을 때 자던 바다 탑의 아늑한 침실로 돌아가는 그림을 그렸다. 그러나 노파가 안내한 곳은 핏빛 성이었다. 이곳은 방들이 더 크고 가구도 더 잘 갖춰져 있었지만, 춥고 습기가 심했다. 테온은 천장이 높다 못해 어둠 속으로 사라지는 쌀쌀한 거처를 받았다. 핏빛 성이라는 이름의 이유를 몰랐더라면 더 깊은 인상을 받았을 것이다. 천 년 전, 강의 왕이 보낸 아들들은 이 방에서 도살당했고, 침대에서 토막이 났다. 시체 토막을 육지에 있는 그들의 아비에게 보내기 위해서였다.

그러나 그레이조이가 파이크에서 살해당하는 일은 아주 가끔, 형제에게 살해당할 때밖에 없었고, 테온의 형들은 둘 다 이미 죽었다. 테온이 불쾌한 기분으로 방 안을 둘러본 것은 유령에 대한 두려움 때문이 아니었다. 벽걸이는 곰팡이가 슬어 녹색이 되었고, 매트리스는 푹 꺼진 데다가 퀴퀴한 냄새가 났으며, 바닥에 깔린 골풀은 오래되어 바스락거렸다. 이 방이 안 열린 지 여러 해가 되었다는 뜻이었다. 습기는 뼈에 스미도록 심했다.

"뜨거운 물을 한 대야 가져오고 벽난로에 불을 지피게." 그는 노파에게 말했다. "다른 방에도 화로를 켜서 한기를 좀 몰아내도록 해. 그리고 신들이시여, 누군가 보내서 즉시 이 골풀을 갈게."

"알겠습니다, 나리. 분부대로 합지요." 노파는 달아났다.

잠시 후에 주문한 뜨거운 물이 들어왔다. 미지근한 정도였고 곧 차가워진 데다가 바닷물이었지만, 오랫동안 말을 달리면서 얼굴과 머리와 손에 묻은 먼지를 씻어낼 수는 있었다. 노비 둘이 화로에 불을 붙이는 동안, 테온은 여행으로 더러워진 옷을 벗고 아버지를 만날 옷차림을 갖췄다. 그는 탄력 있는 검은색 가죽 장화, 부드러운 은회색 양모 바지, 그레이조이의 금빛 크라켄을 가슴팍에 수놓은 검은색 벨벳 더블릿을 골랐다. 목에는 가느다란 금사슬을, 허리에는 하얗게 표백한 가죽 허리띠를 둘렀다. 한쪽 엉덩이에는 비수를, 반대쪽에는 장검을 찼다. 칼집은 둘 다 검은색과 금색 줄무늬였다. 그는 비수를 뽑아서 엄지손가락을 대보고, 허리띠 주머니에서 숫돌을 꺼내어 몇 번 갈았다. 그는 언제나 무기를 날카롭게 유지한다는 점을 자랑으로 여겼다. "돌아왔을 때는 따뜻한 방과 깨끗한 골풀을 보길 기대한다." 그는 노비들에게 경고하면서 검은색 장갑을 꼈다. 금실로 섬세한 소용돌이 장식을 넣은 비단 장갑이었다.

테온은 지붕 덮인 돌 통로를 따라 주성으로 돌아갔다. 아래에서 끊임없이 우르릉거리는 바다 소리에 울리는 발소리가 섞였다. 굽은 촛대바위 위에 선 바다 탑으로 가려면 다리를 세 개 더 건너야 했고, 다리는 갈수록 좁아졌다. 마지막 다리는 밧줄과 나무로 만들어졌으며, 습기를 머금은 소금 바람이 발밑을 흔들어 살아 있는 동물처럼 출렁거렸다. 그 다리를 반쯤 건넜을 때 테온은 심장이 목까지 튀어 오른 기분이었다. 까마득히 아래에서 파도가 바위에 부딪치며 높은 물보라를 게워 올렸다. 어렸을 때 그는 깜깜한 밤에도 이 다리를 뛰어서 건너곤 했다. 테온의 두려움이 속삭였

다. '아이들은 아무것도 자길 해칠 수 없다고 믿지. 어른은 그렇지 않다는 걸 알아.'

쇠못이 박힌 회색 나무 문은 안쪽에서 빗장이 걸려 있었다. 테온은 주먹으로 문을 두드리고, 쪼개진 나무에 장갑이 걸려 찢어지자 욕을 퍼부었다. 나무는 젖고 곰팡이가 폈으며, 쇠못은 녹이 슬었다.

잠시 후에 검은색 철 흉갑을 입고 원통형 투구를 쓴 위병이 안에서 문을 열었다. "댁이 아드님이오?"

"내 앞에서 비키지 않으면 내가 누구인지 배우게 될 거다." 위병은 비켜섰다. 테온은 나선계단을 올라 개인 방으로 향했다. 그의 아버지는 턱부터 발끝까지 덮는 퀴퀴한 바다표범 가죽 로브를 입고 화로 옆에 앉아 있었다. 장화가 돌을 딛는 소리가 나자 강철 군도의 영주는 눈을 들어 마지막 남은 아들을 보았다. 그는 테온의 기억보다 작았다. 그리고 너무나 여위었다. 발론 그레이조이는 언제나 마른 몸이었지만, 지금은 마치 신들이 솥에 집어넣어 뼈에 붙은 살을 다 끓여내고 머리털과 피부만 남겨놓은 듯한 몰골이었다. 그는 뼈만 앙상하고 뼈처럼 단단했으며, 얼굴은 차돌을 깎아 만든 듯했다. 눈동자 역시 날카로운 검은색 차돌 같았지만, 머리털은 세월과 소금 바람에 흰 물결이 점점이 흩어진 겨울 바다 색깔로 바뀌었다. 풀어헤친 머리카락은 허리 아래까지 왔다.

"9년인가?" 발론 공이 마침내 말했다.

"10년이죠." 테온은 찢어진 장갑을 벗으며 대답했다.

"놈들은 사내아이를 데려갔지." 아버지가 말했다. "지금 너는 뭐냐?"

"어른입니다. 아버지의 혈육이자 후계자요."

발론 공은 끙 소리를 냈다. "그건 두고 봐야지."

"보시게 될 겁니다." 테온은 장담했다.

"10년이라. 스타크가 나와 같은 시간을 데리고 있었구나. 그리고 이제 넌 그놈의 사절로 왔지."

"아닙니다. 에다드 공은 죽었습니다. 라니스터 왕비에게 목이 잘렸지요."

"스타크 놈이나 투석기로 내 성벽을 부쉈던 로브트, 둘 다 죽었다. 난 살아서 두 놈 다 무덤에 들어가는 꼴을 보겠다고 맹세했고, 그렇게 했다." 그는 얼굴을 찌푸렸다. "그래도 그놈들이 살아 있을 때와 마찬가지로 추위와 습기에 관절이 쑤시는구나. 그러니 무슨 도움이 될까?"

"도움이 됩니다." 테온은 아버지에게 다가섰다. "제가 편지를 가져왔—"

"네드 스타크가 널 그렇게 입히더냐?" 아버지는 로브에 감싸인 채 눈을 가늘게 뜨고 올려다보며 그의 말을 끊었다. "네게 벨벳과 비단옷을 입혀서 귀여운 딸로 삼는 게 그놈의 즐거움이었더냐?"

테온은 얼굴에 피가 몰리는 느낌을 받았다. "전 누구의 딸도 아닙니다. 제 옷이 마음에 들지 않으시다면 바꿔 입겠습니다."

"그래야지." 발론 공은 모피를 벗어 던지고 일어섰다. 테온의 기억 속에서만큼 키가 크지 않았다. "네 목에 건 싸구려 장난감, 그건 금으로 산 거냐, 철로 산 거냐?"

테온은 금사슬을 만졌다. 잊고 있었다. '너무 오래됐어……' 옛 방식에서 여자들은 돈으로 산 장신구로 치장할 수 있었지만, 전사는 오직 제 손으로 죽인 적의 시체에서 벗겨낸 장신구만 걸쳤다. 그것을 두고 철로 값을 치렀다고 했다.

"처녀처럼 얼굴을 붉히는구나, 테온. 내가 질문했다. 금으로 값을 치렀느냐, 철로 치렀느냐?"

"금입니다." 테온은 인정했다.

아버지는 그의 목걸이 아래에 손가락을 넣어 홱 잡아당겼다. 사슬이 먼저 끊어지지 않았더라면 테온의 목이 잘렸을 정도로 세게 당겼다. "내 딸은 도끼를 연인으로 삼았건만, 내 아들이 창녀처럼 꾸미게 두진 않겠다."

발론 공이 그대로 화로에 떨구자 끊어진 금사슬이 석탄 사이로 흘러내렸다. "내가 걱정한 대로다. 초록색 대지가 널 무르게 만들고, 스타크가 널 자기들 것으로 만들었구나."

"틀렸어요. 네드 스타크는 제 간수였고, 제 피는 여전히 소금과 철입니다."

발론 공은 몸을 돌려 앙상한 손을 화로에 쬐었다. "그런데도 스타크 강아지가 시키는 대로 잘 훈련받은 까마귀처럼 하찮은 편지를 움켜쥐고 나에게 왔구나."

"제가 가져온 편지에 하찮은 내용은 없습니다. 그리고 롭의 제안은 제가 내놓은 제안입니다."

"늑대 왕이 네 조언에 귀를 기울인다 그거냐?" 발론 공은 그 생각에 재미있어하는 것 같았다.

"그래요, 제게 주의를 기울입니다. 전 그 녀석과 함께 사냥했고, 함께 훈련받았고, 고기와 술을 나누었으며, 그 옆에서 전쟁을 했습니다. 신뢰를 얻었지요. 그 녀석은 절 형처럼 보고—"

"아니다." 아버지는 그의 얼굴을 손가락으로 찔렀다. "여기에서, 파이크에서, 내가 듣는 곳에서 그놈을 형제라고 칭하지 말아라. 네 진짜 형제를 베어버린 남자의 아들이다. 아니면 네 형제인 로드릭과 마론을 잊어버린 거냐?"

"전 아무것도 잊지 않습니다." 사실 네드 스타크는 둘 중 누구도 죽이지 않았다. 로드릭은 시가드에서 제이슨 말리스터 공에게 죽었고, 마론은 옛 남쪽 탑이 무너질 때 깔려 죽었다……. 하지만 전투의 흐름이 그들을 쓸어버릴 기회를 줬더라면 스타크도 서슴없이 죽였으리라. "제 형들을 잘 기억합니다." 테온은 단언했다. 그는 주로 로드릭이 술에 취해 벌이던 손찌검과 마론의 잔인한 농담과 끝없는 거짓말을 기억했다. "제 아버지가 왕이었을 때도 기억합니다." 그는 롭의 편지를 꺼내어 내밀었다. "여기. 읽어 보십시오…… 전하."

발론 공은 봉인을 깨고 양피지를 풀었다. 그의 검은 눈이 이리저리 번득였다. "그래서 그 꼬마가 나에게 다시 왕관을 주는데, 내가 할 일은 그놈의 적을 쳐부수는 것뿐이로군." 얇은 입술이 비틀린 미소를 지었다.

"지금쯤 롭은 골든투스에 도착했을 겁니다. 골든투스가 무너지면 하루 안에 산맥을 통과하겠지요. 타이윈 공의 군대는 서부와 단절되어 하렌홀에 있습니다. 킹슬레이어는 리버런에 포로로 잡혀 있습니다. 서부에서 롭에게 맞설 군대는 스태퍼드 라니스터 경과 새로 모아들인 신병들뿐입니다. 스태퍼드 경은 라니스포트에서 올라가 롭의 군대와 만날 테고, 그러면 우리가 해상으로 라니스포트에 당도했을 때 그곳은 무방비 상태가 됩니다. 신들이 함께하신다면 라니스터 놈들이 우리가 덮쳤다는 사실을 깨닫기도 전에 캐스털리록까지 함락할 수 있을지 모릅니다."

발론 공은 끙 소리를 냈다. "캐스털리록은 함락된 적이 없다."

"지금까지는 그랬죠." 테온은 미소 지었다. '그러니 얼마나 달콤할까.'

그의 아버지는 마주 웃지 않았다. "그래서 이게 롭 스타크가 이렇게 오랜 세월이 흘러서 널 돌려보낸 이유냐? 그놈의 계획에 내 동의를 받아낼 수 있을 것 같아서?"

"롭이 아니라 제 계획입니다." 테온은 자랑스럽게 말했다. '내 계획이야. 승리도 내 것이고, 때가 되면 왕관도 내 것이 되겠지.' "괜찮으시다면 공격은 제가 직접 이끌겠습니다. 제 보상으로는 캐스털리록을 주셨으면 합니다. 라니스터 놈들에게서 빼앗은 다음에요." 캐스털리록이 있으면 라니스포트와 서부의 황금빛 땅을 쥘 수 있다. 그것은 그레이조이 가문이 한 번도 알지 못했던 부와 권력을 의미했다.

"생각과 글 몇 줄 가지고 스스로에게 후한 보상을 내리는구나." 그 아버지는 편지를 다시 읽었다. "그 강아지는 보상에 대해 아무 말도 안 했다. 그저 네가 자기를 대변하니 잘 듣고, 그놈에게 내 배와 검을 주면, 그 대신 나에게 왕관을 주겠다는 소리뿐이야." 차돌 같은 눈이 아들의 눈을 마주했다. "나에게 왕관을 주겠다고." 되풀이하는 목소리가 날카로워졌다.

"표현은 형편없지만, 실제 의미는—"

"의미는 말한 대로지. 그 꼬마가 나에게 왕관을 줄 거야. 그리고 준 것은 빼앗아갈 수 있다." 발론 공은 편지를 화로에 던졌다. 목걸이 위에 내려앉은 양피지는 열기에 말리다가 시커메지면서 불이 붙었다.

테온은 경악했다. "미쳤어요?"

아버지는 손등으로 그의 뺨을 얼얼하게 쳤다. "입조심해라. 지금 네가 있는 곳은 윈터펠이 아니고 난 꼬마 롭이 아니니, 그 따위로 말하면 안 되지. 나는 파이크의 사신이며 소금과 바위의 왕, 바닷바람의 아들인 그레이조이고 아무도 나에게 왕관을 주진 못해. 난 철의 값을 치른다. 5000년 전 붉은 손 유론이 했듯이 내 손으로 왕관을 차지하겠다."

테온은 아버지의 말투에 실린 격분을 피하여 뒤로 물러섰다. "그럼 차지해봐요." 그는 침을 뱉듯이 말했다. 뺨이 아직도 얼얼했다. "강철 군도의 왕을 자칭해봐요. 아무도 신경 쓰지 않을 테니……. 전쟁이 끝날 때까지는 말이죠. 그때가 되면 승자가 주위를 둘러보고 늙은 바보가 강철 왕관을 쓰고 자기 해안에 앉아 있는 걸 볼걸요."

발론 공은 웃음을 터뜨렸다. "흠, 그나마 겁쟁이는 아니로구나. 나도 바보가 아니다. 내가 바다에서 흔들거리는 꼴이나 보자고 함대를 모은 줄 아느냐? 나는 불과 검으로 왕국을 새길 작정이다……. 하지만 꼬마 왕 롭이 명하는 서부는 아니지. 캐스틸리록은 너무 강력하고, 타이윈 공은 지나치게 교활해. 그래, 라니스포트는 빼앗을 수 있을지 모르지만, 거길 지키지는 못할 게다. 아니지. 난 다른 자두를 노리고 있다……. 서부만큼 달콤하지는 않지만, 지키는 손도 없이 잘 익은 자두야."

'어디요?' 물어볼 수도 있었겠지만, 이내 테온도 답을 알았다.

대너리스

    도트락인들은 그 혜성에 '시라크 키야', 피 흘리는 별이라는 이름을 붙였다. 노인들은 불길한 징조라고 중얼거렸지만, 대너리스 타르가르옌은 칼 드로고를 불태운 밤에, 드래곤들이 깨어난 바로 그 밤에 처음 그 혜성을 보았다. 그녀는 경이로운 심정으로 밤하늘을 올려다보며 스스로에게 말했다. '저건 나의 의전관이야. 신들이 내게 길을 보여주려고 보낸 거야.'

    그러나 그 생각을 입 밖에 내자 시녀인 도리아는 겁을 냈다. "저 길에는 붉은 땅이 있습니다, 칼리시. 기마인들이 가혹하고 끔찍한 곳이라고 합니다."

    "우리는 저 혜성이 가리키는 길로 가야 해." 대니는 그렇게 주장했지만…… 사실은 그 길밖에 없었다.

    북쪽, 도트락의 바다라고 불리는 광대한 초원으로는 감히 갈 수 없었다. 처음 만나는 칼라사르가 그녀의 남루한 무리를 집어삼키고, 전사들은 죽이고 나머지는 노예로 삼을 터였다. 강 남쪽에 있는 어린 양족의 땅에도 갈 수 없었다. 그들은 호전적이지 않은 사람들을 상대하기에도 수가 너무 적었고, 라자르인들이 그들을 좋아할 이유가 없었다. 강 하류에 있는 미린과 융카이와 아스타포 같은 항구로 향할 수도 있겠으나, 라카로는 포노의 칼라사르가 포로들 수천 명을 앞세우고 그쪽으로 달려갔다고 경고했다. 노예상 만을 따라 벌어진 상처처럼 퍼진 노예 시장에서 팔기 위해서 말이다. 대니는 이의를 제기했다. "왜 내가 포노를 두려워해야 하지? 포노는 드로고의 코였고, 언제나 나에게 친절했어."

조라 모르몬트 경이 대답했다. "코 포노는 여왕님께 친절했으나, 칼 포노는 여왕님을 죽일 겁니다. 드로고를 제일 먼저 버린 게 포노였습니다. 전사 만 명이 함께 갔지요. 여왕님께는 백 명밖에 없습니다."

'아니, 넷밖에 없지. 나머지는 여자들과 늙고 병든 남자들, 그리고 머리를 땋은 적도 없는 소년들이야.' 대니는 그렇게 생각하고 지적했다. "나에겐 드래곤이 있어."

"아직 새끼들입니다. 아라크 한 번만 그어도 죽을 겁니다. 포노라면 사로잡을 가능성이 더 높겠습니다만…… 여왕님의 드래곤알은 루비보다 비쌌습니다. 살아있는 드래곤은 값을 매길 수 없지요. 온 세상에 단 세 마리뿐입니다. 보는 자들마다 갖고 싶어 할 겁니다."

"나의 드래곤이야." 대니는 격렬하게 말했다. 그들은 그녀의 믿음과 필요에서 태어났고, 그녀의 남편과 태어나지 않은 아들과 마기 미리 마즈 두르의 죽음으로 생명을 얻었다. 대니가 불 속으로 걸어 들어가자 깨어났고, 그녀의 부푼 가슴에서 젖을 빨았다. "내가 살아 있는 한 아무도 나에게서 빼앗지 못해."

"칼 포노를 만난다면 오래 사시지 못할 겁니다. 칼 자코도, 다른 어느 칼이라도 마찬가지입니다. 그자들이 가지 않은 곳으로 가셔야 합니다."

대니는 그에게 첫 번째 퀸스가드 자리를 주었고…… 모르몬트의 퉁명스러운 조언과 징조가 맞아떨어지자, 갈 길은 선명해졌다. 그녀는 백성들을 모으고 은마에 올랐다. 그녀의 머리카락은 드로고를 화장할 때 불타버렸기에, 시녀들은 그녀에게 드로고가 죽인 '흐라카', 도트락 바다의 하얀 사자 가죽을 입혔다. 무시무시한 머리 부분은 두건이 되어 민머리를 덮었고, 모피는 망토가 되어 어깨에서 등으로 흘러내렸다. 크림색 드래곤이 날카로운 검은 발톱을 사자 갈기에 박고 대니의 팔에 꼬리를 감는 한편, 조라 경은 익숙한 대니 옆자리에 섰다.

"우리는 혜성을 따라간다." 대니는 그녀의 칼라사르에게 말했다. 말하고 나니 아무도 반대하지 않았다. 그들은 과거 드로고의 백성이었으나, 지금은 대니의 백성이었다. 그들은 그녀를 '불타지 않은 분'이라고 불렀고, '드래곤의 어머니'라고도 불렀다. 그녀의 말이 곧 법이었다.

그들은 밤에 말을 달리고, 낮에는 천막 아래에서 해를 피했다. 곧 대니는 도리아의 말이 사실이었음을 알았다. 여기는 친절한 땅이 아니었다. 그들은 이동하면서 죽거나 죽어가는 말들을 줄줄이 남겼다. 포노와 자코와 다른 이들이 드로고의 말 떼 중에서 가장 좋은 말들을 차지하고, 대니에게는 늙고 앙상한 말, 병들고 다리 저는 말, 쇠약하고 성질 나쁜 짐승들만 남겨둔 탓이었다. 사람들도 마찬가지였다. 대니는 스스로에게 말했다. '이 사람들은 강하지 않아. 그러니 내가 이들의 힘이 되어야 해. 나는 두려움도, 약점도, 의혹도 보이지 말아야 해. 내 심장이 아무리 공포에 질리더라도 저들이 내 얼굴을 올려다보았을 때는 드로고의 여왕만 보여야 해.' 대니는 열네 살보다 훨씬 나이 든 느낌이었다. 그녀가 정말로 소녀였던 적이 있다면, 그 시절은 끝났다.

행군 사흘째에 첫 번째로 죽는 사람이 나왔다. 이가 다 빠지고 눈이 뿌옇게 흐린 노인이었는데, 안장에서 힘이 다해 떨어졌고 다시는 일어서지 못했다. 그는 한 시간 후에 죽었다. 흡혈 파리들이 시체에 우글우글 모여들어 그의 불운을 산 자들에게 전했다. 대니의 시녀 이리가 선언했다. "살 날이 다 지난 노인입니다. 누구도 이가 다 빠진 후까지 살아서는 안 돼요." 다른 이들도 수긍했다. 대니는 죽은 노인이 밤의 땅으로 타고 갈 수 있도록, 죽어가는 말 중에서도 가장 약한 말을 죽이라 명했다.

이틀 밤이 지나고 어린 여자아이가 죽었다. 아이 어머니의 고통스러운 울부짖음이 하루 종일 이어졌지만, 어쩔 수가 없었다. 가엾은 아이는 말을 타기에는 너무 어렸다. 그 아이에게는 밤의 땅에 끝없이 펼쳐진 검은 풀밭이 어울리지 않았다. 다시 태어나야 마땅했다.

붉은 황무지에는 식물이 별로 없었고, 물은 더 적었다. 낮은 언덕들과 바람이 몰아치는 척박한 평야만으로 이루어진 메마르고 황량한 땅이었다. 그들이 건넌 강은 죽은 사람의 뼈처럼 말라 있었다. 그들의 말은 바위와 죽은 나무 밑에서 자란 질긴 갈색의 악마풀 덤불로 연명했다. 대니는 별동대를 보내어 앞을 정찰했지만, 그들은 우물도 샘도 찾지 못하고 오직 얕게 고여 뜨거운 햇빛에 말라가는 쓴 웅덩이만 찾아냈다. 황야에 깊이 들어갈수록 그런 웅덩이의 크기도 작아졌고, 웅덩이와 웅덩이 사이 거리도 멀어졌다. 이 길도 없는 돌과 모래와 붉은 진흙의 황무지에 신이 있다면, 그 신들은 비를 내려달라는 기도에 귀를 막은 가혹하고 메마른 신들이었다.

와인이 먼저 떨어졌고, 오래지 않아서 기마전사들이 꿀술보다 더 좋아하는 마유주가 떨어졌다. 그다음에는 비축해둔 납작한 빵과 말린 고기가 다했다. 사냥꾼들은 사냥감을 찾지 못했고, 죽은 말의 살점만이 배를 채워주었다. 죽음에 죽음이 잇따랐다. 약한 아이들, 주름진 노파들, 아프고 멍청하고 부주의한 이들, 잔인한 땅은 그들을 모두 거둬 갔다. 도리아는 수척하게 여위고 눈이 움푹 들어갔으며, 화려하던 금발은 지푸라기처럼 버석거렸다.

대니도 다른 이들과 같이 허기와 갈증에 시달렸다. 가슴에선 젖이 말랐고, 젖꼭지는 갈라져 피가 났으며, 매일 살이 빠져서 막대기처럼 마르고 단단해졌다. 그러나 대니는 자신이 아니라 드래곤들을 걱정했다. 아버지는 그녀가 태어나기도 전에 죽었고, 그렇게 훌륭했다는 라에가르 오빠도 마찬가지였다. 어머니는 밖에서 폭풍이 절규하는 동안 그녀를 낳다가 죽었다. 나름의 방식으로 그녀를 사랑했음이 분명한 다정한 윌렘 대리 경은 그녀가 아주 어렸을 때 병으로 죽었다. 비세리스 오빠도, 그녀의 태양이자 별이었던 칼 드로고도, 심지어는 태어나지 않은 아들도 신들이 모조리 빼앗아갔다. '내 드래곤들은 빼앗아 가지 못해. 절대로.' 대니는 그렇게 맹세했다.

드래곤들은 언젠가 펜토스에 있는 마지스터 일리리오의 장원 벽을 살금살금 기어 다니던 여윈 고양이들보다 크지 않았다……. 날개를 펴기 전까지는 그랬다. 날개를 폈을 때 길이는 몸집의 세 배였고, 날개마다 화려한 색채의 반투명한 가죽이 길고 가느다란 뼈 사이에 팽팽하게 펼쳐져 섬세한 부채 같았다. 자세히 보면 드래곤의 몸 대부분이 목과 꼬리와 날개라는 사실을 알 수 있었다. '작기도 하지.' 대니는 손으로 먹이를 주면서 생각했다. 먹이려고 애썼다는 표현이 정확할지도 몰랐다. 드래곤들은 먹지 않았다. 피가 떨어지는 말고기 덩어리를 줄 때마다 콧구멍으로 수증기를 뿜으며 쉭쉭거리고 침을 뱉을 뿐, 받아먹지는 않았다. 그 문제는 대니가 어렸을 때 비세리스에게 들은 말을 떠올리고 나서야 해결되었다.

'드래곤과 인간만이 구운 고기를 먹지.' 비세리스가 한 말이었다.

시녀들을 시켜 말고기를 새까맣게 구워 오자 드래곤들은 뱀처럼 머리를 들이대고 열심히 고기를 찢었다. 그들은 구운 고기라면 하루에 제 몸무게의 몇 배를 집어삼켰고, 마침내 커지고 강해지기 시작했다. 대니는 그들의 매끄러운 비늘과 몸에서 뿜어 나오는 열기에 놀랐다. 그 열기가 어찌나 뚜렷한지 추운 밤이면 온몸에서 수증기가 솟는 것처럼 보였다.

저녁마다 칼라사르가 출발할 때면 대니는 드래곤 한 마리를 골라서 어깨에 앉혔다. 이리와 지키가 다른 두 마리를 나무를 엮어서 만든 새장에 넣고 말에 매단 채 대니를 바싹 따라 달렸다. 드래곤들은 시야에서 대니가 벗어나지 않아야 얌전했다.

"아에곤의 드래곤들은 옛 발리리아의 신들을 따라 이름 지었지." 대니는 어느 날 긴 밤을 여행하고 난 아침에 혈맹기수들에게 말했다. "비세니야의 드래곤은 바가르, 라에니스의 드래곤은 메락세스였고 아에곤은 검은 공포 발레리온을 탔어. 바가르의 입김은 기사의 갑옷을 녹이고 그 안에 든 사람을 구워버릴 정도로 뜨거웠다고 하고, 메락세스는 말을 통째로 삼켰다고 하고, 발레리온은…… 발레리온의 불은 제 비늘처럼 검었고, 날개가 어찌나 큰지 발레리온이 하늘을 날면 그 그림자에 마을이 다 가려졌다고 해."

도트락인들은 불안한 눈으로 대니의 드래곤 새끼들을 보았다. 셋 중에 제일 큰 드래곤은 반짝이는 검은색으로, 선명한 진홍색 줄이 들어간 비늘이 날개와 뿔에 잘 어울렸다. 아고가 중얼거렸다. "칼리시, 거기 발레리온의 재림이 앉아 있습니다."

"네 말대로일지도 모른다, 내 피 중의 피여." 대니는 엄숙하게 대답했다. "하지만 새로운 생은 새로운 이름을 받아야겠지. 나는 신들이 나에게서 빼앗아간 이들의 이름을 붙이겠다. 녹색 드래곤은 라에갈이야. 트라이던트의 녹색 강둑에서 죽은 내 용맹한 오빠의 이름을 따서. 크림색과 금색의 드래곤은 비세리온이라고 부르겠다. 비세리스는 잔인하고 약하며 겁에 질린 사람이었지만, 그래도 내 오빠였으니. 그 이름을 딴 드래곤은 오빠가 하지 못한 일을 하겠지."

"그리고 검은 짐승은요?" 조라 모르몬트 경이 물었다.

"검은 드래곤은, 드로곤이오." 대니가 말했다.

그러나 드래곤들이 건강하게 자라는 동안에도 칼라사르는 시들어 죽어갔다. 주위 땅은 점점 더 황량해졌다. 심지어 악마풀조차 드문드문 자랐다. 말들이 계속 쓰러졌고, 남은 말이 모자란 나머지 걸어야 하는 사람들도 있었다. 도리아는 열병에 걸렸고 갈수록 병세가 심해졌다. 입술과 손이 다 피물집투성이였고 머리카락은 뭉텅이로 빠졌으며, 어느 날 저녁에는 말에 오를 힘조차 없어졌다. 조고는 버리고 가거나 안장에 묶어야 한다고 말했지만, 대니는 도트락의 바다에서 드로고가 그녀를 더 사랑할 수 있게 도리아가 비밀을 가르쳐줬던 밤을 기억했다. 대니는 자기 주머니에 든 물을 도리아에게 주고, 젖은 천으로 이마를 식혀주고, 도리아가 몸을 떨다가 죽을 때까지 손을 잡아주었다. 그런 후에야 칼라사르에 계속 가도 좋다는 허락을 내렸다.

다른 여행자라고는 보이지 않았다. 도트락인들은 두려움에 떨면서 혜성이 그들을 지옥으로 끌고 왔다고 중얼거리기 시작했다. 대니는 어느 날 아침, 바람에 씻긴 검은 돌무더기 사이에 진을 치고 있을 때 조라 경을 찾았다. "우린 길을 잃은 건가? 이 황야에 끝이 있기는 한가?"

"끝은 있습니다." 조라는 조심스럽게 대답했다. "저는 무역상들이 그린 지도를 본 적이 있습니다, 여왕님. 이 길로 오는 카라반은 거의 없지만, 동쪽에는 거대한 왕국들과 놀라움이 가득한 도시들이 있습니다. 이-티, 콰스, 그림자 옆 아사이…….."

"우리가 살아서 그곳들을 볼까?"

"거짓말은 하지 않겠습니다. 길이 제가 생각한 것보다 더 힘듭니다." 기사는 지쳐서 얼굴이 잿빛이었다. 칼 드로고의 혈맹기수들과 싸운 밤에 엉덩이에 입은 상처가 완전히 낫지 않았다. 대니는 조라가 말에 오를 때 얼굴을 찌푸리는 모습을 볼 수 있었고, 달릴 때면 안장 속에 주저앉는 것 같았다. "계속 나아가면 파멸할지도 모릅니다……. 하지만 돌아간다면 확실히 파멸합니다."

대니는 그의 뺨에 가볍게 입을 맞췄다. 그가 미소 짓는 모습을 보니 용기가 났다. '조라를 위해서도 내가 강해져야 해.' 그녀는 엄격하게 생각했

다. '조라는 기사일지 모르지만, 나는 드래곤의 핏줄이야.'

그들이 찾아낸 다음번 웅덩이는 델 정도로 뜨거웠고 유황 냄새가 났지만, 그들의 물주머니는 거의 비어 있었다. 도트락인들은 그 물을 단지와 항아리에 담아 식혀서 미지근한 채로 마셨다. 그런다고 맛이 나아지지는 않았지만, 그래도 물은 물이었고 모두가 목이 말랐다. 대니는 절망적인 심정으로 지평선을 보았다. 일행의 3분의 1을 잃었는데, 아직도 척박하고 붉은 황야가 끝없이 이어졌다. '혜성이 내 희망을 비웃는구나.' 그녀는 하늘에 뜬 혜성을 올려다보았다. '내가 세상의 반을 가로지르고 드래곤들의 탄생을 본 것이 그저 이 뜨겁고 혹독한 사막에서 함께 죽기 위해서였단 말인가?' 믿을 수 없었다.

다음 날, 갈라지고 깊은 틈이 생긴 혹독한 붉은 평원을 건너다가 동이 텄다. 대니가 진을 치라고 명령하려는데 별동대가 질주해 돌아오며 외쳤다. "도시입니다, 칼리시. 달처럼 창백하고 처녀처럼 사랑스러운 도시입니다. 한 시간만 달리면 나옵니다."

"안내하거라." 대니는 말했다.

그 도시가 앞에 나타났을 때, 아지랑이 너머로 빛나는 하얀 성벽과 탑이 어찌나 아름답던지 대니는 신기루가 분명하다고 생각했다. "저기가 어디일지 짐작이 가는가? 조라 경."

망명 기사는 지친 얼굴로 고개를 가로저었다. "모릅니다, 여왕님. 이렇게 동쪽 멀리 와본 적은 없습니다."

멀리 보이는 하얀 성벽은 휴식과 안전, 치유하고 강해질 기회를 약속했고 대니는 그대로 달려들고 싶었다. 하지만 그녀는 혈맹기수들을 돌아보았다. "내 피 중의 피여, 앞서가서 저 도시의 이름과 우리가 어떤 환대를 기대해야 할지 알아보라."

"예, 칼리시." 아고가 말했다.

혈맹기수들은 오래지 않아서 돌아왔다. 라카로가 안장에서 훌쩍 뛰어내렸다. 그의 메달 허리띠에는 대니가 그를 혈맹기수로 임명할 때 내린 거대한 곡도가 달려 있었다. "저 도시는 죽었습니다, 칼리시. 이름도 없고 신도 없는 상태로, 성문은 부서졌고 길거리에는 바람과 파리들만 다닙니다."

지키가 몸을 떨었다. "신들이 없어진 곳에서는 사악한 유령들이 밤마다 잔치를 벌입니다. 그런 곳은 피하는 게 좋습니다. 잘 알려진 사실입니다."

"잘 알려진 사실입니다." 이리가 맞장구를 쳤다.

"나에게는 아니다." 대니는 말에 박차를 가하여 앞장서서 오래된 성문의 부서진 아치 아래를 지나고 고요한 길거리를 달렸다. 조라 경과 혈맹기수들이 뒤따랐고, 그다음에 좀 더 느린 속도로 나머지 도트락인들이 따라왔다.

그 도시가 버려진 지 얼마나 되었는지는 알 수 없었지만, 멀리서 보았을 때는 그토록 아름답던 하얀 성벽도 가까이에서 올려다보니 금이 가고 허물어졌다. 성벽 안은 좁고 구불구불한 골목길의 미로였다. 건물들이 바싹 붙어 있었는데, 앞면이 창문도 없이 온통 하얬다. 마치 이 도시에 살던 사람들은 색깔을 알지 못했던 것처럼, 모든 것이 희었다. 그들은 집이 무너진 곳에서 햇빛을 받고 있는 돌무더기들을 지나쳤고, 다른 곳에서는 희미해져가는 화재의 상흔을 보았다. 골목길 여섯 개가 교차하는 곳에서 대니는 텅 빈 대리석 대좌를 지나쳤다. 예전에 도트락인들이 왔다 간 모양이었다. 지금도 이 도시에서 사라진 조각상이 바에스 도트락에 다른 도난당한 신들과 함께 서 있을지 몰랐다. 대니는 미처 알지도 못한 채 그 조각상 앞을 수없이 지나쳤을지도 몰랐다. 어깨에 앉은 비세리온이 쉭쉭거렸다.

그들은 파괴된 궁전 잔해 앞, 바닥에 깔린 돌 틈으로 악마풀이 돋아난 바람 부는 광장에 진을 쳤다. 대니는 폐허를 뒤져보라고 남자들을 보냈다. 몇 명은 꺼리는 기색으로 움직였지만, 그래도 명령대로 가기는 했다…….

그리고 금세 흉터투성이의 노인 하나가 웃는 얼굴로 뛰어 돌아왔다. 그의 손에는 무화과가 넘치도록 들려 있었다. 크기도 작고 쭈글쭈글했지만, 대니의 백성들은 서로를 밀쳐가며 달려들어 무화과를 게걸스럽게 입안에 밀어 넣고 행복하게 씹었다.

다른 수색자들은 비밀 정원의 닫힌 문 뒤에 다른 과일나무들도 있다는 이야기를 듣고 돌아왔다. 아고는 대니를 웃자라고 비틀린 포도 넝쿨에 작은 초록색 포도 열매가 달린 안뜰로 안내했고, 조고는 차갑고 깨끗한 물이 나오는 우물을 발견했다. 그러나 그들은 뼈도 발견했다. 묻히지 못한 죽은 자의 두개골이 새하얗게 부서져 있었다. "유령이에요." 이리가 중얼거렸다. "끔찍한 유령들이 있어요. 여기 머물면 안 됩니다, 칼리시. 여긴 유령들의 장소예요."

"난 유령이 무섭지 않다. 드래곤이 유령보다 더 강해." 그리고 무화과가 더 중요했다. "지키와 같이 가서 내 몸을 씻을 깨끗한 모래를 찾아오고, 바보 같은 소리는 그만해라."

대니는 서늘한 천막 안에서 화로 위에 말고기를 구우며 선택지를 생각했다. 여기에는 일행을 지탱할 만한 먹을 것과 물이 있었고, 말들이 힘을 되찾을 만한 풀도 있었다. 매일 같은 곳에서 눈을 뜨고, 그늘진 정원에 머물며 원하는 만큼 무화과를 먹고 차가운 물을 마신다면 얼마나 좋을까.

이리와 지키가 하얀 모래를 항아리에 담아 오자, 대니는 옷을 벗고 시녀들에게 모래 목욕을 받았다. "머리털이 다시 납니다, 칼리시." 지키가 그녀의 등을 문지르면서 말했다. 대니가 머리를 만져보니 새로 돋은 머리털이 느껴졌다. 도트락 남자들은 머리카락을 길게 길러 기름을 발라 땋았고, 패배했을 때만 잘랐다. '나도 그래야 할지 몰라. 이제는 드로고의 힘이 내 안에 살아 있다는 사실을 저들에게 상기시키려면.' 칼 드로고는 머리채를 한 번도 자르지 않고 죽었다. 그런 자랑을 할 수 있는 남자는 거의 없었다.

천막 저편에서 라에갈이 녹색 날개를 펴고 퍼덕퍼덕 몇 센티미터 날아올랐다가 카펫에 쿵 떨어졌다. 그러더니 성을 내며 꼬리를 휘두르고 고개를 들어 소리를 질렀다. '나에게 날개가 있었다면 나도 날고 싶었겠지.' 대니는 생각했다. 옛 타르가르옌 가문 사람들은 전쟁에 나갈 때 드래곤 등에 올라탔다. 대니는 드래곤의 목에 올라 앉아 하늘 높이 날아오르면 어떤 기분일까 상상해보려 했다. '산꼭대기에 서는 기분과 비슷한데, 그보다 더 좋겠지. 온 세상이 발아래 펼쳐질 거야. 충분히 높이 날아오른다면 칠왕국까지 보이고, 손을 뻗어 혜성을 만질 수 있을지도 몰라.'

이리가 대니의 몽상을 깨뜨리며 조라 모르몬트 경이 밖에서 기다리고 있다고 일렀다. "들여보내라." 대니는 명하고 모래로 문질러 따끔거리는 몸을 사자 가죽으로 감쌌다. 흐라카는 대니보다 훨씬 커서, 그 가죽으로 가리고 싶은 곳은 다 덮을 수 있었다.

"복숭아를 가져왔습니다." 조라 경이 무릎을 꿇으며 말했다. 손바닥 안에 감춰질 만큼 작았고, 지나치게 익은 복숭아였지만, 그래도 한 입 물었을 때 과육이 어찌나 단지 울어버릴 뻔했다. 그녀가 한 입 한 입을 음미하며 천천히 복숭아를 먹는 동안 조라 경은 서쪽 성벽 근처 정원에 있는 나무에서 땄다는 이야기를 고했다.

"과일과 물과 그늘이라니." 대니는 복숭아즙으로 뺨이 끈적해져서 말했다. "신들이 자비를 베풀어 우리를 이 장소로 데려오셨군."

"힘을 회복할 때까지 여기에서 쉬어야 합니다. 붉은 땅은 약한 이들에게 친절하지 않습니다." 기사는 그렇게 권했다.

"내 시녀들은 여기에 유령들이 있다는군."

"유령은 어디에나 있습니다." 조라 경은 부드럽게 말했다. "우린 어딜 가든 유령을 지고 다닙니다."

'그래. 비세리스, 칼 드로고, 내 아들 라에고는 언제나 나와 함께 있지.'

"조라 경의 유령 이름을 말해보시오. 나의 유령은 경도 다 알 테니."

조라의 얼굴이 아주 고요해졌다. "이름은 리네스였습니다."

"아내였나?"

"두 번째 아내였지요."

그녀에 대해 말하기를 고통스러워한다는 사실을 알 수 있었지만, 대니는 진실을 알고 싶었다. "그 여자에 대해 할 말이 그것뿐인가?" 한쪽 어깨에서 사자 가죽이 미끄러져 내렸고 대니는 가죽을 끌어당겼다. "아름다웠소?"

"무척 아름다웠지요." 조라 경은 대니의 어깨에서 얼굴로 시선을 올렸다. "그 여자를 처음 봤을 때는 지상에 내려온 여신이라고 생각했습니다. '처녀 신'의 현신이라고요. 출신은 저보다 훨씬 좋았습니다. 올드타운의 레이톤 하이타워 공의 막내딸이었지요. 여왕님의 부왕을 위해 킹스가드를 지휘하던 하얀 황소가 리네스의 종조부였습니다. 하이타워 가문은 오랜 역사를 자랑하는, 아주 부유하고 자부심 강한 집안이지요."

"충성스럽기도 하지. 비세리스에게 하이타워는 끝까지 내 아버지에게 충실했다고 들은 기억이 나."

"그렇습니다." 조라는 수긍했다.

"양쪽 집안 아버지들이 주선한 혼인이었소?"

"아닙니다. 저희 결혼은…… 길고 재미없는 이야기입니다, 전하. 이런 이야기로 여왕님을 성가시게 하고 싶지 않군요."

"어차피 난 갈 곳이 없소. 부디."

"여왕님 분부시라면." 조라 경은 얼굴을 찌푸렸다. "제 고향은…… 나머지 이야기를 이해하시려면 제 고향을 이해하셔야 합니다. 곰 섬은 아름답지만 외딴곳입니다. 굴곡진 늙은 참나무와 키 큰 소나무들, 꽃이 핀 가시덤불, 이끼 늘어진 회색 돌들, 가파른 비탈을 따라 흐르는 얼음처럼 차가운 작은 개울들을 상상해보십시오. 모르몬트 가문의 성은 커다란 통나무로 지어서 흙 울타리를 두른 전당입니다. 몇 안 되는 농장을 제외하면 제 영지민들은 해안을 따라 살면서 바다에서 고기를 잡습니다. 북쪽 멀리 있다 보니 겨울은 칼리시가 상상하시기 힘들 만큼 끔찍하지요.

그래도 그 섬은 저에게 잘 맞았고, 여자가 부족했던 적은 없었습니다. 결혼하기 전에나 후에나 어부의 아내들과 농부의 딸들을 제 몫만큼 누렸지요. 결혼은 어렸을 때 아버지가 고르신 신부와 했는데, 딥우드모트의 글로버 가문이었습니다. 저희의 결혼은 10년쯤 이어졌지요. 평범한 외모였습니다만, 박정한 사람은 아니었습니다. 저희의 관계는 열정적이기보다는 의무적이었습니다만, 저도 어느 정도는 그 사람을 사랑했다고 생각합니다. 그 사람은 제게 후계자를 안겨주려다가 세 번 유산했습니다. 마지막에는 회복하지 못하고, 얼마 지나지 않아서 죽었지요."

대니는 조라 경의 손을 잡고 손가락을 쥐었다. "안타깝군. 정말로."

조라 경은 고개를 끄덕였다. "그 무렵에는 제 아버지가 검은 옷을 입으신 후라서, 제가 곰 섬의 영주였습니다. 결혼 제안은 넘치도록 받았지만, 제가 결정을 내리기 전에 발론 그레이조이 공이 찬탈자에게 반란을 일으켰고, 네드 스타크는 친구인 로버트를 돕기 위해 휘하를 소집했습니다. 마지막 전투는 파이크에서 벌어졌습니다. 로버트의 투석기가 발론 왕의 성벽에 틈을 내자 제일 먼저 뛰어든 것은 미르에서 온 사제였지만, 저도 많이 뒤처지지는 않았습니다. 그때 전투로 저는 기사가 되었지요.

로버트는 승리를 축하하기 위해 라니스포트 밖에서 마상 시합을 열라 명했습니다. 제 나이의 반밖에 안 되는 처녀였던 리네스를 본 건 그곳에서였습니다. 오빠들의 시합을 보기 위해 올드타운에서 아버지와 함께 올라온 참이었지요. 저는 시선을 뗄 수가 없었고, 발작적으로 리네스에게 마상 시합에 달고 나갈 정표를 달라고 애걸했습니다. 제 요청을 들어주리라곤 꿈도 꾸지 않았건만, 그렇게 해주더군요.

칼리시, 저는 누구 못지않게 잘 싸웁니다만, 마상 시합 기사는 아니었습니다. 그러나 리네스의 리본을 팔에 묶은 저는 다른 사람이 됐습니다. 차례차례 이겨나갔지요. 제 앞에서 제이슨 말리스터 공이 쓰러지고, 청동 욘 로이스가 떨어졌습니다. 저는 라이먼 프레이 경, 그 형제인 호스틴 경, 휀트 공, 힘센 멧돼지 기사, 심지어는 킹스가드의 보로스 블런트 경까지 모두 말에서 떨어뜨렸습니다. 마지막 시합에서 저는 제이미 라니스터를 상대로 창을 아홉 개나 부러뜨리고도 결말을 못 냈고, 로버트 왕은 저에게 우승자의 월계관을 내렸습니다. 저는 리네스에게 사랑과 미의 여왕 자리를 주고, 바로 그날 밤에 그 부친에게 찾아가서 혼인을 요청했습니다. 저는 와인만이 아니라 영광에도 취해 있었습니다. 저는 경멸 어린 거절을 당해 마땅했습니다만, 레이톤 공은 제 청을 받아들였습니다. 저희는 라니스포트에서 결혼했고, 저는 2주 동안 온 세상에서 제일 행복한 사내였습니다."

"겨우 2주?" 대니는 물었다. '나조차도 내 태양이자 별이었던 드로고와의 행복을 그보다는 더 누렸거늘.'

"그 2주는 라니스포트에서 곰 섬까지 항해하는 데 걸린 시간이었습니다. 제 고향은 리네스에게 큰 실망거리였습니다. 너무 춥고, 너무 습기 차고, 너무 외딴곳이었으며, 제 성은 나무로 만든 긴 전당에 불과했습니다. 가면극도 유랑극단도 무도회도 장날도 없었습니다. 몇 계절이 지나도록 가수 한 명 찾아오는 일이 없을 수도 있었고, 섬에 사는 금세공인도 없었습니다. 식사마저 시련이 되었습니다. 제 요리사는 구이와 스튜 외에는 알지 못했고, 리네스는 곧 물고기와 사슴 고기에 입맛을 잃었습니다.

저는 리네스의 미소를 위해 살았기에, 올드타운까지 사람을 보내어 새로운 요리사를, 라니스포트에서는 하프 연주자를 데려왔습니다. 금세공인, 보석 세공인, 드레스 장인, 뭐든 원하면 찾아줬지만, 언제나 부족했습니다. 곰 섬에는 곰과 나무는 풍족했으나 다른 것은 다 부족했습니다. 저는 아내를 위해 훌륭한 배를 한 척 만들었고 저희는 축제와 장날에 맞추어 라니스포트와 올드타운에 갔습니다. 한번은 브라보스까지 가서 사채업자에게 큰돈을 빌리기도 했습니다. 마상 시합 우승자로서 아내의 손과 심장을 얻어냈기에 그녀를 위해 다른 마상 시합에도 참여했지만, 마법은 사라지고 없었습니다. 저는 두 번 다시 두각을 드러내지 못했고, 모든 패배는 준마와 시합용 갑옷을 잃는다는 뜻이었으며, 그렇게 잃은 말과 갑옷은 배상금을 지불하고 찾거나 다시 구해야 했습니다. 그 비용은 감당할 수 없이 불어났습니다. 결국 저는 집에 돌아가야 한다고 주장했지만, 상황은 곧 전보다 더 나빠졌습니다. 더는 요리사와 하프 연주자에게 돈을 지불할 수 없었고, 제가 아내의 보석을 저당 잡히자고 말하자 리네스는 화를 냈습니다.

나머지는…… 저는 말하기 수치스러운 짓을 했습니다. 돈을 위해서. 리네스가 보석과 하프 연주자와 요리사를 유지할 수 있도록 한 짓이었지요. 결국 저는 모든 것을 잃었습니다. 에다드 스타크가 곰 섬으로 온다는 소식을 들었을 때 저는 명예라고는 모르는 남자가 되어, 그곳에서 스타크의 심판을 마주하느니 아내를 데리고 망명해버렸습니다. 우리의 사랑보다 중요한 것은 없다는 말로 스스로를 속이면서요. 저희는 리스로 달아났고, 그곳에서 저는 배를 팔아서 생활할 돈을 구했습니다."

조라의 목소리에는 비탄이 짙었고, 대니는 더 밀어붙이기가 망설여졌지만, 그래도 이야기가 어떻게 끝났는지 알아야 했다. "아내는 그곳에서 죽었소?" 그녀는 부드럽게 물었다.

"제게만 죽었지요. 반년이 지나자 돈이 떨어졌고, 저는 어쩔 수 없이 용병 일을 해야 했습니다. 제가 로인에서 브라보스인과 싸우는 사이에 리네스는 트레가 오몰렌이라는 대상인의 저택으로 들어가버렸습니다. 지금은 첫째가는 첩이 되어, 본부인조차 무서워할 정도라더군요."

대니는 경악했다. "그 여자를 증오하시오?"

"사랑하는 만큼 증오하지요." 조라 경은 대답했다. "그만 실례하겠습니다, 여왕님. 많이 피곤하군요."

대니는 가도 좋다고 허락했지만, 조라가 천막 문을 들어 올릴 때 참지 못하고 등 뒤에서 마지막 질문을 던졌다. "경의 부인이었던 리네스는 어떻게 생겼소?"

조라 경은 서글픈 미소를 지었다. "조금은 당신을 닮았습니다, 대너리스." 그는 깊숙이 절을 했다. "안녕히 주무십시오, 여왕님."

대니는 전율하고 사자 가죽을 단단히 당겼다. '나를 닮았다고.' 그 말은 그녀가 진정 이해하지 못했던 많은 것을 설명해주었다. 그녀는 깨달았다. '조라는 나를 원해. 그 여자를 사랑했던 것처럼 나를 사랑해. 여왕을 사랑하는 기사의 마음이 아니라 여자를 사랑하는 남자의 마음으로.' 그녀는 조라의 품에 안겨 그에게 입을 맞추고, 쾌락을 주고, 몸 안으로 받아들이는 상상을 해보려 했다. 소용없었다. 눈을 감으면 조라의 얼굴이 계속 드로고의 얼굴로 변했다.

칼 드로고는 그녀의 태양이자 별이었으며 처음이었고, 아마 마지막이 될 터였다. 마기였던 미리 마즈 두르는 그녀가 다시는 살아 있는 아이를 배지 못하리라 맹세했으니, 어떤 남자가 석녀 아내를 원하겠는가? 그리고 어떤 남자가 머리채를 자른 적도 없이 죽어서 이제는 밤의 땅을 달리며 별들을 자신의 칼라사르로 삼은 드로고와 경쟁할 수 있겠는가?

대니는 곰 섬에 대해 이야기하던 조라 경의 목소리에서 갈망을 들었다. '조라는 결코 나를 가질 수 없겠지만, 언젠가 내가 그에게 고향과 명예를 되찾아줄 수는 있겠지. 그 정도는 해줄 수 있어.'

그날 밤에는 어떤 유령도 그녀의 잠을 방해하지 않았다. 그녀는 드로고와, 그들이 혼인한 날 밤에 처음으로 함께 말을 달렸던 순간을 꿈꾸었다. 꿈속에서 그들이 탄 것은 말이 아니라 드래곤이었다.

다음 날 아침, 대니는 혈맹기수들을 불러 모아 그 셋에게 말했다. "내 피 중의 피여. 너희들이 필요하다. 각각 우리에게 남은 말들 중에서 가장 건강하고 강한 말을 세 마리씩 골라라. 세 마리 말에 최대한 많은 물과 식량을 실은 후, 말을 달려라. 아고는 남서쪽으로, 라카로는 남쪽으로 간다. 조고, 너는 시라크 키야를 따라서 남동쪽으로 가거라."

"무엇을 찾아야 합니까, 칼리시?" 조고가 물었다.

"무엇이 있는지 찾아라. 살아 있든 죽어 있든, 다른 도시들을 찾아라. 카라반과 사람들을 찾아라. 강과 호수와 거대한 소금 바다를 찾아라. 이 황무지가 우리 앞으로 얼마나 멀리 뻗어나가며, 황무지 저편에는 무엇이 있는지 찾아보아라. 다시 이 장소를 떠날 때는 맹목적으로 달려갈 생각이 없다. 내가 어디로 가는지, 그곳에 가는 최선의 방법은 무엇인지 알고 움직이겠다."

그렇게 해서 혈맹기수들은 머리채에 달린 종을 부드럽게 울리며 떠났고, 대니는 얼마 남지 않은 생존자들을 그들이 바에스 톨로로, 즉 '해골의 도시'라 이름 붙인 곳에 머물게 했다. 낮이 가고 밤이 오고 또 낮이 왔다. 여자들은 죽은 자들의 정원에서 과일을 땄다. 남자들은 말을 돌보고 안장과 등자와 신발을 수선했다. 아이들은 꼬불꼬불한 골목길을 돌아다니다가 오래된 청동 동전과 자주색 유리 조각과 뱀 모양으로 조각한 손잡이가 달린 돌 술병을 찾아냈다. 여자 하나가 붉은 전갈에게 쏘이기는 했지만, 죽은 사람은 그 여자 하나였다. 말들은 살이 붙기 시작했다. 대니가 조라 경의 상처를 직접 보살피자 그 상처도 낫기 시작했다.

라카로가 제일 먼저 돌아왔다. 그는 남쪽으로 붉은 황무지가 계속 이어지다가 독물을 옆에 둔 황량한 해안가로 끝난다고 보고했다. 여기에서 거기까지는 소용돌이치는 모래와 바람에 반질반질해진 바위, 날카로운 가시가 돋아난 식물들뿐이었다. 그는 드래곤의 뼈를 하나 지나쳤다고, 거대한 검은 턱 안으로 말을 몰아 들어갈 정도로 거대한 뼈였다고 맹세했다. 그 외에는 아무것도 보지 못했다.

대니는 그에게 가장 튼튼한 사내들 십여 명을 거느리고 광장을 뜯어서 흙을 드러내는 작업을 맡겼다. 포장 돌 사이로 악마풀이 자랄 수 있다면, 돌을 걷어내고 나면 다른 풀도 자랄 터였다. 우물이 충분하니 물이 모자라지는 않았다. 씨를 뿌리면 광장에 꽃을 피울 수 있으리라.

그다음으로 아고가 돌아왔다. 그는 남서쪽이 불에 타서 척박한 땅이라고 맹세했다. 그는 바에스 톨로로보다 작기는 하지만 다른 면에서는 똑같은 도시의 폐허를 두 개 발견했다. 하나는 녹슨 강철 창에 꽂힌 해골을 빙 두르고 있어서 감히 들어가지 못했지만, 두 번째 도시는 최대한 탐색했다. 그는 대니에게 그곳에서 찾아낸 강철 팔찌를 보여주었다. 대니의 엄지손가락만 한 다듬지 않은 파이어오팔이 박혀 있었다. 두루마리들도 있었지만, 말라서 부서져갔기에 놓인 자리에 두고 왔다고 했다.

대니는 아고에게 고맙다 이르고 성문 수리를 맡겼다. 오래전에 적이 이 도시들을 파괴하려 황무지를 건너왔다면, 다시 올 수도 있었다. "그럴 경우에는 대비하고 있어야지." 그녀는 그렇게 선언했다.

조고는 대니가 길을 잃었나 걱정할 정도로 오랫동안 돌아오지 않았지만, 모두가 기다리기를 그만두었을 때 마침내 남동쪽에서 말을 타고 왔다. 아고가 세워둔 위병들 중 하나가 제일 먼저 보고 고함을 질렀고, 대니가 직접 보려고 성벽으로 달려갔다. 사실이었다. 그것도 조고 혼자가 아니었다. 조고 뒤에 어떤 말도 작아 보이게 만드는 못생기고 혹이 달린 짐승에 올라탄 기묘한 옷차림의 이방인 세 명이 따라왔다.

그들은 성문 앞에서 고삐를 당기고는, 성벽 위에 선 대니를 올려다보았다. 조고가 외쳤다. "내 피 중의 피여, 저는 대도시 콰스에 갔다가 자기들 눈으로 당신을 보겠다는 이들 셋과 함께 돌아왔습니다."

대니는 이방인들을 내려다보았다. "내가 여기 서 있으니, 원한다면 보라……. 하지만 우선 그대들의 이름을 말하라."

푸른 입술의 창백한 남자가 목쉰 도트락어로 대답했다. "나는 위대한 흑마법사, 피아트 프리요."

코에 보석을 박은 대머리 남자가 자유도시의 발리리아어로 대답했다. "나는 콰스의 대상인 13인회의 자로 쇼안 닥소스요."

옻칠을 한 나무 가면을 쓴 여자가 칠왕국의 공용어로 말했다. "나는 그림자의 퀘이트. 우리는 드래곤을 찾아왔소."

"더 찾을 필요 없네. 여기에 있으니." 대너리스 타르가르옌은 그들에게 말했다.

그 마을은 샘의 오래된 지도에 '화이트트리(Whitetree, 흰 나무 마을)'라고 적혀 있었다. 존은 그게 마을이라고 생각하지 않았다. 모르타르도 바르지 않아 다 쓰러져가는 방 하나짜리 돌집 네 채가 텅 빈 양 우리와 우물을 둘러싸고 있었다. 집집마다 지붕에는 이엉을 얹었고, 창문은 너덜너덜한 가죽 조각으로 막았다. 그리고 그 위로 창백한 가지와 검붉은 잎사귀를 늘어뜨린 괴물같이 큰 영목이 서 있었다.

존 스노우는 그렇게 큰 나무를 본 적이 없었다. 지름이 2.5미터에 달했고, 가지가 얼마나 넓게 펼쳐져 있는지 마을 전체가 그 아래 가려졌다. 크기보다 더 마음을 어지럽히는 것은 그 얼굴이었다……. 특히 입이었다. 단순하게 몸통에 그은 선이 아니라, 양 한 마리는 집어삼킬 만큼 커다란 삐죽삐죽한 공동이 나 있었다.

'하지만 굴러다니는 건 양 뼈가 아니야. 잿더미 속에 있는 것도 양 머리 뼈가 아니고.'

"오래된 나무로군." 모르몬트가 말에 앉은 채 얼굴을 찌푸렸다. 어깨에 앉은 까마귀가 맞장구를 쳤다. "오래, 오래, 오래, 오래."

"강력하기도 하고요." 존은 그 힘을 느낄 수 있었다.

검은색 판금과 사슬 갑옷을 입은 토렌 스몰우드가 그 나무 옆에 내려섰다. "저 얼굴 좀 보십쇼. 처음 웨스테로스에 온 사람들이 저것들을 무서워한 게 당연하네요. 저도 이 망할 나무를 도끼로 찍어버리고 싶습니다."

존이 말했다. "제 아버지는 심장 나무 앞에서는 아무도 거짓말을 할 수 없다 믿으셨죠. 옛 신들은 거짓말을 안다고요."

"내 아버지도 똑같이 믿으셨지. 저 머리뼈를 보여다오." 늙은 곰이 말했다.

존은 말에서 내렸다. 등에는 검은색 가죽 어깨 칼집에 든 '긴 발톱'을 매고 있었다. 늙은 곰이 생명을 구해준 보답으로 준 한 손 반잡이 잡종검(bastard sword, 본래 한 손 검과 양손 검, 양쪽 쓰임이 다 가능하다는 의미로 붙은 이름이다. 존 스노우가 서자라는 점에 빗대기도 한다.)이었다. 사람들은 이 검을 두고 서자에게 서자검이라는 농담을 하기도 했다. 손잡이는 존을 위해 새로 만들어서 끝에 하얀 돌로 조각한 늑대 머리를 장식했지만, 칼날은 발리리아 강철로 오래되고 가벼웠으며 극도로 날카로웠다.

그는 무릎을 꿇고 장갑 낀 손을 구멍에 집어넣었다. 공동 안은 말라붙은 수액으로 붉었고 불 때문에 시커멨다. 그는 문제의 머리뼈 아래로 턱뼈가 나간 더 작은 머리뼈를 보았다. 재와 뼛조각 사이에 반쯤 묻혀 있었다.

존이 머리뼈를 모르몬트에게 가져가자, 늙은 곰은 두 손에 들고 빈 눈구멍을 들여다보았다. "야인들은 시체를 태우지. 그 점은 언제나 알고 있었어. 이젠 이유를 물어볼 걸 그랬다 싶군. 아직 물어볼 놈이 몇 명이라도 있었을 때 말이야."

존 스노우는 창백한 죽은 얼굴에 새파란 눈을 빛내며 일어나던 시귀를 기억했다. 그는 이유를 확실히 알 것 같았다.

늙은 곰은 툴툴거렸다. "뼈가 말을 할 수 있다면 이 친구가 말해줄 수 있는 게 많을 텐데. 누가 태웠는지, 왜 태웠는지. 야인들은 어디로 갔는지."

그는 한숨을 내쉬었다. "숲의 아이들은 죽은 자와 대화할 수 있었다고 하지. 하지만 나는 못해." 그는 머리뼈를 나무의 입속에 던져 넣었다. 머리뼈는 고운 재를 흩날리며 떨어졌다. "집집마다 수색해라. 거인, 너는 이 나무 꼭대기에 올라가서 살펴봐라. 사냥개들도 풀겠다. 이번에는 좀 더 새로운 흔적이 있을지 모르지." 말투만 들어도 마지막 말에 대단한 희망을 두지는 않았음이 드러났다.

아무것도 놓치지 않도록 집집마다 두 명씩 들어갔다. 존은 음침한 에디슨 톨렛과 짝을 이루었는데, 머리는 희끗희끗하고 몸은 창대처럼 마른 종자로 다른 형제들은 그를 구슬픈 에드라고 불렀다. 그는 마을을 가로지르면서 존에게 말했다. "시체가 걸어 다니는 것만 해도 나쁜데, 늙은 곰은 이제 그놈들이 말도 하길 원하는 거야? 장담하는데 그래봐야 좋을 거 하나 없어. 그리고 누가 뼈다귀는 거짓말을 안 한대? 죽는다고 진실해지거나 영리해질 이유가 있나? 죽은 자는 따분해가지고는 지루한 불평만 가득할 걸. 땅바닥이 너무 춥네, 묘비가 더 커야 하네, 나보다 저놈에게 벌레가 더 꼬이네……."

존은 낮은 문을 통과하기 위해 허리를 굽혀야 했다. 단단히 다진 흙바닥이 나왔다. 가구라곤 없었고, 지붕에 뚫린 연기 구멍 밑에 보이는 재를 제외하면 사람들이 여기에 살았다는 흔적도 없었다. "정말 살기 암울한 곳이네요."

"난 이런 집에서 태어났어." 구슬픈 에드가 선언했다. "그때가 그래도 황홀한 시절이었지. 나중에는 힘든 시절에 떨어졌고." 방 한쪽 구석에는 말린 짚으로 만든 잠자리가 있었다. 에드는 갈망하는 눈으로 그곳을 보았다. "침대에서 다시 잘 수만 있다면 캐스털리록의 금이라도 다 주겠어."

"저걸 침대라고 부르는 거예요?"

"땅바닥보다 부드럽고 위에 지붕이 있다면 침대지." 구슬픈 에드는 쿵쿵거리며 공기 냄새를 맡았다. "똥 냄새가 나는데."

아주 희미한 냄새였다. "오래된 똥이네요." 존이 말했다. 빈집이 된 지 꽤 지난 것 같았다. 그는 무릎을 꿇고 혹시 밑에 숨겨진 것이 있나 두 손으로 짚 더미를 뒤져보고, 벽을 한 바퀴 둘러보았다. 오래 걸리지 않았다. "여긴 아무것도 없어요."

아무것도 없으리라 예상하기는 했다. 화이트트리는 그들이 지나친 네 번째 마을이었고, 앞서 거쳐 온 마을도 다 똑같았다. 사람들이 없었다. 얼마 안 되는 소지품과 있었을지 모르는 가축들을 모두 끌고 사라졌다. 어느 마을에도 공격받은 흔적은 없었다. 그저…… 비어 있었다. "다들 무슨 일이 일어난 걸까요?" 존이 물었다.

"우리가 상상할 수 없을 만큼 나쁜 일." 구슬픈 에드가 대답했다. "뭐, 난 상상할 수 있을지도 모르지만, 안 하는 편이 낫겠어. 생각해보지도 않던 끔찍한 결말을 맞게 된다는 사실만으로도 충분히 나쁘니까."

집 밖으로 나가자 사냥개 두 마리가 문을 쿵쿵거리고 있었다. 다른 사냥개들은 마을 안을 돌아다녔다. 체트가 큰 소리로 개들을 욕하고 있었는데, 그 목소리에는 결코 내려놓지 못하는 분노가 짙게 어렸다. 영목의 붉은 잎사귀 사이로 떨어진 햇빛을 받자 체트의 얼굴을 뒤덮은 종기가 평소보다 더 타오르는 듯 보였다. 그는 존을 보고 눈을 가늘게 떴다. 두 사람 사이에는 아무 애정도 없었다.

다른 집에도 새로운 단서는 없었다. "갔어." 모르몬트의 까마귀가 퍼드덕 날아올라 영목 가지에 앉아서 외쳤다. "갔어, 갔어, 갔어."

"화이트트리에는 1년 전만 해도 야인들이 있었습니다." 제레미 라이커 경의 반짝이는 검은색 사슬 갑옷과 돋을새김 넣은 흉갑을 걸친 토렌 스몰우드는 모르몬트보다 더 귀족처럼 보였다. 무거운 망토 가장자리에 장식된 흑담비 털이 호화로웠고, 십자로 교차한 망치 모양의 은제 여밈이 달려 있었다. 그것은 라이커 가문의 문장이었고, 원래는 제레미 경의 망토였다……. 하지만 시귀가 제레미 경을 죽였고, 밤의 경비대에 낭비는 없었다.

"1년 전만 해도 로버트가 왕이었고, 왕국은 평화로웠지요." 척후대를 지휘하는 떡 벌어진 덩치에 무신경한 성격의 자먼 벅웰이 말했다. "1년이면 많은 게 바뀔 수 있습니다."

말라도어 로크 경이 끼어들었다. "한 가지는 변하지 않았어. 야인이 줄어들면 걱정도 줄지. 이놈들이 어떻게 됐든 난 슬퍼하지 않겠어. 야인들은 약탈자요 살인자들이야."

존은 머리 위 붉은 잎사귀가 바스락거리는 소리를 들었다. 나뭇가지 두 개가 갈라지더니, 다람쥐처럼 수월하게 가지에서 가지로 이동하는 자그마한 남자가 보였다. 베드윅은 키가 150센티미터에 불과했지만, 희끗희끗한 머리카락이 나이를 알려주었다. 순찰자들은 그를 '거인'이라 불렀다. 그는 일행의 머리 위 가장귀에 앉아서 말했다. "북쪽에 물이 있습니다. 호수일지도 모르겠습니다. 서쪽에는 차돌 언덕이 몇 개 있는데 많이 높진 않습니다. 그 외에는 볼 게 없습니다."

"오늘 밤엔 여기에서 야영할 수도 있습니다." 스몰우드가 제안했다.

늙은 곰은 위를 올려다보고 영목의 창백한 가지와 붉은 잎사귀 사이로 하늘을 찾았다. "아니야. 거인, 우리에게 햇빛이 얼마나 남았나?"

"세 시간 남았습니다."

"북쪽으로 더 이동한다." 모르몬트는 결정을 내렸다. "호수에 도착한다면 물가에서 야영을 하고, 물고기도 몇 마리 잡을 수 있을지 몰라. 존, 종이를 가져와라. 아에몬 학사에게 편지를 쓸 시간이 지났다."

존은 안낭에서 양피지와 깃펜과 잉크를 찾아서 사령관에게 가져갔다. 모르몬트는 편지를 휘갈겨 썼다. '화이트트리. 네 번째 마을. 다 비었음. 야인들이 사라졌음.' 그는 존에게 편지를 건네며 말했다. "탈리를 찾아서 이 편지를 날려 보내라." 그가 휘파람을 불자 나무에 있던 까마귀가 모르몬트의 말 머리로 내려앉았다. "옥수수." 까마귀가 고개를 까닥거리며 말했다. 말이 나지막이 울었다.

존은 조랑말에 올라 방향을 돌리고 달려갔다. 거대한 영목의 그늘을 벗어나자 밤의 경비대 사내들이 더 작은 나무들 밑에 서서 말을 돌보고, 소금에 절인 고기 조각을 씹고, 오줌을 누고, 기지개를 켜고, 대화를 나누고 있었다. 다시 이동한다는 명령을 전하자 대화는 잦아들었고, 다들 안장에 다시 올랐다. 자먼 벅웰의 척후대가 제일 먼저 달려나가고, 토렌 스몰우드 아래 전위대가 줄 맞추어 나갔다. 그다음에 늙은 곰과 주력 부대, 말라도어 로크 경과 짐차와 짐말들, 그리고 마지막으로 오틴 위더스 경과 후위대가 움직였다. 총 200명에 말이 300마리였다.

낮이면 그들은 "순찰자의 길", 즉 잎사귀와 뿌리가 마구잡이로 얽힌 야생림 깊숙이 이어지는 사냥감의 자취와 강바닥을 따라갔다. 밤이면 별이 빛나는 하늘 아래 진을 치고 혜성을 올려다보았다. 검은 형제들은 기세 좋게 농담을 하고 이야기를 주고받으며 캐슬블랙을 떠났지만, 최근에는 숲의 암울한 정적이 모두를 침울하게 만든 것 같았다. 농담은 점점 줄어들었고 성질은 급해졌다. 어쨌든 밤의 경비대원들이니 아무도 두려움을 인정하지는 않았지만, 존은 그들의 불안감을 느낄 수 있었다. 마을 네 개가 비어 있었고, 야인들은 아무 데도 보이지 않았으며, 사냥감마저 달아나버린 것 같았다. 귀신 들린 숲이 이보다 더 귀신 들린 느낌이었던 적은 없다는 데 노련한 순찰자들도 의견을 같이했다.

존은 말을 달리면서 장갑을 벗고 화상 입은 손가락에 찬 공기를 쐬었다. '보기 흉하군.' 그는 문득 어떻게 아리아의 머리카락을 헤집곤 했는지 떠올렸다. 막대기 같은 그의 어린 누이. 아리아는 어떻게 지내고 있을까. 다시는 아리아의 머리를 헤집지 못할 수도 있다고 생각하니 조금 슬퍼졌다.

그는 주먹을 쥐었다 폈다 하면서 손가락을 풀기 시작했다. 검을 쥐는 손이 뻣뻣하게 굳어서 어설퍼진다면 죽을 수도 있었다. 장벽 너머에서는 검이 필요했다.

존은 다른 집사들과 함께 말에 물을 주던 샘웰 탈리를 찾아냈다. 돌봐야 할 말이 세 마리였다. 샘이 타는 말, 그리고 까마귀가 가득 든 거대한 버들고리 새장을 하나씩 짊어진 짐말 두 마리. 존이 다가가자 까마귀들이 날개를 퍼덕이며 새장 너머로 소리를 질러댔다. 그중 몇 마리가 내는 새된 소리는 수상쩍을 만큼 사람 소리와 비슷하게 들렸다. "이 녀석들에게 말을 가르쳤어?" 그는 샘에게 물었다.

"몇 마디만. 세 마리는 스노우라고 할 줄 알아."

"한 마리가 내 이름을 우짖는 것만으로도 충분히 나빠. 게다가 스노우는 검은 형제들이 듣고 싶어 할 말이 아니라고." 스노우, 눈은 북부에서 죽음을 의미할 때가 많았다.

"화이트트리에는 뭐라도 있었어?"

"뼈와 재와 빈집들." 존은 샘에게 돌돌 만 양피지를 건넸다. "늙은 곰이 아에몬 학사님께 보내라서."

샘은 새장에서 까마귀 한 마리를 꺼내어 깃털을 쓰다듬고 편지를 단 후에 말했다. "집으로 날아가렴, 용감한 녀석아. 집으로 가." 까마귀는 뭔가 알아들을 수 없는 소리를 까악거렸고, 샘은 그 녀석을 허공에 던졌다. 까마귀는 날개를 퍼덕이며 나무 사이를 뚫고 하늘로 올라갔다. "저 녀석이 나도 싣고 갈 수 있었으면 좋겠다."

"아직도?"

"그게, 그래. 하지만…… 사실 예전처럼 겁이 나진 않아. 첫날 밤에는 누가 일어나서 오줌만 싸러 가도 내 목을 그으러 오는 야인이라고 생각했거든. 눈을 감으면 다시는 뜨지 못할까 봐 무서웠지. 다만…… 그러다 보면 결국 새벽이 왔어." 그는 힘없는 미소를 지었다. "내가 겁쟁이이긴 해도 멍청이는 아니야. 말을 달리고 땅바닥에서 자서 몸이 쑤시고 등이 아프긴 하지만, 별로 무섭진 않아. 봐." 샘은 얼마나 흔들림 없는지 보라고 한 손을 들어 올렸다. "난 지도 작업을 계속했어."

'세상은 이상하기도 하지.' 존은 생각했다. 용감한 사나이들 200명이 장벽을 떠났는데, 갈수록 겁을 먹지 않는 유일한 사람은 스스로가 겁쟁이라 인정하는 샘 하나뿐이었다. 존은 농담을 던졌다. "널 순찰자로 삼아야겠다. 다음엔 그렌처럼 정찰병이 되고 싶어 하겠는걸. 내가 늙은 곰에게 말해줄까?"

"꿈도 꾸지 마!" 샘은 거대한 검은 망토 두건을 당겨 쓰고 서툴게 말에 올랐다. 덩치 크고 느리고 굼뜬 농마였지만, 순찰자들이 타는 작은 조랑말보다는 그 편이 샘의 무게를 견디기 나았다. 샘은 동경을 담아서 말했다. "오늘 밤에는 그 마을에서 머물지 모른다고 생각했는데 말이야. 다시 지붕 아래에서 자면 좋겠어."

"우리 모두가 자기엔 지붕이 너무 적어." 존은 다시 말에 올라서 샘에게 작별 미소를 던지고 달려갔다. 본대가 한창 출발 중이었기에, 존은 최악의 혼잡을 피하려고 마을 주위를 빙 둘러갔다. 화이트트리는 충분히 봤으니까.

고스트가 덤불 속에서 갑자기 튀어나오는 바람에 조랑말이 뒷걸음질을 치며 앞발을 들어 올렸다. 하얀 늑대는 행군로에서 한참 떨어져서 사냥을 했지만, 스몰우드가 사냥감을 잡아 오라고 보낸 대원들보다 썩 운이 좋지 못했다. 마을만이 아니라 숲도 텅 비어 있었다. 디웬이 어느 날 밤 불가에서 한 말이었다. 존은 그때 이렇게 대꾸했다. "우린 대규모 일행이잖아요. 우리가 행군하면서 내는 소리에 겁먹고 다 달아났겠죠."

"뭔가에 겁먹고 달아난 건 분명하지." 디웬이 말했다.

조랑말이 진정하고 나자 고스트는 존 옆을 편하게 달렸다. 존이 따라잡았을 때 모르몬트는 산사나무 덤불을 피해서 나아가고 있었다. 늙은 곰이 물었다. "까마귀는 날렸느냐?"

"예, 보냈습니다. 샘이 녀석들에게 말을 가르치고 있습니다."

늙은 곰은 코웃음을 쳤다. "후회할 게다. 망할 녀석들이 떠들기는 많이 떠드는데, 들을 만한 말은 절대 안 하거든."

조용히 말을 달리다가 존이 말했다. "제 숙부님도 이 마을들이 다 비었음을 알았다면—"

"—그 이유를 알아내는 것을 목적으로 삼았을 테지." 모르몬트 공이 대신 말을 맺었다. "그리고 누군가, 아니면 무엇인가가 그걸 알리지 않으려 했을 거야. 흠, 쿼린이 합세하면 300명에 달한다. 여기에서 기다리는 적이 뭐든 간에 우릴 처리하기는 쉽지 않을 거야. 우린 놈들을 찾아낼 거다, 존. 내가 장담하마."

'아니면 놈들이 우리를 찾아내겠죠.' 존은 생각했다.

아리아

그 강은 아침 햇살 속에 반짝이는 청록색 리본 같았다. 강둑의 얕은 물을 따라 갈대가 무성하게 자랐고, 아리아는 물뱀 한 마리가 수면 위를 미끄러지며 잔물결을 남기는 모습을 보았다. 머리 위에서는 매 한 마리가 여유롭게 원을 그렸다.

평화로운 곳처럼 보였다……. 코스가 죽은 사람을 발견하기 전까지는. "저기, 갈대 속에." 코스가 가리키자 보였다. 형체를 알아볼 수 없이 퉁퉁 부은 병사의 시체였다. 물에 젖은 녹색 망토는 썩은 통나무에 걸렸고, 자그마한 은빛 물고기 한 떼가 얼굴을 뜯어 먹고 있었다. 로미가 말했다. "내가 시체가 있을 거라고 했잖아. 물 맛으로 알 수 있었어."

요렌은 그 시체를 보자 침을 뱉었다. "도버, 가져갈 만한 물건이 있는지 봐라. 사슬 갑옷이든 칼이든 동전이든." 그는 거세마에 박차를 가해서 강으로 뛰어들었지만, 말은 부드러운 진흙 위에서 애를 먹었고 갈대밭을 지나니 수심이 깊어졌다. 요렌은 화가 나서 돌아왔다. 말은 무릎까지 갈색 진흙투성이였다. "여기선 못 건너겠다. 코스, 넌 여울을 찾으러 나와 같이 상류로 간다. 워스, 제렌, 너희는 하류로 가봐라. 나머지는 여기서 기다린다. 감시를 세우고."

도버는 죽은 남자의 허리띠에서 가죽 지갑을 찾아냈다. 안에는 동화 네 닢과 붉은 리본으로 묶은 금발 한 타래가 들어 있었다. 로미와 타버는 벌거벗고 물속에 걸어 들어갔고, 로미는 미끈거리는 진흙을 한 줌 집어서 핫파이에게 던지며 외쳤다. "진흙 파이다! 진흙 파이!" 마차 뒤에서는 로지가 욕을 하고 협박을 해대며 요렌이 없을 때 사슬을 풀라고 했지만, 아무도 신경 쓰지 않았다. 커즈는 맨손으로 물고기를 한 마리 잡았다. 아리아는 커즈가 어떻게 하는지 보았다. 얕은 웅덩이에 서서, 잔잔한 물처럼 조용히 있다가 물고기가 다가오니 뱀처럼 빠르게 손을 움직였다. 고양이를 잡을 때보다 어렵지 않아 보였다. 물고기에게는 발톱도 없었다.

다들 돌아왔을 때는 한낮이었다. 워스는 하류로 800미터쯤 가면 나무다리가 하나 있는데, 누군가가 불태워버렸다고 보고했다. 요렌은 초엽을 한 장 벗겨냈다. "말은 헤엄쳐 건널 수도 있고, 당나귀까지도 가능할지 모르지만, 마차는 그렇게 못한다. 그리고 북쪽과 서쪽에 연기가 보이는데, 불이 또 났다면 강 이쪽에 있는 게 좋을 수도 있겠어." 그는 긴 막대기를 하나 집어서 진흙에 원을 그리고, 그 원에서 내려오는 선을 하나 그렸다. "이 원이 신의 눈 호수고, 거기서 강이 남쪽으로 흐른다. 우린 여기에 있다." 그는 원 아래, 강을 나타내는 선 옆을 깊숙이 찍었다. "내 생각대로 호수 서쪽으로 돌아갈 수는 없다. 동쪽으로 가면 왕의 가도로 돌아가게 된다." 그는 막대기를 위로 올려서 선과 원이 만나는 곳을 짚었다. "내 기억대로라면 여기에 마을이 하나 있다. 성채는 돌로 만들었고, 거기 자리 잡은 귀족도 있지. 탑 하나 정도나 다름없지만 위병대는 있을 거고, 기사도 한 둘쯤은 있을지 모른다. 강을 따라 북쪽으로 가면 어두워지기 전에 도착할 게다. 거기엔 배도 있을 테니까, 가진 걸 다 팔아서 배를 한 척 고용해야지." 그는 호수를 나타내는 원 아래에서 위로 막대기를 그었다. "신들이 보우하신다면 바람을 받아서 신의 눈을 건너 하렌타운으로 갈 수 있다." 그는 원 위쪽에 한 점을 찔렀다. "거기서 새로 말을 사거나, 하렌홀에 몸을 피할 수 있겠지. 하렌홀은 휀트 부인의 권좌고, 부인은 언제나 경비대의 친구였으니 말이야."

핫파이는 눈을 둥그렇게 떴다. "하렌홀엔 유령들이 있어요……."

요렌은 침을 뱉었다. "유령은 개뿔." 그는 막대기를 진흙 속에 던졌다. "말에 올라라."

아리아는 낸 할멈이 해주던 하렌홀 이야기를 떠올렸다. 사악한 왕 하렌은 성벽 안에 틀어박혔기에, 아에곤은 드래곤들을 풀어서 성을 화장용 장작더미로 바꾸어놓았다. 낸은 그렇게 시커메진 탑에 아직도 불타는 영혼들이 돌아다닌다고 했다. 가끔 안전하게 침대에 들었던 사람들이 아침에 불탄 시체로 발견된다고 말이다. 아리아는 그게 정말이라고 믿지 않았고, 어차피 다 오래전에 일어난 일이었다. 핫파이는 바보같이 굴고 있었다. 하렌홀에는 유령이 아니라 기사들이 있을 것이다. 아리아는 휀트 부인에게 정체를 밝힐 수 있을 테고, 그러면 기사들이 그녀를 안전하게 지켜주고 집까지 데려다줄 것이다. 그게 기사들이 하는 일이었다. 사람들을, 특히 여자들을 안전하게 지키는 것. 휀트 부인이라면 울어대는 아이도 도와줄지 모른다.

강 길은 왕의 가도가 아니었지만, 그래도 아까보다는 길이 훨씬 나아졌고 이번만은 마차도 빠르게 굴러갔다. 그들은 저녁이 오기 한 시간 전에 첫 번째 집을 보았다. 밀밭에 둘러싸인 작고 아늑한 초가집이었다. 요렌이 인사말을 외치며 앞서 달려나갔지만, 답은 없었다. "죽었을지도 모르겠군. 아니면 숨었거나. 도버, 레이, 같이 간다." 세 남자는 초가집으로 들어갔다. "항아리들이 없어졌고, 동전 한 닢 없다." 요렌은 돌아와서 중얼거렸다. "짐승도 없고. 도망친 거겠지. 왕의 가도에서 마주쳤을지도 모르겠군."

그래도 그 집과 밭은 불타지 않았고, 주위에 시체도 없었다. 타버는 집 뒤에서 텃밭을 발견했고, 그들은 양파와 무를 뽑고 양배추를 자루에 채워서 다시 출발했다.

그 길을 따라 조금 더 가자 오래된 나무들에 둘러싸인 숲지기 오두막과 쪼개기 좋게 깔끔하게 쌓아놓은 통나무 더미가 보였고, 그 후에는 3미터 높이의 장대 위에서 강으로 기울어진 채 무너져가는 수상 가옥이 한 채 나왔다. 둘 다 비어 있었다. 그들은 햇빛을 받아 익어가는 밀과 옥수수와 보리 밭을 더 지나쳤지만, 나무 사이에 앉은 사람도 낫을 들고 줄 맞춰 걷는 사람들도 없었다. 마침내 마을이 눈에 들어왔다. 성채 벽을 둘러싸고 펼쳐진 하얀 집들, 널빤지 지붕을 덮은 커다란 성소, 서쪽 언덕 위에 선 영주의 거주 탑……. 그리고 어디에도, 아무도 보이지 않았다.

요렌은 말 위에 앉아서 덥수룩한 수염 사이로 얼굴을 찌푸렸다. "마음에 안 드는군. 그래도 왔으니 한번 둘러봐야지. 조심스럽게 말이야. 숨어 있는 사람이 있을지도 몰라. 배 한 척쯤은 뒤에 남겨뒀을 수도 있고. 우리가 쓸 수 있는 무기라든가."

요렌은 짐마차들과 훌쩍이는 어린아이를 지킬 형제를 열 명 남겨두고 나머지를 다섯 명씩 네 무리로 갈라서 마을 수색을 맡겼다. "눈 크게 뜨고 귀를 세워라." 그는 모두에게 경고한 후, 영주나 그 위병들의 흔적이 있는지 보려고 거주 탑으로 달려갔다.

아리아는 겐드리, 핫파이, 로미와 함께였다. 땅딸막한 배불뚝이 워스는 예전에 갤리선에서 노를 저은 경험이 있었고, 선원이 없는 그들에게는 그가 차선책이었다. 그래서 요렌은 워스에게 이들 넷을 데리고 호숫가로 가서 배를 찾을 수 있는지 알아보라고 했다. 고요한 하얀 집들 사이를 달리다 보니 아리아의 팔뚝에 소름이 돋았다. 이 텅 빈 마을은 울어대는 아이와 외팔이 여자를 발견한 불탄 성채 못지않게 무서웠다. 왜 사람들이 집과 모든 것을 버리고 도망쳤을까? 무엇에 그리도 겁을 먹었을까?

태양은 서쪽으로 저물어갔고, 집들은 길고 어두운 그림자를 드리웠다. 갑자기 난 쾅 소리에 아리아는 '바늘'로 손을 뻗었지만, 바람에 덧창이 닫히는 소리일 뿐이었다. 탁 트인 강가를 따라 움직이다가 주위가 막힌 마을 안에 있으니 불안했다.

집과 나무들 사이로 호수가 보이자, 아리아는 무릎으로 말을 재촉하고 워스와 겐드리를 지나쳐서 달려갔다. 그녀는 자갈투성이 호숫가 옆 풀밭으로 튀어 나갔다. 저물어가는 해가 비친 고요한 수면은 구리판처럼 빛났다. 아리아는 이제까지 그렇게 큰 호수를 본 적이 없었다. 반대쪽 호숫가가 보이지 않았다. 왼쪽에 무너져가는 여관이 하나 보였는데, 무거운 나무 말뚝을 박아 물 위에 지은 건물이었다. 오른쪽에는 길쭉한 선창 하나가 호수 안으로 뻗어나갔고, 동쪽으로 다른 선창들이 있어 마을에서 뻗은 나무 손가락들 같았다. 하지만 눈에 보이는 배라고는 여관 아래 바위에 버려진 노 젓는 배 하나뿐이었고, 뒤집힌 배 바닥은 완전히 썩어 있었다. "다 없어졌어." 아리아는 낙담해서 말했다. 이젠 어떻게 하나?

"여관이 있어." 다른 사람들이 아리아를 따라잡더니, 로미가 말했다. "음식을 좀 남겨뒀을까? 에일이라거나?"

"가서 보자." 핫파이가 말했다.

"여관 같은 건 신경 쓰지 마라." 워스가 날카롭게 말했다. "요렌은 우리보고 배를 찾으랬다."

"배는 다 가져갔는걸요." 어쩐지 아리아는 알 수 있었다. 마을을 다 뒤져봐도 저 뒤집힌 배 말고는 찾지 못할 것이다. 낙담한 아리아는 말에서 뛰어내려 호숫가에 무릎을 꿇었다. 다리 주위로 부드럽게 파도가 철썩였다. 등불벌레 몇 마리가 나와서 작은 빛을 깜박이고 있었다. 녹색 물은 눈물처럼 따뜻했지만, 소금기는 없었다. 그 물에선 여름과 진흙과 생장하는 것들의 맛이 났다. 아리아는 얼굴을 처박고 흙과 먼지와 땀을 씻어냈다. 고개를 젖히자 물줄기가 목덜미를 따라 옷 안으로 흘러내렸다. 느낌이 좋았다. 옷을 벗고 헤엄을 칠 수 있다면 좋을 텐데. 날씬한 분홍색 수달처럼 따뜻한 물을 가르고, 윈터펠까지 헤엄칠 수 있을지도 모르는데.

워스가 수색을 도우라고 외쳐댔기에 아리아는 말이 호숫가에서 풀을 뜯게 놓아두고 배를 넣어두는 창고와 헛간들을 들여다보았다. 그들은 돛 몇 장과 못 몇 개, 딱딱해진 타르 양동이, 그리고 어미 고양이와 새로 태어난 새끼들을 찾았다. 배는 없었다.

요렌과 다른 사람들이 다시 나타났을 때는 마을도 숲 못지않게 어두웠다. "탑은 비었다. 영주는 싸우러 나갔든가, 영지민들을 안전하게 대피시키러 갔겠지. 마을엔 말 한 마리 돼지 한 마리 남지 않았지만, 먹을 건 있다. 돌아다니는 거위를 한 마리 봤고, 닭도 몇 마리 있고, 신의 눈 호수에는 물고기가 많으니."

"배는 다 없어졌어요." 아리아가 보고했다.

"노 젓는 배 바닥을 수리할 순 있죠." 코스가 말했다.

"그래봐야 우리 넷이나 탈까." 요렌이 말했다.

"못이 있어요." 로미가 지적했다. "나무도 사방에 있고요. 배를 만들 수도 있을 거예요."

요렌은 침을 뱉었다. "배 만들기에 대해 뭐 아는 거 있냐, 염색소 아들?" 로미는 멍한 얼굴이었다.

젠드리가 제안했다. "뗏목은 어때요. 누구든 뗏목은 만들 수 있어요. 밀고 갈 장대도요."

요렌은 생각해보더니 말했다. "장대로 밀고 가기에는 호수가 너무 깊다만, 호숫가 얕은 쪽으로만 간다면……. 그러자면 마차는 두고 가야 한다. 그게 제일 나을지도 모르겠구나. 하룻밤 자면서 생각해보마."

"여관에서 자도 될까요?" 로미가 물었다.

"우린 성채에 들어가서 성문을 닫아 걸고 잘 거다. 잘 때는 주위에 돌벽이 있는 게 좋지."

아리아는 가만히 있지 못하고 불쑥 말했다. "여기 머물면 안 돼요. 여기 사람들은 안 그랬잖아요. 영주까지 다 도망갔죠."

"아리가 겁먹었대요." 로미가 시끄럽게 웃으며 말했다.

"아니야." 아리아는 되받아쳤다. "하지만 여기 사람들은 겁먹었다고."

요렌이 말했다. "맹랑한 녀석아. 여기 살던 사람들은 좋든 싫든 전쟁 중이었다. 우린 아니야. 밤의 경비대는 관여하지 않으니, 아무도 우리의 적이 아니다."

'그리고 아무도 우리의 친구가 아니죠.' 아리아는 생각했지만, 이번에는 입을 다물었다. 로미와 나머지 아이들이 쳐다보고 있었고, 그들 앞에서 겁쟁이로 보이기 싫었다.

쇠못을 여기 저기 박은 성채 문 안으로 들어가자 어린 나무만 한 빗장쇠 한 쌍과 땅에 팬 말뚝 구멍, 성채 문의 금속 버팀대가 보였다. 버팀대에 빗장을 끼우자 거대한 X자가 되었다. 요렌은 그 성채를 샅샅이 탐사하고 나서 레드킵은 아니지만 대부분의 성보다 낫고, 하룻밤은 너끈히 지낼 만하다고 말했다. 성벽은 모르타르를 바르지 않은 3미터 높이의 거친 돌벽이었고, 성가퀴 안쪽으로 나무 통로가 놓였다. 북쪽에 샛문이 하나 있었고, 제렌은 낡은 나무 헛간의 짚 더미 아래에서 좁고 구불구불한 터널로 이어지는 뚜껑문을 발견했다. 그 길을 따라 지하로 한참 갔더니 호숫가로 나갔다. 요렌은 그 뚜껑문 위에 마차를 갖다 놓고, 아무도 그 문으로 들어가지 않게 하라고 했다. 그는 3교대로 파수를 나누고, 타버와 커즈와 컷잭은 버려진 거주 탑으로 보내어 높은 곳에서 감시하게 했다. 커즈에게는 위험이 다가오면 불 사냥 나팔이 있었다.

그들은 마차와 말들을 안으로 몰고 들어간 후 성문에 빗장을 질렀다. 헛간은 다 쓰러져가는 건물이었지만, 마을 짐승 절반을 넣을 수 있을 만큼 컸다. 마을 사람들이 곤란할 때 피신하던 피난처는 그보다 더 컸는데, 돌로 낮고 길게 지어서 이엉지붕을 얹은 건물이었다. 코스가 샛문으로 나갔다가 거위를 잡아서 돌아왔고, 닭도 두 마리 잡아 왔다. 요렌은 요리 불을 피워도 좋다고 허락했다. 성채 안에는 큰 부엌이 있었지만, 냄비와 주전자는 다 가져가고 없었다. 겐드리와 도버와 아리아가 요리를 맡았다. 도버는 아리아에게 새털을 뽑으라고 시키고 겐드리에게는 장작을 패라고 했다. "왜 내가 장작을 패면 안 되는데?" 아리아는 물었지만, 아무도 듣지 않았다. 아리아가 부루퉁하니 닭 털을 뽑는 동안 요렌은 장의자 끝에 앉아서 숫돌로 비수를 갈았다.

음식이 마련되자 아리아는 닭 다리 하나와 양파를 먹었다. 아무도, 로미조차도 말을 많이 하지 않았다. 겐드리는 식사 후에 혼자 나가더니 여기에 존재하지 않는 사람 같은 얼굴로 투구를 닦았다. 울어대는 아이는 훌쩍거렸지만, 핫파이가 거위 고기 한 조각을 내밀자 급하게 삼키고 더 먹고 싶어 했다.

아리아는 불침번 순서가 두 번째였기에, 피난처에서 지푸라기 요를 찾아냈다. 잠이 쉽게 오지 않아 요렌의 숫돌을 빌려서 바늘을 갈았다. 시리오 포렐은 무딘 칼날은 절름발이 말과 같다고 했었다. 핫파이가 옆자리에 쪼그려 앉아서 칼 가는 작업을 지켜보았다. "그런 좋은 칼은 어디서 얻은 거야?" 핫파이는 묻고 나서 아리아의 눈빛을 보더니 방어하듯 두 손을 들어 올렸다. "네가 훔쳤다곤 안 했어. 그냥 어디에서 얻었는지 알고 싶었을 뿐이야."

"형이 줬어." 아리아는 중얼거렸다.

"형이 있었던 건 몰랐네."

아리아는 잠시 손을 멈추고 셔츠 속을 긁었다. 요에 벼룩이 있었는데, 이제 와서 몇 마리 더 는다고 신경 쓸 건 없었다. "난 형제가 많아."

"그래? 위로 아래로?"

'이런 이야기는 하면 안 돼. 요렌이 입 닥치고 있어야 한댔어.' 아리아는 거짓말을 했다. "위야. 형들에겐 큰 장검도 있고, 날 귀찮게 하는 사람들을 죽이는 방법도 알려줬지."

"그냥 말 건 거야. 귀찮게 한 게 아니라." 핫파이는 아리아를 두고 가버렸고, 그녀는 요 위에 몸을 말았다. 피난처 저편에서 아이가 우는 소리를 들을 수 있었다. '조용히 좀 했으면 좋겠어. 왜 쟤는 내내 우는 거지?'

눈을 감은 기억도 없었지만, 잠이 든 게 분명했다. 늑대가 울부짖는 꿈을 꾸었는데, 그 소리가 너무 무시무시해서 바로 깨어났다. 아리아는 쿵쿵거리는 심장으로 일어나 앉았다. "핫파이, 일어나. 워스, 겐드리, 못 들었어?" 아리아는 재빨리 일어나서 한쪽 장화를 신었다.

사방에서 어른들과 소년들이 뒤척이고 잠자리에서 기어 나왔다. "뭐가 문제야?" 핫파이가 물었다. "무슨 소리를 들어?" 겐드리는 알고 싶어 했다. "아리가 악몽을 꿨나 본데." 누군가가 말했다.

"아니, 분명히 들었어. 늑대야."

"아리는 머릿속에 늑대가 들었다니까." 로미가 비웃었다. "울부짖으라고 해. 늑대는 밖에 있고, 우린 안에 있어." 제렌이 말했다. 워스가 맞장구를 쳤다. "성채를 습격할 수 있는 늑대는 본 적이 없어." "난 아무 소리도 못 들었어." 핫파이가 덧붙였다.

"늑대였어." 아리아는 남은 한쪽 장화를 신으면서 외쳤다. "뭔가 잘못됐어. 누군가 오고 있어. 일어나!"

다들 아리아를 다시 야유하기 전에 무슨 소리가 밤하늘을 흔들었다. 이번에는 늑대가 아니라, 위험을 알리는 커즈의 사냥 나팔 소리였다. 순식간에 모두가 옷을 꿰어 입고 가진 무기를 낚아챘다. 아리아는 나팔 소리가 다시 울리는 동안 성문으로 달려갔다. 그녀가 헛간 앞을 뛰어가자 바이터가 사슬을 당기며 맹렬히 몸을 던졌고, 자켄 하가르가 마차 뒤에서 외쳤다. "소년! 친절한 소년! 전쟁인가? 핏빛 전쟁인가? 우리를 풀어다오. 남자는 싸울 수 있다, 소년!" 그녀는 자켄 하가르를 무시하고 뛰었다. 그 무렵에는 성벽 너머의 말발굽 소리와 고함 소리를 들을 수 있었다.

아리아는 서둘러 성벽 안 통로로 올라갔다. 난간은 조금 높았고 아리아는 조금 작았다. 돌 사이 구멍에 발가락을 끼우고 올라가서 내다보아야 했다. 잠시 동안은 마을에 등불벌레가 가득하다고 생각했다. 그러다가 그게 횃불을 들고 집 사이를 뛰어다니는 남자들이라는 것을 깨달았다. 지붕 이엉에 불이 붙으면서 불길이 뜨거운 오렌지색 헛바닥으로 밤의 배를 핥는 모습을 보았다. 또 한 집, 또 한 집이 뒤따르면서 곧 사방에 불길이 치솟았다.

젠드리가 투구를 쓰고 아리아 옆으로 기어 올라왔다. "얼마나 많아?"

아리아는 수를 세보려고 했지만, 그들은 말을 너무 빨리 몰면서 횃불을 던지고 있었다. "백 명, 200명. 모르겠어." 불길의 굉음 속에서도 고함 소리를 들을 수 있었다. "곧 우리에게 올 거야."

"저기." 젠드리가 손가락질을 했다.

불타는 집 사이로 기수들이 성채를 향해 달려오고 있었다. 불빛이 금속 투구를 빛내고 사슬과 판금 갑옷에 오렌지빛과 노란빛 조명을 흩뿌렸다. 한 명은 깃발을 맨 긴 창을 들고 있었다. 아리아는 그게 붉은색이라고 생각했지만, 밤인 데다 사방에서 불길이 포효하고 있으니 구분하기가 어려웠다. 모든 것이 붉은색이나 검은색이나 오렌지색으로 보였다.

불이 이 집에서 저 집으로 뛰었다. 아리아는 나무 한 그루가 타 들어가는 모습을 보았다. 불길은 나뭇가지를 타고 기어갔고 이내 나무는 살아 있는 오렌지색 로브를 입고 밤하늘에 우뚝 섰다. 이제는 모두가 깨어나서 성

꽉 통로에 올라서거나 아래에서 겁먹은 짐승들과 씨름하고 있었다. 요렌이 명령을 내리는 소리를 들을 수 있었다. 뭔가가 아리아의 다리를 때려서 내려다보니 울어대는 아이가 다리를 꽉 붙잡고 있었다. "저리 가! 이 위에서 뭐하는 거야? 얼른 가서 숨어, 이 멍청아." 아리아는 다리를 비틀어 떼어내고 아이를 밀어냈다.

기수들이 성문 앞에서 고삐를 당겼다. "거기 성채 안!" 뾰족뾰족한 장식이 달린 높은 투구를 쓴 기사가 외쳤다. "왕의 이름으로, 성문을 열어라!"

"그래, 그런데 어느 왕?" 워스가 입을 막기 전에 늙은 레이슨이 마주 외치고 말았다.

요렌이 나무 장대에 색 바랜 검은색 망토를 묶어 들고 성문 옆 성가퀴에 올라가서 외쳤다. "그 아래, 진정하쇼! 마을 사람들은 떠나고 없소이다."

"그럼 너는 누구냐, 늙은이? 베릭 공의 비겁자 부하인가?" 뾰족뾰족한 투구를 쓴 기사가 외쳤다. "거기 뚱뚱한 바보 토로스가 있다면 이 불이 마음에 드는지 물어봐라."

"여긴 그런 놈 없소." 요렌이 마주 외쳤다. "밤의 경비대원들뿐이오. 우린 당신네 전쟁에 끼지 않았소." 그는 모두가 망토 색깔을 볼 수 있게 장대를 높이 들어 올렸다. "한번 보시오. 밤의 경비대가 입는 검은색이오."

"아니면 돈다리온 가문의 검은색일 수도 있지." 적의 깃발을 든 남자가 외쳤다. 아리아는 이제 불타는 마을 빛 속에서 뚜렷하게 볼 수 있었다. 붉은색 바탕에 금색의 사자였다. "베릭 공의 문장은 검은색 바탕에 자주색 번개거든."

아리아는 불현듯 산사의 얼굴에 오렌지를 던져서 그 바보 같은 상아색 비단 가운에 즙이 튀었던 아침이 떠올랐다. 마상 시합에 나온 남부 귀족이 있었는데, 언니의 바보 같은 친구 제인이 푹 빠져 있었다. 방패에 번개를 그려 넣은 귀족이었고, 아리아의 아버지는 사냥개의 형을 잡으라고 그 남자를 보냈다. 이제는 천 년 전의 일 같았다. 다른 삶에서 다른 사람에게 일어났던 일 같았다……. 고아 소년 아리가 아니라 수관의 딸 아리아 스타크에게 일어난 일이었다. 아리가 귀족들에 대해 어떻게 알겠는가?

"눈이 멀었소?" 요렌은 장대를 흔들어서 망토를 펄럭였다. "여기 무슨 번개가 보이나?"

"밤에는 모든 깃발이 검은색으로 보이지." 뾰족뾰족한 투구를 쓴 기사가 말했다. "문을 열어라. 그렇지 않으면 왕의 적과 결탁한 무법자로 간주하겠다."

요렌은 침을 뱉었다. "지휘자가 누구요?"

"나다." 다른 사람들이 길을 터주자 앞으로 나서는 군마의 갑주에 불타는 집들의 그림자가 흐릿하게 번득였다. 건장한 사내로 방패에는 만티코어가 들어갔고, 강철 흉갑에는 소용돌이 장식이 보였다. 면갑을 열어놓은 투구 속에서 허연 돼지 같은 얼굴이 위를 올려다보았다. "왕의 수관, 진짜 왕이신 조프리 왕의 수관인 캐스털리록의 타이윈 라니스터 공 휘하 아모리 로치 경이다." 높고 가느다란 목소리였다. "조프리 왕의 이름으로, 이 문을 열 것을 명한다."

사방에서 마을이 불탔다. 밤하늘에는 연기가 가득했고, 떠다니는 붉은 불똥이 별보다 더 많았다. 요렌은 얼굴을 찌푸렸다. "그럴 필요를 모르겠군. 마을에는 하고 싶은 대로 하시오. 내 알 바 아니오. 하지만 우리는 내버려두시오. 우린 당신들의 적이 아니오."

'눈이 있으면 제대로 봐.' 아리아는 아래 있는 사람들에게 외치고 싶었지만 그 대신 속삭였다. "저자들은 우리가 귀족도 기사도 아니라는 걸 모르나?"

"저놈들은 신경 쓰지 않아, 아리." 겐드리가 마주 속삭였다.

아리아는 시리오가 가르쳐준 방식대로 아모리 경의 얼굴을 보았고, 겐드리 말이 맞는다는 사실을 알았다.

아모리 경이 외쳤다. "반역자들이 아니라면 성문을 열어라. 너희가 사실대로 말하는지 확인하고 가겠다."

요렌은 초엽을 질겅거리고 있었다. "말했잖소. 여기엔 우리밖에 없다고. 내가 보증하리다."

뾰족뾰족한 투구를 쓴 기사가 웃어젖혔다. "까마귀가 보증을 하신다."

"정신 나갔나, 늙은이?" 창잡이 하나가 조롱했다. "장벽은 북쪽 멀리 있거든."

"다시 한 번 조프리 왕의 이름으로 명하니, 네가 주장하는 충성심을 증명하려거든 이 문을 열어라." 아모리 경이 말했다.

요렌은 한참 동안 초엽을 씹으며 생각하더니, 침을 뱉었다. "안 그럴 것 같군."

"그렇다면 좋다. 왕명에 거역했으니 검은 망토든 뭐든 반역 선언으로 간주한다."

"여긴 어린 사내애들밖에 없소." 요렌이 아래에 대고 외쳤다.

"어린애든 늙은이든 죽기는 마찬가지지." 아모리 경이 나른하게 주먹을 들어 올리자, 그 뒤로 타오르는 불길의 그림자 속에서 창 하나가 날았다. 분명히 요렌이 목표였을 테지만, 창에 맞은 사람은 옆에 있던 워스였다. 창끝이 워스의 목으로 들어가더니 검게 젖은 채 목덜미를 뚫고 나왔다. 워스는 창대를 움켜쥐고 힘없이 떨어졌다.

"성벽으로 돌진해서 다 죽여라." 아모리 경이 권태로운 목소리로 말했다. 창이 더 날았다. 아리아는 핫파이의 튜닉 자락을 잡고 끌어 내렸다. 밖에서는 갑옷이 덜그럭거리는 소리, 검을 검집에서 빼는 소리, 창이 방패에 부딪치는 소리가 욕설과 질주하는 말발굽 소리와 섞였다. 횃불 하나가 빙빙 돌면서 일행의 머리 위로 날아오더니, 불꼬리를 끌면서 흙바닥에 떨어졌다.

요렌이 외쳤다. "칼 꺼내! 넓게 퍼져서 놈들이 공격하는 쪽을 방어해라. 코스, 유레그, 샛문을 지켜라. 로미, 워스 몸에서 창 빼서 그 녀석 자리에 서라."

핫파이는 소검을 빼려다가 떨어뜨렸다. 아리아가 그 손에 칼을 다시 쥐여주었다. "난 칼싸움을 할 줄 몰라." 그는 눈을 희번덕거리며 말했다.

"쉬워." 아리아는 그렇게 대꾸했지만, 손 하나가 난간을 쥐자 그 거짓말도 목구멍 안으로 사그라들었다. 불타는 마을의 빛 속에서, 시간이 멈춘 것처럼 선명하게 보였다. 뭉툭한 손가락에는 못이 박혔고, 손마디 사이에 뻣뻣한 검은 털이 났으며, 엄지손가락 손톱 밑에는 흙이 있었다. '공포가 칼보다 더 위험하다.' 아리아는 그 손 뒤에서 투구 꼭대기가 올라오자 그 말을 기억했다.

아리아는 칼을 힘껏 내려쳤고, 큰 성에서 주조한 '바늘'의 강철은 난간을 움켜쥔 손마디 사이를 때렸다. "윈터펠!" 아리아는 비명을 질렀다. 피가 솟구치고, 손가락이 날아가고, 투구를 쓴 얼굴은 나타났을 때만큼 갑자기 사라졌다. "뒤에!" 핫파이가 외쳤다. 아리아는 몸을 홱 돌렸다. 두 번째 사내는 투구를 쓰지 않고 수염을 길렀는데, 두 손으로 성벽을 기어오르기 위해 비수를 잇새에 물고 있었다. 아리아는 난간 위로 다리를 올리는 그 사내의 눈 사이를 찔렀다. 그는 바늘이 건드리기도 전에 휘청거리다가 떨어졌다. '얼굴부터 떨어져서 혀나 잘려라.' "저놈들을 봐, 나 말고!" 아리아는 핫파이에게 소리쳤다. 다음에 누군가가 성벽을 기어오르려고 했을 때는 핫파이가 소검으로 손을 마구 패서 떨어뜨렸다.

아모리 경에게는 사다리가 없었지만, 성채 벽은 돌을 대충 자른 데다가 모르타르를 바르지 않아서 기어오르기 쉬웠고, 적의 수는 끝이 없었다. 아리아가 한 놈을 베거나 찌르거나 밀어낼 때마다 또 다른 놈이 올라왔다.

뾰족뾰족한 투구를 쓴 기사가 성곽에 이르렀지만, 요렌이 검은색 깃발로 창을 얽어매고, 기사가 천 자락과 싸우는 사이에 갑옷 사이로 비수를 찔러 넣었다. 아리아가 위를 올려다볼 때마다 횃불이 더 날아갔고, 길게 끌리는 불의 꼬리가 눈에 잔상을 남겼다. 붉은 깃발에 그려진 금빛 사자를 보자 조프리가 생각났다. 조프리가 여기 있어서 그 비웃는 얼굴에 바늘을 꽂아 넣을 수 있다면 좋으련만. 남자 네 명이 도끼를 들고 성문을 공격하자, 코스가 화살로 하나하나 쏘아 맞혔다. 도버는 한 남자와 몸싸움을 벌여 성벽 길에서 쓰러뜨렸고, 로미는 그 남자가 일어나기 전에 돌로 머리를 치고 환호하다가 도버의 배에 박힌 칼을 보고서야 도버 역시 일어나지 못하리라는 사실을 깨닫고 입을 다물었다. 아리아는 죽은 시체 하나를 뛰어넘었다. 시체는 존보다 많지 않은 나이에, 팔이 잘린 채 누워 있었다. 자신이 한 짓 같지는 않았지만 확실치 않았다. 콰일이 자비를 비는 소리가 들렸으나, 방패에 말벌을 그려 넣은 기사가 가시 철퇴로 그 얼굴을 짓이겨버렸다. 사방에서 피와 연기와 철과 오줌 냄새가 풍겼지만, 시간이 흐르자 그게 다 한 가지 냄새처럼 느껴졌다. 아리아는 깡마른 사내가 어떻게 벽을 넘어왔는지 보지 못했으나, 그 사내를 발견하고는 겐드리와 핫파이와 함께 덤벼들었다. 겐드리의 장검은 그 남자의 투구를 쪼개면서 박살이 났다. 투구가 떨어지자 이가 빠지고 희끗희끗한 회색 수염을 기른 겁먹은 얼굴의 대머리가 드러났지만, 아리아는 그에게 동정심을 느끼면서도 "윈터펠! 윈터펠!" 소리를 지르며 죽이고 있었다. 옆에서는 핫파이가 "핫파이!"라고 외치며 그 남자의 앙상한 목을 잘랐다.

깡마른 남자가 죽자 겐드리는 그의 검을 훔쳐서 더 싸우려고 안뜰로 뛰어내렸다. 겐드리 쪽을 보자 성채 안을 뛰어다니는 강철 그림자들, 불빛을 반사하며 번쩍이는 사슬 갑옷과 칼들이 보였고, 아리아는 놈들이 어딘가에서 성벽을 넘었거나 샛문을 뚫었음을 알았다. 그녀는 겐드리 옆으로 뛰어내려, 시리오가 가르쳐준 방식대로 착지했다. 밤하늘에 쇳소리와 다치고 죽어가는 이들의 울음소리가 울려 퍼졌다. 아리아는 잠시 동안 어느 쪽으로 가야 할지 모르고 서 있었다. 사방이 죽음이었다.

그러더니 요렌이 나타나서 아리아를 흔들며 얼굴에 대고 소리를 질러댔다. "꼬마야!" 그는 늘 그랬듯이 고함을 쳤다. "나가라. 다 끝났다. 우리가 졌어. 최대한 끌어모아서, 너와 저 녀석과 다른 꼬마들, 다 데리고 나가라. 당장!"

"어떻게요?" 아리아는 물었다.

"그 뚜껑문. 헛간 밑에." 요렌이 소리쳤다.

요렌은 검을 손에 쥔 채 번개처럼 다시 싸우러 가버렸다. 아리아는 겐드리의 팔을 잡고 소리쳤다. "요렌이 가랬어. 헛간 통로로." 황소 투구에 난 눈 구멍 사이로 겐드리의 눈이 불빛을 반사하여 빛났다. 그는 고개를 끄덕였다. 그들은 성벽에서 핫파이를 불러 내렸고 종아리를 창에 찔려 피 흘리고 누운 초록 손 로미를 찾아냈다. 제렌도 찾았지만, 움직이기엔 너무 심하게 다친 상태였다. 헛간을 향해 뛰어가면서 아리아는 혼돈의 한복판에서 연기와 살육에 둘러싸여 앉아 있는 여자아이를 보았다. 다른 친구들이 앞서 달려가는 동안 아리아는 아이의 손을 잡고 일으켰다. 아이는 따귀를 때려도 걷지 않았다. 아리아는 왼손에 바늘을 쥐고 오른손으로 아이를 질질 끌었다. 앞쪽에서는 밤이 붉은색으로 부풀어 올랐다. 헛간에 불이 붙었다. 횃불이 짚에 떨어지면서 불길이 헛간 측면을 타고 올라갔고, 안에 갇힌 짐승들의 비명 소리를 들을 수 있었다. 핫파이가 헛간에서 튀어나왔다. "아리, 어서 와! 로미는 갔어. 걔가 안 따라오면 버려!"

아리아는 고집스럽게 우는 아이를 더 힘껏 끌어당겼다. 핫파이는 그들을 버리고 안으로 들어가버렸다…… 그러나 겐드리가 돌아왔다. 반들반들한 투구에 불빛이 눈부시게 비쳐서 뿔이 오렌지색으로 빛나는 것 같았다. 그는 그들에게 달려오더니 우는 아이를 들어 어깨에 멨다. "뛰어!"

헛간 문으로 뛰어들자 용광로 안으로 들어가는 것 같았다. 연기가 소용돌이쳤고, 뒷벽은 바닥부터 지붕까지 불바다였다. 말과 당나귀들이 발길질을 하고 뒷발로 일어서며 비명을 지르고 있었다. '가엾은 것들.' 아리아는 생각하다가 마차를 보고, 마차 바닥에 족쇄로 묶인 세 남자를 보았다. 바이터는 사슬에 묶인 채 몸을 던지다가 강철 수갑이 조이는 손목 부분에서 피를 흘리고 있었다. 로지는 나무를 걷어차면서 욕설을 퍼붓고 있었다. "소년!" 자켄 하가르는 외쳤다. "다정한 소년!"

열린 뚜껑문이 바로 앞이었지만, 불길은 빠르게 번지면서 믿을 수 없을 만큼 급속히 낡은 나무와 마른 짚 더미를 먹어치우고 있었다. 아리아는 사냥개의 끔찍하게 불탄 얼굴을 떠올렸다. 겐드리가 외쳤다. "터널이 좁아. 얠 어떻게 통과시키지?"

"당기고 밀자." 아리아가 말했다.

"착한 소년들아, 친절한 소년들아." 자켄 하가르가 기침을 하며 외쳤다.

"이 썹할 사슬 벗겨!" 로지가 비명을 질렀다.

겐드리는 그들을 무시했다. "너 먼저 가고, 그다음에 얠 들여보내고, 그다음에 내가 간다. 서둘러. 갈 길이 멀어."

아리아는 기억을 돌이켰다. "장작을 팬 다음에 도끼는 어디다 뒀어?"

"피난처 밖에." 겐드리는 사슬에 묶인 남자들을 흘긋 보았다. "나라면 당나귀들을 먼저 구하겠다. 시간이 없어."

"걘 네가 데려가! 네가 데리고 나가! 네가 해!" 아리아는 외쳤다. 불타는 헛간을 뛰쳐나가자 불이 뜨거운 붉은 날개로 그녀의 등을 때렸다. 바깥은 축복처럼 서늘하게 느껴졌지만, 사방에서 사람들이 죽어가고 있었다. 코스가 항복하려고 칼을 던지는데, 놈들이 그 자리에서 코스를 죽이는 모습이 보였다. 연기가 자욱했다. 요렌의 모습은 보이지 않았지만, 도끼는 겐드리가 두고 간 대로 피난처 밖 장작더미 옆에 있었다. 아리아가 도끼를 뽑는데 쇠 장갑을 낀 손 하나가 그녀의 팔을 잡았다. 아리아는 빙글 돌면서 그 남자의 다리 사이에 도끼를 세게 찍었다. 그 남자의 얼굴은 보지 못했고, 갑옷의 쇠사슬 사이로 배어 나오는 짙은 피만 보였다. 헛간으로 돌아가는 길은 아리아 평생에 가장 힘들었다. 열린 문 밖으로 연기가 몸부림치는 검은 뱀처럼 쏟아져 나왔고, 안에서 불쌍한 짐승들이 비명 지르는 소리를 들을 수 있었다. 당나귀와 말과 사람들. 아리아는 입술을 깨물고, 연기가 덜 짙은 곳으로 낮게 몸을 숙이고 문 안으로 돌진했다.

당나귀 한 마리가 불의 고리에 갇혀서 공포와 고통으로 새된 소리를 내지르고 있었다. 털이 불타면서 나는 악취를 맡을 수 있었다. 지붕은 날아갔고, 불타는 나무와 지푸라기와 건초 조각들이 떨어지고 있었다. 아리아는 한 손으로 입과 코를 가렸다. 연기 때문에 마차를 볼 수가 없었지만, 여전히 바이터의 비명 소리를 들을 수는 있었다. 그녀는 그 소리 쪽으로 기어갔다.

갑자기 바퀴 하나가 나타났다. 바이터가 다시 한 번 사슬을 당기며 몸을 던지자 마차가 뛰어올라 몇 센티 이동했다. 자켄 하가르와 눈이 마주쳤지만, 말하기는 고사하고 숨 쉬기도 너무 힘들었다. 아리아는 도끼를 마차 안으로 던졌다. 로지가 받아서는 머리 위로 치켜들었다. 코 없는 얼굴에 시커먼 땀이 강처럼 흘러내렸다. 아리아는 기침하면서 달리고 있었다. 강철이 낡은 나무를 쪼개고, 쪼개고, 또 쪼개는 소리가 들렸다. 다음 순간 천둥 같은 쩍 소리가 나더니 나뭇조각을 사방으로 날리면서 마차 바닥이 갈라졌다.

아리아는 머리부터 터널 속으로 굴러 들어가서 1.5미터를 떨어졌다. 입 안에 흙이 들어찼지만 상관없었다. 괜찮았다. 그것은 진흙과 물과 벌레와 생명의 맛이었다. 땅 밑은 서늘하고 어두웠다. 땅 위는 피와 포효하는 붉은 불길과 숨 막히는 연기와 죽어가는 말들의 비명 소리뿐이었다. 아리아는 '바늘'이 움직임을 방해하지 않게 허리띠를 돌리고, 기어가기 시작했다. 터널을 따라 3미터 넘게 기어가고 나서 그 소리가 들렸다. 괴물의 포효 같은 소리가 나고, 뒤에서 뜨거운 연기 구름과 검은색 먼지가 피어오르며 지옥 냄새를 풍겼다. 아리아는 숨을 참으며 터널 바닥의 진흙에 입을 대고 울었다. 누구를 위해서인지는 알 수 없었다.

티리온

왕대비는 바리스를 기다릴 마음이 없었다. 그녀는 대노하여 선언했다. "반역만으로도 모자라서 이런 뻔뻔스럽고 노골적인 악행이라니. 그 점잔 빼는 내시에게 듣지 않아도 악당을 어떻게 해야 할지는 알아요."

티리온은 누이의 손에서 편지 두 장을 받아 들고 나란히 비교했다. 적힌 내용은 같았지만, 필체는 서로 달랐다.

파이셀 대학사가 설명했다. "첫 번째 편지는 스토크워스 성에 있던 프렌켄 학사가 받은 겁니다. 두 번째 편지는 자일스 공을 통해서 왔지요."

리틀핑거가 수염을 만지작거리며 말했다. "스타니스가 그 사람들까지 신경 썼다면, 칠왕국의 영주들 모두가 같은 편지 사본을 본 게 확실하겠군요."

세르세이가 선언했다. "이 편지를 모조리 불태우기 바라오. 내 아들이나 아버지의 귀에는 편지가 있다는 단서조차 닿아선 안 돼."

티리온은 건조하게 말했다. "아버지는 지금쯤 단서 이상을 들으셨을걸. 스타니스가 캐스털리록과 하렌홀에도 새를 보냈을 게 뻔하잖아. 편지를 태워봐야 무슨 소용이야? 노래는 이미 울려 퍼졌고, 와인은 엎질러졌고, 계집은 애를 뱄는데. 사실 이건 보이는 것만큼 심각하진 않아."

세르세이는 녹색 눈의 분노 덩어리가 되어 그를 돌아보았다. "정신이 나간 거냐? 그놈이 뭐라는지 읽은 거야? 사내아이 조프리라고 불렀어. 감히 나를 근친상간과 불륜과 반역죄로 고발했고!"

'그야 누나가 유죄니까 그렇지.' 세르세이가 그 고발이 완벽하게 사실임을 알면서 길길이 뛰는 모습을 보니 놀라웠다. '전쟁에 진다면 유랑극단에라도 들어가야겠어. 재능이 있잖아.' 티리온은 세르세이의 말이 끝나기를 기다려서 말했다. "스타니스에겐 반란을 정당화할 구실이 필요해. 뭐라고 쓸 줄 알았어? '조프리는 내 형의 적자이며 후계자이지만, 그래도 난 왕좌를 빼앗을 작정이다'라고?"

"창녀라는 소리를 참아줄 순 없어!"

'왜 그래, 누나. 제이미가 누나에게 돈을 줬다고 주장하진 않았잖아.' 티리온은 보란 듯이 편지에 다시 눈길을 주었다. 마음에 걸리는 표현이 있었다……. "빛의 군주의 이름으로. 이런 표현을 택하다니 기묘한데."

파이셀이 목청을 가다듬었다. "자유도시에서 오는 편지와 문서에는 자주 등장하는 말입니다. '신이 보는 앞에서'라고 적는 것과 다를 바 없지요. 붉은 사제들의 신입니다. 그쪽에서 쓰는 말이라고 봅니다."

"바리스가 셀리스 부인이 붉은 사제와 어울린 지 몇 년이 됐다고 했었지요." 리틀핑거가 상기시켰다.

티리온은 종이를 톡톡 두드렸다. "그리고 이제는 그 남편도 마찬가지인 모양이오. 그걸 이용할 수 있겠어요. 최고성사를 설득해서 스타니스가 정당한 왕은 물론이고 신들에게도 등을 돌렸다는 사실을 폭로하게 하면……."

"그래, 그래." 왕대비는 조바심을 냈다. "하지만 우선 이 쓰레기 같은 소리가 더 퍼지지 못하게 막아야지. 협의회에서 포고령을 내야 해. 근친상간에 대해 지껄이거나 조프리를 사생아라고 부르는 놈은 혓바닥을 잃을 거야."

"신중한 처사이십니다." 대학사 파이셀은 사슬 목걸이를 절그렁거리며 고개를 끄덕였다.

"어리석은 짓이야." 티리온은 한숨을 내쉬었다. "누군가의 혀를 뽑는다면, 그놈이 거짓말쟁이라고 증명하는 게 아니라 세상에 대고 그놈이 하는 말을 두려워한다고 선언하는 꼴이라고."

"그러면 어떻게 하자는 거냐?" 누이가 물었다.

"거의 아무것도 하지 말아야지. 다들 소곤거리게 놔두면 곧 그 이야기에 싫증을 낼 거야. 조금이라도 분별력이 있다면 왕위 찬탈을 정당화하려는 서툰 시도라는 걸 알아보겠지. 스타니스가 증거를 내놨나? 어떻게 그러겠어? 일어나지도 않은 일인데?" 티리온은 누이에게 가장 달콤한 미소를 던졌다.

세르세이는 이렇게 말할 수밖에 없었다. "그건 그렇지만……."

"전하, 이 일에서는 동생분 생각이 맞습니다." 피터 베일리시가 양손 손가락을 모았다. "침묵하게 하려다가는 신빙성만 더하고 맙니다. 그보다는 한심한 거짓말답게 경멸로 대처하는 게 낫습니다. 그러면서 맞불을 놓는 거죠."

세르세이는 가늠해보는 눈으로 그를 보았다. "어떤 불 말이오?"

"같은 성질의 이야기도 괜찮겠지요. 다만 더 쉽게 믿을 만한 이야기로 말입니다. 스타니스 공은 결혼 생활 대부분의 시간 동안 아내와 떨어져 지냈습니다. 탓할 수야 없지요. 저라도 셀리스 부인과 결혼했다면 그랬을 테니까요. 그럼에도 불구하고, 우리가 그 딸이 천출이며 스타니스는 오쟁이진 남자라고 퍼뜨린다면……. 평민들은 언제나 자기네 주인들의 최악을 믿고 싶어 합니다. 특히나 스타니스 바라테온처럼 엄하고 뚱한 데다가 껄끄럽게 자부심 강한 사람이라면 더 그렇지요."

"스타니스가 별로 사랑받은 적이 없는 건 사실이지." 세르세이는 잠시 생각해보더니 말했다. "그러니까 쏜 대로 갚아주자는 거로군. 그래, 마음에 들어. 셀리스 부인의 연인이라고 거론할 만한 사람은 누가 있소? 형제가 둘 있을 텐데. 그리고 숙부 하나가 내내 드래곤스톤에 함께 있었지……."

"액셀 플로렌트 경이 수호성주지." 티리온은 인정하기 싫었지만, 리틀핑거의 책략은 유망했다. 스타니스는 아내를 아낀 적이 없었지만, 자신의 명예가 의혹을 받을 때는 고슴도치처럼 가시를 세웠다. 스타니스와 그 추종자들 사이에 불화의 씨를 뿌릴 수 있다면 도움이 되리라. "그 아이는 귀가 플로렌트 가문답게 생겼다던데."

리틀핑거는 나른한 몸짓을 했다. "언젠가 리스에서 온 사절이 스타니스 공은 딸을 무척 사랑하는 게 틀림없다고, 드래곤스톤 성벽 전체에 딸의 조각상을 수백 개나 세우지 않았냐고 한 적이 있지요. 저는 말해줘야 했답니다. '그건 가고일입니다'라고요." 그는 쿡쿡 웃었다. "액셀 경이 시린의 아버지라는 것도 그럴듯하겠지만, 제 경험상 기괴하고 충격적인 이야기일수록 많이 회자되더군요. 스타니스는 유난히 기괴한 어릿광대를 두었지요. 얼굴에 문신을 한 얼간이입니다."

파이셀 대학사는 경악해서 리틀핑거를 바라보았다. "셀리스 부인이 어릿광대를 침대에 끌어들였다고 하려는 건 아닐 테지요?"

"셀리스 플로렌트와 자고 싶어 하려면 바보여야 하지 않겠습니까. 부인은 패치페이스를 보고 스타니스를 떠올렸겠지요. 게다가 최고의 거짓말은 약간의 진실을 담는 법입니다. 듣는 사람이 멈칫할 만큼은요. 공교롭게도 그 어릿광대는 스타니스의 딸에게 더할 나위 없이 헌신적이라 어디든 따라다닌다지요. 심지어 조금 닮기도 했답니다. 시린도 얼룩덜룩한 데다가 반쯤 굳은 얼굴이니까요."

파이셀은 어쩔할 바를 몰라 했다. "하지만 그건 아기 때 시린을 죽일 뻔한 회색비늘병 때문이에요, 가엾게도."

"전 제 이야기가 더 마음에 드는데요. 평민들도 그럴 겁니다. 평민들이란 대개 임신한 여자가 토끼를 먹으면 아이가 길고 처진 귀를 갖고 태어난다고 믿는답니다."

세르세이는 원래 제이미에게만 내보이던 미소를 지었다. "피터 공, 실로 사악하군요."

"고맙습니다, 전하."

"그리고 가장 뛰어난 거짓말쟁이지." 티리온이 누이보다 덜 따뜻하게 덧붙이며 생각했다. '이 작자는 내 생각보다 더 위험하군.'

리틀핑거의 회녹색 눈이 어떤 불안감도 비치지 않고 티리온의 짝짝이 눈과 마주쳤다. "다들 타고난 재능이 있는 법이지요."

왕대비는 복수 계획에 사로잡힌 나머지 둘 사이에 오가는 말에는 신경도 쓰지 않았다. "얼간이 어릿광대 때문에 오쟁이 진 남자라! 협해 이쪽에서는 술집마다 스타니스를 비웃겠군."

티리온이 말했다. "이 이야기가 우리 입에서 나가서는 안 돼. 우리가 말하면 이기적인 거짓말로 보일 테니까." 그게 사실이지만 말이다.

다시 한 번 리틀핑거가 답을 내놓았다. "창녀들은 뜬소문을 좋아하지요. 우연히도 제게 매춘굴이 세 개 있습니다. 바리스도 맥줏집과 배급소에 소문의 씨앗을 뿌릴 수 있을 테고요."

"바리스." 세르세이는 얼굴을 찌푸렸다. "그러고 보니 바리스는 어디 있소?"

"저도 그걸 궁금해하고 있었습니다, 전하."

"그 거미는 낮이고 밤이고 비밀로 거미집을 짜지요." 파이셀 대학사가 불길하게 말했다. "저는 그자를 믿지 않습니다, 여러분."

"바리스는 대학사에 대해 참으로 친절하게 말하는데 말이오." 티리온은 의자를 밀어내고 일어섰다. 공교롭게도 그는 내시가 무슨 일을 하는지 알고 있었지만, 다른 협의회원들이 들어야 할 이야기는 아니었다. "실례하겠습니다, 여러분. 다른 업무가 있어서요."

세르세이는 즉시 의심을 품었다. "왕의 업무?"

"누나가 굳이 신경 쓸 일은 아니야."

"그건 내가 판단하마."

"내 깜짝 선물을 망치려고? 조프리를 위해 선물을 만들고 있어. 작은 사슬이지."

"조프리에게 다른 사슬이 왜 필요하겠어? 금사슬도 은사슬도 다 걸칠 수 없을 만큼 많이 있는데. 혹시라도 선물로 조프리의 사랑을 살 수 있다 생각한다면—"

"저런, 나야 물론 왕에게 사랑받고 있지. 내가 왕을 사랑하듯이 말이야. 그리고 이 사슬은 언젠가 다른 어떤 사슬보다 더 보물이 될 수 있어." 난쟁이 티리온은 허리 숙여 절하고 뒤뚱뒤뚱 문으로 걸어갔다.

브론이 수관의 탑까지 호위해 가려고 협의회실 밖에서 기다리고 있었다. "대장장이들이 접견실에서 왕림을 기다리고 있답니다." 그는 빈터를 가로지르면서 말했다.

"왕림을 기다린다라. 그 말 듣기 좋군, 브론. 거의 제대로 된 신하처럼 말하는걸. 다음에는 무릎도 꿇겠어."

"좆 까드쇼, 난쟁이."

"그건 샤에가 할 일이고." 티리온은 구불구불한 계단 꼭대기에서 명랑하게 그를 부르는 탠다 부인의 목소리를 들었다. 그는 못 들은 척하고 더 빨리 뒤뚱거렸다. "가마가 준비됐나 봐줘. 여기 일이 끝나는 대로 성을 나갈 테니까." 달 형제 두 명이 문을 지켰다. 그는 두 사람에게 기분 좋게 인사하고, 계단을 오르면서 얼굴을 찌푸렸다. 침실까지 올라가다 보면 다리가 아팠다.

침실로 들어가자 열두 살 소년이 침대 위에 옷을 늘어놓고 있었다. 그의 종자였다. 포드릭 페인은 수상할 정도로 수줍음이 심했다. 티리온은 아버지가 그 소년을 종자로 보낸 게 농담이라는 의심을 떨치지 못했다.

"입으실 옷입니다." 티리온이 들어가자 소년은 제 발만 내려다보면서 중얼거렸다. 포드는 겨우 말을 할 용기를 짜냈을 때에도 차마 상대를 바라보지 못했다. "접견용요. 그리고 사슬도요. 수관의 사슬입니다."

"좋아. 옷을 입게 도와다오." 더블릿은 검은색 벨벳으로 사자 머리 모양을 본뜬 금단추들로 덮였고, 사슬 목걸이는 순금으로 만든 손이 다음 손목을 거머쥔 모양으로 연결되어 있었다. 포드는 그에게 금술을 단 진홍색 비단 망토를 가져왔다. 티리온의 키에 맞게 자른 망토라, 보통 사람이 걸치면 짧은 케이프에 불과했다.

수관의 개인 접견실은 왕의 접견실만큼 크지 않았고, 거대한 알현실에 비하면 한 뼘에 지나지 않았지만, 티리온은 그 방의 미르산 깔개와 벽걸이, 친밀한 분위기가 좋았다. 티리온이 들어가자 집사가 외쳤다. "티리온 라니스터, 왕의 수관 드십니다." 그 부분도 좋았다. 브론이 모아들인 대장장이, 무기제조인, 철물상들이 우르르 무릎을 꿇었다.

그는 둥근 금빛 창 아래 놓인 높은 의자에 올라간 후 모두를 일으켰다. "다들 모두 바쁠 테니 간단명료하게 말하겠네. 포드." 소년이 자루를 건넸다. 티리온은 끈을 당겨 풀고 자루를 뒤집었다. 금속이 모직물에 부딪치는 둔탁한 소리와 함께 깔개 위에 자루 속 내용물이 쏟아졌다. "성의 대장간에서 이걸 만들게 했지. 같은 물건을 천 개 더 만들었으면 하네."

대장장이 하나가 무릎을 꿇고 자세히 살폈다. 거대한 강철 고리 세 개가 한데 꿰여 있었다. "강력한 사슬이로군요."

"강력하지만, 짧지." 난쟁이는 대꾸했다. "나와 비슷하달까. 훨씬 긴 사슬을 만들고 싶네. 자네 이름은?"

"아이언벨리(Ironbelly, 무쇠 배)라고 불립지요, 나리." 그 대장장이는 땅딸막하고 퍼진 몸에 모직과 가죽으로 소박하게 입었는데, 팔뚝은 황소 목처럼 굵었다.

"킹스랜딩에 있는 모든 대장간이 이 고리를 만들고 잇는 데 전념했으면 하네. 다른 일은 모두 미뤄둬. 장인이든 직인이든 수습이든 상관없이 금속을 만질 줄 아는 남자는 모두 다 이 일에 투입하게. '강철 거리'에 말을 달리면 낮이고 밤이고 망치질 소리가 들리길 바라네. 그리고 난 이 모든 일이 이루어지도록 관리할 힘 있는 사람을 원하네. 자네가 그 사람인가, 아이언벨리?"

"그럴지도 모르겠습니다, 나리. 하지만 왕대비께서 주문하신 갑옷과 검은 어쩝니까?"

다른 대장장이가 입을 열었다. "왕대비 전하께서 사슬 셔츠와 갑옷, 검과 단검과 도끼를 대량으로 만들라 명하셨습니다. 새로운 황금 망토들을 무장시키기 위해서요."

"그 일은 기다릴 수 있네. 사슬이 먼저야." 티리온이 말했다.

"나리, 죄송하지만 전하께선 수를 맞추지 못하는 자들은 손이 으스러지리라 말씀하셨습니다." 불안에 사로잡힌 대장장이는 집요했다. "모루에 대고 손을 부수겠다 하셨어요."

'사랑스러운 세르세이, 언제나 평민들의 사랑을 얻어내는 데 열심이지.' "아무도 손이 으스러지진 않을 거야. 내가 약속하지."

아이언벨리가 말했다. "철이 귀해지고 있습니다. 이 사슬에는 철이 많이 필요할 테고, 불 피울 코크스(석탄으로 만든 연료)도 더 필요합니다."

"베일리시 공이 필요한 만큼 비용을 지불할 걸세." 티리온은 약속했다.

리틀핑거를 그 정도는 믿어도 될 것이다. 희망이지만. "도시 경비대에 자네들이 철을 찾게 도우라고 명하겠네. 필요하다면 이 도시의 말편자를 모조리 녹여도 좋아."

다마스크 튜닉에 은잠금쇠와 여우 털을 두른 망토로 화려하게 입은 나이 많은 남자가 나섰다. 그는 무릎을 꿇고 티리온이 바닥에 던져둔 거대한 강철 사슬을 살펴보더니 진지하게 말했다. "나리, 이건 조악한 작업입니다. 아무 기술이 없습니다. 말편자를 구부리고 주전자를 만드는 평범한 대장장이에게는 적합한 일이겠지만, 저는 무기제조 장인입니다. 이건 저나 제 동료 장인들에게 걸맞은 일이 아닙니다. 저희는 노래처럼 날카로운 검과 신이 걸칠 만한 갑옷을 만듭니다. 이런 건 안 합니다."

티리온은 고개를 옆으로 기울이고 짝짝이 눈으로 그 남자를 잠시 바라보았다. "이름이 뭔가, 무기제조 장인?"

"샐로런이라고 합니다. 수관께서 허락하신다면 수관님의 가문과 직위에 어울리는 갑옷 한 벌을 단조해 바치겠습니다." 두 명인가가 코웃음을 쳤지만, 샐로런은 상관하지 않고 덤벼들 듯 앞으로 다가왔다. "판금에 미늘 갑옷이 좋겠군요. 미늘은 태양처럼 밝게 금박을 입히고, 판금에는 라니스터의 진홍색을 입히는 겁니다. 투구는 악마의 머리통처럼 만들어서 높은 금빛 뿔을 다는 게 어떨까요. 그렇게 입고 전장을 달리시면 사람들이 공포에 질려 물러날 겁니다."

티리온은 암담한 심정이었다. '악마의 머리통이라, 그게 나에 대해 뭘 말해주는 걸까?' "샐로런 장인, 난 이 사슬로 나머지 전투를 싸울 계획이네. 나에게 필요한 건 악마의 뿔이 아니라 쇠고리야. 그러니 이렇게 말해두지. 사슬을 만들든가, 아니면 사슬을 차게 될 걸세. 선택은 자네 몫이야." 그는 일어서서 뒤를 한번 돌아보지도 않고 자리를 떠났다.

브론은 그의 가마와, 말에 오른 검은 귀 씨족민들과 함께 성문 옆에서 기다리고 있었다. "어디로 갈지 알겠지." 티리온은 브론에게 말했고 부축을 받아 가마에 올랐다. 그는 굶주린 도시를 먹이기 위해 할 수 있는 일은 다 했다. 목수 몇백 명에게 투석기 대신 어선을 만들게 하고, 강을 건너갈 용기가 있는 사냥꾼은 누구나 왕의 숲에 들어가도 좋다고 허락하고, 심지어 황금 망토를 서쪽과 남쪽으로 내보내어 식량을 구했다. 그런데도 아직 말을 달리면 사방에서 비난의 눈길이 따라왔다. 가마의 장막은 그런 눈길로부터 그를 가려주고, 생각할 시간도 선사했다.

꼬불꼬불한 '검은 그림자 길'에서 아에곤의 높은 언덕 발치로 천천히 내려가면서 티리온은 아침에 있었던 일을 반추했다. 누이는 노여움 때문에 스타니스 바라테온의 편지에 담긴 진짜 의미를 간과했다. 증거가 없다면 그 고발은 아무것도 아니었다. 중요한 것은 스타니스가 왕을 자칭했다는 점이었다. 렌리는 그 사실을 어떻게 받아들일까? 둘 다 철왕좌에 앉을 수는 없는데 말이다.

그는 한가롭게 장막을 살짝 젖히고 길거리를 내다보았다. 소름 끼치는 목걸이를 늘어뜨린 검은 귀 씨족민들이 양옆을 달리고, 브론이 앞에 서서 길을 텄다. 그는 자신을 쳐다보는 행인을 보고 혼자서 첩보원들을 가려내는 놀이를 해보았다. 가장 의심스러워 보이는 사람들은 결백할 듯했다. '내가 조심해야 할 건 무고해 보이는 사람들이야.'

그의 목적지는 라에니스 언덕 뒤에 있었고, 길거리는 붐볐다. 가마는 한 시간을 흔들리다가 겨우 멈춰 섰다. 티리온은 졸고 있었지만, 움직임이 멈추자 퍼뜩 깨어 눈을 비비고, 브론이 내미는 손을 잡고 가마에서 내렸다.

그 집은 2층짜리로, 아래층은 돌로 짓고 위층은 나무로 지었다. 한쪽 모퉁이에는 둥근 탑이 올라갔다. 수많은 창문에는 납유리를 끼웠다. 문 위에는 도금을 한 금속과 진홍색 유리로 만든 화려한 둥근 등이 흔들렸다.

"매춘굴이군. 여기서 뭘 하려는 거요?" 브론이 물었다.

"보통 매춘굴에선 뭘 하나?"

용병은 웃음을 터뜨렸다. "샤에로는 부족하쇼?"

"종군할 때야 충분했지만, 이젠 전투 진지가 아니잖나. 작은 남자는 식욕이 왕성하기 마련이고, 여기 여자들은 왕에게 걸맞단 소리를 들었네."

"왕은 좀 어리지 않소?"

"조프리 말고. 로버트. 여긴 로버트가 아주 좋아하던 곳이야." 하지만 조프리도 그럴 만한 나이가 됐을지도 몰랐다. 흥미로운 생각이었다. "자네와 검은 귀 친구들이 즐기고 싶다면 마음대로 하게나. 하지만 차타야의 여자들은 비싸. 더 싼 집들이 도처에 있을 거야. 내가 돌아가고 싶어지면 자네들을 어디에서 찾을지 아는 친구 하나만 남겨두게."

브론은 고개를 끄덕였다. "분부대로 합지요." 검은 귀 씨족들은 다 히죽거리고 있었다.

문 안에서는 흐르는 듯한 비단옷을 입은 키 큰 여자가 대기하고 있었다. 피부는 흑단 같았고 눈은 백단이었다. 그녀는 깊이 허리를 숙이며 말했다. "차타야라고 합니다. 손님은—"

"이름을 주고받는 습관은 건너뛰세. 이름은 위험하거든." 공기 중에서는 이국적인 향 냄새가 났고, 발아래 바닥에는 뒤엉켜 사랑을 나누는 여자 둘을 그린 모자이크가 깔려 있었다. "아주 좋은 시설을 가지고 있군."

"그렇게 만들기 위해 오래 노력했지요. 수관께서 만족스러워하시니 기쁩니다." 차타야의 목소리는 흐르는 보석과도 같고, 머나먼 여름 군도의 억양이 섞였다.

"직위 역시 이름만큼이나 위험할 수 있네." 티리온은 경고했다. "자네의 여자들을 몇 명 보여주게."

"크나큰 기쁨이겠습니다. 다들 아름다운 만큼이나 달콤하고, 모든 사랑의 기술에 숙련되어 있지요." 차타야가 우아하게 걸어가자 티리온은 그녀의 절반만 한 다리로 뒤뚱거리며 최선을 다해 따라가야 했다.

그들은 꽃과 상상 속 동물들과 꿈꾸는 처녀들이 조각된 화려한 미르 병풍 뒤에 서서, 어떤 노인이 관악기로 쾌활한 음악을 연주하는 휴게실 안을 엿보았다. 쿠션을 댄 벽감 안에서 자주색 수염을 기른 티로시인 하나가 술에 취한 채 자기 무릎에 앉힌 풍만한 여자를 어르고 있었다. 그는 여자의 보디스 끈을 풀고 젖가슴 위로 잔을 기울여 와인을 떨어뜨린 후에 그 술을 핥았다. 다른 여자 둘이 납유리 창문 앞 타일에 앉아서 놀고 있었다. 주근깨가 많은 여자는 꿀 색깔의 머리에 파란색 화환을 썼다. 또 한 명은 윤을 낸 흑옥처럼 까맣고 매끄러운 피부에 커다란 검은 눈, 작고 뾰족한 가슴이 특징이었다. 그들은 흐르는 듯한 비단옷을 입고 허리를 구슬 허리띠로 죄었다. 색유리를 통해 쏟아져 들어온 햇빛 덕분에 얇은 옷자락 속 달콤한 젊은 육체의 윤곽이 보이자 티리온은 사타구니에 흥분을 느꼈다. "정중하게 제안 드리자면 검은 피부의 아이가 어떨지요." 차타야가 말했다.

"나이가 어린데."

"열여섯이랍니다."

그는 브론이 했던 말을 떠올리며 조프리에게 딱 좋은 나이라고 생각했다. 티리온은 그보다 더 어릴 때 첫 경험을 했다. 처음 드레스를 머리 위로 끌어 올렸을 때 그녀가 얼마나 수줍어 보였던가. 긴 검은 머리와 빠져 죽을 수도 있을 듯한 파란 눈. 실제로 그는 그 눈에 빠져 죽었다. 오래전 일이었다……. 이 얼마나 한심한 바보냐, 난쟁이. "저 아이는 자네 고향에서 왔나?"

"혈통은 여름 혈통입니다만, 제 딸은 여기 킹스랜딩에서 태어났습니다." 티리온의 놀라움이 얼굴에 비쳤는지, 차타야가 말을 이었다. "제가 온 곳에서는 베갯집에서 일한다고 부끄러울 게 없습니다. 여름 군도에서는 쾌락의 기술에 능한 사람들이 대단한 존경을 받지요. 귀족 청년과 처녀들도 꽃을 피운 이후 몇 년씩 봉사하며 신들에게 영예를 바칩니다."

"신들은 무슨 상관인가?"

"우리의 영혼만이 아니라 몸도 신들이 만드신 게 아닙니까? 신들은 저희가 노래로 숭배할 수 있도록 목소리를 주셨고, 신전을 지을 수 있도록 두 손을 주셨습니다. 신들께서 저희에게 욕망을 주셨으니, 짝을 짓고 그 방법으로 신들을 숭배할 수 있도록 하신 겁니다."

"최고성사에게도 그렇게 말해야겠군. 성기로 기도를 드릴 수 있다면 나도 훨씬 종교적일 수 있겠어." 티리온은 한 손을 내저었다. "자네의 제안을 기쁜 마음으로 받아들이지."

"제 딸을 부르겠습니다. 오시지요."

그 소녀는 계단 밑에서 티리온과 만났다. 자기 어머니만큼 키가 크지는 않아도 샤에보다 크다 보니 티리온이 입을 맞추려면 무릎을 꿇어야 했다. "제 이름은 알라야야입니다." 그녀는 어머니의 억양이 거의 느껴지지 않는 말투로 말했다. "따라오세요." 그녀는 그의 손을 잡고 계단 두 층을 올라가서 긴 복도를 걸었다. 닫힌 문 하나로는 몰아쉬는 숨소리와 새된 쾌락의 소리가 흘러나왔고, 다른 문에서는 키득거리는 웃음소리와 속삭임이 새어 나왔다. 티리온의 성기가 바지 끈을 눌렀다. '이거 창피해질 수도 있겠는데.' 그는 알라야야를 따라 계단을 한 번 더 올라서 탑방으로 들어가며 생각했다. 문은 하나뿐이었다. 알라야야는 그를 끌어 들이고 문을 닫았다. 방 안에는 덮개를 친 거대한 침대 하나, 에로틱한 조각으로 장식한 높은 옷장 하나, 그리고 납유리에 붉은색과 노란색 마름모꼴 문양을 넣은 좁은 창문이 있었다.

둘만 있게 되자 티리온이 말했다. "정말 아름답구나, 알라야야. 머리끝부터 발끝까지 모든 부분이 사랑스러워. 하지만 지금 나에게 가장 흥미를 끄는 부위는 네 혀란다."

"제 혀라면 잘 훈련받았다는 걸 알게 되실 거예요. 어렸을 때 언제 혀를 쓰고 언제 쓰지 말아야 하는지 배웠지요."

"그거 기쁘구나." 티리온은 미소 지었다. "그럼 이제 어쩐다? 너에게 제안이 있을 것도 같은데?"

"네. 나리께서 옷장을 여신다면, 구하시는 것을 찾을 겁니다."

티리온은 그녀의 손에 입을 맞추고 빈 옷장 속으로 들어갔다. 알라야야가 뒤에서 문을 닫았다. 그는 옷장 뒤판을 손으로 만져보고 옆으로 밀어 열었다. 벽 뒤의 빈 공간은 깜깜했지만, 그는 여기저기 더듬다가 금속을 찾아냈다. 그의 손이 사다리 단을 잡았다. 그는 발로 아랫단을 찾아내어 내려가기 시작했다. 수직 통로는 거리 높이보다 더 내려간 후에 기울어진 지하 터널로 이어졌고, 바리스는 그곳에서 초를 들고 기다리고 있었다.

바리스는 평소 모습이 아니었다. 뾰족뾰족한 강철모 아래로 흉터 진 얼굴과 검은 수염 그루터기가 보였고, 가죽 갑옷 위에 사슬 셔츠를 걸친 데다 허리띠에는 비수와 소검을 찼다. "차타야는 만족스러우셨습니까?"

"지나칠 정도로." 티리온은 인정했다. "그 여자는 확실히 믿을 수 있는 거요?"

"전 이 변덕스럽고 불안정한 세상에서 아무것도 확신하지 않는답니다. 다만 차타야는 왕대비를 좋아할 이유가 없고, 알라르 딤을 없애준 데 대해 공에게 고마워해야 한다는 사실을 알지요. 가실까요?" 그는 터널을 따라 가기 시작했다.

심지어 걸음걸이까지 달랐다. 바리스에게 늘 나던 라벤더 향 대신 시큼한 와인과 마늘 냄새가 났다. 티리온은 걸어가면서 말했다. "공의 새로운 옷차림이 마음에 드는구려."

"하는 일 탓에 기사들에게 둘러싸여서 길거리를 다닐 수가 없어서 말이지요. 성을 떠날 때는 좀 더 적당한 복장을 한답니다. 그래야 살아서 더 오래 봉사할 수 있지요."

"가죽이 잘 어울리는군. 다음 회의 때는 이런 옷차림으로 와야겠소."

"누님께서 허락하시지 않을 겁니다."

"내 누이야 속옷에 지리겠지." 그는 어둠 속에서 미소를 지었다. "내 뒤를 미행하는 누나의 첩자는 보지 못했소."

"그 말씀을 들으니 기쁘군요. 누님이 고용한 첩자 중 일부는 제 첩자이기도 하답니다. 그분은 모르시지만요. 제 첩자들이 눈에 띌 정도로 부주의해졌다고 생각하기는 싫군요."

"흠, 나도 욕구 불만의 아픔을 견디며 옷장 속에 들어온 게 헛수고였다고 생각하긴 싫군."

"헛수고일 때는 잘 없지요." 바리스는 장담했다. "그자들은 당신이 여기 있다는 걸 압니다. 고객인 척 차타야의 집에 들어올 정도로 대담한 자가 있을지는 알 수 없습니다만, 지나치다 싶게 조심하는 게 최선이지요."

"어쩌다가 매춘굴에 비밀 통로가 생긴 거요?"

"이 터널은 다른 수관이 판 겁니다. 명예를 지키자니 공공연히 그런 집에 드나들 수 없었던 분이지요. 차타야는 이 통로의 존재에 대해 새어 나가지 않도록 철저히 지켰습니다."

"그런데도 당신은 아는군."

"작은 새들은 어두운 터널을 많이 돌아다니는 법이지요. 조심하세요, 계단이 가파릅니다."

그들은 어느 마구간 뒤에 있는 뚜껑문으로 빠져나갔다. 아마 라에니스의 언덕 아래에서 세 블록은 떨어졌을 것이다. 티리온이 문을 놓아 쾅 소리가 나자 말 한 마리가 칸막이 안에서 히힝거렸다. 바리스는 촛불을 불어 끈 후에 들보에 내려놓았고 티리온은 주위를 둘러보았다. 노새 한 마리와 말 세 마리가 있었다. 그는 얼룩덜룩한 거세마에게 걸어가서 이빨을 살폈다. "늙었군. 폐활량도 의심스럽고."

"전투에 타고 갈 말이 아닌 건 사실입니다만, 이 일에 알맞고 관심도 끌지 않을 겁니다. 다른 말들도 마찬가지지요. 그리고 마구간지기들은 짐승들만 봅니다." 내시는 못에 걸린 망토를 집었다. 거칠게 짠 천이 햇빛에 바랬고 올이 빠질 정도로 낡았지만, 크기는 넉넉했다. "실례하겠습니다." 바리스가 망토를 티리온의 어깨에 걸치자 머리끝부터 발끝까지 감싸였고, 두건을 앞으로 당겨 쓰면 얼굴이 그림자에 가려졌다. 바리스는 망토를 이리저리 당기며 말했다. "사람들은 보리라 예상한 것을 보지요. 난쟁이는 어린아이처럼 흔하지 않으니, 다들 어린아이를 예상할 겁니다. 낡은 망토를 입고 아버지의 말을 타고 아버지 심부름을 가는 소년이겠지요. 기왕이면 주로 밤에 다니시는 편이 더 좋겠지만 말입니다."

"그럴 계획이오……. 오늘 이후로는 말이오. 당장은 샤에가 날 기다린다오." 그는 바다에서 멀지 않은 킹스랜딩 북동쪽 구석에 있는 벽을 둘러친 저택에 샤에를 두었지만, 미행이 붙을까 두려워 그냥 찾아갈 수가 없었다.

"어느 말을 타시겠습니까?"

티리온은 어깨를 으쓱였다. "이 말로도 충분할 것 같군."

"제가 안장을 얹어드리죠." 바리스는 못에 걸린 마구와 안장을 챙겼다.

티리온은 무거운 망토를 바로잡고 불안하게 서성였다. "활기 넘치는 회의를 놓치셨소. 스타니스가 왕을 자칭한 모양이오."

"압니다."

"내 형과 누나를 근친상간으로 고발하더군. 어쩌다 그런 의심을 하게 됐을까."

"책을 읽고 서자의 머리 색을 봤을지도 모르지요. 네드 스타크가 그랬고, 그 전에 존 아린이 그랬듯이요. 아니면 누군가가 귓가에 속삭였을지도 모르겠군요." 내시의 웃음소리는 평소처럼 킬킬대는 소리가 아니라 더 깊고 걸걸했다.

"당신 같은 누군가 말이오?"

"제가 의심받는 건가요? 저는 아닙니다."

"당신이 그랬다 한들 인정하겠소?"

"안 하겠지요. 하지만 이렇게 오래 품고 있던 비밀을 왜 발설하겠습니까? 왕을 속이는 것과, 덤불 속의 귀뚜라미와 굴뚝에 든 작은 새로부터 비밀을 숨기는 건 완전히 다른 일입니다. 게다가, 그 서자들은 누구나 볼 수 있었는걸요."

"로버트의 서자들 말이오? 그게 왜?"

"제가 아는 한 로버트는 서자를 여덟 두었지요." 바리스는 안장과 씨름하며 말했다. "그 어미들은 구리색, 꿀색, 밤색, 버터색 머리였지만 아이들은 하나같이 까마귀처럼 검은 머리였답니다……. 까마귀만큼이나 불길한 징조이기도 했지요. 그러니 조프리, 미르셀라, 토멘이 하나같이 태양처럼 금빛으로 반짝이며 누님의 다리 사이를 빠져나왔을 때, 진실을 엿보기가 어렵지는 않았습니다."

티리온은 고개를 저었다. 딱 하나만 남편 아이를 낳았어도 의심을 제거하기엔 충분했으련만……. 그러나 그랬다면 세르세이가 아니지. "속삭인 자가 당신이 아니라면, 누구였을까?"

"어느 배신자겠지요." 바리스는 말 뱃대끈을 조였다.

"리틀핑거?"

"전 아무 이름도 안 댔습니다."

티리온은 내시의 도움을 받아 말에 올랐다. "바리스 공." 그는 안장에 앉아서 말했다. "가끔은 당신이 킹스랜딩에서 내가 가진 최고의 친구처럼 느껴지고, 때로는 내 최악의 적처럼 느껴진다오."

"희한하기도 하지요. 저도 공에 대해 똑같이 느낀답니다."

브랜

브랜은 엷은 첫 햇살의 손가락이 창에 내린 덧문을 비집고 들어오기 한참 전에 눈을 떴다.

윈터펠에 손님들이 와 있었다. 수확제에 참석하러 온 방문객들이었다. 오늘 아침에는 훈련장에서 창으로 과녁을 때릴 터였다. 예전 같으면 그 생각만 해도 신이 났겠지만, 그건 예전 얘기였다.

지금은 아니었다. 왈더들은 맨덜리 공을 따라온 종자들과 시합을 벌이겠지만, 브랜은 낄 수 없었다. 그는 아버지의 개인 방에서 왕자 노릇을 해야 했다. "귀를 기울이다 보면 영주가 무슨 일을 하는지에 대해 배울 수 있을 겁니다." 루윈 학사는 그렇게 말했다.

브랜은 왕자가 되고 싶었던 적이 없었다. 늘 꿈꾸던 건 기사였다. 눈부신 갑옷과 펄럭이는 깃발, 기마 창과 장검, 든든한 군마. 왜 반도 이해하기 힘든 노인들의 대화에 귀를 기울이며 시간을 허비해야 한단 말인가? '넌 망가졌으니까.' 내면의 목소리가 일깨웠다. 왈더들은 자기네 할아버지는 몸이 너무 약해서 어디든 가마에 실려 다닌다고 했다. 불구자도 쿠션을 댄 의자에 앉은 영주가 될 순 있지만, 군마에 오른 기사는 될 수 없었다. 게

다가 앉아 있는 게 브랜의 의무였다. "도련님은 형님의 후계자이며 윈터펠의 스타크입니다." 로드릭 경은 그렇게 말하며 휘하 봉신들이 아버지를 찾아올 때면 롭이 동석하곤 했던 일을 상기시켰다.

이틀 전에 와이먼 맨덜리 공이 도착했다. 말을 타기에는 너무 뚱뚱한 탓에 화이트하버에서 배와 가마를 타고 왔다. 가신들이 줄줄이 따라와, 기사들, 종자들, 소영주들과 그 부인들, 의전관에 음악가에 심지어는 곡예사들까지, 수많은 색깔의 깃발과 전포를 번쩍였다. 브랜은 팔걸이에 다이어울프를 새긴 아버지의 높은 의자에 앉아서 그들의 도착을 환영했고, 그 후에 로드릭 경에게 잘했다는 칭찬을 들었다. 그것으로 끝났다면 신경도 쓰지 않았을 것이다. 그러나 그건 시작에 불과했다.

로드릭 경이 설명했다. "축제는 좋은 구실이지만, 오리고기와 와인에 혹해서 천 리를 여행하는 사람은 없습니다. 우리 앞에 내놓을 중대한 사안이 있는 사람들만이 여행을 감행하지요."

브랜은 머리 위의 거친 돌 천장을 노려보았다. 롭 형이라면 어린애처럼 굴지 말라고 했겠지. 롭의 목소리가 들리는 것만 같았다. 아버지의 목소리도 들렸다. '겨울이 오고 있다. 그리고 넌 거의 어른이 다 됐다, 브랜. 너에겐 의무가 있다.'

호도가 만면에 미소를 머금고 곡조 없이 흥얼거리며 들어왔을 때, 브랜은 운명에 항복한 상태였다. 브랜은 호도의 도움을 받아서 몸을 씻고 빗질을 했다. "오늘은 하얀 모직 더블릿을 입고 은제 브로치를 달겠어. 로드릭 경은 내가 귀족답게 보이길 원할 거야." 브랜은 가능하면 혼자 옷 입기를 좋아했지만, 반바지에 발을 넣거나, 장화 끈을 매는 일은 성가셨다. 그런 부분은 호도가 도와주면 더 빨리 끝났다. 호도는 일단 뭔가 가르치고 나면 능숙하게 해냈다. 놀랍도록 힘이 세면서도 손놀림은 늘 부드러웠다. 브랜은 호도에게 말했다. "넌 분명히 기사가 될 수 있었을 거야. 신들에게 기지를 빼앗기지 않았다면 훌륭한 기사가 됐을걸."

"호도?" 호도는 이해력이 떨어지는 정직한 갈색 눈을 껌벅였다.

"그래. 호도." 브랜은 손가락으로 가리켰다.

문 옆에 고리버들과 가죽으로 튼튼하게 만들어서 브랜의 다리가 들어갈 구멍을 잘라낸 바구니가 걸려 있었다. 호도는 어깨 끈에 두 팔을 밀어넣고 폭이 넓은 벨트를 가슴에 단단히 맨 다음, 침대 옆에 무릎을 꿇었다. 브랜은 벽에 박아 넣은 가로대로 몸을 지탱하고서 죽어버린 다리를 흔들어 바구니에 넣은 후, 구멍으로 빼냈다.

"호도." 호도는 일어서면서 다시 말했다. 일어서면 호도의 키만 2미터가 넘었다. 그 등에 탄 브랜의 머리는 거의 천장에 닿았다. 브랜은 문을 통과할 때 고개를 숙였다. 한번은 호도가 빵 굽는 냄새를 맡고 주방으로 달려가는 바람에 브랜의 머리가 심하게 부딪쳐서 루윈 학사가 머리 상처를 꿰매야 한 적도 있었다. 미켄이 무기고에 있던 면갑 없는 녹슨 투구를 줬지만, 그 투구를 쓰고 다니게 되지는 않았다. 왈더들은 브랜이 그 투구를 쓴 모습을 볼 때마다 웃어댔다.

브랜은 나선계단을 내려가는 동안 호도의 어깨에 두 손을 얹고 있었다. 밖으로 나가자 벌써 검과 방패 소리, 말 울음소리가 훈련장을 울렸다. 달콤한 음악이었다. '그냥 보기만 할 거야. 잠깐 보기만.'

화이트하버의 귀족들은 기사와 중장병들을 데리고 오전 늦게 나타날 터였다. 그때까지 훈련장은 열 살에서 마흔 살에 이르는 종자들 차지였다. 브랜은 그 종자들 사이에 끼고 싶은 마음이 간절하다 못해 배가 아플 지경이었다.

안뜰에는 창 과녁이 두 개 서 있었는데, 둘 다 튼튼한 기둥이 떠받치는 회전봉 한쪽 끝에는 방패를 달고 반대쪽 끝은 천으로 감싸놓았다. 방패는 붉은색과 금색으로 칠했지만 라니스터의 사자 그림은 어색하고 못생기게 그려졌고, 이미 첫 번째 소년들이 공격한 상처가 남아 있었다.

　바구니에 든 브랜의 모습은 그 모습을 처음 보는 이들의 시선을 끌었지만, 그는 진작에 그런 시선을 무시하는 방법을 익혔다. 그래도 전망은 좋았다. 호도의 등에 타면 모두가 내려다보였다. 왈더들이 말에 올라 있었다. 그들은 트윈스에서 훌륭한 갑옷을 가져왔다. 돈을새김에 파란색 법랑을 입힌 반짝이는 은색 판금 갑옷이었다. 큰 왈더의 투구 장식은 성채처럼 생긴 반면, 작은 왈더는 파란색과 회색 비단 장식을 선호했다. 방패와 전포 역시 서로 달랐다. 작은 왈더는 프레이의 쌍둥이 탑과 할머니 가문인 크레이크홀의 얼룩 멧돼지, 어머니 가문인 대리의 농부를 분할해 넣었다. 큰 왈더는 쌍둥이 탑에 블랙우드 가문의 나무와 까마귀, 페이지 가문의 서로 얽힌 뱀을 넣었다. 브랜은 왈더들이 기마 창을 드는 모습을 지켜보며 그들이 명예에 굶주렸나 보다 생각했다. '스타크에게는 다이어울프면 충분해.'

　그들의 회색 점박이 준마는 날래고 강인하고 기막히게 훈련이 잘되어 있었다. 왈더들은 나란히 과녁으로 돌진했다. 둘 다 방패를 깔끔하게 맞히고 회전봉이 돌기 전에 몸을 뺐다. 작은 왈더가 더 세게 때렸지만, 브랜은 큰 왈더가 말을 더 잘 몬다고 생각했다. 그들에게 맞서서 말을 달릴 수 있다면 쓸모없는 다리쯤은 두 개 다 내주련만.

　작은 왈더가 쪼개진 기마 창을 내던지다가 브랜을 보고 고삐를 당겼다. "그것 참 못생긴 말이네." 호도를 보고 한 말이었다.

　"호도는 말이 아니야." 브랜이 말했다.

　"호도." 호도가 말했다.

　큰 왈더가 속보로 말을 몰아 사촌 옆에 섰다. "흠, 말만큼 똑똑하지 못한 건 확실하네." 화이트하버에서 온 젊은이 몇 명이 서로를 찌르며 웃어댔다.

"호도." 호도는 놀리는 줄도 모르고 상냥하게 활짝 웃으며 두 왈더 프레이를 번갈아 보았다. "호도 호도?"

작은 왈더의 말이 히힝거렸다. "이것 봐, 대화를 하네. 호도라는 게 말에게는 '사랑해'일지도 몰라."

"닥쳐, 프레이." 브랜은 얼굴에 피가 몰리는 느낌이었다.

작은 왈더가 말을 더 가까이 몰더니 호도를 툭 쳐서 뒤로 밀었다. "안 그러면 어쩔 건데?"

"너에게 자기 늑대를 풀 거야." 큰 왈더가 경고했다.

"그러라고 해. 난 언제나 늑대 가죽 망토를 갖고 싶었어."

"서머가 네 살찐 머리통을 뜯어버릴 거야." 브랜이 말했다.

작은 왈더는 쇠 장갑을 낀 주먹으로 흉갑을 두드렸다. "네 늑대에게 판금과 사슬 갑옷을 물어뜯을 강철 이빨이라도 있어?"

"그만!" 천둥 같은 루윈 학사의 목소리가 훈련장의 쇳소리를 갈랐다. 루윈이 얼마나 들었는지 알 수는 없었지만…… 화가 날 만큼 들은 것만은 분명했다. "이런 부적절한 위협은 더 듣지 않겠습니다. 트윈스에서는 그렇게 처신하나요, 왈더 프레이?"

"내가 원하면." 작은 왈더는 군마에 오른 채로 뚱하니 루윈을 노려보았다. 마치 이렇게 말하는 것 같았다. '당신은 학사에 불과해. 당신이 뭐라고 크로싱의 프레이를 비난하지?'

"윈터펠에서 스타크 부인의 대자들은 그렇게 처신해선 안 됩니다. 이 일의 원인이 뭡니까?" 학사는 세 아이들을 차례로 보았다. "맹세코 누군가 말하지 않으면—"

"우리가 호도를 두고 농담을 좀 했어요." 큰 왈더가 고백했다. "브랜 왕자를 불쾌하게 만들었다면 미안합니다. 재미있자고 한 짓일 뿐이에요." 그래도 큰 왈더에게는 겸연쩍어할 염치는 있었다.

작은 왈더는 짜증 난 얼굴이었다. "마찬가지예요. 재미있자고 그랬을 뿐이라고요."

브랜은 학사의 머리 꼭대기 벗어진 부분이 시뻘게진 것을 볼 수 있었다. 루윈은 그 어느 때보다 화가 나 있었다. 그는 두 왈더 프레이에게 말했다. "훌륭한 귀족은 약하고 무력한 이들을 위로하고 보호합니다. 호도를 잔인한 농담거리로 삼는 건 용납하지 않겠습니다. 알겠습니까? 호도는 충실하고 유순하며 마음씨 고운 청년이에요. 두 분보다 훨씬." 학사는 작은 왈더를 향해 한 손가락을 흔들었다. "그리고 신의 숲과 그 늑대들에게 다가가지 마십시오. 그랬다가는 책임을 져야 할 겁니다." 루윈은 소매를 펄럭이며 몸을 돌리고 몇 걸음 걷다가 뒤를 돌아보았다. "브랜. 오세요. 와이먼 공이 기다리십니다."

"호도. 학사님 따라가." 브랜은 명령했다.

"호도." 호도의 넓은 보폭이 주성 계단을 밟는 학사의 성난 걸음을 따라잡았다. 루윈 학사가 문을 잡고 있는 동안 브랜은 문을 통과하는 호도의 목을 끌어안고 고개를 숙였다.

"왈더들은—" 브랜이 입을 열었다.

"그 문제는 더 듣지 않겠습니다. 끝난 얘깁니다." 루윈 학사는 지치고 곤두선 얼굴이었다. "호도를 방어한 건 옳았지만, 애초에 거기 있어선 안 됐어요. 로드릭 경과 와이먼 공은 도련님을 기다리다가 벌써 아침 식사를 했습니다. 어린아이처럼 내가 데려와야 오는 겁니까?"

"아니에요." 브랜은 부끄러워졌다. "죄송해요. 그저……."

"뭘 하고 싶었는지는 알아요." 루윈 학사는 좀 더 부드럽게 말했다. "그럴 수 있다면 좋겠지요. 브랜, 이 접견을 시작하기 전에 질문할 게 있습니까?"

"우리가 전쟁 이야기를 하게 되나요?"

"도련님은 아무 이야기도 하지 않아요." 루윈의 목소리에 날카로운 기색이 돌아왔다. "도련님은 아직 여덟 살이고……."

"아홉 살이 다 됐어요!"

"여덟 살입니다." 학사는 단호하게 말했다. "인사 말고는 아무 말도 하지 마세요. 로드릭 경이나 와이먼 공이 질문을 하지 않는 한은요."

브랜은 고개를 끄덕였다. "명심할게요."

"프레이 가문 아이들과 오간 말싸움에 대해서는 로드릭 경에게 전하지 않겠습니다."

"고마워요."

그들은 판자와 가대로 만든 긴 탁자 앞에, 아버지의 참나무 의자에 회색 벨벳 쿠션을 놓고 브랜을 앉혔다. 로드릭 경이 브랜 오른쪽에, 오가는 이야기를 모두 적을 펜과 잉크통과 빈 양피지로 무장한 루윈 학사가 왼쪽에 앉았다. 브랜은 거친 나무 탁자를 한 손으로 쓸며 와이먼 공에게 늦어서 미안하다고 인사했다.

화이트하버의 영주는 쾌활하게 대꾸했다. "별 말씀을. 왕자는 늦는 법이 없지요. 왕자보다 먼저 도착한 사람들이 일찍 온 것뿐입니다." 와이먼 맨덜리의 웃음소리는 크고 우렁찼다. 그가 안장에 앉을 수 없는 것도 당연했다. 대부분의 말보다 몸무게가 더 나갈 테니 말이다. 그는 큰 덩치만큼이나 장황하게 자신이 화이트하버에 새로 임명한 세관사들을 윈터펠이 확정해달라는 이야기를 시작했다. 예전 세관사들은 새로운 북부의 왕에게 바치지 않고 킹스랜딩에 보내려고 은화를 따로 보관하고 있었다. "롭 왕에게는 화폐도 새로 필요합니다. 화이트하버는 경화를 주조하기 딱 좋은 곳이지요." 그는 왕만 괜찮다면 직접 그 임무를 맡겠다고 제안했고, 자신이 항구 방어 시설을 어떻게 강화했는지로 넘어가서 자세한 비용을 열거했다.

맨덜리 공은 화폐 주조에 이어 롭에게 함대를 만들어주겠다는 제안까지 했다. "'불태우는 브랜던'이 부친의 배를 다 태워버린 후 몇백 년 간 우리에겐 해군력이 없었습니다. 제게 충분한 금화와 시간을 주신다면 올해 안에 드래곤스톤과 킹스랜딩 양쪽 모두를 장악할 만한 갤리선 함대를 띄워 보이겠습니다."

전함 이야기가 나오자 브랜은 귀를 쫑긋 세웠다. 아무도 그의 의견을 묻지 않았지만, 그는 와이먼 공의 제안이 아주 멋지다고 생각했다. 벌써 마음의 눈으로 그 광경을 볼 수 있었다. 불구자라도 전함은 지휘할 수 있을까 궁금했다. 하지만 로드릭 경은 그저 롭에게 그 제안을 전하겠다고만 약속했고, 루윈 학사는 양피지에 적기만 했다.

정오가 지나갔다. 루윈 학사는 폭시 팀(Poxy Tym, 하찮은 팀)을 주방에 보냈고, 그들은 치즈와 수탉 구이, 갈색 귀리 빵으로 식사를 했다. 와이먼 공은 살찐 손가락으로 닭고기를 찢다가 친척인 혼우드 부인에 대해 정중한 질문을 던졌다. "아시다시피 혼우드 부인은 맨덜리로 태어났지요. 혹시 슬픔이 가시고 나면 다시 맨덜리가 되고 싶지 않을까요?" 그는 날개를 한 입 베어 물고 활짝 웃었다. "우연찮게도 나 역시 지난 8년간 홀아비로 지냈습니다. 다시 아내를 맞을 때가 지났지요. 그렇지 않습니까? 남자는 외로운 법이지요." 그는 뼈를 옆으로 던지고 다리에 손을 뻗었다. "혹시 좀 더 젊은 남편을 원한다면 마침 제 아들인 웬델도 결혼을 안 했어요. 지금은 남쪽에서 캐틀린 부인을 지키고 있지만, 돌아올 때는 신부를 얻고 싶을 테지요. 남자답고 쾌활한 녀석입니다. 혼우드 부인에게 다시 웃음을 가르쳐주기에 안성맞춤이지요." 그는 튜닉 소매로 턱에 묻은 기름을 닦았다.

브랜은 창밖으로 멀리서 병장기가 부딪치는 소리를 들을 수 있었다. 그는 결혼 이야기에 아무 관심이 없었다. '저 훈련장에 있을 수만 있다면.'

와이먼 맨덜리 공은 점심 식사가 정리될 때까지 기다려서 타이윈 라니스터 공에게 받은 편지 이야기를 꺼냈다. 타이윈은 그린포크에서 그의 맏아들인 윌리스 경을 포로로 잡았다. "몸값도 받지 않고 돌려주겠다는군요. 우리 왕에 대한 충성 맹세를 거두고 더는 싸우지 않겠다고 맹세한다면 말입니다."

"물론 거절하시겠지요." 로드릭 경이 말했다.

"그 점은 염려 마십시오." 와이먼 공은 장담했다. "롭 왕에게 와이먼 맨덜리보다 더 충성스러운 종복은 없습니다. 그렇지만 제 아들이 필요 이상 오래 하렌홀에 머물진 않았으면 좋겠군요. 거긴 좋지 않은 장소입니다. 저주받았다고들 하지요. 그런 이야기를 다 믿는 건 아닙니다만, 그래도 말입니다. 그 자노스 슬린트란 놈이 어떻게 됐나 보십시오. 왕비가 하렌홀의 영주로 출세시켰더니만 그 동생이 넘어뜨렸지 않습니까. 배를 태워 장벽으로 보냈다는군요. 아무튼 너무 늦기 전에 공평한 포로 교환이 이루어졌으면 합니다. 윌리스는 나머지 전쟁 기간 내내 앉아 있고 싶지 않을 겁니다. 그 녀석은 용맹한 데다 마스티프 견처럼 사납거든요."

접견이 끝날 무렵, 브랜은 같은 의자에 계속 앉아 있던 탓에 어깨가 뻣뻣했다. 그날 밤, 저녁 식사 자리에 앉아 있는데 뿔 나팔이 울리면서 또 다른 손님의 도착을 알렸다. 도넬라 혼우드 부인은 기사와 가신들을 줄줄이 데려오지 않았다. 오직 본인과 먼지투성이가 된 오렌지색 옷에 큰뿔사슴 머리 모양의 휘장을 단 지친 중장병 여섯 명뿐이었다. "부인이 겪으신 고통에 진심으로 안타까움을 표합니다." 그녀가 인사하러 오자 브랜은 말했다. 혼우드 공은 그린포크 전투에서 사망했고, 그들의 유일한 아들은 속삭이는 숲에서 죽었다. "윈터펠은 기억할 겁니다."

"고마운 말씀이군요." 혼우드 부인은 얼굴의 모든 선에 슬픔이 새겨진 창백한 빈껍데기였다. "무척 지쳤습니다. 이만 쉬러 가도 괜찮다면 고맙겠습니다."

"물론입니다. 이야기할 시간은 내일 충분히 있으니까요." 로드릭 경이 말했다.

그 내일이 왔을 때, 오전은 곡물과 채소와 소금에 절인 고기 이야기로 다 지나갔다. 시타델의 학사들이 가을이 왔음을 선언하자, 현명한 이들은 수확의 일부를 따로 저장했지만…… 어느 정도를 저장하느냐는 의논이 많이 필요한 문제였다. 혼우드 부인은 수확의 5분의 1을 저장하고 있었다. 루윈 학사의 제안에 따라 그녀는 저장분을 4분의 1로 상향하기로 했다.

"볼턴의 서자가 드레드포트에 사람을 모으고 있습니다." 혼우드 부인이 경고했다. "군사를 데리고 남쪽 트윈스에 있는 아버지와 합류할 생각이라면 좋겠지만, 제가 사람을 보내어 무슨 의도인지 묻자 볼턴 가문 남자는 여자에게 심문을 받지 않는다고 했어요. 마치 자기가 적자로 태어나서 볼턴이라는 이름을 쓸 권리가 있다는 듯이 말입니다."

로드릭 경이 말했다. "제가 알기로 볼턴 공은 서자를 인정한 적이 없습니다. 고백건대 누구인지 잘 모르겠군요."

"아는 사람이 얼마 없습니다. 2년 전까지 어미와 함께 살았는데, 도메릭이 죽고 볼턴 공에게 후계자가 없어지자 드레드포트로 데려왔지요. 사람들 말에 따르면 교활한 짐승이고, 본인 못지않게 잔인한 하인을 하나 두었답니다. 그 하인은 '구린내'라고 불리더군요. 절대 씻는 법이 없다나요. 서자와 구린내는 함께 사냥을 하는데, 사슴 사냥이 아닙니다. 아무리 볼턴이라 해도 믿기 힘든 이야기들을 들었습니다. 그리고 이제 제 남편과 사랑하는 아들이 신들에게 떠나자 그 서자가 제 땅을 굶주린 눈으로 보고 있습니다."

브랜은 그 부인에게 권리를 지킬 병력 백 명을 주고 싶었지만, 로드릭 경은 이렇게만 말했다. "보는 건 어쩔 수 없지만, 그자가 그 이상의 행동을 한다면 즉각 응징한다 약속드리겠습니다. 부인은 안전하실 겁니다…….

그래도 시간이 흘러 슬픔이 가시고 나면 다시 결혼 생각을 해보시는 게 신중할지도 모르겠군요."

"전 아이를 낳을 때가 지났고, 예전에 있던 미모도 사라진 지 오래입니다." 부인은 피곤이 느껴지는 희미한 미소로 답했다. "그런데도 남자들은 제가 처녀였을 때보다 훨씬 심하게 제 주위를 맴도는군요."

"구혼자들을 좋게 보지 않으십니까?" 루윈이 물었다.

"전하께서 명하시면 다시 혼인은 하겠지만, 까마귀 밥 모스는 술주정뱅이에다 제 아버지보다 나이가 많습니다. 제 고결한 친척 맨딜리에 대해서라면, 제 침대는 그분들 중 누군가를 감당할 만큼 크지가 않고, 그 밑에 깔리기에는 제가 너무 작고 약하군요."

브랜은 부부가 한 침대를 같이 쓸 때는 남자가 여자 위에서 잔다는 사실을 알고 있었다. 맨딜리 공 밑에서 자는 건 쓰러진 말에 깔려 자는 것과 비슷하리라. 로드릭 경은 과부에 대한 안타까움을 담아 고개를 끄덕였다. "다른 구혼자들이 나타날 겁니다. 좀 더 부인의 취향에 맞는 후보를 찾아보겠습니다."

"멀리 찾으실 필요 없을지도 모릅니다, 경."

혼우드 부인이 떠나고 나자 루윈 학사가 미소 지었다. "로드릭 경, 혼우드 부인이 경을 좋아하시는 것 같습니다만."

로드릭 경은 헛기침을 하고 불편한 기색을 보였다.

"굉장히 슬픈 부인이었어요." 브랜이 말했다.

로드릭 경은 고개를 끄덕였다. "슬프고 온화하고, 겸손은 부리지만 나이에 비해 매력적이지요. 그렇다 해도 형님의 왕국에서는 평화를 위협하는 존잽니다."

"그 부인이요?" 브랜은 놀라서 말했다.

루윈 학사가 대답했다. "직계 후계자가 없으니 혼우드 영지에 대한 권리를 주장하는 사람이 많을 겁니다. 톨하트, 플린트, 카스타크 모두 모계를 통해 혼우드 가문과 연을 맺었고, 글로버 가문은 딥우드모트에서 할리스 공의 서자를 기르고 있습니다. 드레드포트에는 연고가 없다고 알고 있지만 영지가 서로 붙어 있고, 루스 볼턴은 그런 기회를 간과할 사람이 아니지요."

로드릭 경이 구레나룻을 잡아당겼다. "이런 경우에는 주군이 적합한 상대를 찾아줘야 합니다."

브랜이 물었다. "경이 결혼하면 안 돼요? 매력적이라면서요. 그러면 베스에게도 어머니가 생길 테고요."

노기사는 브랜의 팔에 한 손을 올렸다. "왕자님의 생각은 상냥하십니다만, 저는 기사에 불과한 데다 나이가 너무 많습니다. 몇 년은 그 땅을 지킬 수 있을지 모르나, 제가 죽으면 혼우드 부인은 다시 똑같은 상황에 처하게 될 테고, 베스의 앞날도 위험해질 수 있습니다."

"그렇다면 혼우드 공의 서자를 후계자로 삼죠." 브랜은 이복형 존을 생각하며 말했다.

로드릭 경이 말했다. "그러면 글로버 가문은 물론이고 혼우드 공의 유령도 기뻐할지 모르겠습니다만, 혼우드 부인은 좋아하지 않을 겁니다. 그아이는 부인의 핏줄이 아니니까요."

루윈 학사가 말했다. "그렇다 해도 고려는 해봐야 합니다. 도넬라 부인은 직접 말씀하셨다시피 가임기를 지났습니다. 그 서자가 아니면 누가 있지요?"

"전 나가봐도 될까요?" 브랜은 아래 훈련장에서 종자들이 검술 시합을 하며 울리는 쇳소리를 들을 수 있었다.

"그러시지요, 왕자님. 잘하셨습니다." 로드릭 경의 칭찬에 브랜은 얼굴을 붉혔다. 영주 노릇도 걱정한 만큼 지루하지는 않았고, 혼우드 부인과의 접견은 맨덜리 공보다 훨씬 짧게 끝났기에 낮 동안에 서머를 찾아갈 시간 이 몇 시간 남았다. 브랜은 로드릭 경과 루윈 학사만 허락하면 매일 늑대 를 찾아가서 시간을 보내고 싶었다.

호도가 신의 숲에 들어가자마자 참나무 아래에서 서머가 튀어나왔다. 마치 그들이 올 줄 알고 있었다는 듯이 말이다. 브랜은 덤불 속에서 그를 주시하는 호리호리한 검은 그림자를 흘긋 보고 외쳤다. "새기. 이리 와, 새 기독. 나한테 와." 하지만 리콘의 늑대는 나타났을 때처럼 잽싸게 사라져 버렸다.

호도는 브랜이 제일 좋아하는 장소를 알고 있었기에, 거대한 심장 나무 그늘 아래 연못가로 그를 데려갔다. 에다드 공이 무릎 꿇고 기도드리던 자 리였다. 그들이 도착했을 때는 수면 위에 잔물결이 퍼져서 물에 비친 영목 이 일렁이며 춤을 추고 있었다. 하지만 바람은 없었다. 브랜은 잠시 당황 했다.

다음 순간 오샤가 요란한 물보라를 일으키며 솟구쳐 올랐다. 어찌나 갑 작스러웠는지 서머마저 으르렁거리며 뒤로 뛰어 물러설 정도였다. 호도 는 펄쩍 뛰어 피하더니 브랜이 어깨를 다독여 달랠 때까지 "호도, 호도" 울 부짖었다. 브랜은 오샤에게 물었다. "어떻게 거기서 수영을 할 수가 있어? 춥지 않아?"

"난 아기 때 고드름을 빨았어, 도련님. 추위를 좋아하지." 오샤는 바위 쪽으로 헤엄쳐 가더니 물을 뚝뚝 흘리며 올라섰다. 벌거벗은 피부에 소름 이 돋아 있었다. 서머가 슬금슬금 다가가서 냄새를 맡았다. "바닥을 만져 보고 싶었어."

"이 연못에 바닥이 있는 줄은 몰랐는데."

"없을지도 모르지." 오샤는 씩 웃었다. "뭘 쳐다보는 거야, 도련님? 여자 처음 봐?"

"전에도 봤어." 브랜은 누이들과 수백 번 같이 목욕을 했고, 뜨거운 웅덩이에 몸을 담근 하녀들도 보았다. 하지만 오샤는 달랐다. 부드럽고 굴곡이 많은 몸이 아니라 단단하고 뾰족한 몸이었다. 다리에는 힘줄이 돋았고, 가슴은 빈 지갑처럼 납작했다. "흉터가 엄청 많네."

"하나같이 힘들게 얻은 흉터야." 오샤는 갈색 원피스를 집어 들고 달라붙은 나뭇잎을 턴 다음 머리 위로 뒤집어썼다.

"거인과 싸우다가?" 오샤는 장벽 너머에는 아직 거인들이 있다고 주장했다. '언젠가는 나도 볼 수 있을지 몰라…….'

"남자들과 싸우다가." 오샤는 밧줄을 허리띠 대신 맸다. "검은 까마귀일 때가 많았지. 나도 하나 죽였어." 그녀는 머리를 털면서 말했다. 윈터펠에 온 후 머리가 꽤 자라서 귀를 덮으니, 예전에 늑대 숲에서 브랜을 강탈하고 죽이려 했던 여자보다 부드러워 보였다. "오늘 부엌에서 도련님과 프레이들에 대해 수다 떠는 소리를 들었지."

"누가? 뭐라고 하는데?"

오샤는 심술궂은 웃음을 지었다. "거인을 놀리는 건 바보나 하는 짓이고, 불구자가 거인을 방어해야 하다니 미친 세상이라는 소리."

브랜이 말했다. "호도는 녀석들이 자길 놀리는 줄도 몰랐어. 어차피 싸우지도 않아." 그는 어렸을 때 어머니와 모르데인 성사와 함께 시장에 갔던 때를 기억했다. 그들은 짐꾼으로 호도를 데려갔는데, 호도가 혼자 어딘가로 가버렸다. 그들이 찾아냈을 때는 사내아이들 몇 명이 골목길에 호도를 몰아넣고 막대기로 찔러대고 있었다. "호도!" 호도는 계속 소리를 지르며 움츠러들어 몸을 가릴 뿐, 자신을 괴롭히는 아이들에게는 손 한번 들어 올리지 않았다. "차일 성사는 호도가 상냥한 영혼을 지녔대."

"그리고 마음만 먹으면 산 채로 머리를 뜯어낼 만큼 힘센 손도 지녔지. 그렇긴 해도 그 왈더 주변에선 조심하는 게 좋겠어. 호도나 도련님이나 둘 다야. 사람들이 작다고 하는 큰 녀석, 그 이름이 딱이야. 겉보기에는 큰데 속은 작고, 뼛속까지 못된 놈이야."

"감히 날 해치진 못할 거야. 말은 그렇게 해도 서머를 무서워하니까."

"그렇다면 보이는 것만큼 멍청하진 않을 수도 있겠네." 오샤는 다이어 울프 주변에서 언제나 조심스러워했다. 윈터펠에 잡힌 날, 서머와 그레이 윈드 둘이서만 야인 세 명을 갈기갈기 찢어놓았으니 당연했다. "아니면 보이는 대로 멍청할 수도 있어. 그건 그것대로 골치 아프지." 오샤는 머리를 묶었다. "늑대 꿈은 또 꿨어?"

"아니." 그 꿈에 대해서는 말하고 싶지 않았다.

"왕자라면 그보다는 거짓말을 잘해야지." 오샤는 소리 내어 웃었다. "뭐, 도련님 꿈은 도련님이 알아서 할 일이고, 내가 할 일은 부엌에 있어. 게이지가 소리를 지르며 그 커다란 나무 숟가락을 휘둘러대기 전에 돌아가야겠다. 왕자님만 허락하시면 말이죠."

'오샤가 늑대 꿈 이야기는 괜히 해가지고.' 브랜은 호도에게 업혀 침실 계단을 올라가면서 생각했다. 그는 최대한 잠을 자지 않으려고 싸웠지만, 결국에는 언제나 잠들고 말았다. 이날 밤 브랜은 영목에 대한 꿈을 꾸었다. 영목은 깊게 팬 붉은 눈으로 그를 바라보며 일그러진 나무 입으로 그를 불렀고, 창백한 나뭇가지에서 세 눈박이 까마귀가 퍼덕이며 날아 내려오더니 그의 얼굴을 쪼며 칼날처럼 날카로운 목소리로 그의 이름을 외쳤다.

뿔 나팔 소리가 그를 깨웠다. 브랜은 꿈을 모면한 데 감사하는 마음으로 옆으로 몸을 돌렸다. 말 울음소리와 떠들썩한 고함 소리가 들렸다. 손님들이 더 도착했고, 소리를 들어보니 반쯤은 취한 모양이었다. 브랜은 가로대를 잡고 침대에서 몸을 끌어 내려 창가 자리로 이동했다. 몸에 묶인 사슬을 부수는 거인이 그려진 깃발을 보니 라스트리버(Last River, 마지막 강) 너머 북쪽 땅에서 내려온 엄버 사람들이었다.

다음 날에는 두 사람을 함께 접견했다. 그레이트존의 숙부들로, 수염이 몸에 걸친 곰 가죽 망토처럼 새하얗게 센 초로의 거친 사내들이었다. 모스는 언젠가 까마귀가 시체로 착각하고 눈을 하나 쪼아 먹었기에 빈 눈구멍에 드래곤 유리 덩어리를 끼웠다. 낸 할멈이 이야기하기로는 눈을 쪼이고서 그 까마귀를 움켜잡아 머리를 뜯어냈기에 별명이 '까마귀 밥'이 되었다고 했다. 그의 수척한 형제 호서 엄버의 별명이 '창녀잡이'인 이유는 낸 할멈도 말해주지 않았다.

모스는 자리에 앉기가 무섭게 혼우드 부인과 결혼하게 해달라 요청했다. "그레이트존이 젊은 늑대의 강력한 오른팔이라는 걸 모두가 알지. 누가 엄버보다 과부의 땅을 잘 지키겠으며, 엄버 중에 누가 나보다 낫겠소?"

"도넬라 부인은 아직 슬픔을 떨치지 못하셨습니다." 루윈 학사가 말했다.

"내 모피 밑에 슬픔을 치료할 약이 있소." 모스는 큰 소리로 웃었다. 로드릭 경은 예의 바르게 고맙다고 인사하고 이 문제는 부인과 왕에게 알리겠다고 약속했다.

호서는 배를 원했다. "북쪽에서 슬금슬금 내려오는 야인들이 있는데, 전에 본 적 없이 많소. 놈들은 작은 배를 타고 바다표범 만(Bay of Seals)을 건너서 우리 해안에 올라오지. 이스트워치의 까마귀들은 수가 너무 적어서 막지 못하고, 또 놈들은 족제비처럼 잽싸게 숨는다오. 우리에겐 장선이 필요해. 장선을 몰 힘센 사내들도 필요하고. 그레이트존이 너무 많이 데려갔소. 우리 수확량의 절반은 낫을 휘두를 팔이 모자라서 시들어버렸소."

로드릭 경은 구레나룻을 잡아당겼다. "엄버의 숲에는 키 큰 소나무와 나이 많은 참나무가 있습니다. 맨덜리 경에게는 조선공과 선원들이 많이 있고요. 힘을 합치면 양쪽 해안을 다 지킬 만한 장선을 띄울 수 있을 겁니다."

"맨덜리?" 모스 엄버가 코웃음을 쳤다. "그 뒤뚱거리는 커다란 지방 덩어리 말이오? 맨덜리의 부하들도 장어 공이라고 놀린다던가. 거의 걷지도 못하지. 그 배에 검을 찔러 넣으면 장어가 만 마리는 기어 나올걸."

"뚱뚱하기는 하지요." 로드릭 경은 인정했다. "하지만 멍청하진 않습니다. 같이 일하십시오. 그렇지 않으면 왕에게 이유를 고하셔야 할 겁니다." 브랜에게는 놀랍게도, 호전적인 엄버 형제는 지시대로 하겠다고 동의했다. 투덜거리기는 했지만 말이다.

그들이 접견을 하는 동안 딥우드모트에서 글로버 가문 사람들이 도착했고, 토르헨스퀘어(Torrhen's Square, 토르헨의 사각 성)에서 톨하트 사람들이 대규모로 왔다. 갤버트와 로벳 글로버는 딥우드를 로벳의 아내 손에 맡기고 떠났는데, 윈터펠을 찾은 사람은 그들의 집사였다. "마님께서 불참에 대해 양해를 구하십니다. 아기들이 여행을 하기엔 너무 어린데, 그분들을 두고 움직이기는 저어하셔서요." 브랜은 곧 딥우드모트를 실제로 다스리는 사람은 글로버 부인이 아니라 그 집사라는 사실을 깨달았다. 그 남자는 현재 수확량을 10분의 1밖에 모아두지 않고 있음을 인정했다. 그는 어느 방랑마법사가 추위가 오기 전에 허깨비 여름이 길게 이어질 거라 했다고 주장했다. 루윈 학사는 방랑마법사에 대해 할 말이 많았다. 로드릭 경은 수확의 5분의 1을 저장하라고 지시하고, 집사에게 혼우드 공의 서자인 라렌스 스노우에 대해 캐물었다. 북부에서 귀족의 서자는 모두 스노우라는 성을 받았다. 집사는 그 열두 살짜리 소년의 기지와 용기를 칭찬했다.

나중에 루윈 학사가 말했다. "서자에 대한 브랜의 생각에 일리가 있군요. 언젠가 훌륭한 윈터펠 영주가 되겠습니다."

"아니, 그럴 일은 없어요." 브랜은 기사가 될 수 없는 만큼이나 영주가 될 일도 없음을 알았다. "롭 형은 프레이 집안 딸과 결혼할 거라면서요. 학사님도 그랬고, 왈더들도 그렇게 말했어요. 그러면 아들들이 태어날 테고, 그 아이들이 형의 뒤를 이어 윈터펠의 영주가 되겠죠. 내가 아니라."

로드릭 경이 말했다. "그럴 수도 있지만, 저는 세 번 결혼했는데 딸만 얻었습니다. 이제는 베스 하나만 남았고요. 제 동생인 마틴은 튼튼한 아들 넷을 두었지만 조리 하나만 살아서 어른이 됐습니다. 조리가 죽었을 때 마틴의 혈통도 죽었고요. 앞날을 이야기할 땐 확실한 게 없는 법입니다."

다음 날은 레오발드 톨하트 차례였다. 그는 날씨 징후와 평민들의 해이함에 대해 말하더니, 조카가 전투에 나가고 싶어 안달이라는 이야기를 꺼냈다. "벤프레드는 직속 기마 창 부대를 키웠어요. 다들 열아홉을 넘지 않은 아이들이지만, 다들 벤프레드를 또 다른 젊은 늑대라 여기지요. 너희는 젊은 토끼들에 불과하다고 했더니 날 비웃더군요. 지금은 자칭 '거친 산토끼들'이라면서 기마 창 끝에 토끼 가죽을 묶어 들고 기사도 노래를 부르며 말을 달린답니다."

브랜은 멋지다고 생각했다. 그는 아버지인 헬만 경과 함께 자주 윈터펠에 찾아와서 롭과 테온 그레이조이와 친하게 지내던 벤프레드 톨하트를 허세가 심한 덩치 큰 소년으로 기억했다. 하지만 로드릭 경은 지금 들은 이야기를 불쾌하게 여겼다. "왕에게 군사가 더 필요하다면 부르시겠지요. 조카에게는 부친의 명대로 토르헨스퀘어에 남아 있으라고 하십시오."

"그러지요, 경." 레오발드는 그렇게 답하고 그제야 혼우드 부인 문제를 꺼냈다. 영지를 지킬 남편도, 상속할 아들도 없다니 가엾지 않으냐고. 다들 그의 부인도 혼우드 가문으로 고인이 된 할리스 공의 누이임을 상기했다. "텅 빈 성이란 슬픈 법이지요. 내 둘째 아들을 도넬라 부인의 대자로 보낼까 생각해봤습니다. 베렌은 열 살이 다 됐고 장래성이 있는 데다 혼우드 부인의 조카예요. 그 녀석이라면 분명히 부인에게 힘을 북돋아줄 테고, 혼우드라는 이름을 이을 수도 있겠지요……."

"후계자로 지명된다면 말입니까?" 루윈 학사가 먼저 말했다.

"……가문이 계속 이어지게 말입니다." 레오발드가 말을 맺었다.

브랜은 무슨 말을 해야 할지 알았다. 그래서 로드릭 경이 입을 열기 전에 불쑥 말했다. "제안에 감사드립니다. 그 문제는 제 형인 롭에게 알리겠습니다. 아, 혼우드 부인에게도요."

레오발드는 브랜이 입을 열었다는 사실에 놀란 것 같았다. "고맙습니다, 왕자님." 브랜은 그렇게 말하는 레오발드의 엷은 푸른색 눈에서 동정심과, 어쩌면 이 불구자가 자기 아들이 아니라는 사실에 대한 약간의 안도감을 보았다. 브랜은 잠시 그 남자가 싫어졌다.

하지만 루윈 학사는 그 남자를 마음에 들어 했다. 그는 레오발드가 나가고 나서 말했다. "베렌 톨하트가 가장 좋은 답일지도 모르겠습니다. 혈통상으로도 반은 혼우드이니, 외숙부의 이름을 잇는다면……."

"……그래도 여전히 어린아이입니다." 로드릭 경이 말했다. "그리고 모스 엄버나 루스 볼턴의 서자 같은 자들에게 맞서서 영지를 지키기가 쉽지 않지요. 신중하게 생각해야 합니다. 롭 왕은 결정을 내리기 전에 우리가 낼 수 있는 최고의 조언을 받아야 해요."

루윈 학사가 말했다. "실용적인 결론이 날지도 모릅니다. 어느 영주의 환심을 사야 하느냐에 따라서요. 강역 또한 우리 영역이니, 혼우드 부인을 트라이던트 영주 중 누군가와 결혼시켜 동맹을 공고히 하고자 할 수도 있습니다. 블랙우드라든가, 프레이―"

"혼우드 부인이 우리 프레이를 하나 데려가면 좋겠네요." 브랜이 말했다. "괜찮다면 둘 다 데려가도 좋고요."

"마음을 친절하게 쓰셔야지요, 왕자님." 로드릭 경이 부드럽게 꾸짖었다.

'왈더들도 친절하지 않은걸.' 브랜은 얼굴을 찌푸리고 탁자를 내려다보며 아무 말도 하지 않았다.

이후 며칠 동안 다른 영주들에게서 유감을 전하는 까마귀들이 도착했다. 드레드포트의 서자는 오지 않을 터였고, 모르몬트와 카스타크는 전원 롭과 함께 남쪽으로 갔으며, 로크 공은 여행을 감행하기엔 너무 늙었고, 플린트 부인은 만삭이었고 위도우스위치에는 병이 돌았다. 마침내 오랜 세월 늪지대 밖으로 나온 적이 없는 호상민 하울랜드 리드와 윈터펠에서 반나절만 말을 달리면 성이 나오는 세르윈 가문만 빼고 스타크 가문의 주요 봉신 전원이 소식을 전했다. 세르윈 공은 라니스터의 포로가 되었으나, 그 아들인 열네 살 소년은 어느 화창하고 바람 심한 아침에 스무 명이 넘는 기마 창병을 거느리고 도착했다. 그들이 성문을 통과했을 때 브랜은 댄서를 타고 안마당을 돌고 있었다. 그는 말을 몰고 손님들을 맞이하러 갔다. 클레이 세르윈은 언제나 브랜과 형제들의 친구였다.

클레이는 쾌활하게 외쳤다. "안녕, 브랜. 아니면 이젠 브랜 왕자님이라고 불러야 하나?"

"정 그러고 싶으면 그래."

클레이는 소리 내어 웃었다. "안 될 것 있겠어? 요새는 다들 왕 아니면 왕자야. 스타니스가 윈터펠에도 그 편지 보냈어?"

"스타니스? 난 몰라."

"이젠 스타니스도 왕이야." 클레이는 터놓고 말했다. "세르세이 왕비가 자기 동생과 잤으니 조프리는 사생아래."

"태생이 불길한 조프리라니." 세르윈의 기사 하나가 으르렁거리듯 말했다. "킹슬레이어를 아비로 뒀다면 신의가 없는 것도 당연하지요."

"맞아. 신들은 근친상간을 싫어하시지. 신들이 타르가르옌을 어떻게 파멸시키셨나 보라고." 또 다른 이가 말했다.

브랜은 잠시 동안 숨을 쉴 수가 없었다. 거대한 손이 가슴을 짓누르고 있었다. 그는 떨어지는 듯한 느낌에 절박하게 댄서의 고삐를 붙잡았다.

브랜의 공포가 얼굴에도 드러난 모양이었다. 클레이 세르윈이 말했다. "브랜? 어디 아파? 그냥 왕이 하나 더 나왔을 뿐이야."

"롭 형이 그놈도 쓰러뜨릴 거야." 브랜은 세르윈의 어리둥절한 시선도 느끼지 못하고 댄서의 머리를 마구간 쪽으로 돌렸다. 귓속에서 쿵쾅거리는 소리가 들렸고, 안장에 묶여 있지 않았다면 떨어질 뻔했다.

그날 밤 브랜은 아버지의 신들에게 꿈 없는 잠을 달라고 기도했다. 신들이 그 기도를 들었다면 브랜의 희망을 비웃은 셈이었다. 그날 밤 신들이 보낸 악몽은 어떤 늑대 꿈보다 더 나빴다.

"날거나 아니면 죽어!" 세 눈박이 까마귀가 그를 쪼아대며 외쳤다. 그는 울면서 애원했지만 까마귀는 가차 없었다. 까마귀는 그의 왼쪽 눈을 파내고 오른쪽 눈을 파내더니, 브랜이 어둠 속에서 눈이 멀자 이마를 쪼아 무섭도록 날카로운 부리를 그의 머리뼈 깊이 박았다. 그는 폐가 터져버리겠다 싶을 때까지 비명을 질렀다. 마치 도끼로 머리를 쪼개는 듯한 고통이었지만, 까마귀가 뼈와 뇌 조각으로 미끄러워진 부리를 빼내자 브랜은 다시 앞을 볼 수 있었다. 그는 앞에 보이는 풍경에 두려움에 차서 숨을 몰아쉬었다. 그는 몇 킬로미터 높이의 탑에 매달려 있었고, 손가락이 미끄러지고 손톱이 돌을 긁는 동안에도 두 다리는 힘없이 늘어져 있었다. 바보같이 쓸모없는 죽은 다리. "살려줘요!" 브랜이 소리치자 머리 위 하늘에 금빛 남자가 나타나더니 그를 끌어 올렸다. "사랑 때문에 하는 짓." 그 남자는 조용히 읊조리더니, 발버둥 치는 브랜을 텅 빈 허공으로 내던졌다.

티리온

"이제는 젊었을 때처럼 잠을 자질 못해서 말입니다." 파이셀 대학사는 새벽 만남에 대한 사과를 겸하여 말했다. "세상이 어두울 때 일찌감치 깨어나서 침대 위를 뒤척이며 못 다한 일들을 생각한답니다." 반쯤 감긴 눈 때문에 반쯤 자면서 말하는 것처럼 보였다.

까마귀 방 아래 바람이 잘 통하는 방에서 파이셀이 장광설을 늘어놓는 동안 하녀가 삶은 계란, 자두 졸임, 포리지를 내왔다. "너무나 많은 사람이 굶주리는 이런 슬픈 시기에는 식탁을 검소하게 유지함이 합당하겠지요."

"칭찬할 만한 자세로군요." 티리온은 대학사의 검버섯 핀 대머리가 생각나는 커다란 갈색 계란을 깨며 인정했다. "나는 관점이 달라요. 음식이 있으면 먹지요. 내일은 먹을 게 없을 수도 있으니까." 그는 미소 지었다. "학사의 까마귀들도 일찍 일어납니까?"

파이셀은 가슴까지 늘어진 눈처럼 흰 수염을 쓸었다. "물론이지요. 식사를 한 후에 펜과 잉크를 가져오라 할까요?"

"그럴 필요 없소." 티리온은 포리지 옆에 편지를 놓았다. 단단히 말아서 양쪽 끝을 밀랍으로 봉한 똑같은 두루마리 두 개였다. "하녀를 물리시오.

우리끼리 이야기하게."

"나가보거라, 애야." 파이셀이 명했다. 하녀는 서둘러 방을 나갔다. "자, 이 편지들은……."

"도르네의 대공 도란 마르텔이 볼 편지요." 티리온은 계란 껍질을 벗겨 내고 한 입 베어 물었다. 소금이 필요했다. "같은 편지 두 개요. 제일 빠른 새를 보내요. 아주 중요한 내용이니."

"아침 식사를 하자마자 보내겠습니다."

"지금 보내요. 자두 졸임은 그대로 있을 테지만 왕국은 아닐 수도 있소. 렌리 공은 군대를 이끌고 장미 가도를 올라오고 있고, 스타니스 공은 언제 드래곤스톤에서 출항할지 아무도 몰라요."

파이셀은 눈을 껌벅였다. "정히 그러―"

"정히 그러하오."

"저는 봉사하기 위해 존재합니다." 대학사는 사슬 목걸이를 찰랑거리며 무겁게 몸을 일으켰다. 대학사의 목걸이는 학사의 사슬 목걸이 십여 개를 모아 엮어서 귀금속으로 장식한 무거운 물건이었다. 그리고 티리온이 보기에는 금과 은과 백금 고리가 원래의 기본 금속 고리 수를 훨씬 넘어섰다.

파이셀이 어찌나 느릿느릿 움직였는지, 티리온은 날갯짓 소리에 재촉을 받아 일어서기 전까지 계란을 다 먹고 자두 맛까지 볼 수 있었다. 그의 취향에는 너무 익힌 데다 물기가 많았다. 티리온은 새벽하늘에 검은 까마귀가 날아가는지 살피고는 재빨리 방 반대쪽에 놓인 미로 같은 선반들 쪽으로 몸을 돌렸다.

대학사의 약장은 인상적이었다. 밀랍으로 봉한 단지가 수십 개, 마개로 봉한 약병이 수백 개, 비슷하게 많은 수의 불투명한 유리병, 헤아릴 수 없이 많은 말린 약초 항아리에 파이셀은 꼼꼼한 손으로 낱낱이 라벨을 써 붙였다. '질서 정연하군.' 티리온은 생각했고, 실제로 배열을 알아보고 나면 모든 약에 정해진 자리가 있음을 쉽게 알 수 있었다. '게다가 이렇게 흥미진진한 물건들이라니.' 알아볼 수 있는 독약만 해도 단잠과 밤 그늘, 양귀비즙, 리스의 눈물, 가루를 낸 회색 꼬깔, 투구꽃, 악마의 춤, 바실리스크 독액, 맹안, 과부의 피⋯⋯.

그는 까치발을 들고 손을 한껏 뻗어서 높은 선반에 있던 먼지 앉은 작은 병을 하나 끌어 내리는 데 성공했다. 그는 라벨을 읽고 미소 지으며 그 병을 소매에 밀어 넣었다.

파이셀 대학사가 계단을 내려올 무렵 티리온은 식탁에 돌아가서 계란을 하나 더 까고 있었다. 대학사는 자리에 앉았다. "됐습니다. 이런 문제는⋯⋯ 빨리 처리하는 게 좋지요. 암요, 암요⋯⋯. 아주 중요한 문제라고요?"

"아, 그렇소." 포리지가 너무 퍽퍽해서 버터와 꿀을 넣어 먹고 싶었다. 물론 버터와 꿀은 최근 킹스랜딩에서 찾아보기 힘든 물건이었지만, 자일스 공은 꽤 쟁여두고 있었다. 최근 성에서 먹는 음식의 절반은 자일스 공 아니면 탠다 부인에게서 나왔다. 로스비와 스토크워스 영지는 북쪽으로 킹스랜딩 가까운 곳에 있었고, 아직 전란의 화를 입지 않았다.

"도르네 대공 본인에게라니. 혹시 제가⋯⋯."

"묻지 않는 게 좋겠소."

"그리 말씀하신다면 그러겠습니다만." 파이셀의 호기심이 어찌나 무르익었는지 티리온은 그 맛을 느낄 수 있을 지경이었다. "혹시⋯⋯ 왕의 협의회가⋯⋯."

티리온은 나무 숟가락으로 그릇 가장자리를 두드렸다. "협의회는 왕에게 조언을 하기 위해 존재해요, 대학사."

"그렇지요. 그리고 왕은—"

"—열세 살 소년이오. 내가 왕의 목소리를 대신하지요."

"그렇습니다. 그래요. 왕의 수관이시니까요. 하나…… 공의 더없이 자애로운 누님이시자 우리의 섭정대비께서는……."

"……그 사랑스러운 하얀 어깨에 엄청난 짐을 지고 계시지. 누이의 짐을 더하고 싶은 마음은 없소. 학사는 그러고 싶소?" 티리온은 고개를 기울이고 묻는 눈으로 대학사를 보았다.

파이셀은 식탁으로 시선을 떨궜다. 그는 티리온의 녹색과 검은색으로 짝짝이인 눈을 당혹해했다. 티리온은 그 사실을 알고 잘 써먹었다. 파이셀은 자두를 입에 넣고 우물거렸다. "아. 실로 옳은 말씀이십니다. 대비님의…… 짐을…… 덜어주시다니 참으로 배려가 깊으십니다."

"내가 워낙 좀 그렇지요." 티리온은 불만스러운 포리지로 돌아갔다. "배려가 몸에 뱄어요. 세르세이는 내 사랑하는 누이 아니겠소."

"그리고 여인이시지요. 가히 비범한 여인입니다만…… 연약한 여성의 몸으로 왕국의 모든 걱정거리를 돌본다는 게 작은 일은 아닙니다."

'아, 그래. 세르세이는 연약한 비둘기지. 에다드 스타크에게 한번 물어봐.'

"내 걱정을 공유해주니 기쁘군요. 식사 대접도 고맙소. 하지만 긴 하루가 기다리니……." 그는 다리를 흔들어 의자에서 내려섰다. "도르네에서 답변이 오면 즉시 나에게 알려주겠소?"

"분부대로 하겠습니다."

"오직 나에게만?"

"아…… 물론이지요." 파이셀의 검버섯 핀 손이 수염을 잡는 모양새가 물에 빠진 사람이 밧줄을 움켜쥐는 것 같았다. 그 모습을 보니 티리온의 마음이 흡족했다. '하나 됐고.'

그는 뒤뚱뒤뚱 외벽 안뜰로 나갔다. 계단을 내려가려니 짧은 다리가 불평했다. 이제는 해가 높이 떠 있었고, 성안이 소란스러웠다. 위병들은 성벽 위를 걸었고, 기사와 중장병들은 뭉툭한 무기를 들고 훈련을 했다. 브론은 그 근처 우물가에 앉아 있었다. 매력적인 하녀 두 명이 골풀이 든 고리버들 바구니를 같이 들고 지나갔지만, 용병은 그쪽을 쳐다보지도 않았다. 티리온은 하녀들 쪽으로 손짓했다. "브론, 자네에게 실망했네. 저렇게 사랑스러운 풍경이 앞에 있는데 쇳소리 울리는 놈들이나 보고 있다니."

브론이 대꾸했다. "이 도시엔 동화 한 닢만 던지면 내가 원하는 계집은 얼마든 살 수 있는 매춘굴이 백 개는 있어요. 하지만 내 목숨은 언젠가 저 놈들을 얼마나 자세히 보아두느냐에 달렸을지도 모르지요." 그는 일어섰다. "방패에 눈 세 개를 그려 넣고 파란색 격자무늬 전포를 입은 녀석은 누굽니까?"

"방랑기사일걸. 텔라드라고 했던가. 왜?"

브론은 흘러내린 머리카락을 넘겼다. "그놈이 제일 낫더군요. 하지만 잘 보면 일정한 리듬이 있어서 공격할 때마다 같은 순서로 같은 공격을 해요." 그는 히죽 웃었다. "나와 싸우는 날엔 그 버릇 덕분에 죽을 겁니다."

"텔라드는 조프리에게 충성을 맹세했어. 자네와 싸울 일은 없을 거야." 같이 안뜰을 가로지르면서 브론은 원래의 긴 보폭을 티리온의 짧은 보폭에 맞췄다. 최근 브론은 점잖아 보이기까지 했다. 검은 머리는 감아서 빗질을 했고, 면도도 새로 했으며, 도시 경비대의 장교를 뜻하는 검은색 흉갑을 입었다. 어깨에는 라니스터의 진홍색 바탕에 금색으로 손 문양을 수놓은 망토가 흘러내렸다. 티리온이 개인 위병대장으로 임명하면서 준 선물이었다. 그는 물었다. "오늘 탄원자는 몇이나 되나?"

"서른 명쯤 됩니다. 늘 그렇듯이 대부분은 불평하러 왔거나 원하는 게 있거나요. 당신 애완동물도 다시 왔습니다."

티리온은 신음했다. "탠다 부인?"

"탠다 부인의 시동요. 또 저녁 식사 초대를 하네요. 사슴 고기에, 속을 채워서 멀베리 소스를 친 거위 한 쌍에―"

"—그 딸이 있겠지." 티리온은 불쾌하게 말을 받았다. 탠다 부인은 그가 레드킵에 도착한 순간부터 줄기차게 장어 파이며 멧돼지 고기며 맛 좋은 크림 스튜로 무장하고 접근해왔다. 어째서인지 그녀는 난쟁이 귀족이 서른세 살이 되도록 처녀라는 소문이 도는 덩치 크고 무르고 머리가 모자라는 자기 딸 롤리스에게 완벽한 짝이라고 생각한 모양이었다.

"속 채운 거위 고기 생각 없어요?" 브론이 사악하게 웃었다.

"자네가 그 거위를 먹고 그 처녀와 결혼하는 게 어떨까. 아니면 샤가를 보내든가."

"샤가라면 처녀를 먹어치우고 거위와 결혼할걸요. 어쨌든 롤리스는 샤가에게 넘칩니다."

"그건 그래." 티리온은 두 탑 사이 지붕다리의 그림자를 지나면서 수긍했다. "또 누가 날 보고 싶어 하나?"

용병은 좀 더 진지해졌다. "브라보스에서 대금업자가 하나 왔습니다. 화려한 종이를 들고 와서는 무슨 빌려준 돈 갚는 문제로 왕을 만나고 싶다는군요."

"조프리가 스물이 넘는 수를 셀 수나 있나 모르겠군. 리틀핑거에게 보내면 연기할 방법을 찾아낼 거야. 다음은?"

"트라이던트에서 온 귀족 하나가 당신 아버지의 부하들이 자기 성채를 태우고, 아내를 강간하고, 농노를 다 죽였다고 하는군요."

"그런 걸 전쟁이라고 하지 아마." 티리온은 그레고르 클리게인 아니면 아모리 로치 경, 그도 아니면 아버지가 키우는 다른 지옥견 코흐르인의 냄새를 맡았다. "조프리에겐 뭘 원하나?"

"새로운 농노들이죠. 자기가 얼마나 충성스러운지 노래하고 배상을 청하려고 이 먼 길을 걸어왔으니까요."

"내일 시간을 내서 만나겠네." 정말로 충성스럽든, 아니면 그저 절박할 뿐이든 간에 이쪽을 따르는 강역 영주는 쓸모가 있을 수 있었다. "편안한 방과 따뜻한 식사를 주도록 해. 그리고 조프리 왕의 호의로 새 장화도 보내게. 좋은 걸로." 너그러움을 보여서 나쁠 게 없었다.

브론은 무뚝뚝하게 고개를 끄덕였다. "그리고 아우성 좀 들어달라고 제빵사와 푸주한, 채소 상인들이 잔뜩 몰려왔습니다."

"지난번에 만나서도 말했지만 난 그 사람들에게 줄 게 없어." 킹스랜딩에는 식료품이 찔끔찔끔밖에 들어오지 않았고, 그나마도 대부분 성과 수비군 몫이었다. 잎채소, 뿌리채소, 밀가루, 과일 가격은 현기증이 날 정도로 올랐고 티리온은 플리바텀에 즐비한 급식소 냄비에 들어가는 고기의 정체를 알고 싶지 않았다. 물고기이기를 빌 뿐이었다. 아직 강과 바다는 열려 있으니까……. 스타니스 공이 출항할 때까지는 말이다.

"보호를 원한답니다. 어젯밤에 빵집 주인 하나가 자기네 오븐에 구워졌어요. 폭도들은 그 작자가 빵값을 지나치게 매겼다고 주장했고."

"그랬나?"

"변명하기는 좀 어려운 상태라서요."

"폭도들이 그 사람을 먹진 않았지?"

"먹었단 소린 못 들었네요."

"다음번에는 먹을 거야." 티리온은 음울하게 말했다. "내가 제공할 수 있는 보호책이라면 제공하지. 황금 망토들이—"

"폭도들 사이에 황금 망토도 있었다는데요. 왕에게 직접 고하고 싶답니다."

"바보들." 티리온은 유감을 표하고 보내지만, 그의 조카는 채찍질과 창으로 쫓아낼 터였다. 반쯤은 그렇게 놓아둘까 유혹도 일었지만…… 아니, 그럴 수는 없었다. 조만간 어떤 적이든 킹스랜딩으로 진군할 텐데, 성벽 안에 자발적인 배신자들을 두고 싶지는 않았다. "조프리 왕이 그 두려움을 공유하고 할 수 있는 일은 뭐든 해줄 거라고 전해."

"그치들이 원하는 건 빵이지 약속이 아닙니다."

"오늘 그자들에게 빵을 주면 내일은 성문 앞에 그 두 배가 찾아올 거야. 또 다른 건은?"

"장벽에서 검은 형제가 하나 내려왔습니다. 집사 말로는 항아리에 웬 썩은 손을 담아 왔다는군요."

티리온은 힘없이 웃었다. "아무도 그걸 먹지 않았다는 게 놀랍군. 그 친구는 봐야겠지. 아마 요렌은 아니겠지?"

"아닙니다. 웬 기사던데요. 쏜이라던가."

"알리서 쏜 경?" 장벽에서 만난 검은 형제들을 통틀어서 티리온 라니스터가 가장 싫어하는 인물이 알리서 쏜 경이었다. 모질고 비열한 데다 스스로의 가치를 지나치게 높게 생각하는 남자. "생각해보니, 당장은 알리서 경을 보고 싶지 않군. 1년은 골풀을 갈지 않은 아늑한 방을 찾아주고 들고 온 손은 조금 더 썩게 놓아두지."

브론은 콧김을 뿜으며 웃고 떠났고, 티리온은 구불구불한 계단을 힘겹게 올라갔다. 절뚝거리며 바깥뜰을 가로지르는데 쇠창살문이 올라가는 소리가 들렸다. 그의 누이와 대규모 일행이 정문 옆에서 기다리고 있었다.

하얀 승용마에 오른 세르세이는 티리온 위로 우뚝 솟은 모습이 초록 옷의 여신 같았다. "동생아." 그녀는 온기 없이 외쳤다. 그녀는 티리온이 자노스 슬린트를 처리한 방식을 좋아하지 않았다.

"대비 전하." 티리온은 정중히 고개를 숙였다. "오늘 아침엔 유난히 아름다우시군요." 세르세이의 왕관은 금빛이었고, 망토는 흰담비 털이었다. 그 뒤로 그녀의 가신들이 말에 올라 있었다. 킹스가드의 보로스 블런트 경은 하얀 미늘 갑옷 차림에 즐겨 짓는 험상궂은 표정이었다. 발론 스완 경은 은상감을 한 안장에 활을 걸었다. 자일스 로스비 공은 평소보다 훨씬 심하게 기침을 해댔다. 그리고 연금술사 길드의 화염술사 할린과 대비가 최근 가장 총애하는 사촌 란셀 라니스터 경이 있었다. 전왕의 종자였던 란셀은 과부의 주장에 따라 기사로 승격했다. 바일러와 위병 스무 명이 호위를 섰다. "오늘은 어딜 가는 거지, 누님?" 티리온이 물었다.

"성문을 순회하며 새로 배치한 전갈석궁과 화염투하기를 점검하러 간다. 우리 모두가 너처럼 도시 방어에 무관심할 순 없지 않겠니." 세르세이는 경멸을 담고서도 아름답기만 한 투명한 녹색 눈으로 그를 노려보았다. "렌리 바라테온이 하이가든에서 진군해 나왔다는 보고를 들었다. 전 병력을 거느리고 장미 가도로 올라오고 있지."

"바리스에게 나도 같은 보고를 받았어."

"보름달 무렵이면 여기 도착할 수 있어."

"지금처럼 느긋하게 이동해서야 어림없지." 티리온은 장담했다. "렌리는 매일 밤 다른 성에서 잔치를 벌이고, 교차로를 지날 때마다 사람들의 배알을 받고 있어."

"그리고 매일 더 많은 사람들이 그 깃발 아래 모이지. 렌리의 군대는 이제 십만 강병이라고들 한다."

"너무 높게 잡은 것 같은데."

"렌리는 스톰스엔드와 하이가든의 힘을 등에 업고 있어, 이 멍청아." 세르세이는 그를 내려다보며 날카롭게 말했다. "레드와인 빼고는 티렐의 휘하 영주 전원이 나왔지. 레드와인에 대해서는 나에게 고마워해야 해. 내가 그 불쾌한 쌍둥이를 잡고 있는 한 팍스터 공은 아버에 웅크린 채로 자기가 빠져서 다행이라 생각할 테니 말이다."

"누나의 어여쁜 손가락 사이로 꽃의 기사를 흘려보낸 게 안타깝군. 그렇다 해도, 렌리에겐 우리 말고 다른 걱정거리들이 있어. 하렌홀에 있는 우리 아버지, 리버런에 있는 롭 스타크……. 내가 렌리라면 딱 지금처럼 하겠어. 전진하면서 왕국에 내 힘을 과시하고, 지켜보면서 기다리는 거지. 나는 달콤한 시간을 보내면서 그동안 내 경쟁자들끼리 싸우게 놔두는 거야. 스타크가 우릴 이긴다면 남부는 신들이 바람을 일으켜 떨군 과실처럼 렌리 손에 떨어질 테고, 그러면서 한 사람도 잃지 않겠지. 반대 결과가 나온다면 약해진 우리를 덮칠 수 있겠고."

세르세이는 누그러들지 않았다. "아버지가 킹스랜딩으로 군을 끌고 오시게 해."

'누나가 안전한 기분을 느끼는 것 말고는 아무 목적도 없이 말이지.' "내가 언제는 아버지에게 뭘 시킬 수 있었던가?"

세르세이는 그 질문을 무시했다. "그리고 제이미는 언제 풀어줄 계획이지? 제이미가 네 백배는 가치가 있어."

티리온은 비딱하게 웃었다. "스타크 부인에게는 제발 그런 말 하지 말아줘. 내가 백 명 있어서 맞바꿀 수 있는 것도 아니잖아."

"아버지가 널 보내시다니 미친 게지. 넌 쓸모없는 정도가 아니라 그보다 더 나빠." 대비는 고삐를 확 당기고 말을 돌렸다. 그녀는 흰담비 망토를 휘날리며 속보로 성문을 달려 나갔다. 가신들이 서둘러 그 뒤를 따랐다.

솔직히 렌리 바라테온은 스타니스의 반도 무섭지 않았다. 렌리는 평민들에게 사랑을 받지만, 전쟁에서 군을 이끌어본 적이 없었다. 스타니스는 그 반대였다. 가혹하고 냉정하고 인정사정없었다. 드래곤스톤이 어떻게 돌아가는지 알 방법만 있다면……. 하지만 티리온이 돈을 줘서 염탐을 시킨 어민 중에 돌아온 사람은 없었고, 내시 바리스가 스타니스의 집안에 심었다고 주장하는 정보원들도 불길하게 조용했다. 하지만 선체에 줄무늬를 넣은 리스 전함들이 드래곤스톤 앞바다에 보였고, 바리스는 미르에서 용병 선장들이 드래곤스톤에 복무한다는 보고를 받았다. 렌리가 성문을 강습할 때 스타니스가 바다에서 공격한다면, 그들은 순식간에 조프리의 머리를 창에 꽂을 터였다. '그보다 더 나쁜 건 내 머리가 그 옆에 있으리라는 거지.' 우울한 생각이었다. 최악의 사태에 대비해서 샤에를 시외로 안전하게 내보낼 계획을 짜야 했다.

포드릭 페인이 그의 개인 방 문 앞에서 바닥을 뚫어져라 보고 있었다. 그는 티리온의 허리띠 버클에 대고 말했다. "안에 계십니다. 수관님 개인 방에요. 죄송합니다, 수관님."

티리온은 한숨을 내쉬었다. "날 보고 말해라, 포드. 네가 내 샅보대(codpiece, 중세 복식에서 남자 바지의 고간에 씌워 성기를 강조한 덮개 또는 주머니를 이른다.)에 대고 말을 하면 당황스럽거든. 특히나 샅보대를 안 하고 있을 때 그러면 말이야. 내 방에 누가 있다는 거냐?"

"리틀핑거 공이요." 포드릭은 겨우 티리온의 얼굴을 흘긋 보고는 황급히 시선을 내렸다. "그러니까, 피터 공요. 베일리시 공. 재무관님."

"그렇게 말하니 한 사람이 아니라 한 부대 같구나." 소년은 얻어맞은 것처럼 몸을 구부렸고, 티리온은 괜한 죄책감을 느꼈다.

피터 공은 호화로운 자두색 더블릿에 노란색 새틴 케이프를 걸치고, 장갑 낀 손 한쪽을 무릎에 올린 우아하고 나른한 자세로 창가 자리에 앉아 있었다. "왕이 노궁으로 산토끼와 싸우고 계시군요. 토끼들 쪽이 이기고 있어요. 와서 보시죠."

티리온은 밖을 보기 위해 까치발을 들어야 했다. 아래 마당에 죽은 토끼가 한 마리 누워 있었고, 또 한 마리는 옆구리에 박힌 화살 때문에 긴 귀를 실룩거리며 죽어가고 있었다. 단단하게 다져진 땅 위에는 써버린 화살이 폭풍에 흩날린 지푸라기처럼 여기저기 널렸다. "지금이야!" 조프리가 외쳤다. 사냥감 담당이 안고 있던 토끼를 풀어주자 토끼가 깡충깡충 뛰어갔다. 조프리는 노궁의 방아쇠를 당겼다. 화살은 60센티미터 가까이 벗어났다. 토끼는 뒷다리로 일어서서 왕을 향해 코를 실룩거렸다. 조프리는 욕을 퍼부으며 바퀴를 돌렸지만 활줄이 다시 팽팽해지기도 전에 토끼가 사라져버렸다. "하나 더!" 사냥감 담당이 토끼장에 손을 뻗었다. 이번 토끼는 갈색 번갯불처럼 달려갔고 조프리가 서둘러 당긴 화살은 프레스턴 경의 사타구니를 맞힐 뻔했다.

리틀핑거는 고개를 돌리고 포드릭 페인에게 물었다. "어이, 토끼 냄비 어때?"

포드는 손님의 장화만 노려보았다. 붉게 염색한 가죽에 검은색으로 소용돌이 문양을 넣은 아름다운 장화였다. "요리 말씀이십니까?"

"냄비를 장만하게." 리틀핑거가 조언했다. "곧 산토끼들이 성을 뒤덮을 테니. 하루 세 번씩 토끼를 먹게 되겠지."

"꼬챙이에 꿴 쥐보다는 낫겠군." 티리온이 말했다. "포드, 나가봐라. 혹시 피터 공이 다과를 들고 싶어 한다면 모르지만?"

"고맙지만 사양하지요." 리틀핑거는 으레 짓는 조롱의 웃음을 비쳤다. "난쟁이와 술을 마셨다간 장벽 위에서 깨어난다지요. 전 검은 옷을 입으면 병자처럼 창백해 보인답니다."

'걱정 말게나. 자네에게 계획한 건 장벽이 아니니까.' 티리온은 그렇게 생각하고, 쿠션을 쌓아놓은 높은 의자에 앉아서 말했다. "오늘은 무척 우아해 보이시는군."

"이거 상처받았습니다. 전 매일 우아해 보이려고 애쓰는데요."

"그 더블릿은 새 옷이오?"

"그렇습니다. 관찰력이 뛰어나시군요."

"자두색과 노란색이라. 그게 당신 가문의 색깔이오?"

"아뇨. 하지만 매일 같은 색 옷만 입으면 지겹지 않습니까. 저는 그렇더군요."

"그 단검도 아름답군."

"그런가요?" 리틀핑거의 눈동자에 장난기가 깃들었다. 그는 단검을 뽑아서 한 번도 본 적이 없다는 듯 가볍게 살펴보았다. "발리리아 강철에 드래곤 뼈로 만든 손잡이. 그렇지만 좀 평범하군요. 원하신다면야 수관의 것이지요."

"내 것이라." 티리온은 리틀핑거를 지그시 보고 말했다. "아니, 아닌 것 같군. 절대 내 물건은 못 되겠소." '아는군. 저 오만한 놈. 저놈은 알고 있고, 내가 안다는 것도 알면서 내가 자길 건드리지 못한다고 생각해.'

진정 금으로 무장한 남자가 있다면, 제이미 라니스터가 아니라 피터 베일리시였다. 제이미의 유명한 갑옷은 사실 도금한 강철이었지만, 리틀핑거는, 아…… 티리온은 이 매력적인 피터에 대해 몇 가지를 알았고, 알수록 불안해졌다.

10년 전, 존 아린은 그에게 말단 세무직을 맡겼고, 그곳에서 피터 공은 왕의 다른 세금 징수인이 걷는 돈의 세 배를 가져오는 눈부신 성과를 보였다. 로버트 왕은 엄청나게 돈을 써댔다. 금화 두 닢을 비벼서 세 번째 금화를 낳을 수 있는 재능을 지닌 피터 베일리시 같은 사람은 그런 왕의 수관에게 유용하기 그지없었다. 리틀핑거의 출세는 쏜살같이 빨랐다. 궁정에 온 지 3년 만에 그는 재무관이자 소협의회 일원이 되었고, 지금 왕실의 수익은 포위 공격을 받았던 전임자들이 꾸릴 때보다 열 배는 많았다……. 그러나 왕실의 빚 역시 엄청나게 늘어났다. 피터 베일리시는 곡예의 달인이었다.

아, 그는 영리했다. 그는 단순히 금을 모아다가 보고에 저장하지 않았다. 왕실의 빚을 갚겠다 약속만 하고 왕의 돈을 굴렸다. 짐마차, 상점, 배, 집을 샀다. 곡물이 풍성할 때 사서 귀할 때 빵을 팔았다. 북부에서 양모를, 남부에서 리넨을, 리스에서 레이스를 사서 저장하고 이동시키고 염색하고 팔았다. 드래곤 금화는 불어났고, 리틀핑거는 그 돈을 빌려줬다가 새끼

처서 회수했다.

그리고 그 과정에서 그는 자기 사람들을 심었다. 열쇠 관리인은 넷 다 그의 사람들이었다. 왕의 세금 계산인과 도량형 관리인은 그가 지명한 사람들이었다. 세 군데 화폐 주조소의 책임자들도 그랬다. 항만 관리인, 세금 징수 청부인, 세관 감시원, 양모 중매인, 통행료 징수인, 선박 사무장, 와인 중매인, 모두 열 명 중 아홉이 리틀핑거의 사람이었다. 그들은 대체로 중간층 출신이었다. 상인의 아들이나 소귀족, 때로는 외국인도 있었다. 하지만 결과를 놓고 보면 귀족이었던 전임자들보다 월등히 능력 있었다.

아무도 그런 임용에 의문을 제기하지 않았다. 왜 그러겠는가? 리틀핑거는 누구에게도 위협이 되지 않았다. 영리하고 늘 미소 지으며 친절한 남자, 모두의 친구, 왕이나 왕의 수관이 요구하는 돈은 얼마든지 찾아내는 능력자, 그러면서도 방랑기사보다 한 단계 나을까 말까 한 보잘것없는 출생. 그는 두려워할 상대가 아니었다. 소집할 휘하 봉신도 없고, 무수한 가신들도 없고, 큰 성채도 없고, 거론할 만한 재산도 없으며 대단한 결혼을 할 전망도 없었다.

'하지만 내가 저놈을 건드릴 수 있을까? 아무리 배신자라 해도?' 티리온은 생각했다. 아무래도 자신이 없었다. 특히나 전쟁이 터진 지금은 무리였다. 시간이 주어진다면 핵심 지위에 있는 리틀핑거의 사람들을 그의 사람들로 대체할 수 있겠으나…….

안마당에서 고함 소리가 올랐다. "아, 전하께서 토끼를 한 마리 죽이셨군요." 베일리시 공이 말했다.

"느린 토끼였겠지." 티리온은 말했다. "귀공은 리버런에서 컸지요. 툴리 가문 사람들과 친하게 자랐다고 들었소."

"그렇게 말할 수 있겠지요. 특히 그 집안 딸들과요."

"얼마나 친했소?"

"그 둘의 처녀를 가졌지요. 그만하면 충분히 친한가요?"

어찌나 태연하게 거짓말을 하는지, 그게 거짓말이라는 사실을 확신하면서도 믿을 뻔했다. 캐틀린 스타크 쪽에서 거짓말을 했을 수도 있을까? 처녀성에 대해서나, 그 단검에 대해서나? 티리온은 살면 살수록, 세상에 단순한 것은 없고 진실도 별로 없다는 것을 실감했다. "호스터 공의 딸들은 날 좋아하지 않소. 내가 어떤 제안을 해도 귀 기울여 듣지 않을 거요. 하지만 당신이 제안한다면, 같은 말이라도 좀 더 달콤하게 들릴지 모르지."

"그건 말의 내용에 달렸지요. 혹시 산사와 형님을 바꾸자고 할 작정이라면 내 시간을 낭비하지 마십시오. 조프리는 자기 장난감을 내놓지 않을 테고, 캐틀린 부인은 여자애 하나에 킹슬레이어를 교환할 만큼 바보가 아닙니다."

"아리아도 손에 넣을 작정이오. 사람을 풀어 찾고 있소."

"찾고 있다는 건 찾은 게 아닙니다."

"그 점은 명심하리다. 어쨌든, 당신이 흔들어줬으면 하는 쪽은 라이사 부인이오. 그 여자에게는 좀 더 달콤한 제안이 있소."

"라이사가 캐틀린보다 다루기 쉬운 건 사실이지요……. 하지만 두려움도 더 많고, 귀공을 증오할 텐데요."

"라이사 부인은 그럴 만한 이유가 있다고 믿고 있지. 내가 이어리의 손님으로 지낼 때, 내가 자기 남편을 살해했다고 주장하면서 내가 아무리 아니라고 해도 듣질 않더군." 티리온은 몸을 앞으로 내밀었다. "내가 존 아린의 진짜 살인범을 내준다면 나에 대해 좀 더 좋게 생각할지도 모르겠지만."

그 말에 리틀핑거는 앉은 자세를 똑바로 했다. "진짜 살인범? 저도 궁금해지는군요. 누굴 말씀하시는 겁니까?"

이번에는 티리온이 미소 지을 차례였다. "난 친구들에게는 공짜로 선물을 주지. 라이사 아린도 그 점을 이해해야 하오."

"공이 원하는 게 우정입니까, 칼입니까?"

"둘 다."

리틀핑거는 깔끔하게 다듬은 뾰족 수염을 쓰다듬었다. "라이사에게도 고민거리가 따로 있습니다. 달의 산맥에서 습격해오는 산악민들이…… 그 어느 때보다 많은 숫자에, 무장도 더 잘되어 있다더군요."

"괴롭겠군." 그들을 무장시킨 장본인인 티리온 라니스터가 말했다. "그 부분은 내가 도울 수 있소. 내가 말만 하면……."

"그 말의 대가는 뭡니까?"

"라이사 부인과 그 아들이 조프리를 왕으로 인정하고, 충성 맹세를 하고—"

"스타크와 툴리에게 전쟁을 선포하라고요?" 리틀핑거는 고개를 저었다. "지금 내미시는 요리에는 바퀴벌레가 들어 있습니다, 라니스터. 라이사는 결코 리버런에 맞서지 않을 겁니다."

"나도 그런 요청을 할 생각은 없소. 우리에겐 적이 부족하지 않아. 난 라이사 부인의 힘을 렌리 공, 아니면 드래곤스톤에서 움직일 경우 스타니스 공을 상대로 쓸 거요. 그 대신 존 아린의 죽음에 대한 정의를 베풀고 협곡에 평화를 가져다 드리지. 그 끔찍한 아이를 동부의 관리자로 임명하기도 할 거요. 그 아버지의 대를 이어서." 기억 속에서 '저놈이 나는 모습을 보고 싶어요'라던 소년의 목소리가 희미하게 울렸다. "그리고 이 거래를 확실히 하기 위해 내 조카딸을 주겠소."

그는 피터 베일리시의 회녹색 눈에 정말로 놀란 기색이 떠오르는 것을 즐겁게 감상했다. "미르셀라를?"

"나이가 차면 어린 로버트 공과 결혼할 수 있을 거요. 그때까지는 이어리에서 라이사 부인의 대녀로 지내고."

"대비 전하는 이 계책을 어떻게 생각하십니까?" 티리온이 어깨를 으쓱이자 리틀핑거는 웃음을 터뜨렸다. "이건 생각 못 했네요. 당신은 위험한 사람입니다, 라니스터. 그래요, 그런 노래라면 라이사에게 불러줄 수 있겠군요." 다시 한 번 교활한 미소가 떠오르고, 눈빛에 장난기가 깃들었다. "마음이 내키면 말입니다."

티리온은 고개를 끄덕이고 기다렸다. 리틀핑거가 침묵을 길게 끌 리가 없었다.

"그래서." 피터 공은 잠시 후에 조금도 부끄러워하는 기색 없이 말을 이었다. "절 위해 준비한 대가는 뭡니까?"

"하렌홀."

볼 만한 얼굴이었다. 피터 공의 아버지는 소영주 중에서도 보잘것없는 영주였고, 할아버지는 땅도 없는 방랑기사였다. 그는 핑거스의 바람 부는 해안가에 자리한 돌투성이 땅 몇 에이커밖에 갖고 태어나지 못했다. 하렌홀은 칠왕국에서 가장 부유한 알짜배기 영지 중 하나로, 땅은 넓고 비옥했으며, 거성은 왕국 어느 성보다 더 어마어마했다……. 피터 베일리시가 툴리 가문의 대자로 자랐다가, 감히 호스터 공의 딸에게 마음을 품는 바람에 매정하게 쫓겨난 리버런 성을 압도하는 크기였다.

리틀핑거는 잠시 케이프 자락을 정돈했지만, 티리온은 이미 그 교활한 고양이 눈에 스쳐 지나간 갈망의 빛을 보았다. 그는 상대를 손에 넣었음을 알았다. "하렌홀은 저주받았습니다." 피터 공은 잠시 후에 지루한 척 말했다.

"그렇다면 성을 무너뜨리고 입맛에 맞게 새로 지으시오. 돈은 부족하지 않을 거요. 당신을 트라이던트의 최고권자로 만들 테니까. 지금의 강역 영주들은 신뢰할 수 없다는 사실을 증명했으니, 당신에게 충성을 맹세하면 땅을 유지하게 해줍시다."

"툴리까지 말입니까?"

"우리 전쟁이 끝났을 때 툴리가 남아 있다면."

리틀핑거는 벌집을 한 입 몰래 베어 문 아이처럼 보였다. 벌을 조심하려고는 하지만 꿀이 너무 달다고나 할까. "하렌홀과 그 영지와 수입 전부라. 손 한 번 움직여서 날 왕국에서 제일 강력한 영주 중 하나로 만드는군요. 그게 고맙지 않다는 건 아니지만— 왜입니까?"

"당신은 계승 문제에서 내 누이를 잘 도와줬소."

"그건 자노스 슬린트도 그랬지요. 최근에 바로 그 하렌홀을 받았다가, 더는 쓸모가 없어지자 바로 빼앗겼고 말입니다."

티리온은 소리 내어 웃었다. "딱 걸렸군. 내가 무슨 말을 하겠소? 난 라이사 부인을 얻기 위해 당신이 필요해. 자노스 슬린트는 필요하지 않고." 그는 비딱하게 어깨를 으쓱였다. "렌리를 철왕좌에 앉히느니 당신을 하렌홀에 앉히겠소. 더 분명할 수가 있겠소?"

"실로 분명하군요. 제가 말씀하신 결혼에 승낙을 얻으려면 라이사 아린과 다시 잠자리를 해야 할지도 모른다는 점은 알고 계십니까?"

"그 일을 감당할 수 있다는 데 아무 의혹도 없소."

"언젠가 네드 스타크에게, 못생긴 여자와 벗고 뒹굴어야 한다면 눈 딱 감고 해치우는 수밖에 없다는 말을 했지요." 리틀핑거는 두 손끝을 모으고 티리온의 짝짝이 눈을 들여다보았다. "2주만 주시면 하던 일을 마무리 짓고 배를 구해서 걸타운으로 가겠습니다."

"그거 훌륭하군."

리틀핑거는 일어섰다. "아주 기분 좋은 아침이었습니다, 라니스터. 우리 둘 다에게 유익하고 말입니다." 그는 절을 하고, 노란 케이프를 휘날리며 문밖으로 걸어 나갔다.

'둘 됐고.' 티리온은 생각했다.

그는 곧 나타날 바리스를 기다리러 침실로 올라갔다. 아마 저녁때쯤 오겠지. 달이 뜰 무렵에나 올지도 모르지만, 그러지는 않았으면 했다. 오늘 밤에는 샤에를 찾아가고 싶었다. 그래서 한 시간쯤 후에 돌까마귀 씨족의 갈트가 문 앞에 분을 바른 사내가 와 있다고 알렸을 때 티리온은 기분 좋게 놀랐다. "대학사를 그렇게 동요시키다니, 잔인한 분이로군요. 그 사람은 비밀을 지키지 못해요." 내시는 질책하듯이 말했다.

"내가 지금 까마귀가 큰까마귀더러 검다고 하는 소릴 들었나? 아니면 내가 도란 마르텔에게 무슨 제안을 했는지 듣기 싫은 거요?"

바리스는 키득거렸다. "제 작은 새들이 이미 말해줬을지도 모르지요."

"정말 그런가?" 들어보고 싶었다. "계속하시오."

"도르네인들은 지금까지 이 전쟁에서 멀찍이 떨어져 있었습니다. 도란 마르텔이 휘하를 소집하기는 했으나, 거기까지였지요. 마르텔이 라니스터 가문을 증오한다는 건 잘 알려진 사실이고, 많은 사람들이 마르텔이 렌리 공에게 붙을 거라 생각합니다. 귀공은 그러지 못하게 하고 싶을 테지요."

"여기까지는 뻔한 얘기고." 티리온이 말했다.

"유일한 수수께끼는 귀공이 도란 마르텔의 충성에 대가로 뭘 제시했을까입니다. 대공은 감상적인 사람이고, 아직까지도 누이인 엘리아와 그 귀여운 아기에 대해 슬퍼하지요."

"내 아버지는 언젠가 영주는 야심 앞에 감상이 끼어들게 해서는 안 된다고 하셨지……. 마침 우리에겐 소협의회에 빈자리가 하나 있소. 자노스 공이 검은 옷을 입었으니 말이오."

"소협의회의 자리는 얕볼 게 아니지요." 바리스는 수긍했다. "그러나 자부심 강한 남자가 누이의 죽음을 잊을 정도일까요?"

"잊긴 왜 잊어?" 티리온은 미소 지었다. "난 그 누이를 살해한 자를 주겠다고 약속했소. 산 채로든 죽은 채로든 좋은 쪽으로. 물론 전쟁이 끝난 후에 말이오."

바리스는 빈틈없는 눈빛을 던졌다. "제 작은 새들이 말하길 엘리아 공녀는…… 죽음 앞에서 어떤 이름을 외쳤다던데요."

"모두가 아는 비밀도 비밀이오?" 캐스털리록에서는 엘리아와 그 아기를 죽인 게 그레고르 클리게인이라는 사실을 모두가 알고 있었다. 사람들은 그자가 아이의 피와 뇌수를 손에 묻힌 채로 어미를 강간했다고 했다.

"그 비밀은 귀공의 아버님께 충성을 맹세한 남자예요."

"내 아버지야말로 5000 도르네인이라면 미친 개 한 마리 내줄 가치는 있다고 하실 분이오."

바리스는 분을 바른 뺨을 쓰다듬었다. "만약 도란 대공이 일을 저지른 기사만이 아니라 명령을 내린 영주의 피까지 요구한다면……."

"반란을 이끈 건 로버트 바라테온이오. 모든 명령은 로버트에게서 나온 셈이지."

"로버트는 킹스랜딩에 없었습니다."

"도란 마르텔도 마찬가지요."

"그러면 자긍심에는 피값을 치르고, 야망에는 자리를 주고. 금과 땅이야 말할 필요도 없이 따라가겠지요. 달콤한 제안이로군요……. 다만 달콤함에는 독이 깃들 수 있지요. 제가 대공이라면 이 벌집에 손을 뻗기 전에 한 가지 더 요구하겠습니다. 신뢰의 표시이자, 배신에 대비한 안전장치를요." 바리스는 끈적끈적한 미소를 지었다. "둘 중 어느 쪽을 주실 생각일까요?"

티리온은 한숨을 내쉬었다. "이미 아는군. 그렇지 않소?"

"그렇게 말씀하시니— 그래요. 토멘이겠지요. 미르셀라를 도란 마르텔과 라이사 아린 양쪽에 제공할 수야 없을 테니까요."

"다시는 당신과 이런 알아맞히기 게임을 하지 말아야지. 이 사기꾼 같으니."

"토멘 왕자는 좋은 아이입니다."

"그 아이가 아직 어릴 때 세르세이와 조프리에게서 떼어놓으면, 좋은 어른으로 자랄지도 모르오."

"그리고 좋은 왕으로요?"

"조프리가 왕이오."

"그리고 조프리 전하께 나쁜 일이라도 생기면 토멘이 후계자지요. 본성이 상냥하고, 현저히…… 다루기 쉬운 토멘이 말입니다."

"의심이 많구려, 바리스."

"칭찬으로 듣겠습니다. 어쨌든 도란 대공은 귀공이 대단한 영예를 베푼다는 사실을 모르지 않을 겁니다. 아주 교묘한 책략입니다만…… 한 가지 작은 결함이 있군요."

티리온은 소리 내어 웃었다. "세르세이라는 결함 말이오?"

"어머니가 제 자궁의 열매에 대해 품는 사랑에 국정이 무슨 소용이랍니까? 어쩌면, 가문의 영광과 왕국의 안전을 위해서라면 왕대비도 토멘이나 미르셀라를 다른 곳으로 보내자는 설득에 넘어갈지 모르지요. 하지만 둘 다를요? 절대 안 될 겁니다."

"세르세이가 모르면 나에게 해가 될 일도 없소."

"대비 전하께서 계획이 무르익기 전에 공의 의도를 알게 된다면요?"

"그야 누이에게 그 말을 전한 자가 내 적이라는 사실을 확실히 알게 되겠지." 그리고 바리스가 키득거리자 그는 생각했다. '이걸로 셋.'

산사

'집에 가고 싶다면 오늘 밤 신의 숲으로 오십시오.'

산사가 베개 밑에서 접힌 양피지를 발견하고 처음 읽었을 때나 백번 읽었을 때나 똑같은 내용이었다. 그 종이가 어떻게 거기 들어갔는지, 누가 보냈는지는 알지 못했다. 쪽지에는 서명도, 인장도 없었고 필체도 낯설었다. 산사는 그 종이를 가슴께에 구겨 쥐고 내용을 혼자 중얼거렸다. "집에 가고 싶다면 오늘 밤 신의 숲으로 오십시오." 산사는 가냘프게 숨을 내쉬었다.

그게 무슨 의미일까? 착한 아이임을 증명하기 위해 왕대비에게 가져가야 할까? 산사는 불안한 마음에 배를 문질렀다. 메린 경이 그녀에게 선사한 자줏빛 멍 자국은 옅어져 보기 흉한 노란색이 되었지만, 아직도 아팠다. 그녀를 때렸을 때 메린 경은 쇠 장갑을 끼고 있었다. 산사 잘못이었다. 조프리의 화를 부르지 말고 감정을 잘 숨겨야 했는데, 꼬마 악마가 슬린트 공을 장벽으로 보냈다는 소식을 들었을 때 분수를 잊고 말해버렸다. "다른 자들이 잡아갔으면 좋겠네요." 왕은 즐거워하지 않았다.

'집에 가고 싶다면 오늘 밤 신의 숲으로 오십시오.'

산사는 지금까지 정말 열심히 기도했다. 이게 마침내 온 응답일 수도 있을까? 그녀를 구하러 온 진정한 기사일까? 레드와인 쌍둥이 중 하나나 대담한 발론 스완 경일지도 몰랐다……. 아니면 그녀의 친구인 제인 풀이 사랑했던 젊은 영주, 적금색 머리에 검은 망토에는 별 무리를 그려 넣은 베릭 돈다리온일 수도 있었다.

'집에 가고 싶다면 오늘 밤 신의 숲으로 오십시오.'

이것도 아버지의 머리통을 보여주려고 성가퀴에 데려갔던 날처럼 조프리의 잔인한 농담이면 어쩌나? 아니면 그녀가 충성스럽지 않다는 사실을 증명하기 위한 교묘한 덫일 수도 있었다. 신의 숲에 가면 손에 '얼음'을 들고 심장 나무 아래에 조용히 앉아서 색이 엷은 눈으로 그녀가 오는지 기다리는 일린 페인 경을 보게 될까?

'집에 가고 싶다면 오늘 밤 신의 숲으로 오십시오.'

문이 열리자 산사는 서둘러 그 쪽지를 시트 밑에 밀어 넣고 그 위에 앉았다. 시녀였다. 힘없이 늘어진 갈색 머리의 소심한 여자. "무슨 일이지?" 산사가 물었다.

"오늘 밤 목욕을 하고 싶으신지요?"

"불을 피워줬으면 좋겠구나……. 한기가 느껴져." 날이 더웠는데도 산사는 떨고 있었다.

"분부대로 하겠습니다."

산사는 시녀를 의심스럽게 지켜보았다. 그 쪽지를 봤을까? 베개 밑에 그 쪽지를 넣은 장본인일까? 그럴 것 같지는 않았다. 그 시녀는 멍청해 보이는 게, 비밀 편지를 전달시키고 싶은 부류의 사람이 아니었다. 하지만 산사는 그녀를 잘 몰랐다. 왕대비는 산사와 친해지는 사람이 없도록 2주마다 하인들을 교체했다.

벽난로에 불이 타오르자 산사는 무뚝뚝하게 고마움을 표하고 시녀에게

나가라고 지시했다. 시녀는 언제나처럼 바로 복종했지만, 산사는 그 시녀의 눈에 교활한 빛이 있다고 생각했다. 보나 마나 왕대비 아니면 바리스에게 보고하러 달려가리라. 산사는 모든 시녀가 자신을 염탐한다고 확신했다.

혼자 남은 그녀는 쪽지를 불 속에 던지고, 양피지가 말려 들어가며 시커메지는 모습을 지켜보았다. '집에 가고 싶다면 오늘 밤 신의 숲으로 오십시오.' 그녀는 창가로 걸어갔다. 내려다보니 달빛처럼 흰 갑옷을 입고 무거운 흰 망토를 걸친 채 도개교를 걷는 키 작은 기사를 볼 수 있었다. 키를 봐서는 프레스턴 그린필드 경일 수밖에 없었다. 왕대비는 산사에게 성안을 돌아다닐 자유를 주었으나, 그렇다 해도 산사가 이런 늦은 밤에 마에고르 성채를 떠나려고 하면 프레스턴 경이 어디로 가는지 알고 싶어 할 터였다. 그러면 뭐라고 말한다? 갑자기 쪽지를 태워버린 게 다행스러워졌다.

가운을 벗고 침대에 들어갔지만, 잠은 들지 않았다. '그 사람이 아직 거기 있을까? 얼마나 오래 기다릴까?' 쪽지만 보내고 아무것도 말해주지 않다니 얼마나 잔인한지. 머릿속에서 생각이 맴을 돌았다.

어떻게 할지 말해줄 사람이 있으면 좋으련만. 모르데인 성사가 그리웠고, 진정한 친구였던 제인 풀은 더 그리웠다. 성사는 스타크 가문을 섬겼다는 죄로 다른 사람들과 함께 머리통을 잃었다. 그 후에 산사의 방에서 사라지고 다시는 거론되지 않은 제인은 어떻게 되었을지 알 수 없었다. 그들에 대해 너무 자주 생각하지 않으려고 노력했지만, 때로는 청하지도 않은 기억이 왈칵 떠올랐고, 그러면 눈물을 참기가 힘들었다. 가끔은 동생마저도 보고 싶었다. 지금쯤 아리아는 윈터펠에 안전하게 돌아가서 춤을 추고 바느질을 하고, 브랜과 아기 리콘과 같이 놀고, 원한다면 말을 타고 겨울 마을을 돌아다니겠지. 산사는 말을 타도 좋다는 허락을 받기는 했으나 안뜰에서만이었고, 하루 종일 뜰 안을 빙글빙글 도는 건 지루했다.

산사는 정신이 말똥말똥한 상태로 그 고함 소리를 들었다. 처음에는 멀리서 들리다가, 점점 소리가 커졌다. 많은 목소리가 한꺼번에 외쳐댔다. 무슨 말을 하는지는 알아들을 수 없었다. 그리고 말 울음소리, 쿵쾅거리는 발소리, 명령을 내리는 소리들이 들렸다. 살금살금 창가로 가자 창과 횃불을 들고 성벽 위를 뛰어다니는 남자들이 보였다. '침대로 돌아가. 이건 네가 신경 쓸 일이 아니야. 그냥 도시에 새로 말썽이 터졌을 뿐이야.' 산사는 스스로를 타일렀다. 우물가에서 사람들은 온통 최근 도시에서 일어나는 말썽들에 대해 이야기했다. 전쟁을 피해 도망친 사람들이 밀려들었고, 서로를 강탈하고 죽이는 것 외에 다른 살 길이 없는 사람이 많았다. '침대로 돌아가.'

하지만 밖을 내다보니 하얀 기사는 사라지고, 마른 해자를 가로지르는 도개교는 지키는 사람 없이 내려진 채였다.

산사는 생각할 겨를도 없이 몸을 돌리고 옷장으로 뛰어갔다. '아, 내가 뭘 하는 거지?' 그녀는 옷을 입으면서 자문했다. '이건 미친 짓이야.' 외벽에 올라간 많은 횃불 빛을 볼 수 있었다. 스타니스와 렌리가 드디어 조프리를 죽이고 형님의 왕좌를 요구하러 온 걸까? 그랬다면 위병들이 도개교를 올리고 마에고르 성채를 외성과 단절시켰을 것이다. 산사는 수수한 회색 망토를 어깨에 걸치고 고기 썰 때 쓰던 나이프를 챙겼다. '혹시 이게 함정이라면, 놈들에게 괴로움을 더 당하느니 죽는 게 나아.' 그녀는 스스로에게 다짐하고 나이프를 망토 밑에 숨겼다.

산사가 살그머니 빠져나가는데 붉은 망토를 걸친 검사들이 일렬로 달려갔다. 그녀는 그들이 다 지나가기를 기다렸다가 아무도 없는 도개교로 돌진했다. 안마당에서는 남자들이 검대를 차고 말에 안장을 얹고 있었다. 프레스턴 경이 다른 킹스가드 세 명과 함께 마구간 근처에서 조프리가 갑옷을 입게 돕고 있었다. 그들의 하얀 망토가 달처럼 환하게 빛났다. 왕을 보자 산사는 숨이 턱 막혔다. 다행히도 그는 그녀를 보지 못했다. 검과 노궁을 가져오라고 소리 지르고 있었다.

성안으로 더 깊이 들어가자 소리가 잦아들었다. 조프리가 볼까 봐……
더 나쁜 경우에는 따라올까 봐 감히 뒤를 돌아보지도 못했다. 앞에 구불구
불한 계단이 나타났다. 위에 있는 좁은 창문들로 빠져나온 깜박이는 불빛
이 계단에 줄무늬를 그렸다. 계단 꼭대기에 이르렀을 때 산사는 숨을 헐떡
이고 있었다. 그녀는 어둑어둑한 주랑을 달린 후에 벽에 몸을 기대고 숨을
골랐다. 무엇인가가 다리를 스치고 지나갔을 때는 펄쩍 뛰어오를 뻔했지
만, 고양이에 불과했다. 한쪽 귀가 떨어져 나간 남루한 검은 고양이는 짧
게 위협하는 소리를 내고 사라졌다.

신의 숲에 도착했을 때 바깥 소리는 희미한 쳇소리와 아득한 고함 소리
로 사그라들었다. 산사는 망토를 단단히 여몄다. 흙과 나뭇잎 냄새가 진하
게 떠돌았다. 레이디는 이 숲을 좋아했으리라. 신의 숲에는 어딘가 야생의
느낌이 있었다. 이곳, 도시 중심부에 위치한 성 한가운데에서도 옛 신들이
보이지 않는 천 개의 눈으로 굽어보고 있음을 느낄 수 있었다.

산사는 아버지의 신들보다 어머니의 신들을 더 좋아했다. 그녀는 신상
들, 유리에 그려진 그림, 향 태우는 냄새, 로브를 입고 수정 조각을 든 성사
들, 진주층과 마노와 청금석을 아로새긴 제단 위에 무지개가 뜬 황홀한 풍
경을 사랑했다. 그러나 신의 숲에도 힘이 있다는 사실을 부정할 수는 없었
다. 특히 밤에는. 산사는 기도했다. '도와주세요. 제게 친구를 보내주세요.
저를 위해 싸울 진정한 기사를요…….'

그녀는 이 나무 저 나무의 거칠거칠한 껍질을 매만졌다. 잎사귀들이 뺨
을 스쳤다. 너무 늦게 온 걸까? 이렇게 빨리 떠나버린 건 아니겠지? 애초
에 여기에 오기는 했을까? 소리쳐 부르는 건 너무 위험할까? 이곳은 너무
나 조용하고 가라앉아 있었다…….

"오지 않을까 걱정했습니다."

산사는 몸을 홱 돌렸다. 한 남자가 어둠 속에서 걸어 나왔다. 몸집이 크고 목은 굵었으며, 발을 질질 끌었다. 짙은 회색 로브를 입고 두건을 앞으로 당겨 썼지만, 가느다란 달빛이 남자의 뺨에 닿자 산사는 얼룩덜룩한 피부와 그 아래 거미줄처럼 터진 실핏줄을 보고 상대를 바로 알아보았다. "돈토스 경." 그녀는 상심해서 숨을 내쉬었다. "당신이었나요?"

"그렇습니다, 아가씨." 그가 다가서자 입에서 풍기는 시큼한 와인 냄새를 맡을 수 있었다. "접니다." 그는 한 손을 뻗었다.

산사는 흠칫 뒷걸음질 쳤다. "하지 말아요!" 그녀는 손을 망토 안으로 넣어 숨겨둔 나이프를 쥐었다. "나…… 나한테 뭘 원하죠?"

"그저 도우려는 것 뿐입니다. 절 도와주셨듯이요."

"취했군요."

"용기를 끌어내려고 와인 한 잔 마셨을 뿐입니다. 놈들이 지금 절 잡는다면 등가죽을 벗겨낼 테니까요."

'그리고 나에게는 어떻게 할까?' 산사는 다시 레이디를 생각했다. 레이디라면 거짓을 감지할 수 있었겠지만, 분명히 그랬을 테지만, 레이디는 죽었다. 아버지가 죽었다. 아리아 때문에. 산사는 나이프를 꺼내 양손으로 쥐고 내밀었다.

"절 찌르실 겁니까?" 돈토스가 물었다.

"그럴 거예요. 누가 보냈는지 말해요."

"보낸 사람 없습니다, 다정하신 아가씨. 기사의 명예를 걸고 맹세합니다."

"기사요?" 조프리는 돈토스가 이제 기사가 아니라 어릿광대에 불과하다고, 문보이보다도 아래라고 선언했다. "전 신들께 절 구해줄 기사를 보내달라고 기도했어요. 기도하고 또 기도했죠. 왜 신들은 제게 술에 취한 늙은 어릿광대를 보내신 거죠?"

"전 그런 말을 들어도 쌉니다. 하지만…… 이상한 줄은 알지만…… 기사로 지낸 세월 내내 전 진짜 바보였는데, 이제 바보 광대가 되고 나니 오히려…… 오히려 다시 기사가 될 수 있을지 모른다는 생각이 듭니다. 다 아가씨 때문이지요……. 아가씨의 품위와 용기 때문이에요. 당신은 절 구하셨습니다. 조프리에게서만이 아니라 저 자신에게서도요." 그의 목소리가 확 낮아졌다. "가수들 말로는 옛날에도 가장 뛰어난 기사가 된 어릿광대가 하나 있었다고……."

"플로리안 말이군요." 산사는 속삭였다. 전율이 흘렀다.

"사랑스러운 아가씨, 제가 당신의 플로리안이 되겠습니다." 돈토스는 그녀 앞에 무릎을 꿇으며 겸손하게 말했다.

산사는 천천히 나이프를 내렸다. 어딘가를 떠다니는 것처럼 머리가 몽롱했다. '이 술주정뱅이를 믿다니 미친 짓이야. 하지만 이 사람을 거절한다면 다시 기회가 오긴 올까?' "어떻…… 어떻게 하려고요? 절 데리고 도망칠 건가요?"

돈토스 경이 얼굴을 들었다. "성에서 빼내는 부분이 가장 어려울 겁니다. 일단 이 성만 빠져나가면 집까지 모실 배들이 있습니다. 돈을 구하고 수배하면 그만입니다."

"지금 갈 수 있나요?" 산사는 감히 희망을 품고 물었다.

"오늘 밤에요? 죄송하지만 그건 무립니다. 우선 때가 무르익었을 때 아가씨를 성에서 빼낼 확실한 방법을 찾아야 합니다. 쉽지는 않을 테고, 빨리 되지도 않을 겁니다. 놈들은 저도 지켜보고 있으니까요." 그는 초조하게 입술을 핥았다. "나이프는 그만 치우시겠습니까?"

산사는 나이프를 망토 아래 밀어 넣었다. "일어서세요, 경."

"고맙습니다, 아가씨." 돈토스 경은 휘청거리며 일어서더니 무릎에 묻은 흙과 잎사귀를 털었다. "아가씨 아버님은 왕국에서 가장 진실한 남자였는데, 저는 놈들이 그분을 죽이는 걸 말리지 않고 서 있기만 했습니다.

아무 말도 하지 않고, 아무 행동도 하지 않았지요……. 그런데도 조프리가 절 죽이려 했을 때 아가씨는 절 변호하셨습니다. 저는 영웅이었던 적이 없습니다. 전 리암 레드와인이나 대담한 바리스탄이 아닙니다. 마상 시합에서 우승한 적도 없고, 전쟁에서 이름을 떨친 적도 없습니다……. 그러나 저도 한때는 기사였고, 아가씨는 제가 그 의미를 기억하게 도와주셨습니다. 제 목숨이래봐야 비루한 물건이지만, 그래도 제 목숨은 당신 것입니다." 돈토스 경은 심장 나무의 옹이 진 몸통에 손을 얹었다. 산사는 그가 떨고 있음을 알아보았다. "아가씨 아버님의 신들을 증인 삼아서 맹세합니다. 집에 보내드리겠습니다."

그는 맹세했다. 신들 앞에서 엄숙하게 선서했다. "그렇다면…… 경의 손에 제 운명을 맡기겠습니다. 하지만 떠날 때가 되면, 제가 그걸 어떻게 알지요? 다시 쪽지를 보내실 건가요?"

돈토스 경은 불안하게 주위를 흘긋거렸다. "위험 부담이 너무 큽니다. 여기로, 신의 숲으로 오셔야 합니다. 최대한 자주 오세요. 여기가 제일 안전합니다. 유일하게 안전한 곳이지요. 다른 곳은 안 됩니다. 아가씨 방도 제 방도, 계단도 안마당도 안 됩니다. 우리 둘만 있는 것처럼 보여도 안 됩니다. 레드킵에서는 돌에도 귀가 있으니, 여기에서만 터놓고 말을 할 수 있습니다."

"여기에서만요. 명심할게요."

"그리고 남들이 보고 있을 때 제가 잔인하게 굴거나 비웃거나 무관심해 보이더라도 용서하세요. 제게는 수행해야 할 역할이 있습니다. 아가씨도 그러셔야 합니다. 한 발만 삐끗하면 우리 머리통도 아버님처럼 성벽을 장식할 겁니다."

그녀는 고개를 끄덕였다. "이해해요."

"용감하고 강해지셔야 합니다……. 그리고 인내심을 가지세요. 무엇보다도 인내하셔야 합니다."

"그럴게요." 산사는 약속했다. "하지만…… 부디…… 최대한 빨리 해주세요. 전 두려워요……."

"저도 그렇습니다." 돈토스 경은 힘없이 웃었다. "이제 가보셔야 합니다. 누가 찾기 전에요."

"같이 가지 않으시나요?"

"우리가 같이 있는 모습은 보이지 않는 게 좋습니다."

산사는 고개를 끄덕이며 한 발을 내디뎠다가…… 긴장한 채 몸을 돌리고 눈을 감고 돈토스 경의 뺨에 살짝 입을 맞췄다. "나의 플로리안." 그녀는 속삭였다. "신들께서 제 기도를 들어주셨어요."

그녀는 강가 길을 날 듯이 달리고, 작은 주방을 지나치고, 돼지우리를 통과했다. 서두르는 발소리가 우리 안에서 꿀꿀거리는 돼지 소리에 묻혔다. '집, 집. 날 집으로 데려다줄 거야. 날 안전하게 지켜줄 거야. 나의 플로리안.' 플로리안과 종퀼에 대한 노래는 산사가 가장 좋아하는 이야기였다. 플로리안도 못생겼더랬다…… 돈토스만큼 늙지는 않았지만.

산사가 구불구불한 계단을 곤두박질치듯 달려 내려가는데 숨겨진 출입구에서 웬 남자가 튀어나왔다. 산사는 그 남자에게 부딪치면서 균형을 잃었다. 산사가 넘어지기 전에 강철 같은 손가락이 손목을 잡더니, 깊고 거친 목소리가 날아왔다. "이 계단에서 떨어지면 한참을 굴러 내려가야 해, 작은 새. 우리 둘 다 죽이고 싶나?" 웃음소리는 톱으로 돌을 켜는 것처럼 거칠었다. "그럴지도 모르겠군."

사냥개였다. "아니오, 죄송합니다. 절대 아니에요." 산사는 눈을 피했지만, 너무 늦었다. 그는 이미 그녀의 얼굴을 보았다. "놓아주세요. 아파요." 그녀는 손목을 풀려고 했다.

"그래서 조프리의 작은 새가 야밤에 이 계단을 뛰어 내려가는 이유는 뭐지?" 대답하지 않자 그는 그녀를 흔들었다. "어디 있었나?"

"시, 신의 숲에요." 감히 거짓말을 할 수가 없었다. "아…… 아버지를 위해 기도했어요. 그리고 왕을 위해서도요. 다치지 마시라고요."

"내가 그 말을 믿을 만큼 취한 것 같나?" 그는 산사의 손목을 놓아주고 살짝 비틀거리다 섰다. 끔찍하게 화상 입은 얼굴에 빛과 어둠의 줄무늬가 떨어졌다. "거의 여인처럼 보이는군……. 얼굴이며 가슴이며. 키도 더 컸고. 거의…… 아, 그래도 여전히 멍청한 작은 새야. 안 그런가? 배운 노래만 불러대는……. 나한테도 노래 하나 불러주지 그래? 해봐. 노래해보라고. 기사와 아름다운 처녀에 대한 노래로. 넌 기사들을 좋아하지?"

무서웠다. "지, 진정한 기사들요, 경."

"진정한 기사들." 그는 비웃었다. "그리고 난 경이 아니야. 기사도 아니고 귀족도 아니지. 그 점을 때려서 가르쳐야 하나?" 산도르 클리게인은 비틀거리다가 넘어질 뻔했다. "젠장. 와인을 너무 마셨군. 와인 좋아하나, 작은 새? 진정한 와인 말이야. 피처럼 검붉은 시큼한 레드와인 한 병. 남자에게 필요한 건 그게 다지. 여자에게도." 그는 웃음을 터뜨리며 고개를 저었다. "빌어먹을, 개같이 취했군. 이제 가자. 네 새장으로 돌아가야지, 작은 새. 내가 데려다주마. 왕을 위해 널 안전하게 지켜야지." 사냥개는 이상하게도 부드러운 손길로 그녀를 밀었고, 뒤따라 계단을 내려왔다. 계단 밑에 이르렀을 때 그는 산사가 있다는 사실도 잊어버린 것처럼 조용히 생각에 잠겨 있었다.

마에고르 성채에 도착했을 때, 산사는 보로스 블런트 경이 도개교를 지키는 모습을 보고 불안에 떨었다. 두 사람의 발소리를 듣고 하얀 투구가 뻣뻣하게 방향을 돌렸다. 산사는 그 시선 앞에서 움찔했다. 보로스 경은 킹스가드 중 최악이었다. 성질은 급하고, 험상궂은 얼굴에 늘어진 턱살이 추한 사내였다.

"저놈은 무서워할 것 없어." 사냥개가 그녀의 어깨에 묵직한 손을 얹었다. "두꺼비에게 줄을 긋는다고 호랑이가 되진 않아."

보로스 경이 면갑을 올렸다. "경, 어딜—"

"경 소린 집어치워, 보로스. 넌 기사고 난 아니야. 난 왕의 개다. 기억하나?"

"왕이 아까 자기 개를 찾으시더군."

"개는 술을 마시고 있었지. 오늘 밤은 경이 왕을 지킬 차례였어. 경과 내 다른 형제님들이 말이야."

보로스 경은 산사를 돌아보았다. "이 시간에 어찌 거처에 계시지 않고요?"

"왕의 안전을 기원하러 신의 숲에 갔었어요." 이번에는 거짓말이 훨씬 자연스럽게 나왔다.

"저렇게 시끄러운데 잠을 자겠나? 그래서 문제가 뭐였어?" 클리게인이 말했다.

"성문 앞에 바보들이 왔소. 누가 타이렉의 결혼식 잔치 준비에 대해 입을 싸게 놀리는 바람에, 몹쓸 것들이 자기들도 잔치 음식을 받아야 한다고 생각한 모양이오. 전하께서 출격하셔서 흩어놓으셨소."

"용감하기도 하지." 클리게인은 입매를 뒤틀며 말했다.

'우리 오빠 앞에서 얼마나 용감할지 두고 봐.' 산사는 생각했다. 사냥개는 그녀를 호위해서 도개교를 건넜다. 계단을 오르면서 그녀는 말했다. "왜 사람들이 당신을 개라고 부르는데 내버려두죠? 아무도 기사라고는 부르지 못하게 하면서요."

"난 기사보다 개가 좋거든. 내 아버지의 아버지는 캐스털리록의 견사장이었지. 가을 어느 해인가 타이토스 공이 암사자 한 마리와 그 사자가 쫓던 사냥감 사이에 꼈어. 암사자는 자기가 라니스터의 상징이거나 말거나 신경도 쓰지 않았지. 암사자가 영주의 말을 갈기갈기 찢고 영주도 결딴내려고 했지만, 내 할아버지가 사냥개들을 데리고 도착했어. 암사자를 쫓아내느라 사냥개 세 마리가 죽었고, 내 할아버지는 다리를 한 쪽 잃었지. 그래서 라니스터는 할아버지에게 영지와 저택을 내리고, 그 아들을 종자로 들인 거야. 우리 가문 깃발에 그려진 개 세 마리가 그때 죽은 세 놈이야. 노란색 바탕은 가을 풀밭이고. 사냥개는 주인을 위해 죽고, 주인에게 거짓말을 절대 안 하지. 그리고 주인의 얼굴을 똑바로 봐." 그는 산사의 턱 아래를 잡고 들어 올렸다. 그의 손가락에 잡힌 살이 아팠다. "그건 작은 새들은 못하는 일이지. 안 그래? 그나저나 노래를 못 들었군."

"프……플로리안과 종퀼에 대한 노래를 알아요."

"플로리안과 종퀼? 바보 광대와 그놈의 잡년 얘긴가. 관둬. 하지만 언젠가는 네게 노래를 들을 거다. 좋은 싫든 상관없어."

"당신을 위해서라면 기꺼이 노래할게요."

산도르 클리게인은 코웃음을 쳤다. "예쁘장한 게 거짓말은 더럽게 못하는군. 개는 냄새로 거짓말을 알아. 네 주위를 보고 제대로 냄새를 맡아 봐. 여긴 거짓말쟁이밖에 없어……. 그리고 하나같이 너보다 거짓말을 잘하지."

아리아

제일 높은 가지까지 기어 올라간 아리아는 나무들 사이로 튀어나온 굴뚝을 볼 수 있었다. 호숫가와 호수로 들어가는 작은 개울가에 이엉을 얹은 지붕들이 옹기종기 모였고, 석판 지붕을 얹은 낮고 긴 건물 옆에 나무로 만든 잔교가 붙거졌다.

아리아는 나뭇가지가 무게를 못 이겨 아래로 늘어질 때까지 나아갔다. 잔교에 매인 배는 없었지만, 어느 굴뚝에선가 피어오르는 가느다란 연기를 볼 수 있었고, 마구간 뒤에 슬쩍 튀어나온 마차도 보았다.

누군가가 있었다. 아리아는 입술을 잘근잘근 씹었다. 이제까지 그들이 간 곳은 모두 텅 비고 황폐했다. 농장이든, 마을이든, 성이든, 성소든, 헛간이든 차이가 없었다. 라니스터는 태울 수 있는 것은 모두 태웠고, 죽일 수 있는 것은 모두 죽였다. 가능할 때는 숲에도 불을 질렀지만, 최근에 내린 비로 잎이 아직 생생하게 젖어 있었던 터라 산불이 번지지 않았다. "할 수만 있다면 호수도 태웠을 거야." 겐드리가 말했고, 아리아도 무슨 말인지 알았다. 도망치던 밤, 불타는 마을이 물 위에 비치는 모습이 어찌나 눈부시던지 호수 자체에 불이 붙은 것처럼 보였다.

다음 날 밤에 겨우 용기를 내어 폐허로 돌아가보니 시커메진 돌과 빈껍데기만 남은 집들, 그리고 시체들밖에 없었다. 아직 잿더미에서 엷은 연기가 올라오는 곳도 있었다. 핫파이는 제발 돌아가지 말라고 애걸했고, 로미는 너희는 바보라고 돌아가면 아모리 로치 경이 잡아서 죽일 거라고 장담했지만, 그들이 성채에 도착했을 때 로치와 그 부하들은 떠난 지 오래였다. 성문은 부서졌고, 성벽은 부분 부분 무너졌으며, 안에는 묻히지 못한 시체들이 널려 있었다. 겐드리는 한 번 본 것으로도 충분하다 여겼다. "다 죽었어. 그리고 개들도 찾아왔지. 봐."

"늑대일 수도 있어."

"개든 늑대든 상관없어. 여긴 끝났어."

하지만 아리아는 요렌을 찾기 전까지는 떠나지 않으려 했다. 놈들도 요렌은 죽이지 못했을 것이다. 요렌은 너무나 질기고 단단한 데다가, 밤의 경비대 형제였다. 그녀는 스스로에게 그렇게 말했고, 시체들을 뒤지면서 겐드리에게도 그렇게 말했다.

숨을 끊은 도끼가 두개골을 쪼개버렸지만, 텁수룩한 수염이나 여기저기 기운 데다 빨지도 않고 심하게 색이 바래서 검은색이라기보다는 회색으로 보이는 옷차림은 다른 사람일 수가 없었다. 아모리 로치 경은 자기가 죽인 상대만이 아니라 부하들의 시체도 수습할 생각을 하지 않아서, 요렌 근처에는 라니스터 중장병의 시체 네 구가 쌓여 있었다. 아리아는 요렌을 쓰러뜨리는 데 몇 명이 필요했을까 궁금했다.

'요렌은 날 집으로 데려다줄 거였어.' 아리아는 노인의 무덤을 파면서 생각했다. 다 묻어주기에는 시체가 너무 많았지만, 그래도 요렌은 무덤에 넣어줘야 한다고 아리아는 주장했다. '날 안전하게 윈터펠에 데려다주겠다고 약속했어.' 울고 싶기도 했고, 요렌을 걷어차고 싶기도 했다.

영주의 거주 탑과 요렌이 그곳을 지키라고 보낸 세 명을 생각해낸 건 겐드리였다. 그곳도 공격을 받기는 했지만, 그 둥근 탑에는 출입구가 하나뿐이었고, 그것도 사다리를 대야 올라갈 수 있는 2층 문이었다. 일단 사다리를 당겨 넣고 나면 아모리 로치 경의 부하들이 접근할 수가 없었다. 라니스터군이 탑 기단부에 덤불을 쌓고 불을 붙이긴 했지만 돌은 불에 타지 않았고, 아모리 로치에게는 안에 있는 사람들이 굶어 죽을 때까지 기다릴 인내심이 없었다. 겐드리가 소리를 지르자 컷잭이 문을 열었고, 커즈가 되돌아가느니 북쪽으로 계속 가자고 했을 때 아리아는 아직 윈터펠에 갈 수 있을지 모른다는 희망에 매달렸다.

물론 이 마을은 윈터펠이 아니지만, 저 이엉지붕들은 온기와 쉴 곳과 어쩌면 음식까지도 약속했다. 마을에 그들을 들일 용기가 있다면. '그리고 아모리 로치가 와 있는 게 아니라면. 그놈들에겐 말이 있었으니 우리보다 빨리 이동했을 거야.'

아리아는 뭐라도 보이길 바라며 오랫동안 나뭇가지에서 마을 쪽을 보았다. 사람이든, 말이든, 깃발이든, 뭐든 도움될 만한 게 보였으면 했다. 몇 번인가 움직임이 보이기는 했지만 너무 멀어서 확신하기 힘들었다. 한번은 아주 또렷하게 말 울음소리가 들리기도 했다.

하늘에는 새들이 가득했다. 대부분 까마귀였다. 멀리서 보자니 하늘을 빙빙 돌고 이엉지붕 위에서 날개를 퍼덕이는 모습이 파리처럼 작았다. 동쪽으로는 신의 눈 호수가 햇빛 얹은 파란색 물로 세상의 반을 채웠다. 진흙투성이가 호숫가를 느리게 이동할 때면(겐드리는 어떤 정식 도로도 이용하지 않으려 했고, 핫파이와 로미마저도 그게 타당하다 여겼다) 아리아는 호수가 부르는 것처럼 느꼈다. 그 잔잔한 파란 물속에 뛰어들어 다시 깨끗해진 기분을 느끼고, 수영을 하고 물장구를 치고 햇빛을 쬐고 싶었다. 하지만 다른 사람들이 보고 있는 곳에서 옷을 벗을 수는 없었다. 옷을 빠는 것도 무리였다. 하루가 끝날 무렵이면 아리아는 바위에 앉아서 서늘한 물속에 발을 담그곤 했다. 갈라지고 썩은 신발은 결국 벗어버렸다. 맨발로 걸으니 처음에는 힘들었지만, 결국에는 물집도 터져 나가고 베인 상처도 나았으며 발바닥은 무두질한 가죽처럼 단단해졌다. 발가락 사이 진흙의 감촉이 좋았고, 걸으면서 발아래 땅을 느끼는 것도 좋았다.

이 위에 올라오니 북동쪽 멀리 숲이 우거진 작은 섬을 볼 수 있었다. 호숫가에서 30미터쯤 떨어진 곳에서 검은색 고니 세 마리가 물 위를 활공하는 모습이 너무나도 평온했다……. 아무도 그 새들에게 전쟁이 터졌다고 말해주지 않았고, 그 새들도 불타는 마을과 도살당한 인간에게 아무 관심을 두지 않았다. 아리아는 갈망을 품고 그 새들을 바라보았다. 그 새가 되고 싶기도 했고, 한 마리 잡아먹고 싶기도 했다. 아침 식사로 도토리 반죽과 벌레 한 줌밖에 먹지 못했다. 곤충은 익숙해지면 썩 나쁘지 않았다. 애벌레는 그보다 별로였지만, 그것도 며칠씩 쫄쫄 굶는 고통에 비하면 괜찮았다. 곤충을 찾기는 쉬웠다. 돌만 차서 뒤집으면 나왔다. 아리아는 어렸을 때 오직 산사의 비명을 끌어내리려고 벌레를 먹은 적이 있었기에, 다시 먹는 데 거리낄 게 없었다. 족제비도 아리아와 같았지만, 핫파이는 딱정벌레를 하나 삼켜보려다가 구역질을 했고, 로미와 겐드리는 시도도 하지 않았다. 어제 겐드리는 개구리를 한 마리 잡아서 로미와 나눠 먹었고, 며칠 전에는 핫파이가 블랙베리를 찾아내서 모두 함께 덤불을 다 털었지만, 대체로 그들은 물과 도토리로 연명했다. 커즈가 예전에 돌멩이를 써서 도토리 반죽 만드는 방법을 알려줬는데, 맛이 끔찍했다.

밀렵꾼 커즈가 죽지 않았더라면 좋았을 것이다. 커즈는 숲에 대해 나머지 전원보다 더 많이 알았지만, 거주 탑에서 사다리를 끌어 올릴 때 어깨에 화살을 맞았다. 타버가 호수 진흙과 이끼를 이겨 붙였고, 하루인가 이틀 동안 커즈는 그 상처가 별것 아니라고 장담했다. 목이 시커멓게 변하고 턱과 가슴까지 우둘투둘하게 붉은 자국이 생겼는데도 말이다. 그러다가 어느 날 아침에는 일어날 힘을 내지 못했고, 다음 날에는 죽었다.

그들은 커즈의 시체 위에 돌무더기를 쌓아주었고, 컷잭은 그의 검과 사냥 나팔을 갖겠다고 했으며 타버는 활과 장화와 단검을 챙겼다. 그리고 그걸 다 가지고 떠나버렸다. 처음에는 다들 두 사람이 사냥을 나갔다고, 곧 사냥감을 잡아 돌아와서 모두를 먹일 거라고 생각했다. 하지만 기다리고 또 기다리다가 결국 젠드리가 이동하자고 했다. 타버와 컷잭은 아마 고아 소년들을 끌고 다니느니 둘이 움직이는 게 살 가망이 있다고 생각했으리라. 아마 사실일 테지만, 그래도 아리아는 떠나버린 두 사람이 미웠다.

나무 밑에서 핫파이가 개처럼 짖었다. 커즈는 서로 신호를 보내는 데 짐승 소리를 이용하라고 가르쳤다. 그게 오랜 밀렵꾼의 속임수라고 했는데, 소리를 제대로 내는 방법까지 가르쳐주기 전에 죽었다. 핫파이의 새소리는 끔찍했다. 개 소리는 좀 나았지만, 썩 훌륭하지는 않았다.

아리아는 균형을 잡기 위해 두 손을 내밀고 높은 가지에서 바로 아래 가지로 폴짝 뛰어내렸다. '물의 춤꾼은 절대 떨어지지 않아.' 그녀는 발가락으로 가지를 단단히 쥐고 잠시 걷다가 더 큰 가지로 뛰어내린 다음, 두 손으로 나뭇잎 사이를 헤치고 가서 나무 몸통에 도착했다. 손가락과 발가락에 닿는 껍질이 거칠었다. 그녀는 잽싸게 나무를 타고 내려가다가 마지막 2미터 정도를 남기고 뛰어내려서 착지하며 땅을 굴렀다.

젠드리가 일으켜주려고 손을 내밀었다. "꽤 오래 올라가 있었어. 뭐가 보였어?"

"호숫가를 따라 북쪽에 어촌이 하나 있어. 작은 마을이야. 이엉지붕이 스물여섯 개에 석판 지붕이 하나. 마차도 살짝 보였어. 누군가 있어."

아리아의 목소리를 듣고 족제비가 덤불 속에서 기어 나왔다. 로미가 족제비처럼 생겼다고 붙인 이름이었다. 그건 사실이 아니었지만, 그래도 이제 울음을 그쳤는데 계속 우는 아이라고 부를 수는 없었다. 족제비의 입이

지저분했다. 아리아는 또 진흙을 먹고 있었던 게 아니길 빌었다.

"사람들이 보였어?" 겐드리가 물었다.

"거의 지붕만 봤어." 아리아는 인정했다. "하지만 연기가 오르는 굴뚝이 몇 개 있었고, 말 울음소리를 들었어." 족제비는 아리아의 다리를 꽉 끌어안았다. 이제는 가끔 그랬다.

"사람이 있다면 음식도 있겠지." 핫파이가 말했다. 소리가 지나치게 컸다. 겐드리가 조용히 좀 말하라고 해도 아무 소용이 없었다. "우리에게 음식을 좀 줄지도 몰라."

"우릴 죽일지도 모르지." 겐드리가 말했다.

"우리가 항복하면 안 죽일 거야." 핫파이는 희망을 품고 말했다.

"이젠 로미처럼 말하는구나."

초록 손 로미는 참나무 발치에 드러난 굵은 뿌리 사이에 기대어 앉아 있었다. 성채에서 싸우는 도중에 창 하나가 왼쪽 종아리를 관통했다. 다음 날 해 질 녘에는 겐드리에게 어깨동무를 하고 한쪽 발로 절뚝거리며 걸어야 했는데, 이제는 그렇게조차 걷지 못했다. 그들은 나뭇가지를 잘라서 들 것을 만들었지만, 로미를 싣고 가는 건 느리고 힘든 작업이었고 로미는 덜컹거릴 때마다 훌쩍였다.

로미가 말했다. "우린 항복해야 해. 요렌도 그랬어야 했어. 놈들 말대로 성문을 열었어야 했어."

아리아는 계속 요렌이 항복했어야 한다고 지껄이는 로미에게 신물이 났다. 그들이 힘겹게 나르는 동안 로미는 그 말만 계속했다. 그 이야기와 자기 다리와 고픈 배 이야기만 했다.

핫파이가 동조했다. "요렌에게 성문을 열라고 했지. 왕의 이름으로 명령했어. 왕의 이름으로 명령하면 들어야 해. 그건 그 냄새 나는 늙은이 잘못이었어. 항복만 했어도 우릴 내버려뒀을 거야."

겐드리는 얼굴을 찌푸렸다. "기사와 귀족들은 서로를 포로로 잡고 몸값을 지불하지만, 너 같은 놈들은 항복하든 말든 신경도 안 써." 그는 아리아를 돌아보았다. "또 뭘 봤어?"

"어촌이라면 우리에게 물고기를 팔 거야." 핫파이가 말했다. 호수에는 물고기가 우글거렸지만, 그들에게는 고기를 잡을 도구가 없었다. 아리아는 코스가 했던 대로 맨손으로 잡아보려고 했지만, 물고기는 비둘기보다 더 빨랐고 물이 눈에 장난을 쳤다.

"물고기에 대해서는 모르겠어." 아리아는 족제비의 엉킨 머리카락을 잡아당기며 아예 잘라버리는 게 낫겠다고 생각했다. "물가에 까마귀들이 내려앉아 있었어. 거기 뭔가 죽은 게 있다는 뜻이지."

"물가에 밀려 올라온 물고기일 거야. 까마귀가 뜯어 먹는다면 우리도 먹을 수 있을 거야." 핫파이가 말했다.

"까마귀를 잡아야 해. 먹을 수 있을 거야. 불을 피워서 닭처럼 구워 먹는 거야." 로미가 말했다.

겐드리는 얼굴을 찌푸리면 사나워 보였다. 수염이 가시덤불처럼 짙고 검게 자라 있었다. "불은 안 된다고 했어."

"로미는 배가 고픈 거야." 핫파이가 징징거렸다. "나도 배고파."

"우리 모두 배가 고파." 아리아가 말했다.

"넌 아니잖아." 로미가 땅에 침을 뱉었다. "벌레 냄새 나."

아리아는 로미의 상처를 걷어찰까 싶었다. "너만 먹겠다면 애벌레를 파주겠다고 했잖아."

로미는 역겹다는 표정을 지었다. "다리만 이렇지 않았어도 내가 멧돼지를 사냥했을 텐데."

"멧돼지 좋아하시네." 아리아는 비웃었다. "멧돼지를 사냥하려면 멧돼지 창도 있어야 하고, 말과 개도 있어야 하고, 멧돼지를 굴에서 몰아낼 사람들도 있어야 하거든." 아버지는 늑대 숲에서 롭과 존과 함께 멧돼지 사냥을 했었다. 한번은 브랜도 데려갔지만, 나이가 더 많은데도 아리아를 데려간 적은 없었다. 모르데인 성사는 멧돼지 사냥은 귀족 여성에게 어울리지 않는 일이라고 했고, 어머니는 그저 나이를 더 먹으면 매를 키울 수도 있을 거라고만 했다. 이제 아리아는 그때보다 나이를 먹었지만, 매가 손에 들어온다면 잡아먹을 처지였다.

"네가 멧돼지 사냥에 대해 뭘 알아?" 핫파이가 말했다.

"너보단 많이 알지."

젠드리는 그들의 입씨름을 들을 기분이 아니었다. "둘 다 조용히 해. 어떻게 해야 할지 생각해봐야겠어." 그는 생각을 하려고 할 때마다 아픈 얼굴을 했다. 마치 생각이 고통이라는 듯이 말이다.

"항복해." 로미가 말했다.

"항복에 대해선 입 닥치라고 했어. 우린 그 마을에 누가 있는지조차 몰라. 음식을 훔칠 수도 있을 거야."

그러자 핫파이가 말했다. "로미가 다리를 다치지만 않았다면 훔칠 수 있었겠지. 도시에서 도둑으로 살았잖아."

"형편없는 도둑이었겠지. 솜씨가 좋으면 잡혔겠어?" 아리아가 말했다.

젠드리는 실눈을 뜨고 태양을 올려다보았다. "몰래 들어가려면 저녁때가 좋겠지. 어두워지면 내가 정찰을 갈게."

"아니, 내가 갈게. 넌 너무 시끄러워." 아리아가 말했다.

젠드리는 또 그 표정을 지었다. "둘 다 가자."

"아리가 가야 해. 아리가 너보다 소리 없이 움직여." 로미가 말했다.

"우리 둘 다 간다고 했어."

"하지만 너희가 돌아오지 않으면 어떻게 해? 핫파이 혼자서는 날 끌고 갈 수가 없단 말이야. 너도 알잖아……."

"그리고 늑대들이 있어." 핫파이가 말했다. "어젯밤에 파수 보다가 들었어. 가까운 데서 들렸다고."

아리아도 들었다. 느릅나무 가지에 올라가서 자다가 늑대 울음소리에 깼다. 그녀는 족히 한 시간은 앉아서 등줄기를 타고 오르는 소름을 느끼며 그 소리에 귀를 기울였다.

핫파이가 말을 이었다. "그런데 늑대 쫓을 불도 못 피우게 할 거잖아. 우릴 늑대들에게 버리고 가는 건 옳지 않아."

"아무도 너희를 버리지 않아." 겐드리는 넌더리를 내며 말했다. "늑대들이 온다 해도 로미에겐 창이 있고, 너도 같이 있잖아. 우린 가서 보기만 할 거야. 보고 돌아올 거라고."

"누구든 간에 그 사람들에게 항복해야 해." 로미가 칭얼거렸다. "내 다리에 바를 약이 필요해. 엄청 아파."

"다리에 쓸 약이 보이면 가져올게." 겐드리가 말했다. "아리, 가자. 해가 떨어지기 전에 근처에 가 있고 싶어. 핫파이, 족제비를 잘 지켜. 개가 따라오지 못하게 해."

"지난번에는 족제비가 날 걷어찼어."

"걔 여기 잡아두지 못하면 내가 널 걷어찰 거야." 겐드리는 답을 기다리지 않고 강철 투구를 쓰더니 걸어가버렸다.

아리아는 후다닥 따라붙어야 했다. 겐드리는 그녀보다 다섯 살 위인 데다 30센티는 더 컸고, 그만큼 다리도 길었다. 겐드리는 한동안 아무 말도 하지 않고 화난 얼굴로, 요란하게 나무 사이를 헤치고 걸었다. 하지만 마침내 멈추고 말했다. "로미는 죽을 거야."

아리아는 놀라지 않았다. 로미보다 훨씬 튼튼했던 커즈도 상처 때문에 죽었다. 로미를 들고 갈 차례가 돌아올 때마다 피부가 얼마나 따끈따끈한지, 다리에서 얼마나 지독한 냄새가 나는지 느낄 수 있었다. "혹시 학사를 찾을 수 있다면……."

"학사들은 거성(巨城)에서만 찾을 수 있고, 설령 찾는다 해도 로미 같은 놈에게 손을 더럽히지 않을 거야." 겐드리는 낮게 늘어진 가지를 피하느라 허리를 숙였다.

"그렇지 않아." 아리아는 루윈 학사 같으면 찾아오는 사람 누구라도 도와줄 거라고 확신했다.

"로미는 죽을 거고, 빨리 죽을수록 남은 사람들에겐 더 나아. 그 녀석 말마따나 그냥 버리고 가야 해. 너나 내가 다쳤다면 그놈은 우릴 버렸을 거란 거 알잖아." 그들은 가파른 비탈을 달음질쳐 내려갔다가, 나무뿌리를 잡아가며 반대편으로 올라갔다. "그 녀석을 끌고 가는 게 지긋지긋해. 항복에 대해 지껄여대는 소리도 지긋지긋하고. 로미가 일어설 수만 있었다면 그 녀석 이를 부러뜨렸을 거야. 로미는 아무에게도 쓸모가 없어. 우는 여자애도 아무 쓸모 없긴 마찬가지야."

"족제비는 내버려둬. 그저 겁먹고 굶주렸을 뿐이야." 아리아는 뒤를 흘긋 돌아보았지만, 족제비도 이번만은 따라오지 않았다. 겐드리가 시킨 대로 핫파이가 붙잡고 있겠지.

"걘 아무 쓸모가 없어." 겐드리는 완고하게 되풀이했다. "걔나 핫파이나 로미나 우리 속도를 늦추고 있고, 걔들 때문에 우리까지 죽을 거야. 여기서 쓸모 있는 건 너 하나뿐이야. 여자애라 해도 그래."

아리아는 걷다가 얼어붙었다. "난 여자애가 아니야!"

"맞잖아. 내가 저 녀석들처럼 바보인 줄 알아?"

"아니, 네가 더 바보지. 밤의 경비대는 여자를 받지 않아. 다들 아는 사실이야."

"그건 사실이야. 왜 요렌이 널 데려왔는지는 모르겠지만, 뭔가 이유가 있었겠지. 어쨌든 넌 여자애야."

"아니라니까!"

"그럼 자지 꺼내서 오줌 싸봐. 해보라고."

"오줌 누고 싶지 않아. 내가 싸고 싶으면 싸는 거야."

"거짓말쟁이. 네가 자지를 꺼낼 수 없는 건 그게 없기 때문이야. 서른 명이 같이 있을 때는 나도 주목하지 않았지만, 넌 언제나 오줌 싸러 숲속에 들어갔지. 핫파이나 내가 그러는 건 본 적 없을걸. 네가 여자애가 아니라면 내시일 거야."

"내시는 너야."

"아닌 거 알잖아." 젠드리는 미소 지었다. "내가 바지 풀고 증명해줬으면 좋겠어? 난 숨길 게 없어."

"숨기는 거 있잖아." 아리아는 그녀에게 없는 자지라는 화제에서 벗어나기 위해 절박한 나머지 말해버렸다. "여관에서 황금 망토들이 널 잡으러 왔는데, 넌 그 이유를 말해주지 않잖아."

"나도 알았으면 좋겠다. 아마 요렌은 알겠지만, 나한테 말해주진 않았어. 그런데 넌 왜 놈들이 널 잡으러 왔다고 생각했지?"

아리아는 입술을 깨물었다. 요렌이 그녀의 머리카락을 자르던 날 해준 말을 기억했다. '이놈들의 절반은 은화 몇 닢이면 순식간에 널 왕비에게 넘길 게다. 나머지 절반도 똑같이 할 텐데, 먼저 강간부터 하겠지.' 젠드리만 달랐다. 젠드리도 왕비가 잡고 싶어 하는 사람이었다. 아리아는 조심스럽게 말했다. "네가 이유를 말해주면 나도 말할게."

"내가 안다면 말하겠어, 아리⋯⋯. 그런데 진짜 이름이 아리야, 아니면 여자 이름이 따로 있어?"

아리아는 발치에 있던 비틀린 나무뿌리를 노려보았다. 속임수는 끝났다. 젠드리는 알고 있었고, 아리아의 바지 속에는 남자라고 설득할 게 없었다. '바늘'을 뽑아서 죽이거나, 그냥 믿거나였다. 젠드리를 죽이려고 한다 해도, 죽일 수 있다는 자신은 없었다. 그에게도 검이 있었고, 아리아보다 힘도 훨씬 셌다. 남은 건 진실뿐이었다. "로미와 핫파이는 알면 안 돼."

"날 통해서 아는 일은 없을 거야." 젠드리가 다짐했다.

"아리아." 그녀는 젠드리를 쳐다보았다. "내 이름은 아리아야. 스타크 가문의."

"무슨 가문……?" 그는 잠시 후에야 다시 말했다. "왕의 수관이 스타크였지. 반역자로 죽은."

"반역자 아니었어. 내 아버지였어."

젠드리는 눈을 휘둥그레 떴다. "그래서 그런 생각을……."

아리아는 고개를 끄덕였다. "요렌은 날 윈터펠로 데려가고 있었어."

"난…… 그럼 넌 귀족이잖아……. 귀족 숙녀……."

아리아는 넝마 같은 옷과 온통 갈라지고 굳은살이 박인 맨발을 내려다보았다. 손톱에 낀 때와 팔꿈치에 앉은 딱지, 손에 난 생채기가 보였다. '모르데인 성사라도 날 못 알아볼걸. 산사는 알아볼지도 모르지만, 알고도 모르는 척하겠지.' "내 어머니와 내 언니는 그렇지만, 난 전혀 아니었어."

"맞잖아. 영주의 딸이었으니 거성에 살았겠지? 그리고 넌…… 맙소사, 난 생각도……." 젠드리는 갑자기 불안해했다. 거의 두려워하는 느낌이었다. "자지가 어쩌고저쩌고하지 말았어야 했는데. 네 앞에서 오줌도 싸고 온갖 짓을 다 했잖아. 난…… 죄송합니다, 아가씨."

"그만둬!" 아리아가 낮게 말했다. 놀리는 걸까?

"저도 예의는 압니다, 아가씨." 젠드리는 고집스럽게 말했다. "귀족 아가씨들이 아버지를 따라 가게에 올 때마다 스승님께서는 저보고 무릎을 굽히고, 아가씨들이 말을 걸 때만 말을 하며, 꼬박꼬박 아가씨라고 부르라고 하셨죠."

"네가 날 아가씨라고 부르기 시작하면 핫파이도 알겠다. 그리고 오줌도

전과 똑같이 싸는 게 좋겠어."

"아가씨 분부대로 합죠."

아리아는 양손으로 겐드리의 가슴팍을 때렸다. 그는 돌부리에 걸려서 엉덩방아를 찧더니 웃음을 터뜨리며 말했다. "대체 넌 뭐하는 귀족 아가씨야?"

"이런 분이시다." 아리아는 겐드리의 옆구리를 걷어찼지만, 그 발길질은 웃음만 더 끌어냈다. "웃고 싶은 만큼 웃어. 난 마을에 누가 있나 보러 갈 거야." 해가 이미 나무들 아래로 떨어진 후였다. 금세 황혼이 닥칠 터였다. 이번만은 겐드리 쪽에서 서둘러 쫓아와야 했다. "너도 저 냄새 알겠어?" 아리아는 물었다.

그는 허공을 킁킁거렸다. "썩은 생선 냄새?"

"아닌 거 알잖아."

"조심하는 게 좋겠다. 난 서쪽으로 돌아서 도로가 있는지 볼게. 마차를 봤다면 제대로 깔린 길이 있겠지. 넌 호숫가 쪽을 맡아. 도움이 필요하면 개처럼 짖고."

"그거 바보 같아. 난 도움이 필요하면 도와달라고 소리칠 거야." 아리아는 맨발로 조용히 풀을 밟으며 달려갔다. 어깨 너머를 돌아보니 겐드리는 생각에 잠겼음을 의미하는 아픈 표정을 짓고 그녀를 지켜보고 있었다. '아가씨께 음식을 훔치게 해선 안 된다는 생각이나 하고 있겠지.' 아리아는 이제 겐드리가 멍청하게 굴 거란 사실을 알았다.

마을에 다가갈수록 냄새가 심해졌다. 아리아에게는 썩은 생선 냄새 같지 않았다. 더 독하고 역한 악취였다. 그녀는 코에 주름을 잡았다.

나무가 듬성듬성해지자 아리아는 덤불에서 덤불로 미끄러지며 그림자처럼 조용히 이동했다. 몇 미터 이동할 때마다 멈춰서 귀를 기울였다. 그렇게 세 번째로 멈췄을 때, 말 울음소리와 사람 목소리가 들렸다. 냄새도 더 심해졌다. 사람 시체가 풍기는 냄새였다. 요렌과 다른 사람들에게서 맡아본 냄새였다.

마을 남쪽으로 블랙베리 덤불이 빽빽하게 자라 있었다. 아리아가 그 덤불에 도착했을 때쯤에는 석양의 긴 그림자가 스러지고 등불벌레가 나오기 시작했다. 산울타리 너머에 바로 이엉지붕들이 보였다. 아리아는 산울타리를 따라 기어가다가 틈을 발견하자 엎드린 채 꿈틀꿈틀 몸을 집어넣었다. 그 냄새의 정체를 확인하기 전까지는 몸을 잘 숨겨야 했다.

부드럽게 철썩이는 신의 눈 호수 옆으로 생나무로 세운 긴 교수대가 올라갔고, 한때는 인간이었을 물체들이 사슬에 발이 묶인 채 거꾸로 매달려 있었다. 까마귀들이 그들의 살을 쪼아 먹고 시체 사이를 날아다녔다. 파리떼는 까마귀의 백배는 됐다. 호수에서 바람이 불어오자 제일 가까이 있던 시체가 사슬에 매달린 채 살짝 몸을 돌렸다. 까마귀들이 얼굴을 거의 파먹은 후였고, 까마귀보다 훨씬 큰 다른 짐승의 흔적도 보였다. 목과 가슴이 찢어졌고, 배가 갈라진 자리에 푸르스름하게 빛나는 내장과 너덜너덜한 살점이 늘어져 있었다. 한쪽 팔은 어깨에서 뜯겨 나갔다. 아리아는 1미터쯤 떨어진 곳에 놓인 뼈다귀를 보았다. 살점을 싹 발라내고 씹어서 갈라진 뼈였다.

그녀는 스스로가 돌처럼 단단하다고 되뇌며 억지로 다음 남자, 그다음 남자, 또 그다음 남자를 보았다. 모두 심하게 훼손된 데다 썩기까지 한 시체라서 다들 매달기 전에 옷을 다 벗겼다는 사실을 깨닫는 데 조금 시간이 걸렸다. 그들은 벌거벗은 사람들처럼 보이지 않았다. 아니, 사람처럼 보이지도 않았다. 까마귀들이 눈을 파먹고, 몇몇은 얼굴도 다 파먹었다. 여섯 번째로 매달린 남자는 아직 사슬에 매인 채 바람에 흔들거리는 다리 한쪽밖에 남아 있지 않았다.

'공포가 칼보다 위험하다.' 죽은 사람들은 그녀를 해칠 수 없지만, 그자들을 죽인 사람은 그녀를 해칠 수 있었다. 교수대 저편에 쇠사슬 갑옷을 입은 남자 두 명이 창에 기대어 서 있었다. 물가에 선 길고 낮은 건물, 그러니까 앞서 보았던 석판 지붕 건물 앞이었다. 건물 앞 진흙 바닥에는 장대 두 개가 꽂혔고, 각각 깃발이 달려 있었다. 하나는 붉은색이었고, 또 하나는 그보다 옅은 색으로 흰색 아니면 노란색 같았지만 둘 다 축 늘어진 데다 어스름이 깔리니 그 붉은색이 라니스터의 진홍색인지 구분할 수가 없었다. '사자가 안 보여도 뻔해. 죽은 사람들이 보이는데, 라니스터 아니고 또 누가 저러겠어?'

다음 순간 고함 소리가 들렸다.

고함 소리를 듣고 창잡이 두 명이 몸을 돌렸고, 포로를 떠미는 세 번째 남자가 눈에 들어왔다. 얼굴을 알아보기에는 너무 어두웠지만, 포로는 반짝이는 강철 투구를 쓰고 있었고, 아리아는 투구의 뿔을 보고 그게 겐드리라는 사실을 알았다. '이 멍청이 멍청이 멍청이 멍청이!' 겐드리가 바로 앞에 있었다면 한 번 더 걷어차줬을 것이다.

병사들은 큰 소리로 떠들고 있었지만, 너무 멀어서 무슨 말인지 알아들을 수가 없었다. 까마귀들이 더 가까운 곳에서 날갯짓을 하며 까악거리고 있어서 더 그랬다. 창잡이 한 명이 겐드리의 머리에서 투구를 벗겨내더니 질문을 하나 던졌는데, 답변이 마음에 들지 않았는지 창대로 얼굴을 후려쳐서 쓰러뜨렸다. 겐드리를 잡아 온 병사가 발길질을 하는 사이 두 번째 창잡이는 황소 머리 모양의 투구를 써보고 있었다. 마침내 그들은 겐드리를 일으켜 세우고 창고를 향해 걸렸다. 그들이 육중한 나무 문을 열자 어린 사내아이가 튀어나왔지만, 병사 하나가 소년의 팔을 잡고 안으로 다시 던져 넣었다. 건물 안에서 흐느끼는 소리가 흘러나왔고, 뒤이어 들리는 크고 고통스러운 비명 소리에 아리아는 입술을 깨물고 말았다.

병사들은 겐드리를 소년과 함께 안에 밀어 넣고 문에 다시 빗장을 질렀다. 바로 그때 호수에서 한 줄기 바람이 불어오면서 깃발이 펄럭였다. 장대에 매달린 깃발 하나에는 아리아의 염려대로 금색 사자가 들어가 있었다. 또 하나의 깃발에는 버터 같은 노란색 바탕에 늘씬한 검은 동물 세 마리가 달렸다. 개였다. 저런 개를 본 적이 있었는데, 어디서였더라?

상관없었다. 지금 중요한 건 그들이 겐드리를 잡았다는 것뿐이었다. 고집 세고 멍청한 녀석이긴 해도 아리아는 겐드리를 빼내야 했다. 병사들이 왕비가 겐드리를 원한다는 사실을 알까 궁금했다.

병사 하나가 자기 투구를 벗어 던지고 겐드리의 투구를 썼다. 그 모습을 보니 화가 났지만, 아리아가 막을 방법은 없었다. 창문도 없는 창고 안에서 비명 소리가 더 들린 것 같았는데, 돌벽에 막힌 소리라 확신하기는 어려웠다.

아리아는 한참을 그 자리에 머무르면서 보초가 바뀌는 장면을 보고, 그 외에도 많은 것을 보았다. 남자들이 왔다가 갔다. 그들은 말을 개울로 끌고 가서 물을 먹였다. 숲에 갔던 사냥조가 장대에 사슴 시체를 묶어 들고 돌아왔다. 아리아는 그들이 사슴 시체를 씻고 내장을 걷어내고 개울 건너편에 요리 불을 피우는 모습을 지켜보았는데, 고기 굽는 냄새가 시체 썩는 냄새와 희한하게 섞였다. 아리아의 텅 빈 배가 요동을 치고 구역질이 났다. 음식 냄새에 건물 안에 있던 나머지 남자들이 나왔는데, 거의 모두가 사슬 아니면 가죽 갑옷을 걸치고 있었다. 사슴이 다 구워지자 남자들은 제일 좋은 부분을 골라서 어딘가로 가져갔다.

아리아는 어두워지면 가까이 기어가서 겐드리를 풀어줄 수 있으리라 생각했지만, 경비병들은 요리 불로 횃불을 붙였다. 종자 하나가 창고를 지키는 두 명에게 고기와 빵을 가져갔고, 그 후에는 다른 남자 두 명이 합류해서 다 함께 와인 부대를 돌려가며 마셨다. 술 부대가 비자 두 명은 떠났지만 원래 두 명은 그 자리에 남아서 창을 짚고 몸을 기댔다.

겨우 덤불 아래에서 나와서 어두운 숲속으로 돌아갔을 때 아리아의 팔다리는 뻣뻣하게 굳어 있었다. 깜깜한 밤이었고, 흐릿한 달빛만 구름이 움직일 때마다 나타났다가 사라지기를 반복했다. '그림자처럼 조용히.' 아리아는 스스로를 타이르며 숲속을 움직였다. 어둠 속에서는 보이지 않는 나무뿌리에 걸려 넘어지거나 길을 잃을까 두려워서 뛸 수가 없었다. 왼쪽에서는 신의 눈 호수가 조용히 철썩였고, 오른쪽에서는 바람이 나뭇가지 사이로 한숨을 내쉬듯 잎사귀가 바스락거리고 일렁였다. 멀리서 늑대 울음소리가 들렸다.

아리아가 뒤쪽에서 갑자기 나타나자 로미와 핫파이는 똥을 지릴 뻔했다. "조용." 아리아는 둘에게 말하고 뛰어온 어린 소녀 족제비에게 한 팔을 둘렀다.

핫파이는 크게 뜬 눈으로 그녀를 응시했다. "너희가 우릴 버린 줄 알았어." 핫파이는 요렌이 황금 망토에게서 빼앗았던 소검을 쥐고 있었다. "네가 늑대인 줄 알고 겁먹었어."

"황소는 어디 있어?" 로미가 물었다.

"놈들에게 잡혔어." 아리아는 속삭였다. "우리가 빼내야 해. 핫파이, 네가 도와줘야겠어. 몰래 다가가서 경비병들을 죽인 다음에, 내가 문을 열게."

핫파이와 로미는 시선을 교환했다. "수가 얼마나 되는데?"

"세보지 못했어. 최소 스무 명. 하지만 문 앞에는 둘밖에 없어."

핫파이는 울어버릴 것 같은 표정이었다. "스무 명과 싸울 순 없어."

"넌 한 명하고만 싸우면 돼. 내가 다른 한 명을 해치울 거고, 그런 다음엔 겐드리를 데리고 도망치는 거야."

"우린 항복해야 해. 그냥 들어가서 항복해." 로미가 말했다.

아리아는 완고하게 고개를 저었다.

"아니면 그냥 내버려두자, 아리." 로미가 애걸했다. "놈들도 우리에 대해서는 모르잖아. 숨어 있으면 가버릴 거야. 너도 알잖아. 겐드리가 잡힌 건 우리 잘못이 아니야."

"멍청한 소리야, 로미." 아리아는 화가 나서 말했다. "겐드리를 데려오지 못하면 넌 죽어. 누가 널 나르겠어?"

"너랑 핫파이가 있잖아."

"도와줄 사람도 없이 내내? 우린 절대 그렇게 못 해. 힘이 센 건 겐드리였어. 네가 뭐라든 상관없이 난 구하러 돌아갈 거야." 그녀는 핫파이를 보았다. "넌 갈 거야?"

핫파이는 로미를 보았다가, 아리아를 보았다가, 로미를 다시 보고 마지 못해 말했다. "갈게."

"로미, 넌 족제비를 데리고 있어."

로미는 작은 소녀의 손을 잡고 끌어당겼다. "늑대들이 오면 어쩌지?"

"항복하든가." 아리아가 말했다.

마을까지 다시 돌아가는 데 몇 시간은 걸리는 기분이었다. 핫파이는 자꾸만 어둠 속에서 비틀거리고 길을 헤맸고, 아리아는 계속 핫파이를 기다리고 되돌아가서 찾아야 했다. 결국에는 아예 핫파이의 손을 잡고 끌고 가야 했다. "조용히 따라오기나 해." 처음으로 마을에 피운 희미한 불빛이 보이자 그녀는 말했다. "산울타리 반대편에 죽은 사람들이 매달려 있는데, 겁낼 것 없어. 공포가 칼보다 위험하다는 사실만 기억해. 우린 정말 천천히 소리 없이 움직여야 해." 핫파이는 고개를 끄덕였다.

아리아는 먼저 가시덤불 아래를 빠져나간 후에 몸을 웅크리고 핫파이를 기다렸다. 핫파이는 창백한 얼굴로 숨을 몰아쉬며 나타났는데, 얼굴과 팔이 길게 긁힌 상처로 피투성이였다. 그는 뭐라고 말을 하려고 했지만, 아리아가 입술에 한 손가락을 대고 막았다. 그들은 흔들리는 시체들 아래를 기어서 교수대를 지났다. 핫파이는 한 번도 위를 올려다보거나 소리를 내지 않았다.

까마귀 한 마리가 등에 내려앉는 바람에 억눌린 헉 소리를 낼 때까지는.

"거기 누구냐?" 갑자기 어둠 속에서 목소리가 울렸다.

핫파이는 벌떡 일어섰다. "항복합니다!" 그는 까마귀 수십 마리가 날카로운 소리를 지르고 불평을 해대며 시체들 주위를 날아다니는 동안 검을 땅에 던졌다. 아리아는 그의 다리를 잡고 다시 끌어 내리려 했지만, 핫파이는 그 손을 떨치고 두 팔을 휘두르며 앞으로 달려갔다. "항복입니다, 항복."

아리아는 튕기듯 일어나서 '바늘'을 뽑았지만, 그때쯤에는 남자들에게 둘러싸여 있었다. 아리아는 제일 가까이 있는 남자를 베려 했지만, 그는 강철로 감싼 팔로 검을 막았고, 다른 누군가가 덤벼들어 아리아를 땅에 내동댕이쳤다. 그리고 세 번째 남자가 그녀의 손에서 검을 빼앗았다. 아리아가 깨물려고 하자 이에 차갑고 지저분한 사슬 갑옷만 부딪쳤다. "오호, 사나운 녀석이군." 그 남자는 웃으며 말했다. 쇠 장갑을 낀 남자의 주먹질을 받자 머리가 떨어져 나가는 느낌이었다.

그들은 고통스럽게 누운 아리아를 두고 대화를 나누었지만, 무슨 말을 하는지 알아들을 수가 없었다. 귀가 윙윙거렸다. 기어서 일어나려고 하자 몸 아래 땅이 움직였다. '놈들이 바늘을 가져갔어.' 몸이 아무리 아프다 해도, 검을 빼앗긴 치욕이 더 아팠다. 존이 준 검이었다. 시리오가 사용법을 가르쳐준 검이었다.

마침내 누군가가 아리아의 가죽조끼 앞섶을 쥐고 들어 올려 무릎을 꿇렸다. 핫파이도 무릎을 꿇고 있었는데, 그 앞에는 아리아가 이제까지 본 중에 가장 키가 큰 남자가 서 있었다. 낸 할멈의 이야기에 나올 법한 괴물이었다. 그 거인이 어디에서 왔는지 보지도 못했다. 그자의 빛바랜 노란색 전포에는 세 마리 검은 개가 달렸고, 얼굴은 돌로 깎아낸 것처럼 엄혹했다. 아리아는 어디에서 그 개들을 보았는지 퍼뜩 기억이 났다. 킹스랜딩에서 있었던 마상 시합 날 밤, 모든 기사들이 자기 천막 밖에 방패를 걸어 놓았었다. "저 방패는 사냥개의 형 거야." 산사가 노란 바탕의 검은 개들을 지나칠 때 그렇게 말했었다. "호도보다 더 커. 다들 '달리는 산더미'라고 부르지."

아리아는 고개를 늘어뜨렸고, 주위에서 일어나는 일을 반쯤밖에 의식하지 못했다. 핫파이가 항복한다는 말을 계속 지껄이고 있었다. "다른 놈들에게 안내해라." 산더미는 그렇게 말하고 걸어가버렸다. 다음 순간 그녀는 비틀거리며 교수대에 매달린 시체들 옆을 걷고 있었고, 핫파이는 병사들에게 해치지 않으면 파이와 타르트를 구워드리겠다고 말했다. 병사 네 명이 그들과 같이 갔다. 한 명은 횃불을, 한 명은 장검을 쥐었고 두 명은 창잡이였다.

그들은 두고 갔던 그대로, 참나무 아래에서 로미를 찾아냈다. "항복합니다." 로미는 그들을 보자마자 외쳤다. 그는 자기 창을 던져버리고, 염색약 때문에 초록색 얼룩이 진 두 손을 들어 올렸다. "항복이에요. 제발."

횃불을 든 남자가 나무 아래를 구석구석 살폈다. "네가 마지막이냐? 빵 굽는 녀석이 여자애가 하나 있다고 했는데."

"여러분이 오는 소리를 듣고 달아났어요. 소리가 꽤 컸거든요." 로미가 말했고, 아리아는 생각했다. '뛰어, 족제비. 있는 힘껏 뛰어. 도망쳐서 숨고 다시는 돌아오지 마.'

"그 비열한 돈다리온을 어디에서 찾을 수 있는지 말해라. 그러면 따뜻한 식사를 하게 해주지."

"누구요?" 로미는 멍하니 물었다.

"말했잖아. 이놈들도 마을에 있던 년들보다 아는 게 없어. 시간 낭비야."

창잡이 하나가 로미에게 다가갔다. "다리가 잘못됐냐, 꼬마?"

"다쳤어요."

"걸을 수 있나?" 걱정하는 듯한 말투였다.

"아뇨. 절 신고 가셔야 해요." 로미가 말했다.

"그래?" 남자는 아무렇지도 않게 창을 들어 올리더니 로미의 부드러운 목에 내리꽂았다. 로미에게는 다시 항복할 시간조차 없었다. 한 번 경련하고 끝이었다. 남자가 창을 뽑자 검은 분수처럼 피가 뿜어져 나왔다. "신고 가라니." 그는 낄낄거리며 말했다.

티리온

티리온 라니스터는 따뜻하게 입고 오라는 경고를 무시하지 않았다. 두껍게 누빈 바지와 모직 더블릿을 입고, 그 위에 달의 산맥에서 얻은 그림자 가죽 망토를 둘렀다. 그 망토는 키가 티리온의 두 배는 되는 남자용이어서 터무니없이 길었다. 말에 오르지 않았을 때 그 망토를 걸치려면 몸에 몇 번을 감아야 해서, 줄무늬 털 뭉치 꼴이 됐다.

그렇다 해도, 경고에 귀 기울이기를 다행이었다. 길고 습기 찬 저장실의 한기는 뼛속을 파고들었다. 티멧은 아래쪽의 한기를 잠깐 맛보더니 지하실로 후퇴했다. 그들은 연금술사 길드 본부 뒤쪽, 라에니스 언덕 아래 어딘가에 있었다. 눅눅한 돌벽은 초석으로 얼룩졌고, 불빛이라고는 화염술사 할린이 조심스럽게 든, 쇠와 유리로 만들어서 단단히 밀봉한 기름등에서 나오는 빛뿐이었다.

'실로 조심스럽군……. 그러는 게 당연하고.' 티리온은 살펴보려고 하나를 집어 들었다. 둥글고 불그스름하니, 뚱뚱한 진흙 자몽 같았다. 그의 손에는 조금 컸지만, 보통 남자는 편안하게 쥘 만한 크기였다. 도자기가 얇았다. 어찌나 약한지 그는 손에 쥔 채로 터뜨리고 싶지 않으면 꽉 쥐지 말라는 경고를 들어야 했다. 진흙 표면은 거칠고 울퉁불퉁했다. 할린은 그게 의도적이라고 말했다. "매끄러운 단지는 손아귀에서 빠져나가기 쉬우니까요."

티리온이 안을 들여다보려고 기울이자 와일드파이어가 느릿느릿 단지 입구를 향해 움직였다. 색깔은 탁한 녹색일 테지만, 조명이 어두워서 확실히 알아볼 수가 없었다. "걸쭉하군." 그는 말했다.

"그건 추위 때문입니다." 할린이 말했다. 손은 부드럽고 축축했으며 아첨하는 태도가 두드러지는 창백한 남자였다. 그는 담비 털을 가장자리에 두른 흑색과 진홍색 줄무늬 로브를 입었는데, 담비 털은 누덕누덕 기운 데다 좀먹은 상태였다. "주위가 따뜻해지면 그 물질도 등잔의 기름처럼 쉽게 흐르지요."

'그 물질'이란 화염술사들이 와일드파이어를 이르는 말이었다. 그들은 서로를 '현자'라고 부르기도 했는데, 티리온은 그게 그들이 거대한 비밀 지식의 보고를 가지고 있는 척 단서를 흘리는 습관 못지않게 짜증스러웠다. 예전에는 그들도 강력한 길드였으나, 지난 몇 세기 동안에는 시타델의 학사들이 거의 모든 곳에서 연금술사들을 대신했다. 지금은 예전 연금술사 조직의 일부만 남아 있었고, 금속을 변화시키는 척하지도 못했다…….

……하지만 와일드파이어는 만들 수 있었다. "물로는 끌 수 없다고 들었네."

"맞습니다. 일단 불이 붙으면 이 물질은 남김 없이 탑니다. 게다가 천과 나무, 가죽은 물론이고 강철에도 스며들어서 불을 붙이지요."

티리온은 붉은 사제, 미르의 토로스와 그가 휘두르던 불타는 검을 떠올렸다. 와일드파이어를 얇게 한 겹만 발라도 한 시간은 탔다. 토로스는 난전을 치를 때마다 새로운 검을 구해야 했지만, 로버트는 그 사제를 좋아하여 기꺼이 새로운 검을 내주었다. "그런데 왜 진흙에는 스며들지 않지?"

"아, 진흙에도 스며들기는 합니다. 이 방 밑에 더 오래된 단지들을 보관하는 다른 저장실이 있습니다. 아에리스 왕 시절의 물건들이지요. 그분은 단지를 과일 모양으로 만들기를 좋아하셨답니다. 실로 위험한 과일인 셈이지요. 그리고 수관님께서 제 뜻을 이해하신다면 말이지만, 그 어느 때보다 무르익기도 했습니다. 저희가 밀랍으로 봉하고 그 아래 저장실에 물을 가득 채워놓기는 했습니다만……. 당연히 다 파괴했어야 하는 물건인데, 킹스랜딩 약탈 중에 저희 대가들이 너무 많이 살해당해서 말입니다. 남아 있던 조수 몇 명으로는 그런 작업을 감당할 수가 없었답니다. 게다가 저희가 아에리스 왕을 위해 만든 물건 상당수가 행방이 묘연하기도 합니다. 작년에만 해도 바엘로르 대성소 밑 저장실에서 단지가 200개 발견됐지요. 어쩌다가 그게 거기 들어갔는지 아는 사람은 아무도 없습니다만, 최고성사가 대경실색했다는 점이야 말씀드리지 않아도 짐작하시겠지요. 안전하게 옮기는 작업은 제가 직접 감독했습니다. 수레에 모래를 가득 채우게 하고, 가장 능력 있는 조수들을 보냈지요. 밤에만 일했고—"

"—더할 나위 없이 잘 처리했겠지." 티리온은 들고 있던 단지를 원래 있던 자리에 내려놓았다. 단지들은 네 줄로 반듯하게 줄을 맞춰서 탁자 위를 덮고 지하의 어둠 속으로 뻗어나갔다. 그 너머에는 다른 탁자가, 또 다른 탁자가 이어졌다. "아에리스 왕의 그, 과일들은 아직 쓸 수 있는 건가?"

"아, 그야 물론입니다……. 하지만 조심해야지요. 아주 조심해야 합니다. 이 물질은 시간이 지날수록, 뭐랄까, 변덕스러워진다고나 할까요. 불똥이라도 떨어졌다간 불이 붙을 겁니다. 작은 불씨만 있어도요. 열기만 심해도 단지가 저절로 터질 겁니다. 햇빛 속에 놓아두는 것도 현명하지 못합니다. 잠시라도요. 안에서 불이 붙으면 열기 때문에 그 물질이 크게 팽창해, 곧 단지가 산산조각 납니다. 가까이에 다른 단지들이 있다면 그것도 다 터지고—"

"현재 단지가 몇 개나 되나?"

"오늘 아침에 먼치터 현자에게 듣기로는 7840단지가 있었습니다. 아에리스 왕 시절부터 전해지는 4000단지를 포함한 숫자입니다."

"우리의 너무 익은 과일 말인가?"

할린은 고개를 열심히 끄덕였다. "말리아드 현자는 저희가 왕대비께 약속드린 대로 1만 개를 제공할 수 있으리라 봅니다. 저도 같은 생각입니다." 화염술사는 그 전망에 과하게 기뻐하는 기색이었다.

'우리의 적들이 그럴 만한 시간을 준다면 말이지.' 화염술사들은 와일드파이어 제조법을 철저히 비밀로 지켰지만, 티리온은 그것이 길고 위험하며 시간을 잡아먹는 공정임을 알고 있었다. 그는 이제까지 와일드파이어 1만 단지라는 그들의 약속은 주군에게 1만 개의 검을 맹세하고 전쟁터에는 백이나 200명쯤 끌고 나타나는 봉신들이 부리는 것과 같은 허세라고 생각하고 있었다. '그런데 정말로 1만 개를 내줄 수 있다면…….'

기뻐해야 할지 두려워해야 할지 알 수 없었다. 양쪽 다겠지. "현자의 길드 형제들이 조금이라도 부적절하게 서두르지는 않으리라 믿겠네. 결함이 있는 와일드파이어 1만 단지는 안 될 말이야……. 아니, 하나라도 마찬가지지. 그리고 어떤 사고도 있어서는 안 되네."

"사고는 없을 겁니다, 수관님. 이 물질은 숙련된 조수들이 아무것도 없는 일련의 석실에서 준비하고 있으며, 단지가 하나 준비될 때마다 수련생이 여기로 들고 옵니다. 작업실마다 위에는 모래를 가득 채운 방을 하나씩 두었고, 바닥에 음, 아주 강력한 보호 주문을 깔아두었습니다. 아래 석실에 불이 나면 바로 바닥이 무너져서 모래가 불길을 덮게 되어 있지요."

"부주의한 조수도 말이지." 티리온은 '주문'이라는 말이 영리한 잔재주를 뜻한다고 생각했다. 지금 설명한 가짜 천장 방이 어떻게 작동하나 보고 싶기도 했지만, 지금은 그럴 때가 아니었다. 전쟁에 이기고 나면 또 모를까.

"제 형제들은 결코 부주의하지 않습니다." 할린이 주장했다. "흐으으음, 솔직하게 말씀드려도 된다면……."

"아, 말해보게."

"이 물질은 제 혈관을 타고 흐르고, 모든 화염술사의 심장에 깃들어 있습니다. 저희는 그 힘을 존중합니다. 하지만 일반 병사들은, 흐으으음, 예를 들어 왕대비님의 생각 없이 전투의 광기에 휩싸인 화염투하기 대원들이라면…… 작은 실수 하나가 재난을 부를 수 있지요. 아무리 주의를 줘도 넘치지 않습니다. 제 아버지께서도 아에리스 왕에게 자주 말씀하셨고, 그 아버지께서는 옛 재해리스 왕에게 그렇게 말씀하셨지요."

"그리고 다들 귀를 기울였겠지. 그 사람들이 도시를 불태웠다면 나도 들었을 테니 말이야. 그러니까, 자네 조언은 조심하는 게 좋다는 건가?"

"아주 조심해야 합니다. 아주 아주 조심해야 해요."

"이 진흙 단지들은…… 비축분이 충분한가?"

"그렇습니다, 수관님. 물어봐주셔서 고맙습니다."

"그렇다면 내가 몇 개 가져가도 괜찮겠군. 몇천 개만 말이야."

"몇천 개요?"

"아니면 자네 길드가 지금 작업에 지장 없이 내어줄 수 있는 양은 다 주면 좋겠네. 내가 요청하는 건 빈 단지야. 모든 도시 문을 지키는 지휘관들에게 나눠 보내게."

"그러겠습니다. 하지만 왜……?"

티리온은 그를 올려다보며 미소 지었다. "자네가 따뜻하게 입고 오라고 해서 난 따뜻하게 입었네. 자네가 조심하라고 말하니, 흠……." 그는 어깨를 으쓱였다. "견학은 이만하면 됐네. 날 다시 가마가 있는 곳까지 안내해 줄 수 있을까?"

"크나큰 영광입니다, 흐으으음." 할린은 등불을 들어 올리고 앞장서서 계단으로 돌아갔다. "찾아와주셔서 기뻤습니다. 대단한 광영이지요, 흐으으음. 왕의 수관께서 직접 방문해주신 지 정말 오래됐습니다. 로사트 공이후에는 오신 분이 없었어요. 그분은 저희 길드셨고 말입니다. 아에리스 왕 시절 이야기지요. 아에리스 왕께서는 저희의 작업에 관심이 많으셨습니다."

'아에리스 왕은 너희를 이용해서 적의 살을 구웠지.' 그의 형 제이미는 그에게 미친 왕과 왕의 애완 화염술사들에 대해 몇 가지 이야기를 해준 바 있었다. "장담하는데 조프리도 관심을 둘 걸세." '그러니 조프리를 너희에게서 멀찍이 떼어놓는 게 좋겠지.'

"국왕께서 몸소 저희 길드 본부에 찾아주시면 좋겠다는 마음 간절합니다. 누님 전하께도 그리 말씀 올렸습니다. 큰 잔치를 열어서……"

계단을 올라갈수록 따뜻해졌다. "국왕께선 전쟁에 이길 때까지 모든 잔치를 금하셨다네." '내 주장에 따라서 말이지.' "백성들이 빵도 없이 굶는데 좋은 음식으로 만찬을 벌이는 건 적절치 않다 생각하신다네."

"그야말로 애정이 넘치는 조치이십니다. 그렇다면 잔치 대신에 저희들 몇 명이 레드킵으로 왕을 뵈러 가는 게 어떨지요. 저희의 능력을 살짝 시연해서 하루 저녁이라도 전하의 근심 걱정을 덜어드리겠습니다. 와일드파이어는 저희들의 오랜 조직이 품은 무시무시한 비밀 중 하나에 불과합니다. 놀라운 일들을 많이 보여드릴 수 있습니다."

"그 문제는 내 누이와 상의해보겠네." 티리온도 몇 가지 잔재주 마술에는 반대하지 않았지만, 사람들을 죽을 때까지 싸우게 하는 조프리의 취향이 문제였다. 조프리가 사람을 산 채로 태우는 일에 맛을 들이게 할 생각은 조금도 없었다.

마침내 계단을 다 오른 티리온은 그림자 가죽 모피를 떨쳐내어 접어서 팔에 걸쳤다. 연금술사 길드 본부는 검은 돌로 만든 인상적인 건물군이었

는데, 할린은 복잡한 갈림길을 거쳐서 '강철 횃불의 회랑'으로 그를 안내
했다. 소리가 메아리치는 긴 방이었는데, 6미터 높이의 검은색 금속 기둥
들 주위로 녹색 불기둥이 춤을 추었다. 허깨비 불길이 반짝이는 검은색 대
리석 벽과 바닥에 일렁이며 회랑 전체를 에메랄드빛으로 적셨다. 그 거대
한 강철 횃불들은 티리온의 방문을 기념하느라 오늘 아침에 불을 붙였고,
티리온이 나가고 문이 닫히는 즉시 꺼질 것이라는 점을 몰랐다면 티리온
도 더 감명받았으리라. 와일드파이어는 헤프게 쓰기에는 너무 비싼 물건
이었다.

　그들은 비세니아 언덕 발치, '자매들의 거리'를 면한 널찍한 곡선 계단
꼭대기로 나갔다. 티리온은 할린에게 작별 인사를 하고 티멧의 아들 티멧
이 불탄 남자 호위대와 함께 기다리는 곳으로 뒤뚱뒤뚱 내려갔다. 오늘의
목적을 감안하면 대단히 잘 어울리는 호위를 선택한 셈이었다. 게다가 그
들의 흉터는 도시 군중들을 공포에 떨게 했다. 최근 같아서는 환영할 일이
었다. 겨우 사흘 밤 전에도 레드컵 성문 앞에 군중들이 모여서 음식을 달
라고 외쳤다. 조프리는 그들에게 화살 비를 쏟아붓고, 네 명을 베어버린
다음, 죽은 사람을 먹어도 좋다고 외쳤다. '이 지경이 되고도 우리의 친구
를 더 늘리다니.'

　티리온은 가마 옆에 브론까지 서 있는 모습을 보고 놀랐다. "자넨 여기
서 뭐하는 건가?"

　"전언을 가져왔지요. 무쇠 손이 신들의 문에서 긴급히 보잡니다. 이유는
말 안 하네요. 그리고 마에고르 성채에서도 호출입니다."

　"호출?" 티리온은 그런 단어를 쓸 만한 사람은 단 하나뿐임을 알고 있었
다. "세르세이가 뭘 원하나?"

　브론은 어깨를 으쓱였다. "왕대비께서 즉시 성으로 돌아와서 거처에 찾
아오라고 명령하십니다. 그 애송이 사촌이 메시지를 전하더군요. 그놈은

입술 위에 수염이 네 가닥 난 주제에 자기가 사나이인 줄 알아요."

"수염 네 가닥에 기사 작위가 있지. 이젠 란셀 경이야. 잊지 마." 정말 중요한 문제가 아니고는 자슬린 경이 티리온을 만나고자 할 리 없었다. "자슬린 바이워터가 뭘 원하는지 알아보는 게 좋겠군. 내 누이에게는 돌아가는 대로 찾아가겠노라 전하게."

"좋아하지 않을 텐데요." 브론이 경고했다.

"잘됐군. 세르세이가 오래 기다리면 기다릴수록 화가 더 날 테고, 화가 나면 멍청해지지. 차분하고 교활한 상대보다는 성나고 멍청한 상대가 나아." 티리온은 접은 망토를 가마 안에 던져 넣고, 티멧의 도움을 받아 가마에 올랐다.

평소에는 채소를 파는 농부들이 우글거리던 신들의 문 안쪽 장터는 티리온이 도착했을 때 거의 텅 비어 있었다. 자슬린 바이워터 경은 성문 앞에서 티리온을 맞이하고 무쇠 손을 들어서 무뚝뚝하게 경례했다. "사촌이신 클레오스 프레이가 와 있습니다. 화평의 깃발을 들고, 리버런에서 롭 스타크의 편지를 가지고 왔습니다."

"강화 조건인가?"

"그렇다는군요."

"사랑스러운 사촌이로군. 안내해주게."

황금 망토들은 클레오스 경을 문루에 있는 창문 없는 위병소에 가두어 놓았다. 그는 두 사람이 들어가자 일어섰다. "티리온, 자네 모습을 보니 이렇게 반가울 수가 없군."

"자주 듣는 말은 아니로군 그래, 사촌."

"세르세이도 같이 왔나?"

"내 누이는 다른 일이 있어. 이게 스타크의 편지인가?" 티리온은 탁자에 놓인 편지를 집어 들었다. "자슬린 경, 나가봐도 좋네."

자슬린 바이워터는 허리를 굽히고 나갔고, 문이 닫히자 클레오스 경이 말했다. "난 이 제안을 섭정대비에게 가져가라는 요청을 받았네."

"내가 그리하지." 티리온은 롭 스타크가 편지와 함께 보낸 지도를 흘긋 보았다. "다 적절한 때에 할 거라네, 사촌. 앉아서 좀 쉬게나. 수척하고 초췌해졌군." 사실은 그보다 더 심한 몰골이었다.

"그러지." 클레오스 경은 장의자에 다시 앉았다. "강역에서는 지독했다네, 티리온. 특히 신의 눈 호수 주변과 왕의 가도 근처가 심했지. 강역 영주들은 우리를 굶겨 죽이려고 자기네 작물을 태우고 있고, 자네 아버지의 징발 부대는 눈에 띄는 마을은 닥치는 대로 불 지르고 평민들을 베어버리고 있다네."

전쟁이란 그런 식이었다. 평민들은 도륙하고, 귀족들은 몸값을 받기 위해 잡아두고. '라니스터로 태어났다는 데 다시 한 번 신들에게 감사해야겠군.'

클레오스 경은 숱이 적은 갈색 머리를 한 손으로 쓸어 넘겼다. "화평의 깃발을 달고서도 두 번이나 습격을 받았어. 자기들보다 약한 놈들은 짓밟고 싶어 안달이 난, 사슬 갑옷 걸친 늑대들이야. 그놈들이 원래 어느 진영에 속했는지 신들은 아실 테지만, 지금은 어느 진영도 아니라네. 우리도 세 명을 잃고 그 두 배는 부상을 입었네."

"우리의 적은 어떤가?" 티리온은 스타크가 내놓은 조건에 관심을 돌렸다. '과한 걸 바라지는 않는군. 그저 왕국의 절반에 우리의 전쟁 포로와 인질들, 자기 아버지의 대검을 돌려받고…… 아, 그렇지, 자기 누이들도 돌려받겠다라.'

"그놈은 리버런에 한가롭게 앉아 있다네. 전장에서 자네 아버지를 직면하기 두려운 거겠지. 병력은 매일 줄어들고 있어. 강역 영주들이 각자 자기네 땅을 지키겠다고 떠났거든."

'그게 아버지의 의도였나?' 티리온은 스타크의 지도를 말아 올렸다. "이

조건은 절대 수락할 수 없어."

"그래도 스타크의 딸들을 티온과 윌렘과 교환하는 정도는 괜찮지 않나?" 클레오스 경은 애처롭게 물었다.

티리온은 티온 프레이가 클레오스의 동생이라는 점을 기억하고 부드럽게 말했다. "안 돼. 하지만 우리도 포로 교환 제안은 할 거야. 내가 세르세이와 소협의회와 의논해보겠네. 자네에게 우리 쪽 조건을 들려서 리버런에 돌려보낼 거야."

클레오스가 그 전망에 환호하지 않는 것은 분명했다. "롭 스타크는 쉽게 항복하지 않을 거야. 평화를 원하는 건 그 소년이 아니라 캐틀린 부인이라네."

"캐틀린 부인은 딸들을 원하겠지." 티리온은 편지와 지도를 손에 들고 장의자에서 일어섰다. "자슬린 경이 음식을 가져다주고 불을 지펴줄 거야. 잠이 극도로 필요해 보이네, 사촌. 뭔가 더 알게 되면 부르러 보내지."

자슬린 경은 누벽 위에 서서, 새로 모집한 병사들 수백 명이 훈련하는 모습을 내려다보고 있었다. 킹스랜딩으로 피난을 온 사람이 많다 보니 배를 채우고 막사 안 지푸라기 침대에서 자기 위해 도시 경비대에 들어가고 싶어 하는 사람은 부족하지 않았지만, 티리온은 이 남루한 방어군이 전투에서 얼마나 잘 싸울지에 대해 아무런 환상도 품지 않았다.

티리온은 말했다. "날 찾길 잘했네. 클레오스 경은 자네 손에 맡기겠네. 아낌없이 환대하도록 해."

"같이 온 호위대는요?" 도시 경비대장은 알고 싶어 했다.

"음식과 깨끗한 옷을 주고, 학사를 하나 찾아서 상처를 돌보도록 하게. 도시 안으로 발을 들여서는 안 돼. 알겠나?" 킹스랜딩의 실제 상황이 리버런에 있는 롭 스타크의 귀에 닿는 일은 결코 허용할 수 없었다.

"잘 알겠습니다."

"아, 그리고 한 가지 더. 연금술사들이 도시 문마다 진흙 단지를 상당량씩 보낼 거야. 그걸 이용해서 화염투하를 맡을 부하들을 훈련시키게. 단지에 초록색 물감을 채워서 장전하고 쏘는 훈련을 시켜. 물감을 튀기는 사람은 다 교체해야 해. 물감이 든 단지 던지기에 숙달하면, 등잔용 기름으로 대체해서 단지에 불을 붙이고 불타는 채로 쏘는 연습을 시키게. 화상을 입지 않고 그걸 해내는 데까지 익히고 나면 와일드파이어를 던질 준비가 된 셈이지."

자슬린 경은 무쇠 손으로 뺨을 긁었다. "현명한 방법입니다. 전 그 연금술사 놈들의 오줌에 도통 정이 안 가지만 말입니다."

"나도 그렇다네. 하지만 주어진 건 써먹어야지."

다시 가마에 들어간 티리온 라니스터는 장막을 치고 팔꿈치에 쿠션을 괴고 누웠다. 그가 스타크의 편지를 가로챘다는 점을 알면 세르세이가 좋아하지 않겠지만, 아버지가 그를 이리로 보낸 건 통치하라는 뜻이지, 세르세이의 비위를 맞추라는 뜻이 아니었다.

롭 스타크가 천금 같은 기회를 준 셈이었다. 그 녀석은 손쉬운 평화를 꿈꾸며 리버런에서 기다리게 하자. 조건을 새로 내세워서 답을 보낼 것이다. 북부의 왕이 원하는 것들 중에서 약간만, 희망을 버리지 않을 만큼만 주자. 클레오스 경은 살이라곤 없는 프레이의 엉덩이가 닳도록 제안과 맞제안을 가지고 오가게 하자. 그동안 스태퍼드 경은 캐스털리록에서 일으킨 새로운 군대를 훈련하고 무장시킬 것이다. 스태퍼드 경의 준비가 끝나면, 경과 타이윈 공이 툴리와 스타크를 양쪽에서 공격해서 짓이길 수 있다.

'로버트의 동생들만 맞춰준다면 말이지.' 빙하가 움직이듯 느리기는 해도 렌리 바라테온은 엄청난 남부군을 이끌고 차근차근 북동쪽으로 올라오고 있었고, 티리온은 매일 밤 스타니스 공이 함대를 이끌고 블랙워터 급류를 오르고 있다는 소식을 들으며 깨어날지도 모른다는 두려움을 안고

잠들었다. '와일드파이어는 넉넉하게 갖췄지만, 그래도······.'

길거리의 왁자지껄한 소음이 걱정을 뚫고 들어왔다. 티리온은 조심스럽게 장막 사이를 내다보았다. 그들은 '신발 수선 광장'을 통과하고 있었는데, 가죽 차양 아래에 상당수의 군중이 모여서 어느 예언자의 절규에 귀를 기울이고 있었다. 염색하지 않은 모직 로브에 삼줄로 허리를 묶은 모습을 보니 '구걸하는 형제들' 중 하나였다.

"부패로다!" 그 남자는 날카로운 소리를 질렀다. "경고가 나타났도다! 아버지 신의 재앙을 보라!" 그는 하늘에 보이는 흐릿한 붉은 상처를 가리켰다. 이 각도에서 보니 멀리 아에곤의 높은 언덕에 선 레드킵이 바로 그 남자 뒤에 보였고, 혜성은 무엇인가를 예언하듯 그 탑들 위에 떠 있었다. '영리한 무대 선정이로군.' 티리온은 생각했다. "우리는 거만하고 오만해졌으며 썩었도다. 왕들의 침대에서 남매가 결합하고, 그들의 근친상간이 낳은 열매는 궁전에서 배배 꼬인 작은 원숭이 악마의 피리 소리에 맞추어 뛰고 있다. 귀족 여인들은 어릿광대와 사통하여 괴물을 낳고! 최고성사마저 신들을 잊었다! 최고성사는 향수에 목욕을 하고, 백성들이 굶주리는 동안 종달새와 장어를 먹고 살을 찌우고 있다! 기도보다 자존심이 우선이고, 구더기들이 우리의 성을 지배하며, 황금이 전부로다······. 하지만 이제 그것도 끝! 썩은 여름은 끝났고, 호색한 왕은 몰락했으니! 멧돼지가 그 몸을 갈랐을 때 엄청난 악취가 하늘까지 올라가고 그 배 속에서 천 마리 뱀이 기어 나와 쉭쉭거리며 물어뎄도다!" 그는 앙상한 손가락으로 다시 혜성과 레드킵을 가리켰다. "저기 전조가 왔다! 정화하라! 스스로 정화하지 않으면 신들이 임하시리니! 의로움에 몸을 씻지 않으면 불에 잠기게 되리라! 불에!"

"불에!" 다른 목소리들이 따라 외쳤지만, 경멸이 담긴 야유가 그 소리를 눌렀다. 티리온은 그 점에 위안을 얻고 계속 가자고 명령했다. 불탄 남자 씨족들이 길을 열고 가마는 거친 바다에 뜬 조각배처럼 흔들리며 나아 갔다. '배배 꼬인 작은 원숭이 악마라. 맞는 말이야.' 그자가 최고성사에 대 해서 올바른 지적을 하긴 했다. 요 전날 문보이가 최고성사를 두고 뭐라고 했더라? '일곱 신을 섬기는 마음이 어찌나 신실한지, 식탁에 앉을 때마다 일곱 명분은 먹는다지요.' 어릿광대의 농담을 떠올리며 티리온은 미소를 지었다.

다른 사건 없이 레드킵에 도착해서 다행이었다. 거처로 향하는 계단을 오르면서 티리온은 새벽녘보다 조금 더 희망에 차 있었다. '시간. 나에게 정말로 필요한 건 시간뿐이야. 모든 것을 짜 맞출 시간. 일단 사슬이 완성 되면……' 그는 개인 방 문을 열었다.

세르세이가 창가에서 몸을 돌리자 가느다란 허리에서 치맛자락이 빙글 돌았다. "네가 감히 내 호출을 무시해!"

"누가 누나를 내 탑에 들였지?"

"네 탑이라고? 여긴 내 아들의 왕성이야."

"그렇다더군." 티리온은 기분이 좋지 않았다. 크론은 더욱 기분이 나빠 질 예정이었다. 오늘 경비를 맡은 게 크론의 달 형제 씨족이었다. "마침 누 나에게 가려던 참이야."

"그래?"

그는 등 뒤로 문을 닫았다. "날 의심하는 거야?"

"언제나. 그리고 그럴 만한 이유도 있지."

"나 상처받았어." 티리온은 와인을 한 잔 마시려고 뒤뚱뒤뚱 협탁으로 걸어갔다. 세르세이와 이야기하는 것만큼 갈증을 돋우는 방법이 또 있을 까. "내가 누나를 화나게 했다면, 어쩌다 그런 건지 알고 싶은데."

"이런 역겨운 벌레 같으니. 미르셀라는 내 하나뿐인 딸이야. 정말로 내 가 미르셀라를 귀리 한 자루에 팔 거라 생각했니?"

'미르셀라 쪽이군. 흠. 알이 깼으니 이제 병아리 색깔을 알아볼까.' "귀리 한 부대는 아니지. 미르셀라는 왕녀야. 원래 이런 목적으로 태어났다고 말하는 사람도 있을걸. 아니면 설마 토멘과 결혼시킬 계획이야?"

세르세이의 손이 티리온의 손에 들린 와인 잔을 후려쳐서 바닥으로 날렸다. "내 동생이든 아니든 그 발언으로 네 혀를 잡아 뽑아야겠다. 조프리의 섭정은 네가 아니라 나야. 그리고 미르셀라는 절대 내가 로버트 바라테온에게 왔을 때처럼 도르네인에게 실어 보내지 않아."

티리온은 손가락에 묻은 와인을 흔들어 털고 한숨을 내쉬었다. "왜 안돼? 여기보다는 도르네가 훨씬 안전할 텐데."

"정말로 머리가 빈 거냐, 아니면 그냥 심술을 부리는 거냐? 마르텔에게 우리를 좋아할 이유가 없다는 건 너도 나 못지않게 잘 알 텐데."

"마르텔에게는 우리를 미워할 이유가 있지. 그럼에도 불구하고, 난 그자들이 동의할 거라고 생각해. 라니스터 가문에 대한 도란 대공의 불만은 고작해야 한 세대 문제인 반면에, 도르네인들은 천 년 동안 스톰스엔드와 하이가든과 싸웠는데, 렌리는 도르네의 충성을 당연하게 받아들였어. 미르셀라는 아홉 살이고, 트리스탄 마르텔은 열한 살이야. 난 미르셀라가 열네 살이 되면 결혼시키자고 제안했어. 그때까지는 선스피어에서 도란 대공의 보호를 받으며 귀빈으로 지내는 거지."

"인질이겠지." 세르세이는 입매에 힘을 주고 말했다.

"귀빈이라니까." 티리온은 주장을 되풀이했다. "그리고 마르텔은 미르셀라를 조프리가 산사 스타크를 대한 것보다 훨씬 친절하게 대할걸. 아리스 오크하트 경을 같이 보낼까 했어. 킹스가드의 기사 하나를 방패로 거느리고 있으면 아무도 미르셀라의 신분을 잊지 않을 테니까."

"도란 마르텔이 내 딸의 죽음으로 자기 누이의 죽음을 씻으려 한다면 아리스 경이 할 수 있는 일은 별로 없어."

"마르텔은 아홉 살짜리 여자애를 살해하기엔 명예를 아는 남자야. 특히나 미르셀라처럼 상냥하고 무고한 아이는 어림없지. 그 아이를 데리고 있는 한 도란 마르텔은 우리가 신의를 지킬 거라고 믿을 수 있을 테고, 거절하기에는 조건이 너무 좋아. 미르셀라는 전체 조건의 일부에 불과해. 난 그자에게 누이를 살해한 범인을 주겠다고 했고, 소협의회 자리와 도르네 변경에 있는 성 몇 개……."

"지나치게 많아." 세르세이는 치맛자락을 휘날리며 암사자처럼 초조하게 서성였다. "넌 지나치게 많은 걸 제안했어. 그것도 내 승인이나 허가를 받지도 않고서."

"우리가 말하는 사람은 도르네의 대공이야. 이보다 적은 조건을 내민다면 내 얼굴에 침을 뱉을걸."

"지나치게 많아!" 세르세이는 몸을 팍 돌리며 외쳤다.

"누나라면 뭘 제안했겠어? 다리 사이의 구멍?" 티리온도 분노가 폭발해서 외쳤다.

이번에는 티리온도 손이 날아올 줄 알았다. 짝 소리가 나며 고개가 돌아갔다. "사랑해 마지않는 누나. 약속하는데, 누나가 날 때리는 건 이번이 마지막이야."

그의 누이는 웃어젖혔다. "날 위협하지 말아라, 난쟁이야. 아버지의 편지가 널 지켜줄 줄 아니? 종잇조각에 불과해. 에다드 스타크도 종잇조각을 하나 갖고 있었지. 그게 뭘 해줬나 보렴."

'에다드 스타크에게는 도시 경비대도, 내 산악민들도, 브론이 고용한 용병들도 없었지. 나에겐 있어.' 적어도 티리온의 희망은 그랬다. 바리스를, 자슬린 바이워터 경을, 브론을 믿을 때 이야기였다. 스타크 공도 자기만의 착각에 사로잡혔으리라.

그러나 그는 아무 말도 하지 않았다. 현명한 사람은 화로에 와일드파이어를 붓지 않는 법이었다. 대신 그는 와인을 새로 한 잔 부었다. "킹스랜딩이 함락되면 미르셀라가 얼마나 안전할 것 같아? 렌리와 스타니스는 그 아이의 머리를 누나 머리통 옆에 걸 거야."

그리고 세르세이가 울기 시작했다.

정복자 아에곤이 직접 드래곤을 타고 레몬 파이로 곡예를 부리며 이 방에 난입한다 해도 티리온 라니스터는 지금보다 더 놀라지 못했을 것이다. 그는 캐스털리록에서 자라던 어린 시절 이후로 누나가 우는 모습을 한 번도 보지 못했다. 그는 어색하게 누나에게 한 발자국 다가갔다. 여자 형제가 울면 달래줘야 마땅했다……. 하지만 이건 세르세이였다! 그는 조심스럽게 그녀의 어깨에 손을 뻗었다.

"건드리지 마." 세르세이는 몸을 비틀며 말했다. 이런 일로 아픔을 느끼지 말아야 했지만, 따귀를 맞는 것보다 더 아팠다. 세르세이는 슬픔 못지않게 분노에 사로잡혀 붉어진 얼굴로 숨을 몰아쉬었다. "날 쳐다보지 마. 이런…… 이런 모습을…… 너는 안 돼."

티리온은 예의 바르게 등을 돌렸다. "누나에게 겁을 줄 생각은 아니었어. 약속할게. 미르셀라에겐 아무 일도 없을 거야."

"거짓말쟁이." 등 뒤에서 세르세이가 말했다. "난 공허한 말로 달랠 수 있는 어린아이가 아니야. 넌 제이미도 풀어주겠다고 약속했지. 그런데 제이미는 어디 있지?"

"리버런에 있겠지. 내가 풀어줄 방법을 찾을 때까지는 감시를 받으면서, 안전하게."

세르세이는 콧방귀를 뀌었다. "내가 남자로 태어났어야 했어. 그랬다면 너희 둘 다 필요 없었을 거야. 이런 일은 일어나지도 못했을 거야. 어떻게 제이미가 그런 어린아이에게 사로잡힐 수가 있지? 그리고 아버지는, 어리석게도 아버지는 믿었는데, 가장 필요한 지금 아버지는 어디 있지? 뭘 하고 계시냔 말이야?"

"전쟁을 하고 계시지."

"하렌홀의 성벽 안에서?" 세르세이는 냉소적이었다. "재미있는 전쟁 방법이야. 수상쩍게도 숨은 것처럼 보이거든."

"다시 봐."

"달리 그걸 뭐라고 부르겠어? 아버지는 한 성에 앉아 있고, 롭 스타크는 다른 성에 앉아 있고, 둘 다 아무것도 안 하는데."

"앉아 있는 데에도 종류가 있어. 양쪽 다 상대가 움직이기를 기다리고 있지만, 새끼 사슴은 공포에 질려서 속이 녹아든 채 움직이지 못하는 반면, 사자는 꼬리를 씰룩이며 가만히 자세를 잡고 있지. 사슴이 어디로 뛰든 사자는 사슴을 잡을 거고, 사자는 그걸 알아."

"넌 아버지가 사자라고 확신하는 거냐?"

티리온은 씩 웃었다. "우리 깃발마다 박혀 있잖아."

세르세이는 그 농담을 무시했다. "아버지가 포로로 잡혔다면 제이미는 절대로 가만히 앉아 있지 않았을 거야."

'제이미라면 리버런 성벽을 들이받아서 군대를 산산조각 냈을 테고, 이길 기회는 '다른자'들이 앗아갔겠지. 형에겐 인내심이라곤 없어. 사랑하는 누나보다 더 심하지.' "우리 모두가 제이미 형처럼 대담할 순 없지만, 전쟁을 이기는 덴 다른 방법도 있어. 하렌홀은 튼튼하고 위치도 좋아."

"그리고 킹스랜딩은 그렇지 않다는 걸 우리 둘 다 잘 알지. 아버지가 스타크 꼬마와 사자와 사슴 놀이를 하는 동안 렌리는 장미 가도를 진군하고 있어. 언제라도 우리 성문 앞에 도착할 수 있다고!"

"도시는 하루 만에 함락되지 않아. 하렌홀에서부터는 왕의 가도를 따라 직선으로 금방이지. 렌리가 공성병기를 제자리에 갖다 놓기도 전에 아버지가 후미에서 칠 거야. 아버지의 군대는 망치가 되고, 성벽은 모루가 되면 아름다운 그림이겠지."

세르세이의 초록색 눈동자는 경계심을 담고, 그러나 안심시키려는 티리온의 말을 간절히 받아들이고 싶어 하며 그를 마주보았다. "그리고 롭 스타크가 진군하면?"

"하렌홀은 루스 볼턴이 북부의 보병들을 데리고 강을 건너서 젊은 늑대의 기병들과 합류하지 못할 만큼 트라이던트 여울에 가까워. 스타크는 하렌홀부터 잡지 않고는 킹스랜딩으로 진군할 수 없고, 볼턴이 합류한다 해도 하렌홀을 함락할 만큼 강하지는 못해." 티리온은 가장 자신만만한 미소를 지어 보였다. "그동안 아버지는 강역의 살을 뜯어먹고, 스태퍼드 숙부님은 캐스털리록에서 새로운 군대를 모으는 거지."

세르세이는 의심스러운 눈으로 그를 보았다. "네가 어떻게 이 모든 걸 알 수가 있지? 아버지가 널 이리로 보냈을 때 무슨 의도인지 말씀해주신 거냐?"

"아니. 지도를 봤거든."

세르세이의 표정이 경멸로 변했다. "이 모든 말을 다 그 괴물 같은 머리통으로 부려낸 거로군. 그렇지 않으냐, 꼬마 악마야?"

티리온은 혀를 찼다. "사랑하는 누나, 묻겠는데 우리가 이기고 있지 않다면 스타크가 화평을 제안할 것 같아?" 그는 클레오스 프레이 경이 가져온 편지를 꺼냈다. "봐. 젊은 늑대가 강화 조건을 보냈어. 물론 받아들일 수 없는 조건이지만, 그래도 시작은 한 셈이지. 한번 보겠어?"

"그래." 세르세이는 순식간에 완벽한 왕대비로 돌아갔다. "어떻게 해서 이 편지가 네 손에 들어갔지? 나에게 왔어야 하는 물건인데."

"손발을 대신하지 않고서야 어찌 수관이라 하겠어?" 티리온은 그녀에게 편지를 건넸다. 아직 세르세이의 손바닥 자국이 남은 뺨이 얼얼했다. '내 얼굴쯤이야 절반이라도 뜯어내라지. 도르네와의 결혼 허락을 받아낸다면 작은 대가야.' 이제는 허락을 받아낼 수 있다는 느낌이 왔다.

그리고 왕대비의 정보원이 누구인지도 확실히 알았다……. 그것이야말로 제일 맛있는 부분이었다.

브랜

댄서는 눈처럼 하얀 모직물에 스타크 가문의 회색 다이어울프를 새긴 마갑을 걸쳤고, 브랜은 회색 반바지에 하얀색 더블릿을 입고 소매와 옷깃에 다람쥐 털을 둘렀다. 심장 위에는 은과 흑옥으로 만든 늑대 머리 모양의 브로치를 꽂았다. 가슴에 은제 늑대를 달기보다는 서머를 데려가고 싶었지만, 로드릭 경은 고집을 꺾지 않았다.

낮은 돌계단도 댄서를 오래 방해하지는 못했다. 브랜이 재촉하자 댄서는 수월하게 계단을 탔다. 참나무와 쇠로 만든 넓은 문을 통과하자 윈터펠의 대연회장에 가대 탁자가 여덟 줄로 늘어서 있었다. 중앙 통로를 비우고 양쪽에 네 줄씩이었다. 남자들이 장의자에 어깨를 맞대고 빽빽하게 앉아 있었다. "스타크!" 그들은 브랜이 말을 몰아 지나가자 일어서며 외쳤다. "윈터펠! 윈터펠!"

브랜도 그들이 열광하는 상대는 사실 자신이 아니라는 것을 모를 만큼 어리지는 않았다. 그들이 환호하는 대상은 수확이었고, 롭과 롭의 승리였으며, 브랜의 아버지와 할아버지와 8000년을 거슬러 올라가는 모든 스타크였다. 그래도 브랜의 마음은 자부심에 부풀었다. 말을 타고 대연회장을 가로지르는 동안에는 몸이 망가졌다는 사실을 잊을 수 있었다. 그러나 연단에 도착하자 모두가 바라보는 가운데 오샤와 호도가 가죽끈과 버클을 풀고 댄서의 등에서 들어 올려 조상들이 앉던 높은 의자로 옮겼다.

브랜 왼쪽에는 로드릭 경이 딸인 베스를 옆에 두고 앉았다. 오른쪽에는 리콘이 앉았는데, 덥수룩한 적갈색 머리가 길어서 흰담비 털 외투에 닿을 정도였다. 리콘은 어머니가 떠난 후 아무도 자기 머리를 자르지 못하게 했다. 마지막으로 시도했던 여자는 노력의 대가로 깨물리기만 했다. "나도 말 타고 싶었어." 리콘은 호도가 댄서를 끌고 가자 말했다. "내가 형보다 잘 타잖아."

"아니거든. 그러니까 입 다물어." 그는 동생에게 말했다. 로드릭 경이 조용히 하라고 외쳤다. 브랜은 목소리를 높이고, 북부의 왕인 형의 이름으로 손님들을 환영하고 롭의 승리와 넉넉한 수확에 대해 옛 신들과 새로운 신들에게 감사드리자 요청했다. "백 번의 승리가 더 있기를." 그는 아버지의 은잔을 들어 올리며 축사를 맺었다.

"백 번은 더 있기를!" 백랍제 맥주잔, 도자기 잔, 쇠테를 두른 뿔잔들이 요란하게 맞부딪쳤다. 브랜의 와인은 꿀을 타고 시나몬과 정향을 더한 술이었지만, 그래도 예전에 마시던 것보다 독했다. 꿀꺽 삼키자 뜨거운 뱀 같은 와인의 손길이 가슴속으로 꼼지락거리며 내려가는 느낌이 났다. 잔을 내려놓았을 때는 머리가 어찔했다.

"잘했습니다, 브랜." 로드릭 경이 말했다. "에다드 공이 정말 자랑스러워하셨을 겁니다." 탁자 저편에서 루윈 학사가 고개를 끄덕여 동의하는 사이에 하인들이 음식을 나르기 시작했다.

브랜도 처음 접하는 성찬이었다. 새로운 요리가 끝없이 이어져서, 접시마다 한두 입만 겨우 먹을 수 있었다. 부추를 곁들여 구운 큼지막한 들소고기, 당근과 베이컨과 버섯을 두툼하게 넣은 사슴 고기 파이, 꿀과 정향

소스를 친 양 갈비, 매콤한 오리고기, 후추를 친 멧돼지 고기, 거위 고기, 꼬챙이에 꿴 비둘기와 수탉, 소고기와 보리 스튜, 차가운 과일 수프…….
와이먼 공이 화이트하버에서 송어와 고둥, 게와 홍합, 조개, 청어, 대구, 연어, 바닷가재와 칠성장어까지 소금과 해초에 재운 해산물 20통을 가져오기도 했다. 검은 빵과 꿀 케이크와 귀리 비스킷도 있었다. 순무와 완두콩과 근대, 콩과 호박과 거대한 붉은 양파가 있었고 구운 사과와 나무 열매 타르트와 독한 와인에 데친 배가 있었고 위아래 상관없이 식탁마다 거대한 흰 치즈 덩어리가 놓였고, 향신료를 넣은 뜨거운 와인병과 차갑게 한 가을 맥주가 이리저리 돌아다녔다.

와이먼 공의 음악가들은 훌륭한 연주를 펼쳤지만, 하프와 바이올린과 뿔피리 소리는 곧 파도처럼 밀려드는 대화와 웃음소리, 잔과 접시 부딪치는 소리, 남은 음식을 두고 다투는 사냥개들이 으르렁대는 소리에 잠겨버렸다. 가수가 멋들어지게 〈강철 기마 창〉과 〈불타는 배〉, 〈곰과 아름다운 처녀〉를 불렀지만 듣는 사람은 호도밖에 없는 것 같았다. 호도는 피리 연주자 옆에 서서 한 발을 들었다가 반대쪽 발을 들며 깡충거렸다.

소음은 점점 커져서 웅웅거리는 굉음이 되었다. 거대하고도 자극적인 소리의 스튜였다. 로드릭 경은 베스의 곱슬머리 너머로 루윈 학사와 이야기를 나눴고, 리콘은 기분 좋게 왈더들에게 빽빽거렸다. 브랜은 두 프레이 소년을 상석에 앉히고 싶지 않았지만, 루윈 학사가 그들이 곧 친척이 된다는 점을 상기시켰다. 롭은 그들의 고모 중 누군가와 결혼하고, 아리아는 그들의 숙부 중 하나와 결혼할 거라고 말이다. "절대 안 할걸요. 아리아 누나는 어림없어요." 브랜은 그렇게 말했지만 루윈 학사는 굽히지 않았다. 그래서 그들은 리콘 옆에 앉았다.

하인들은 어느 요리나 브랜에게 제일 먼저 가져갔고, 브랜이 원하면 영주 몫을 덜 수 있었다. 오리고기에 이르렀을 때는 더 먹을 수 없을 정도로 배가 불러서, 그 후에는 어느 요리나 고개를 끄덕여 승인을 표하고 손을 내저어 물렸다. 특별한 느낌을 풍기는 요리가 있으면 루윈 학사가 가르친 대로 우정과 호의를 표하는 뜻에서 연단에 앉은 영주들 중 누군가에게 보냈다. 연어 요리는 슬픔에 잠긴 가엾은 혼우드 부인에게, 멧돼지 요리는 떠들썩한 엄버 형제에게, 나무 열매에 파묻힌 거위 요리는 클레이 세르윈에게, 거대한 바닷가재는 거마장 조세스에게 보냈다. 조세스는 영주도 손님도 아니었지만, 댄서를 훈련시켜 브랜이 말을 탈 수 있게 해준 사람이었다. 호도와 낸 할멈에게도 단 음식을 보냈는데, 다른 이유 없이 그 사람들을 좋아해서였다. 로드릭 경이 수양 형제들에게도 뭔가 보내라고 일깨웠기에 작은 왈더에게는 삶은 근대를, 큰 왈더에게는 버터에 요리한 순무를 보냈다.

아래 놓인 장의자들에서는 윈터펠 사람들이 겨울 마을의 평민들, 가까운 성채에서 온 친구들, 다른 영지에서 온 귀빈들의 호위와 뒤섞여 있었다. 브랜이 이전에 봤던 얼굴들도 있었고, 제 얼굴처럼 익숙한 이들도 있었지만 하나같이 낯설어 보였다. 브랜은 계속 침실 창가에 앉아서 아래 훈련장을 내려다보는 것처럼 멀리서 지켜보았다. 모든 것을 보되 어디에도 속하지 않았다.

오샤는 탁자들 사이를 돌아다니며 맥주를 따르고 있었다. 레오발드 톨하트의 부하 하나가 그녀의 치마 속에 손을 넣었는데, 오샤가 술병으로 그 머리통을 후려치는 바람에 요란한 웃음소리가 일었다. 미켄도 어떤 여자의 보디스에 손을 넣었는데 그 여자는 신경 쓰지 않는 것 같았다. 브랜은 팔렌이 붉은색 암캐에게 뼈다귀를 받으러 다니게 시키는 모습을 지켜보았고, 낸 할멈이 주름진 손가락으로 뜨거운 파이 껍질을 뜯어 먹는 모습에 미소를 지었다. 연단 위에서는 와이먼 공이 김이 모락모락 오르는 칠성장어 접시를 적군처럼 공격했다. 와이먼 공은 로드릭 경이 특별히 큰 의자를 새로 만들라고 주문해야 할 정도로 뚱뚱했지만 큰 소리로 자주 웃었고, 브랜은 그 남자가 마음에 들었다. 가엾고 창백한 혼우드 부인이 그 옆에 앉아 있었는데, 돌로 만든 가면 같은 얼굴로 음식을 깨작거렸다. 상석 반대편에서는 호서 엄버와 모스 엄버가 술 마시기 시합을 하며, 서로의 뿔잔을 마상 시합에서 충돌하는 기사들처럼 거세게 부딪치고 있었다.

'여긴 너무 덥고, 너무 시끄러운 데다, 다들 취해가고 있어.' 회색과 흰색 모직 옷 아래가 근질거렸고, 갑자기 브랜은 여기만 빼고 어디든 다른 곳에 있고 싶어졌다. '지금 신의 숲은 서늘하겠지. 뜨거운 웅덩이에서 수증기가 오르고, 영목의 붉은 잎사귀가 술렁거릴 거야. 냄새도 여기보다 풍성하고, 오래지 않아 달이 뜨면 내 형제가 달을 보고 노래할 거야.'

"브랜? 먹질 않는군요." 로드릭 경이 말했다.

백일몽이 어찌나 선명했던지, 잠시 동안 브랜은 자신이 어디에 있는지 알지 못했다. "나중에 더 먹을게요. 배가 터질 지경이에요."

노기사의 하얀 구레나룻은 와인이 묻어 분홍색이었다. "잘하셨습니다, 브랜. 여기에서나, 접견에서나요. 언젠가는 각별히 훌륭한 영주가 되실 겁니다."

'난 기사가 되고 싶어요.' 브랜은 뭔가 붙잡을 게 있다는 사실에 고마워하며 아버지의 술잔을 들어 향신료와 꿀을 탄 와인을 한 모금 더 마셨다. 그 술잔 옆면에는 살아 있는 것같이 으르렁거리는 다이어울프의 머리가 새겨져 있었다. 브랜은 손바닥을 누르는 은제 주둥이를 느끼며 아버지가 이 술잔으로 술을 마시던 마지막 모습을 떠올렸다.

신하들을 이끌고 윈터펠에 온 로버트 왕을 위해 환영 잔치를 열었던 밤이었다. 그때는 아직 여름이 군림하던 시절이었다. 브랜의 부모님은 연단에 로버트와 그 왕비와 함께 앉았고, 그 옆에 왕비의 동생들을 앉혔다. 검은 옷을 입은 벤젠 숙부도 있었다. 브랜과 브랜의 형제들은 왕의 자식들인 조프리와 토멘과 미르셀라와 함께 앉았고, 미르셀라 왕녀는 식사 시간 내내 홀딱 반한 눈으로 롭을 바라보았다. 아리아는 아무도 보지 않을 때면 탁자 너머로 이상한 표정을 지었다. 산사는 왕의 하프 연주자가 부르는 기사도 노래에 황홀해하며 귀 기울였고, 리콘은 계속 왜 존은 같이 앉지 않느냐고 물었다. "존은 서자라서 그래." 결국에는 브랜이 리콘에게 귓속말로 말해줬더랬다.

이제는 모두가 사라졌다. 마치 잔인한 신이 거대한 손을 뻗어 쓸어 간 것처럼, 누나들은 포로로 잡혔고, 존은 장벽으로 가버렸고, 롭과 어머니는 전쟁에 나갔고, 로버트 왕과 아버지는 무덤에 들어갔다. 어쩌면 벤젠 숙부마저도…….

아래 장의자들에도 새로운 사람들이 있었다. 조리는 죽었고, 뚱보 톰도, 포터도, 알린도, 데스몬드도, 원래 거마장이었던 헐렌과 그 아들 하윈도…… 아버지와 함께 남쪽으로 갔던 이들은 모두 죽었다. 모르데인 성사와 바욘 풀마저도. 나머지는 롭과 함께 전장으로 달려갔고, 브랜이 아는 한 그들도 곧 죽을 터였다. 헤이헤드와 폭시 팀과 스킷트릭과 다른 새로운 위병들도 좋았지만, 옛 친구들이 그리웠다.

브랜은 장의자에 앉은 행복한 얼굴들과 슬픈 얼굴들을 이리저리 훑어보며, 다음 해에는 누가 빠지고 그다음 해에는 또 누가 없어질까 생각했다. 울 것 같았지만, 울 수 없었다. 그는 윈터펠의 스타크요, 아버지의 아들이자 형의 후계자이며 거의 어른이나 다름없었다.

대연회장 저편에서 문이 열리더니 찬바람이 불어 들어오며 횃불 빛이 한 순간 더 밝게 타올랐다. 에일벨리가 새로운 손님 둘을 안내해 들어왔다. 둥실둥실한 위병은 요란한 소음 속에서 소리쳤다. "그레이워터워치에서 리드 가문의 미라 아가씨가 동생인 조젠과 함께 오셨습니다."

사람들이 잔과 접시에 처박고 있던 고개를 들고 새로 온 사람들을 보았다. 브랜은 작은 왈더가 큰 왈더에게 중얼거리는 소리를 들었다. "개구리 먹는 놈들이야." 로드릭 경이 일어섰다. "환영합니다, 친구들이여. 우리와 함께 수확을 나눕시다." 하인들이 서둘러 연단에 놓인 식탁을 연장하려고 가대와 의자를 들고 왔다.

"저건 누구야?" 리콘이 물었다.

작은 왈더가 경멸 조로 대답했다. "진흙인들이야. 도둑이고 겁쟁이들인 데다가 개구리를 먹어서 이가 초록색이지."

루윈 학사가 브랜의 의자 옆에 몸을 웅크리고 귓가에 조언을 속삭였다. "이분들을 환대하셔야 합니다. 여기에서 리드 가문을 보게 될 줄은 생각도 못 했지만…… 누군지 아시지요?"

브랜은 고개를 끄덕였다. "호상민이죠. 넥 지역에서 온."

로드릭 경이 말했다. "하울랜드 리드는 아버님의 훌륭한 친구였습니다. 이 둘은 그 자녀들 같군요."

새로운 손님들이 대연회장을 걸어오자 브랜은 그중 한 명이 여자라는 사실을 알아보았지만, 옷차림만으로는 절대 알 수 없었다. 그녀는 오래 입어서 부드러운 양가죽 바지에 청동 미늘을 입힌 소매 없는 가죽조끼를 입었다. 롭과 비슷한 나이인데도 소년처럼 호리호리했고, 긴 갈색 머리는 질끈 묶었고 가슴은 거의 나오지 않았다. 허리 한쪽에는 그물을, 반대쪽에는 날이 긴 청동 칼을 찼다. 옆구리에는 군데군데 녹이 슨 오래된 철제 대투구를 끼고, 등에는 개구리 창과 둥근 가죽 방패를 비끄러맸다.

그 남동생은 몇 살 어렸고 무기를 갖고 있지 않았다. 그의 복장은 가죽 장화에 이르기까지 모두 녹색이었고, 가까이 다가오자 눈동자도 이끼 같은 녹색이었지만 치아는 누구나 다를 바 없는 흰색이라는 사실을 알아볼 수 있었다. 리드 가문의 자식들은 둘 다 몸이 왜소하고 가늘었으며 브랜보다 조금밖에 크지 않았다. 그들은 연단 앞에서 한쪽 무릎을 꿇었다.

"주군이신 스타크여." 여자애 쪽이 말했다. "저희 백성들이 북부의 왕에게 충성을 맹세한 지 수백 수천 년이 흘렀습니다. 제 아버지께서 저희 모두를 대표하여 그 맹세를 다시 하라 보내셨습니다."

'날 보고 있어.' 브랜은 퍼뜩 깨달았다. 답을 해야 했다. "롭 형님은 남쪽에서 싸우고 계시지만, 괜찮다면 나에게 맹세의 말을 해도 좋습니다."

그러자 두 아이가 함께 말했다. "저희는 윈터펠에 그레이워터의 신뢰를 바칩니다. 화로와 심장과 수확을 당신께 바칩니다. 저희의 검과 창과 화살을 당신의 지휘하에 둡니다. 저희의 약한 자들에게 자비를 베풀고, 무력한 자들에게 도움을 베풀며, 모두에게 정의를 가져다주시면 결코 믿음을 저버리지 않겠습니다."

"땅과 물에 걸고 맹세합니다." 녹색 옷의 소년이 말했다.

"청동과 철에 걸고 맹세합니다." 그 누이가 말했다.

"얼음과 불에 걸고 맹세합니다." 마지막으로 두 사람이 함께 말했다.

브랜은 무슨 말을 해야 할지 머릿속을 더듬었다. 답례로 뭔가 맹세를 해야 했던가? 그들의 서약은 배운 적 없는 것이었다. "그대들의 겨울이 짧고 여름은 풍요롭기를." 그는 그렇게만 말했다. 대개 언제나 좋은 말이었다. "일어서세요. 나는 브랜던 스타크입니다."

미라가 먼저 일어서서 동생을 부축해 일으켰다. 소년은 내내 브랜을 바라보다가 말했다. "선물로 물고기와 개구리와 새를 가져왔습니다."

"고맙습니다." 브랜은 예의를 지키기 위해 개구리를 먹어야 할까 궁금했다. "두 분에게 윈터펠의 고기와 술을 내립니다." 그는 넥 지역 습지 한가운데 살고 그곳을 거의 떠나지 않는 호상민들에 대해 배운 내용을 모조리 떠올리려 애썼다. 그들은 가난한 사람들로, 늪 깊은 곳에 감춰진 떠다니는 섬에 이엉과 갈대를 엮어 지은 집에서 사는 어부이자 개구리 사냥꾼들이었다. 그들은 독을 바른 무기로 싸우고 적과 정면으로 싸우기보다는 모습을 감추기를 좋아하는 비겁한 족속이라는 소리를 들었다. 그러나 하울랜드 리드는 브랜이 태어나기 전, 로버트 왕의 왕위 전쟁에서 아버지와 함께 싸운 가장 충실한 동료였다.

조젠은 자리에 앉으면서 호기심 어린 눈으로 대연회장 안을 둘러보았다. "다이어울프는 어디 있지요?"

리콘이 대답했다. "신의 숲에. 새기가 못되게 굴었거든."

"동생은 다이어울프를 보고 싶어 해요." 미라가 말했다.

작은 왈더가 큰 소리로 말했다. "늑대들이 못 보게 조심하는 게 좋을걸. 들키면 한 입 먹힐 테니까 말이야."

"내가 그 자리에 있다면 물지 않을 거야." 브랜은 그들이 늑대들을 보고 싶어 해서 기뻤다. "어쨌든 서머는 물지 않을 거고, 서머가 새기독도 막아줄 거야." 그는 이 진흙인들이 궁금했다. 전에는 한 번도 본 기억이 없었다. 아버지는 그레이워터의 주인에게 계속 편지를 보냈지만, 호상민이 윈터펠에 나타난 적은 없었다. 브랜은 그들과 이야기를 더 해보고 싶었지만, 대연회장이 너무 시끄러워서 바로 옆에 있는 사람이 아니면 무슨 말을 하는지 알아듣기가 힘들었다.

브랜 바로 옆에는 로드릭 경이 있었다. "저 사람들은 정말로 개구리를 먹나요?" 그는 노기사에게 물었다.

"그렇습니다. 개구리와 물고기와 도마뱀사자, 그리고 온갖 종류의 새를 먹지요."

'양과 소가 없나 봐.' 브랜은 두 사람에게 양 갈비와 들소 고기를 가져다주고 접시에 소고기와 보리 스튜를 채워주라고 지시했다. 두 사람은 그 요리들을 좋아하는 것 같았다. 미라는 자기를 쳐다보는 브랜을 보고 미소 지었다. 브랜은 얼굴을 붉히며 시선을 돌렸다.

시간이 한참 지나고, 후식이 모두 나오고 어마어마한 양의 여름 와인으로 음식을 다 씻어 내린 후에는 접시를 치우고 탁자를 다 벽에 밀어붙여서 춤을 출 공간을 만들었다. 음악이 더 거칠어지고, 북 치는 사람들이 합류하고, 호서 엄버가 은테를 두른 거대한 전투 나팔을 가져왔다. 〈끝이 난 밤〉을 부르던 가수가 밤의 경비대가 '여명을 위한 전투'에서 다른자들을 맞이하러 달려나가는 대목에 이르자, 호서 엄버가 나팔을 불어젖혔고 그 소리에 개들이 다 짖어댔다.

글로버 가문 남자 둘이 공기주머니 피리와 나무 하프로 빠르고 날카로운 음악을 연주하기 시작했다. 모스 엄버가 제일 먼저 일어섰다. 그는 지나가던 하녀의 팔을 잡고 그 손에 들려 있던 와인병을 날려 산산조각을 냈다. 그는 돌바닥에 널린 골풀과 뼈다귀와 빵 부스러기 사이에서 그 하녀를 빙그르르 돌리고 허공에 던져 올렸다. 하녀는 꺅꺅거리며 웃었고 치맛자락이 빙빙 돌며 들려 올라가자 얼굴을 붉혔다.

곧 다른 사람들도 합류했다. 호도는 혼자 춤을 추기 시작했고, 와이먼 공은 어린 베스 카셀에게 같이 춰달라고 요청했다. 그는 엄청난 몸집에 비해 우아하게 움직였다. 와이먼 공이 지치자 클레이 세르윈이 대신 베스와 춤을 췄다. 로드릭 경은 혼우드 부인에게 다가갔지만, 그녀는 핑계를 대고 그 자리를 떴다. 브랜은 예의를 지킬 정도로만 지켜보다가 호도를 불렀다. 덥고 피곤한 데다 취기가 올랐고, 춤 때문에 슬펐다. 브랜이 다시는 하지 못할 또 한 가지 일이었다. "가고 싶어."

"호도." 호도는 마주 외치며 무릎을 꿇었다. 루윈 학사와 헤이헤드가 브랜을 들어 올려 바구니에 넣었다. 윈터펠 사람들은 그런 모습을 수없이 보았지만, 손님들에게는 기묘해 보이는 게 분명했다. 그리고 그중 몇 명에게는 예의보다 호기심이 앞섰다. 브랜은 쳐다보는 시선들을 느꼈다.

그들은 대연회장을 통과하는 대신 뒤쪽으로 나갔다. 브랜은 영주 전용문을 통과할 때 고개를 숙였다. 대연회장 밖의 어둑어둑한 회랑에서 그들은 다른 종류의 말타기를 하고 있는 거마장 조세스와 마주쳤다. 그는 브랜이 모르는 여자를 벽에 밀어붙이고 있었고, 여자의 치마는 허리까지 말려 올라가 있었다. 호도가 걸음을 멈추고 쳐다보자 여자는 키득거리다 말고 비명을 질렀다. "내버려두고 가, 호도." 브랜이 지시해야 했다. "날 침실에 데려다줘."

호도는 브랜을 업고 구불구불한 탑 계단을 올라가서 미켄이 벽에 박아 놓은 금속 가로대 옆에 무릎을 꿇었다. 브랜은 그 가로대를 이용해서 침대까지 몸을 옮겼고, 호도가 장화와 반바지를 벗겨줬다. "이제 다시 연회장에 돌아가도 돼. 하지만 조세스와 그 여자는 귀찮게 하지 마." 브랜이 말했다.

"호도." 호도는 고개를 끄덕거리며 대답했다.

침대 옆에 놓인 촛불을 끄자 어둠이 부드럽고 익숙한 담요처럼 그를 덮었다. 덧문을 닫은 창으로 희미하게 음악 소리가 들려왔다.

갑자기 어렸을 때 아버지에게 들었던 말이 되살아났다. 그는 에다드 공에게 킹스가드가 정말로 칠왕국에서 제일 훌륭한 기사들인지 물었다. 에다드 공은 이렇게 대답했다. "이제는 그렇지 않단다. 하지만 예전에는 경이로운 기사들이었고, 빛나는 본보기였지."

"그중에서 제일가는 기사가 있었나요?"

"내가 본 기사들 중에 최고는 아서 데인 경이었는데, 떨어진 별의 심장을 벼려서 만든 '여명'이라는 칼로 싸웠단다. 사람들은 아서 경을 아침의 검이라고 불렀지. 하울랜드 리드가 아니었다면 나도 그 손에 죽었을 게다." 아버지는 거기까지 말하고 나서 슬퍼하며 더 말하지 않았다. 브랜은 그게 무슨 뜻이었는지 물어볼 걸 그랬다고 생각했다.

그는 반짝이는 갑옷을 입고 별빛처럼 빛나는 검으로 싸우는 기사들을 생각하며 잠들었지만, 꿈이 찾아왔을 때는 다시 신의 숲에 있었다. 주방과 대연회장에서 흘러나오는 냄새가 어찌나 강렬한지, 연회 자리를 떠나지도 않은 기분이었다. 그는 나무 아래를 배회했고, 그의 형제가 바싹 따라왔다. 오늘 밤은 심하게 활기가 넘쳤고, 인간 무리들이 노느라 울부짖는 소리가 가득했다. 그 소리 때문에 가만히 있을 수가 없었다. 달리고 싶고, 사냥하고 싶었다. 그는—

쇳소리에 귀를 쫑긋 세웠다. 그의 형제도 같은 소리를 들었다. 그들은 덤불 속을 달려서 그 소리가 들리는 곳으로 향했다. 오래된 하얀 나무 발치에 있는 잔잔한 물을 뛰어넘자 낯선 사람의 냄새가 났다. 가죽과 흙과 쇠 냄새에 뒤섞인 인간의 냄새.

침입자들은 숲속으로 몇 미터를 들어와서 그들과 마주쳤다. 암컷 하나와 어린 수컷 하나였는데, 그가 이를 드러내도 무서워하는 기색이 없었다. 그의 형제가 목구멍 속으로 낮게 으르렁거렸지만, 그래도 그 둘은 달아나지 않았다.

"여기 있네." 암컷이 말했다. '미라.' 머릿속 어딘가에서 속삭였다. 잠이 들어 늑대 꿈에 파묻힌 소년의 단편이었다. "넌 이렇게 클 줄 알았어?"

"다 자라면 더 커질 거야." 어린 수컷이 두려움이라곤 없는 커다란 녹색 눈으로 그들을 보며 말했다. "검은 늑대는 두려움과 분노가 가득하지만, 회색 늑대는 강해……. 자기 생각보다 더 강해……. 느낄 수 있어, 누나?"

"아니." 여자는 허리에 찬 기다란 갈색 칼 손잡이에 손을 올리며 말했다. "조심해, 조젠."

"날 해치진 않을 거야. 오늘은 내가 죽는 날이 아니야." 어린 수컷은 두려움 없이 그들에게 걸어와서 그의 주둥이에 손을 뻗었다. 여름 바람처럼 가벼운 손길이었다. 그러나 그 손가락이 스치자 숲이 녹아 없어지고 발밑의 땅바닥이 연기로 변하더니, 시끄러운 웃음소리와 함께 소용돌이치며 멀어지고, 그는 빙글빙글 돌면서 떨어지고, 떨어지고, 떨어졌다…….

캐틀린

일렁이는 초원에서 잠든 캐틀린은 브랜의 몸이 온전하고, 아리아와 산사가 손을 맞잡고 있으며, 리콘이 아직 품에 안긴 아기였던 시절을 꿈꾸었다. 왕관이 없는 롭이 나무칼을 가지고 놀았고, 다들 안전하게 잠들자 그녀의 침대에는 미소 짓는 네드가 있었다.

달콤한 꿈이었으나, 달콤한 만큼 빨리 사라졌다. 새벽은 잔인하게 찾아왔고, 햇빛은 단검과 같았다. 그녀는 지친 마음과 쑤시는 몸으로 홀로 깨어났다. 말을 달리는 데에도 지쳤고, 가슴이 아픈 데에도 지쳤으며, 의무에도 지쳤다. '난 울고 싶어. 위로를 받고 싶어. 강인한 사람으로 지내는 데 너무 지쳤어. 한 번이라도 어리석고 겁에 질린 여자가 되고 싶어. 잠시만이면 돼. 하루만…… 아니 한 시간만…….'

천막 밖에서 사람들이 움직이고 있었다. 말 울음소리가 들리고, 샤드가 허리가 아프다고 불평하는 소리, 웬델 경이 활을 가져오라 외치는 소리가 들렸다. 캐틀린은 모두 사라져버렸으면 좋겠다 생각했다. 선량하고 충성스러운 남자들이었으나, 그녀는 그들 모두가 지긋지긋했다. 아이들을 보고 싶었다. 그녀는 자리에 누운 채 스스로에게 약속했다. 언젠가, 언젠가는 스스로에게 강하지 않아도 좋다 허락하리라고.

하지만 그게 오늘은 아니었다. 오늘일 수는 없었다.

옷을 더듬어 찾는 손가락이 유난히 불편했다. 두 손을 쓸 수 있다는 사실만으로도 고마워해야겠지. 그 단검은 발리리아 강철이었고, 발리리아 강철은 깊고 날카롭게 파고들었다. 흉터를 보기만 해도 기억이 되살아났다.

밖에서는 샤드가 주전자에 든 귀리를 젓고 있었고, 웬델 맨덜리 경은 앉아서 활에 시위를 매고 있었다. 그는 캐틀린이 나타나자 말했다. "이 초원에는 새들이 있어요. 오늘 아침에는 구운 메추라기가 어떻겠습니까?"

"귀리죽과 빵이면 충분하다 생각합니다……. 우리 모두에게요. 아직 갈 길이 멀어요, 웬델 경."

"그리 말씀하신다면야." 기사의 달덩이 같은 얼굴은 시무룩해졌고, 거대한 바다코끼리 같은 콧수염 끝은 실망감에 흔들렸다. "귀리죽과 빵이라. 그보다 나은 게 있겠습니까?" 그는 캐틀린이 평생 본 중에 가장 뚱뚱한 남자로 손꼽혔지만, 음식을 아무리 사랑한다 해도 명예를 더 소중히 여겼다.

"쐐기풀을 좀 찾아서 차를 우렸습니다. 마님도 한잔 드시렵니까?" 샤드가 말했다.

"그러지. 고맙네."

캐틀린은 흉터 진 두 손으로 찻잔을 쥐고 호호 불어 식혔다. 샤드는 윈터펠 사람이었다. 롭은 그녀를 렌리에게 안전하게 보내기 위해 가장 뛰어난 위병 스무 명을 보냈다. 또 귀족 다섯 명을 더했는데, 그 이름과 고귀한 출생으로 그녀의 임무에 무게감과 영예를 더하기 위해서였다. 그들은 마을과 성채를 멀리하며 남쪽으로 가는 길에 사슬 갑옷을 걸친 사내들의 무리를 몇 번 보았고, 동쪽 지평선에 오르는 연기도 보았지만, 아무도 그들을 귀찮게 하지는 않았다. 그들은 위협이 되기에는 너무 약했고, 쉬운 먹잇감이 되기에는 수가 많았다. 일단 블랙워터를 건너자 최악의 상황은 면

했다. 지난 나흘간은 전쟁의 흔적도 보지 못했다.

캐틀린은 이 일을 하고 싶지 않았다. 리버런에서, 롭에게도 그렇게 말했다. "내가 마지막으로 봤을 때 렌리는 브랜보다 크지 않은 소년이었어. 난 렌리를 모른다. 다른 사람을 보내라. 내가 있을 곳은 여기, 내 아버지 곁이야. 얼마 남지 않은 시간 동안이라도."

아들은 유감스럽다는 표정으로 그녀를 보았다. "달리 보낼 사람이 없어요. 제가 직접 갈 순 없죠. 외할아버지는 편찮으시고요. 검은 물고기는 제 눈과 귀나 다름없으니 떼어놓을 수 없어요. 외삼촌은 우리가 진군할 때 리버런을 지켜야 하고—"

"진군이라니?" 그런 말은 아무도 해주지 않았다.

"리버런에 앉아서 평화를 기다릴 순 없어요. 다시 전장에 나가기를 두려워하는 것처럼 보인다고요. 사람들은 싸울 전투가 없으면 화로와 수확을 생각하기 시작한다고, 아버지가 그러셨어요. 제 북부인들마저도 들썩거리고 있어요."

제 북부인들이라. 롭은 말도 왕처럼 하기 시작했다. "좀이 쑤셔서 죽은 사람은 없지만, 성급히 굴다가는 죽을 수도 있지. 일단 씨를 뿌렸으니, 자라게 놓아두거라."

롭은 고집스럽게 고개를 저었다. "우린 허공에 씨를 던졌을 뿐이에요. 라이사 이모가 우리를 도우러 온다면 지금쯤 소식이 들렸겠죠. 우리가 이어리에 보낸 새가 몇 마리죠? 네 마리? 저도 평화를 원하지만, 우리 군대가 여름 눈처럼 빠르게 녹아내리는 동안 제가 여기 앉아만 있어서야 라니스터가 제게 뭘 줄 이유가 있겠어요?"

"그래서 겁쟁이로 보이느니 타이윈 공의 피리 가락에 맞춰 춤을 추겠다는 거냐?" 그녀는 마주 외쳤다. "그자는 네가 하렌홀로 진군하길 원해. 브린덴 숙부께 물어봐라—"

"제가 언제 하렌홀로 간다던가요. 자, 절 위해 렌리에게 가주시겠어요, 아니면 제가 그레이트존을 보내야 하나요?"

그 기억을 돌이키자 힘없는 미소가 떠올랐다. 뻔한 술수였지만, 그래도 열다섯 소년치고는 교묘한 수였다. 롭은 그레이트존 엄버가 렌리 바라테온 같은 남자를 대하는 데 얼마나 어울리지 않는지 알고 있었고, 캐틀린이 그걸 안다는 사실도 알았다. 돌아갈 때까지 아버지가 살아 계시기를 빌며 임무를 수락하는 것 말고 다른 방법이 있었을까? 호스터 공이 멀쩡했다면 직접 갔을 일이었다. 그걸 알아도 떠나기가 쉽지는 않았다. 힘들었다. 아버지는 작별 인사를 하러 간 그녀를 알아보지도 못했다. "미니사, 아이들은 어디 있소? 내 귀여운 캣, 사랑하는 라이사는……" 캐틀린은 아버지의 이마에 입 맞추고 아이들은 잘 있다고 말했다. 그리고 아버지가 눈을 감자 말했다. "절 기다리세요. 전 수없이 아버지를 기다렸어요. 이번엔 아버지가 절 기다리셔야 해요."

캐틀린은 떫은 차를 홀짝이며 생각했다. '운명은 나를 남쪽으로, 남쪽으로 모는구나. 내가 가야 할 곳은 북쪽인데. 북쪽의 집인데.' 리버런을 떠나기 전에 브랜과 리콘에게 편지를 썼다. '난 너희를 잊지 않아, 내 사랑하는 아이들아. 그 점은 믿어야 한다. 단지 너희 형에게 내가 더 필요할 뿐이야.'

"오늘 안에 맨더 강 상류에 도착할 겁니다." 샤드가 포리지를 뜨는 동안 웬델 경이 말했다. "들리는 말에 따르면 렌리 공은 멀지 않은 곳에 있습니다."

'그리고 렌리를 찾으면 뭐라 말한단 말인가? 내 아들이 당신을 진정한 왕으로 여기지 않는다고?' 그녀는 이 만남이 달갑지 않았다. 그들은 적을 늘릴 게 아니라 친구를 얻어야 했지만, 롭은 자기가 생각할 때 왕좌에 정당한 권리가 없는 남자에게 절대 무릎을 꿇지 않을 터였다.

그릇이 어느새 비었지만, 포리지 맛도 거의 기억나지 않았다. 캐틀린은 그릇을 옆으로 치웠다. "다시 갑시다." 렌리와 빨리 이야기하면 할수록 빨리 집에 돌아갈 수 있었다. 그녀는 제일 먼저 말에 올라, 일행의 속도를 정했다. 할 몰렌이 눈 같은 흰색 바탕에 회색 다이어울프를 그린 스타크 가문의 깃발을 들고 옆을 달렸다.

그들은 아직 렌리의 진영이 반나절 남은 곳에서 포착되었다. 로빈 플린트가 앞서 정찰을 나갔다가, 외딴 풍차 지붕에 망보기가 있다는 소식을 가지고 말을 달려 돌아왔다. 일행이 풍차에 도착했을 때 망보기는 사라지고 없었다. 그들은 계속 나아갔으나, 1킬로미터도 가기 전에 렌리의 별동대가 달려왔다. 사슬 갑옷을 입고 말에 오른 남자 스무 명으로, 전포에 큰어치새를 수놓은 반백의 기사가 이끌었다.

그 기사는 깃발을 보자 혼자 말을 몰아 캐틀린에게 다가왔다. "스타크 부인. 저는 그린풀스의 콜렌 경이라 합니다. 이곳은 부인께서 지나시기 위험한 땅입니다."

"화급한 일로 왔소." 그녀는 대답했다. "내 아들, 북부의 왕인 롭 스타크의 사자로 남부의 왕인 렌리 바라테온과 교섭하러 왔다오."

"렌리 왕은 칠왕국 전체의 주인이자 왕이십니다, 부인." 콜렌 경은 그렇게 대답했지만, 예의를 버리지는 않았다. "전하께서는 군대와 함께 비터브리지(Bitterbridge, 비탄의 다리) 근처에 진을 치고 계십니다. 장미 가도가 맨더 강과 교차하는 지점이지요. 부인을 전하께 안내할 수 있다면 크나큰 영광이겠습니다." 기사가 장갑 낀 손을 들어 올리자 부하들이 캐틀린과 그 호위병들을 가운데 두고 두 줄로 섰다. 호위일까, 호송일까? 궁금했지만, 콜렌 경의 명예와 렌리 공의 명예를 믿는 수밖에 없었다.

그들은 강이 아직 한 시간쯤 남았을 때 진지에서 오르는 연기를 보았다. 그 후에는 농장과 밭과 굽이치는 평원 너머에서 소리가 흘러왔다. 먼 바다의 일렁임처럼 모호한 소리였으나, 말을 달려 다가갈수록 커졌다. 햇빛을 받아 반짝이는 맨더의 흙탕물이 보였을 무렵에는 사람들 목소리, 강철 부덫는 소리, 말 울음소리를 가려낼 수 있었다. 그러나 그 어떤 소리나 연기도 그 군대 자체에 대비하게 해주지는 못했다.

몇천 개 요리 불이 허공에 흐릿한 안개를 채워놓았다. 말들만 해도 몇십 리를 뻗어나갔다. 깃발을 세운 장대들을 만드느라 숲 하나는 족히 쓰러졌으리라. 장미 가도 옆 풀밭을 따라 거대한 공성병기들이 늘어섰는데, 망고넬 투석기와 트레뷰셋 투석기(지레의 원리와 평형추를 이용하여 대포에 가까운 형태로 발전한 투석기), 충차들이 말 탄 사람보다 더 높은 바퀴 차에 올라 앉아 있었다. 보병들의 창끝은 햇빛을 받아 이미 피에 젖은 듯한 붉은색으로 타올랐고, 기사와 귀족들의 천막은 풀밭 위에 비단으로 만든 버섯처럼 흩어져 있었다. 캐틀린은 창을 든 남자들과 검을 든 남자들, 강철모를 쓰고 사슬 셔츠를 입은 남자들, 매력을 뽐내는 종군 매춘부들, 화살을 손질하는 궁수들, 마차를 모는 마부들, 돼지를 모는 돼지치기들, 메시지를 전하러 뛰어다니는 시동들, 검을 손질하는 종자들, 말을 달리는 기사들, 상태가 좋지 않은 말을 끌고 가는 사육사들을 보았다. 비터브리지라는 지명의 기원인 오래된 돌다리를 건너면서 웬델 맨덜리 경이 말했다. "무시무시하게 많군요."

"그래요." 캐틀린도 동감이었다.

남부의 기사들은 거의 다 렌리의 소집에 응한 모양이었다. 사방에 하이가든의 금빛 장미가 보였다. 병사들과 하인들의 오른쪽 가슴팍에 수놓여 있었고, 기마 창과 보병 창을 장식한 초록색 비단 깃발에서 펄럭였으며, 티렐 가문의 아들과 형제와 사촌과 삼촌들의 천막 밖에 걸린 방패에 그려져 있었다. 캐틀린은 그밖에도 플로렌트 가문의 여우와 꽃, 포소웨이의 붉은 사과와 푸른 사과, 탈리 공의 걸어가는 사냥꾼, 오크하트의 참나무 잎, 크레인 가문의 두루미(crane이 두루미를 뜻한다), 멀런도어의 검은색과 오렌지색 나비 떼를 보았다.

맨더 강 건너편에는 폭풍 영주들이 군기를 세워두었다. 원래 렌리 휘하로, 바라테온 가문과 스톰스엔드에 충성을 맹세한 이들이었다. 캐틀린은 브라이스 카론의 나이팅게일, 펜로즈의 깃펜, 그리고 녹색 바탕에 녹색으로 그려진 에스터몬트 공의 바다거북을 알아보았다. 그러나 하나 알겠다 싶으면 열 개는 새로웠다. 봉신들에게 충성을 맹세한 소영주들, 방랑기사와 자유기수들이 렌리 바라테온을 이름뿐이 아닌 왕으로 만들기 위해 몰려든 덕분이었다.

렌리의 군기가 가장 높이 펄럭였다. 어마어마한 크기의 참나무 바퀴 차에 생가죽을 씌워 만든 가장 높은 공성탑 꼭대기에, 캐틀린이 이제까지 본 것 중 가장 큰 군기가 휘날렸다. 연회장을 여러 개 덮고도 남을 만큼 큰 천의 금빛 바탕 위에 검은색으로 그려진 바라테온의 왕관 쓴 수사슴이 당당하게 활보했다.

"마님, 저 소리 들리십니까?" 할리스 몰렌이 가까이 말을 몰아 오며 물었다. "뭘까요?"

캐틀린은 귀를 기울였다. 고함 소리, 말들의 비명 소리, 쇳소리와……
"갈채 소리로군." 그들은 완만한 비탈을 달려 정상에 한 줄로 선 밝은 색 천막들을 향해 올라가고 있었다. 천막들 사이를 지나자 사람들이 더 빽빽하게 모여 있었고, 소리는 더 커졌다. 그러다가 그 장면이 보였다.

아래에서는, 작은 성의 돌과 나무로 만든 흉벽 너머에서 난전이 펼쳐지고 있었다.

공터가 만들어지고, 울타리와 관람석과 시합용 장벽이 섰다. 구경꾼이 수백 명은 모였다. 아니, 수천 명일 수도 있었다. 파헤쳐지고 진흙탕이 된 데다가 찌그러진 갑옷과 부러진 기마 창이 널린 바닥을 보니 시합이 벌어진 지 한참이었지만, 이제 끝이 가까웠다. 스무 명도 안 되는 기사들이 말 위에 남아서 돌격하고 서로를 베는 동안 구경꾼과 말에서 떨어진 경쟁자들이 갈채를 올렸다. 캐틀린은 중무장한 군마 두 마리가 부딪치면서 강철과 말이 뒤엉켜 쓰러지는 모습을 보았다. "마상 시합이로군요." 할 몰렌이 말했다. 뻔한 사실을 굳이 큰 소리로 말하는 남자였다.

"오, 훌륭하군요." 무지갯빛으로 줄무늬를 넣은 망토 차림의 기사가 몸을 홱 돌리고 손잡이가 긴 도끼로 뒤쫓던 남자의 방패를 박살 내고 등자에서 휘청거리게 만들자 웬델 맨덜리 경이 말했다.

앞쪽은 사람이 많아서 뚫고 가기가 어려웠다. 콜렌 경이 말했다. "스타크 부인, 같이 오신 분들이 여기에서 기다리셔도 괜찮다면, 부인을 전하께 안내하겠습니다."

"그 말대로 합시다." 캐틀린은 지시를 내리면서도 마상 시합의 소란 때문에 목소리를 높여야 했다. 콜렌 경은 군중들 사이로 말을 천천히 몰았고, 캐틀린은 그 뒤를 따라갔다. 투구를 쓰지 않고 방패에는 그리핀을 그린 붉은 수염의 사내가 파란 갑옷을 입은 덩치 큰 기사 앞에서 쓰러지자 군중들이 함성을 올렸다. 파란 기사의 갑옷은 짙은 코발트색이었고, 그 손에서 치명적인 효과를 발휘하는 둔중한 가시 철퇴도 그랬다. 타고 있는 말은 타스 가문의 태양과 달 문장을 넣은 마갑을 걸쳤다.

"이런 망할, 붉은 로넷이 쓰러졌어." 어떤 남자가 욕설을 했다.

"로라스가 저 파란 놈을 해치워줄—" 그 옆에 있던 사람이 대꾸했지만 솟아오른 함성에 나머지 말이 잠겼다.

또 한 명이 쓰러졌는데 상처 입은 말 밑에 깔렸고, 말과 사람 모두 고통스러운 비명을 지르고 있었다. 종자들이 도우러 달려 나갔다.

'이건 미친 짓이야.' 캐틀린은 생각했다. 사방에 진짜 적들이 있고 왕국의 반이 전화에 휩싸였는데, 렌리는 여기 앉아서 처음 나무칼을 받은 사내아이처럼 전쟁놀이를 하고 있었다.

관람석에 앉은 귀족들도 바닥에서 구경하는 사람들 못지않게 난전에 몰두하고 있었다. 캐틀린은 그들을 주의 깊게 보았다. 그녀의 아버지는 남부 영주들을 자주 접대했기에, 리버런의 손님으로 왔던 이들이 적지 않았다. 전보다 더 튼튼하고 혈색 좋아진 마티스 로완 공의 하얀 더블릿에는 가문을 상징하는 황금 나무가 펼쳐져 있었다. 그 밑에는 자그맣고 우아한 오크하트 부인이 앉았고, 그 왼쪽에는 혼힐의 랜딜 탈리 공이 대검 '심장의 파멸'을 자리 뒤에 기대 놓고 있었다. 다른 사람들은 문장으로만 알았고, 몇 명은 아예 누구인지 알 수 없었다.

한중간에는 금빛 왕관을 쓴 유령이 어린 왕비를 옆에 앉히고 웃으며 구경하고 있었다.

'영주들이 이렇게 열렬히 모여든 것도 당연하군. 로버트의 재림이야.' 렌리는 로버트가 젊었을 때 그대로 잘생겼다. 팔다리는 길고 어깨는 넓었으며, 똑같이 가늘고 곧은 검은 머리에 똑같이 짙은 푸른 눈, 똑같이 편안한 미소를 지녔다. 이마에 얹은 금관이 잘 어울렸다. 순도 높은 연질의 금을 교묘하게 세공해서 만든 장미 화환 모양에, 맨 앞에는 짙은 녹색 비취로 만들어서 황금으로 눈과 뿔을 장식한 수사슴 머리를 얹었다.

왕관 쓴 수사슴은 왕이 입은 초록색 벨벳 튜닉에도 들어갔다. 가슴팍에 금실로 수를 놓으니, 하이가든의 바탕색에 바라테온의 문장이었다. 렌리와 함께 상석에 앉은 소녀도 하이가든 사람이었다. 어린 왕비 마저리, 메이스 티렐 공의 딸. 그 둘의 결혼은 거대한 남부 동맹을 묶어주는 모르타르였다. 렌리는 스물한 살이었고, 소녀는 롭과 비슷한 나이로 무척 예뻤으며, 유순한 눈에 곱슬곱슬한 갈색 머리가 어깨까지 떨어졌다. 미소는 수줍고 달콤했다.

시합장에서는 무지갯빛 망토를 두른 기사가 또 한 남자를 떨어뜨렸고, 왕은 다른 사람들과 함께 외쳤다. "로라스!" 캐틀린은 렌리의 고함 소리를 들었다. "로라스! 하이가든!" 왕비는 흥분해서 손뼉을 쳤다.

캐틀린은 시합의 결말을 보려고 고개를 돌렸다. 이제 난전에는 네 명밖에 남지 않았고, 왕과 구경꾼들이 누구를 제일 좋아하는지는 뻔했다. 로라스 티렐 경을 만나본 적은 없었지만, 먼 북쪽에도 젊은 '꽃의 기사'의 무용담은 들렸다. 로라스 경은 은제 사슬 갑옷을 씌운 키 큰 백마를 타고 손잡이가 긴 도끼로 싸웠다. 투구 중앙에는 황금 장미 장식이 흘러내렸다.

다른 생존자 두 명이 연합했다. 그들은 코발트색 갑옷을 입은 기사를 향해 말을 몰았다. 그들이 양쪽으로 접근하자 파란 기사는 고삐를 세게 당기고, 검은색 군마가 강철 굽을 박은 발로 한 명을 강타하는 동안 쪼개진 방패로 또 한 명의 얼굴을 후려쳤다. 눈 깜박할 사이에 한 명이 말에서 떨어지고, 또 한 명은 비틀거렸다. 파란 기사가 부서진 방패를 땅에 떨궈 왼팔을 비우는가 싶더니 다음 순간 꽃의 기사가 그에게 달려들었다. 로라스 경의 움직임에 깃든 우아함과 기민함은 강철의 무게에도 거의 방해받지 않았다. 무지갯빛 망토가 빙그르르 돌았다.

백마와 흑마는 수확제에서 춤을 추는 연인들처럼 서로의 주위를 돌았고, 기수들은 입술 대신 무기를 부딪쳤다. 긴 도끼가 번득이고 가시 철퇴가 돌았다. 둘 다 날을 무디게 만든 무기였으나, 끔찍한 쇳소리를 울렸다. 방패가 없는 파란 기사가 훨씬 불리했다. 로라스 경은 군중들의 "하이가든!" 소리에 호응하여 상대의 머리와 어깨에 공격을 퍼부었다. 상대방도 가시 철퇴로 답했으나, 철퇴가 떨어질 때마다 로라스 경은 황금 장미 세 송이가 그려진 녹색 방패로 막아냈다. 긴 도끼가 뒤로 돌아가던 파란 기사의 손을 때려 가시 철퇴를 날려버리자 군중들은 발정기의 짐승처럼 소리를 질러댔다. 꽃의 기사가 마지막 한 방을 내리기 위해 도끼를 들어 올렸다.

파란 기사는 그대로 돌진했다. 준마들이 서로 부딪치고, 무딘 도끼날이 상처 난 파란색 흉갑을 때렸지만…… 어떻게 한 건지, 도끼 자루는 파란 기사의 강철 장갑 손가락 사이에 잡혀 있었다. 그는 로라스 경의 손아귀에서 도끼를 빼앗았고, 갑자기 두 사람이 말에 오른 채로 격투를 벌인다 싶더니 다음 순간에는 둘 다 떨어지고 있었다. 두 마리 말이 물러서자 두 사람은 뼈가 덜그럭거릴 정도로 세게 바닥에 부딪쳤다. 아래쪽에 깔린 로라스 티렐이 타격을 더 크게 받았다. 파란 기사는 긴 비수를 뽑고 티렐의 면갑을 열었다. 군중들의 함성이 어찌나 시끄러운지, 캐틀린은 로라스 경이 하는 말을 들을 수가 없었다. 그러나 찢어지고 피 묻은 입술이 그리는 말을 읽을 수는 있었다. '항복.'

파란 기사는 비틀거리며 일어서더니 비수를 렌리 바라테온 쪽으로 들어 올렸다. 우승자가 왕에게 바치는 경례였다. 종자들이 완파된 기사를 부축해 일으키려고 시합장에 뛰어들었다. 그들이 로라스의 투구를 벗기자 캐틀린은 그가 얼마나 어린지 보고 흠칫 놀랐다. 롭보다 두 살이나 더 들었을까. 소년은 제 누이 못지않게 어여쁜 얼굴 같았지만, 찢어진 입술과 초점이 맞지 않는 눈, 헝클어진 머리에서 흐르는 피 때문에 확실히 알아보기 힘들었다.

"가까이 오라." 렌리 왕이 우승자를 불렀다.

우승자는 절뚝거리며 관람석으로 다가갔다. 가까이에서 보니 반짝이는 파란 갑옷도 덜 아름다워 보였다. 온통 상처투성이였다. 철퇴와 전투 망치에 찌그러진 자국, 검에 베인 긴 자국, 법랑을 입힌 흉갑과 투구에서 이가 빠진 자국들. 망토는 누더기나 다름없었다. 움직이는 모습을 보니 갑옷 안에 든 사람도 못지않게 다쳤다. 몇몇 목소리가 "타스!"라고 외치거나, 이상하게도 "미녀! 미녀!"라고 환호했지만 대부분은 조용했다. 파란 기사는 왕 앞에 무릎을 꿇었다. "전하." 찌그러진 대투구 때문에 목소리가 분명치 않게 들렸다.

"그대는 그대의 아버지가 주장한 그대로군." 렌리의 목소리가 시합장에 울렸다. "로라스 경이 말에서 떨어지는 모습은 한두 번 봤지만…… 이런 식으로 떨어지는 건 처음 보았다."

"그건 제대로 떨군 게 아니었어." 근처에 있던 술 취한 궁수가 투덜거렸다. 가죽조끼에 티렐의 장미를 수놓은 남자였다. "비열한 술책이야. 상대를 끌고 떨어지다니."

사람들이 흩어지기 시작했다. 캐틀린은 안내자에게 물었다. "콜렌 경, 저 남자가 누구이기에 사람들이 이토록 싫어하는 거요?"

콜렌 경은 얼굴을 찌푸렸다. "남자가 아니기 때문입니다, 부인. 저자는 타스의 브리엔느, 저녁 별 셀윈 공의 딸입니다."

"딸?" 캐틀린은 경악했다.

"사람들은 미녀 브리엔느라고 부르지요……. 면전에 대고는 못 합니다. 그랬다가는 몸으로 변호해야 할 테니까요."

렌리 왕이 타스의 브리엔느를 비터브리지 대난전의 승리자로 선언하는 소리가 들렸다. 기사 116명 중 마지막까지 남은 한 명이었다. "우승자로서, 그대는 어떤 소원이든 청할 수 있다. 내 힘이 닿는 일이라면 들어주마."

"전하." 브리엔느가 답했다. "저는 전하의 레인보우가드에 들어가는 영광을 청합니다. 전하의 일곱 기사 중 하나가 되어 제 목숨을 전하에게 바치고, 전하가 가는 곳에 가며, 전하 곁에서 말을 달리고, 모든 위해와 해악으로부터 전하를 안전하게 지키겠습니다."

"수락한다. 일어서서 투구를 벗어라."

그녀는 명령대로 했다. 그리고 그녀가 대투구를 들어 올리자 캐틀린은 콜렌 경이 했던 말을 이해했다.

사람들이 그녀를 '미녀'라 부르는 것은…… 조롱이었다. 면갑 아래 머리카락은 지저분한 짚으로 만든 다람쥐 둥지 같았고, 얼굴은…… 브리엔느의 눈은 커다랗고 새파란, 교활함이라고는 없고 믿음이 가득한 소녀 같은 눈동자였으나, 나머지는…… 이목구비는 크고 거칠었고, 치아는 비뚤배

뚤한 데다 돌출했으며, 입은 너무 컸고, 입술은 부었나 싶을 정도로 두꺼웠다. 뺨과 이마에는 주근깨가 다닥다닥이었고, 코는 한 번 이상 부러졌다 붙은 모양새였다. 안타까움이 캐틀린의 마음을 채웠다. 이 세상에 못생긴 여자보다 더 불운한 존재가 있을까?

그럼에도, 렌리가 너덜너덜한 망토를 뜯어내고 그 자리에 무지개 망토를 묶어주자 타스의 브리엔느는 불운해 보이지 않았다. 미소가 얼굴을 환하게 밝혔고, 목소리는 확고하고 자부심 강했다. "제 목숨은 전하의 것입니다. 오늘부터 저는 전하의 방패임을 옛 신들과 새로운 신들에게 맹세합니다." 그녀가 왕을 내려다보는 모습은 보기 괴로운 장면이었다. 렌리는 로버트만큼 키가 컸는데도, 브리엔느가 한 뼘은 족히 더 컸다…….

"전하!" 그린폴스의 콜렌 경이 말에서 내려 관람석으로 다가가더니 한쪽 무릎을 꿇었다. "허락을 구합니다. 전하에게 윈터펠의 영주 롭 스타크의 사자로 오신 캐틀린 스타크 부인을 모셔 오는 영예를 누렸사옵니다."

"윈터펠의 주인이자 북부의 왕이오, 경." 캐틀린은 인사말을 바로잡고, 말에서 내려서 콜렌 경 옆으로 갔다.

렌리 왕은 놀란 얼굴이었다. "캐틀린 부인? 이렇게 반가울 수가요." 그는 어린 왕비를 돌아보았다. "귀여운 마저리, 이분이 윈터펠의 캐틀린 스타크 부인이시오."

"더없이 환영합니다, 스타크 부인." 소녀는 부드러운 예의를 갖추어 말했다. "부인의 상실은 안타깝습니다."

"친절하시군요." 캐틀린이 말했다.

"부인, 제가 맹세코 라니스터에게 부군을 살해한 책임을 묻겠습니다. 킹스랜딩을 빼앗으면 부인께 세르세이의 머리를 보내드리지요." 왕이 선언했다.

'그런다고 나의 네드가 돌아올까?'

"정의가 이루어졌음을 안다면 그것으로 충분합니다, 렌리 공."

"전하라고 부르세요." 파란 기사 브리엔느가 날카롭게 정정했다. "그리고 왕에게 다가갈 때는 무릎을 꿇어야 합니다."

"공과 전하의 거리는 멀지 않다오, 아가씨. 렌리 공은 왕관을 썼고, 내 아들도 마찬가지요. 정히 바란다면 이 진흙 바닥에 서서 서로를 어떤 칭호로 부르고 어떻게 예우해야 하는지 논할 수도 있겠지만, 내 생각에는 우리에게 더 긴급한 의논 거리가 있지 싶군요."

렌리의 영주들 중에는 그 말에 발끈하는 사람도 있었지만, 왕은 웃기만 했다. "말씀 잘하셨습니다. 예의를 갖출 시간이야 전쟁이 끝나면 넘치도록 있겠지요. 말해보세요, 아드님은 언제 하렌홀로 진군할 계획인가요?"

캐틀린은 이 왕이 친구인지 적인지 알기 전까지는 롭의 작전을 조금도 드러내지 않을 작정이었다. "이 몸은 아들의 군사 회의에 참석하지 않는답니다."

"나에게 라니스터를 몇 명 남겨주기만 한다면 불평하지 않겠어요. 킹슬레이어는 어떻게 했습니까?"

"제이미 라니스터는 리버런에 포로로 잡혀 있습니다."

"아직 살아 있습니까?" 마티스 로완 공은 실망한 기색이었다.

렌리는 재미있어하며 말했다. "다이어울프가 사자보다 온화한 모양이군요."

그러자 오크하트 부인이 신랄한 미소를 머금고 중얼거렸다. "라니스터보다 온화하다는 건 바다보다 물이 적다는 소리지요."

"온화한 게 아니라 유약한 겁니다." 짧고 뻣뻣한 회색 수염의 랜딜 탈리 공은 직설적인 말투로 유명했다. "스타크 부인에게 무례할 마음은 없지만, 롭 공은 어머니 치마폭에 숨지 말고 직접 왕에게 충성을 맹세하러 오는 편이 나았을 겁니다."

"롭 왕은 전쟁 중입니다." 캐틀린은 얼음장 같은 예의를 갖추어 대답했다. "마상 시합 놀이 중이 아니라요."

렌리는 씩 웃었다. "살살 하세요, 랜딜 공. 강적을 만나셨습니다." 그는 스톰스엔드의 상징 색을 입은 집사를 불렀다. "부인의 일행이 묵을 장소를 찾아드리고, 불편함 없도록 모시게. 캐틀린 부인은 내 천막을 쓰시도록 하지. 캐스웰 공이 친절하게도 나에게 성을 양보했으니, 천막은 필요가 없어. 부인, 쉬시고 나서 캐스웰 공이 오늘 밤 베푸는 만찬에서 고기와 술을 함께 나눈다면 영광이겠습니다. 작별 만찬이지요. 캐스웰 공은 내 굶주린 군대의 뒤꽁무니를 보고 싶은 마음 간절하지 싶군요."

"그럴 리가 있습니까, 전하." 캐스웰임이 분명한 머리숱 적은 청년이 항변했다. "제 것이 곧 전하의 것입니다."

"로버트 형님은 누군가가 그런 말을 할 때마다 그대로 받아들였지. 딸이 있소?"

"예, 전하. 둘 있습니다."

"그렇다면 내가 로버트가 아님을 신들께 감사드리시오. 내가 원하는 여자는 내 사랑스러운 왕비뿐이니." 렌리는 손을 내밀어 일어서는 마저리를 도왔다. "쉬시고 나서 다시 얘기하지요, 캐틀린 부인."

렌리가 신부를 이끌고 성으로 돌아가는 사이 그의 집사는 캐틀린을 왕의 녹색 비단 천막으로 안내했다. "필요하신 게 있으면 말씀만 하십시오, 부인."

캐틀린은 이미 주어진 것 외에 무엇이 더 필요할지 상상할 수가 없었다. 그 천막은 어지간한 여관의 휴게실보다 더 컸고 온갖 편의를 다 갖춰놓았다. 깃털을 채운 매트리스와 덮고 잘 모피, 나무와 구리로 만든 두 사람은 들어갈 만큼 큰 욕조와 밤의 한기를 물리치기 위한 난로 여러 개, 나무에 가죽을 대어 만든 접의자, 깃펜과 잉크병을 갖춘 필기용 탁자, 복숭아와 자두와 배가 담긴 그릇들, 은잔과 세트를 이루는 와인병, 렌리의 옷이 가득 든 삼나무 궤짝, 책, 지도, 놀이판, 키 높은 하프, 큰 활과 화살통, 꽁지깃이 붉은 사냥매 한 쌍, 훌륭한 무기를 골고루 갖춘 무기고……. 그녀는 천막 안을 둘러보며 생각했다. '렌리는 스스로에게 인색하지 않군. 군대가 이토록 느리게 움직이는 것도 당연해.'

입구 바로 옆에 왕의 갑옷이 보초를 섰다. 숲 같은 녹색 판갑으로 이음쇠에는 금으로 돋을새김을 넣었고, 투구에는 거대한 금사슴뿔을 얹었다. 강철을 어찌나 반짝반짝하게 닦았는지 흉갑에 얼굴이 비쳐 보일 정도였다. 캐틀린의 거울상이 깊은 녹색 연못 바닥에서 그녀를 마주보는 것 같았다. '빠져 죽은 여자의 얼굴이로구나. 슬픔에 빠져 죽을 수도 있을까?' 캐틀린은 스스로의 연약함에 화가 나서 몸을 홱 돌렸다. 자기 연민 같은 사치를 부릴 시간이 없었다. 머리카락에 묻은 먼지를 씻어내고 왕의 만찬에 더 어울리는 가운으로 갈아입어야 했다.

웬델 맨덜리 경, 루카스 블랙우드 경, 퍼윈 프레이 경, 그리고 나머지 귀족들이 그녀와 함께 성으로 향했다. 캐스웰 공의 대연회장은 예의상으로만 크다고 할 곳이었지만, 캐틀린의 사람들이 앉을 자리는 붐비는 장의자에서도 렌리의 기사들 사이에 마련되었다. 캐틀린은 연단에서 붉은 얼굴의 마티스 로완 공과 초록 사과 포소웨이 가문의 상냥한 존 포소웨이 경 사이에 앉았다. 존 경은 농담을 던진 반면, 마티스 공은 그녀의 아버지와 남동생과 자식들의 안부를 정중하게 물었다.

타스의 브리엔느는 상석 맨 끝에 앉았다. 그녀는 귀족 숙녀처럼 입지 않고 화려한 기사복을 선택, 장미와 창공 문양을 넣은 벨벳 더블릿과 반바지에 장화를 신고 아름답게 세공한 검대를 찬 후, 등에는 새로 받은 무지개 망토를 늘어뜨렸다. 그러나 어떤 복장도 그녀의 못생긴 외모를 감출 수는 없었다. 주근깨가 흩어진 거대한 두 손, 크고 넓은 얼굴, 튀어나온 이……

갑옷을 벗자 몸도 볼품없어 보였다. 엉덩이는 크고 팔다리는 굵었으며, 근육질의 어깨는 살짝 굽었고 가슴이랄 부분은 나오지 않았다. 브리엔느 또한 그 사실을 알고, 그 점에 고통받고 있음이 모든 행동에서 명백히 드러났다. 그녀는 누가 물어볼 때만 대답했고, 음식에서 거의 시선을 들지 않았다.

음식은 많았다. 전쟁도 하이가든의 전설적인 풍성함은 건드리지 못했다. 가수들이 노래하고 곡예사들이 곡예를 부리는 동안 그들은 와인에 데친 배로 시작해서 소금에 굴려 바삭바삭하게 구워낸 잔생선 요리, 양파와 버섯을 채운 수탉을 먹었다. 거대한 갈색 빵 덩어리, 산더미처럼 쌓인 순무와 옥수수와 완두콩, 거대한 햄과 구운 거위, 나무 접시 위로 흘러넘치는 맥주와 보리를 넣어 끓인 사슴 고기 스튜도 있었다. 단것으로 말하자면 캐스웰 공의 하인들이 성 주방에서 페이스트리가 담긴 접시들을 내왔고, 크림 백조와 솜사탕 유니콘, 장미 모양의 레몬 케이크, 향신료를 넣은 꿀 비스킷과 블랙베리 타르트, 사과 칩과 버터 같은 치즈 덩이들이 있었다.

기름진 음식에 캐틀린은 욕지기가 났지만, 그녀의 강인함에 너무나 많은 것이 달려 있었기에 결코 연약함을 드러내지 않았다. 그녀는 조금씩 먹으면서 왕이 된 남자를 지켜보았다. 렌리는 어린 신부를 왼쪽에 앉히고 신부의 오라비를 오른쪽에 앉혔다. 로라스 경은 이마에 두른 하얀 리넨 붕대를 제외하면 그날의 불운에 대해 아무 표시도 내지 않았다. 그는 캐틀린의 예상대로 예쁘장했다. 아까처럼 혼탁하지 않은 눈은 활기차고 총명했으며, 갈색 머리카락은 꾸미지 않고도 처녀가 질투할 성싶게 굽이쳐 흘러내렸다. 그는 마상 시합에서 너덜너덜해진 망토를 새것으로 바꿨는데, 렌리의 '레인보우가드'가 걸치는 것과 똑같이 반짝이는 줄무늬 비단 망토로, 하이가든의 황금 장미로 여몄다.

렌리 왕은 이따금씩 단검 끝에 특별 요리를 꽂아서 마저리에게 먹여주거나, 몸을 기울이고 볼에 가벼운 입맞춤을 남겼지만, 주로 농담과 신뢰를 나누는 상대는 로라스 경이었다. 왕이 먹고 마시기를 즐긴다는 점은 명백했으나, 폭식을 하거나 취하도록 마시는 것 같지는 않았다. 그는 자주, 그리고 잘 웃었고 명문 귀족들에게나 천한 하녀들에게나 비슷하게 상냥했다.

손님들이 다 그만큼 품위 있지는 않았다. 어떤 이들은 캐틀린의 기준에 너무 술을 많이 마셨고 너무 큰 소리로 허풍을 쳤다. 윌럼 공의 아들인 조슈아와 엘리아스는 누가 킹스랜딩의 성벽을 먼저 넘을 것인가를 두고 열띤 언쟁을 했다. 바너 공은 하녀 하나를 무릎에 앉히고 한 손으로 보디스 아래를 더듬으며 그녀의 목에 얼굴을 부볐다. 스스로를 가수라고 여기는 기사 녹색의 가이야드는 하프를 하나 빼앗아 들고 사자 꼬리 땋기에 대한 시를 읊었는데, 운율이 맞을 때도 있었다. 마크 멀런도어 경은 흑백의 원숭이를 한 마리 데려와서 접시에 남은 음식을 먹였고, 붉은 사과 포소웨이 가문의 탠튼 경은 식탁 위로 올라가더니 자기가 일 대 일 결투로 산도르 클리게인을 베겠노라 맹세했다. 탠튼 경이 한쪽 발을 그레이비 소스 그릇에 담고 말하지 않았다면 그 맹세가 좀 더 심각하게 받아들여졌을까.

이런 바보짓은 통통한 어릿광대 하나가 천으로 만든 사자 머리를 뒤집어쓰고 금칠을 한 깡통을 입고 뛰쳐나와서 식탁 사이로 어느 난쟁이를 쫓아다니며 공기주머니로 머리를 때려댈 때 절정에 이르렀다. 마침내 렌리 왕이 왜 동생을 때리고 있냐고 물었다. 그러자 어릿광대는 대답했다. "그야 제가 킨슬레이어(Kinslayer, 친족 살해자)이기 때문입죠, 전하."

"킹슬레이어(Kingslayer, 국왕 살해자)다, 바보 중의 바보야." 렌리가 말하자 연회장에 폭소가 터졌다.

캐틀린 옆에 앉은 로완 마티스 공은 그 웃음에 동참하지 않았다. "다들 너무 어려요." 그는 말했다.

사실이었다. 꽃의 기사는 로버트가 트라이던트에서 라에가르 왕자를 베었을 때 두 살도 되지 않았을 것이다. 다른 이들도 그보다 별로 나이가 많지 않았다. 그들은 킹스랜딩 약탈 때 어린 아기들이었고, 발론 그레이조이가 강철 군도에서 반란을 일으켰을 때 소년에 지나지 않았다. 캐틀린은 브라이스 공이 로바르 경을 들들 볶아서 단검 던지기 놀이를 시키는 모습을 지켜보며 생각했다. '다들 아직 피를 본 적이 없어. 이들에게는 아직도 모든 게 놀이이고, 거대한 마상 시합이야. 이들에겐 영광과 영예와 전리품을 얻을 기회밖에 보이지 않아. 다들 노래와 이야기에 취한 소년들이고, 모든 소년들이 그렇듯 자기들은 죽지 않을 줄 알지.'

"전쟁을 겪으면 나이 들겠지요. 우리가 그랬듯이." 그녀는 로버트와 네드와 존 아린이 아에리스 타르가르옌에게 반대하여 기치를 들었을 때 소녀였고, 그 싸움이 끝났을 때는 여인이 되어 있었다. "안타깝군요."

"왜지요?" 로완 공은 그녀에게 물었다. "저들을 봐요. 젊고 튼튼하고, 생명력과 웃음 가득하지요. 육욕도, 아, 어떻게 해야 할지 모를 정도로 육욕이 넘쳐요. 내 장담컨대 오늘 밤에는 사생아가 많이 생길 겁니다. 거기 안타까울 게 뭐 있습니까?"

"계속되지 않을 테니까요." 캐틀린은 서글프게 대답했다. "저들은 여름의 기사들이고, 겨울이 오고 있으니까요."

"캐틀린 부인 말씀은 틀렸습니다." 브리엔느가 갑옷과 똑같이 새파란 눈으로 그녀를 보았다. "저희 같은 이들에게는 결코 겨울이 오지 않습니다. 저희가 전투 중에 죽는다면 사람들이 저희에 대한 노래를 부를 테고, 노래 속에서는 언제나 여름이지요. 노래 속에서는 모든 기사가 다 용맹스럽고, 모든 처녀가 다 아름다우며, 태양은 언제나 빛납니다."

'겨울은 우리 모두에게 온다. 나에게는 네드가 죽었을 때 찾아왔지. 아이야, 너에게도 겨울이 올 것이고, 네 생각보다 더 빨리 올 거란다.' 캐틀린은 생각했지만, 차마 그 말을 할 용기는 나지 않았다.

왕이 그녀를 구했다. "캐틀린 부인. 바람을 좀 쐬고 싶은데, 같이 걸으시 겠습니까?" 렌리가 외쳤다.

캐틀린은 즉시 일어섰다. "영광이지요."

브리엔느도 일어섰다. "전하, 제게 갑옷을 갖출 시간을 주십시오. 경호 없이 다니셔선 안 됩니다."

렌리 왕은 미소 지었다. "캐스웰 공의 성 한가운데에서, 그것도 내 군대 에 둘러싸여서도 안전하지 않다면 검 한 자루에 무슨 소용이 있으랴……. 아무리 브리엔느 그대의 검이라 해도 말이야. 앉아서 먹게. 그대가 필요하면 부를 테니."

그 말은 그날 오후에 받았던 어떤 타격보다 더 거세게 그녀를 때린 것 같았다. "알겠습니다, 전하." 브리엔느는 눈을 내리깔고 앉았다. 렌리는 캐 틀린의 팔을 잡고 대연회장을 나섰다. 축 처져 있던 위병이 그들이 지나가 자 서둘러 몸을 바로 세우다가 창을 떨어뜨릴 뻔했다. 렌리는 그의 어깨를 툭툭 때리고 농담을 했다.

"이쪽입니다, 부인." 왕은 그녀를 이끌고 낮은 문을 통과하여 계단 탑으 로 들어갔다. 그는 계단을 오르면서 물었다. "혹시 말인데, 바리스탄 셀미 경이 아드님과 함께 리버런에 있습니까?"

"아뇨." 그녀는 어리둥절해서 답했다. "이젠 조프리 곁에 없습니까? 킹 스가드 단장이었을 텐데요."

렌리는 고개를 저었다. "라니스터가 셀미에게 너무 늙었다고 하고는 그 망토를 사냥개에게 줘버렸답니다. 진정한 왕을 모시겠다고 맹세하며 킹 스랜딩을 떠났다고 들었습니다. 브리엔느가 오늘 요구한 망토는 셀미를 위해 마련해둔 것이었습니다. 혹시 검을 바치러 올까 싶어서요. 하이가든 에는 나타나지 않았으니, 리버런으로 갔을까 했지요."

"저희는 못 봤습니다."

"셀미가 늙기는 했지만, 아직 훌륭한 기사입니다. 다치지 않았으면 좋겠군요. 라니스터는 엄청난 바보들입니다." 그들은 계단을 몇 개 더 올랐다. "로버트 형님이 죽던 밤에 제가 부군께 검사 백 명을 약속할 테니 조프리를 잡으라고 부추겼더랬습니다. 제 제안을 들었다면 그분은 지금 섭정일 테고, 제가 왕좌를 요구할 필요도 없었겠지요."

"네드가 거절했군요." 듣지 않고도 알 수 있었다.

"에다드 공은 로버트 형의 아이들을 지키겠다고 맹세했지요. 저 혼자 행동할 힘은 없었기에, 에다드 공이 거절하자 저는 달아날 수밖에 없었습니다. 제가 그대로 머물렀다면, 왕비 때문에 형보다 별로 오래 살지 못했을 겁니다."

'당신이 머물러서 네드를 지원했다면 그이가 아직 살아 있을지 모르지.' 캐틀린은 비통하게 생각했다.

"전 부군을 좋아했습니다, 부인. 그분이 로버트 형님의 충실한 친구였다는 걸 압니다…… 하지만 다른 사람 말에 귀 기울이지 않았고, 굽힐 줄을 몰랐습니다. 여기, 뭔가 보여드리고 싶군요." 그들은 계단 꼭대기에 이르렀다. 렌리가 나무 문을 밀어 열었고 두 사람은 지붕으로 걸어 나갔다.

캐스웰 공의 아성은 탑이라고 부르기도 민망한 높이였지만, 주변이 낮고 평평하다 보니 사방 몇십 리씩을 볼 수 있었다. 캐틀린이 어디를 보아도 불빛이 보였다. 불빛이 떨어진 별들처럼 지상을 뒤덮었고, 별과 마찬가지로 끝이 없었다. 렌리는 조용히 말했다. "세어보셔도 좋습니다. 동녘이 밝아올 때까지 헤아리게 되겠지요. 오늘 밤 리버런 주위에는 불이 얼마나 타고 있을까요?"

캐틀린은 대연회장에서 밤하늘로 새어 나가는 희미한 음악 소리를 들을 수 있었다. 감히 별의 수를 헤아릴 순 없었다.

렌리가 말을 이었다. "아드님이 2만 군사를 이끌고 넥 지역을 건넜다 들었습니다. 이제는 트라이던트의 영주들이 함께하니 4만을 지휘하겠지요."

'아니, 그렇게 많지는 않아. 우리는 전투에서 병사들을 잃었고, 수확 때문에도 잃었지.'

"저는 여기에만 그 두 배를 거느리고 있습니다. 그리고 이건 제 병력의 일부에 불과합니다. 메이스 티렐이 1만 명을 거느리고 하이가든에 남았고, 강력한 수비군이 스톰스엔드를 지키고 있으며, 곧 도르네인들이 전력으로 합세할 겁니다. 그리고 드래곤스톤을 쥐고 협해 영주들을 지휘하는 스타니스 형님도 잊지 마십시오."

"스타니스를 잊은 건 렌리 공 아닌가요." 캐틀린은 의도치 않게 날카롭게 말했다.

"형님의 왕위 주장 말입니까?" 렌리는 소리 내어 웃었다. "솔직해집시다, 부인. 스타니스 형은 끔찍한 왕이 될 거예요. 왕이 되지도 못하겠지만 말입니다. 사람들은 스타니스 형을 존경하고 두려워하기도 하지만, 형을 사랑하는 사람은 극히 적습니다."

"그렇다 해도 여전히 형님이십니다. 둘 중 누구에게든 철왕좌에 대한 권리가 있다고 하자면, 스타니스 공이어야 마땅합니다."

렌리는 어깨를 으쓱였다. "말씀해보세요. 로버트 형님은 철왕좌에 대체 무슨 권리가 있었던가요?" 그는 답을 기다리지 않았다. "아, 바라테온과 타르가르옌의 혈맹에 대한 이야기가 있었지요. 백 년 전의 결혼이며, 둘째 아들과 큰 딸들에 대한 이야기도 있었고요. 하지만 학사들 말고 누가 그런 데 신경을 쓴답니까. 로버트는 전투 망치로 왕좌를 따냈어요." 그는 지평선에서 지평선까지 이어지는 모닥불들을 한 손으로 쓸었다. "자, 저기에 로버트 형님 못지않은 자격이 있습니다. 에다드 공이 로버트 형님을 지원했듯 아드님이 저를 지원한다면, 저도 섭섭지 않게 하겠습니다. 기꺼이 아드님의 모든 영지와 호칭과 영예를 확정해드리지요. 원하는 대로 윈터펠에서 통치할 수 있습니다. 심지어 계속 북부의 왕이라 자칭해도 좋습니다. 제게 무릎을 굽히고 대군주의 신하로 충성을 맹세하기만 한다면요. 왕이란 이름에 불과하지만, 맹세와 충성과 군무는…… 제가 반드시 받아야겠습니다."

"그걸 바치지 않는다면요?"

"전 왕이 될 작정입니다. 쪼개진 왕국이 아니라 온전한 왕국에서요. 그보다 더 명확하게 말할 수 있을까요. 300년 전, 스타크 왕은 이길 수 없다는 사실을 알아보고 드래곤 아에곤에게 무릎을 꿇었습니다. 그건 지혜로운 결정이었지요. 아드님도 지혜로워야 합니다. 일단 아드님만 제게 합류하면 이 전쟁은 끝난 거나 다름없습니다. 우리는—" 렌리는 갑자기 주의를 빼앗겨 말을 끊었다. "이건 또 뭐지?"

쇠사슬 소리가 쇠창살문이 올라간다는 사실을 알렸다. 아래 안마당에서 날개 달린 투구를 쓴 기수 하나가 땀투성이가 된 말을 재촉하여 창살아래를 통과했다. "왕을 뵈어야 하오!"

렌리는 요철에 올라섰다. "나 여기 있네, 경."

"전하." 기수가 말을 가까이 몰아 왔다. "최대한 빨리 달려왔습니다. 스톰스엔드에서요. 저희는 포위당했습니다, 전하. 코트네이 경이 저항 중이지만—"

"하지만…… 그럴 리가 없어. 타이윈 공이 하렌홀을 떠났다면 소식을 들었을 텐데."

"라니스터가 아닙니다, 주군. 성문 앞에 있는 건 스타니스 공입니다. 지금은 자칭 스타니스 왕이지요."

존

말에 박차를 가해서 불어난 개울물을 건너는 존의 얼굴을 비바람이 후려쳤다. 옆에서는 모르몬트 사령관이 망토 두건을 당기며 날씨를 저주했다. 어깨에는 늙은 곰 본인 못지않게 흠뻑 젖어서 기분이 나빠진 까마귀가 깃털을 곤두세우고 앉아 있었다. 돌풍에 날려 온 젖은 잎사귀들이 죽은 새 떼처럼 퍼덕거렸다. 존은 암담한 기분으로 생각했다. '귀신 들린 숲이라. 그보다는 물에 잠긴 숲이라고 해야겠군.'

행렬 뒤쪽에 있는 샘이 잘 버티기를 빌었다. 샘은 날씨가 좋을 때도 썩 훌륭한 기수가 아니었는데, 엿새 동안 비가 내린 땅바닥은 부드러운 진흙과 숨은 바위로 위험해졌다. 바람이 불면 물이 눈에 튀었다. 남쪽에서는 장벽이 흐르고 있으리라. 녹아내린 얼음이 따뜻한 빗물과 섞여서 줄줄 쏟아지고 있을 터였다. 핍과 토드는 휴게실 불가에 앉아서 저녁 식사를 앞에 두고 멀드와인을 마시겠지. 존은 친구들이 부러웠다. 젖은 모직물이 몸에 달라붙어 가려웠고, 목과 어깨는 사슬 갑옷과 검의 무게로 지독히도 아팠으며, 소금에 절인 대구와 소금에 절인 소고기와 딱딱한 치즈는 신물이 났다.

앞쪽에서 사냥 나팔 소리가 울렸다. 계속 쏟아지는 빗물에 반쯤 잠겨 떨리는 소리였다. 늙은 곰이 말했다. "벅웰의 나팔 소리다. 신들이 자비를 베푸셨군. 크래스터가 아직 그대로 있어." 그의 까마귀는 커다란 날개를 한 번 치고 "옥수수"라고 외치더니 다시 깃털을 곤두세웠다.

존은 검은 형제들이 크래스터와 그 요새에 대해 하는 이야기를 여러 번 들었다. 이제 직접 보게 될 것이다. 텅 빈 마을만 일곱 개를 거치고 나니 다들 크래스터의 집도 적막하게 버려져 있을까 두려워했는데, 그런 결과는 면한 모양이었다. '늙은 곰이 마침내 답을 얻을지도 모르겠군. 어쨌든 비는 피할 테고.'

토렌 스몰우드는 크래스터가 고약한 명성을 떨치긴 해도 경비대의 친구라고 단언했다. 그는 늙은 곰에게 이렇게 말했었다. "그자가 반쯤 미쳤다는 건 저도 부인하지 않습니다. 하지만 평생을 이 저주받은 숲에서 지내면 누구라도 그럴 겁니다. 그래도 크래스터는 순찰자를 불가에서 내친 적이 없고, 만스 레이더를 좋아하지도 않습니다. 우리에게 괜찮은 조언을 해줄 겁니다."

'우리에게 따뜻한 식사와 옷을 말릴 기회만 준다면 아무래도 좋아.' 디웬은 크래스터가 친족 살해자요 거짓말쟁이에 강간범이고 비겁자라고 했고, 노예상과 악마들과 거래한다는 암시를 던졌다. "그보다 더 나쁜 짓도 하지." 늙은 숲지기는 나무 의치를 딱딱거리며 덧붙였다. "그놈에겐 차가운 냄새가 감돌아. 그렇다니까."

"존, 대열을 거슬러 가며 말을 퍼트려라. 그리고 장교들에게는 크래스터의 아내들과 문제를 일으키지 말라고 일깨워라. 남자들 모두 손을 조심하고, 그 여자들에게는 최소한으로만 말을 걸어야 한다." 사령관이 명령했다.

"예, 알겠습니다." 존은 말 머리를 돌렸다. 잠시나마 빗발이 얼굴을 때리지 않으니 좋았다. 지나치는 사람마다 눈물을 줄줄 흘리는 것 같은 얼굴이었다. 행렬은 숲속으로 800미터가 이어졌다.

존은 짐마차들 사이에서 늘어진 모자를 쓰고 안장에 쓰러지듯 앉은 샘웰 탈리를 보았다. 샘은 짐말 한 마리에 올라서 다른 짐말들을 이끌고 있었다. 새장 가리개를 두드리는 빗소리에 까마귀들이 까악거리며 법석을 떨었다. "저 안에 여우라도 같이 넣었어?" 존이 외쳤다.

샘이 고개를 들자 모자챙에서 물이 줄줄 흘러내렸다. "아, 안녕, 존. 그게 아니라, 저 녀석들도 우리와 마찬가지로 비를 싫어해."

"넌 좀 어때, 샘?"

"젖었지." 뚱뚱한 소년은 애써 미소 지었다. "하지만 아직 죽진 않았잖아."

"좋아. 크래스터의 요새가 바로 앞이야. 신들이 자비를 베푸신다면 그 사람은 불가에서 자게 해줄 거야."

샘은 미심쩍은 얼굴이었다. "구슬픈 에드가 그러는데 크래스터는 끔찍한 야만인이래. 자기 딸들과 결혼하고 자기가 만든 법이 아니면 어떤 법도 신경 쓰지 않는다고. 그리고 디웬이 그렌에게 해준 말로는 크래스터의 핏줄에 검은 피가 흐른대. 크래스터의 어머니가 야인이었는데 순찰자와 잠자리를 했으니 사……." 샘은 퍼뜩 자기가 무슨 말을 하려 했는지 깨달았다.

"사생아라 이거지." 존이 웃으며 말했다. "말해도 괜찮아, 샘. 처음 듣는 말도 아닌데 뭘." 그는 발 디딤이 확실한 작은 조랑말에 박차를 가했다. "난 오틴 경을 찾아야 해. 크래스터의 여자들 주위에선 조심해." 샘웰 탈리에게 그런 경고가 필요할 리 없었다. "나중에, 진 치고 나서 얘기하자."

존은 후위에서 천천히 움직이던 오틴 위더스 경에게도 말을 전했다. 모르몬트와 비슷한 나이에 작고 자두 같은 얼굴의 오틴 경은 캐슬블랙에 있을 때도 늘 피곤해 보였는데, 비바람에 무자비하게 두드려 맞은 상태였다. "반가운 소식이구나. 이 비에 뼛속까지 젖은 데다가 내 안장도 앉아 있지 못하겠다고 난리다."

돌아가는 길에 존은 행군 대열을 멀찍이 돌아서 빽빽한 숲속을 질러 갔다. 사람과 말들의 소리는 약해지다가 물에 젖은 녹색 야생에 먹혀버리고, 곧 잎사귀와 나무와 돌에 꾸준히 떨어지는 빗방울 소리밖에 들리지 않았다. 오후 나절이었는데 숲은 황혼 녘처럼 어두웠다. 존은 바위와 웅덩이들 사이로 이어지는 구불구불한 소로를 따라가며 거대한 참나무들, 회녹색 파수목들, 껍질이 시커먼 철목들을 지나쳤다. 나뭇가지들이 얽혀서 머리 위에 천개를 펼치면 잠시나마 머리에 떨어지는 빗방울에서 벗어날 수 있었다. 그는 하얀 야생 장미 덩굴이 웃자란 번개 맞은 밤나무 옆으로 말을 달리다가 덤불이 바스락거리는 소리를 듣고 외쳤다. "고스트! 고스트, 이리 와."

그러나 숲속에서 나타난 것은 덥수룩한 회색 조랑말을 탄 디웬이었다. 옆에는 그렌이 있었다. 늙은 곰은 본대 양쪽에 별동대를 배치하여 행군을 가리고 적이 다가오면 경고하게 했으며, 별동대에 대해서도 위험을 감수하지 않고 둘씩 짝을 지어 내보냈다.

"아, 너구나. 스노우 나리." 디웬은 참나무로 만든 미소를 지었다. 그의 틀니는 목재였고, 잘 맞지도 않았다. "덕분에 나랑 저 녀석이 '다른자들'을 상대해야 하나 했다. 늑대를 잃어버린 거냐?"

"사냥 나갔어요." 고스트는 행렬과 같이 움직이기를 싫어했지만, 멀리 가지는 않았다. 야영을 위해 진을 칠 때면 사령관의 천막으로 존을 찾아왔다.

"이 날씨면 사냥이 아니라 낚시지." 디웬이 말했다.

"우리 어머니는 언제나 비가 농사에 좋댔어요." 그렌이 희망차게 끼어들었다.

"그래, 곰팡이가 잘 자라지. 이런 비의 장점이라면 목욕할 필요가 없다는 점 정도다." 디웬은 나무 이빨로 딸깍거리는 소리를 냈다.

"벅웰이 크래스터를 찾았어요." 존이 말했다.

"잃어버렸다가?" 디웬은 클클 웃었다. "너희들 젊은 수컷들은 크래스터의 아내들을 쿵쿵거리고 돌아다니지 말아라. 알았냐?"

존은 미소 지었다. "디웬 혼자 다 차지하려고요?"

디웬은 이를 딱딱 부딪쳤다. "그럴 수도 있겠지. 크래스터에겐 손가락 열 개에 거시기 하나가 있으니, 열 하나까지밖에 못 세잖냐. 한둘쯤은 못 챙기겠지."

"대체 아내가 몇이래요?" 그렌이 물었다.

"네가 평생 가야 얻지 못할 만큼이다, 형제. 뭐, 아내를 직접 키우면 그리 어려운 일도 아니지. 저기 네 짐승이다, 스노우."

빗발 속에 꼬리를 바짝 치켜세우고, 하얀 털이 곤두선 고스트가 존의 말 옆을 총총히 걷고 있었다. 어쩌나 조용히 움직이는지 존도 언제 고스트가 나타났는지 알 수가 없었다. 그렌의 말이 고스트의 냄새를 맡고 주춤했다. 1년이 더 지난 지금까지도 말들은 다이어울프가 있으면 불안해했다. "가자, 고스트." 존은 크래스터의 요새를 향해 말을 달렸다.

장벽 너머에서 돌로 만든 성을 보게 되리라 생각하지는 않았지만, 그래도 언덕 위 나무 탑에 나무 울타리를 두른 작은 성 비슷한 형태를 예상했다. 그러나 그들이 찾아낸 것은 두엄 더미와 돼지우리, 텅 빈 양 우리, 그리고 창문도 없고 이름을 붙이기도 뭐한 초벽 건물 하나였다. 건물은 길고 낮았고, 통나무 틈을 막고 지붕에는 뗏장을 입혔다. 이 모든 것이 언덕이라고 부르기에는 낮은 둔덕 위에 자리를 잡고, 흙 제방에 둘러싸여 있었다. 비 때문에 제방에 벌어진 구멍들로부터 비탈을 타고 흘러내린 갈색 물줄기가 둔덕 북쪽을 도는 시내에 합쳐졌다. 가득 찬 시냇물은 비에 불어 탁한 급류가 되어 있었다.

둔덕 남서쪽에는 열린 대문 양쪽에 짐승의 해골을 낀 높은 장대가 서 있었다. 한쪽에는 곰, 다른 한쪽에는 숫양이었다. 존은 대문 안으로 들어가는 행렬에 합류하면서 곰 해골에는 아직 살점이 붙어 있음을 알아차렸다. 안으로 들어가니, 자먼 벅웰의 척후대와 토렌 스몰우드의 전위대 소속들이 말을 늘어세우고 천막을 세우려 애쓰고 있었다. 돼지우리 안에는 거대한 암돼지 세 마리를 새끼 돼지 한 무리가 둘러싸고 있었다. 그 근처에서는 어린 소녀 하나가 벌거벗고 비를 맞으며 정원의 당근을 뽑았고, 성인 여자 둘이 도살할 돼지를 묶었다. 돼지 울음소리는 높고 소름 끼쳤다. 인간적이기까지 한 고통의 소리였다. 체트의 사냥개들이 응수하듯 거칠게 짖어댔는데, 체트가 욕설을 퍼붓는데도 아랑곳하지 않고 으르렁대며 이를 부딪쳤다. 크래스터의 개들도 마주 짖었다. 그러다가 고스트를 보더니 몇 마리는 달아나고 다른 몇 마리는 길고 낮게 으르렁거리기 시작했다. 다이어울프는 그 개들을 무시했고, 존도 그랬다.

'흠, 서른 명은 따뜻하고 마른 잠자리에서 자겠군.' 존은 건물을 제대로 보자마자 생각했다. 잘하면 50명까지도 가능하겠지만, 200명이 자기에는 너무 좁아 대다수는 밖에 남아야 했다. 그런데 어디에서 잔단 말인가? 비 때문에 울안은 절반 가까이 발목까지 올라오는 웅덩이로 변했고 나머지 절반은 발이 빠지는 진흙이었다. 또 하루 암울한 밤이 예정되어 있었다.

사령관은 구슬픈 에드에게 말을 맡겨두었다. 존이 내려섰을 때 에드는 말굽에서 진흙을 닦아내고 있었다. "모르몬트 공은 안에 계셔. 너더러 합류하라더라. 늑대는 밖에 두는 게 좋을 거야. 크래스터의 아이들을 잡아먹고도 남을 만큼 배고파 보이거든. 흠, 솔직히 말하면 나도 크래스터의 자식을 먹고도 남을 기분이야. 뜨끈하기만 한다면 말이야. 들어가라, 네 말은 내가 돌볼 테니. 안이 따뜻하고 말랐더라도 나한테는 말하지 마. 난 들어갈 자격 없으니까." 그는 말굽 아래에서 젖은 진흙을 털어냈다. "네가 보기엔 이 진흙이 똥 같냐? 혹시 이 언덕이 다 크래스터의 똥으로 만든 거 아냐?"

존은 미소 지었다. "글쎄요, 여기에 오래 살았다고 듣긴 했는데요."

"너랑 말해봐야 기운이 안 난다. 늙은 곰이나 보러 들어가."

"고스트, 여기 있어." 존은 명령하고 들어갔다. 크래스터의 요새 문은 사슴 가죽 두 장으로 되어 있었다. 존은 낮은 상인방에 부딪치지 않으려고 허리를 숙이고 가죽을 밀고 들어갔다. 스무 명이 넘는 주요 순찰자들이 앞서 들어와서, 흙바닥 중앙에 파인 불구덩이를 둘러싸고 서 있었다. 그들의 장화 주위에 물이 고였다. 그 건물에선 검댕과 똥과 젖은 개 냄새가 났다. 공기 중에는 연기가 자욱했는데, 그런데도 습기가 심했다. 지붕에 뚫린 연기 구멍으로 비가 샜다. 건물 전체가 방 하나였고, 쪼개질 듯 사다리를 타고 올라가야 하는 잠자리용 다락방이 있었다.

존은 장벽을 떠나던 날 기분이 어땠는지 돌이켰다. 숫처녀처럼 불안했으나, 새로운 지평선을 넘을 때마다 나올 수수께끼와 경이를 보고 싶어 안달이 나 있었다. '여기 그런 경이 중 하나가 있네.' 그는 악취가 풍기는 누추한 건물 안을 둘러보며 스스로에게 말했다. 눈을 찌르는 연기에 눈물이 났다. '핍과 토드는 이걸 다 못 보니 안됐지.'

크래스터는 불 앞에 있었는데, 유일하게 의자를 따로 차지하고 앉았다. 모르몬트 사령관마저도 어깨 위에서 투덜거리는 까마귀와 함께 장의자에 앉아야 했다. 자먼 벅웰은 대충 기운 사슬 갑옷과 반짝이는 젖은 가죽에서 물을 떨어뜨리며 뒤에 서 있었고, 그 옆에는 고 제레미 경의 무거운 흉갑과 흑담비 털을 두른 망토를 입은 토렌 스몰우드가 서 있었다.

크래스터의 양가죽 조끼와 가죽을 기워 만든 망토는 그들과 대조되게 허름했지만, 굵은 손목 한쪽에는 금빛 반짝이는 묵직한 고리가 걸렸다. 그는 강력한 남자로 보였지만, 이제는 인생의 겨울에 접어든 지 오래여서 갈기 같은 회색 머리칼이 하얗게 세었다. 납작한 코와 축 처진 입매 때문에 모질어 보였고, 귀가 한쪽 없었다. '그러니까 이게 야인이군.' 존은 인간의 두개골로 피를 마시는 야만족에 대한 낸 할멈의 이야기들을 떠올렸다. 크래스터는 이 빠진 돌 잔으로 묽은 노란색 맥주를 마시는 것 같았다. 아마 그는 그런 이야기들을 들어보지 못했으리라.

그는 모르몬트에게 말하고 있었다. "벤젠 스타크를 못 본 지 3년은 됐소. 솔직히 말해서 그놈이 보고 싶었던 적은 없소이다." 검은 강아지 여섯 마리와 돼지 한두 마리가 장의자 사이를 슬금슬금 돌아다녔고, 남루한 사슴 가죽을 걸친 여자들이 맥주가 담긴 뿔잔을 돌리고 불을 휘젓고 당근과 양파를 잘라 주전자에 넣었다.

"작년에 여길 지나갔어야 합니다." 토렌 스몰우드가 말했다. 개 한 마리가 그의 다리 주위를 킁킁거리다가 걷어차여 낑낑거리며 도망쳤다.

모르몬트 공이 말했다. "벤은 개러드와 젊은 윌과 함께 사라진 웨이마르 로이스 경을 찾고 있었소."

"그래, 그 셋은 기억나는군. 이 강아지 나이쯤 된 귀족이었지. 흑담비 망토에 시커먼 강철 갑옷을 입고, 내 지붕 밑에서 자기엔 자부심이 지나쳤어. 아내들은 내내 그놈에게 추파를 던져대고 말이야." 그는 제일 가까이 있는 여자를 곁눈질했다. "개러드 말이 약탈자를 쫓고 있다던가. 그렇게 새파란 놈을 지휘관으로 두고는 못 잡을 거라 해줬지. 개러드는 까마귀치고는 나쁘지 않아. 그 친구는 나보다 귀가 하나 더 없었지. 나와 마찬가지로 추위에 물어뜯겨서 말이야." 크래스터는 큰 소리로 웃었다. "이젠 머리통도 없겠군. 그것도 추위 탓인가?"

존은 하얀 눈밭에 뿌려지던 피 보라와, 테온 그레이조이가 죽은 남자의 머리통을 걷어차던 모습을 기억했다. 그 남자는 탈영병이었다. 존과 롭은 윈터펠로 돌아가는 길에 경주를 하다가 눈밭에서 다이어울프 새끼 여섯 마리를 발견했다. 오래전의 일이었다.

"웨이마르 경은 여길 떠나서 어디로 갔소?"

크래스터는 어깨를 으쓱였다. "까마귀들 오가는 문제보다 중요한 일이 많아서 말이오." 그는 맥주를 길게 들이켜고 잔을 치웠다. "괜찮은 남쪽 와인이 없은 지 오래됐소. 와인 약간과 새 도끼가 쓸모가 있겠는데. 내 도끼는 날카로움을 잃었어. 지켜야 할 여자들이 있는데 그러면 안 되지." 그는 바쁘게 돌아다니는 아내들을 돌아보았다.

모르몬트가 말했다. "여기는 숫자가 너무 적고, 고립되어 있소. 당신만 원한다면 남쪽으로 장벽까지 호위를 붙여주겠소."

그의 까마귀는 그 생각이 마음에 드는 모양이었다. "장벽." 까마귀는 모르몬트의 머리 뒤에 검은 날개를 후광처럼 펴고 소리를 질렀다.

집주인은 부러진 갈색 이빨을 드러내며 고약한 미소를 지었다. "그래서 우리더러 뭘 하라고? 저녁 식사 시중을 들까? 여기서 우린 자유민이오. 크래스터는 아무도 섬기지 않소."

"야생에 혼자 살기엔 안 좋은 시절이오. 찬바람이 일고 있소."

"바람이야 일어나라지. 내 뿌리는 깊이 박혀 있소." 크래스터는 지나가던 여자의 손목을 잡았다. "말해줘라. 까마귀 영주에게 우리가 얼마나 만족스럽게 사는지 말해줘."

그 여자는 얇은 입술을 핥았다. "여기가 우리 집이에요. 크래스터가 우릴 안전하게 지켜요. 노예로 사느니 자유롭게 죽는 게 좋아요."

"노예." 까마귀가 중얼거렸다.

모르몬트는 몸을 앞으로 기울였다. "지나온 마을마다 버려져 있었소. 장벽을 떠난 후에 살아 있는 얼굴이라곤 여기에서 처음 봤소. 사람들이 사라졌소……. 죽었는지, 달아났는지, 잡혀갔는지 모르겠더군. 짐승들도 사라졌소. 아무것도 남지 않았소. 게다가 그 전에는 장벽에서 몇십 리 떨어지지 않은 곳에서 벤 스타크의 순찰대원 둘의 시체를 발견했지. 창백하고 차가운 몸에 손과 발은 검었으며, 상처에서는 피가 흐르지 않았소. 그런데 캐슬블랙으로 싣고 가자 그 시체가 밤에 일어나서 사람을 죽였소. 하나는 제레미 라이커 경을 베었고 또 하나는 나에게 왔으니, 살아 있을 때 알았던 내용을 일부는 기억하는 게 확실해. 하지만 인간의 마음은 조금도 남아 있지 않았소."

여자는 축축한 분홍색 동굴 같은 입을 벌리고 있었지만, 크래스터는 코웃음만 쳤다. "여기엔 그런 말썽은 없었소……. 그리고 내 지붕 밑에서 그런 사악한 이야기는 하지 말아주면 좋겠군. 난 신심 있는 남자고, 신들이 날 안전하게 지켜주시지. 시귀들이 찾아온다면 난 놈들을 어떻게 무덤으로 돌려보낼지 알 거요. 날카로운 새 도끼를 쓸 수도 있겠지만." 그는 아내의 다리를 철썩 때리며 "맥주 더 가져와, 빨리"라고 외쳐서 종종걸음 치게 만들었다.

자먼 벅웰이 말했다. "죽은 자들로 인한 말썽이 없다면, 산 자들은 어떻습니까? 왕은요?"

"왕!" 모르몬트의 까마귀가 외쳤다. "왕, 왕, 왕."

"만스 레이더 말인가?" 크래스터는 불에다 침을 뱉었다. "장벽 너머의 왕이라니. 자유민들에게 왕이 왜 필요하겠나?" 그는 가늘게 뜬 눈으로 모르몬트를 보았다. "레이더와 그놈이 하는 짓에 대해서야 잔뜩 말해줄 수 있지. 그럴 마음만 나면. 댁들이 봤다는 빈 마을들, 그건 레이더의 짓이오. 내가 그런 데 굽실거리는 놈이었다면 여기도 버려졌을 거요. 레이더가 기수를 하나 보내서는, 내 집을 버리고 자기 발치에 엎드리러 오라고 하더군. 내 그놈을 돌려보내면서 혀는 간직했소. 저기 저 벽에 박아놨지." 그가 손가락질을 했다. "난 만스 레이더를 어디서 찾으면 될지 말해줄 수도 있소. 그럴 마음만 나면." 다시 갈색 웃음이 스쳤다. "하지만 그럴 시간은 넉넉하게 있을 거요. 댁들은 내 지붕 밑에서 자고 내 돼지들을 먹고 싶을 테니까."

모르몬트가 답했다. "지붕을 제공해준다면 더없이 반갑겠소. 우린 힘들게 말을 달렸고, 너무 심하게 젖었소."

"그렇다면 하룻밤 묵고 가지. 더는 안 돼. 나도 그 정도로 까마귀들을 좋아하진 않아. 다락방은 나와 내 여자들 몫이지만, 바닥은 마음껏 쓰시오. 고기와 술도 스무 명 몫은 있지만, 더는 없소. 나머지 검은 까마귀들은 옥수수나 쪼아 먹어야겠소."

"보급품은 싸 왔소이다. 우리의 식량과 와인을 함께 나눈다면 기쁘겠소." 늙은 곰이 말했다.

크래스터는 털투성이 손등으로 침이 흐르는 입가를 닦았다. "까마귀 영주의 와인은 맛보리다. 하나 더 있소. 누구든 내 아내들에게 손댔다간 그 손을 잃는 거요."

"당신 지붕 밑이니, 당신 규칙대로입니다." 토렌 스몰우드가 말했고, 모르몬트 사령관은 썩 내키지 않는 얼굴로나마 뻣뻣하게 고개를 끄덕였다.

"그럼 됐군." 크래스터는 끙 소리를 냈다. "지도 그릴 줄 아는 놈 있소?"

존이 나섰다. "샘 탈리가 그릴 수 있습니다. 지도를 좋아하죠."

모르몬트는 존을 손짓해 불렀다. "식사 후에 이리 오라고 해라. 깃펜과 양피지도 가져오게 하고. 톨렛도 찾아봐라. 내 도끼를 가져오라고 해. 우리 집주인에게 손님으로서 드리는 선물이다."

"저건 누구요?" 존을 내보내기 전에 크래스터가 말했다. "스타크처럼 생겼는데."

"내 개인 집사 겸 종자인 존 스노우요."

"서자인가?" 크래스터는 존을 위아래로 훑어보았다. "남자가 여자와 잠자리를 하고 싶으면 아내로 맞이해야지. 난 그렇게 해." 그는 손을 내저어 존을 물렸다. "뭐, 가서 맡은 일 해라, 서자. 그리고 그 도끼는 날카롭게 갈려 있어야 한다. 무딘 무기엔 볼일 없으니까."

존 스노우는 뻣뻣하게 고개를 숙이고 나갔다. 오틴 위더스 경이 막 들어

오던 참이라 사슴 가죽 문에서 서로 부딪칠 뻔했다. 밖으로 나가보니 빗발이 약해진 것 같았다. 울타리 안 여기저기에 천막이 서 있었다. 나무 밑에 친 다른 천막들의 꼭대기도 보였다.

구슬픈 에드는 말들에게 먹이를 주고 있었다. "야인에게 도끼를 준다? 안 될 거 없겠지." 그는 모르몬트의 무기를 가리켰다. 검은색 강철 날에 금색 소용돌이 문양을 새긴 짧은 자루의 전투 도끼였다. "내 장담하는데 돌려받을 거다. 늙은 곰의 머리통에 박아서 돌려주겠지. 우리 도끼와 검을 다 줘버리지 그런다냐. 안 그래도 말달릴 때 무기가 절그렁거리고 부딪치는 게 신경 쓰이는데 말이야. 무기를 다 주고 나면 더 빨리 달려서 곧장 지옥문에 도착하겠지. 그런데 지옥에도 비가 내리나 모르겠네? 크래스터는 멋진 모자를 더 좋아할지도 몰라."

존은 미소 지었다. "크래스터는 도끼를 원해요. 와인도요."

"역시나 늙은 곰은 영리해서. 그 야인을 제대로 취하게 만든다면, 저 도끼로 우릴 베려고 들 때 귀만 하나 자르고 말지 모르지. 귀는 두 짝 있지만 머리통은 하나뿐이거든."

"스몰우드는 크래스터가 경비대의 친구라는데요."

"경비대의 친구인 야인과, 친구가 아닌 야인의 차이를 아나?" 음침한 종자가 물었다. "우리의 적들은 우리 시체를 까마귀와 늑대들에게 버리고 가지. 우리의 친구들은 우리를 비밀 무덤에 묻어. 난 저 문에 곰 머리통이 박힌 지 얼마나 오래됐을지, 우리가 몰려오기 전에는 그 자리에 뭘 걸어놨을지 궁금하다." 에드는 빗물이 흘러내리는 우울한 얼굴로 도끼를 의심스럽게 바라보았다. "안은 말랐냐?"

"이 바깥보다는요."

"내가 몰래 따라 들어가서 불가에서 먼 곳에 자리를 잡는다면, 아침까지 날 발견하지 못할지도 몰라. 지붕 밑에 든 사람들을 제일 먼저 죽일 테지만, 그래도 마른 몸으로 죽긴 하겠지."

존은 웃을 수밖에 없었다. "크래스터는 한 명이고, 우린 200명이에요. 그자가 누굴 살해할 것 같진 않은데요."

"기운 나는 소리구나." 에드는 뚱한 목소리로 대꾸했다. "게다가 잘 드는 날카로운 도끼에는 좋은 점이 많이 있지. 쇠메에 맞아 죽긴 싫어. 언젠가 쇠메에 머리를 맞은 남자를 봤는데 말이다, 피부는 별로 찢어지지도 않았는데 머리통이 곤죽이 되어서 자주색 호리병박처럼 부었더라. 잘생긴 놈이었는데, 추하게 죽었어. 저놈들에게 쇠메를 주지 않으니 다행이지." 에드는 고개를 절레절레 저으며 걸어갔다. 흠뻑 젖은 검은 망토에서 빗물이 흘러내렸다.

존은 말들에게 먹이를 주고 나서야 저녁을 먹을 생각을 했다. 그리고 샘을 어디에서 찾을지 생각하다가 두려움에 질린 고함 소리를 들었다. "늑대다!" 그는 푹푹 빠지는 땅을 밟으며 소리가 들리는 쪽을 향해 질주했다. 크래스터의 여자 하나가 진흙이 튄 요새 벽에 등을 대고 고스트를 향해 소리치고 있었다. "저리 가. 저리 가란 말이야!" 다이어울프는 입에 토끼를 한 마리 물고, 앞에 피투성이 토끼를 또 한 마리 두고 있었다. "치워주세요, 나리." 그녀는 존을 보자 애원했다.

"당신을 해치진 않을 겁니다." 그는 무슨 일인지 바로 알아차렸다. 나무판이 부서진 토끼장이 젖은 풀 위에 넘어져 있었다. "배가 고팠을 겁니다. 사냥감을 많이 보지 못했거든요." 존은 휘파람을 불었다. 다이어울프는 토끼를 집어삼키고, 작은 뼈를 와드득와드득 씹으면서 존에게 달려왔다.

여자는 불안한 눈으로 그들을 보았다. 처음 생각했던 것보다 더 어렸다. 열다섯이나 열여섯쯤에, 여윈 얼굴에는 비에 젖은 검은 머리가 흘러내렸고, 맨발은 발목까지 진흙투성이였다. 생가죽을 꿰매어 만든 옷 아래로 임신 초기의 몸이 드러났다. "크래스터의 딸인가요?" 존이 물었다.

그녀는 배에 한 손을 올렸다. "지금은 아내예요." 그녀는 슬금슬금 늑대에게서 물러나서 슬픈 얼굴로 부서진 토끼장 옆에 무릎을 꿇었다. "번식시킬 토끼였어요. 양은 남질 않았거든요."

"경비대에서 보상할 겁니다." 존에게는 돈이 따로 없었다. 있었다면 그 여자에게 줬을 테지만…… 동화 몇 닢, 아니 은화라 해도 장벽 너머에서 무슨 쓸모가 있을지 알 수 없었다. "내일 모르몬트 사령관에게 말씀드릴게요."

그녀는 두 손을 치맛자락에 닦았다. "나리―"

"전 나리가 아닙니다."

여자 비명 소리와 토끼장 부서지는 소리를 듣고 어느새 다른 사람들이 몰려와 있었다. "저 말 믿지 말아라." 사나운 개처럼 못된 순찰자인 '시스터맨(Sisterman, 세 자매 섬 사람)' 라크가 외쳤다. "스노우 나리시니 말이다."

"윈터펠의 서자이자 왕의 형제시지." 무슨 소동인지 알아보려고 사냥개들을 두고 온 체트가 조롱했다.

라크가 다시 말했다. "저 늑대가 굶주린 눈으로 널 보는데. 그 배 속에 든 부드러운 걸 좋아할지도 몰라."

존에게는 재미있는 농담이 아니었다. "겁을 주고 있잖아요."

"그보다는 경고해주는 거지." 체트의 히죽임은 얼굴을 뒤덮은 부스럼 못지않게 보기 흉했다.

"우린 당신들에게 말하면 안 돼요." 여자는 갑자기 규칙을 기억해냈다.

"잠깐만요." 존은 말했으나 너무 늦었다. 여자는 달아나버렸다.

라크가 두 번째 토끼를 집으려 했지만, 고스트가 더 빨랐다. 고스트가 이를 드러내자 시스터맨은 진흙땅에 미끄러져 앙상한 엉덩이로 주저앉고 말았다. 다른 사람들이 웃음을 터뜨렸다. 다이어울프는 토끼를 물고 존에게 가져갔다.

"여자애를 겁줄 건 없었잖아요." 그는 다른 사람들에게 말했다.

"너한테 야단맞을 입장 아니다, 서자." 체트는 아에몬 학사와 함께 지내는 편안한 자리를 빼앗긴 것을 두고 존을 탓했고, 부당한 원망도 아니었다. 존이 샘 탈리 문제로 아에몬을 찾지 않았다면 체트는 지금도 성질 나쁜 사냥개들 대신 눈먼 노인을 돌보고 있었을 것이다. "네가 사령관의 애완동물일지는 몰라도 사령관은 아니지……. 게다가 그 괴물이 옆에 없다면 그렇게 대담하게 말하진 못할걸."

"장벽 너머에 와서 형제와 싸우진 않겠습니다." 존은 기분보다 더 싸늘한 목소리로 대꾸했다.

라크가 한쪽 무릎을 세우고 일어났다. "저놈이 널 무서워하는구나, 체트. 세 자매 섬엔 저런 놈들을 부르는 말이 따로 있지."

"그런 말이라면 모르는 게 없으니 말수 아끼시죠." 존은 고스트와 함께 그 자리를 떠났다. 요새 입구에 도착했을 때쯤에는 빗발이 이슬비 정도로 약해졌다. 곧 해가 지고, 축축하고 음울한 밤이 다시 이어질 터였다. 구름이 달과 별과 '모르몬트의 횃불'마저 가려서 숲은 깜깜하기만 했다. 오줌싸러 나가는 길마다 모험일 터였다. 존 스노우가 예전에 그리던 모험은 아니겠지만.

바깥 숲속에서는, 순찰자들 몇 명이 토탄과 마른 나무를 찾아내어 기울인 석판 밑에 불을 피우고 있었다. 다른 사람들은 천막을 세우거나 낮은 나뭇가지에 망토를 걸어서 엉성한 피난처를 만들어두었다. '거인'은 죽은 참나무 구멍을 비집고 들어갔다. "내 성이 보기 어떤가, 스노우 나리?"

"아늑해 보이네요. 샘이 어디 있는지 알아요?"

"가던 대로 쭉 가라. 오틴 경의 천막이 보이면 멀지 않아." 거인은 미소 지었다. "샘도 들어갈 나무를 찾았다면 또 모르지. 그랬다면 굉장한 나무일 거야."

결국 샘을 찾아낸 건 고스트였다. 다이어울프는 노궁으로 쏜 살처럼 뛰어갔다. 샘은 얼마 안 되는 보호를 제공하는 툭 튀어나온 바위 아래에서 까마귀들에게 먹이를 주고 있었다. 샘이 걸음을 옮기자 장화에서 철벅 소리가 났다. "발이 완전히 젖었어." 샘은 비참하게 말했다. "말에서 내리다가 구멍을 디뎠는데 무릎까지 빠지지 뭐야."

"장화 벗고 양말 말려. 내가 마른 가지를 좀 찾아올게. 바위 아래가 젖지 않았다면 불을 피울 수 있을지도 몰라." 존은 샘에게 토끼를 보여줬다. "그러면 잔치를 하는 거지."

"넌 모르몬트 공을 수행해야 하지 않아?"

"난 아니지만, 넌 가야 해. 늙은 곰에게 지도를 그려드려야 해. 크래스터가 만스 레이더를 찾게 해주겠대."

"아." 샘은 크래스터를 만나고 싶지 않은 눈치였다. 따뜻한 불가에 갈 수 있다 해도 말이다.

"하지만 우선 식사부터 하고 오랬어. 발 말려." 존은 태울 것을 찾으러 갔다. 낙엽을 파서 그 밑에 있는 좀 덜 젖은 가지를 꺼내고, 불쏘시개로 쓸 만해 질 때까지 젖은 솔잎을 벗겨냈다. 그러고 나서도 불꽃이 일어나기까지 무한정 시간이 걸리는 느낌이었다. 존은 연기가 오르는 작은 모닥불에 비가 떨어지지 않도록 바위 위에 망토를 걸어서, 작고 아늑한 벽감을 만들었다.

존이 무릎을 꿇고 토끼 가죽을 벗기는 동안 샘은 장화를 벗었다. "발가락 사이에 이끼가 자라는 느낌이야." 그는 발가락을 꼼지락거리며 구슬프게 말했다. "토끼 맛있겠다. 이젠 피도 별로 신경이 안 쓰여." 말하면서 그는 시선을 돌렸다. "음, 아주 안 쓰이는 건 아니지만……."

존은 토끼를 꼬챙이에 꿰고, 불 양쪽에 돌을 괸 다음 그 위에 꼬챙이를 올렸다. 뼈만 앙상한 토끼였지만, 구워지는 냄새는 왕의 만찬이나 다름없었다. 다른 순찰자들이 부러운 눈빛을 보냈다. 고스트마저도 배고픈 얼굴로 올려다보았고, 붉은 눈에 화염을 번득이며 킁킁거렸다. "넌 이미 먹었잖아." 존이 상기시켰다.

"크래스터는 순찰자들 말처럼 야만스러워?" 샘이 물었다. 토끼는 약간 덜 익은 채로도 맛있었다. "그 성은 어때?"

"지붕과 불구덩이가 있는 두엄 더미야." 존은 샘에게 크래스터의 요새에서 보고 들은 바를 말했다.

이야기가 끝났을 무렵에는 밤이 어두웠고 샘은 손가락을 빨고 있었다. "맛있긴 했는데, 양 다리를 한 짝 먹고 싶다. 다리 하나를 통째로 나 혼자 먹는 거야. 박하와 꿀과 정향으로 양념을 해서. 혹시 양 봤어?"

"양 우리는 있었지만 양은 없던데."

"그러면 남자들을 다 어떻게 먹이지?"

"남자들은 하나도 보지 못했어. 크래스터와 여자들과 어린 여자애 몇 명뿐이야. 이래서야 여길 지킬 수 있을까 모르겠네. 진흙 제방을 제외하면 방어 시설이랄 것도 없었어. 넌 올라가서 지도를 그리는 게 좋겠다. 길을 찾을 수 있겠어?"

"진흙밭에 넘어지지 않으면." 샘은 힘겹게 장화를 다시 신고, 깃펜과 양피지를 그러모아 밖으로 나갔다. 망토와 늘어진 모자에 빗방울이 후두둑 떨어졌다.

고스트는 불가에서 앞발에 머리를 올리고 잠들었다. 존은 온기에 감사하며 그 옆에 몸을 뉘었다. 몸이 차갑고 젖어 있긴 해도, 조금 전만큼 차갑고 젖어 있지는 않았다. '오늘 밤에는 늙은 곰이 벤젠 숙부에게 이끌어줄 단서를 알아낼지도 몰라.'

퍼뜩 깨어나자 차가운 아침 공기에 하얗게 흘러 나가는 입김이 보였다. 몸을 움직이자 뼈가 쑤셨다. 고스트는 없어졌고, 불은 다 타서 꺼졌다. 바위 위에 걸어두었던 망토를 걷으려고 손을 뻗어보니 딱딱하게 얼어 있었다. 그는 망토 아래를 기어 나가서 수정궁으로 변한 숲속에 섰다.

연분홍색 새벽빛을 받은 나뭇가지와 잎과 돌이 눈부시게 반짝였다. 풀잎은 모두 에메랄드 조각이었고, 물방울은 모두 다이아몬드로 변했다. 꽃이나 버섯도 비슷한 수정 옷을 입었다. 진흙 웅덩이조차도 눈부신 갈색으로 빛났다. 반짝이는 숲 여기저기에 형제들의 검은 천막이 얇은 얼음에 싸여 있었다.

'그러니까 장벽 너머에 마법이 있긴 있군.' 그는 저도 모르게 누이들을 생각했다. 간밤에 누이들에 대한 꿈을 꿔서인지도 몰랐다. 산사라면 이 경이로운 광경을 황홀하다 말하고 눈물이 고인 눈으로 바라볼 테지만, 아리아라면 웃고 소리치며 뛰어나가서 모조리 만져보고 싶어 하리라.

"스노우 나리?" 유순한 목소리였다. 그는 몸을 돌렸다.

밤새 그를 보호해준 바위 위에, 몸이 다 파묻히도록 커다란 검은 망토를 두른 토끼치기가 쪼그리고 앉아 있었다. 존은 보자마자 그게 샘의 망토임을 알아보았다. 왜 이 여자가 샘의 망토를 입고 있을까? "뚱뚱한 사람이 여기서 나리를 찾을 수 있을 거랬어요."

"토끼는 먹어버렸는데요. 그걸 찾으러 온 거라면." 그 점을 인정하려니 괜히 죄책감이 들었다.

"늙은 까마귀 영주, 말하는 새를 데리고 다니는 그 사람이 크래스터에게 토끼 백 마리 가치가 있는 노궁을 줬어요." 그녀는 부푼 배를 단단히 감쌌다. "그게 사실인가요? 나리가 왕의 형제예요?"

"이복형제죠. 전 네드 스타크의 서자예요. 제 형제인 롭이 북부의 왕이죠. 왜 온 거죠?"

"그 뚱뚱한 사람, 샘이 당신을 보러 가랬어요. 내가 여기 사람이 아닌 걸 들키지 않게 자기 망토를 줬어요."

"크래스터가 당신에게 화내지 않겠습니까?"

"아버지는 어젯밤 까마귀 영주의 와인을 지나치게 마셨어요. 오늘 내내 잘 거예요." 불안하게 내뱉는 숨이 허공에 작게 서리 동그라미를 그렸다. "왕은 정의를 행하고 약자를 보호한다면서요." 그녀는 바위에서 조심스럽게 내려오기 시작했지만, 얼음 때문에 미끄러워서 발을 헛디뎠다. 존은 그녀가 떨어지기 전에 붙잡아서 안전하게 내려오도록 부축했다. 여자는 얼어붙은 바닥에 무릎을 꿇었다. "나리, 제발 부탁드려요—"

"저한테 아무것도 빌지 마세요. 요새로 돌아가요. 여기 있으면 안 됩니다. 우린 크래스터의 여자들과 대화하지 말라는 명령을 받았어요."

"저랑 대화할 필요는 없어요, 나리. 그냥 가실 때 데려가주기만 하시면 돼요. 그것만 부탁할게요."

그것만 부탁한다니. 그게 아무것도 아니라는 듯이.

"워, 원하시면 아내가 될게요. 아버지는, 아버지한테는 아내가 열아홉이나 있으니까 하나쯤 줄어들어도 해가 안 될 거예요."

"검은 형제들은 아내를 맞이하지 않겠다고 맹세한다는 걸 모릅니까? 게다가 우린 당신 아버지의 요새에 손님으로 묵었어요."

"나리는 아니죠. 지켜봤는걸요. 나리는 제 아버지의 식탁에서 먹지도 않았고, 아버지의 불가에서 자지도 않았어요. 아버지가 나리에게 손님의 권리를 주지 않았으니까, 나리도 얽매인 거 없어요. 전 아기를 위해 떠나야 해요."

"전 당신 이름도 몰라요."

"아버지는 길리라고 불렀어요. 길리플라워(gillyflower, 비단향꽃무)를 따서요."

"예쁜 이름이네요." 그는 언젠가 산사에게 들었던, 여자에게 이름을 들으면 꼭 해야 한다는 말을 기억하고 있었다. 이 여자를 도울 수는 없겠지만, 예의를 갖추는 건 나쁘지 않겠지. "크래스터를 무서워하는 건가요, 길리?"

"아기 때문이에요. 내가 아니라요. 여자애라면 아주 나쁘진 않아요. 몇년 자라서 아버지와 결혼할 테니까요. 하지만 넬라가 그러는데, 남자애일 거래요. 넬라는 아이를 여섯이나 낳아서 그런 걸 잘 알아요. 아버지는 남자애들을 신들에게 줘버려요. 하얀 추위가 오면 그렇게 해요. 그런데 요새 점점 그런 날이 자주 와요. 그래서 양을 줘버리기 시작한 거예요. 양고기를 좋아하는데도요. 그런데 이젠 양도 다 떨어졌어요. 다음에는 개를 줄 거고, 그러다가……" 길리는 눈을 내리깔고 배를 쓰다듬었다.

"무슨 신들요?" 존은 크래스터의 요새에서 남자애를 보지 못했다는 사실을 기억했다. 크래스터 본인을 제외하면 성인 남자도 없었다.

"차가운 신들요. 밤에 다니는 신들. 하얀 그림자."

그리고 불현듯 존은 사령관의 탑에 돌아가 있었다. 잘린 손이 종아리를 타고 올랐고, 장검 끝으로 떼어낸 손은 주먹을 오므렸다 펴며 꿈틀거렸다. 죽은 자가 상처 입고 부은 얼굴에서 파란 눈을 빛내며 일어섰다. 배를 크게 다쳐서 찢어진 살점이 늘어졌지만, 피는 한 방울도 나지 않았다.

"그 신들의 눈동자는 무슨 색이죠?" 존이 길리에게 물었다.

"파란색요. 파란 별처럼 밝고, 그만큼 차가워요."

길리는 그들을 본 적이 있었다. 크래스터가 거짓말을 했다.

"절 데려가줄래요? 장벽까지만이라도—"

"우린 장벽으로 가지 않아요. 우린 북쪽으로 가요. 만스 레이더와 '다른 자'들, 하얀 그림자와 그들의 시귀들을 쫓아서요. 우린 그들을 찾고 있어요, 길리. 당신 아기는 우리와 함께 있어봐야 안전하지 않아요."

길리의 얼굴에 두려움이 고스란히 드러났다. "그렇지만, 돌아올 거잖아요. 전쟁이 끝나면 다시 이 길을 지나가겠죠."

"그럴 수도 있죠." 누군가 살아 있다면. "그걸 결정하는 건 늙은 곰이에요. 당신이 까마귀 영주라고 부르는 분요. 난 그분의 종자에 불과해요. 어떤 길을 달릴지는 내가 선택하는 게 아니에요."

"아니에요." 그는 길리의 목소리에서 패배감을 들을 수 있었다. "곤란하게 해서 죄송해요, 나리. 난 그냥…… 사람들이 왕은 사람들을 안전하게 지켜준다길래, 혹시나 하고……." 그녀는 절망해서, 샘의 망토를 거대한 검은 날개처럼 펄럭이며 달려갔다.

길리의 뒷모습을 보며, 아침의 덧없는 아름다움에 느꼈던 기쁨은 사라졌다. 그는 분개했다. '저주받을. 저 여자를 나한테 보낸 샘은 두 배로 저주받아라. 내가 뭘 해줄 수 있다고 생각한 거야? 우린 야인과 싸우러 왔지, 구하러 온 게 아니야.'

다른 사람들이 하품을 하고 기지개를 켜며 은신처에서 기어 나오고 있었다. 마법은 이미 희미해져서, 눈부신 얼음이 떠오르는 햇빛에 평범한 이슬로 돌아갔다. 누군가가 불을 피운 모양인지, 연기 냄새가 나무 사이를 맴돌았고, 훈제 베이컨 향이 났다. 존은 끌어 내린 망토를 바위에 쳐서 밤새 붙은 얼음을 부순 후에, '긴 발톱'을 챙겨 어깨끈에 한 팔을 넣었다. 몇 미터 걸어가서 얼어붙은 덤불에 오줌을 누자, 오줌발이 차가운 공기에 수증기를 올리고 닿은 곳의 얼음을 녹였다. 그는 볼일을 본 후에 검은색 모직 바지를 추스르고 냄새를 따라갔다.

그렌과 디웬이 다른 형제들과 함께 불가에 둘러앉아 있었다. 헤이크가 존에게 건넨 빵 속에는 탄 베이컨과 베이컨 기름에 데운 절인 생선 덩어리가 채워져 있었다. 그는 게걸스럽게 먹으며 디웬이 밤새 크래스터의 여자들을 셋은 안았다고 허풍 치는 소리를 들었다.

그렌이 험상궂은 얼굴로 말했다. "아니잖아요. 그랬다면 내가 봤겠죠."

디웬은 손등으로 그렌의 귓가를 후려쳤다. "네가? 봤을 거라고? 넌 아에몬 학사 버금가는 장님이야. 저 곰도 못 봤잖냐."

"무슨 곰요? 곰이 있었어요?"

"곰은 언제나 있어." 구슬픈 에드가 언제나처럼 우울한 체념 조로 말했다. "내가 어렸을 때 곰이 내 형제를 죽였지. 그 후에는 가죽끈에 내 동생의 이빨을 달아 목에 걸고 다녔어. 좋은 이빨이었지. 내 이빨보다 나았어. 내 건 있어봐야 골치만 아팠어."

"샘은 어젯밤에 요새에서 잤나요?" 존은 에드에게 물었다.

"그걸 잤다고 할 수 있나. 바닥은 딱딱하지, 골풀에선 지독한 냄새가 나지, 형제들은 끔찍하게 코를 골아대지. 곰 얘기가 나오니 말인데, 어떤 곰도 갈색 베나르처럼 무섭게 으르렁대진 않았어. 그래도 따뜻하긴 했지. 밤새 개 몇 마리가 내 몸에 기어올랐더라고. 망토가 거의 말라 있었는데 그 중 한 놈이 거기다 오줌을 쌌어. 아니면 갈색 베나르 놈이 쌌을지도 모르지. 내가 지붕 밑에 들어가자마자 비가 그친 건 아냐? 내가 밖으로 나왔으니 다시 올 거야. 신들이고 개들이고 할 것 없이 나한테 똥을 주길 좋아하거든."

"전 모르몬트 공을 보러 가야겠네요." 존이 말했다.

비는 그쳤을지 몰라도, 요새 안은 여전히 얕은 물구덩이와 미끄러운 진흙으로 난리였다. 검은 형제들이 천막을 접고, 말을 먹이고, 소금에 절인 고기 조각을 씹고 있었다. 자먼 벅웰의 척후대는 출발하기 전에 안장을 죄고 있었다. 벅웰이 말 위에서 인사했다. "존. 그 검 잘 갈아둬라. 곧 필요해질 거다."

크래스터의 요새는 해가 뜬 후에도 어두웠다. 안으로 들어가자 밤에 켠 횃불이 사그라들어 있었고, 밖에 해가 떴다는 사실을 알기가 힘들었다. 모르몬트 사령관의 까마귀가 제일 먼저 존을 알아차렸다. 까마귀는 커다란 검은 날개를 세 번 퍼덕여서 '긴 발톱' 손잡이에 올라앉았다. "옥수수?" 까마귀는 존의 머리카락을 물었다.

"그 형편없는 거지 새는 무시하거라, 존. 방금 내 베이컨을 절반은 먹었다." 늙은 곰은 크래스터의 식탁 앞에 앉아서 다른 고위직들과 함께 구운 빵, 베이컨, 그리고 양의 창자로 만든 소시지를 먹고 있었다. 크래스터의 새 도끼는 탁자 위에서 횃불 빛을 받아 금상감이 희미하게 반짝였다. 그 도끼의 주인은 잠자리용 다락방에 대자로 뻗어 있었지만, 여자들은 모두 일어나서 이리저리 움직이며 식사 시중을 들었다. "날은 어떠냐?"

"춥지만, 비는 그쳤습니다."

"잘됐구나. 내 말에 안장을 얹어 준비해라. 한 시간 안에 출발할 생각이다. 아침은 먹었느냐? 크래스터가 소찬이지만 배불리 제공했다."

크래스터의 음식을 먹지는 않겠다고, 존은 갑작스레 결정했다. "아침은 다른 형제들과 먹었습니다." 존은 칼자루에 앉은 까마귀를 쫓았다. 까마귀는 다시 모르몬트의 어깨 위로 돌아가더니 바로 똥을 쌌다. "날 위해 아껴 두지 말고 스노우에게 싸지 그랬냐." 늙은 곰이 투덜거리자 까마귀는 까악거렸다.

샘은 요새 건물 뒤에서, 망가진 토끼장을 앞에 두고 길리와 함께 있었다. 길리는 샘이 망토를 다시 입게 돕고 있었지만, 존을 보자 화다닥 달아났다. 샘은 상처 입은 비난의 눈길로 그를 보았다. "난 네가 길리를 도와줄 거라 생각했어."

"내가 어떻게 돕는다는 거야?" 존은 날카롭게 말했다. "네 망토에 싸서 같이 데려가? 우린 말도 걸지 말라는 명령을 받았고—"

"알아." 샘은 죄 지은 사람처럼 말했다. "하지만 길리는 겁에 질려 있었어. 난 겁에 질리는 게 어떤 건지 알아서. 그래서……." 샘은 침을 삼켰다.

"그래서 뭐? 우리가 데려갈 거라고 말했어?"

샘의 살찐 얼굴이 시뻘게졌다. "돌아가는 길에 그러겠다고." 그는 존과 눈을 마주치지 못했다. "길리는 아기를 낳을 거야."

"샘, 너 정신 나갔어? 우린 이쪽 길로 돌아오지 않을 수도 있어. 그리고 여기로 다시 온다 해도, 늙은 곰이 네가 크래스터의 아내를 보쌈해 가게 둘 것 같아?"

"난 그냥…… 어쩌면 그때까지는 방법이 생각날지도 몰라……."

"난 이럴 시간 없어. 말을 손질하고 안장을 올려야 해." 존은 화가 나는 만큼 혼란스러운 기분으로 그 자리를 떠났다. 샘의 마음은 몸과 마찬가지로 크고 너그러웠지만, 그렇게 책을 많이 읽었으면서도 가끔은 그렌 못지 않게 우둔했다. 그건 불가능한 일인 데다가, 명예롭지도 않았다. '그런데 왜 내가 이렇게 부끄럽지?'

밤의 경비대가 크래스터의 요새 입구에 걸린 해골 앞을 지날 때, 존은 늘 하던 대로 모르몬트 옆에 있었다. 그들은 구불구불한 사냥 길을 따라 북서쪽으로 향했다. 사방에서 녹아내린 얼음물이 빗줄기보다 느린 음악을 연주하며 뚝뚝 떨어졌다. 요새 북쪽에 흐르는 개울은 잎사귀와 나뭇조각이 가득한 채 불어나 있었지만, 일행은 척후대가 미리 찾아둔 여울로 건널 수 있었다. 물보라를 튀기며 걷는데 물이 말의 배까지 올라왔다. 고스트는 물에 뛰어들더니, 하얀 털에서 갈색 물방울을 떨어뜨리며 건너편에 나타났다. 고스트가 몸을 털며 사방에 진흙과 물을 뿌리자, 모르몬트는 아무 말도 하지 않았지만 그 어깨에 앉은 까마귀는 꽥 소리를 질렀다.

"사령관님." 존은 다시 숲이 사방으로 조여들자 조용히 말했다. "크래스터에겐 양이 없었습니다. 아들도 없었고요."

모르몬트는 대꾸하지 않았다.

존은 말을 이었다. "윈터펠에서 일하는 여자 하나가 저희에게 이야기를 해주곤 했습니다. 야인들 중에는 '다른자'들과 동침해서 반만 인간인 아이들을 낳는 이들이 있다고 했지요."

"난롯가 전설이다. 크래스터가 인간으로 보이지 않더냐?"

'수십 가지 면에서 그렇지요.' "그자는 아들들을 숲에 내줍니다."

긴 침묵이 돌아왔다. "그래." 그러자 까마귀가 날갯짓을 하며 중얼거렸다. "그래, 그래, 그래."

"알고 계셨습니까?"

"스몰우드가 말했다. 오래전에 말했지. 순찰자들은 모두 알지만, 그 이야기를 하는 자는 별로 없을 게다."

"제 숙부님도 알았나요?"

"순찰자들은 모두 안다." 모르몬트는 같은 말을 반복했다. "넌 내가 크래스터를 막아야 한다고 생각하지. 필요하다면 죽여야 한다고." 그는 한숨을 내쉬었다. "크래스터가 그저 군식구를 덜고 싶어 할 뿐이라면, 내 기꺼이 요렌이나 콘위를 보내어 남자아이들을 데려올 게다. 우린 그 아이들을 검은 형제로 키울 수 있고, 경비대는 훨씬 강해지겠지. 하지만 야인들은 너나 나보다 더 잔인한 신들을 섬긴다. 그 아이들은 크래스터의 공물이야. 치성이라고까지 말할 수 있겠지."

'크래스터의 아내들은 분명히 다른 치성을 올릴 텐데요.' 존은 생각했다.

"넌 어쩌다 그걸 알게 된 거냐? 크래스터의 아내에게서냐?" 늙은 곰이 물었다.

"그렇습니다, 사령관님. 어느 여자였는지는 말씀드리지 않겠습니다. 겁에 질려서 도움을 받고 싶어 했습니다."

"온 세상이 도움을 원하는 사람들로 가득하다, 존. 그중 누군가는 스스로를 도울 용기를 찾을 수 있겠지. 크래스터는 지금도 다락방에 대자로 뻗어서 와인 냄새를 풍기며 정신을 놓고 있다. 아래 식탁에는 날카로운 새 도끼가 놓여 있고. 나라면 그걸 '치성에 대한 응답'이라고 생각하고 끝을 내겠다."

'그래요.' 존은 길리를 생각했다. 길리와 그 자매들을. 그들은 열아홉 명이었고, 크래스터는 혼자였다. 그러나……

"하지만 크래스터가 죽는다면 우리에겐 운수 나쁜 일이 되겠지. 네 숙부라면 크래스터의 요새가 우리 순찰자들에게 생사를 가르는 차이가 되었던 때를 이야기해줄 수 있을 게다."

"제 아버지가……." 그는 머뭇거렸다.

"계속 말해라, 존. 하려던 말을 해."

"제 아버지가 언젠가 곁에 둘 가치가 없는 자들에 대해 말씀하셨습니다. 악랄하거나 부정한 휘하는 스스로만이 아니라 그 주군의 명예도 더럽힌다고요."

"크래스터는 자유민이다. 우리에게 어떤 서약도 하지 않았지. 우리의 법이 적용되지도 않는다. 존, 네 마음은 고결하다만 여기에서 교훈을 얻어라. 우리는 세상을 바로잡을 수 없다. 그건 우리의 목적이 아니야. 밤의 경비대에는 다른 싸움이 있다."

'다른 싸움. 그래. 기억해야지.' "자먼 벅웰이 저보고 곧 이 검을 써야 할지 모른다고 했습니다."

"그랬더냐?" 모르몬트는 달가워하지 않는 눈치였다. "크래스터는 어젯밤에 많은 이야기를 했고, 내가 그 집 바닥에서 밤새 잠을 이루지 못할 정도로 내 두려움을 확인해줬다. 만스 레이더가 서리엄니(Frostfangs)에 사람들을 모으고 있다. 그래서 마을이 다 빈 거야. 데니스 말리스터 경이 협간(Gorge)에서 붙잡은 야인에게 들은 이야기와 내용은 같다만, 크래스터는 그게 어디인지도 알려줬다. 중요한 차이지."

"도시를 만드는 겁니까, 아니면 군대입니까?"

"그게 문제다. 그곳에 야인이 얼마나 있나? 싸울 나이의 남자는 얼마나 되나? 아무도 확실히 알지 못한다. 서리엄니 산맥은 잔혹하고 사람이 살기 힘든 돌과 얼음의 황무지다. 많은 사람을 오래 지탱해주진 않을 거야. 이 소집의 목적은 한 가지밖에 생각할 수 없다. 만스 레이더는 남쪽으로, 칠왕국을 공격해 들어갈 작정이다."

"야인들은 예전에도 왕국을 침공한 적이 있습니다." 존은 윈터펠 시절에 낸 할멈과 루윈 학사 둘 모두에게 그런 이야기들을 들었다. "제 할아버지의 할아버지 대에 붉은 수염 레이먼이 야인들을 이끌고 남하했고, 그 전에는 방랑시인 바엘이라는 왕이 있었죠."

"맞다. 그리고 더 오래전에는 '뿔 달린 왕'과 형제 왕 겐델과 고르네가 있었고, 고대에는 겨울 나팔을 불어서 땅속에 있던 거인들을 깨운 조라문이 있었지. 모두 장벽에서 힘을 잃거나, 더 가봐야 윈터펠에 부딪쳐 깨졌다……. 하나 지금 밤의 경비대는 과거의 그림자에 불과하고, 우리를 넘어가면 야인들에게 맞설 자가 누가 남아 있느냐? 윈터펠의 주인은 죽었고, 그 후계자는 군대를 이끌고 남쪽으로 가서 라니스터와 싸우고 있다. 야인들은 두 번 다시 이만한 기회를 얻지 못할 게다. 난 만스 레이더를 안다, 존. 그놈은 서약을 깬 배신자지만…… 보는 눈이 있고, 아무도 그놈을 겁쟁이라 부를 순 없다."

"그러면 어떻게 하죠?" 존이 물었다.

"그놈을 찾아서, 싸우고, 막아야지."

'300명으로, 광포한 야인 대군을 말입니까.' 존은 생각하며 주먹을 폈다 쥐었다.

테온

더할 나위 없이 아름다웠다.

'하지만 처음은 언제나 아름다운 법이지.' 테온 그레이조이는 생각했다.

"예쁘게 웃으시네." 뒤에서 어떤 여자의 목소리가 들렸다. "귀족 나리께서 저 자태가 마음에 드시나 봐?"

테온은 몸을 돌리고 그 여자를 살폈다. 눈에 보이는 모습이 마음에 들었다. 강철인이라는 점은 한눈에 알았다. 군살 없는 몸에 다리가 길었으며, 검은 머리는 짧게 잘랐고, 피부는 바람에 쓸렸으며, 두 손은 강하고 노련했고, 허리에는 비수를 찼다. 기름한 얼굴에 비해 코가 너무 크고 날카롭기는 했지만, 미소로 벌충하고도 남았다. 테온보다 몇 살 위로 보였지만, 스물다섯은 넘지 않았다. 그 여자는 갑판 위가 익숙한 사람처럼 움직였다.

"그래, 달콤한 광경이야. 당신에 비하면 보잘것없지만."

"오호." 여자는 씩 웃었다. "조심하는 게 좋겠는걸. 이 귀족 나리는 혀에 꿀을 발랐네."

"한번 맛을 보지 그래."

"그런 식으로 가기야?" 여자는 대담한 눈으로 그를 보았다. 강철 군도에는 남자들과 마찬가지로 장선을 모는 여자들이 많지는 않아도 몇 명쯤은 있었다. 소금과 바다가 그 여자들을 바꿔놓아 남자와 같은 욕구를 갖게 한다고들 했다. "바다에 그리 오래 있었나, 귀족 나리? 아니면 나리가 있던 곳엔 여자가 없었나?"

"여자는 충분했지만, 당신 같은 여자는 없었어."

"내가 어떤 여자인지 어떻게 알고?"

"내 눈은 당신 얼굴을 볼 수 있고, 내 귀는 당신 웃음소리를 들을 수 있거든. 그리고 내 남근은 당신 때문에 돛대만큼 단단해졌지."

여자는 가까이 다가서서 그의 바지 앞섶에 손을 댔다. "흠, 거짓말은 아니군." 그녀는 바지 천을 쥐어 잡으며 말했다. "얼마나 아파?"

"지독해."

"가엾은 귀족 나리." 그녀는 손을 놓고 물러섰다. "그런데 어쩌나. 난 결혼한 데다 애도 뱄거든."

"신들이 친절하시군. 그렇다면 내가 사생아를 안겨줄 일은 없겠어."

"그렇다 해도 내 남자가 당신에게 고마워하진 않겠지."

"그야 그렇겠지만, 당신은 고마워할지도 모르잖아."

"그건 왜일까? 귀족이라면 전에도 겪어봤어. 다른 남자들과 똑같던데."

"왕자는 겪어봤나? 나중에 주름이 자글자글해지고 머리가 세어 젖가슴이 배 아래까지 처질 때쯤 되면 손주들에게 옛날에 왕을 사랑한 적이 있노라 말해줄 수 있을 거야."

"오, 지금 우리가 얘기하는 게 사랑이었어? 난 그냥 가랑이와 거시기 얘긴 줄 알았지."

"사랑을 원해?" 그는 누군지도 모를 이 계집이 마음에 들었다. 그녀의 날카로운 재치는 파이크의 눅눅함과 우울함을 덜어주는 반가운 휴식이었다. "내 장선에 네 이름을 붙이고, 하프를 연주해주고, 노래 속에 나오는 공주님처럼 걸칠 거라곤 보석밖에 주지 않고 널 성 위 탑에 가둬둘까?"

"저 배에는 내 이름을 붙여야 마땅해." 그녀는 나머지를 다 무시하고 말했다. "내가 만들었으니까."

"배를 만든 건 시그린이야. 내 아버지의 선박 장인이지."

"난 에스그레드야. 앰브로드의 딸이고, 시그린의 아내지."

앰브로드에게 딸이 있다거나, 시그린에게 아내가 있는 줄은 몰랐다. 하지만 시그린을 만나본 건 한 번뿐이었고, 나이 든 선박 장인 앰브로드에 대해서는 거의 기억도 나지 않았다. "시그린에게는 아까운데."

"오호. 시그린은 이 아름다운 배가 당신에게 아깝다고 하던데."

테온은 발끈했다. "내가 누군지 알아?"

"그레이조이 가문의 테온 왕자님이지. 달리 누구겠어? 솔직히 말해봐. 이 새로운 아가씨가 얼마나 마음에 들어? 시그린이 알고 싶어 할 거야."

그 배는 아직도 역청과 수지 냄새가 날 정도로 새것이었다. 내일이면 아에론 숙부가 축성을 내릴 테지만, 테온은 그 배를 진수하기 전에 보려고 파이크에서 여기까지 건너왔다. 발론 공의 '대(大)크라켄'호나 빅타리온 숙부의 '강철 승리'호처럼 크지는 않았지만, 그 배는 바닷가 나무 요람에 앉은 채로도 날렵하고 매력적이었다. 30미터 길이의 늘씬한 검은 선체에 높은 외돛대, 긴 노 50개, 백 명이 들어갈 만한 갑판…… 그리고 뱃머리에는 화살촉 모양의 거대한 쇠 충각이 달렸다. 그는 있는 그대로 인정했다. "시그린이 훌륭한 일을 해줬어. 겉보기만큼 빠른가?"

"보기보다 더 빠르지. 어떻게 다룰지 아는 주인이 몬다면."

"배를 몰아본 지 몇 년은 됐지." '그리고 솔직히 말하면 선장 경험은 없고.' "그렇다 해도 난 그레이조이고, 강철인이야. 바다는 내 핏속에 흘러."

"그리고 말하는 것처럼 배를 몬다면 바다에도 당신 피가 흐르겠는걸."

"저렇게 아름다운 처녀를 함부로 대할 리가 있나."

"아름다운 처녀?" 그녀는 소리 내어 웃었다. "이 배는 바다 요물이야."

"그거야. 당신이 배에 이름을 붙여줬군. 바다 요물호라."

여기에는 그녀도 재미있어했다. 검은 눈에 일어난 반짝임을 볼 수 있었다. "내 이름을 딴다더니." 그녀는 상처받았다는 듯이 비난했다.

"그렇게 했잖아." 그는 그녀의 손을 잡았다. "날 도와줘. 녹색 땅에서는 아이를 가진 여자와 자면 행운이 온다고 믿거든."

"녹색 땅에서 배에 대해 뭘 알겠어? 아니면 여자에 대해서나? 게다가 그건 당신이 지어낸 얘기 같아."

"그렇다고 고백하면, 그래도 날 사랑할 거야?"

"그래도? 내가 언제 당신을 사랑했다고?"

"사랑한 적 없지. 하지만 그 부족한 부분은 내가 메우려고 해, 사랑스러운 에스그레드. 바람이 차. 내 배에 올라서 내가 당신 몸을 데우게 해줘. 내일은 아에론 숙부가 저 뱃머리에 바닷물을 붓고 익사한 신에게 기도를 올릴 테지만, 난 그보다는 나와 당신의 음부에서 나오는 젖으로 배를 축성하고 싶어."

"익사한 신이 기분 좋게 받아들이지 않으실지도 몰라."

"익사한 신이야 아무렴 어때. 우릴 귀찮게 한다면 내가 다시 익사시켜 버릴 거야. 2주만 있으면 전쟁터로 떠나. 내가 갈망에 몸부림치느라 잠도 못 자고 전투에 나가게 할 거야?"

"기꺼이 그러지."

"잔인한 여자로군. 내 배에 이름을 잘 붙였어. 내가 정신이 다른 데 팔려서 바위에 배를 부딪치면 당신 탓인 줄 알아."

"이걸로 배를 몰려고?" 에스그레드는 다시 한 번 그의 앞섶을 쓸고, 한 손가락으로 단단해진 남근의 윤곽을 그리며 미소 지었다.

"나와 같이 파이크로 돌아가자." 그는 불쑥 말해버리면서 생각했다. '발론 공이 뭐라고 할까? 아니 내가 그걸 왜 신경 써야 하지? 난 다 자란 성인이고, 내가 여자를 침대에 들이고 싶어 한다면 누가 상관할 문제가 아니야.'

"내가 파이크에서 뭘 하게?" 그녀는 손을 치우지 않았다.

"내 아버지가 오늘 밤 선장들에게 잔치를 베풀 거야." 사실은 뒤처진 배들이 도착하기를 마지막까지 기다리면서 매일 밤 만찬을 베풀고 있었지만, 그것까지 말할 필요는 없어 보였다.

"절 하룻밤 당신 선장으로 만드시게요, 왕자님?" 그녀는 어떤 여자에게서도 본 적 없는 음흉한 미소를 지었다.

"그럴지도 모르지. 당신이라면 날 안전하게 항구로 몰고 갈 테니까."

"글쎄, 나야 노의 어느 쪽 끝이 바다에 들어가는지 알고, 밧줄과 매듭에 대해서라면 나보다 뛰어난 사람이 없지." 그녀는 한 손으로 그의 바지 끈을 풀더니 씩 웃으면서 가볍게 몸을 물렸다. "내가 결혼한 데다 아이를 밴 여자라 안타깝네."

당황한 테온은 바지를 추켰다. "난 이제 성으로 돌아가야 해. 당신이 같이 가지 않는다면 난 슬픔에 길을 잃을지도 몰라. 그리 되면 군도 전체가 더 가난해지겠지."

"그렇게 만들 수야 없지……. 하지만 난 말이 없답니다, 나리."

"내 종자의 말을 타면 돼."

"당신의 불쌍한 종자는 파이크까지 걸어가라고?"

"그렇다면 내 말에 같이 타."

"그거라면 당신이 좋아하겠네." 또 그 미소였다. "자, 내가 뒤에 탈까, 앞에 탈까?"

"어디든 당신 좋은 곳에 타."

"난 위에 타고 싶은데."

'이 여자는 내 평생 어디 있었던 거야?' "내 아버지의 성은 어둡고 눅눅

해. 불을 더 밝게 태워줄 에스그레드가 필요해."

"귀족 나리 혀에 꿀을 바르셨네."

"그건 처음에 한 말 아닌가?"

그녀는 두 손을 들어 올렸다. "그리고 결론이기도 하답니다. 에스그레드가 다정하신 왕자님을 따르지요. 당신 성으로 데려가줘. 당신의 자랑스러운 탑이 바다에서 솟아오르는 모습을 보여줘."

"말은 여관에 두고 왔어. 가자." 그들은 바닷가를 함께 걸었고, 테온이 팔을 잡아도 그녀는 뿌리치지 않았다. 그는 그녀의 걸음걸이가 마음에 들었다. 반쯤은 건들거리고 반쯤은 어슬렁거리는 그 걸음걸이에는 대담한 성격이 드러났다. 담요 속에서도 똑같이 대담하리라는 느낌이 들었다.

로드스포트는 그 어느 때보다 더 붐볐고, 자갈 해변을 따라 늘어서다 못해 배들과 방파제를 한참 지나서까지 정박한 배들의 선원들로 들끓었다. 강철인들은 무릎을 자주 굽히지도, 쉽게 굽히지도 않았지만 테온은 그들이 지나가자 노잡이들이나 마을 사람들이나 할 것 없이 조용해지고 고개를 숙여 경의를 표한다는 사실을 알아차렸다. '이제야 내가 누군지 알았군. 그럴 때가 지났지.'

그레이트윅의 굿브러더 공이 전날 밤에 40척에 이르는 주력군을 이끌고 왔다. 사방에 그 부하들이 보였다. 줄무늬가 들어간 염소 털 장식 띠 때문에 눈에 잘 띄었다. 여관에서는 절름발이 오터의 매춘부들이 수염도 나지 않은 장식 띠 소년들에게 시달리다 못해 안짱다리가 됐다는 말이 돌았다. 테온이 보기에는 그 소년들에게 어울리고도 남는 이들이었다. 그 쓰레기 같은 더러운 매춘굴은 다시는 보고 싶지 않았다. 지금 동반자가 훨씬 그의 취향이었다. 그녀가 아버지의 선박 장인과 결혼해서 임신했다는 사실은 흥미를 더 일으킬 뿐이었다.

"우리 왕자님께선 선원을 고르기 시작하셨나?" 에스그레드는 마구간으로 향하면서 물었다. 그러더니 곰 가죽조끼를 입고 까마귀 날개가 달린 투구를 쓴 키 큰 뱃사람에게 외쳤다. "어이, 파란 이빨. 신부는 좀 어때?"

"배가 남산만 해서 쌍둥이 소릴 하지."

"이렇게 빨리?" 에스그레드는 아까처럼 사악한 미소를 지었다. "물속에 노를 빨리 집어넣었군."

"암. 그리고 젓고 젓고 또 저었지." 남자는 노 젓는 시늉을 했다.

"덩치 좋은 선원이군." 테온이 평했다. "파란 이빨이라고 했나? 저 남자를 요물호에 태워야 할까?"

"모욕할 생각이라면야. 파란 이빨에겐 사랑스러운 배가 있어."

"사람들을 알기엔 내가 너무 오래 떠나 있었어." 테온은 사실을 인정했다. 어렸을 때 같이 놀던 친구를 몇 명 찾아보았지만 다들 떠났거나 죽었거나 낯선 사람으로 자랐다. "빅타리온 숙부가 키잡이를 빌려줬는데."

"술고래 라이몰프? 제정신이기만 하면 훌륭한 선원이지." 그녀는 아는 얼굴을 더 발견하고 지나가던 3인조에게 외쳤다. "울러, 콸. 네 동생은 어디 있어, 스카이트?"

"익사한 신께 힘 좋은 노잡이가 필요하셨나 봐." 수염에 흰 털이 섞인 작고 단단한 사내가 대꾸했다.

"저 말인즉, 엘디스가 와인을 너무 마셔서 배가 터졌단 얘기죠." 그 옆에 있던 분홍색 뺨의 젊은이가 말했다.

"죽은 자는 결코 죽지 않으니." 에스그레드가 말했다.

"죽은 자는 결코 죽지 않으니."

테온도 그들과 함께 그 말을 읊었다. 그리고 남자들이 지나가고 나서 말했다. "당신 유명한가 본데."

"선박 장인의 아내를 싫어할 사람은 없지. 배가 가라앉길 바라지 않고서야. 노잡이가 필요하다면, 저 셋도 나쁘지 않아."

"로드스포트엔 힘센 팔이 부족하지 않아." 테온은 그 문제에 대해 적지 않게 생각해보았다. 그가 원하는 건 싸움꾼들이었고, 아버지나 숙부들이 아니라 그에게 충성할 남자들이었다. 지금 그는 발론 공이 계획을 다 드러내기를 기다리며 충실한 젊은 왕자 노릇을 하고 있었다. 하지만 그 계획이나 그 계획에서 그가 맡은 역할이 마음에 들지 않는다면, 그때는…….

"힘만으로는 부족해. 장선의 노는 한 몸처럼 움직여야 최고 속도를 낼수 있어. 분별이 있다면 전에도 같이 노를 저어본 사람들을 골라."

"현명한 조언이야. 당신이 내 선택을 도와줄 수도 있겠군." '내가 그 지혜를 원한다고 믿게 하자. 여자들은 그런 걸 좋아하지.'

"그럴 수도 있지. 날 친절하게 대한다면."

"어떻게 안 그러겠어?"

테온은 텅 빈 채 부둣가에 높이 흔들거리는 미라함호를 보고 걸음을 빨리했다. 미라함호의 선장은 2주 전에 출항하려고 했지만, 발론 공이 허락하지 않았다. 로드스포트에 들른 상인들은 아무도 다시 떠나지 못했다. 발론 공은 공격 준비를 갖추기 전에 군대에 대한 이야기가 내륙에 전해지기를 바라지 않았다.

"나리." 상선 앞 갑판에서 구슬픈 목소리가 날아왔다. 선장의 딸이 난간 너머로 몸을 내밀고 그를 내려다보고 있었다. 선장은 딸이 뭍에 오르는 것을 금지했는데, 테온은 로드스포트에 갈 때마다 쓸쓸하게 갑판을 서성이는 그녀의 모습을 보았다. "나리, 잠시만요. 괜찮으시면……." 뒤에서 부르는 소리가 계속 들렸다.

"그랬어?" 테온이 서둘러 상선을 지나치려는데 에스그레드가 물었다. "저 여자가 괜찮았어?"

이 여자에게는 내숭을 떨 이유가 없었다. "한동안은. 지금은 내 소금 아내가 되고 싶어 해."

"오호. 뭐, 소금을 치면 괜찮을지도 모르겠네. 너무 부드럽고 밋밋해. 내 생각이 틀렸나?"

"틀리지 않았어." 부드럽고 밋밋하다니, 정확했다. 어떻게 알았을까?

웩스에게 여관에서 기다리라고 말해두었었다. 휴게실이 너무 붐벼서 테온은 억지로 뚫고 들어가야 했다. 장의자에나 탁자에나 남은 자리가 하나도 없었다. 그의 종자도 보이지 않았다. "웩스." 그는 요란한 소음 너머로 소리를 질렀다. '혹시 그 쓰레기 같은 매춘부와 있다면 가죽을 벗겨줄 테다'라고 생각하다가 마침내 불가에서 주사위 노름 중인 웩스를 발견했다. 앞에 쌓인 동전을 보니 이기고 있는 모양이었다.

"갈 때 됐다." 테온은 그렇게 알렸는데도 웩스가 아랑곳하지 않자 귀를 잡고 노름판에서 끌어냈다. 웩스는 동화 한 주먹을 움켜쥐고 말없이 따라왔다. 테온은 그 점이 제일 마음에 들었다. 대부분의 종자들은 혀를 함부로 놀렸지만, 웩스는 타고나길 벙어리였다……. 그렇다고 해서 어지간한 열두 살 소년보다 영리함이 떨어지지는 않았다. 웩스는 보틀리 공의 이복형제들 중 하나가 만든 천출 자식이었다. 테온이 그 아이를 종자로 받아들이는 것이 말값으로 지불한 대가의 일부였다.

웩스는 에스그레드를 보자 눈을 크게 떴다. '여자라곤 생전 처음 보는 줄 알겠군.' "에스그레드는 나와 같이 파이크에 갈 거다. 말에 안장을 얹어라. 빨리 해."

웩스는 발론 공의 마구간에 있던 앙상하고 작은 조랑말을 타고 왔지만, 테온의 말은 전혀 다른 짐승이었다. "이런 지옥마는 어디에서 찾았지?" 에스그레드는 말을 보고 이렇게 물었지만, 웃는 얼굴을 보니 감탄한 기색이었다.

"보틀리 공이 1년 전에 라니스포트에서 샀는데, 자기에게 너무 벅찬 말이라서 기꺼이 팔았지." 강철 군도는 훌륭한 말을 키우기에는 너무 척박하고 돌투성이였다. 군도인은 대부분 기마술이 그저 그랬고, 안장보다는 갑판 위를 더 편안해했다. 영주들조차도 조랑말 아니면 할로우의 덥수룩한 소형 말을 탔고, 마차보다는 우차가 더 흔했다. 평민들은 가난한 나머지 말도 소도 없이 직접 척박한 돌투성이 땅을 갈았다.

그러나 테온은 윈터펠에서 10년을 지냈고, 훌륭한 말 없이 전쟁에 나갈 생각이 없었다. 보틀리 공의 오판이 그에게는 행운이었다. 새까만 털색만큼이나 성깔이 있고, 대형 전투마만큼 크지는 않아도 보통 사냥마보다는 큰 준마였다. 테온은 대부분의 기사들보다 몸집이 작았기에, 이 말이 안성맞춤이었다. 검은 말은 눈에 불길을 담고 있었고, 새로운 주인을 만났을 때 입술을 말아 올리고 얼굴을 물어뜯으려 했다.

"이름이 있나?" 에스그레드는 말에 오르는 테온에게 물었다.

"스마일러(Smiler)." 테온은 한 손을 내밀고 그녀를 끌어 올려 앞에 태웠다. 그렇게 앉으면 달리면서 그녀를 안을 수 있었다. "언젠가 내가 웃지 말아야 할 데에 웃는다고 말한 남자가 있었지."

"정말 그런가?"

"뭘 보고도 웃지 않는 사람들이 보기엔 그럴 거야." 그는 아버지와 아에론 숙부를 생각했다.

"지금도 웃고 계신가, 왕자님?"

"아, 물론이지." 테온은 그녀의 몸 옆으로 고삐를 잡았다. 그녀는 키가 테온과 맞먹었다. 머리는 감는 편이 좋을 테고 예쁜 목에는 희미하게 분홍빛 흉터가 있었지만, 테온은 그녀의 향기가 좋았다. 소금 냄새와 땀 냄새와 여자의 냄새.

파이크로 돌아가는 길은 로드스포트까지 왔던 길보다 훨씬 재미있을 터였다.

로드스포트를 확실히 벗어났을 때, 테온은 그녀의 가슴에 한 손을 올렸다. 에스그레드는 그의 손을 떼어냈다. "나라면 두 손 다 고삐를 쥐겠어. 안 그랬다간 이 검은 짐승이 우리 둘 다 내던진 후에 걷어차서 죽일지도 몰라."

"그런 버릇은 고쳐놨어." 테온은 재미있어하며 한동안 상냥하게 날씨 이야기를 하고(그가 도착한 후 내내 흐리고 구름이 많았으며 비가 자주 왔다), 속삭이는 숲에서 죽인 자들에 대해 이야기하며 얌전히 굴었다. 그러다가 킹슬레이어 근처에 있었다는 부분에 이르러서 그는 슬그머니 다시 아까와 같은 자리에 손을 뻗었다. 그녀의 젖가슴은 작았지만, 단단해서 좋았다.

"그러고 싶지 않을 텐데, 왕자님."

"아, 하지만 이러고 싶은데." 테온은 그녀의 가슴을 슬쩍 쥐었다.

"종자가 보고 있잖아."

"보라고 해. 아무 말도 하지 않을 거야. 장담해."

에스그레드는 그의 손가락을 떼어냈다. 그리고 이번에는 그 손을 단단히 잡고 있었다. 손힘이 셌다.

"난 손아귀 힘이 센 여자가 좋더라."

그녀는 콧방귀를 뀌었다. "물가에서 본 여자를 생각하면 아닐 것 같은데."

"그 여자로 날 판단하면 안 돼. 그 배에는 여자가 하나뿐이었다고."

"당신 아버지에 대해 말해봐. 성에 가면 날 친절하게 맞아주실까?"

"그럴 리가 있겠어? 자기 핏줄인 데다 파이크와 강철 군도의 후계자인 나도 반가워하지 않았는데."

"당신이 후계자야?" 그녀는 부드럽게 물었다. "당신에겐 숙부들과 형들, 그리고 누이가 있다고 들었는데."

"내 형들은 오래전에 죽었고, 내 누이는…… 글쎄, 아샤가 제일 좋아하는 옷은 무릎 아래까지 내려오는 쇠사슬 갑옷이라지. 안에는 단단한 가죽 속옷을 받쳐 입고 말이야. 하지만 남자 옷을 입는다고 누이가 남자가 되진 않아. 일단 전쟁에 이기고 나면 누이에게 좋은 결혼 상대를 맺어줄 거야. 데려가려는 남자를 찾을 수 있다면 말이지만…… 지금 생각해보면 아샤는 독수리 부리 같은 코에 여드름이 잔뜩이었고, 가슴은 남자애 못지않게 판판했거든."

"누이는 결혼해서 치울 수 있겠지만 숙부들은 아니잖아." 에스그레드가 말했다.

"숙부들은……." 테온의 계승권은 아버지의 세 형제들을 앞섰지만, 그럼에도 그 여자는 아픈 곳을 찔렀다. 강철 군도에서는 강하고 야심 찬 숙부가 약한 조카의 권리를 빼앗는 일이 드물지 않았고, 대개는 그 과정에서 조카를 살해했다. '하지만 난 약하지 않아. 그리고 아버지가 죽을 때쯤에는 더 강해질 거야.' 테온은 스스로에게 다짐하고, 하던 말을 이었다. "숙부들은 나에게 아무 위협도 안 돼. 아에론 숙부는 바닷물과 신심에 취했어. 자기 신을 위해서만 살고—"

"자기 신이라고? 당신의 신은 아니고?"

"내 신이기도 하지. 죽은 자는 결코 죽을 수 없으니." 그는 희미한 미소를 지었다. "내가 필요한 만큼 경건한 소리를 읊어대기만 하면 젖은 머리는 날 곤란하게 만들지 않을 거야. 그리고 빅타리온 숙부는—"

"강철 함대의 사령관이고, 무시무시한 전사지. 맥줏집들에서 빅타리온에 대해 노래하는 소리를 들었어."

"내 아버지가 일으킨 반란 때, 빅타리온 숙부는 유론 숙부와 함께 라니스포트로 가서 정박해 있던 라니스터 함대를 불태웠어. 하지만 그건 유론 숙부의 작전이었어. 빅타리온은 거대한 회색 황소 같은 사람이라, 강하고 지칠 줄 모르고 충실하지만, 경주에 이길 인물은 아니야. 분명 아버지를 섬겼듯이 나도 충성스럽게 섬길 거야. 배신을 계획할 머리도 야망도 없어."

"하지만 까마귀 눈 유론에게는 교활함이 부족하지 않지. 유론에 대해서는 끔찍한 이야기들을 들었어."

테온은 앉은 자세를 바꿨다. "유론 숙부는 강철 군도에 보이지 않은 지 2년이나 됐어. 죽었을지도 몰라." 그게 최선일 수도 있었다. 발론 공의 바로 아래 동생은 단 하루도 '옛 방식'을 버리지 않았다. 검은 돛과 검붉은 선체를 지닌 그의 침묵호는 이벤에서 아사이까지 모든 항구에서 악명을 떨쳤다.

에스그레드는 맞장구를 쳤다. "죽었을지도 모르지. 그리고 살아 있다 해도 바다에서 시간을 너무 보내서 여기에선 반쯤 이방인이 됐을 거야. 강철인은 절대로 해석좌(Seastone Chair)에 이방인을 앉히지 않아."

"그렇겠지." 테온은 그렇게 대꾸하고 나서야 그를 이방인이라고 부를 사람들이 있다는 생각을 했다. 그는 얼굴을 찌푸렸다. '10년은 긴 시간이지만, 난 이제 돌아왔고 아버지가 돌아가시려면 멀었어. 나 자신을 증명할 시간은 있어.'

에스그레드의 가슴을 다시 희롱할까 싶었지만, 아마 그녀는 그의 손을 떼어낼 테고, 숙부들에 대해 이야기를 나누다 보니 열정이 식었다. 놀 시간은 성에 가서도 충분할 터였다. 그의 거처에서 따로 말이다. "파이크에 도착하면 헬리야에게 말해서 당신이 좋은 자리에 앉도록 하지. 난 연단에서 아버지 오른쪽에 앉아야 할 테지만, 아버지가 나가시고 나면 내려가서 당신과 함께 있을 거야. 아버지가 오래 머무는 일은 드물어. 요새는 술을 많이 못 드셔서."

"위대한 남자가 늙는 건 슬픈 일이야."

"발론 공은 위대한 남자의 아버지에 불과해."

"겸손하시기도 해라."

"남을 깎아내리고 싶어 하는 사람이 온 세상에 가득한데, 굳이 스스로를 낮추는 건 바보나 할 짓이야." 그는 여자의 목덜미에 슬쩍 입을 맞췄다.

"난 그 대단한 연회에 뭘 입고 가지?" 그녀는 뒤로 손을 뻗어 그의 얼굴을 밀어냈다.

"헬리야에게 의복을 갖춰달라고 하지. 내 어머니의 가운이면 될 거야. 어머니는 할로우에 가서서 돌아올 계획이 없으시니까."

"찬바람에 건강을 해치셨다고 들었어. 당신은 만나러 가지 않을 거야? 할로우는 배로 하루만 가면 되는 곳이고, 그레이조이 부인은 아들을 보고 싶으실 텐데."

"갈 수 있다면 갔겠지. 난 여기 일이 너무 바빠. 이제 내가 돌아왔으니, 아버지는 나에게 의지하고 계셔. 평화를 찾으면……."

"부인은 당신이 찾아가면 평화를 찾으실지 몰라."

"이젠 여자처럼 말하는군." 테온이 불평했다.

"고백건대, 난 여자야……. 그것도 막 아이를 밴."

어쩐지 그 생각을 하자 흥분이 됐다. "말은 그렇게 하지만, 당신 몸에는 임신의 징후가 보이지 않아. 그걸 어떻게 증명하지? 당신 말을 믿으려면 우선 가슴이 커진 걸 보고 젖을 맛봐야겠어."

"그러면 내 남편이 뭐라고 할까? 당신 아버지에게 충성을 맹세한 부하이자 일꾼인데?"

"배를 잔뜩 주문해서, 당신이 떠난 줄도 모르게 만들 거야."

그녀는 웃음을 터뜨렸다. "잔인한 귀족 나리에게 걸렸군. 언젠가 내 아기가 젖을 빠는 모습을 보여주겠다 약속한다면, 당신 전쟁에 대해 더 말해주겠어, 그레이조이 가문의 테온? 우린 아직 산길을 몇 킬로미터나 가야 하고, 난 당신이 섬겼던 늑대 왕에 대해서나 늑대 왕이 맞서 싸우는 황금 사자들에 대해 듣고 싶어."

테온은 그녀의 비위를 맞추고 싶은 욕망에 복종했다. 긴 여행길의 나머지 시간은 그녀의 예쁜 머리통에 윈터펠과 전쟁 이야기를 채워주느라 순식간에 지나갔다. 몇 가지 이야기는 하면서 스스로도 놀랐다. '이 여자를 상대로는 말이 술술 나오는군. 마치 몇 년이나 알았던 여자 같아. 이 여자의 잠자리 기술이 재치의 반이라도 된다면 데리고 살아야겠는데…….' 그는 굵은 몸통만큼 재치도 없고, 담황색 머리는 여드름투성이인 이마에서 벌써 후퇴하고 있는 선박 장인 시그린을 생각하고 고개를 설레설레 저었다. '아까운 노릇이야. 애처롭도록 아까워.'

얼마 지나지도 않은 것 같은데 파이크의 거대한 외벽이 눈앞에 솟아올랐다.

성문이 열려 있었다. 테온은 스마일러에게 박차를 가해서 빠른 속도로 문을 통과했다. 그가 말에서 내리는 에스그레드를 돕는데 사냥개들이 맹렬히 짖어대더니 몇 마리가 꼬리를 흔들며 뛰어왔다. 개들은 테온을 그대로 지나쳐서 에스그레드를 넘어뜨리다시피 했고, 그녀를 둘러싸고 뛰어오르며 짖어대고 핥아댔다. "떨어져." 테온은 커다란 갈색 암캐를 헛되이 걷어차며 소리를 질렀지만, 에스그레드는 소리 내어 웃으며 개들과 뒹굴고 있었다.

마구간지기 하나가 개들을 따라 나왔다. 테온은 명령을 내렸다. "말을 데려가라. 그리고 이 망할 개들을 치워—"

마구간지기는 테온에게는 신경도 쓰지 않았다. 그는 이가 빠진 자리가 다 보이게 활짝 웃으며 말했다. "아샤 아가씨. 돌아오셨군요."

"어젯밤에 왔지. 그레이트윅에서 굿브러더 공과 같이 항해해 와서 여관에서 밤을 보냈어. 내 동생이 친절하게도 로드스포트에서부터 말을 태워주더군." 그녀는 사냥개 한 마리의 코에 입을 맞추고 테온에게 씩 웃어 보였다.

테온은 그 자리에 서서 그녀를 멍하니 볼 수밖에 없었다. '아샤라니. 아니야. 아샤일 리가 없어.' 그는 문득 그의 머릿속에 아샤가 두 사람 있었음을 깨달았다. 하나는 예전에 알았던 어린 소녀였고, 또 하나는 어머니를 닮은 모호한 상상이었다. 어느 쪽도 이…… 이 여자와는 전혀 달랐다.

"여드름은 가슴이 나오면서 없어졌지만, 독수리 코는 그대로 남았지." 아샤는 개 한 마리와 드잡이를 하면서 설명했다.

테온은 겨우 목소리를 찾았다. "왜 말하지 않았어?"

아샤는 사냥개를 놓아주고 몸을 바로 했다. "우선 네가 어떤 사람인지부터 알아보고 싶었어. 그리고 알았지." 그녀는 조롱을 담아 반쯤 허리를 굽혀 인사했다. "그럼 이만 실례한다, 동생. 난 만찬을 위해 씻고 옷을 갈아입어야 하거든. 아직 내가 가죽 속옷 위에 입기 좋아하는 쇠사슬 가운이 있나 모르겠네?" 그녀는 예의 사악한 웃음을 던지고는, 테온이 그토록 마음에 들어 했던 반쯤은 건들거리고 반쯤은 어슬렁대는 걸음걸이로 다리를 건너갔다.

테온이 몸을 돌리자 웩스가 그를 보고 히죽거리고 있었다. 그는 웩스의 귀싸대기를 한 대 때렸다. "이건 지나치게 즐긴 대가다." 그리고 또 한 대, 더 세게 때렸다. "그리고 이건 나에게 알리지 않은 대가야. 다음에는 혀를 길러라."

노비들이 화로에 불을 붙여두었는데도, 귀빈성에 자리 잡은 거처가 그렇게 추울 수가 없었다. 테온은 장화를 걷어차듯 벗고 망토를 바닥에 떨군 다음, 와인을 한 잔 따르면서 무릎이 툭 튀어나오고 여드름이 나 있던 볼품없던 어린 아샤를 떠올렸다. 그는 격분해서 생각했다. '내 바지를 풀었어. 그리고 그런 말을…… 아, 신들이시여, 나는 뭐라고 했지…….' 그는 신음했다. 이보다 더 바보처럼 굴 수가 있을까.

그러고 나서 그는 생각했다. '아니야. 누나가 날 바보로 만든 거야. 그 못된 년은 모든 순간을 즐겼을 거야. 내 사타구니에 계속 손을 뻗던 모습 하

며……'

그는 잔을 들고 창가로 갔다. 그리고 앉아서 와인을 마시며 파이크가 어두워지는 동안 바다를 지켜보았다. '난 여기 있을 자리가 없어. 아샤 때문이야. 다른 자들에게나 잡혀가길!' 바닷물은 녹색에서 회색으로 변했다가 다시 검은색으로 변했다. 그 무렵에는 멀리서 울리는 음악 소리를 들을 수 있었다. 연회용으로 옷을 갈아입어야 했다.

테온은 수수한 장화와 더 수수한 옷을 골랐다. 그의 기분에 맞게 침울한 검은색과 회색 옷이었다. 장식은 달지 않았다. 철로 산 물건이 없었다. '브랜 스타크를 구하려고 죽인 야인에게서 뭐라도 벗겨낼 수 있었을 텐데, 그놈에겐 가질 만한 물건이 없었지. 그게 내 저주받을 운이야. 가난한 놈이나 죽이는 운.'

테온이 들어섰을 때, 연기가 자욱한 긴 연회장은 400명 가까운 아버지의 휘하 영주와 선장들로 붐볐다. 스톤하우스와 드럼 영주들을 데리러 올드윅 섬에 간 갈라진 턱 다그머는 아직 돌아오지 않았지만, 나머지는 다와 있었다. 할로우 섬의 할로우 가문, 블랙타이드 섬의 블랙타이드 가문, 그레이트윅 섬의 굿브러더와 스파르와 멀린 가문, 솔트클리프 섬의 솔트클리프와 선덜리 가문, 그리고 파이크 섬 반대편에서 온 보틀리와 윈치 가문까지. 노비들이 에일 맥주를 따르고, 현악기와 타악기 음악이 울려 퍼졌다. 건장한 남자 셋이서 자루가 짧은 도끼를 서로에게 던지며 손가락 춤을 추고 있었다. 도끼를 잡거나, 발을 헛디디지 않고 도끼를 뛰어넘는 게 규칙이었다. 그 놀이가 손가락 춤이라고 불리는 이유는 언제나 참여자 한 명은 손가락을 하나…… 또는 둘, 또는 다섯 개 잃고 끝나기 때문이었다.

손가락 춤꾼들도 술꾼들도 연단으로 걸어가는 테온 그레이조이에게 주목하지 않았다. 발론 공은 매끄러운 검은 돌덩어리를 거대한 크라켄 모양으로 깎아서 만든 해석좌를 차지하고 앉았다. 전설에 따르면 최초인들이 강철 군도에 왔을 때, 올드윅 해안가에서 그 돌을 발견했다. 그 자리 왼쪽에는 테온의 숙부들이 앉았고, 오른쪽의 명예로운 자리에는 아샤가 앉았다. "늦게 오는구나, 테온." 발론 공이 말했다.

"죄송합니다." 테온은 아샤 옆의 빈자리에 앉아서 몸을 기울이고 귓가에 속삭였다. "내 자리에 앉았어."

아샤는 천진난만한 눈으로 그를 보았다. "네가 잘못 알았겠지. 네 자리는 윈터펠에 있어." 아샤의 미소가 사무쳤다. "그리고 네 예쁜 옷들은 다 어디 있지? 너는 비단과 벨벳을 좋아한다고 들었는데." 그녀는 부드러운 녹색 모직 옷을 입었는데, 단순하게 재단한 직물이 호리호리한 몸에 딱 달라붙었다.

"누나의 쇠사슬 갑옷은 녹슬어 없어졌나 보지." 그가 마주 쏘아붙였다. "안타깝네. 전신을 쇠로 감싼 모습을 보고 싶었는데."

아샤는 웃기만 했다. "볼 수 있을지도 모르지, 동생······. 너의 '바다 요물'이 내 배를 따라잡을 수 있다면 말이야." 아버지의 노비 하나가 와인병을 들고 다가왔다. "테온, 넌 오늘 밤에 에일을 마시냐, 아니면 와인을 마시냐?" 그녀가 더 가까이 몸을 기울였다. "아니면 아직도 내 젖을 빨고 싶으냐?"

그는 얼굴을 붉혔다. "와인." 그는 노비에게 말했고, 아샤는 몸을 돌리고 탁자를 때리며 에일을 외쳤다.

테온은 빵 덩어리를 반으로 자르고, 속을 판 후에 요리사를 불러서 생선 스튜를 채웠다. 진한 크림 냄새에 속이 살짝 울렁거렸지만, 그는 억지로 스튜를 먹었다. 그리고 두 끼니분을 먹는 동안 떠다녀도 될 만큼 많은 와인을 마셨다. '구역질이라도 했다간 누나가 좋아할 거야.' 그는 누이에게 물었다. "아버지는 누나가 선박 장인과 결혼한 걸 아셔?"

"시그린만큼이나 모르시지." 그녀는 어깨를 으쓱였다. "에스그레드는 시그린이 처음 만든 배였어. 자기 어머니 이름을 땄지. 시그린이 어느 쪽을 더 사랑하는지 말하기 힘들어."

"나한테 한 모든 말이 거짓이었군."

"모든 말은 아니야. 내가 위에 있는 걸 좋아한다고 했잖아?" 아샤가 씩 웃었다.

테온은 화만 더 났다. "결혼해서 아이를 막 임신했다는 이야기며……."

"아, 그 부분도 꽤 사실이야." 아샤는 벌떡 일어서더니 한 손을 들고 손가락 춤꾼 한 명에게 외쳤다. "롤프, 여기." 그는 아샤를 보더니 몸을 홱 돌렸고, 느닷없이 그의 손에서 도끼가 날아왔다. 도끼가 빙글빙글 돌자 횃불빛에 날이 번득였다. 테온이 억눌린 헉 소리를 내자마자 아샤가 허공에서 그 도끼를 낚아채더니 탁자에 내리찍어 테온의 빵을 반으로 가르고 망토에 스튜를 튀겼다. "여기 내 남편이 있고." 아샤는 가운 속에 손을 넣어 가슴 사이에서 비수를 뽑았다. "여기 내 젖먹이 아기가 있지."

그 순간 그가 어떻게 보였는지 상상도 가지 않았지만, 테온 그레이조이는 문득 대연회장에 웃음소리가 요란해졌음을 깨달았다. 모두 그를 향한 웃음소리였다. 심지어 아버지마저 웃음을 띠고 있었고, 빅타리온 숙부는 큰 소리로 낄낄거렸다. 그는 간신히 불안한 웃음으로 반응했다. '다 끝나고 나면 누가 웃나 보자, 미친년.'

아샤는 탁자에 박힌 도끼를 뽑아서 다시 손가락 춤꾼들에게 던졌다. 휘파람과 갈채 소리가 요란하게 일었다. "선원들 고르는 문제에 대해서는 내 말에 귀를 기울이는 게 좋을 거야." 노비 하나가 접시를 내밀자 그녀는 비수로 소금에 절인 생선을 하나 찍어 먹었다. "시그린에 대해 조금이라도 알아두려고 수고를 기울였다면 내가 널 속일 수도 없었겠지. 넌 10년을 늑대로 살다가 여기 상륙해서 군도의 왕자 노릇을 하려 들면서, 아무것도 모르고 아무도 몰라. 왜 남자들이 널 위해 싸우고 죽어야 하지?"

"내가 적법한 왕자니까." 테온은 완고하게 말했다.

"녹색 땅의 법으로는 그럴지도 모르지. 하지만 우리에겐 우리의 법이 따로 있어. 그것도 잊은 거야?"

테온은 얼굴을 일그러뜨린 채 고개를 돌리고 앞에 쪼개진 빵을 어떻게 할지 생각했다. 곧 무릎까지 스튜가 떨어질 판이었다. 그는 노비를 하나 불러서 치우라고 명했다. '반평생 집에 올 날을 기다렸는데, 뭘 위해서였지? 비웃음과 무시?' 이곳은 그가 기억하는 파이크가 아니었다. 아니, 기억을 하기는 했던가? 인질로 잡혀갔을 때 그는 너무 어렸다.

연회는 빈약하고 변변찮았다. 생선 스튜와 검은 빵과 향신료도 치지 않은 염소 고기의 연속이었다. 테온이 그나마 먹을 만한 요리는 양파 파이 정도였다. 에일과 와인은 요리가 다 치워진 후에도 계속 흘러나왔다.

발론 그레이조이 공이 해석좌에서 일어서더니 연단에 앉은 이들에게 명령했다. "술은 그만하고 내 개인 방으로 오거라. 작전을 짜야 한다." 그는 더 말하지 않고, 위병 둘만 거느리고 자리를 떴다. 그의 동생들이 바로 뒤따랐다. 테온도 따라가려고 일어섰다.

"우리 어린 동생이 서두르네." 아샤는 뿔잔을 들어 올리고 에일 맥주를 더 요구했다.

"아버지가 기다리시잖아."

"이미 오래 기다리셨어. 조금 더 기다린다고 해될 것도 없지……. 하지만 아버지의 진노가 무섭다면 얼른 따라가. 숙부들을 따라잡는 데엔 아무 어려움 없을 거야." 아샤는 미소 지었다. "하나는 바닷물에 취했고, 또 하나는 어찌할 바를 모를 정도로 우둔한 거대한 회색 황소니까 말이야."

테온은 짜증을 내며 다시 앉았다. "난 어떤 남자도 따라가지 않아."

"남자는 절대 따르지 않고, 여자는 모두 따라가나?"

"자지를 내가 잡았나?"

"난 자지가 없단다. 기억하니? 내 다른 부분은 빨리도 잡더구나."

테온은 뺨이 붉어지는 것을 느낄 수 있었다. "난 남자의 갈망이 있는 남자일 뿐이야. 누나는 대체 무슨 부자연스러운 생물이지?"

"수줍은 많은 처녀에 불과하지." 아샤의 손이 순식간에 탁자 밑으로 들어가더니 테온의 사타구니를 움켜잡았다. 테온은 의자에서 튀어 오를 뻔했다. "왜, 내가 널 항구로 몰고 가길 원하지 않아?"

"결혼은 누나에게 안 어울려. 내가 통치하게 되면 침묵의 자매들에게나 보내버려야겠어." 그는 벌떡 일어나서 비틀거리며 아버지를 찾으러 갔다.

바다 탑으로 가는 흔들 다리에 도착했을 무렵에는 비가 내리고 있었다. 배 속은 저 아래 파도처럼 울렁거리고 흔들렸고, 와인 때문에 발 디딤이 불안정했다. 테온은 이를 악물고, 손에 잡힌 게 밧줄이 아니라 아샤의 목이라고 생각하고 꽉 잡으며 다리를 건넜다.

아버지의 개인 방은 언제나처럼 습기 차고 외풍이 심했다. 아버지는 동생들을 양옆에 두고 바다표범 가죽에 파묻힌 채 화로 앞에 앉아 있었다. 테온이 들어갔을 때는 빅타리온이 조류와 바람에 대해 말하고 있었는데, 발론 공이 손을 내저어 입을 다물게 했다. "이미 작전은 정했다. 너희는 들을 때다."

"제게 제안이 몇 가지 있는데—"

"네 조언이 필요해지면 조언해달라고 하마. 올드윅에서 새가 날아왔다. 다그머가 드럼과 스톤하우스를 이끌고 온다. 신께서 좋은 바람을 선사하신다면 그들이 도착하는 대로 출항한다……. 아니면, 네가 출항한다고 해야겠지. 네가 선봉으로 공격해라, 테온. 장선 여덟 척을 이끌고 북쪽으로 가서—"

"여덟 척요?" 테온은 얼굴이 뻘게졌다. "겨우 여덟 척으로 뭘 이룰 수 있단 말입니까?"

"너는 스토니쇼어(Stony Shore, 돌투성이 해안)를 약탈하러 가서 어촌들을 습격하고, 마주치는 배마다 가라앉힌다. 북부 영주들 몇 놈을 돌벽 뒤에서 끌어낼 수도 있겠지. 아에론이 함께할 것이고, 갈라진 턱 다그머도 갈 거다."

"익사한 신께서 우리의 군세를 축복하시길." 사제가 말했다.

테온은 한 대 맞은 기분이었다. 어부들의 오두막을 불태우고 그들의 못난 딸들을 강간하는 약탈자 일을 맡았는데, 심지어 발론 공은 그 일조차 온전히 믿고 맡기지 못하는 모양이었다. 젖은 머리의 잔소리와 불평을 견뎌내는 것으로도 모자라서, 갈라진 턱 다그머까지 함께 간다면 테온의 지휘권은 명목에 불과했다.

"내 딸 아샤." 발론 공이 말을 이었고, 테온이 고개를 돌려보니 누나가 소리 없이 방에 들어와 있었다. "너는 엄선한 사내들과 장선 서른 척을 맡아서 시드래곤포인트(Sea Dragon Point, 바다 드래곤 갑)를 돌아라. 딥우드 모트 북쪽 개펄에 상륙해라. 빠르게 진군하면 놈들이 네가 도착했음을 알기도 전에 성을 함락할 수 있다."

아샤는 크림을 맛본 고양이처럼 미소 지으며 기분 좋게 말했다. "언제나 성을 하나 갖고 싶었죠."

"그렇다면 빼앗아라."

테온은 하고 싶은 말을 꾹 참아야 했다. 딥우드모트는 글로버 가문의 성채였다. 로벳과 갤버트 글로버 둘 다 남쪽 전장에 나갔으니 수비가 가벼울 테고, 일단 강철인들에게 함락되면 북부의 심장부에 확실한 교두보를 두게 될 터였다. '딥우드를 치러 가야 할 사람은 나야.' 그는 딥우드모트를 잘 알았다. 에다드 스타크와 함께 글로버 가문을 몇 번이나 찾아갔으니까.

"빅타리온." 발론 공은 동생에게 말했다. "주된 공격은 네 손에 맡긴다. 내 아들들이 타격을 주면 윈터펠이 분명 반응한다. 네가 솔트스피어(Saltspear, 소금 창)와 피버강을 거슬러 오르는 데에는 저항이 별로 없을 게

다. 상류까지 올라가면 30킬로미터도 떨어지지 않은 곳에 모트카일린이 있다. 넥 지역이 왕국의 핵심이다. 서쪽 바다는 이미 우리가 지배한다. 모트카일린만 손에 넣으면 늑대 새끼는 북부를 다시 손에 넣을 수 없다……. 그래도 수복을 시도할 정도로 멍청하다면, 그놈의 적들이 뒤에서 둑길 남쪽을 봉쇄할 테고 롭 스타크는 병 속에 든 쥐 꼴이 나겠지."

테온은 더 참을 수가 없었다. "대담한 계획입니다, 아버지. 하지만 성에 있는 영주들은—"

발론 공은 그를 짓밟아버렸다. "영주들은 늑대 새끼와 함께 남쪽으로 갔다. 뒤에 남은 것들은 겁쟁이, 노인, 풋내기들이지. 하나씩 항복하거나 함락될 게다. 윈터펠이라면 1년쯤 버틸지도 모르지만, 그래서 뭘 하겠느냐? 나머지 숲과 들판과 성들은 우리 것이 될 테고, 주민들은 우리의 노비와 소금 아내가 될 것이다."

젖은 머리 아에론이 두 팔을 들어 올렸다. "그리고 성난 물결이 높이 솟으며, 익사한 신이 녹색 땅을 지배하리시라!"

"죽은 자는 결코 죽을 수 없으니." 빅타리온이 읊었다. 발론 공과 아샤도 합창했고, 테온도 같이 우물거릴 수밖에 없었다. 그렇게 해서 이야기는 끝이었다.

밖에서는 비가 거세게 떨어지고 있었다. 발밑에서 흔들 다리가 요동을 치고 비틀렸다. 테온 그레이조이는 다리 한가운데에 멈춰 서서 아래 바위를 내려다보았다. 파도 소리가 귀를 찢었고, 입술까지 튄 물보라에서 소금 맛이 났다. 갑작스러운 돌풍에 균형을 잃은 그는 비틀거리며 무릎을 꿇었다.

아샤가 그를 부축해 일으켰다. "넌 와인도 감당을 못 하는구나."

테온은 아샤의 어깨에 기대어 빗물로 미끄러운 판자를 밟았다. "누나는 에스그레드였을 때가 더 좋았어."

그의 비난에 아샤는 소리 내어 웃었다. "공평하네. 나도 네가 아홉 살이었을 때가 더 좋았거든."

티리온

문틈으로 지저귀는 듯한 피리 소리에 부드러운 하프 소리가 섞여 흘러나왔다. 두꺼운 벽에 막혀 가수의 목소리는 잘 들리지 않았지만, 티리온은 그 노래 가사를 알고 있었다. '나는 여름처럼 어여쁜 처녀를 사랑했네. 머리에는 햇살을 얹은⋯⋯.'

오늘 밤 왕대비의 문을 지키는 기사는 메린 트랜트 경이었다. 그는 마지못해 "수관님"이라고 말하고는 문을 열었다. 티리온이 누이의 침실로 걸어 들어가자 음악이 뚝 끊겼다.

세르세이는 쿠션 더미에 기대앉아 있었다. 맨발에, 금빛 머리채는 예술적으로 헝클어졌고, 초록색과 금색 새마이트(금실을 섞어서 짠 두꺼운 비단)로 만든 로브는 그녀가 고개를 들자 촛불 빛을 받아 번득였다. "사랑하는 누이, 오늘 밤은 정말 아름답군." 티리온은 말하고 나서 가수를 돌아보았다. "자네도 마찬가지야, 사촌. 그렇게 멋진 목소리를 가졌는지 몰랐어."

란셀 경은 칭찬을 듣고도 뚱한 얼굴이었다. 칭찬이 아니라 조롱을 받았다 생각하는지도 몰랐다. 티리온이 보기에는 란셀이 기사가 된 후 10센티는 큰 것 같았다. 란셀은 풍성한 모래색 머리에 라니스터의 녹색 눈을 지녔고, 윗입술에 보드라운 금빛 솜털이 한 줄 자라 있었다. 열여섯 살의 란셀은 어떤 해학이나 자기 회의도 없는 젊음의 자기 확신이라는 저주에 사로잡혔고, 튼튼하고 잘생긴 금발로 태어난 이들에게 너무나 자연스럽게 따라오는 오만함과 결혼했다. 최근의 출세로 그 증상은 더욱 심해졌다. "왕대비께서 부르셨습니까?" 소년이 물었다.

"내 기억엔 아니야. 란셀, 즐거운 시간을 방해해서 미안하지만 공교롭게도 나에겐 누이와 의논해야 할 중요한 일이 있다네."

세르세이는 의심스러운 눈으로 그를 보았다. "혹시 그 구걸하는 형제들 문제로 온 거라면 비난은 아껴둬라, 티리온. 난 그놈들이 길거리에서 더러운 반역의 말을 퍼뜨리게 놓아두지 않겠다. 설교는 지하감옥에서 서로에게 할 수 있겠지."

"왕대비께서 이토록 상냥하심을 행운으로 여기면서 말입니다." 란셀이 덧붙였다. "저라면 혀를 뽑았을 겁니다."

"심지어 제이미가 정당한 왕을 살해했기 때문에 신들이 우릴 벌하고 있다고 말하는 작자까지 있었어." 세르세이가 말했다. "참아 넘길 수 없는 일이야, 티리온. 너에게 이 벌레들을 처리할 기회를 충분히 줬다만, 너와 너의 자슬린 경은 아무것도 하지 않았지. 그래서 내가 바일러에게 해결하라고 명했다."

"그리고 바일러는 명대로 했지." 티리온도 붉은 망토들이 그에게 의논도 하지 않고 골치 아픈 예언자들 대여섯 명을 지하감옥에 처넣었을 때는 짜증이 났지만, 그건 싸움을 벌일 만큼 중요한 문제가 아니었다. "거리가 조금이라도 조용해지면 우리 모두에게 더 좋은 일이지. 내가 온 이유는 그게 아니야. 사랑하는 누나가 듣고 싶어 안달할 소식이 있는데, 우리끼리 얘기하는 게 좋겠어."

"알겠다." 하프와 피리 연주자가 절을 하고 서둘러 나가는 동안 세르세이는 사촌 동생의 뺨에 담백하게 입을 맞췄다. "나가보거라, 란셀. 내 동생은 혼자 있을 때는 무해하단다. 티리온이 애완동물들을 데려왔다면 냄새가 날 테지."

어린 기사는 티리온에게 악의에 찬 눈빛을 보내고 나가면서 등 뒤로 문을 세게 닫았다. 티리온은 란셀이 나가고 나서 말했다. "나도 샤가가 2주에 한 번은 목욕을 하도록 하고 있어."

"아주 기분이 좋구나. 왜지?"

"왜 기분이 나쁘겠어?" 티리온은 말했다. 매일 낮, 매일 밤 강철 거리에서는 망치 소리가 울렸고 거대한 사슬은 점점 길어졌다. 그는 덮개를 친 거대한 침대에 뛰어올랐다. "이게 로버트가 죽은 침대야? 이 침대를 그대로 두다니 놀랍군."

"이 침대에서 자면 좋은 꿈을 꾸거든. 이제 하러 온 말을 뱉고 뒤뚱뒤뚱 걸어 나가라, 꼬마 악마야."

티리온은 미소 지었다. "스타니스 공이 드래곤스톤에서 출항했어."

세르세이가 벌떡 일어났다. "그런데 거기 앉아서 수확제의 호박처럼 히죽거리고 있는 거냐? 바이워터는 도시 경비대를 소집했어? 즉시 하렌홀에 새를 보내야겠다." 이제 티리온은 소리 내어 웃고 있었다. 세르세이는 그의 어깨를 잡고 흔들었다. "그만해. 미친 거냐, 아니면 취한 거냐? 그만 웃으라고!"

티리온은 간신히 몇 마디를 뱉어냈다. "멈출 수가 없어." 그는 숨을 들이켰다. "맙소사, 이건 너무…… 너무 웃겨……. 스타니스는……."

"뭐지?"

"스타니스는 우리를 향해 오는 게 아니야." 티리온은 간신히 말했다. "스톰스엔드를 포위했어. 렌리는 스타니스를 만나러 달려가고 있고."

누이의 손톱이 아프게 팔을 파고들었다. 잠시 동안 그녀는 티리온이 모르는 언어로 지껄이기 시작했다는 듯 아연한 표정이었다. "스타니스와 렌리가 서로 싸운다고?" 티리온이 고개를 끄덕이자 세르세이는 키득거리기 시작했다. "신들이시여 고맙습니다." 그녀는 숨을 들이켰다. "이젠 로버트가 형제 중에 똑똑한 편이었다는 생각까지 드네."

티리온은 고개를 젖히고 폭소를 터뜨렸다. 그들은 함께 웃었다. 세르세이는 그를 침대에서 끌어 내려 빙글빙글 돌리다가 아찔하게도 한순간 끌어안기까지 했다. 세르세이가 놓아주었을 때, 티리온은 숨이 차고 머리가 어지러웠다. 그는 비틀비틀 세르세이의 음식용 탁자로 걸어가서 한 손을 대고 균형을 잡았다.

"정말로 둘 사이에 전투가 벌어질까? 혹시 합의가 이루어진다면—"

"합의는 안 돼. 그 둘은 너무 다르면서도 너무 비슷해서, 둘 다 서로를 참아내지 못해."

"그리고 스타니스는 언제나 스톰스엔드를 가로채였다고 생각했지." 세르세이는 생각에 잠겨서 말했다. "대대로 내려온 바라테온 가문의 권좌는 자기 것이라고…… 스타니스가 얼마나 자주 로버트를 찾아와서 그 음침한 말투로 똑같이 지루한 노래를 불러젖혔는지 몰라. 로버트가 그 성을 렌리에게 줬을 때 스타니스가 이를 어찌나 악물던지 이가 다 부서지는 줄 알았지."

"스타니스는 그 결정을 모욕으로 받아들였지."

"모욕을 주려던 게 맞아." 세르세이가 말했다.

"형제 간의 사랑에 축배 한 잔?"

"그래." 세르세이는 숨 가쁘게 답했다. "아, 신들이시여. 그래."

그는 세르세이에게 등을 돌리고 달콤한 아버산 레드와인을 두 잔 채웠다. 세르세이의 잔에 고운 가루를 뿌리기는 식은 죽 먹기였다. "스타니스

를 위해!" 그는 잔을 건네며 말했다. '내가 혼자 있을 땐 무해하다고?'

"렌리를 위해!" 세르세이는 웃으며 대답했다. "그 둘의 싸움이 길고 힘겨워, 다른 자들에게 둘 다 잡혀가기를!"

'제이미가 보는 세르세이는 이런 모습일까?' 웃고 있으니 그녀가 얼마나 아름다운지 알 수 있었다.

'나는 여름처럼 어여쁜 처녀를 사랑했네. 머리에는 햇살을 얹은……'

독을 먹었다는 점이 미안해질 지경이었다.

다음 날 아침 식사 중에 전언이 도착했다. 왕대비는 몸이 좋지 않아 방을 떠날 수 없다는 소식이었다. '변소를 떠날 수 없다는 뜻이겠지.' 티리온은 적당히 동정하는 척하고 세르세이에게 클레오스 경은 같이 계획한 대로 처리할 테니 편히 쉬라는 말을 전했다.

정복자 아에곤의 철왕좌에는 너무 편하게 앉으려 드는 바보를 기다리는 험악한 가시철사와 들쭉날쭉한 금속 이빨이 엉켜 있었고, 이게 얼마나 우스꽝스러운 구경거리일지 의식하며 계단을 올라가려니 짧은 다리에 경련이 일어났다. 어쨌든 이점이 하나 있기는 했다. 그 자리는 높았다.

라니스터 위병들은 진홍색 망토를 걸치고 사자 장식 반투구를 쓴 채 말없이 서 있었다. 자슬린 경의 황금 망토들은 알현실 건너편에서 그들을 마주하고 섰다. 왕좌로 올라가는 계단 양쪽은 브론과 킹스가드의 프레스턴 경이 지켰다. 신하들이 관람석을 메웠고 탄원자들이 참나무와 청동으로 만든 우뚝한 문 가까이 몰려 있었다. 오늘 아침에는 산사 스타크가 유난히 사랑스러웠지만, 낯빛은 우유처럼 창백했다. 자일스 공은 기침을 하며 서 있었고, 가엾은 사촌 타이렉은 흰 모피와 벨벳으로 만든 새신랑용 외투를 입고 있었다. 타이렉이 사흘 전에 어린 에메산드 헤이포드와 결혼한 후, 다른 종자들은 그를 "유모"라고 부르며 결혼식 날 밤에 신부는 어떤 배내옷을 입고 있었는지 물어댔다.

티리온은 그들 모두를 내려다보았고, 그 풍경이 마음에 들었다. "클레오스 프레이 경을 불러내게." 그의 목소리는 돌벽에 부딪쳐 알현실 멀리까지 울렸다. 그것도 마음에 들었다. '샤에가 이 자리에서 볼 수 없어 안타깝군.' 샤에는 오고 싶어 했지만, 그건 불가능했다.

클레오스 경은 길게 늘어선 황금 망토와 진홍 망토들 사이를 걸으며 왼쪽도 오른쪽도 보지 않았다. 그가 무릎을 꿇자 티리온의 눈에는 그의 줄어든 머리숱이 보였다.

협의회석에서 리틀핑거가 말했다. "클레오스 경, 스타크 공의 화평 제안을 가져와줘서 고맙습니다."

파이셀 대학사가 헛기침을 했다. "섭정대비와 수관, 그리고 소협의회는 자칭 북부의 왕이 제안한 조건을 숙고해보았습니다. 안타깝게도 그 조건을 받아들일 수는 없으니, 경은 북부인들에게 그렇게 전하셔야 합니다."

티리온이 말했다. "우리 측 조건은 이렇소. 롭 스타크는 검을 내리고 충성 맹세를 한 후 윈터펠로 돌아가야 한다. 내 형 제이미를 무사히 풀어주고, 스타크군을 제이미의 지휘하에 두어 반란군인 렌리와 스타니스 바라테온에게 진군해야 한다. 스타크의 휘하 영주들은 모두 우리에게 인질로 아들을 하나씩 보내야 한다. 아들이 없을 경우에는 딸도 가능하다. 인질들은 그 아버지가 반역을 꾀하지 않는 한 품위 있는 대접을 받으며 이곳 궁정에서 높은 자리를 얻을 것이다."

클레오스 프레이는 안색이 좋지 않았다. "수관님, 스타크 공은 결코 이 조건에 동의하지 않을 겁니다."

'우리도 그런 기대는 안 한다네, 클레오스.'

"우리가 캐스털리록에 대군을 다시 일으켰으며, 곧 그 군대가 서쪽에서 진격함과 동시에 내 아버지가 동쪽에서 진격할 거라 전하게. 스타크 공은 동맹을 얻을 희망이 없이 홀로라고 전해. 스타니스와 렌리 바라테온은 서로 싸우고 있고, 도르네 대공은 아들인 트리스탄을 미르셀라 공주와 결혼시키는 데 동의했네." 관람석과 알현실 뒤쪽에서 기쁨과 놀람의 소리가 동시에 일어났다.

티리온은 말을 이었다. "내 사촌들에 대해서는, 우리 쪽은 해리온 카스타크와 윌리스 맨덜리 경을 윌렘 라니스터와, 세르윈 공과 도넬 로크 경을 자네 동생 티온과 맞바꿀 것을 제안하네. 스타크에게 라니스터 두 명은 언제나 북부인 네 명의 가치가 있다고 전하게나." 그는 웃음소리가 사그라들기를 기다려서 말을 이었다. "조프리의 선의로, 그 아버지의 뼈는 내어 주겠네."

"스타크 공은 누이들과 아버지의 검도 요구했습니다." 클레오스 경이 상기시켰다.

말없이 선 일린 페인 경의 한쪽 어깨 위로 에다드 스타크의 대검 손잡이가 솟아 있었다. 티리온은 말했다. "'얼음'은 우리와 화평을 맺으면 갖게 될 거야. 그 전에는 안 돼."

"말씀대로 전하지요. 그 누이들은요?"

티리온은 산사를 흘긋 보고, 찌르는 듯한 동정심을 느끼며 말했다. "내 형인 제이미를 무사히 풀어주기 전까지 그 누이들은 여기에 인질로 머무를 거야. 그 누이들이 어떻게 대접받을지는 스타크에게 달렸네." '그리고 신들이 자비를 베푸신다면, 롭이 아리아가 없어졌다는 사실을 알기 전에 바이워터가 살아 있는 아리아를 찾아내겠지.'

"스타크 공에게 그대로 전하겠습니다, 수관님."

티리온은 왕좌 팔걸이에서 튀어나온 휘어진 칼날 하나를 잡아당겼다. '그리고 이제 찌를 때로군.' "바일러."

"예."

"스타크가 보낸 이들은 에다드 공의 뼈를 지키기에는 충분하나, 라니스터에게는 라니스터 호위가 있어야 하는 법이네. 클레오스 경은 왕대비와 나의 사촌이니, 자네가 안전하게 리버런까지 호위하면 우리가 더 편히 자겠어."

"분부대로 하겠습니다. 몇 명이나 데려갈까요?"

"전부 다가 어떨까."

바일러는 돌로 깎은 사람처럼 서 있었다. 헉 소리를 내며 일어선 쪽은 파이셀 대학사였다. "수관님, 그럴 수는…… 부친이신 타이윈 공께서 세르세이 왕대비와 그 자제분들을 지키기 위해 이 도시에 친히 보내신 훌륭한 병사들입니다."

"킹스가드와 도시 경비대로도 잘 지킬 수 있소. 신들께 여행의 안전을 기원하네, 바일러."

협의회석에서는 바리스가 다 안다는 듯한 미소를 지었고, 리틀핑거는 지루한 척했으며, 파이셀은 혼란에 빠져 창백한 얼굴로 금붕어처럼 입을 벌리고 있었다. 의전관이 앞으로 나섰다. "왕의 수관 앞에 내놓을 다른 문제가 있다면 지금 말하거나, 영영 입을 다무시오."

"제게 탄원이 있습니다." 검은 옷을 입은 호리호리한 남자가 레드와인 쌍둥이 사이를 밀고 나왔다.

"알리서 경!" 티리온은 외쳤다. "경이 궁정에 온 줄은 몰랐구려. 소식을 전하지 그러셨소."

"전했습니다. 수관께서도 아시다시피." 알리서 쏜은 그 이름만큼이나 가시투성이였다. 여위고 이목구비가 날카로운 50대의 남자로, 눈도 거칠고 손도 거칠었으며, 검은 머리카락은 희끗희끗했다. "저는 소외당하고, 무시당하고, 천한 하인처럼 기다려야 했지요."

"정말이오? 브론, 이건 좋지 않아. 알리서 경과 나는 오랜 친구 사이라네. 함께 장벽을 걸었지."

바리스가 중얼거렸다. "친절하신 알리서 경, 저희를 너무 불쾌하게 생각하지 마십시오. 지금처럼 어수선하고 심란한 시기에는 우리 조프리 왕의 은혜를 찾는 사람이 워낙 많답니다."

"당신이 아는 것보다 더 어수선한 시절이오, 내시."

"면전에서는 내시 공이라고 불러줘야지요." 리틀핑거가 빈정거렸다.

"어떻게 도와드릴 수 있겠소, 형제?" 파이셀 대학사가 달래는 투로 물었다.

"사령관께서 이 몸을 국왕 폐하에게 보내신 건 하인들에게 맡기기에는 너무 중대한 문제이기 때문이오."

"왕께선 새 노궁을 가지고 놀고 계신다네." 티리온은 말했다. 조프리를 떼어놓기 위해서는 한 번에 화살을 세 개씩 쏘는 볼품없는 미르 노궁으로 충분했다. 조프리는 받자마자 쏘아보지 않고는 견디지 못했다. "왕의 하인들에게 말하거나, 아니면 침묵을 지키게나."

"그러시다면." 알리서 경의 한 마디 한 마디에서 불만이 뚝뚝 떨어졌다. "나는 오랫동안 실종되었던 순찰자 두 명을 발견했다는 소식을 전하러 왔소. 죽어 있었지만, 그 시체를 장벽으로 가져가자 밤에 다시 일어났소. 하나는 제레미 라이커 경을 죽였고, 또 하나는 사령관을 죽이려 했소."

티리온은 어딘가에서 누군가가 키득거리는 소리를 들었다. '이런 멍청한 소리로 날 모욕하려는 건가?' 그는 앉은 자세를 바꾸고 바리스, 리틀핑거, 파이셀을 내려다보며 혹시 그중 하나가 이 일에 관여했을까 생각했다. 난쟁이는 아무리 애를 써도 미약한 품위밖에 누리지 못했다. 일단 궁정과 왕국이 그를 비웃기 시작하면, 끝장이었다. 하지만…… 그렇다 해도…….

티리온은 세상 끝에 선 장벽 위에서, 존 스노우와 거대한 흰 늑대 옆에 서서 장벽 너머의 인적 없는 어둠을 응시하던 차가운 밤을 기억했다. 분명히 그때 무엇인가를 느끼기는 했다. 북부의 찬바람처럼 마음을 가르고 들어오는 공포를. 밤하늘 아래에서 늑대 한 마리가 울부짖었고, 그 소리를 듣자 온몸이 떨렸었다.

'바보처럼 굴지 마.' 그는 스스로를 타일렀다. '늑대, 바람, 어두운 숲, 아무 의미도 없다고. 하지만……' 캐슬블랙에서 지내던 시간 동안 그는 늙은 제오 모르몬트를 좋아하게 되었다. "늙은 곰은 그 공격에서 살아 남았겠지?"

"그랬소."

"그렇다면 자네 형제들이 그, 죽은 자들을 죽였다는 소리겠지?"

"그랬소."

"이번에는 죽은 게 확실한가?" 티리온은 부드럽게 물었다. 브론이 웃음을 참다 컥 소리를 내자 그는 어떻게 진행해야 할지 알았다. "정말로, 정말로 죽었나?"

"처음부터 죽어 있었소." 알리서 경은 날카롭게 대꾸했다. "창백하고 차가웠고, 손과 발이 검었소. 그 제러드의 손을 가져왔소. 서자의 늑대가 시체에서 뜯어낸 손이지."

리틀핑거가 살짝 움직였다. "그래서 그 매력적인 증거물은 어디 있소?"

알리서 경은 언짢은 표정을 지었다. "기약 없이 기다리는 동안 썩어버렸소. 이젠 뼈밖에 보여줄 게 남지 않았소."

알현실에 키득거리는 소리가 울려 퍼졌다. 티리온은 리틀핑거를 불렀다. "베일리시 공, 우리의 용감한 알리서 경에게 삽 백 자루를 사서 장벽에 가지고 돌아가게 하시오."

"삽?" 알리서 경은 의혹에 차서 눈을 가늘게 떴다.

"죽은 자들을 묻어주면 걸어 다니지 않겠지." 티리온이 말하자 궁정 사람들은 대놓고 웃음을 터뜨렸다. "삽과 그 삽을 쥘 힘센 남자들이면 문제가 끝나겠지. 자슬린 경, 우리 훌륭한 형제가 도시 지하감옥에서 쓸 만한 자들을 고르도록 하게."

자슬린 바이워터 경이 대답했다. "분부대로 하겠습니다만, 감옥은 거의 비었습니다. 요렌이 쓸 만한 남자는 다 데려갔습니다."

"그렇다면 좀 더 체포하게. 아니면 장벽에는 빵과 순무가 있다는 말을 퍼뜨리게. 그러면 제 발로들 갈 테니까." 도시에는 먹일 입이 지나치게 많았고, 밤의 경비대는 언제나 사람이 부족했다. 티리온의 신호를 받은 의전관이 끝을 알렸고, 알현실에서 사람들이 빠져나갔다.

알리서 쏜 경은 그리 쉽게 물러나지 않았다. 그는 티리온이 내려갔을 때 철왕좌 발치에서 기다리고 있다가 티리온을 가로막고 씩씩거렸다. "내가 당신 같은 작자에게 비웃음이나 당하려고 바닷가 이스트워치에서부터 여기까지 항해한 줄 아시오? 이건 농담이 아니야. 내 두 눈으로 똑똑히 봤소. 죽은 자가 걷는단 말이오."

"좀 더 제대로 죽여야겠군." 티리온은 그를 밀고 지나갔다. 알리서 경은 티리온의 소매를 잡으려 했지만, 프레스턴 그린필드가 그를 밀어냈다. "더는 안 되오, 경."

알리서 쏜도 킹스가드의 기사에게 도전하지 않는 게 좋다는 정도는 알았다. 그는 티리온의 등 뒤에 대고 외쳤다. "당신은 바보 어릿광대요, 꼬마 악마."

난쟁이는 몸을 돌려 그를 보았다. "내가? 정말로? 그렇다면 왜 사람들이 당신을 비웃었던 걸까?" 티리온은 희미하게 웃었다. "경은 사람을 얻으러 온 게 아니었나?"

"찬바람이 일고 있소. 장벽을 지켜야 해."

"그리고 장벽을 지키려면 남자들이 필요하고, 난 그걸 줬지……. 그 귀로 모욕 말고 다른 것도 들었다면 알아차렸을지 모르겠군. 그 사람들을 데려가고, 나에게 고마워하고, 내가 다시 게 포크를 빼 들기 전에 가게나. 모르몬트 사령관에게 안부 인사 전해주고…… 존 스노우에게도." 브론이 알리서 경의 팔꿈치를 잡고 억지로 알현실 밖으로 데리고 나갔다.

파이셀 대학사는 이미 서둘러 나가버렸지만, 바리스와 리틀핑거는 처음부터 끝까지 지켜보고 있었다. 내시가 터놓고 말했다. "갈수록 감탄스럽군요. 재빠른 일격으로 스타크 소년에게는 아버지의 뼈를 선사하고 누이분의 보호자들은 없애버렸어요. 검은 형제에게는 원하던 인력을 주고, 도시에서는 굶주린 입을 덜면서 아무도 난쟁이가 스나크와 그럼킨을 두려워한다고 말하지 않게 모든 일을 조롱으로 만들고 말입니다. 아, 교묘한 수법이었습니다."

리틀핑거는 턱수염을 쓸었다. "정말로 당신 위병들을 다 보내버릴 작정입니까, 라니스터?"

"아니, 내 누이의 위병들을 보내버릴 작정이오."

"왕대비께서 절대 허락하지 않을 텐데요."

"아, 허락할 거요. 난 세르세이의 동생이고, 날 오래 알고 나면 내가 하는 모든 말이 진심이라는 걸 알게 될 거요."

"거짓말까지 말입니까?"

"특히 거짓말이 진심이라오. 피터 공, 나에게 불만이 있나 보군."

"공을 사랑하는 마음에는 변함이 없습니다. 하지만 바보 취급 당하는 것까지 좋아하진 않아요. 미르셀라가 트리스탄 마르텔과 결혼을 한다면, 로버트 아린과 결혼할 수는 없겠지요."

"엄청난 추문을 일으키지 않고서야 그렇지." 티리온은 인정했다. "내 보잘것없는 책략은 유감이지만, 피터 공과 대화할 때는 도르네인들이 내 제안을 받아들일 줄 몰랐다오."

리틀핑거는 풀어지지 않았다. "거짓말을 듣는 것도 좋아하지 않습니다. 다음번 속임수에서는 절 빼주시지요."

'나에게도 똑같이 해준다면 그러지.' 티리온은 리틀핑거가 허리에 찬 단검을 흘긋 보며 생각했다. "기분 나빴다면 정말 미안하군. 다들 우리가 당신을 얼마나 사랑하는지 알지 않소. 우리에게 당신이 얼마나 필요한지도."

"그 점을 기억하도록 해보시지요." 리틀핑거는 그 말을 끝으로 자리를 떴다.

"같이 걸읍시다, 바리스." 티리온이 말했다. 두 사람은 왕좌 뒤에 자리한 국왕 전용 문으로 빠져나갔다. 내시가 신은 슬리퍼가 돌 위를 가볍게 스쳤다.

"베일리시 공 말이 맞습니다. 왕대비는 결코 위병들을 보내게 허락하지 않을 겁니다."

"보낼 거요. 당신이 그렇게 만들 거요."

바리스의 통통한 입술에 미소가 번득였다. "제가요?"

"아, 물론이지. 세르세이에게 이게 다 제이미를 풀어주기 위한 책략이라고 말하는 거요."

바리스는 분을 바른 뺨을 쓸었다. "분명히 공의 부하인 브론이 킹스랜딩의 밑바닥을 부지런히 뒤지고 다니며 찾던 네 명과 관련이 있겠군요. 도둑, 독약 전문가, 배우, 그리고 살인자였지요."

"진홍색 망토를 입히고 사자 투구를 씌우면 다른 위병들과 다를 바 없어 보이겠지. 그치들을 리버런에 들여보낼 수 있는 책략을 고심하다 보니 잘 보이는 곳에 숨기자는 생각이 들더군. 라니스터 깃발을 휘날리며 에다드 공의 뼈를 호위해서 정문으로 달려 들어가는 거요." 그는 비딱하게 웃었다. "네 명만 간다면 주의 깊게 감시를 받을 테지만, 백 명에 섞인 네 명은 모습을 감출 수 있지. 그러니 가짜만이 아니라 진짜 위병들도 보내야 해……. 내 누이에게도 그렇게 말하시오."

"그리고 왕대비도 사랑하는 형제를 위해서라면, 아무리 의혹이 있다 해도 동의하시겠지요." 그들은 텅 빈 주랑을 따라 걸어갔다. "그렇다 해도 붉은 망토들을 잃으면 불안해할 겁니다."

"난 누이가 불안해하는 게 좋소." 티리온이 말했다.

클레오스 프레이 경은 그날 오후, 바일러와 붉은 망토를 두른 라니스터 위병 백 명의 호위를 받으며 떠났다. 롭 스타크가 보낸 남자들이 왕의 문 앞에서 합류하여 서쪽으로의 긴 여정을 시작했다.

티리온은 막사에서 불탄 남자 씨족들과 주사위 노름을 하는 티멧을 찾았다. "자정에 내 개인 방으로 와." 티멧은 외눈으로 그를 노려보고 퉁명스럽게 고개를 끄덕였다. 그는 긴 말이 어울리지 않는 남자였다.

그날 밤 그는 소연회장에서 돌까마귀와 달 형제들과 같이 저녁을 먹었지만, 이번만은 와인을 피했다. 머리가 온전히 돌아가야 했다. "샤가, 오늘 달 모양이 어떻게 되지?"

샤가의 찌푸린 표정은 험악했다. "검은 달일걸."

"서쪽에서는 그걸 배신자의 달이라고 부르지. 오늘 밤에는 지나치게 취하지 말고, 도끼를 날카롭게 갈아둬."

"돌까마귀의 도끼는 언제나 날카롭고, 샤가의 도끼는 가장 날카롭다. 한번은 내가 어떤 놈의 목을 잘랐는데, 그놈은 알아차리지도 못했지. 머리를 빗으려다가 알고는, 그제야 머리통이 떨어졌다."

"그래서 머리를 도통 안 빗는 건가?" 돌까마귀 사람들이 폭소를 터뜨리며 발을 굴렀고, 샤가가 제일 시끄럽게 웃어댔다.

자정 무렵, 성안은 고요하고 어두웠다. 성벽 위에 있던 황금 망토 몇 명은 그들이 수관의 탑을 떠나는 모습을 보았을 테지만, 아무도 목소리를 높이지 않았다. 그는 왕의 수관이었고, 어디를 가든 관여할 바가 아니었다.

얇은 나무 문짝은 샤가의 신발 밑에서 요란한 소리를 내며 쪼개졌다. 나뭇조각이 안으로 튀었고, 티리온은 여자가 두려움에 찬 숨을 몰아쉬는 소리를 들었다. 샤가는 도끼를 크게 세 번 때려서 문을 난도질한 후, 망가진 문을 걷어차고 들어갔다. 티멧이 그 뒤를 따랐고, 티리온은 흩어진 나뭇조각들을 밟지 않으려고 조심하며 따라 들어갔다. 잉걸불만 희미하게 타고 있었고, 침실에는 어둠이 짙게 드리웠다. 티멧이 침대에 쳐진 무거운 커튼을 찢어버리자 벌거벗은 하녀가 눈을 휘둥글게 뜨고 올려다보며 애원했다. "제발, 나리님들. 해치지 마세요." 하녀는 샤가의 모습에 움찔하고는 두려움에 차서 얼굴을 붉히고, 두 손으로 매력적인 부분을 가리려 했다. 손이 하나 모자랐다.

티리온은 말했다. "가봐라. 우리가 원하는 건 네가 아니다."

"샤가는 이 여자를 갖고 싶다."

"샤가는 이 창녀들의 도시에 사는 모든 창녀를 갖고 싶어 하지." 티멧의 아들 티멧이 불평했다.

"맞다." 샤가는 뻔뻔하게 말했다. "샤가는 이 여자에게 튼튼한 자식을 준다."

"이 여자가 튼튼한 아이를 원한다면 누굴 찾아야 할지는 자신이 알겠지." 티리온이 말했다. "티멧, 그 여자를 내보내라…… 살살 다루고."

불탄 남자 씨족의 남자는 그 여자를 침대에서 끌어내어 반쯤은 밀고, 반쯤은 끌면서 문까지 데려갔다. 샤가는 강아지처럼 풀이 죽어서 그 모습을 지켜보았다. 하녀는 티멧의 단호한 손길에 밀려 비틀거리며 부서진 문을 넘어 밖으로 나갔다. 머리 위에서는 까마귀들이 깍깍거렸다.

티리온은 침대에 덮인 부드러운 담요를 잡아당겨서 파이셀 대학사의 모습을 드러냈다. "말해보시오. 시타델에서도 학사가 하녀들과 잠자리하는 데 찬성하나?"

노인은 하녀와 마찬가지로 벌거벗은 몸이었지만, 그 모습은 훨씬 매력이 덜했다. 이번만은 그도 늘 반쯤 감겨 있던 눈을 크게 떴다. "이, 이게 무슨 뜻입니까? 저는 노인이고, 당신의 충성스러운 종복입니다……."

티리온은 침대 위로 올라갔다. "어찌나 충성스러운지, 내가 도란 마르텔에게 쓴 편지도 한 통밖에 안 보냈더군. 한 통은 내 누이에게 줬고."

"아, 아닙니다." 파이셀은 비명 소리를 냈다. "아닙니다, 거짓입니다, 맹세합니다, 제가 아니었습니다. 바리스예요. 거미 바리스가 한 짓입니다. 제가 경고드렸지요—"

"학사들은 다 이렇게 거짓말이 서툰가? 바리스에게는 도란 대공에게 토멘을 대자로 줄 거라고 말했다네. 리틀핑거에게는 미르셀라를 이어리의 로버트 공과 결혼시킬 계획이라고 했지. 도르네에 미르셀라를 제안했다는 말은 아무에게도 하지 않았어⋯⋯. 그 사실은 오직 학사에게 맡긴 편지에만 담겨 있었지."

파이셀은 담요 한쪽 귀퉁이를 움켜잡았다. "새들은 사라지는 일이 많고, 전언은 도둑질 당하거나 팔리기 마련입니다⋯⋯. 바리스였습니다. 그 내시에 대해서라면 피가 식을 만한 일들을 말씀드릴 수 있습니다⋯⋯."

"내 여자는 내 피가 뜨거운 쪽을 좋아한다네."

"실수하지 마십시오. 그 내시는 누군가의 귓가에 비밀을 하나 속삭일 때마다 일곱 개를 감춥니다. 그리고 리틀핑거는, 그놈은⋯⋯."

"피터 공에 대해서라면 잘 아네. 자네만큼이나 믿을 수 없는 작자지. 샤가, 이자의 남성을 잘라서 염소에게 먹여."

샤가는 거대한 양날 도끼를 들어 올렸다. "염소가 없다, 반쪽이."

"대충 때워."

샤가가 고함을 지르며 달려들었다. 파이셀은 비명을 지르며 오줌을 쌌다. 황급히 뒤로 물러나려는 통에 오줌이 사방으로 튀기까지 했다. 샤가는 그의 굽이치는 흰 수염 끝을 잡고 도끼를 한 번 놀려 긴 수염을 4분의 3 가까이 잘라냈다.

"티멧, 우리 친구가 수염 뒤에 숨지 못하게 되면 좀 더 사교적이 될까?" 티리온은 시트 끝을 잡고 장화에 튄 오줌을 닦아냈다.

"곧 사실대로 말할 거다." 불에 탄 티멧의 빈 눈구멍에 어둠이 고였다. "두려움의 악취를 맡을 수 있다."

샤가는 쥐고 있던 수염 가닥을 바닥 깔개에 던지고 남은 수염을 움켜쥐었다. 티리온은 강하게 말했다. "꼼짝 마시게나, 대학사. 샤가는 화가 나면 손이 떨린다네."

"샤가의 손은 절대 떨리지 않는다." 거한은 분연히 말하며 파이셀의 덜덜 떨리는 턱 밑에 초승달 모양의 도끼날을 대고 수염을 또 한 자락 잘라냈다.

"내 누이를 위해 첩자 노릇을 한 지는 얼마나 됐지?" 티리온이 물었다.

파이셀의 숨소리는 얕고 빨랐다. "제가 한 일은 모조리, 모조리 라니스터 가문을 위한 일이었습니다." 넓게 벗어진 노인의 머리통은 땀으로 뒤덮였고, 하얀 머리털 몇 가닥이 주름진 피부에 달라붙었다. "언제나⋯⋯ 몇 년 동안이나⋯⋯ 아버님께, 공께 물어보십시오. 저는 언제나 그분의 진정한 종복이었습니다⋯⋯. 아에리스가 성문을 열게 한 것도 저였어요⋯⋯."

이 말에는 티리온도 놀랐다. 킹스랜딩 함락 당시 그는 캐스털리록에 사는 못생긴 소년에 지나지 않았다. "그러면 킹스랜딩 약탈도 자네 작품이었나?"

"왕국을 위해서였습니다! 라에가르가 죽었으니 전쟁은 끝난 상황이었습니다. 아에리스는 미쳤고, 비세리스는 너무 어렸고, 아에곤 왕자는 갓난아기였지만, 왕국에는 왕이 필요했어요⋯⋯. 저는 아버님이 왕이 되셔야 한다 생각했지만, 로버트는 너무 강했고, 스타크 공이 워낙 빨리 움직여서⋯⋯."

"대체 몇 명이나 배신한 건가? 아에리스, 에다드 스타크, 나⋯⋯ 로버트 왕도 마찬가지겠지? 아린 공에, 라에가르 왕자? 어디서부터 시작된 건가,

파이셀?" 티리온은 어디에서 끝날지는 알고 있었다.

도끼가 파이셀의 목울대를 긁고 턱 밑에서 흔들리는 부드러운 살을 쓸며 마지막 수염 가닥을 잘라냈다. "당신은…… 여기 없었어요." 그는 도끼날이 뺨을 향해 올라가자 숨을 헐떡였다. "로버트 왕은…… 그 부상은…… 그걸 봤다면, 그 냄새를 맡았다면 그런 의심은……."

"아, 멧돼지가 자네 일을 대신 해줬다는 건 알아……. 하지만 일이 덜 된 상태였다면 보나 마나 자네가 마무리를 했겠지."

"로버트는 한심한 왕이었습니다……. 허영심만 강한 주정뱅이 호색가……. 공의 누님을, 자기 왕비를 무시했어요……. 제발……. 렌리는 하이가든의 처녀를 궁에 데려와서 자기 형님을 유혹할 계획이었습니다……. 신들에 맹세코 사실입니다……."

"그리고 아린 공은 뭘 계획하고 있었지?"

"그자는 알아냈습니다. 그…… 그 일……."

"존 아린이 뭘 알았는지는 나도 알아." 티리온은 샤가와 티멧에게까지 알리고 싶지 않아서 말을 끊었다.

"그자는 아내를 이어리로 돌려보내고, 아들은 드래곤스톤에 대자로 보내려고 했어요……. 행동을 취하려고 했던 겁니다……."

"그래서 자네가 먼저 독살했군."

"아닙니다." 파이셀은 힘없이 저항했다. 샤가가 으르렁거리며 그 머리통을 잡았다. 산악민의 손이 어찌나 큰지, 달걀 껍질처럼 쉽게 대학사의 두개골을 부술 수 있을 것 같았다.

티리온은 혀를 찼다. "자네 약장에서 리스의 눈물을 봤어. 그리고 자네는 아린 공의 학사를 내보내고 직접 병세를 돌봤지. 죽음을 확실하게 할 수 있도록."

"거짓입니다!"

"더 바짝 면도해. 목을 다시 깎아야겠군." 티리온이 말했다.

도끼날이 다시 내려가면서 피부를 스쳤다. 파이셀의 부들부들 떨리는 입가에 얇게 게거품이 고였다. "전 아린 공을 구하려고 했습니다. 맹세코—"

"조심해, 샤가. 살을 베었잖나."

샤가는 그르렁거렸다. "돌프의 아들은 전사다. 이발사가 아니다."

노학사는 목을 따라 가슴까지 피가 흘러내리는 것을 느끼고 몸서리를 치더니, 마지막 힘까지 다 잃었다. 그는 쪼그라들었다. 그들이 문을 부수고 들어왔을 때보다 더 작고 더 약해 보였다. 그는 흐느끼며 말했다. "예. 예. 맞습니다. 콜먼이 하제를 쓰기에 제가 내보냈습니다. 왕비님을 위해 아린 공이 죽어야 했습니다. 바리스가 듣고 있으니까, 언제나 듣고 있으니까 그런 말씀은 안 하셨지만, 못 하셨지만, 왕비님을 보고 알았습니다. 하지만 독을 먹인 건 제가 아니었습니다. 맹세해요." 노인은 흐느껴 울었다. "바리스가 말해줄 겁니다. 그 소년, 아린 공의 종자, 휴라는 아이였어요. 분명히 그 아이가 한 겁니다. 누님께 물어보십시오. 물어보세요."

티리온은 넌더리를 내며 명령했다. "묶어서 끌고 나가라. 검은 감옥 어디다 처넣어."

그들은 부서진 문으로 파이셀을 끌고 나갔다. 노학사는 신음하며 말했다. "라니스터. 제가 한 모든 일은 라니스터를 위한 거였어요……."

파이셀이 없어지자 티리온은 느긋하게 학사 거처를 뒤지며 약장에 있던 작은 병을 몇 개 더 챙겼다. 그동안 머리 위에서는 까마귀들이 낮은 울음소리를 냈다. 이상하게 평화로운 소리였다. 그는 시타델에서 파이셀을 대신할 사람을 보내기 전까지 그 새들을 돌볼 사람을 찾아야겠다는 생각을 했다.

'파이셀은 믿을 수 있길 빌었는데.' 바리스와 리틀핑거도 충성스럽다고 볼 수는 없었다……. 그저 좀 더 교묘하고, 그래서 더 위험할 뿐이었다. 어쩌면 아버지의 방식이 최선일지도 몰랐다. 일린 페인을 불러서 머리통 세개를 성문 위에 걸고 끝내는 것. '보기 좋은 풍경이겠지.'

아리아

'공포가 칼보다 더 위험하다.' 아리아는 되뇌곤 했지만, 그런다고 공포
가 사라지지는 않았다. 공포는 퀴퀴한 빵이나, 바큇자국으로 울퉁불퉁한
단단한 땅을 오래 걸은 후 발가락에 잡히는 물집만큼이나 일상이었다.

두려움이 어떤 것인지 안다고 생각했건만, 신의 눈 호수 옆에 있는 창고
에서 더 잘 알게 되었다. 아리아는 산더미가 진군 명령을 내릴 때까지 8일
을 그곳에 있었고, 매일 누군가가 죽어 나가는 꼴을 보았다.

산더미는 매일 아침 식사 후에 창고에 들어와서 심문할 포로를 하나 골
랐다. 마을 사람들은 절대 그를 쳐다보지 않았다. 못 본 척하면 산더미도
자기들을 못 알아차리고 지나간다는 듯이······. 그래도 그는 마을 사람들
을 보았고, 좋을 대로 사람을 골랐다. 숨을 곳도 없었고, 부릴 만한 속임수
도 없었으며, 안전할 방법이 없었다.

어떤 여자는 사흘 연속으로 어느 병사의 침대에 들어갔다. 나흘째에 산
더미는 그 여자를 골랐고, 문제의 병사는 아무 말도 하지 않았다.

웃는 얼굴의 노인 하나는 그들의 옷을 고쳤고, 킹스랜딩에서 황금 망토
로 일하는 아들에 대해 줄창 떠들었다. "그놈은 왕을 섬긴다오. 나처럼 건

실한 왕의 부하요. 조프리 만세." 노인이 하도 자주 그 말을 해서 다른 포로들은 병사들이 듣지 않을 때면 그를 '조프리 만세'라고 불렀다. 조프리 만세는 닷새째에 끌려 나갔다.

천연두로 얼굴이 얽은 젊은 어머니 하나는 자기 딸을 해치지 않겠다는 약속만 해주면 아는 대로 다 말하겠다고 먼저 제안했다. 산더미는 그녀의 말을 끝까지 듣고는, 아무 비밀도 없다는 사실을 확실히 하기 위해 다음 날 아침에 그 딸을 골랐다.

그렇게 선택받은 이들은 다른 포로들이 다 보는 앞에서 심문을 받았다. 모두가 반역자와 배신자들의 운명을 볼 수 있게 하기 위해서였다. 다들 티클러(Tickler, 간질이는 자)라고 부르는 남자가 질문을 던졌다. 얼굴도 평범하고 옷차림도 눈에 띄지 않아서, 심문하는 모습을 보지 않았다면 마을 사람이라고 생각할 수 있을 정도였다. "티클러는 포로가 울부짖다 못해 오줌을 지리게 만들지." 어깨가 굽은 나이 많은 치즈윅이 말했다. 아리아가 깨물려고 했던 남자, 아리아를 사나운 꼬마라고 부르고 쇠 장갑 낀 주먹으로 머리를 후려쳤던 남자였다. 그는 때때로 티클러를 거들었다. 때로는 다른 이들이 거들었다. 그레고르 클리게인 경은 꼼짝도 하지 않고 서서 포로가 죽을 때까지 지켜보고 귀를 기울이기만 했다.

질문은 언제나 똑같았다. 마을에 숨겨진 금이 있나? 은이나 보석은? 먹을 것이 더 있나? 베릭 돈다리온 공은 어디 있나? 마을 사람 누가 돈다리온을 도왔나? 돈다리온은 어디로 갔나? 몇 명이나 같이 있었나? 기사는 몇이었고, 궁수는 몇이었으며, 중장병은 몇이었나? 무장은 어떻게 했나? 몇 명이나 말을 탔나? 몇 명이나 부상을 입었나? 다른 적은 보았나? 얼마나 많이? 언제? 어떤 깃발을 휘날리던가? 그자들은 어디로 갔나? 마을에 숨겨진 금이 있나? 은이나 보석은? 먹을 것이 더 있나? 베릭 돈다리온 공은 어디 있나? 몇 명이나 같이 있었나? 사흘째에는 아리아가 대신 질문을 던질 수 있을 지경이었다.

그들은 약간의 금, 약간의 은, 커다란 동화 한 부대, 그리고 석류석 박힌 찌그러진 술잔 하나를 찾아냈다. 그 술잔을 두고는 병사 둘이 싸울 뻔했다. 그들은 베릭 공이 굶어 죽어가는 부하 열 명을 거느렸거나, 아니면 말 탄 기사 백 명을 데리고 있음을 알아냈다. 서쪽으로 말을 달려갔거나, 북쪽으로 갔거나, 남쪽으로 갔다는 사실을 알아냈다. 배를 타고 호수를 건너 갔다고도 했다. 들소처럼 강하다고도 했고 이질에 걸려 약하다고도 했다. 티클러의 심문에서 살아남는 사람은 아무도 없었다. 남자도, 여자도, 아이도 마찬가지였다. 제일 튼튼한 사람은 해가 진 후까지 심문을 받았다. 그 시체는 늑대들이 뜯어 먹도록 불가에서 먼 곳에 매였다.

행군을 시작했을 무렵, 아리아는 자신이 물의 춤꾼이 아니라는 사실을 알았다. 시리오 포렐이라면 놈들 손에 쓰러지지도, 검을 빼앗기지도, 로미를 죽이는데 가만히 서 있지도 않았을 것이다. 시리오라면 그 창고에 조용히 앉아 있지도 않았을 테고 다른 포로들과 함께 온순하게 발을 끌고 걷지도 않았을 것이다. 스타크의 상징은 다이어울프였지만, 아리아는 양이 되어 다른 양들에게 둘러싸인 기분이었다. 마을 사람들의 나약함이 싫었고, 스스로의 나약함도 못지않게 싫었다.

라니스터는 모든 것을 빼앗았다. 아버지도, 친구들도, 집도, 희망도, 용기도. 한 명은 '바늘'을 가져갔고, 다른 한 명은 아리아의 목검을 무릎에 대고 부러뜨렸다. 심지어 그들은 아리아의 바보 같은 비밀마저 빼앗았다. 창고는 아무도 보지 않을 때 구석에 가서 오줌을 눌 수 있을 만큼 컸지만, 길에서는 달랐다. 참을 수 있는 한 참아봤지만, 결국에는 모두가 보는 앞에서 덤불 옆에 쪼그리고 앉아 바지를 내려야 했다. 그러지 않으면 바지에 쌀 판이었다. 핫파이는 눈이 휘둥그레졌지만, 다른 사람들은 굳이 쳐다보지도 않았다. 몰고 가는 양이 남자아이든 여자아이든, 그레고르 경과 그 부하들은 신경 쓰지 않았다.

포획자들은 포로들의 잡담을 허용하지 않았다. 아리아는 찢어진 입술을 통해 입을 다무는 법을 배웠다. 다른 사람들은 결코 배우지 못했다. 세 살짜리 남자아이 하나가 멈추지 않고 아버지를 불러대자 놈들은 가시 철퇴로 아이 얼굴을 후려쳤다. 그 후에 아이 어머니가 비명을 지르기 시작하자 친절한 라프가 그 여자까지 죽여버렸다.

아리아는 그들의 죽음을 지켜보며 아무것도 하지 않았다. 용감해서 무슨 소용인가? 심문에 끌려 나갔던 여자 하나는 용감하려고 애썼지만, 그래봐야 나머지와 마찬가지로 비명을 지르며 죽었다. 이 행군에 용감한 사람은 하나도 없었다. 겁에 질리고 굶주린 사람들뿐이었다. 대부분은 여자와 아이들이었고, 몇 안 되는 남자들은 너무 늙거나 너무 젊었다. 나머지는 교수대에 묶인 채 늑대와 까마귀들의 밥으로 남겨졌다. 겐드리만 예외였는데, 뿔 달린 투구를 직접 만들었다는 점 때문이었다. 대장장이는 아무리 견습이라 해도 귀했고, 죽이기엔 아까운 존재였다.

산더미는 그들이 하렌홀에서 타이윈 라니스터 공을 섬기게 될 거라 말했다. "너희들은 반역자에 배신자들이니, 타이윈 공께서 이런 기회를 주신 것을 신들에게 고마워해라. 무법자들에게선 얻을 수 없는 은혜다. 복종하고, 섬기고, 살아라."

"이건 옳지 않아. 옳지 않다고." 그날 밤 잠자리에서 아리아는 쪼글쪼글한 노파 하나가 다른 노파에게 불평하는 소리를 들었다. "우린 반역 같은 건 하지도 않았어. 다른 놈들이 와서 원하는 걸 가져갔지. 이놈들과 똑같아."

"그래도 베릭 공은 우릴 해치진 않았잖아." 그 친구가 속삭였다. "그리고 같이 있던 붉은 사제, 그분은 가져간 물건에 값을 치렀어."

"값을 치러? 내 닭을 두 마리나 가져가놓고 웬 표시가 들어간 종잇조각 하나 줬지. 낡은 종잇조각을 먹을 수가 있나? 종잇조각이 달걀을 낳아주

나?" 노파는 병사가 근처에 없는지 둘러보더니 침을 세 번 뱉었다. "툴리에게 한 번, 라니스터에게 한 번, 스타크에게 한 번이다."

노인 하나가 낮게 말했다. "이건 죄악이고 수치야. 옛 왕이 아직 살아 있었다면 이런 일을 참아주지 않았으련만."

"로버트 왕요?" 아리아는 저도 모르게 물었다.

"아에리스 왕 말이다. 신들께서 보우하시길." 노인은 너무 큰 소리로 말했다. 병사 하나가 건들거리며 다가왔다. 노인은 이를 두 개 잃었고, 그날 밤에는 아무도 더 말하지 않았다.

그레고르 경은 포로들 외에 돼지 십여 마리, 닭장 하나, 피골이 상접한 젖소 한 마리, 그리고 소금에 절인 생선 아홉 수레를 끌고 갔다. 산더미와 그 부하들은 말을 탔지만, 포로들은 모두 걸어야 했고, 너무 약해서 따라잡지 못하는 사람은 도망을 치려 한 멍청한 사람들과 함께 즉결처분 당했다. 병사들은 밤마다 여자들을 덤불 속으로 끌고 들어갔는데, 대부분은 그런 상황을 예상하고 유순하게 따라가는 것 같았다. 유난히 예뻤던 한 명은 매일 밤 네다섯 명을 상대하다가 마침내 한 명을 돌로 쳤다. 그레고르 경은 모두가 보는 앞에서 거대한 양손 대검을 휘둘러 그 여자의 머리를 베었다. "시체는 늑대들이 뜯게 버려둬라." 그는 피를 닦으라고 종자에게 검을 건네며 그렇게 말했다.

아리아는 폴리버라는 이름의 검은 수염에 머리가 벗어진 중장병 허리에 달린 바늘을 곁눈질했다. '차라리 빼앗겨서 다행이지.' 그 검을 가지고 있었다면 그레고르 경을 찌르려 했을 테고, 그랬다면 아리아도 몸이 반으로 잘려서 늑대들에게 뜯어 먹혔을 것이다.

폴리버는 바늘을 훔쳐가긴 했어도 나머지에 비하면 괜찮은 놈이었다. 막 잡혔을 때는 라니스터 병사들이 코를 가린 투구만큼이나 비슷비슷하게 생긴 이름 없는 낯선 자들이었지만, 이제는 모두를 알게 되었다. 누가 게으르고 누가 잔인한지, 누가 영리하고 누가 멍청한지 알아야 했다. '걸레 입'이라고 불리는 남자는 상상하기 힘들 정도로 입이 걸긴 해도 부탁을 하면 빵을 한 조각 더 주는 반면, 쾌활한 치즈윅이나 말씨가 부드러운 라프에게 애걸했다간 손등으로 얻어맞기만 한다는 사실을 익혀야 했다.

아리아는 지켜보고 귀 기울이며 예전에 겐드리가 투구를 닦을 때처럼 반질반질하게 증오를 닦았다. 지금은 던센이 그 황소 투구를 쓰고 있었고, 그래서 던센을 증오했다. 폴리버는 바늘 때문에, 늙은 치즈윅은 자기가 재미있다고 생각해서 증오했다. 친절한 라프는 로미의 목에 창을 찔러 넣은 인물이라 더욱 증오했다. 아모리 로치 경은 요렌 때문에, 메린 트랜트 경은 시리오 때문에, 사냥개는 푸주한의 아들 미카를 죽였기 때문에, 일린 경과 조프리 왕자와 왕대비는 아버지와 뚱보 톰과 데스몬드와 다른 사람들에 산사의 늑대인 레이디까지 죽였기에 증오했다. 티클러는 너무 무서워서 증오하기도 힘들 정도였다. 가끔은 티클러가 아직 같이 있다는 사실을 잊기도 했다. 심문을 하지 않을 때의 티클러는 그저 평범한 병사였고, 대부분의 병사보다 더 조용했으며 얼굴은 누구나와 비슷했다.

아리아는 매일 밤 그들의 이름을 읊조렸다. 돌베개에 대고 속삭였다. "그레고르 경, 던센, 폴리버, 치즈윅, 친절한 라프. 티클러와 사냥개. 아모리 경, 일린 경, 메린 경, 조프리 왕, 세르세이 왕대비." 윈터펠에 살던 시절 아리아는 어머니와 함께 성소에서, 아버지와 함께 신의 숲에서 기도하곤 했지만, 하렌홀로 가는 길에는 어떤 신도 없었고 밤마다 읊조리는 이름만이 기억해야 할 기도였다.

그들은 매일 행군했고, 아리아는 매일 밤 이름을 읊었다. 마침내 나무가 듬성듬성해지더니 굽이치는 언덕과 꼬불꼬불 흐르는 개울, 햇빛 비치는 들판의 조각보에 자리를 내주었다. 그 풍경 여기저기에 썩은 이처럼 새까맣게 타서 껍데기만 남은 성채들이 튀어나와 있었다. 그들은 다시 하루를 꼬박 행군하고 나서야 멀리, 푸른 호숫물 옆에 단단히 선 하렌홀의 탑들을 볼 수 있었다.

포로들은 일단 하렌홀에 도착하면 나아질 거라는 말을 주고받았지만, 아리아는 그것도 미심쩍었다. 아리아는 그 성이 공포 위에 지어졌다는 낸 할멈의 이야기를 기억했다. 낸 할멈은 아이들이 몸을 바싹 붙여야 들을 수 있을 만큼 목소리를 낮추면서 검은 하렌은 모르타르에 사람 피를 섞어서 성을 만들었지만, 아에곤의 드래곤들이 하렌과 아들들 모두를 그 거대한 돌벽 안에 든 채로 구워버렸다고 했다. 아리아는 굳은살이 박여 단단해진 발을 디디며 입술을 잘근잘근 씹었다. 이제 오래 남지 않았다. 그 탑들까지는 몇 킬로미터 떨어지지 않았을 것이다.

그러나 그들은 그날 하루 종일은 물론이고 다음 날 낮 대부분을 걷고 나서야 마침내 성 서쪽, 타버린 마을 잔해 가운데에 진을 친 타이윈 공의 병영 가장자리에 도달했다. 하렌홀은 지나치게 커서, 멀리서 보면 거리를 착각할 수 있었다. 거대한 외벽은 깎아지른 낭떠러지처럼 갑작스럽게 호수 옆에서 솟아올랐고, 성곽 위에 올라앉은 나무와 철로 만든 전갈석궁은 진짜 전갈처럼 작아 보였다.

아리아는 호숫가를 따라 늘어선 서부인들의 천막 위 깃발들을 알아보기 전에 라니스터군이 풍기는 악취부터 맡았다. 그 냄새로 아리아는 타이윈 공이 여기에 머문 시간이 꽤 길다는 사실을 알 수 있었다. 진지를 둘러싼 임시 변소들은 흘러넘쳐서 파리가 들끓었고, 주변을 경계하기 위해 꽂은 날카로운 말뚝에는 희미한 녹색 솜털이 덮였다.

윈터펠의 주성만큼 큰 하렌홀의 문루는 그 크기만큼이나 상처가 심했고, 돌이 갈라지고 변색되어 있었다. 다섯 개의 탑은 밖에서 보면 외벽 너머로 솟은 꼭대기밖에 보이지 않았다. 그중에 제일 작은 탑도 윈터펠의 제일 높은 탑의 1.5배에 달했지만, 제대로 된 탑처럼 하늘로 치솟지는 않았다. 아리아는 그 탑들이 지나가는 구름을 잡으려고 뻗은 울퉁불퉁한 노인의 손가락 같다고 생각했다. 돌이 녹아내려 촛농처럼 계단을 따라 흐르고 창문으로 넘치고, 번쩍이는 붉은 용암이 되어 하렌이 숨은 곳을 찾았다는 낸 할멈의 이야기가 떠올랐다. 아리아는 그 이야기를 고스란히 믿을 수 있었다. 탑 하나하나가 더더욱 기괴하고 보기 흉한 모양새로 덩어리지고 갈라지고 파였다.

하렌홀이 성문을 여는 동안 핫파이는 듣기 싫은 소리로 끽끽거렸다. "난 저기 들어가고 싶지 않아. 저긴 유령들이 있단 말이야."

치즈윅이 그 말을 들었지만, 이번만은 그저 웃었다. "빵 굽는 꼬마야, 둘 중에 선택해라. 유령들이 있는 곳에 들어가든지, 유령이 되든지."

핫파이는 나머지 포로들과 함께 안으로 들어갔다.

포로들은 목재와 돌로 만들어 소리가 울리는 목욕탕에서 옷을 벗고, 델 정도로 뜨거운 물이 담긴 욕조에서 몸을 북북 문질러 닦아야 했다. 험악한 노파 둘이 그 과정을 감독하면서, 새로 얻은 당나귀 이야기라도 하듯 직설적으로 의논했다. 아리아의 차례가 돌아오자 애머벨이라는 식모가 발을 보고 경악하는 한편, 해라 식모는 '바늘'을 가지고 오랜 시간 연습하면서 손가락에 잡힌 굳은살을 만져보았다. "이건 버터를 젓다가 얻었겠지. 어디 농부네 강아지인가 보구먼? 흠, 신경 쓰지 마라. 이 세상에서는 열심히 일하면 더 높은 자리를 얻을 기회가 있다. 열심히 일하지 않는다면 두들겨 맞을 테고. 이름은 뭐지?"

감히 진짜 이름을 말할 수는 없었지만, 남자애가 아닌 게 뻔히 드러나니 남자 이름인 아리도 쓸 수 없었다. "족제비요." 아리아는 맨 처음 생각나는 이름을 댔다. "로미는 절 족제비라고 불렀어요."

"족제비라니, 이유는 알 만하군." 애머벨이 코웃음을 쳤다. "머리 꼴이 엉망인 데다 이가 둥지를 틀었겠구나. 잘라내야겠다. 그리고 넌 부엌 일꾼이다.”

“차라리 말을 돌볼래요.” 아리아는 말을 좋아했고, 마구간에 있다 보면 한 마리 훔쳐서 달아날 수 있을지도 몰랐다.

해라가 제대로 때리는 바람에 부어오른 입술이 다시 터졌다. “입조심 하지 않으면 더 얻어맞을 줄 알아라. 네 생각 같은 건 안 물어봤다.”

입안에 고인 피에서 소금과 싸한 금속 맛이 났다. 아리아는 시선을 떨구고 아무 말도 하지 않았다. 뚱하니 생각만 했다. ‘내 손에 아직 바늘이 있었다면 감히 날 때리지 못할 텐데.’

“타이윈 공과 그분의 기사들에게는 말을 돌볼 말구종과 종자들이 있으니 너 같은 아이는 필요가 없다.” 애머벨이 말했다. “부엌은 아늑하고 깨끗한 데다 언제나 따뜻한 불가에서 잘 수 있고 먹을 것도 많지. 부엌이 더 지내기 좋았을 텐데, 영리한 아이는 아니로구나. 해라, 얘는 위즈에게 보내야겠어.”

“자네 생각이 그렇다면 그러지.” 그들은 아리아에게 거칠게 짠 회색 모직 원피스와 발에 맞지 않는 신발을 주고 내보냈다.

위즈는 ‘통곡의 탑’에서 일하는 부집사로, 살찐 종기 같은 코에 살찐 입술 한쪽 구석에는 붉은색 부스럼이 모여 난 땅딸막한 남자였다. 아리아는 위즈에게 가게 된 여섯 명 중 하나였다. 그는 날카로운 눈으로 그들을 훑어보았다. “라니스터 가문은 잘만 모시면 관대하시다. 너희 같은 것들이 받을 자격이 없는 은혜지만, 전쟁 통이니 손 닿는 대로 쓰는 수밖에 없지. 열심히 일하고 분수를 지키면 언젠가는 나처럼 높은 자리까지 올라올 수도 있다. 하지만 주인 나리의 친절에 기대어 주제넘게 굴었다간, 나리께서 가신 후에 기다리는 나를 보게 될 거다. 알겠지.” 그는 거들먹거리는 걸음걸이로 그들 앞을 오가며 절대 높은 분들의 눈을 봐서는 안 되고, 묻기 전에 먼저 말해서는 안 되며, 높은 분들의 앞길을 막아서는 안 된다는 이야기를 늘어놓았다. 그리고 호언장담했다. "내 코는 절대 거짓을 말하지 않아. 난 반항심의 냄새를 맡을 수 있고, 자존심 냄새도 맡을 수 있고, 복종하지 않는 냄새도 맡을 수 있다. 그런 악취를 조금이라도 뿜는다면 책임을 지게 될 거다. 내가 너희에게서 맡고 싶은 냄새는 오직 두려움뿐이다."

대너리스

콰스 성벽 위에서는 남자들이 그녀의 도착을 알리기 위해 징을 치고, 또 다른 남자들은 거대한 청동 뱀처럼 몸을 휘도는 기묘하게 생긴 나팔을 불었다. 의장대로 도시에서 낙타 부대가 나왔다. 낙타 기수들은 구리로 만든 미늘 갑옷을 입고, 기다란 검은색 비단 깃털을 꽂고 주둥이에 구리 엄니를 단 투구를 쓰고 루비와 석류석을 아로새긴 안장 위에 높이 앉아 있었다. 낙타들은 백 가지 다른 색의 덮개를 늘어뜨렸다.

피아트 프리는 바에스 톨로로의 폐허에서 말했었다. "콰스는 이제까지 존재했거나 앞으로 존재할 어떤 도시보다 더 위대한 도시입니다. 콰스는 세상의 중심이며, 북쪽과 남쪽을 잇는 관문이자, 동쪽과 서쪽을 잇는 다리이고, 인간의 기억을 넘어설 만큼 오래되었으며, 현자 사토스가 콰스를 처음 보고는 두 눈을 파낼 정도로 장려한 곳입니다. 콰스를 본 이후로는 무엇을 보아도 지저분하고 추해 보이리라는 사실을 알아서였지요."

대니는 흑마법사의 말을 적당히 걸러 들었지만, 그 거대한 도시의 장려함을 부인할 수는 없었다. 정교하게 조각한 삼중벽이 콰스를 감쌌다. 바깥벽은 붉은색 사암으로 높이가 9미터에 달했으며 동물 조각으로 장식해서 기어가는 뱀, 날아가는 솔개, 헤엄치는 물고기들이 붉은 황야의 늑대들과 줄무늬말과 거대한 코끼리들과 섞여 있었다. 중간 벽은 높이가 12미터에 달했으며 회색 화강암에 전쟁 장면이 펼쳐졌다. 검과 방패와 창이 부딪치고 화살이 날아가고 영웅들이 싸우고 아기들이 살해당했으며 죽은 자들이 장작더미에 올랐다. 제일 안쪽 벽은 15미터 높이의 검은색 대리석으로, 대니는 그 벽에 새겨진 조각들을 보고 얼굴을 붉혔다가 바보같이 굴지 말라고 스스로를 타일렀다. 숫처녀도 아니지 않은가. 회색 벽에 새겨진 도살 장면들을 바라볼 수 있다면, 남자와 여자가 서로에게 쾌락을 선사하는 장면에서는 왜 눈을 피한단 말인가?

바깥 문은 구리 띠를 둘렀고, 중간 문은 철 띠를 둘렀으며, 제일 안쪽 문에는 금으로 만든 눈이 박혀 있었다. 대니가 다가가자 세 문이 다 열렸다. 대니가 은마를 몰아 도시로 들어가자 어린 아이들이 뛰어나와서 앞길에 꽃을 뿌렸다. 금빛 샌들을 신고 밝은색 물감을 칠했을 뿐 아무것도 입지 않은 아이들이었다.

바에스 톨로로에서 콰스까지 오는 동안 볼 수 없었던 모든 색채가 여기에 다 있었다. 주위에 가득한 건물들은, 장밋빛과 보랏빛과 호박빛으로 들뜬 꿈처럼 환상적이었다. 대니는 서로 얽힌 두 마리 뱀 모양의 청동 아치 아래를 지났다. 청동 뱀들의 비늘은 얇고 섬세한 비취와 흑요석, 청금석 박편이었다. 가느다란 탑들은 대니가 이제까지 본 어떤 탑보다 높았고, 그리핀과 드래곤과 만티코어 형상으로 만든 정교한 분수대가 광장들을 채웠다.

콰스인들은 길가에 늘어서거나, 몸무게를 지탱하기에는 너무 약해 보이는 섬세한 발코니에 서서 행렬을 구경했다. 리넨과 새마이트와 범의 털가죽을 걸친 키 크고 하얀 사람들로, 대니의 눈에는 모두가 귀족 남녀로 보였다. 여자들은 한쪽 가슴을 드러내는 가운을 입었고, 남자들은 구슬이 장식된 비단 치마를 선호했다. 대니는 사자 가죽 로브를 입고 한쪽 어깨에 검은색 드래곤을 얹은 채 말을 모는 자신이 추레한 야만인처럼 느껴졌다. 그녀의 도트락인들은 콰스인들을 그 피부색 때문에 "우유인"이라 불렀고, 칼 드로고는 언젠가 동쪽의 대도시를 약탈할 날을 꿈꾸었다. 그녀는 혈맹기수들을 흘긋 보았다. 아몬드 모양의 검은 눈은 무슨 생각을 하는지 비추지 않았다. 그들은 여기에서 약탈품만 볼까, 궁금했다. '이 콰스인들에게는 우리가 얼마나 야만스러워 보일까.'

피아트 프리는 흰색과 녹색 대리석 기둥 위에 실제 크기 세 배의 고대 영웅들이 서 있는 거대한 아케이드 중앙으로 그녀의 작은 칼라사르를 이끌고 갔다. 그들은 천장에 화사한 색색의 새들 천 마리가 둥지를 튼 듯 격자 세공된 거대한 동굴 같은 시장 건물을 통과했다. 가판대들 위의 계단식 벽에서는 나무와 꽃들이 자랐고, 그 아래에서는 신들이 세상에 내놓은 모든 물건을 팔고 있는 것 같았다.

상인 왕자 자로 쇼안 닥소스가 가까이 다가오자 은마가 주춤했다. 말들은 낙타가 가까이 있는 것을 참지 못했다. "오, 세상에서 가장 아름다운 여인이여, 여기에서 무엇이든 원하시는 게 있으면 말씀만 하십시오. 당신 것입니다." 자로는 화려한 안장 위에서 외쳤다.

"콰스 자체가 그분의 것이니 싸구려 장신구는 필요가 없소." 푸른 입술의 피아트 프리가 반대편에서 노래했다. "제가 약속한 대로 될 것입니다, 칼리시. 저와 함께 불멸자들의 집으로 가서 진실과 지혜를 마시세요."

"내가 햇빛과 달콤한 물과 비단 이부자리를 드릴 수 있는데, 그대의 먼지 궁전이 왜 필요하겠소?" 자로는 흑마법사에게 말했다. "13인회가 저 아름다운 머리에 흑옥과 불타는 오팔로 만든 왕관을 씌워드리리니."

"내가 원하는 궁전은 킹스랜딩의 붉은 왕성뿐이오, 피아트." 대니는 그 흑마법사를 경계했다. 마기인 미리 마즈 두르를 겪은 덕분에, 마법을 행하는 자들에 대한 감정이 좋지 않았다. "그리고 자로, 콰스의 위대한 인물들이 나에게 선물을 주려 한다면 정당한 나의 것을 되찾는 데 필요한 배와 검을 주게 해주오."

피아트의 푸른 입술 끝이 말려 올라가더니 우아한 미소를 지었다. "칼리시의 분부대로 될 것입니다." 그는 구슬이 박힌 긴 로브를 뒤에 나부끼며 낙타의 움직임에 따라 흔들흔들 멀어져갔다.

"어린 여왕께서는 나이보다 현명하시군요." 자로 쇼안 닥소스는 높은 안장에서 그녀를 내려다보며 중얼거렸다. "콰스에는 이런 말이 있지요. 흑마법사의 집은 뼈와 거짓말로 지어졌다고."

"그렇다면 왜 사람들이 콰스의 흑마법사에 대해 이야기할 때는 목소리를 낮추는 거요? 동쪽 어디에서나 그들의 힘과 지혜는 공경하지요."

"한때는 강력했던 게 사실입니다만, 지금은 힘도 기술도 잃은 지 오래인데 허풍만 떠는 힘없는 늙은 병사들처럼 터무니없이 굴 뿐입니다. 다 부서져가는 두루마리를 읽고, 입술이 파래지도록 '저녁 어스름'을 마시며 무시무시한 힘이 있는 척하지만, 과거의 흑마법사들에 비하면 텅 빈 껍데기에 불과해요. 피아트 프리의 선물은 여왕님의 손에서 먼지로 변할 겁니다." 그는 낙타에 채찍을 휘두르고 속도를 높여 달려갔다.

"까마귀가 큰까마귀더러 까맣다고 하는군요." 조라 경이 웨스테로스 공용어로 중얼거렸다. 망명 기사는 언제나처럼 대니의 오른쪽에서 말을 달렸다. 그는 콰스에 들어오기 위해 도트락 복장을 벗고 다시 세계 반대편에 있는 칠왕국의 판금 갑옷과 사슬과 모직 옷을 차려입었다. "저 둘을 다 피하시는 게 좋겠습니다, 여왕님."

"저들이 내가 왕관을 얻게 도와줄 거야. 자로에게는 막대한 재산이 있고, 피아트 프리는—"

"힘이 있는 척하지요." 기사는 퉁명스럽게 말했다. 그의 암녹색 전포에는 모르몬트 가문의 사나운 검은 곰이 두 발로 서 있었다. 시장을 가득 채운 사람들을 노려보는 조라도 그 곰 못지않게 흉포해 보였다. "전 여기 오래 머물고 싶지 않습니다, 여왕님. 이곳의 냄새가 싫습니다."

대니는 미소 지었다. "지금 맡는 냄새는 낙타 냄새일 거요. 콰스인들의 냄새는 꽤 달콤하군."

"달콤한 냄새는 때로 악취를 덮는 데 쓰이지요."

'나의 큰 곰. 나는 조라의 여왕이지만, 언제나 조라의 새끼 곰이기도 하고 조라는 언제나 나를 지킬 테지.' 그런 생각을 하니 안전한 기분이 들면서 슬프기도 했다. 그를 더 사랑할 수 있다면 좋으련만.

자로 쇼안 닥소스는 대니에게 이곳에 있는 동안 자기 집에 묵으라고 초대했다. 대니는 웅장한 저택을 예상했다. 웬만한 장이 서는 마을이 들어갈 법한 궁전을 예상하지는 않았다. 펜토스에 있던 마지스터 일리리오의 저택이 돼지치기 움막으로 보일 만한 궁전이었다. 자로는 자기 집이 대니의 사람들 모두와 그 말들까지 편안하게 묵을 수 있는 곳이라 장담했고, 실제로 그랬다. 부속 건물 하나가 통째로 대니에게 주어졌다. 대니만의 정원과 대리석 욕탕, 천리안 탑과 흑마법사의 미궁까지 딸려 있었다. 필요한 것은 무엇이든 노예들이 돌볼 터였다. 대니가 따로 쓸 내실은 바닥이 녹색 대리석이었고, 벽에는 공기가 조금이라도 흔들릴 때마다 어른어른 반짝이는 다채로운 비단 벽걸이가 걸렸다. "넘치도록 후하군요." 그녀는 자로 쇼안 닥소스에게 말했다.

"드래곤의 어머니께라면 어떤 선물도 넘치지 않지요." 자로는 나른하고 우아한 대머리 사내로, 커다란 매부리코에 루비와 오팔과 비취 조각을 장식했다. "내일은 공작새와 종달새 혀로 만찬을 즐기시고, 가장 아름다운 여자들만 들을 만한 음악을 들으시지요. 13인회가 경의를 표하러 올 겁니다. 콰스의 모든 위인들이 다 올 거예요."

'콰스의 모든 위인들이 내 드래곤을 보러 오겠지.' 대니는 그렇게 생각했지만, 자로의 친절함에 감사 인사를 하고 내보냈다. 피아트 프리도 불멸자들을 만나 달라는 청원을 남기고 떠났다. "여름 눈처럼 드문 영광이겠습니다." 그는 떠나기 전에 푸른 입술로 대니의 맨발에 입을 맞추고, 공기의 정령들을 보게 해준다는 연고 한 단지를 선물로 안겼다. 세 사람 중에서 마지막으로 떠난 사람은 그림자술사 퀘이트였다. 그녀는 대니에게 오직 경고만 남겼다. "조심하십시오." 붉은 옻칠 가면을 쓴 그림자술사는 그렇게 말했다.

"누구를 말이오?"

"모두를. 낮이고 밤이고 세상에 다시 태어난 경이를 보러 사람들이 올 테고, 보면 욕망할 것입니다. 드래곤은 육신을 입은 불이며, 불은 곧 힘이니까요."

퀘이트까지 가고 나자 조라 경이 말했다. "그 여자 말이 맞습니다, 여왕님…… 그 여자라고 다른 자들보다 마음에 드는 것은 아니지만 말입니다."

"나는 퀘이트가 이해가 가질 않아." 피아트와 자로는 처음 대니의 드래곤을 본 순간부터 약속을 퍼부어대고, 자기들이 그녀의 충성스러운 종복이라고 선언했지만, 퀘이트는 가끔 수수께끼 같은 말을 던질 뿐이었다. 그리고 그 여자의 얼굴을 본 적이 없다는 사실이 대니의 마음을 어지럽혔다. '미리 마즈 두르를 기억해. 배반을 기억해.' 대니는 스스로에게 말하고 혈맹기수들을 돌아보았다. "여기 있는 동안 교대로 보초를 선다. 내 허락 없이는 아무도 이곳에 들어오지 못하게 하고, 드래곤들을 언제나 지켜라."

"분부대로 하겠습니다, 칼리시." 아고가 대답했다.

대니는 말을 이었다. "우리는 콰스에서 피아트 프리가 보여주고 싶어하는 부분밖에 보지 못했다. 라카로, 가서 도시의 나머지를 보고 나에게 알리거라. 남자들을 데려가거라…… 그리고 남자가 금지된 곳을 생각해서 여자들도 데려가거라."

"명대로 하겠습니다, 내 피 중의 피여." 라카로가 대답했다.

"조라 경, 부두를 찾아서 어떤 배들이 정박해 있는지 알아보시오. 칠왕국에서 소식을 들은 지 반 년이 지났소. 신들께서 바람을 불어 우리를 집까지 실어갈 배와 훌륭한 선장을 웨스테로스로부터 보내셨을지 모르지."

기사는 얼굴을 찌푸렸다. "그렇다 해도 은혜로운 일은 아닐 겁니다. 찬탈자는 여왕님을 죽일 게 분명합니다." 모르몬트는 검대에 양쪽 엄지손가락을 걸었다. "제가 있을 곳은 여왕님 곁입니다."

"조고도 경 못지않게 나를 지킬 수 있소. 경은 내 혈맹기수들보다 아는 언어가 많고, 도트락인들은 바다와 바다를 항해하는 이들을 믿지 않아. 이 일은 경밖에 할 수 없어. 선박들이 있는 곳으로 가서 선원들과 이야기를 해보고, 어디에서 왔고 어디로 가며 어떤 자들이 지휘하는지 알아보시오."

망명 기사는 마지못해 고개를 끄덕였다. "명에 따르겠습니다, 여왕님."

남자들이 모두 떠나고 나자 시녀들이 대니의 몸에서 여행으로 더러워진 비단옷을 벗겨냈고, 대니는 현관 지붕 그늘에 자리한 대리석 연못으로 걸어 나갔다. 물은 기분 좋게 시원했고, 연못 안에 가득한 작은 금빛 물고기들은 대니의 살갗을 야금거려 간지럽혔다. 원하는 만큼 쉴 수 있다는 사실을 알고 눈을 감은 채 물속에 떠 있으니 기분이 좋았다. 아에곤의 레드킵에도 이런 연못이 있을지, 라벤더와 박하가 가득한 향기로운 정원들이 있을지 궁금했다. 분명히 있겠지. 비세리스는 언제나 칠왕국이 세상 어느 곳보다 더 아름답다고 했었다.

고향을 생각하자 마음이 불안해졌다. 그녀의 태양이자 별이 살아 있었다면 칼라사르를 직접 이끌고 독물을 건너 적을 쓸어버렸을 테지만, 그는 이 세상을 떠났다. 그녀에게 남은 혈맹기수들은 목숨을 바치겠노라 맹세했고 살육에 능했으나, 기마전사의 방식으로만 능했다. 도트락인들은 도시를 약탈하고 왕국을 강탈했으나 통치하지는 않았다. 대니는 킹스랜딩을 잠들지 못한 유령들이 가득한 타버린 폐허로 만들고 싶지 않았다. 눈물은 충분히 마셨다. '나는 내 왕국을 아름답게 만들고 싶어. 살찐 남자들과 어여쁜 처녀들과 웃음 많은 아이들로 채우고 싶어. 내가 말을 타고 지나가면 내 백성들이 보고 미소 짓기를 원해. 백성들이 내 아버지를 보면 웃었다던 비세리스의 말대로.'

하지만 정복부터 해야 그럴 수 있었다.

'찬탈자는 여왕님을 죽일 게 분명합니다.' 모르몬트는 그렇게 말했다. 로버트는 그녀의 용맹한 오라비 라에가르를 참살했고, 로버트의 부하 하나는 도트락의 바다를 건너서 그녀와 그녀의 태어나지 않은 아들을 독살하려고 했다. 사람들은 로버트 바라테온이 황소처럼 힘이 세고 전투에서 두려움을 모르며, 세상 무엇보다 전쟁을 더 사랑하는 남자라 했다. 그리고 그 곁에는 비세리스가 찬탈자의 개들이라 불렀던 대영주들, 차가운 눈과 얼어붙은 심장의 에다드 스타크와 부유하고 강력하며 표리부동한 금발의 라니스터 부자가 있었다.

그녀가 어찌 그런 남자들을 거꾸러뜨릴 수 있을까? 칼 드로고가 살아 있었을 때는 사람들이 두려움에 떨며 그의 노여움을 사지 않으려 선물을 바쳤다. 그러지 않으면 칼 드로고가 그들의 도시와 재산과 아내와 모든 것을 빼앗았다. 그러나 그의 칼라사르는 거대했던 반면, 대니의 칼라사르는 보잘것없었다. 그녀의 백성들은 혜성을 좇는 그녀를 따라 붉은 황무지를 건넜고 독물이라도 기꺼이 건널 테지만, 그것만으로는 부족했다. 드래곤들로도 부족했다. 비세리스는 왕국이 정당한 왕을 위해 일어서리라 믿었지만…… 비세리스는 어리석었고, 어리석은 자들은 어리석은 것을 믿었다.

근심으로 몸서리가 났다. 갑자기 물이 차갑게 느껴졌고, 피부를 쪼는 작은 물고기들이 짜증스러워졌다. 대니는 일어서서 물 밖으로 나갔다. "이리, 지키."

시녀들이 수건으로 물기를 닦고 모래 비단 로브를 입히는 동안, 대니의 생각은 해골의 도시로 그녀를 찾아온 세 명에게 흘러갔다. '피 흘리는 별이 나를 콰스로 이끈 데에는 이유가 있어. 나에게 주어진 것을 받아들일 힘과, 함정과 덫을 피할 지혜가 있다면 여기에서 나는 내게 필요한 것을 찾을 것이야. 신들이 나에게 정복의 운명을 내렸다면 그럴 만한 신호를 보낼 테고, 그렇지 않다면…… 그렇지 않다면…….'

저녁이 찾아오고 대니가 드래곤들에게 먹이를 줄 때가 되어서야 이리가 비단 장막을 걷고 들어와서는 조라 경이 부두에서 돌아왔다고 고했다……. 그리고 혼자가 아니라고. "들이거라. 조라 경이 데려온 사람도 함께." 대니는 호기심에 차서 말했다.

그들이 들어왔을 때, 대니는 드래곤 세 마리를 모두 주위에 두고 쿠션 더미에 앉아 있었다. 조라 경이 데려온 남자는 광택 나는 흑옥 같은 피부에 초록색과 노란색 깃털 망토를 입고 있었다. 기사가 말했다. "여왕 폐하, 톨트리즈타운(Tall Trees Town, 큰 나무 마을)에서 온 시나몬윈드호의 선장 쿠후루 모를 데려왔습니다."

검은 피부의 남자는 무릎을 꿇었다. "크나큰 영광입니다, 여왕님." 그는 대니가 알지 못하는 여름 군도의 말이 아니라, 아홉 개 자유도시에서 쓰는 청아한 발리리아어로 말했다.

"반가운 것은 내 쪽이네, 쿠후루 모." 대니는 같은 언어로 말했다. "여름 군도에서 왔나?"

"그러합니다. 하지만 그 전에 올드타운에 들른 지 반 년도 지나지 않았습니다. 그곳에서 여왕님께 놀라운 선물을 가져왔습니다."

"선물?"

"선물이라 할 만한 소식입니다. 드래곤의 어머니이며 폭풍의 딸이시여,

로버트 바라테온이 죽었습니다."

바깥에서는 콰스 위로 황혼이 깔리고 있었지만, 대니의 마음에는 해가 떠올랐다. "죽었다고?" 그녀의 무릎에 앉은 검은 드래곤이 쉭 소리를 내더니, 그녀의 얼굴 앞에 베일처럼 희미한 연기가 올라왔다. "확실한가? 찬탈자가 죽은 게?"

"올드타운, 도르네, 리스, 그리고 저희가 들른 다른 모든 항구에서 그렇게 말합니다."

'그자는 나에게 독주를 보냈지만, 나는 살고 그자는 죽었어.' "어떻게 죽었다던가?" 대니의 어깨에 앉은 옅은 색의 비세리온이 크림색 날개를 퍼덕이며 공기를 흔들었다.

"왕의 숲에서 사냥하다가 괴물 같은 멧돼지에게 찢겨 죽었답니다. 올드타운에서는 그렇게 들었습니다. 왕비가 배신했다거나, 동생이 배신했다거나, 수관이었던 스타크 공이 한 짓이라는 소리도 있습니다. 하나 어느 이야기나 이것만은 일치합니다. 로버트 왕은 죽어서 무덤에 들어갔습니다."

대니는 찬탈자의 얼굴을 본 적이 없었지만, 하루도 그에 대해 생각하지 않고 지나간 날이 없었다. 그의 거대한 그림자는 그녀가 태어난 순간부터, 그녀가 피와 폭풍 속에서 있을 곳도 없는 세상에 나왔던 그 순간부터 늘 드리워져 있었다. 그런데 지금 이 검은 피부의 낯선 사람이 그 그림자를 걷어 올렸다.

"이젠 어린아이가 왕좌에 앉았답니다." 조라 경이 말했다.

쿠후루 모가 맞장구를 쳤다. "조프리 왕이지요. 하지만 통치하는 건 라니스터입니다. 로버트의 동생들은 킹스랜딩에서 달아났습니다. 떠도는 말로는 그 동생들이 왕관을 요구할 거랍니다. 그리고 로버트 왕의 친구였던 수관 스타크 공은 몰락했습니다. 반역죄로 잡혔지요."

"네드 스타크가 반역자라고?" 조라 경이 코웃음을 쳤다. "터무니없는 소리. 그자가 자신의 소중한 명예를 더럽히는 날이 오기 전에 긴 여름이 먼 저 올걸."

"그자에게 무슨 명예가 있었다는 건가?" 대니가 말했다. "그자는 라니스터와 마찬가지로 자신의 진정한 왕을 배신한 자였어." 찬탈자의 개들이 서로 싸운다는 말을 들으니 기뻤지만, 놀랍지는 않았다. 칼 드로고가 죽었을 때도 같은 일이 벌어졌고, 그의 거대한 칼라사르는 산산조각이 났으니 말이다. 그녀는 여름 군도의 선장에게 말했다. "진정한 왕이었던 내 오라비 비세리스도 죽었네. 내 남편인 칼 드로고가 녹인 황금 왕관을 씌워 죽였지." 비세리스 오빠가 조금만 더 현명했다면, 그토록 기도하던 복수가 머지않다는 사실을 알았을까?

"그렇다면 드래곤의 어머니를 위해, 그리고 정당한 왕을 잃고 피 흘리는 웨스테로스를 위해 한탄합니다."

대니의 다정한 손가락 아래에서 녹색 라에갈이 녹인 황금 같은 눈동자로 낯선 이를 바라보았다. 라에갈이 입을 열자 이빨이 검은색 바늘처럼 번득였다. "자네의 배는 언제 웨스테로스로 돌아가지?"

"안타깝게도 1년 이상 걸릴 겁니다. 여기에서 시나몬윈드호는 동쪽으로 갑니다. 비취해를 빙 도는 무역로를 타려고 합니다."

"그렇군." 대니는 실망해서 말했다. "그렇다면 좋은 바람과 훌륭한 무역을 기원하겠네. 나에게 귀한 선물을 가져다주었네."

"보상은 넘치도록 받았습니다, 위대한 여왕님."

대니는 어리둥절했다. "어떻게 말인가?"

선장은 눈을 빛냈다. "제가 드래곤을 보았습니다."

대니는 소리 내어 웃었다. "그리고 언제나 더 보게 되길 바라네. 내가 내 아버지의 왕좌에 앉거든 킹스랜딩에 찾아오게. 크게 보상해주지."

여름 군도의 선장은 그러겠다고 약속하고, 대니의 손가락에 가볍게 입을 맞춘 후에 떠났다. 지키가 나가는 길을 배웅했고, 조라 모르몬트 경은 뒤에 남았다.

기사는 둘만 남게 되자 말했다. "칼리시, 저라면 계획을 그리 숨김없이 말하지 않겠습니다. 저 선장은 이제 가는 곳마다 말을 퍼뜨릴 겁니다."

"그러라지. 온 세상이 내 목적을 알게 해. 찬탈자가 죽었는데 뭐가 문젠가?"

조라 경은 경고했다. "선원들이 하는 이야기가 다 진실은 아닙니다. 그리고 로버트가 정말 죽었다 해도, 그 아들이 통치하고 있습니다. 실제로는 아무것도 달라지지 않습니다."

"모든 게 달라지지." 대니는 벌떡 일어섰다. 드래곤들이 삐익 소리를 내며 휘감은 몸을 풀고 날개를 펼쳤다. 드로곤이 날개를 퍼덕이더니 아치문 상인방에 발톱을 걸었다. 다른 두 마리는 바닥을 낮게 미끄러지며 날개 끝으로 대리석을 긁었다. "이전에 칠왕국은 드로고의 힘에 따라 십만 명이 하나가 되었던 칼라사르와 같았어. 이제 왕국은 산산이 흩어졌지. 나의 칼이 죽은 후 칼라사르가 그랬듯이."

"대영주들은 언제나 싸웠습니다. 누가 이기느냐에 따라 의미도 달라집니다. 칼리시, 칠왕국은 잘 익은 복숭아처럼 여왕님 손에 떨어지진 않을 겁니다. 함대와 황금과 군대와 동맹이 필요합니다―"

"모두 내가 아는 바요." 대니는 조라의 손을 잡고 의심 가득한 검은 눈을 올려다보았다. '때로는 나를 지켜줘야 할 어린아이로 여기고, 때로는 같이 자고픈 여인으로 보지만, 조라가 나를 진정 자신의 여왕으로 보기는 할까?' "나는 경이 펜토스에서 만난 겁에 질린 소녀가 아니야. 이제 겨우 열다섯 번째 명명일을 넘겼을 뿐이지만……. 나는 도시 칼린의 노파들만큼이나 늙었고, 내 드래곤들만큼이나 어려, 조라. 나는 아이를 하나 낳았고, 칼을 한 명 불태웠으며, 붉은 황무지와 도트락의 바다를 건넜어. 나는 드래곤의 핏줄이야."

"오라버님도 그랬지요." 그는 고집스럽게 말했다.

"나는 비세리스가 아니야."

"그렇지요. 여왕님은 라에가르를 더 닮으셨습니다. 하지만 라에가르조
차도 참살당할 수 있었습니다. 로버트가 트라이던트에서 전투 망치만으
로 증명했지요. 드래곤이라 해도 죽을 수 있습니다."

"드래곤도 죽지." 대니는 까치발을 들고 조라의 면도하지 않은 뺨에 가
볍게 입을 맞췄다. "그러나 죽는 건 드래곤슬레이어(dragonslayer, 드래곤을
죽인 자)도 마찬가지야."

브랜

미라는 왼손에 그물을 늘어뜨리고, 오른손에는 가느다란 개구리잡이 삼지창을 들고 조심스럽게 원을 그렸다. 꼬리를 빳빳하게 세우고 금빛 눈을 부릅뜬 서머가 그 뒤를 따랐다. 지켜보고, 지켜보다가…….

"얍!" 미라가 외치며 창을 날쌔게 찔렀다. 늑대는 왼쪽으로 미끄러지듯 피했다가, 미라가 창을 뒤로 물리기 전에 뛰어올랐다. 미라가 그물을 던져 허공에 펼쳤다. 서머는 그물 안으로 뛰어들고 말았다. 서머는 그물을 끌고 그대로 미라의 가슴팍을 들이박아 뒤로 넘어뜨렸다. 미라의 창이 빙글빙글 돌며 날아갔다. 축축한 풀이 받쳐주기는 했어도 미라는 충격에 "으악" 소리를 내며 숨을 토했다. 늑대는 그녀 위에 올라앉았다.

브랜이 야유했다. "네가 졌어."

"누나가 이겼어." 미라의 동생 조젠이 말했다. "서머는 덫에 걸렸어."

조젠 말이 맞았다. 서머는 으르렁거리면서 그물에서 풀려나려고 허우적거리다 보니 점점 심하게 얽매이고 있었다. 물어서 끊고 빠져나올 수도 없었다. "풀어줘."

미라 리드는 소리 내어 웃으며 그물에 감긴 늑대를 끌어안고 같이 굴렀다. 서머는 다리에 얽힌 줄을 걷어차며 애처롭게 낑낑거렸다. 미라가 무릎을 꿇고 엉킨 부분을 풀고, 한쪽 구석을 당기고, 이리저리 교묘하게 끈다 싶더니 갑자기 다이어울프가 풀려났다.

"서머, 이리 와." 브랜은 두 팔을 벌렸다. "조심해." 브랜이 말한 직후에 늑대가 달려들었다. 그는 늑대에게 온 힘을 다해 매달린 채로 풀밭을 굴렀다. 그들은 하나는 이를 드러내고 짖어대고, 하나는 소리 내어 웃으면서 서로에게 달라붙어서 몸싸움을 벌이고 굴러 다녔다. 마침내 브랜은 진흙투성이가 된 다이어울프를 깔고 드러누웠다. "착하다." 그는 헐떡거렸고, 서머는 그의 귓가를 핥았다.

미라가 고개를 절레절레 저었다. "절대로 화내지 않아?"

"나한테는 안 내." 브랜이 늑대의 두 귀를 잡자 서머는 맹렬히 이를 딱딱거렸지만, 다 놀이였다. "가끔 내 옷을 찢어놓긴 하지만 절대 피를 내진 않아."

"너에겐 그렇겠지. 내 그물을 피했다면……."

"널 해치진 않았을 거야. 내가 널 좋아한다는 걸 아니까." 다른 영주와 기사들은 수확제가 끝나고 하루 이틀 안에 떠났지만, 리드 남매는 남아서 브랜의 친구가 되었다. 조젠은 어찌나 엄숙한지 낸 할멈이 "어린 할아버지"라고 부를 정도였지만, 미라를 보면 아리아 누나가 생각났다. 지저분해지는 것을 두려워하지도 않았고, 남자애처럼 뛰고 싸우고 덤볐다. 하지만 미라는 아리아보다 나이가 많았다. 열여섯이 다 됐으니 성인 여자나 다름없었다. 브랜이 마침내 아홉 번째 명명일을 맞았다고는 해도 둘 다 브랜보다 나이가 많았다. 그러나 그들은 결코 그를 아이로 대하지 않았다.

"왈더들 대신 너희가 대자로 왔으면 좋았을 텐데." 브랜은 제일 가까운 나무로 기어가기 시작했다. 브랜이 꿈틀거리며 몸을 끌고 가는 모습은 보기 안된 것이었지만, 미라가 일으켜주려고 다가가자 그는 말했다. "아니, 도와주지 마." 그는 힘겹게 몸을 굴리고, 팔 힘을 써서 몸을 밀어 올린 후

꿈틀꿈틀 뒤로 움직여서 키 큰 물푸레나무에 등을 기대고 앉았다. "봐, 할 수 있다니까." 서머가 브랜의 무릎에 머리를 올리고 엎드렸다. "그물을 가지고 싸우는 사람은 처음 봤어." 그는 다이어울프의 귀 사이를 긁어주며 미라에게 말했다. "그물로 싸우는 방법은 너희 훈련대장이 가르쳐준 거야?"

"우리 아버지가 가르쳐줬어. 그레이워터에는 기사가 없어. 훈련대장도, 학사도 없지."

"그러면 까마귀는 누가 돌봐?"

미라는 미소 지었다. "까마귀들은 그레이워터워치를 찾을 수 없어. 우리의 적들과 마찬가지지."

"왜 못 찾아?"

"계속 움직이니까."

움직이는 성에 대해서는 들어본 적이 없었다. 브랜은 확신 없이 미라를 쳐다보았지만, 그녀가 자신을 놀리는 건지 아닌지 알 수가 없었다. "나도 볼 수 있으면 좋겠다. 전쟁이 끝나면 너희 아버지가 내 방문을 허락해주실까?"

"너라면 얼마든지 환영이야, 왕자님. 나중이든 지금이든."

"지금?" 브랜은 평생을 윈터펠에서 보냈다. 먼 곳들을 보고 싶은 마음이 간절했다. "로드릭 경이 돌아오면 물어볼 수 있어." 노기사는 말썽을 바로 잡기 위해 동쪽에 가 있었다. 루스 볼턴의 서자가 수확제를 끝내고 돌아간 혼우드 부인을 사로잡아서는, 그날 밤에 바로 결혼을 감행해버렸다. 부인의 아들뻘이면서 말이다. 그러자 맨덜리 공이 혼우드 성을 차지했다. 혼우드 성을 볼턴에게서 지키기 위해서라고 편지에 썼지만, 로드릭 경은 볼턴의 서자 못지않게 맨덜리 공에게도 화가 났다. "로드릭 경이라면 보내줄지도 몰라. 루윈 학사는 어림도 없지만."

조젠 리드는 영목 아래 앉아서 진지한 얼굴로 그를 보았다. "윈터펠을 떠나는 게 좋을 거야, 브랜."

"그래?"

"그래. 이왕이면 빠를수록 좋아."

"내 동생에게는 녹색 시야(greensight)가 있어. 아직 일어나지 않은 일들을 꿈꾸는데, 가끔은 그 꿈대로 이루어져."

"가끔이 아니야, 미라." 둘 사이에 시선이 오갔다. 조젠의 눈빛은 슬펐고, 미라의 눈빛은 반항적이었다.

"앞으로 일어날 일을 말해줘." 브랜이 말했다.

"그럴게. 네 꿈에 대해 말해준다면." 조젠이 말했다.

신의 숲이 조용해졌다. 브랜은 잎사귀가 술렁이는 소리, 멀리서 호도가 뜨거운 웅덩이를 철벅거리는 소리를 들을 수 있었다. 그는 금빛 남자와 세 눈박이 까마귀에 대해 생각하고, 입안에서 부서지던 뼈의 느낌과 구리 같은 피 맛을 떠올렸다. "난 꿈을 꾸지 않아. 루윈 학사가 수면약을 줘."

"그 약이 도움이 돼?"

"때로는."

미라가 말했다. "네가 밤에 소리를 지르고 땀을 흘리면서 깨어나는 건 온 윈터펠이 다 알아, 브랜. 여자들도 우물가에서 얘기하고, 위병들도 위병소에서 얘기하지."

"뭐가 그렇게 무서운지 우리에게 말해봐." 조젠이 말했다.

"말하고 싶지 않아. 어차피 꿈일 뿐이야. 루윈 학사가 꿈은 아무 의미나 될 수도 있고, 아무 의미가 없을 수 있댔어."

"내 동생도 다른 남자애들과 비슷한 꿈을 꾸고, 그런 꿈은 아무 의미도 없을 수 있어. 하지만 녹색 꿈은 달라."

조젠의 눈은 이끼색이었고, 가끔 조젠이 누군가를 바라볼 때면 다른 것을 보는 듯했다. 지금처럼. "난 날개 달린 늑대가 회색 돌 사슬로 땅에 매인 꿈을 꾸었어. 녹색 꿈이었기에, 그게 사실임을 알았지. 까마귀 한 마리가 사슬을 쪼아 끊으려 했지만, 돌이 너무 단단해서 까마귀 부리로는 조금씩밖에 깨뜨릴 수 없었어."

"그 까마귀에게 눈이 셋 있었어?"

조젠은 고개를 끄덕였다.

서머가 브랜의 무릎에서 고개를 들더니, 어두운 금빛 눈으로 진흙인을 빤히 바라보았다.

"난 어렸을 때 회색 물 열병으로 죽을 뻔했어. 그때 까마귀가 찾아왔지."

"나한테는 내가 떨어진 후에 왔어." 브랜은 불쑥 말해버렸다. "난 오랫동안 잠들어 있었어. 까마귀는 내가 날거나 아니면 죽어야 한다고 했고, 깨어나보니 난 망가져 있었고 날 수도 없었어."

"네가 원한다면 날 수 있어." 미라는 그물을 집어 들더니 마지막 엉킨 부분을 흔들어 풀고 대충 접기 시작했다.

조젠이 말했다. "네가 날개 달린 늑대야, 브랜. 처음 왔을 때는 확실하지 않았지만, 이젠 확실히 알아. 까마귀가 네 사슬을 풀어주기 위해 우리를 여기로 보낸 거야."

"그 까마귀가 그레이워터에 있어?"

"아니. 그 까마귀는 북쪽에 있어."

"장벽에?" 브랜은 언제나 장벽을 보고 싶었다. 지금은 이복형인 존이 밤의 경비대 소속으로 그곳에 가 있었다.

"장벽 너머에." 미라 리드가 그물을 허리띠에 찼다. "조젠이 무슨 꿈을 꿨는지 이야기하자 아버지가 우리를 윈터펠로 보내셨지."

"어떻게 하면 사슬을 끊을 수 있어, 조젠?" 브랜이 물었다.

"눈을 떠."

"뜨고 있는 거 안 보여?"

"두 개는 뜨고 있지." 조젠이 가리켰다. "하나, 둘."

"난 눈이 두 개뿐이야."

"셋이야. 까마귀가 너에게 세번째 눈을 줬는데, 넌 그 눈을 뜨질 않아." 조젠은 가만가만 천천히 말했다. "두 눈으로 넌 내 얼굴을 보지. 세 눈으로는 내 심장을 볼 수 있어. 두 눈으로는 저기 참나무를 볼 수 있지. 세 눈으로는 저 참나무가 된 도토리와 저 참나무가 언젠가 될 그루터기를 볼 수 있어. 두 눈으로는 벽 너머를 보지 못해. 세 눈으로는 남쪽으로 여름 군도까지, 북쪽으로 장벽 너머까지 보게 될 거야."

서머가 일어섰다. "그렇게 멀리 볼 필요는 없어." 브랜은 불안한 미소를 지었다. "까마귀 이야기는 질렸어. 늑대 이야기를 하자. 아니면 도마뱀사자나…… 도마뱀사자 잡아봤어, 미라? 여기엔 없는데—"

미라는 덤불에 꽂힌 개구리 창을 뽑았다. "도마뱀사자는 물속에 살아. 물살이 느린 개울이나 깊은 늪에—"

조젠이 끼어들었다. "도마뱀사자에 대한 꿈을 꿨어?"

브랜이 대답했다. "아니. 말했잖아. 그 얘긴 하기 싫—"

"늑대에 대한 꿈은?"

브랜은 슬슬 화가 났다. "난 너에게 내 꿈을 이야기하지 않아도 돼. 난 왕자야. 난 윈터펠의 스타크라고."

"서머였어?"

"조용히 해."

"수확제 날 밤에, 신의 숲에 있는 서머가 된 꿈을 꿨지? 아니야?"

"그만해!" 브랜은 고함을 질렀다. 서머가 하얀 이를 드러내고 영목 쪽으로 움직였다.

조젠 리드는 신경 쓰지 않았다. "그날 서머를 만졌을 때 그 안에 있던 너를 느꼈어. 지금과 마찬가지야."

"그럴 리가 없어. 난 침대에 있었어. 자고 있었어."

"넌 회색 털을 뒤집어쓰고 신의 숲에 있었어."

"그건 그냥 악몽이었을 뿐이야……."

조젠이 일어섰다. "난 널 느꼈어. 네가 떨어지는 걸 느꼈지. 그게 무서운 거야? 추락이?"

'추락. 그리고 그 금빛 남자, 왕비의 동생, 그 남자도 무서워. 하지만 대체로는 추락이 무서워.' 브랜은 생각했지만, 말로 하지는 않았다. 어떻게 그런 말을 할 수 있겠는가? 로드릭 경이나 루윈 학사에게도 말할 수 없었고, 리드 남매에게도 말할 수 없었다. 말하지 않으면 잊힐지도 몰랐다. 기억하고 싶지 않았다. 진짜 기억조차 아닐 수도 있었다.

"밤마다 추락해, 브랜?" 조젠이 조용히 물었다.

서머의 목에서 낮게 그르렁대는 소리가 울렸고, 그 소리에 놀이의 기운은 없었다. 서머는 이를 다 드러내고 이글거리는 눈으로 전진했다. 미라가 창을 손에 들고 늑대와 동생 사이에 끼어들었다. "물러나게 해, 브랜."

"조젠이 서머를 화나게 만들잖아."

미라는 그물을 풀었다.

"그건 너의 분노야, 브랜. 너의 두려움이야." 조젠이 말했다.

"그렇지 않아. 난 늑대가 아니야." 그러나 브랜은 밤에 그들과 함께 울부짖었고, 늑대 꿈 속에서 피 맛을 보았다.

"너의 일부는 서머고, 서머의 일부는 너야. 너도 알잖아, 브랜."

서머가 달려들었지만, 미라가 삼지창을 찌르며 막아섰다. 늑대는 옆으로 몸을 비틀어 피하고는 원을 그리며 접근했다. 미라는 고개를 돌리고 브랜을 보았다. "불러들여, 브랜."

"서머! 이리 와, 서머!" 브랜은 소리치며 손바닥으로 허벅지를 철썩 때렸다. 손은 얼얼했지만 죽은 다리에서는 아무 느낌도 나지 않았다.

다이어울프는 다시 돌진했고, 미라의 창도 다시 공격했다. 서머는 창을 피하고 다시 몸을 돌렸다. 덤불이 바스락거리더니, 영목 아래에서 늘씬한 검은 늑대가 이를 드러내고 걸어 나왔다. 분노의 강렬한 냄새를 맡은 형제가 온 것이다. 브랜은 목덜미 털이 쭈뼛 서는 느낌이었다. 미라는 양쪽에 늑대를 두고 동생 곁에 섰다. "브랜, 늑대들을 물려."

"난 못해!"

"조젠, 나무 위로 올라가."

"그럴 필요는 없어. 오늘은 내가 죽는 날이 아니야."

"하라면 해!" 미라가 소리를 지르자 조젠은 영목의 얼굴을 붙잡고 몸통을 타고 올라갔다. 다이어울프들이 거리를 좁혔다. 미라는 창과 그물을 버리고 펄쩍 뛰어올라서 머리 위 가지를 잡았다. 미라가 몸을 흔들어 가지 위로 올라가는데 새끼독의 턱이 발목 아래 허공을 물었다. 서머가 엉덩이를 대고 앉아서 울부짖는 사이 새끼독은 그물을 물고 흔들었다.

브랜은 그제야 그들끼리만 온 게 아니라는 사실을 기억했다. 그는 입가에 두 손을 대고 외쳤다. "호도! 호도! 호도!" 그는 심하게 겁에 질렸고 어쩐지 부끄러웠다. "이 녀석들도 호도를 해치진 않을 거야." 그는 나무 위의 친구들에게 장담했다.

몇 분이 지나자 음조가 맞지 않는 흥얼거림이 들렸다. 호도는 뜨거운 웅덩이에 들어갔다가 나온 탓에 진흙투성이에 옷을 반만 입고 나타났지만, 브랜은 호도가 그렇게 반가울 수가 없었다. "호도, 도와줘. 늑대들을 쫓아버려. 멀리 쫓아버려."

호도는 기쁘게 나서서, "호도, 호도" 외치면서 팔을 휘젓고 거대한 발을 쿵쿵 디디며 늑대 한 마리를 쫓아갔다가 다른 한 마리를 쫓아갔다. 새끼독이 먼저 달아났는데, 마지막으로 한 번 으르렁거린 후에 나뭇잎 아래로 사라졌다. 서머는 브랜에게 돌아와서 곁에 엎드렸다.

미라는 바닥에 내려서자마자 창과 그물을 집어 들었다. 조젠은 서머에게서 시선을 떼지 않고 브랜에게 기약했다. "우린 다시 이야기할 거야."

'그건 늑대들이었어. 내가 아니었어.' 브랜은 왜 늑대들이 그렇게 거칠어졌는지 이해가 가지 않았다. 어쩌면 신의 숲에 가둬두어야 한다는 루윈 학사가 옳았는지도 몰랐다. 브랜은 말했다. "호도, 날 루윈 학사에게 데려가줘."

까마귀 방을 위에 얹은 학사의 탑은 브랜이 제일 좋아하는 곳 중에 하나였다. 루윈은 깔끔함과는 거리가 멀었지만, 브랜은 그 방에 널린 책과 두루마리와 병들이 루윈의 벗어진 머리와 펄럭이는 헐렁한 회색 로브 소매만큼이나 익숙하고 마음 편했다. 브랜은 까마귀들도 좋았다.

루윈은 높은 걸상에 앉아서 글을 쓰고 있었다. 로드릭 경이 없으니 성을 관리하는 일 모두가 루윈 학사의 어깨에 떨어졌다. 그는 호도가 들어가자 말했다. "왕자님. 오늘은 일찍 수업을 받으러 오셨군요." 학사는 매일 오후에 몇 시간씩 브랜, 리콘, 그리고 두 왈더 프레이를 가르쳤다.

"호도, 가만히 서 있어." 브랜은 벽 촛대 하나를 양손으로 잡고 몸을 당겨서 바구니에서 빠져나갔다. 브랜이 팔 힘만으로 잠시 버티자 호도가 의자로 옮겼다. "미라가 그러는데 자기 동생에겐 녹색 시야가 있대요."

루윈 학사는 쥐고 있던 깃펜으로 코 옆을 긁었다. "그래요?"

브랜은 고개를 끄덕였다. "숲의 아이들에겐 녹색 시야가 있었다고 했죠. 기억해요."

"그런 능력이 있다는 주장이 있었지요. 그런 힘이 있는 현자들을 그린시어(greenseer, 녹색 천리안)라고 불렀습니다."

"마법이었나요?"

"더 나은 표현이 없으니 그렇게 부르지요. 실상은 그저 다른 종류의 지식이었을 뿐입니다."

"그게 뭐였는데요?"

루윈은 펜을 내려놓았다. "제대로 아는 사람은 없습니다, 브랜. 숲의 아이들은 세상에서 사라졌고, 그들의 지혜도 함께 사라졌어요. 분명히 나무의 얼굴들과 관계가 있었을 겁니다. 최초인들은 그린시어가 영목의 눈을 통해 볼 수 있다고 믿었어요. 그래서 숲의 아이들과 전쟁을 벌일 때마다 영목을 베어버렸던 겁니다. 그린시어들은 숲의 짐승들과 나무 위의 새들에게도 힘이 미쳤다고 합니다. 물고기까지도요. 리드 가문의 아이에게 그런 힘이 있다던가요?"

"아뇨. 아닌 것 같아요. 하지만 미라 말로는, 조젠이 꾼 꿈이 현실이 될 때가 있대요."

"누구나 꿈이 현실로 일어나는 일은 있어요. 브랜도 우리가 아버님이 돌아가셨다는 사실을 알기도 전에 그분이 지하묘지에 계신 꿈을 꿨지요."

"리콘도 꿨죠. 우리 둘이 같은 꿈을 꿨어요."

"원한다면 그걸 녹색 시야라고 부를 수도 있겠지요······. 하지만 브랜과 리콘이 꾼 꿈 중에서 현실이 되지 않은 수천 수만 번의 꿈도 기억하세요. 혹시 모든 학사가 거는 사슬 목걸이에 대해 내가 가르쳐준 내용이 기억납니까?"

브랜은 잠시 기억을 되살렸다. "학사는 올드타운의 시타델에서 사슬을 연마하죠. 봉사하기로 맹세한 몸이기에 사슬 형태로 만들고, 학사는 왕국을 섬기고 왕국에는 온갖 다른 사람들이 있기 때문에 여러 다른 금속으로 만들어요. 뭔가를 배울 때마다 사슬 고리를 하나씩 더하는 거죠. 검은 철은 까마귀 다루는 기술, 은은 치료 기술, 금은 계산과 회계 기술······. 다는 기억나지 않아요."

루윈은 사슬 목걸이 밑에 손가락을 하나 넣고 조금씩 돌리기 시작했다.

그는 몸집에 비해 목이 굵었고, 목걸이는 꽉 조였지만, 그래도 몇 번 당기자 죽 돌아갔다. "이건 발리리아 강철입니다." 루윈은 흑회색 금속이 목울대에 놓이자 말했다. "이 사슬을 건 학사는 백 명 중 하나뿐이지요. 이건 제가 시타델에서 '고도의 수수께끼'라고 부르는 학문을 공부했다는 뜻입니다. 좀 더 편하게 표현하면 마법이지요. 매혹적인 분야지만, 쓸모는 별로 없어요. 그래서 굳이 이 분야를 공부하는 학사가 적은 겁니다.

고도의 수수께끼를 공부하는 학사들은 언젠가는 주문을 시험해보기 마련입니다. 고백건대 저도 그런 유혹에 굴복했습니다. 흠, 그때는 저도 소년이었고, 자기 안에 숨어 있는 힘을 몰래 찾고 싶어 하지 않는 소년이 어디 있겠습니까? 저는 이전의 수많은 이들과 마찬가지로 아무것도 얻지 못했고, 이후로도 수많은 이들이 그럴 겁니다. 슬프지만 마법은 통하지 않아요."

브랜은 항변했다. "통할 때도 있어요. 저랑 리콘이 꾼 꿈도 그렇고, 동쪽에는 현자와 흑마법사들이 있고……."

"스스로를 현자와 흑마법사라고 칭하는 사람들은 있지요. 시타델에서 제 친구 하나는 귀에서 장미를 뽑아낼 수 있었습니다만, 저보다 마법적이진 않았습니다. 아, 그야 물론 우리가 이해하지 못하는 일은 많이 있지요. 세월은 수백 년, 수천 년씩 흘러가는데 어떤 사람이 여름 몇 번, 겨울 몇 번 이상을 보겠습니까? 우리는 산맥을 보면서 영원하다 말하고, 산맥은 영원히 그 자리에 있을 것 같지만…… 시간이 흐르면 산도 솟아오르고 무너지며, 강은 흐름을 바꾸고, 별은 하늘에서 떨어지고, 대도시도 바다 아래 가라앉아요. 신들조차도 죽는다고 생각하기도 합니다. 모든 게 변한다는 것이지요.

마법은 한때 강력한 힘이었을지 모르지만, 이제는 아닙니다. 조금이나마 남은 것은 거대한 불이 타고 난 후 허공에 남은 연기 자락에 불과하고, 그나마도 스러지고 있어요. 발리리아가 마지막 불씨였는데, 그 발리리아도 사라졌습니다. 드래곤들은 이제 없고, 거인들은 죽었으며, 숲의 아이들은 모든 전설과 함께 잊혔습니다.

그래요, 왕자님. 조젠 리드가 현실로 이루어진 꿈을 한두 개 꿨을지는 모르지만, 그렇다고 녹색 시야가 있는 건 아닙니다. 산 사람 중에 그런 힘을 가진 사람은 없습니다."

브랜은 저녁때 창가 자리에 앉아서 여기저기 켜지는 불빛을 보고 있을 때 찾아온 미라 리드에게 그 말을 그대로 전했다. "늑대들 일은 미안해. 서머가 조젠을 해치려 들면 안 되는 건데, 하지만 조젠도 내 꿈에 대해 그런 말은 하지 말아야 했어. 까마귀는 나더러 날 수 있다고 했을 때 거짓말을 했고, 조젠도 거짓말을 했어."

"아니면 그저 학사가 틀렸을지도 모르지."

"아니야. 아버지도 루윈 학사님의 조언에 의지했단 말이야."

"귀 기울이기야 했겠지. 하지만 결국에는 직접 결정하셨어. 브랜, 조젠이 너와 너의 수양 형제들에 대해 꾼 꿈을 말해줘도 될까?"

"왈더들은 내 형제가 아니야."

미라는 신경 쓰지 않았다. "넌 저녁 식사 자리에 앉아 있었지만, 하인이 아니라 루윈 학사가 음식을 가져왔어. 루윈 학사는 너에게 왕에게 주어지는 몫을 줬어. 설익어서 피가 떨어지지만, 모두의 입에 침이 고일 정도로 맛있는 냄새가 나는 고기였지. 학사가 프레이 둘에게 준 고기는 오래되어 회색으로 죽어 있었어. 그렇지만 그 아이들이 너보다 저녁 식사를 더 즐겼어."

"이해가 안 가는데."

"이해하게 될 거래. 내 동생이 그랬어. 그리고 그 내용이 이해가 가면, 그때 우린 다시 이야기를 나누는 거야."

브랜은 그날 저녁 식사에 나가기가 두렵기까지 했지만, 나가보니 앞에 차려진 요리는 비둘기 파이였다. 다른 모두가 같은 요리를 받았고, 왈더들에게 내놓은 음식에서 이상한 점을 찾을 수도 없었다. '루윈 학사가 옳았어. 조젠이 뭐라고 하든, 윈터펠에 나쁜 일은 생기지 않아.' 브랜은 안심했지만…… 실망하기도 했다. 마법이 있다면 무슨 일이든 일어날 수 있었다. 유령이 걷고, 나무가 말을 하고, 망가진 아이가 기사로 자랄 수도 있었다. "하지만 마법은 없어." 그는 캄캄한 침대 속에서 큰 소리로 말했다. "마법은 없고, 이야기는 이야기일 뿐이야."

그리고 그는 결코 걷지도, 날지도, 기사가 되지도 못하리라.

티리온

맨발에 닿는 바닥 골풀이 따끔거렸다. "내 사촌은 희한한 시간을 택해서 방문하는군." 티리온은 아직 잠에 취해서 정신이 없는 포드릭 페인에게 말했다. 포드릭은 주인을 잠에서 깨웠다는 이유로 불에 구워질 거라 생각하는 게 분명했다. "내 개인 방으로 안내하고 내가 곧 내려간다고 전해."

창밖의 어둠을 보아서는 자정이 훌쩍 넘은 시간이었다. '란셀은 이 시간이면 내가 잠에 취해서 머리가 잘 돌아가지 않을 줄 아는 건가? 아니야, 란셀은 생각이라는 걸 하는 놈이 아니지. 이건 세르세이 짓이야.' 그의 누이는 실망하게 될 터였다. 그는 침대에 들어가서도 아침까지 곧잘 일을 했다. 흔들리는 촛불 빛에 의지해서 글을 읽고, 바리스의 새들이 올린 보고를 면밀하게 살피고, 숫자가 흐릿하게 보이고 눈이 아플 때까지 리틀핑거의 회계장부를 검토하곤 했다.

그는 침대 옆 수반에서 미지근한 물을 얼굴에 끼얹고, 서둘지 않고 변소에 쪼그리고 앉아서 드러난 피부에 차갑게 닿는 밤공기를 느꼈다. 란셀 경은 열여섯 살이었고, 인내심 있는 성격이 아니었다. 기다리게 하면 할수록 불안해할 것이다. 티리온은 속을 비우고 나서 잠옷을 걸치고 손가락으로 가는 담황색 머리털을 흐트러뜨려 막 잠에서 깬 모습을 연출했다.

란셀은 검은색 비단 안소매가 달린 길게 트인 붉은색 벨벳 옷을 입고, 검대에는 보석 박힌 단검과 금박 칼집을 건 모습으로 재만 남은 난로 앞을 서성이고 있었다. 티리온은 란셀에게 인사부터 건넸다. "사촌, 실로 드물게 찾아오는 사람이 어인 일로 이런 황송한 방문을 해주셨나?"

"섭정대비 전하께서 이 몸을 보내어 파이셀 대학사를 풀어주라 명하셨소." 란셀 경은 티리온에게 황금색 밀랍에 세르세이의 사자 인장이 찍힌 진홍색 리본을 보였다. "여기 명령장이오."

"그렇군." 티리온은 손을 내저었다. "앓고 나서 얼마 지나지도 않았는데 누님이 무리하지 말았으면 좋겠군. 병이 재발한다면 더없이 안타까운 일 아닌가."

"전하께선 완전히 회복하셨소." 란셀 경은 퉁명스럽게 말했다.

"음악 같은 소리로군." '내가 좋아하는 음률은 아니지만 말이야. 약을 더 먹였어야 하는 건데.'

세르세이의 간섭 없이 며칠은 더 보내고 싶었지만, 건강을 회복했다는 사실이 크게 놀랍지는 않았다. 결국 세르세이는 제이미와 쌍둥이이니 말이다. 티리온은 기쁜 미소를 지어 보였다. "포드, 불을 피워라. 내 취향에는 공기가 너무 차구나. 나와 한잔 들겠나, 란셀? 멀드와인을 마시면 수면에 도움이 되더군."

"수면에 도움은 필요 없소. 이 몸은 전하의 명을 받아 왔을 뿐, 당신과 술을 마시러 온 게 아니오, 꼬마 악마."

티리온은 녀석이 기사 서임을 받더니 더 대담해졌다고 생각했다. 로버트 왕을 살해할 때 맡은 딱한 역할 탓도 있으리라. 그는 와인을 따르며 미소 지었다. "와인에는 위험이 있지. 파이셀 대학사에 관해서라면…… 사랑하는 누님께서 파이셀을 그리 걱정하신다면 직접 찾아왔을 텐데. 그 대신 자네를 보냈군. 내가 이걸 어찌 생각해야 할까?"

"죄수만 풀어주면 뭐라고 생각하든 상관없소. 대학사는 섭정대비의 든든한 친구이며, 그분의 보호하에 있소." 소년의 입가에 비웃음이 어른거렸다. 이 일을 즐기고 있다는 뜻이었다.

'세르세이에게 배웠군.'

"전하께서는 결코 이런 무도한 행위를 허락하지 않으시오. 대비 전하야말로 조프리 왕의 섭정이라는 사실을 기억하길 바라오."

"내가 조프리 왕의 수관이듯이 말이지."

그러자 젊은 기사는 가볍게 통보했다. "수관은 왕을 섬기고, 섭정은 왕이 나이가 찰 때까지 통치하지."

"내가 기억하기 좋게 그 말을 적어줘야 할지도 모르겠는데." 장작이 듣기 좋은 소리를 내며 타올랐다. "나가도 좋아, 포드." 티리온은 종자에게 말하고, 그 아이가 나간 후에야 란셀을 돌아보았다. "뭔가 더 있나?"

"있소. 전하께서는 당신에게 자슬린 바이워터 경은 왕의 이름으로 내린 명령을 거역했다고 알리라 하셨소."

세르세이가 이미 바이워터에게 파이셀을 풀어주라 명했고, 퇴짜 맞았다는 뜻이었다. "그렇군."

"대비 전하께서는 그자를 면직시키고 반역죄를 물어 체포하라 하시오. 내 경고하는데―"

그는 와인 잔을 내려놓았다. "너에게 경고를 들을 마음은 없다, 꼬마야."

"꼬마가 아니라 경이오." 란셀은 뻣뻣하게 말하며 검에 손을 댔다. 자신이 검을 차고 있음을 상기시키려는 모양이었다. "나에게 말할 때는 조심하시오, 꼬마 악마." 위협적으로 말하려 했겠지만, 콧수염 같지도 않은 우스꽝스러운 털 때문에 망쳤다.

"아, 검에서 손 떼라. 내가 소리 한 번 지르면 샤가가 뛰쳐 들어와서 널 죽일걸. 술 부대가 아니라 도끼로.”

란셀은 얼굴이 시뻘게졌다. 정말로 로버트의 죽음에서 자기가 맡은 역할이 눈에 띄지 않으리라 믿을 만큼 바보였던가? “나는 기사이고—”

“그 점에는 나도 주목했지. 말해봐라. 세르세이가 널 기사로 만들어준 게 침대에 끌어들이기 전이냐, 후냐?”

란셀의 녹색 눈에 스친 빛만으로도 티리온에게는 자백이나 다름없었다. ‘그러니까 바리스 말이 사실이었군. 흠, 내 누이가 가족을 사랑하지 않는다는 말은 아무도 못하겠는걸.’ “왜, 할 말이 없나? 나에게 던질 경고는 더 없으신가, 경?”

“그 더러운 비난을 당장 거두지 않으면—”

“정말이지, 네가 자기 어머니와 자려고 아버지를 살해했다는 말을 들으면 조프리가 어떻게 할지 생각은 해본 건가?”

“그런 게 아니었어!” 란셀은 공포에 질려서 항변했다.

“아니었다고? 그럼 어떤 거였지?”

“그 와인은 왕대비님이 주신 거였어! 타이윈 공이, 내가 왕의 종자가 되었을 때 나보고 왕대비님이 뭘 시키든 복종하라고 하셨단 말이오.”

“세르세이와 오입질도 하라던가?” ‘저 모습을 보라지. 키가 썩 크지는 않고, 이목구비도 그다지 아름답지는 않은 데다, 머리카락도 금실이라기 보다는 모래에 가깝지만…… 제이미의 못난 복사판이라도 빈 침대보다는 달콤한 거겠지.’ “아니, 그렇진 않았겠지.”

“결코 그럴 생각은…… 난 그저 시키는 대로 했을 뿐이오. 난…….”

“……매 순간이 끔찍했다고, 그렇게 믿으라는 건가? 궁정에서의 높은 자리, 기사 서임, 밤이면 널 위해 벌리는 내 누이의 다리. 아, 그래. 정말 끔찍했겠군.” 티리온은 자리에서 일어섰다. “여기에서 기다려. 국왕께서 이 얘길 듣고 싶어 하실 테니까.”

란셀의 반항이 일거에 허물어졌다. 젊은 기사는 겁에 질린 소년으로 무릎을 꿇었다. "자비를 베푸십시오. 이렇게 애걸합니다."

"그건 조프리를 위해 아껴둬. 조프리는 애걸을 좋아하거든."

"제발, 말씀하신 대로 공의 누님께서, 왕대비께서 시키신 일입니다. 하지만 조프리 전하는…… 전하는 절대 이해 못 하실 거예요……."

"내가 왕에게 진실을 감췄으면 좋겠나?"

"제 아버지를 위해서라도요! 전 도시를 떠나겠습니다. 그런 일은 일어나지도 않았던 척 살겠습니다! 맹세합니다. 끝내겠습니다……."

웃지 않으려니 힘이 들었다. "그건 아니야."

이제 란셀은 갈피를 잃은 얼굴이었다. "예?"

"내 말 들었잖아. 내 아버지가 내 누이의 명에 따르라고 했다면서? 좋아, 세르세이에게 복종하라고. 곁에 가까이 머물면서 신뢰를 얻고, 요구할 때마다 즐겁게 해줘. 아무도 알 필요 없어…… 나와의 약속만 지킨다면 말이야. 난 세르세이가 뭘 하는지 알고 싶다. 어딜 가고, 누굴 만나고, 만나서는 무슨 이야기를 하고, 무슨 계획을 짜는지. 그리고 넌 나에게 그걸 말해주는 사람이 되는 거야. 그렇지?"

"예, 그러겠습니다." 란셀은 한순간도 주저하지 않고 대답했다. 티리온은 그 점이 마음에 들었다. "그러겠습니다. 맹세합니다. 시키시는 대로 하겠습니다."

"일어나." 티리온은 두 번째 잔을 채워서 란셀에게 내밀었다. "우리의 합의에 건배하지. 마셔도 괜찮아. 내가 아는 한 이 성안에 멧돼지는 없으니까." 란셀은 어려워하는 태도였지만 잔을 들어 올리고 마셨다. "웃어, 사촌. 내 누이는 아름다운 여인이고, 다 왕국의 안녕을 위해서잖아. 넌 여기에서 제대로 이익을 볼 수 있어. 기사 서임은 아무것도 아니야. 영리하게만 군다면, 나에게 영주 자리도 받게 될 거야." 티리온은 잔에 든 와인을 빙글빙글 돌렸다. "세르세이가 널 철저히 믿어야 해. 돌아가서 내가 누이의 용서를 빈다고 말해. 네가 나에게 겁을 줬다고, 내가 누나와 갈등을 원치 않는다고, 앞으로는 누나의 허락 없이는 아무것도 하지 않겠다고 전해."

"하지만…… 왕대비님의 요구는……."

"아, 파이셀은 내어줄 거야."

"그래요?" 란셀은 놀란 얼굴이었다.

티리온은 미소 지었다. "내일 풀어주지. 터럭 한 올 다치지 않았다고 맹세할 수도 있겠지만, 그건 사실이 아니고. 어쨌든 몸은 멀쩡해. 정신력은 장담할 수 없지만 말이야. 검은 감옥은 그 나이 노인에게 쾌적한 곳은 아니라서. 세르세이가 파이셀을 애완동물로 두든 장벽으로 보내든 상관없지만, 협의회에 두지는 않겠어."

"자슬린 경은요?"

"내 누이에게 시간을 주면 자슬린 경을 네 편으로 끌어들일 수 있다고 말해. 그러면 한동안은 만족하겠지."

"말씀대로 하겠습니다." 란셀은 와인을 다 마셨다.

"마지막으로 하나만 더. 로버트 왕이 죽었는데 슬픔에 빠진 과부가 갑자기 아이를 밴다면 아주 난처한 사건이 될 거야."

"그게, 저는…… 우리는…… 왕대비께서 그러지 말라고 명하셔서……." 란셀의 귀가 라니스터의 진홍색을 띠었다. "제 씨는 그분의 배에 뿌립니다."

"보나 마나 아름다운 복부겠지. 원한다면 언제든 적셔줘도 좋아……. 네 이슬이 다른 곳에 떨어지지만 않게 해. 조카를 더 보고 싶진 않아. 알아들었나?"

란셀 경은 뻣뻣하게 고개를 숙이고 나갔다.

티리온은 잠시 란셀이 안됐다는 생각을 했다. '또 하나의 바보이자 의지 박약에 불과하지만, 그래도 세르세이와 나에게 이런 짓을 당해 마땅한 놈은 아니야.' 케반 숙부에게 아들이 둘 더 있어서 다행이었다. 이 아들은 내년까지 살기 힘드니 말이다. 란셀이 자신을 배신했다는 사실을 알면 세르세이가 죽여버릴 테고, 신들의 어떤 가호로 세르세이가 죽이지 않는다 해도 제이미 라니스터가 킹스랜딩에 돌아온다면 란셀은 하루도 살아남지 못할 것이다. 제이미가 질투 어린 격분에 사로잡혀 베어버리느냐, 세르세이가 제이미에게 숨기기 위해 먼저 독살하느냐 문제일 뿐이었다. 티리온은 세르세이에게 은화를 걸 용의가 있었다.

가만히 있을 수가 없었고, 오늘 밤은 다시 잠들지 못할 게 뻔했다. 어쨌든 여기에서는 아니었다. 그는 개인 방 문밖에서 의자에 앉아 자고 있던 포드릭 페인을 찾아서 흔들어 깨웠다. "브론을 부르고, 마구간으로 내려가서 말 두 마리에 안장을 얹어라."

종자의 두 눈은 졸음기로 흐렸다. "말요."

"사과를 좋아하는 커다란 갈색 동물 있지. 분명히 본 적이 있을 텐데. 다리가 넷에 꼬리가 하나 있고 말이야. 하지만 브론이 먼저다."

오래지 않아 나타난 용병은 대뜸 물었다. "누가 또 댁의 수프에 오줌을 싼 거요?"

"언제나처럼 세르세이야. 지금쯤이면 그 맛에 익숙해질 법도 한데, 안 되는군. 내 다정한 누이는 날 네드 스타크로 착각한 모양이야."

"그치는 키가 더 컸을 텐데요."

"조프리가 머리를 베어버린 후에는 아니었지. 자넨 좀 더 따뜻하게 입어야겠네. 밤이 차."

"어디 가는 거요?"

"용병들은 다 자네처럼 영리한가?"

거리는 위험했지만, 브론이 옆에 있으니 충분히 안전한 기분이 들었다. 위병들은 그를 북벽 샛문으로 내보내주었고, 두 사람은 '검은 그림자 길'

을 따라 아에곤의 높은 언덕 발치까지 말을 달린 후, '돼지 뛰기 골목'으로 접어들어 덧문을 내린 창문들과 길거리 위로 기울다 못해 서로 입을 맞출 듯한 높은 목석(木石) 건물들을 지나쳤다. 달이 가는 길을 따라다니며 굴뚝 사이로 숨바꼭질을 하는 것 같았다. 죽은 고양이 꼬리를 잡고 가던 노파 말고는 아무도 만나지 못했다. 노파는 그들이 식사거리를 훔쳐갈까 두렵다는 듯한 눈으로 그들을 보더니, 한 마디 말도 없이 어둠 속으로 도망쳤다.

티리온은 누이의 간계에 당해내지 못했던 전임 수관들을 생각했다. '어떻게 당해내겠어? 너무 정직해서 살기 힘들고, 너무 고결해서 똥을 싸기도 힘든 그런 남자들이……. 세르세이는 매일 아침 첫 끼니로 그런 바보들을 먹어치우지. 내 누이를 이길 방법은 같은 게임을 하는 것뿐이고, 스타크와 아린 같은 남자들은 절대 못 할 일이었어.' 스타크와 아린이 둘 다 죽은 것도 놀랍지 않았다. 반면 티리온 라니스터는 이렇게 생동감을 느낀 적이 없었다. 그의 짧은 다리가 수확제 무도회에서 우스꽝스럽고 기괴한 모습을 연출할지언정, 이 춤은 그가 아는 춤이었다.

늦은 시각에도 매춘굴은 붐볐다. 차타야는 쾌활하게 그들을 맞이하여 휴게실로 안내했다. 브론은 도르네에서 온 검은 눈의 여자와 함께 위층으로 올라갔지만, 알라야야는 접대하느라 바빴다. 차타야가 말했다. "나리가 오신 줄 알면 알라야야가 기뻐할 겁니다. 탑방을 준비해두도록 하지요. 기다리시는 동안 와인 한잔 하시렵니까?"

"그러지."

평소에 내오던 아버산 빈티지 와인에 비하면 형편없는 와인이었다. 차타야가 말했다. "용서하세요, 나리. 최근에는 얼마를 주든 좋은 와인을 구할 수가 없답니다."

"안타깝게도 그대만 겪는 일이 아니라네."

차타야는 잠시 그를 위로하고는 실례하겠다고 말하고 멀어졌다. '멋진 여자야.' 티리온은 차타야의 뒷모습을 보며 생각했다. 그렇게 우아하고 품위 있는 창녀는 거의 본 적이 없었다. 하기는, 차타야는 스스로를 창녀라기보다는 여사제로 생각했지만 말이다. '그게 요점일지도 모르지. 우리가 뭘 하는지가 아니라, 왜 하는지가 중요한지도 몰라.' 그런 생각을 하자 어쩐지 마음이 편해졌다.

다른 고객 몇 명이 티리온을 곁눈질하고 있었다. 지난번에 나왔을 때는 어떤 남자가 그에게 침을 뱉었다……. 아니, 뱉으려고 했다. 그자가 뱉은 침은 티리온이 아니라 브론에게 떨어졌고, 앞으로는 이 없이 침을 뱉을 처지가 됐다.

"우리 나리께서 사랑받지 못하는 기분이신가요?" 댄시가 그의 무릎에 올라앉아서 귀를 깨물었다. "제게 치료약이 있는데요."

티리온은 미소 지으며 고개를 저었다. "당신은 말로 형용할 수 없을 만큼 아름답지만, 난 알라야야의 요법을 좋아하게 되어서 말이야."

"제 치료법은 시도해보시질 않았잖아요. 우리 나리께선 언제나 알라야야만 택하시죠. 알라야야도 잘하지만 전 더 잘한답니다. 알아보고 싶지 않으세요?"

"다음번에." 티리온도 댄시가 자극적이리라는 점은 의심하지 않았다. 댄시는 들창코에 활기가 넘쳤고, 주근깨가 있었으며 갈기 같은 숱 많은 붉은 머리가 허리 아래까지 떨어졌다. 하지만 그에게는 저택에서 기다리는 샤에가 있었다.

댄시는 키득거리며 티리온의 허벅지 사이에 손을 넣어 바지를 움켜쥐었다. "이분은 다음번까지 기다리고 싶지 않나 본데요. 나와서 제 주근깨를 다 세어보고 싶어 하시죠."

"댄시." 알라야야가 얇게 비치는 녹색 비단옷을 입고 어둡고 서늘한 모습으로 문간에 서 있었다. "나리께선 날 보러 오셨어."

티리온은 부드럽게 댄시의 품에서 몸을 떼어내고 일어섰다. 댄시는 신경 쓰지 않는 듯 말했다. "다음에요." 그녀는 손가락 하나를 입에 넣고 빨았다.

검은 피부의 알라야야는 그를 이끌고 계단을 올라가면서 말했다. "가엾은 댄시. 나리께서 2주 안에 자기를 고르게 만들겠다 내기를 걸었죠. 그 기간 안에 성공하지 못하면 마레이에게 흑진주를 잃어요."

마레이는 티리온이 한 번인가 두 번 본 기억이 있는 희고 차분하고 섬세한 여자였다. 녹색 눈과 도자기 같은 피부, 길고 곧은 은발이 무척 아름다웠지만, 조금 심하게 진지했다. "나 때문에 그 가엾은 아이가 진주를 잃게 하고 싶진 않군."

"그렇다면 다음번엔 그 아이를 데리고 올라가시죠."

"그럴지도."

알라야야는 미소 지었다. "안 그러실걸요."

'그 말이 맞아. 안 그러겠지. 샤에는 창녀에 불과할지도 모르지만, 난 내 나름대로 샤에에게 충실해.'

그는 탑방에서 옷장 문을 열다가 호기심에 차서 알라야야를 보았다. "내가 없는 동안엔 뭘 하지?"

그녀는 늘씬한 검은 고양이처럼 두 팔을 들어 올리고 기지개를 켰다. "잠을 자요. 나리께서 찾아주신 이후로 훨씬 더 잘 쉰답니다. 그리고 마레이가 저희에게 글자 읽기를 가르쳐주고 있어요. 곧 책을 읽으며 시간을 보낼 수 있을 거예요."

"잠은 좋지. 책은 그보다 더 좋고." 그는 그녀의 뺨에 가볍게 입을 맞추고 수직 통로를 내려가서 터널을 통과했다.

티리온은 얼룩무늬 거세마를 타고 마구간을 떠나면서 지붕 위를 떠도는 음악 소리를 들었다. 살육과 기근 속에서도 사람들이 아직 노래를 부른 다고 생각하니 즐거웠다. 기억에 있는 선율이 머릿속을 채웠고, 잠시 동안 그는 반평생 이전에 그 노래를 불러주던 티샤의 목소리를 들을 수 있었다. 그는 고삐를 당기고 귀를 기울였다. 곡조가 틀렸고, 가사는 너무 희미해서 들리지 않았다. 그렇다면 다른 노래였다. 왜 아니겠는가? 그의 사랑스럽 고 천진난만한 티샤는 처음부터 끝까지 거짓이었고, 제이미 형이 그를 남 자로 만들어주려고 고용한 창녀에 불과했는데.

'난 이제 티샤에게서 벗어났어. 반평생 내 머릿속을 떠나지 않았지만, 이젠 티샤가 필요치 않아. 알라야아나 댄시나 마레이나 지난 세월 침대에 들였던 수백 명과 다를 바 없어. 이제 나에겐 샤에가 있어. 샤에가.'

저택 문은 닫혀서 빗장이 질러 있었다. 티리온은 화려한 청동 눈이 딱 깍 소리를 내며 열릴 때까지 문을 두드렸다. "나다." 그를 안으로 들인 남 자는 바리스가 찾아낸 인물 중에서는 예쁜 축으로, 언청이에 사팔눈인 브 라보스 단검잡이였다. 티리온은 잘생긴 젊은 위병이 샤에 주변을 어슬렁 거리게 하고 싶지 않았다. 그래서 내시에게도 그렇게 말했다. "늙고 못생 기고 흉터 진 남자들을 찾아주시오. 기왕이면 불능이면 더 좋고, 남자애들 을 더 좋아하는 남자. 아니면 양을 더 좋아하는 남자들도 괜찮겠지." 바리 스도 양을 사랑하는 남자들을 찾아내지는 못했지만, 내시 교살자 하나와 서로만큼이나 도끼를 좋아하는 냄새 고약한 이벤 사람 둘을 찾아내는 데 는 성공했다. 나머지는 지하감옥에 어울리는 용병들 중에서 골라낸 인물 들로, 하나하나 더 못생긴 사내들이었다. 바리스가 그들을 앞에 늘어 세웠 을 때 티리온은 너무 심했나 걱정했지만, 샤에는 한 마디도 불평하지 않았 다. '왜 불평을 하겠어? 나에 대해서도 불평한 적 없는데, 샤에의 위병들을 다 합친 것보다 내가 더 끔찍하잖아. 미추가 보이지 않는지도 모르지.'

그렇다 해도 티리온은 차라리 산악민들에게 저택 경비를 맡기고 싶었다. 첼라의 검은 귀 씨족, 아니면 달 형제들로. 그는 용병들의 탐욕보다 산악민들의 강철 같은 충성심과 명예심을 더 믿었다. 그러나 위험이 너무 컸다. 킹스랜딩 전역이 그 야만인들이 티리온의 사람들임을 알고 있었다. 검은 귀 씨족을 여기 보낸다면 도시 전체가 왕의 수관이 첩을 두고 있음을 알게 되는 것은 시간 문제였다.

이벤인 하나가 티리온이 타고 온 거세마를 받았다. "샤에를 깨웠나?" 티리온이 물었다.

"아닙니다, 나리."

"좋아."

침실 불은 다 타서 꺼져갔지만, 방은 아직 따뜻했다. 샤에는 담요와 시트를 걷어차고 자고 있었다. 깃털 침대 위에 벌거벗고 누운 젊은 몸의 부드러운 곡선이 난로에서 새어 나오는 희미한 빛을 받아 빛났다. 티리온은 문가에 서서 그녀의 모습을 들이마셨다. '마레이보다 젊고, 댄시보다 사랑스럽고, 알라야야보다 아름다워. 샤에는 나에게 필요한 모든 것 이상이야.' 어떻게 창녀가 그토록 깨끗하고 달콤하고 순진무구해 보일 수가 있을까?

원래는 샤에를 건드릴 생각이 없었지만, 그 모습을 보자 중심이 단단해졌다. 그는 옷가지를 바닥에 떨구고 침대 위로 기어 올라가서 부드럽게 그녀의 두 다리를 벌리고 허벅지 사이에 입을 맞췄다. 샤에는 자면서 웅얼거렸다. 그는 다시 입을 맞춘 다음, 그의 수염과 그녀의 음부가 다 젖을 때까지 그녀의 달콤한 비부를 핥고 또 핥았다. 그녀가 조용히 신음하며 몸을 떨자 그는 몸을 끌어 올려 그녀의 안으로 들어갔고, 거의 들어가자마자 폭발했다.

샤에가 눈을 떴다. 그녀는 미소 지으며 그의 머리를 쓰다듬고 속삭였다. "지금 막 달디단 꿈을 꿨어요, 우리 나리."

티리온은 그녀의 작고 단단한 젖꼭지를 물고 그녀의 어깨에 머리를 얹었다. 그 안에서 빠져나오지는 않았다. 영원히 빠져나오지 않아도 된다면 좋으련만. "이건 꿈이 아니야." 그는 샤에에게 약속했다.

'현실이지. 전부 다. 전쟁도, 계략도, 거대한 피투성이 게임도. 그리고 내가 그 중심에 있어……. 내가, 난쟁이이자 괴물이고 사람들이 경멸하고 비웃는 내가 다 쥐었어. 권력도, 도시도, 여자도. 난 지금을 위해 태어났고, 신들이여 용서하소서, 난 지금을 정말 사랑해…….

그리고 이 여자를 사랑해.

이 여자를.'

아리아

검은 하렌이 원래 붙였던 이름은 오래전에 잊혔다. 그 탑들은 '공포의 탑', '과부의 탑', '통곡의 탑', '유령의 탑', 그리고 '불탄 왕의 탑'이라고 불렸다. 아리아는 통곡의 탑 아래에 있는 동굴 같은 방 얕은 벽감에 놓인 지푸라기 침대에서 잤다. 원할 때마다 씻을 수 있는 물이 있었고, 비누도 있었다. 일은 힘들었지만 매일 몇 킬로미터씩 걸을 때보다 힘들지는 않았다. 족제비는 아리처럼 벌레를 찾아 먹을 필요가 없었다. 매일 빵이 나왔고, 당근과 순무 조각을 넣은 보리 스튜가 나왔으며, 2주에 한 번은 고기 조각도 먹을 수 있었다.

핫파이는 더 잘 먹었다. 핫파이는 원래 있어야 할 곳이었던 주방에서 일했다. 주방은 둥근 지붕을 얹은 돌 건물로, 그 자체가 하나의 세계였다. 아리아는 위즈와 위즈 밑에서 일하는 다른 일꾼들과 함께 지하실에서 가대 탁자를 펴고 식사를 했지만, 가끔은 음식을 가져오는 일을 돕기도 했고 그럴 때면 몰래 핫파이와 대화를 나눌 수 있었다. 핫파이는 그녀가 이제는 족제비라는 사실을 기억하지 못하고 계속 아리라고 불렀다. 이제는 여자아이라는 사실을 알면서도 그랬다. 한번은 그녀에게 따끈한 사과 타르트를 몰래 주려고도 했는데, 손놀림이 너무 서툴러서 요리사 두 명이 보고 말았다. 그들은 타르트를 빼앗고 커다란 나무 숟가락으로 핫파이를 때렸다.

겐드리는 대장간 소속이었다. 아리아가 볼 일이 드물었다. 같이 일하는 사람들에 대해서는 이름도 알고 싶지 않았다. 알아봐야 그들이 죽을 때 더 힘들어질 뿐이었다. 대부분은 아리아보다 나이가 많아서, 그녀를 혼자 내버려두었다.

하렌홀은 광대했고, 많은 부분이 심하게 쇠락했다. 툴리 가문 휘하에서 이 성을 지켰던 휀트 부인은 다섯 탑 중에서 두 탑의 아래쪽 3층씩만 사용했고, 나머지는 폐허가 되게 내버려두었다. 이제 휀트 부인은 달아났고, 그녀가 남겨둔 소수의 가솔들은 타이윈 공이 데려온 기사와 영주와 귀족 포로들을 건사할 수가 없었기에, 라니스터는 귀중품과 식량만 강탈한 게 아니라 하인들도 구하러 다녀야 했다. 타이윈 공이 하렌홀을 아름답게 복구하고, 전쟁이 끝나면 자신의 새로운 권좌로 만들 작정이라는 이야기가 돌았다.

위즈는 아리아에게 전언 심부름을 시키고, 물을 떠 오고 먹을 것을 가져오게 했으며, 때로는 중장병들이 식사를 하는 무기고 위 병영에서 식사 시중을 들게 하기도 했다. 그러나 주된 일은 청소였다. 통곡의 탑 1층은 창고와 곡물 저장고로 쓰였고, 그 위 두 층은 수비대가 썼지만, 그 위는 80년간 아무도 살지 않았다. 타이윈 공은 그 공간을 다시 거주 가능하게 만들라고 명령했다. 바닥을 문질러 닦고, 창문에 낀 더께를 씻어내고, 부서진 의자와 썩어버린 침대들을 꺼내야 했다. 맨 위층에는 휀트 가문이 상징으로 썼던 거대한 검은 박쥐들이 둥지를 틀었고, 지하실에는 쥐가 있었다……. 그리고 유령들도 있다고들 했다. 검은 하렌과 그 아들들의 영혼이 돌아다닌다고.

아리아는 멍청한 소리라고 생각했다. 하렌과 그 아들들은 '불탄 왕의 탑'에서 죽었고 애초에 그 탑에 그런 이름이 붙은 이유였는데, 그들이 무엇 때문에 마당을 건너와서 그녀를 괴롭히겠는가? 통곡의 탑은 북쪽에서 바람이 불 때만 통곡했고, 그 통곡이란 그저 열 때문에 갈라진 돌 틈으로 공기가 빠져나가면서 내는 소리에 불과했다. 하렌홀에 유령이 있다 해도, 아리아를 괴롭히는 일은 없었다. 아리아가 두려워하는 것은 산 사람들이었다. 위즈와 그레고르 클리게인 경, 그리고 타이윈 라니스터 공. 그는 불탄 왕의 탑에 거처를 정했는데, 그곳은 아직도 가장 크고 웅장한 탑이었지만 녹아내린 돌의 무게에 기울어서 반쯤 타다 만 거대한 검은 양초처럼 보였다.

타이윈 공을 찾아가서 내가 아리아 스타크라고 고백한다면 어떻게 나올까 궁금했지만, 애초에 말을 할 만큼 가까이 갈 수도 없을 테고, 말한다 해도 믿지 않을 게 뻔했다. 그 후에 위즈에게 피가 나도록 맞기나 하겠지.

어쭙잖게 거들먹거리는 위즈는 어떤 면에서 그레고르 경 못지않게 무서웠다. 산더미는 사람을 파리처럼 때려 죽였지만, 대부분 시간에는 파리가 거기 있다는 사실조차 모르는 눈치였다. 반면 위즈는 언제나 사람들이 거기 있다는 사실을 알았고, 뭘 하는지 알았으며, 때로는 무슨 생각을 하는지까지 알았다. 그는 아주 사소한 이유로도 때렸고, 본인 못지않게 성질 나쁜 개를 데리고 있었다. 아리아가 평생 본 어떤 개보다 더 지독한 냄새가 나는 못생긴 점박이 암캐였다. 한번은 위즈가 자신을 짜증 나게 한 변소 담당 소년에게 그 개를 푸는 모습을 보았다. 그 개가 소년의 종아리 살을 한 움큼 뜯어내는데 위즈는 웃어대고 있었다.

위즈가 그녀의 밤 기도에 명예로운 자리를 얻는 데에는 사흘밖에 걸리지 않았다. "위즈." 아리아는 그 이름부터 속삭였다. "던센, 치즈윅, 폴리버, 친절한 라프. 티클러와 사냥개. 그레고르 경, 아모리 경, 일린 경, 메린 경, 조프리 왕, 세르세이 왕대비." 한 명이라도 잊는다면, 어떻게 다시 찾아서 죽이겠는가?

이동하는 길에서는 양이 된 기분이었지만, 하렌홀은 아리아를 쥐로 바꿔놓았다. 따끔거리는 모직 원피스를 입은 그녀는 회색 쥐 같았고, 쥐처럼 성의 구석진 곳들과 갈라진 틈과 어두운 구멍들에만 머무르며 힘센 자들을 피해 다녔다.

때로는 그들 모두가, 기사와 대영주들까지 모두가 그 두꺼운 벽 안에 사는 쥐 같기도 했다. 하렌홀은 그레고르 클리게인마저도 작아 보일 정도로 컸다. 하렌홀은 윈터펠의 세 배 넓이를 차지했고, 건물들은 비교가 되지 않을 정도로 컸다. 마구간에는 말이 천 마리는 들어갔고, 신의 숲은 20에이커에 달했으며, 주방은 윈터펠의 대연회장만큼 컸고, '백 개의 난로가 놓인 방'이라고 거창하게 이름 붙은 하렌홀의 대연회장은 어찌나 큰지 타이윈 공이 군대 전체를 불러다 연회를 베풀 수 있을 정도였다. 그런 일은 없었지만 말이다. 실제 그 방의 난로는 서른 개가 조금 넘었다(아리아가 세어보려고 했는데 한 번은 서른세 개라고 세었고 또 한 번은 서른다섯 개로 세었다). 벽이며 문, 방, 계단 할 것 없이 인간의 것이 아닌 크기로 지어놓아서, 아리아는 낸 할멈이 해주던 장벽 너머 거인들의 이야기를 떠올리곤 했다.

그리고 귀족들은 결코 발밑을 돌아다니는 작은 회색 쥐를 알아차리지 못했기에, 아리아는 맡은 일을 하면서 귀를 열어두는 것만으로 온갖 비밀을 다 들을 수 있었다. 식료품 저장실에서 일하는 예쁜이 피아는 성안에 있는 모든 기사와 잔 난잡한 계집이었다. 지하감옥 간수의 마누라가 아이를 뱄는데, 진짜 아버지는 알린 스택스피어 경 아니면 '하얀 미소 왕'이라고 불리는 가수였다. 레포드 공은 식탁에서는 유령을 비웃었지만, 침대 옆에 늘 촛불을 켜놓았다. 더나버 경의 종자인 조지는 자다가 오줌을 쌌다. 요리사들은 하리스 스위프트 경을 경멸해서 요리마다 침을 뱉었다. 한번은 심지어 토스무어 학사의 하녀가 제 형제에게 몰래 털어놓는 이야기를 엿듣기도 했다. 조프리가 사생아이며 정당한 왕이 아니라는 메시지에 대한 이야기였다. "타이윈 공이 학사님에게 편지를 태워버리고 다시는 그런 더러운 말을 입에 담지 말라셨어." 하녀는 그렇게 속삭였다.

로버트 왕의 동생인 스타니스와 렌리가 싸움에 뛰어들었다는 소식도 들었다. "그리고 이젠 둘 다 왕이라지. 이 성에 있는 쥐새끼 수보다 왕의 수가 더 많겠다." 위즈는 그렇게 말했다. 라니스터 병사들조차도 조프리가 철왕좌를 얼마나 오래 지킬지 의문을 품었다. "군대라곤 황금 망토들밖에 없고, 내시와 난쟁이와 여자에게 지배당하고 있잖아." 아리아는 어느 귀족이 잔을 입에 대고 중얼거리는 소리를 들었다. "전투가 벌어지면 그런 작자들이 무슨 쓸모가 있겠나?" 그리고 언제나 베릭 돈다리온에 대한 이야기가 나왔다. 뚱뚱한 궁수 한 명이 '피투성이 극단'이 그자를 죽였다고 말했는데, 다른 사람들은 웃기만 했다. "로치가 러싱폴스에서 한 번 죽였고, 산더미는 두 번이나 베었어. 이번에도 죽어 있지 않을 거라는 데 은화 한 닢 건다."

아리아는 2주가 지나서 평생 본 중 가장 괴상한 집단이 하렌홀에 도착하고 나서야 피투성이 극단이 뭔지 알았다. 피투성이 뿔이 달린 검은 염소 군기가 휘날리는 가운데 땋은 머리에 종을 단 구릿빛 사내들이 말을 달렸다. 검은색과 흰색 줄무늬말을 탄 기마 창수들, 뺨에 분칠을 한 궁수들, 털 덮인 방패를 든 땅딸막한 털복숭이들, 깃털 망토를 걸친 갈색 피부의 남자들, 녹색과 분홍색이 알록달록한 옷을 입은 호리호리한 어릿광대 하나, 갈래 수염을 환상적인 녹색과 자주색과 은색으로 염색한 검사들, 뺨에 알록달록한 흉터가 뒤덮인 창잡이 보병들, 그리고 성사의 로브를 걸친 날씬한 남자와 학사의 회색 옷을 입은 아버지 같은 남자, 가죽 망토 가장자리에 긴 금빛 머리채를 장식한 병자 같은 남자까지.

선두에는 꼬챙이처럼 마르고 키가 매우 큰, 뾰족한 턱에서 허리까지 오는 밧줄 같은 수염 덕분에 여윈 얼굴이 더 길어 보이는 남자가 있었다. 그의 안장에 걸린 검은 철제 투구는 염소 머리 모양이었다. 목에는 크기와 형태와 재료가 제각각인 다양한 동전을 연결한 목걸이를 걸었고, 다른 이들과 마찬가지로 기묘한 검은색과 흰색 줄무늬말을 탔다.

"저 무리에 대해선 알고 싶지 않을 거다, 족제비." 위즈는 아리아가 염소 투구를 건 남자를 쳐다보는 모습을 보고 말했다. 위즈는 술친구 두 명과 같이 있었는데, 레포드 공을 섬기는 중장병들이었다.

"저 사람들이 누군데요?" 아리아가 물었다.

병사 하나가 소리 내어 웃었다. "발 사나이들, 염소 발굽. 타이윈 공의 피투성이 극단."

"농담은 그만해둬. 쟤가 껍질이라도 벗겨지면 저 망할 계단은 자네가 닦아야 해." 위즈가 말했다. "용병들이다, 족제비. 자칭 '용감한 형제단'이라고 하지. 저놈들이 듣는 데서 다른 이름으로 불렀다간 경을 칠 게다. 저 염소 투구는 대장인 바고 호트 공이다."

"공은 무슨 공." 두 번째 병사가 말했다. "아모리 경도 그러던걸. 저놈은 감상적인 소리나 주워섬기고 자기가 대단한 줄 아는 용병에 불과하다고."

"그래. 그렇지만 얘가 온전히 살고 싶으면 나리라고 불러야 하지 않겠나." 위즈가 말했다.

아리아는 바고 호트를 다시 쳐다보았다. '타이윈 공은 괴물을 몇이나 거느린 걸까?'

용감한 형제단은 '과부의 탑'에 자리를 잡았기에, 아리아가 시중을 들 필요는 없었다. 다행이었다. 그들이 도착한 날 밤에 용병들과 라니스터 병사들 사이에 싸움이 일어났다. 하리스 스위프트 경의 종자가 찔려 죽었고 피투성이 극단 두 명이 부상을 입었다. 다음 날 아침 타이윈 공은 그 두 명을 리든 공의 궁수 한 명과 함께 문루 벽에 목매달았다. 위즈는 그 궁수가 베릭 돈다리온을 두고 용병들을 놀리면서 말썽을 일으켰다고 말했다. 목매달린 사내들이 발길질을 멈추자, 바고 호트와 하리스 경은 타이윈 공이 지켜보는 가운데 끌어안고 입을 맞추며 언제나 서로를 사랑하겠노라 맹세했다. 아리아는 바고 호트가 혀짤배기소리를 내며 말하는 게 웃기다고 생각했지만, 소리 내어 웃지 않을 눈치는 있었다.

피투성이 극단은 하렌홀에 오래 머물지 않았지만, 그들이 다시 달려 나가기 전에 아리아는 그중 한 명이 루스 볼턴이 지휘하는 북부군이 트라이던트의 루비 여울을 차지하고 있다고 말하는 소리를 들었다. "볼턴이 여울을 건너면 타이윈 공이 그린포크에서처럼 다시 박살을 내줄 거야." 라니스터 궁수 한 명이 말했지만, 그 동료들은 야유를 던졌다. "볼턴은 절대 건너오지 않아. 젊은 늑대가 리버런에서 거친 북부인들과 그 늑대들을 다 이끌고 진군하기 전까진 어림없지."

오빠가 그렇게 가까이 있을 줄은 몰랐다. 리버런은 윈터펠보다 훨씬 가까웠다. 다만 아리아는 하렌홀에서 리버런까지 가는 길을 잘 몰랐다. '알아낼 수 있을 거야. 도망칠 수만 있다면 찾을 수 있어.' 롭의 얼굴을 다시 본다고 생각하자 아리아는 입술을 깨물어야 했다. '존 오빠도 보고 싶어. 브랜과 리콘도, 어머니도. 산사 언니마저도……. 만날 수만 있다면 예의 바른 숙녀처럼 언니에게 입 맞추고 용서를 빌 거야. 그러면 좋아하겠지.'

아리아는 안뜰에서 오가는 대화를 통해 '공포의 탑' 위층 방에 트라이던트 그린포크의 전투에서 잡힌 포로 30여 명이 있다는 사실을 알았다. 대부분은 탈출을 꾀하지 않겠다고 맹세하고 성안을 돌아다닐 자유를 얻었다. 아리아는 혼자 생각했다. '탈출하지 않겠다는 맹세는 했지만, 내 탈출을 돕지 않겠다고 맹세하진 않았잖아.'

포로들은 '백 개의 난로가 있는 방'에서 따로 식탁에 앉아 식사했고, 지상에 자주 모습을 보였다. 그중 네 명은 매일 아침 같이 훈련을 했고, '흐름돌 마당'에서 장대와 나무 방패를 가지고 싸웠다. 그중 셋은 크로싱의 프레이였고, 네 번째는 그들의 사생아 형제였다. 그러나 그들은 오래 머물지 않았다. 어느 날 아침인가 다른 두 프레이가 화평의 깃발과 금 궤짝을 들고 도착해서 그들을 포로로 잡은 기사들에게 몸값을 지불했다. 프레이 가문의 여섯 명은 함께 떠났다.

그러나 북부인들의 몸값을 지불하러 오는 사람은 없었다. 핫파이는 뚱뚱한 귀족 하나가 주방을 어슬렁거리며 언제나 먹을 것을 찾는다고 말했다. 콧수염은 입을 덮을 정도로 텁수룩하고, 망토를 고정한 여밈은 은과 사파이어로 만든 삼지창이라고 했고 타이윈 공의 포로였다. 한편 하얀 태양 무늬가 들어간 검은 망토를 입고 혼자 성곽 걷기를 좋아하는 사나운 수염 청년은 포로의 몸값으로 부자가 될 작정이었던 어느 방랑기사에게 잡혀 왔다. 산사라면 그 청년이 누구이고 뚱뚱한 귀족이 누구인지 알았을 테지만, 아리아는 신분과 문장에 관심이 별로 없었다. 모르데인 성사가 이 가문, 저 가문의 역사를 늘어놓을 때마다 아리아는 꾸벅꾸벅 졸면서 언제 수업이 끝나나 생각하곤 했었다.

그래도 세르윈 공은 기억이 났다. 세르윈 영지는 윈터펠에 가까웠기에, 그와 그 아들인 클레이는 자주 찾아왔었다. 그러나 운명의 장난인지 포로들 중에 세르윈 공만은 모습을 볼 수가 없었다. 그는 부상에서 회복하느라 탑방에 누워 있었다. 아리아는 며칠이고 어떻게 하면 문을 지키는 경비병들을 통과해서 그를 보러 갈 수 있을까 궁리했다. 그가 아리아를 알아본다면 명예를 걸고 도울 터였다. 잡혔어도 영주들에게는 다 돈이 있었다. 그러니 세르윈 공이 타이윈 공의 용병에게 돈을 지불하고 그녀를 리버런까지 데려다주게 할 수도 있었다. 아버지는 언제나 대부분의 용병은 돈만 주면 누구든 배신한다고 했다.

그러던 어느 날 아침, 아리아는 침묵의 자매들을 나타내는 회색 로브를 뒤집어쓴 세 여자가 마차에 시신을 싣는 광경을 보았다. 시신은 질 좋은 비단 망토에 싸여 있었는데, 망토에 들어간 문장이 전투 도끼였다. 아리아가 누구냐고 묻자 경비병 하나가 세르윈 공이 죽었다고 대답했다. 배를 건 어차인 느낌이었다. 아리아는 침묵의 자매들이 마차를 몰고 성문을 통과하는 모습을 보며 생각했다. '어차피 세르윈 공은 널 돕지 못했을 거야. 자기 자신도 돕지 못했잖아, 이 멍청한 쥐새끼야.'

그 후에는 다시 박박 문지르고 종종걸음을 치고 문가에서 엿듣는 일상이었다. 아리아는 타이윈 공이 곧 리버런으로 진군할 거라고, 아니면 아무도 예상하지 못하게 하이가든으로 남하할 거라고 들었다. 아니, 타이윈 공은 킹스랜딩을 지켜야 하고, 스타니스가 가장 큰 위협이라는 소리도 있었다. 그레고르 클리게인과 바고 호트를 보내어 루스 볼턴을 격파하고 등 뒤를 겨눈 단검을 치울 거라고도 했다. 이어리에 까마귀들을 보냈다고, 라이사 아린 부인과 결혼해서 협곡을 손에 넣을 거란 소리도 들렸다. 스타크의 와르그들을 죽이기 위해 어마어마한 돈을 들여 마법 검을 만들었다는 소리도 나왔다. 타이윈 공이 스타크 부인에게 화친의 편지를 쓰고 있으며, 킹슬레이어가 곧 풀려나리라는 말도 있었다.

까마귀들은 매일 오았지만, 타이윈 공 본인은 대개 닫힌 문 안에서 군사 회의를 계속했다. 아리아도 그를 몇 번 보기는 했지만 매번 멀리서였다. 한번은 학사 세 명과 텁수룩한 콧수염을 기른 뚱뚱한 포로와 함께 성벽을 걷는 모습을 보았고, 한번은 휘하 영주들과 함께 숙영지를 방문하러 나가는 모습을 보았지만, 대개는 지붕 회랑에 서서 아래 훈련장에서 연습 중인 남자들을 지켜보는 모습이었다. 그는 장검의 금빛 칼자루를 두 손으로 잡고 서 있었다. 사람들은 타이윈 공이 황금을 무엇보다 사랑한다고 했다. 어떤 종자 하나는 타이윈 공의 똥도 금이라는 농담을 던졌다. 뻣뻣한 금빛 구레나룻과 대머리의 라니스터 영주는 노인이라기엔 강해 보였다. 아리아는 그의 얼굴 어딘가 아버지가 생각나는 구석이 있다고 생각했다. 전혀 닮지 않았는데도 말이다. '영주의 얼굴이야. 그것뿐이야.' 그녀는 스스로에게 말했다. 언젠가 어머니가 아버지에게 영주 얼굴을 쓰고 나가서 문제를 해결하라고 말하는 소리를 들은 기억이 있었다. 아버지는 그 말에 웃음을 터뜨렸었다. 타이윈 공은 어떤 말에도 웃는 모습을 상상할 수 없었다.

어느 날 오후, 아리아는 우물에서 물을 길어 올릴 차례를 기다리다가 동쪽 성문의 돌쩌귀가 끼익거리는 소리를 들었다. 말을 탄 일군의 남자들이 쇠창살문 아래를 걸어 들어왔다. 지휘자의 방패에 그려진 만티코어를 보자 찌르는 듯한 증오가 아리아의 몸을 관통했다.

대낮의 햇살 속에서 아모리 로치 경은 횃불로 볼 때보다 덜 무서워 보였지만, 아리아가 기억하는 돼지 눈은 여전했다. 여자들 중 누군가가 말하기를 그의 부하들은 베릭 돈다리온을 뒤쫓으며 반역자들을 죽이느라 호수를 한 바퀴 돌았다고 했다. '우린 반역자가 아니었어. 우린 밤의 경비대였고, 밤의 경비대는 누구 편도 들지 않아.' 아리아는 생각했다. 아모리 경의 부하들은 아리아가 기억하는 것보다 수가 적었고, 상당수가 부상을 입은 상태였다. '상처가 곪아 터졌으면 좋겠어. 다 죽어버렸으면 좋겠어.'

아리아는 그런 생각을 하다가 꽁무니에 들어오는 세 사람을 보았다.

로지는 검은색 반투구를 썼는데, 코 부분을 가리는 넓은 철판 덕분에 코가 없다는 사실이 잘 드러나지 않았다. 바이터는 그 곁에서 무게에 못 이겨 쓰러질 것 같은 군마를 타고 육중하게 말을 몰았다. 반쯤 나은 화상이 온몸을 뒤덮어서 전보다 더 무시무시해 보였다.

하지만 자켄 하가르는 여전히 미소 짓는 얼굴이었다. 옷은 여전히 남루하고 더러웠지만, 몸을 씻고 머리를 빗을 시간은 낸 모양이었다. 붉은색과 흰색으로 빛나는 머리채가 어깨까지 흘러내렸고, 아리아는 여자애들이 감탄해서 서로에게 키득거리는 소리를 들었다.

'불이 저들을 집어삼키게 놔뒀어야 했어. 겐드리 말을 들었어야 했어.' 아리아가 도끼를 던져주지 않았더라면 그 셋은 죽었을 것이다. 아리아는 잠시 겁에 질렸지만, 그들은 한 점의 관심도 비치지 않고 지나갔다. 아리아 쪽에 시선이라도 던진 사람은 자켄 하가르뿐이었고, 그의 시선도 아리아를 그대로 지나쳤다. '날 모르겠지. 아리는 검을 든 사나운 소년이었고, 난 물동이를 든 회색 쥐 같은 소녀에 불과하니까.'

아리아는 그날 나머지 시간 내내 통곡의 탑 계단을 문질러 닦았다. 저녁 때쯤에는 손이 부르터서 피가 났고, 물동이를 들고 지하실로 돌아가려니 팔이 너무 아파서 덜덜 떨렸다. 식사를 하기에도 너무 지친 아리아는 위즈에게 허락을 구하고 짚 더미로 기어가서 잤다. "위즈." 아리아는 하품을 했다. "던센, 치즈윅, 폴리버, 친절한 라프. 티클러와 사냥개. 그레고르 경, 아모리 경, 일린 경, 메린 경, 조프리 왕, 세르세이 왕대비." 기도에 이름 세 개를 더할까 생각해보기는 했지만, 오늘 밤은 그걸 결정하기에도 너무 피곤했다.

아리아가 숲속을 마음껏 뛰어다니는 늑대들의 꿈을 꾸고 있을 때, 힘센 손 하나가 그녀의 입을 눌렀다. 매끄럽고 따뜻한 돌처럼 단단한 손이었다. 아리아는 바로 깨어나서 몸부림을 쳤다. 귓가에서 속삭이는 소리가 들렸다. "소녀는 아무 말도 하지 않는다. 소녀가 입을 다물고 있으면 아무도 듣지 않을 테고, 그러면 친구들끼리 비밀리에 말할 수 있을지도 모른다. 동의하나?"

아리아는 쿵쾅거리는 심장으로 겨우 고개를 끄덕였다.

자켄 하가르가 손을 치웠다. 지하실은 깜깜했고, 아리아는 코앞에 있는 그의 얼굴도 알아볼 수가 없었다. 하지만 냄새는 맡을 수 있었다. 그의 피부에서는 깨끗한 비누 냄새가 났고, 머리카락에서는 향기가 났다. "소년이 소녀가 되었도다." 그는 중얼거렸다.

"난 언제나 여자애였어요. 제대로 보질 않았겠죠."

"남자는 본다. 남자는 안다."

아리아는 이 남자를 증오한다는 사실을 기억해냈다. "놀랐잖아요. 당신은 이제 저놈들과 한패죠. 그냥 불타게 놔뒀어야 하는 건데. 여기서 뭐하는 거예요? 꺼져요. 안 그러면 위즈를 부를 거예요."

"남자는 빚을 갚는다. 남자는 세 번 빚을 졌다."

"세 번?"

"붉은 신은 의당 받아야 할 것을 받노니, 목숨의 대가는 오직 죽음뿐이로다. 이 소녀는 붉은 신의 것이었던 세 목숨을 가져갔다. 이 소녀는 그 대신 다른 세 목숨을 줘야 한다. 이름을 말하라. 그러면 남자가 나머지를 처리하리라."

'날 도와주고 싶어 해.'

아리아는 깨달음과 함께 솟구친 희망에 현기증마저 느꼈다. "날 리버런으로 데려다줘요. 멀지 않아요. 말을 훔친다면—"

그는 아리아의 입술에 한 손가락을 대고 말을 막았다. "소녀는 나에게 셋을 받으리라. 그 이상도, 그 이하도 없도다. 목숨 셋이면 끝이다. 그러니 소녀는 생각해야 하리라." 그는 아리아의 머리카락에 부드럽게 입을 맞췄다. "하나 너무 오래는 안 된다."

아리아가 짤따란 초를 켰을 때는 희미한 체취만 남아 있었다. 생강과 정향 냄새가 허공을 떠돌았다. 옆자리에 누운 여자가 지푸라기 위에서 몸을 뒤치며 불빛에 대해 불평했기에, 아리아는 촛불을 불어서 껐다. 눈을 감자 앞에 얼굴들이 떠다녔다. 조프리와 그 어머니, 일린 페인과 메린 트랜트와 산도르 클리게인……. 하지만 그들은 멀리 떨어진 킹스랜딩에 있었고, 그레고르 경은 며칠 밤만 머물다가 다시 노략질을 하러 떠났고 라프와 치즈

웍과 티클러도 데려갔다. 하지만 아모리 로치 경은 여기에 있었고, 아리아는 그자를 누구 못지않게 증오했다. 그렇지 않나? 하지만 확신이 들지 않았다. 그리고 언제나 위즈가 있었다.

아리아는 다음 날 아침에 수면 부족으로 하품을 하며 다시 자켄 하가르를 생각했다. 위즈가 가르랑거렸다. "족제비야, 다음에 그 입이 벌어지는 걸 보면 네 혀를 잡아 뽑아서 내 개에게 먹일 테다." 그는 아리아의 귀를 비틀어서 들었는지 확실히 한 다음, 계단 청소나 계속하라고 말했다. 밤까지는 3층까지 깨끗하게 만들어놓으라고.

청소하면서 아리아는 죽이고 싶은 사람들에 대해 생각했다. 계단에 그들의 얼굴이 보인다고 생각하고, 더 힘껏 문질러서 그 얼굴을 지웠다. 스타크는 라니스터와 전쟁 중이었고 그녀는 스타크였으니, 최대한 많은 라니스터를 죽여야 했다. 그게 전쟁에서 하는 일이었다. 하지만 자켄을 믿어도 될까. '내가 직접 죽여야 해.' 아버지는 누군가에게 죽음을 선고할 때마다 대검 '얼음'을 들고 직접 수행했다. "한 사람의 목숨을 빼앗으려면, 그 얼굴을 보고 마지막 말을 들어주는 정도는 해야지." 언젠가 아버지가 롭과 존에게 하는 말을 들었다.

다음 날 아리아는 자켄 하가르를 피해 다녔고, 그다음 날도 그랬다. 어렵지 않았다. 아리아는 아주 작았고 하렌홀은 엄청나게 커서, 쥐새끼 한 마리가 숨을 곳은 가득했다.

그러다가 그레고르 경이 돌아왔다. 예상보다 이른 귀환이었고, 이번에는 죄수 떼 대신 염소 떼를 몰고 왔다. 그레고르 경이 베릭 공의 야습으로 네 명을 잃었다는 말을 들었지만, 아리아가 증오하는 자들은 상처 하나 없이 돌아와서 통곡의 탑 2층에 자리를 잡았다. 위즈는 그들에게 술을 넉넉하게 공급하도록 하고 투덜거렸다. "그놈들은 언제나 갈증이 심하거든. 족제비야, 올라가서 수선해야 할 옷이 있는지 물어봐라. 여자들에게 맡길 테니까."

　아리아는 직접 문질러 닦은 계단을 달려 올라갔다. 그녀가 들어가도 신경 쓰는 사람은 없었다. 치즈윅은 에일이 담긴 뿔잔을 들고 불가에 앉아서 웃긴 이야기를 늘어놓고 있었다. 아리아는 감히 그 이야기를 끊을 수 없었다. 입술이 터지고 싶지 않다면야.

　"전쟁이 나기 전, 수관의 마상 시합 이후였지." 치즈윅이 말하고 있었다. "우린 서부로 돌아가는 중이었어. 우리 일곱이 그레고르 경과 같이 말이야. 라프가 같이 있었고, 조스 스틸우드, 그 녀석은 시합장에서 경의 종자 노릇을 했어. 우린 비가 와서 물이 높아진 더러운 강에 이르렀지. 걸어서 건널 만한 여울은 없는데, 근처에 맥줏집이 하나 있길래 거길 들어간 거야. 경이 주인을 끌어내서는 수위가 내려갈 때까지 우리 잔을 계속 채우라고 하는데, 그놈의 돼지 같은 눈이 은화를 보고 반짝이는 꼴을 봤어야 해. 그래서 그놈이 딸과 같이 맥주를 가져오는데, 그 에일 맥주라는 게 얼마나 묽던지 갈색 오줌이나 다름없잖아. 나도 기분이 나아지지 않았고 경도 마찬가지였어. 그런데 이 맥줏집 주인은 계속 우리가 와서 얼마나 기쁜지 모른다며 비 때문에 손님이 끊겼다는 거야. 그 멍청이는 입을 다물 줄 모르는데, 경은 한 마디도 하지 않고 그저 그 꽃의 기사와 그 썩을 놈의 속임수에 대해서만 생각하고 있었지. 경의 입매가 얼마나 굳게 다물려 있는지 볼 수 있으니 나나 다른 친구들은 찍 소리도 안하고 있었건만, 망할 맥줏집 주인은 계속 떠들다 못해서 심지어 나리께선 마상 시합에서 잘하셨냐고 묻지 뭐야. 경은 그냥 이렇게 쳐다보기만 했어." 치즈윅은 킥킥거리며 맥주를 벌컥벌컥 마시더니 손등으로 입가에 묻은 거품을 닦았다. "그동안 그 딸년은 계속 맥주를 나르고 따르고 있었는데, 통통한 어린 것이 열여덟쯤 됐나━"

　"열셋에 가까웠지." 친절한 라프가 느릿느릿 말했다.

"뭐, 이러나저러나 별로 볼 건 없는 년이었어. 하지만 에곤이 술을 마시다가 좀 만졌고, 나도 좀 만졌을지 모르겠고, 라프는 젊은 스틸우드에게 그 여자애를 끌고 위층에 올라가서 남자가 되어야 한다고 말하면서 용기를 북돋아주고 있었지. 마침내 조스가 그 여자애 치마 속에 손을 넣었는데, 그년이 빽 소리를 지르더니 술병을 떨어뜨리고 부엌으로 달아나는 거야. 흠, 그냥 뒀으면 그대로 끝났을 텐데, 그 늙은 바보가 경에게 가서는 우리가 딸년을 건드리지 못하게 해달라고, 경은 축성을 받은 기사가 아니냐고 한 거야.

그레고르 경은 우리가 뭘 하고 즐기든 신경도 쓰지 않았는데, 이제는 알았지. 경이 어떤지 다들 알잖아. 그 딸년을 앞에 대령하라고 명령하시더라고. 이제 그 늙은이는 자기 딸을 부엌에서 끌어내야 했어. 다 자기 탓이었지. 경은 그 여자애를 훑어보더니 이렇게 말했어. '그러니까 이게 네놈이 그토록 걱정하는 창녀로군.' 그랬더니 그 정신 못 차리는 늙은 바보가 이러는 거야. '내 딸 라이나는 창녀가 아닙니다, 경.' 그레고르 경의 면전에서 말이야. 경은 눈 하나 깜박 않고 '이젠 창녀다' 하더니 은화를 하나 더 던져주고, 그 자리에서 그년의 드레스를 찢고 아비 앞에서 탁자에 올려놓고 취했어. 그년은 토끼처럼 꿈틀꿈틀, 퍼덕거리면서 소리를 냈지. 그 늙은이 표정이라니, 난 어찌나 웃어댔는지 에일이 코로 나올 정도였다니까. 그러다가 아들 녀석인가가 그 소리를 듣고는 지하실에서 튀어 올라오는 바람에, 라프가 그 배에 비수를 쑤셔 넣어야 했어. 그때쯤에는 경이 일을 끝내고 다시 술을 마시기 시작했고, 우리 모두 돌아가면서 즐겼지. 토봇은, 그놈이 어떤지 다들 알지. 그놈은 계집애를 뒤집어서 뒤로 넣었어. 내 차례가 됐을 때쯤에는 결국 그년도 좋아졌는지 발버둥을 멈췄더라고. 솔직히 말하면 난 좀 버둥거리는 것도 괜찮은데 말이야. 그리고 이제 제일 재밌는 대목인데…… 다 끝나고 나서 경이 그 늙은이에게 거스름돈을 내놓으라는 거야. 네 딸년은 은화 한 닢 가치가 없다고……. 그 늙은이는 동화 한 줌을 가져와서 죄송하다고, 이용해주셔서 고맙다고 빌었지 뭐야!"

다들 함성을 질러댔지만, 치즈윅보다 더 시끄러운 남자는 없었다. 그는 콧물이 빈약한 회색 수염을 타고 흘러내릴 정도로 심하게 웃어댔다. 아리아는 계단 그림자 속에 서서 치즈윅을 바라보다가, 한 마디도 하지 않고 지하실로 다시 내려갔다. 위즈는 그녀가 옷 수선에 대해 묻지 않았다는 사실을 알고는 바지를 끌어 내리고 허벅지에 피가 흘러내리도록 매질을 했지만, 아리아는 눈을 감고 시리오가 가르쳐준 모든 말을 생각하느라 아픔도 거의 느끼지 않았다.

이틀 밤이 지나고, 위즈는 아리아를 병영 식사 시중에 보냈다. 그녀는 와인병을 들고 따르다가 통로 건너편에서 식사 중인 자켄 하가르를 흘긋 보았다. 그리고 위즈가 보이지 않는지 확인하려고 조심스럽게 주위를 둘러보았다. '공포가 칼보다 더 위험하다.' 그녀는 속으로 되뇌었다.

한 걸음, 또 한 걸음을 디디면서 점점 쥐새끼가 된 기분이 덜해졌다. 아리아는 장의자를 따라 움직이며 와인 잔을 채웠다. 자켄 오른쪽에 거나하게 취한 로지가 앉아 있었는데, 아리아에게는 아무 관심도 두지 않았다. 아리아는 자켄에게 몸을 기울이고 귓가에 속삭였다. "치즈윅." 그는 들었다는 표시를 전혀 내지 않았다.

병이 비자 아리아는 서둘러 지하실에 내려가서 나무통에 든 와인을 채운 다음, 잽싸게 돌아가서 다시 술을 따랐다. 그 사이에 목이 말라 죽은 사람도 없었고, 아리아가 잠시 사라졌음을 알아차린 사람도 없었다.

다음 날에는 아무 일도 일어나지 않았고, 그다음 날도 마찬가지였지만, 셋째 날 아리아는 위즈와 함께 저녁 식사를 가지러 주방에 갔다가 위즈가 어느 요리사에게 하는 말을 들었다. "산더미의 부하 하나가 어젯밤에 성벽 길에서 떨어져서 목이 부러졌다네."

"취했대요?" 여자 요리사가 물었다.

"평소보다 더 취하진 않았지. 하렌의 유령이 내던진 거라는 말도 있어."
위즈는 그런 소리를 어떻게 생각하는지 보여주려고 콧방귀를 뀌었다.

'하렌이 아니야. 나였어.' 아리아는 말하고 싶었다. 그녀는 속삭임 한 번
으로 치즈윅을 죽였고, 아직 두 명을 더 죽일 수 있었다. '내가 하렌홀의
유령이야.' 그리고 그날 밤에는 증오하는 이름이 하나 줄었다.

부록

— 왕들과 그 궁정 —

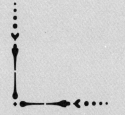
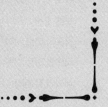

ᐳᐸ〜ᗒᗕ 철왕좌의 왕 ᗒᗕ〜ᐸᐳ

조프리 왕의 기치는 금색 바탕에 검은색으로 바라테온 가문의 왕관 쓴 수사슴, 그리고 진홍색 바탕에 금색으로 라니스터 가문의 사자를 같이 보인다.

조프리 바라테온 1세 13세 소년, 로버트 바라테온 1세와 라니스터 가문의 세르세이 왕비 사이에서 태어난 맏아들

세르세이 대비 어머니, 섭정대비 겸 왕국의 수호자

미르셀라 공주 누이, 9세 소녀

토멘 왕자 동생, 8세 소년, 철왕좌의 후계자

숙부, 친가 쪽

스타니스 바라테온 드래곤스톤의 영주, 국왕 스타니스 1세를 자칭

렌리 바라테온 스톰스엔드의 영주, 국왕 렌리 1세를 자칭

숙부, 외가 쪽

제이미 라니스터 경 일명 킹슬레이어, 킹스가드 단장, 리버런의 포로

티리온 라니스터 왕의 수관 대행

> ᐟ **포드릭 페인** 티리온의 종자

티리온의 호위대와 맹약검사

> ᐟᐟ **브론** 용병, 검은 머리와 시커먼 심장의 소유자

> ᐟᐟ **돌프의 아들 샤가** 돌까마귀 씨족

> ᐟᐟ **티멧의 아들 티멧** 불탄 남자 씨족

> ᐟᐟ **체윅의 딸 첼라** 검은 귀 씨족

›› **칼로의 아들 크론** 달 형제 씨족
› **샤에** 티리온의 첩, 종군 매춘부, 18세

소협의회
파이셀 대학사
피터 베일리시 공 일명 리틀핑거, 재무관
자노스 슬린트 공 킹스랜딩 도시 경비대(일명 황금 망토) 대장
바리스 내시, 일명 거미, 첩보관

킹스가드
제이미 라니스터 경 일명 킹슬레이어, 킹스가드 단장, 리버런의 포로
산도르 클리게인 일명 사냥개
보로스 블런트 경
메린 트랜트 경
아리스 오크하트 경
프레스턴 그린필드 경
맨던 무어 경

신하와 가신
일린 페인 경 왕의 심판관, 처형 집행인
바일러 킹스랜딩에 있는 라니스터 위병대(일명 붉은 망토)의 대장
란셀 라니스터 경 로버트 왕의 종자였다가 최근 기사가 됨
타이렉 라니스터 로버트 왕의 종자였음
아론 산타가르 경 훈련대장
발론 스완 경 스톤헬름의 영주 길리안 스완의 둘째 아들
에메산드 헤이포드 아가씨 젖먹이 아기
돈토스 홀라드 경 일명 빨갱이, 주정뱅이
잘라바르 쇼 여름 군도의 망명 왕자
문보이 어릿광대
탠다 스토크워스 부인

› **팔리스** 큰딸
› **롤리스** 작은딸, 33세 처녀
자일스 로스비 공
호라스 레드와인 경, 호버 레드와인 경 쌍둥이, 아버의 영주의 아들

킹스랜딩 사람
도시 경비대(일명 황금망토)
› **자노스 슬린트** 하렌홀의 영주, 대장
›› **모로스** 그의 큰아들 겸 후계자
› **알라르 딤** 슬린트의 부하 장교
› **자슬린 바이워터 경** 일명 무쇠 손, 강의 문 지구대장
할린 화염술사, 연금술사 길드의 현자
차타야 고급 매음굴의 주인
› **알라야야, 댄시, 마레이** 등 그 밑에 있는 여자들
토보 모트 무기제조 장인
샐러런 무기제조 장인
아이언벨리 대장장이
로소르 브룬 자유기수
오스먼드 케틀블랙 경 좋지 않은 명성을 누리는 방랑기사
› **오스프리드 케틀블랙, 오스니 케틀블랙** 그 형제들
은혀의 사이먼 가수

ᜌᜓᜌ 협해의 왕 ᜌᜓᜌ

스타니스 왕은 '빛의 군주'의 불타는 심장을 기치로 채택했다. 밝은 노란색 바탕에 오렌지색 불길에 싸인 붉은 심장 그림이다. 그 심장 안에는 검은색으로 바라테온 가문의 왕관 쓴 수사슴을 그려 넣었다.

스타니스 바라테온 1세 로버트 왕의 동생으로 전 드래곤스톤의 영주, 스테폰 바라테온 공과 에스터몬트 가문의 카사나 부인 사이에서 태어난 둘째 아들

셀리스 부인 아내, 플로렌트 가문 출신
시린 두 사람의 유일한 자식, 10세 소녀
숙부
로마스 에스터몬트 경 외숙부
　› **앤드류 에스터몬트 경** 아들

신하와 가신
크레센 학사 치료사이자 가정교사, 노인
　› **필로스 학사** 그의 젊은 후계자
바르 성사
액셀 플로렌트 경 드래곤스톤의 수호성주이자 셀리스 왕비의 숙부
패치페이스 얼간이 광대
아사이의 멜리산드레 일명 붉은 여인, 불의 심장 를로르의 여사제
다보스 시워스 경 일명 양파 기사이며 때로는 반손이라고도 불림, 블랙베타호의 선장

› **마리아** 아내, 목수의 딸

두 사람의 일곱 아들

›› **데일** 망령호의 선장

›› **알라드** 레이디마리아호의 선장

›› **매토스** 블랙베타호의 이인자

›› **매릭** 맹위호의 노잡이 대장

›› **데반** 스타니스 왕의 종자

›› **스타니스** 9세 소년

›› **스테폰** 6세 소년

브라이엔 파링 스타니스 왕의 종자

휘하 영주와 충성을 맹세한 무사

아드리안 셀티가르 클로 섬의 영주, 노인

몬포드 벨라리온 타이드의 영주이자 드리프트마크 섬의 주인

듀람 바르 에몬 샤프포인트의 영주, 14세 소년

건서 선글라스 스위트포트사운드의 영주

휴버드 램튼 경

살라도르 산 자유도시 리스 출신, 협해의 왕자를 자칭

모로시 미르 사람, 해군 용병 제독

ᴥᴥ 하이가든의 왕 ᴥᴥ

렌리 왕의 기치는 스톰스엔드의 바라테온 가문을 상징하는 왕관 쓴 수사슴을 금색 바탕에
검은색으로 그려 넣은 깃발로, 형인 로버트 왕이 휘날렸던 기치와 같다.

렌리 바라테온 1세 로버트 왕의 막냇동생으로 전 스톰스엔드의 영주, 스테폰 바라테온
공과 에스터몬트 가문 출신의 카사나 부인 사이에서 태어난 셋째 아들

마저리 그의 새 신부, 티렐 가문, 15세 처녀

숙부

엘던 에스터몬트 경 숙부

› **아에몬 에스터몬트 경** 엘던 경의 아들

›› **알린 에스터몬트 경** 아에몬 경의 아들

휘하 영주

메이스 티렐 하이가든의 영주이자 왕의 수관

랜딜 탈리 혼힐의 영주

마티스 로완 골든그로브의 영주

브라이스 카론 변경 지역의 영주

시라 에롤 헤이스택홀의 여영주

아르윈 오크하트 올드오크의 여영주

알레스터 플로렌트 브라이트워터킵의 영주

타스의 셀윈 공 일명 저녁 별

레이톤 하이타워 올드타운의 목소리, 항구의 주인

스테폰 바너 공

레인보우가드

로라스 티렐 경 꽃의 기사, 기사단장

브라이스 카론 공 주황

가이야드 모리겐 경 초록

파멘 크레인 경 자주

로바르 로이스 경 빨강

에몬 카이 경 노랑

브리엔느 파랑, 일명 미녀 브리엔느, 타스의 저녁 별 셸윈 공의 딸

기사와 맹약검사

코트네이 펜로즈 경 스톰스엔드의 수호성주

  › 에드릭 스톰 코트네이 경의 대자, 로버트 왕이 플로렌트 가문의 델레나 부인에게서 낳은 서자

도넬 스완 경 스톤헬름의 후계자

존 포소웨이 경 초록 사과 포소웨이 가문

브라이언 포소웨이 경, 탠튼 포소웨이 경, 에드위드 포소웨이 경 붉은 사과 포소웨이 가문

그린풀스의 콜렌 경

마크 멀런도어 경

붉은 로넷 그리핀루스트의 기사

가신

저언 학사 조언자이자 치료사, 가정교사

~◦◦~ 북부의 왕 ~◦◦~

북부의 왕이 내건 기치는 수천 년간 이어져온 그대로다. 윈터펠의 스타크를 상징하는 회색 다이어울프가 하얀 얼음 땅을 달리는 깃발.

롭 스타크 윈터펠의 영주이자 북부의 왕, 윈터펠의 영주였던 에다드 스타크와 툴리 가문 출신의 캐틀린 부인 사이에서 태어난 맏아들. 15세 소년.

그레이윈드 다이어울프

캐틀린 부인 어머니, 툴리 가문 출신

형제

산사 공주 12세 처녀

> **{레이디}** 산사의 다이어울프, 대리 성에서 죽음

아리아 공주 10세 소녀

> **니메리아** 아리아의 다이어울프, 1년 전에 도망

브랜던 왕자 보통 브랜으로 불림, 윈터펠과 북부의 후계자, 8세 소년

> **서머** 브랜의 다이어울프

리콘 왕자 4세 소년

> **섀기독** 리콘의 다이어울프

존 스노우 이복형제, 15세의 서자로 밤의 경비대 소속

> **고스트** 존의 다이어울프

숙부와 숙모

{브랜던 스타크} 에다드 공의 큰형으로 아에리스 타르가르옌 2세의 명으로 참수

벤젠 스타크 에다드 공의 동생, 밤의 경비대 소속으로 장벽 너머에서 실종
라이사 아린 캐틀린 부인의 여동생, (존 아린 공의 과부, 이어리의 여영주
에드무어 툴리 경 캐틀린 부인의 남동생, 리버런의 후계자
브린덴 툴리 경 일명 검은 물고기, 캐틀린 부인의 숙부

맹약검사와 전우
테온 그레이조이 에다드 공의 대자, 파이크와 강철 군도의 후계자
할리스 몰렌 윈터펠 위병대장
  › **잭스, 퀜트, 샤드** 등 몰렌의 명에 따르는 위병들
웬델 맨덜리 경 화이트하버 영주의 둘째 아들
파트렉 말리스터 시가드의 후계자
데이시 모르몬트 매기 여영주의 큰딸이자 곰 섬의 후계자
존 엄버 일명 스몰존
로빈 플린트, 퍼윈 프레이 경, 루카스 블랙우드
올리바 프레이 왕의 종자, 18세

리버런의 가신
바이먼 학사 조언자이자 치료사, 가정교사
데스몬드 그렐 경 훈련대장
로빈 라이거 경 위병대장
유세리데스 웨인 리버런의 집사
운문가 라이먼드 가수

윈터펠의 가신
루윈 학사 조언자이자 치료사, 가정교사
로드릭 카셀 경 훈련대장
  › **베스** 그의 어린 딸
왈더 프레이 일명 큰 왈더, 캐틀린 부인의 대자, 8세
왈더 프레이 일명 작은 왈더, 캐틀린 부인의 대자, 역시 8세
차일 성사 윈터펠의 성소와 도서관 책임자

조세스 거마장

> **밴디, 시라** 그의 쌍둥이 딸

팔렌 견사장

> **팰라** 견사지기 소녀

낸 할멈 이야기꾼, 과거에는 유모로 일했으나 지금은 매우 늙은 나이

> **호도** 그녀의 증손자, 머리가 나쁜 마구간지기 소년

게이지 요리사

> **터닙** 그의 아들, 허드렛일 담당

오샤 늑대 숲에서 잡힌 야인 여자, 부엌데기로 일함

미켄 대장장이 겸 무기제조인

헤이헤드, 스킷트릭, 폭시 팀, 에일벨리 위병들

캘론, 톰 위병들의 자식

휘하 영주와 지휘관

(롭과 함께 리버런에 있는 이들)

존 엄버 일명 그레이트존

리카드 카스타크 카홀드의 영주

갤버트 글로버 딥우드모트 출신

매기 모르몬트 곰 섬의 영주

스테브론 프레이 경 왈더 프레이 공의 맏아들이자 트윈스의 후계자

> **라이먼 프레이 경** 스테브론 경의 맏아들

>> **검은 왈더 프레이** 라이먼 경의 아들

마틴 리버스 왈더 프레이 공의 서자

(루스 볼턴군과 함께 트윈스에 있는 이들)

루스 볼턴 드레드포트의 영주, 북부군의 큰 부분을 지휘하고 있음

로벳 글로버 딥우드모트 출신

왈더 프레이 크로싱의 영주

헬만 톨하트 경 토르헨스퀘어 출신

아에니스 프레이 경

(타이윈 라니스터 공의 포로들)

메저 세르윈 공

해리온 카스타크 리카드 공의 아들 중 유일하게 살아 있음

윌리스 맨덜리 경 화이트하버의 후계자

재러드 프레이 경, 호스틴 프레이 경, 댄웰 프레이 경, 프레이 가문의 서자 로넬 리버스 (전장에 있거나 각자의 성에 있는 이들)

라이만 대리 8세 소년

셸라 휀트 하렌홀의 여영주, 타이윈 라니스터에게 성을 빼앗김

제이슨 말리스터 시가드의 영주

조노스 브라켄 스톤헤지의 영주

타이토스 블랙우드 레이븐트리의 영주

캐릴 밴스 공

마크 파이퍼 경

할먼 페이지 경

북부에 있는 휘하 영주와 수호성주

와이먼 맨덜리 화이트하버의 영주

그레이워터워치의 하울랜드 리드 호상민

› **미라** 하울랜드의 딸, 15세 처녀

› **조젠** 하울랜드의 아들, 13세 소년

도넬라 혼우드 부인 과부이자 비탄에 빠진 어머니

클레이 세르윈 메저 공의 후계자, 14세 소년

레오발드 톨하트 헬만 경의 동생, 토르헨스퀘어의 수호성주

› **베레나** 레오발드의 아내, 혼우드 가문 출신

›› **브랜던** 레오발드의 아들, 14세 소년

›› **베렌** 레오발드의 아들, 10세 소년

벤프레드 헬만 경의 아들, 토르헨스퀘어의 후계자

에다라 헬만 경의 딸, 9세 소녀

시벨 부인 로벳 글로버의 아내, 그의 부재중 딥우드모트를 지키고 있음

› **가웬** 로벳의 아들, 3세, 딥우드모트의 후계자

› **에레나** 로벳의 딸, 1세 아기

라렌스 스노우 혼우드 공의 서자, 12세, 갤버트 글로버의 대자

'까마귀 밥' 모스 엄버, '창녀잡이' 호서 엄버 그레이트존의 숙부들

리에사 플린트 부인 로빈 플린트의 어머니

온드류 로크 올드캐슬의 영주, 노인

⚜ 바다 건너의 여왕 ⚜

타르가르옌의 기치는 일곱 왕국 중 여섯을 정복하고, 왕조를 설립하고, 정복한 적들의 검을 모아 철왕좌를 만든 정복자 아에곤의 깃발이다. 검은색 바탕에 붉은색으로 그린 삼두룡.

대너리스 타르가르옌 1세 일명 폭풍에서 태어난 대너리스, 불타지 않는 분, 드래곤의 어머니, 도트락인의 칼리시, 아에리스 타르가르옌 2세와 그의 누이이자 아내였던 라엘라 왕비 사이에서 유일하게 살아남은 자식, 14세의 과부

드로곤, 비세리온, 라에갈 막 깨어난 드래곤들
{드로고} 남편, 도트락의 칼, 부상이 악화되어 사망
　› **{라에고}** 대너리스와 칼 드로고 사이에서 생겨 사산한 아들, 미리 마즈 두르의 손으로 자궁 속에서 참살

형제
{라에가르} 드래곤스톤의 왕자이자 철왕좌의 후계자, 트라이던트에서 로버트 왕에게 참살
　› **{라에니스}** 라에가르와 도르네의 엘리아 사이에서 태어난 딸, 킹스랜딩 약탈 당시 살해당함
　› **{아에곤}** 라에가르와 도르네의 엘리아 사이에서 태어난 아들, 킹스랜딩 약탈 당시 살해당함
{비세리스} 비세리스 3세로 자칭, 일명 거지 왕, 바에스 도트락에서 칼 드로고의 손에 참살

퀸스가드
조라 모르몬트 경 망명 기사, 한때 곰 섬의 영주였음
조고 '코'이자 혈맹기수, 채찍을 지닌 자
아고 '코'이자 혈맹기수, 활을 지닌 자

라카로 '코'이자 혈맹기수, 아라크를 지닌 자

시녀
이리 도트락 여자
지키 도트락 여자
도리아 리스 여자, 과거 창녀였음

세 명의 탐색자
자로 쇼안 닥소스 콰스의 상인 왕자
피아트 프리 콰스의 흑마법사
쿼이트 가면을 쓴 아사이의 그림자술사

일리리오 모파티스 자유도시 펜토스의 마지스터, 대너리스와 칼 드로고의 결혼을 주선했으며 비세리스를 철왕좌에 복권시킬 음모를 꾸몄음

— 다른 가문들 —

아린 가문

아린 가문은 전쟁 발발 시에 왕위를 주장한 경쟁자들 중 누구에 대해서도 지지를 선언하지 않고, 그 힘을 이어리와 아린 계곡을 지키는 데 유지했다. 아린의 문장은 하늘색 바탕에 하얀색 달과 매다. 아린의 가언은 '명예만큼 드높게'.

로버트 아린 이어리의 영주, 협곡의 방어자, 동부의 관리자, 병약한 8세 소년

라이사 부인 어머니, 툴리 가문 출신, 고인이 된 왕의 수관 (존 아린 공)의 세 번째 아내이자 미망인이며 캐틀린 스타크의 여동생

가신
콜먼 학사 조언자이자 치료사, 가정교사
마르윈 벨모어 경 위병대장
네스토 로이스 공 협곡의 고위 집사
› **알바르 경** 네스토 공의 아들
미아 스톤 아린 가문을 섬기는 서녀, 로버트 왕이 결혼 전에 둔 사생아
모드 잔혹한 간수
마릴리언 젊은 가수

휘하 영주, 구혼자와 가신
욘 로이스 공 일명 청동 욘
› **안다르 경** 욘 공의 맏아들

> **로바르 경** 욘 공의 둘째 아들, 렌리 왕을 섬김, 레인보우가드의 빨간 로바르

> **{웨이마르 경}** 욘 공의 막내 아들, 밤의 경비대 대원, 장벽 너머에서 실종

네스토 로이스 공 욘 공의 동생, 협곡의 고위집사

> **알바르 경** 네스토 공의 아들이자 후계자

> **미란다** 네스터 공의 딸

린 코브레이 경 라이사 부인의 구혼자

> **미첼 레드포트** 그의 종자

아냐 웨인우드 부인

> **모턴 경** 아냐 부인의 맏아들이자 후계자, 라이사 부인의 구혼자

> **도넬 경** 아냐 부인의 둘째 아들, 관문의 기사

이언 헌터 롱보우홀의 영주, 노인이며 라이사 부인의 구혼자

플로렌트 가문

브라이트워터킵의 플로렌트 가문은 하이가든에 충성을 맹세한 휘하 봉신으로, 티렐 가문에 따라 렌리 왕에 대한 지지를 선언했다. 그러나 스타니스의 왕비가 플로렌트이며 그녀의 숙부가 드래곤스톤의 수호성주이기 때문에 다른 진영에도 한 발을 걸치고 있다. 플로렌트 가문의 상징은 꽃의 원 안에 들어간 여우 머리다.

알레스터 플로렌트 브라이트워터의 영주

멜라라 부인 아내, 크레인 가문 출신

자녀

알레킨 브라이트워터의 후계자

멜레사 랜딜 탈리 공과 결혼

리아 레이톤 하이타워 공과 결혼

형제

액셀 경 드래곤스톤의 수호성주

{리암 경} 낙마로 사망

> **셀리스 왕비** 리암 경의 딸, 스타니스 왕과 결혼
> **임리 경** 리암 경의 맏아들 겸 후계자
> **에렌 경** 리암 경의 둘째 아들

콜린 경

> **델레나** 콜린의 딸, 호스먼 노크로스 경과 결혼
> > **에드릭 스톰** 델레나의 아들, 로버트 왕의 서자

›› **알레스터 노크로스** 델레나의 아들

›› **렌리 노크로스** 델레나의 아들

› **오머 학사** 콜린의 아들, 올드오크에서 봉직

› **메렐** 콜린의 아들, 아버에서 종자로 봉직

라일린 누이, 리처드 크레인 경과 결혼

⟡⟡ 프레이 가문 ⟡⟡

강력하고 부유하며 수가 많은 프레이 가문은 툴리 가문의 휘하로 리버런에 검을 바치겠다고 맹세했으나. 언제나 의무를 성실히 수행하지는 않았다. 로버트 바라테온이 트라이던트에서 라에가르 타르가르옌과 맞붙었을 때, 프레이 가문은 전투가 끝날 때까지 도착하지 않았고, 그 후로 호스터 툴리 공은 언제나 왈더 공을 "늦장 프레이 공"이라고 불렀다. 프레이 공은 롭 스타크가 약혼에 동의하여, 전쟁이 끝난 후에 프레이 공의 딸이나 손녀딸 중 한 명과 결혼하겠다고 약속한 후 북부의 왕을 지지하는 데 동의했다. 왈더 공은 91번째 명명일을 보냈으나, 최근에 일흔 살이 어린 처녀를 여덟 번째 아내로 맞이했다. 그 바지 속에서 나온 사람만으로 군대를 편성할 수 있는 영주는 칠왕국에 프레이 공 하나뿐이라는 말이 있다.

왈더 프레이 크로싱의 영주

첫 번째 아내, 로이스 가문 출신의 {페라 부인} 소생
스테브론 경 트윈스의 후계자
결혼 {코레나 스완} 쇠약 질환으로 사망
　› **라이먼 경** 스테브론의 맏아들
　　› › **에드윈** 라이먼의 아들, 재니스 헌터와 결혼
　　　› › › **왈다** 에드윈의 딸, 8세 소녀
　　› › **왈더** 라이먼의 아들, 일명 검은 왈더
　　› › **피터** 라이먼의 아들, 일명 여드름 피터, 밀렌다 카론과 결혼
　　　› › › **페라** 피터의 딸, 5세 소녀
결혼 {제인 리든} 낙마로 사망

›**아에곤** 스테브론의 아들, 일명 징글벨이라 불리는 반편이

›{**마에겔**} 스테브론의 딸, 출산 중 사망, 대편 밴스 경과 결혼

›› **마리안느** 마에겔의 딸, 처녀

›› **왈더 밴스** 마에겔의 아들, 종자

›› **파트렉 밴스** 마에겔의 아들

결혼 {마르셀라 웨인우드} 출산 중 사망

›**월튼** 스테브론의 아들, 디아나 하딩과 결혼

›› **스테폰** 월튼의 아들, 일명 사탕

›› **왈다** 월튼의 딸, 일명 아름다운 왈다

›› **브라이언** 월튼의 아들, 종자

에몬 경 라니스터 가문의 젠나와 결혼

›**클레오스 경** 에몬의 아들, 제인 대리와 결혼

›› **타이윈** 클레오스의 아들, 11세 종자

›› **윌렘** 클레오스의 아들, 애시마크에서 시동으로 지냄

›**라이오넬 경** 에몬의 아들, 멜레사 크레이크홀과 결혼

›**티온** 에몬의 아들, 리버런에 포로로 잡힌 종자

›**왈더** 에몬의 아들, 일명 붉은 왈더, 캐스털리록에서 시동으로 지냄

아에니스 경 출산 중 사망한 {티아나 와일드}와 결혼

›**아에곤 블러드본** 아에니스의 아들, 범법자

›**라에가르** 아에니스의 아들, 제인 비스버리와 결혼

›› **로버트** 라에가르의 아들, 13세 소년

›› **왈다** 라에가르의 딸, 10세 소녀, 일명 '하얀 왈다'

›› **조노스** 라에가르의 아들, 8세 소년

페리안 레슬린 하이 경과 결혼

›**하리스 하이 경** 페리안의 아들

›› **왈더 하이** 하리스의 아들, 4세 소년

›**도넬 하이 경** 페리안의 아들

›**알린 하이** 페리안의 아들, 종자

두 번째 아내, 스완 가문의 {시레나 부인} 소생
제러드 경 그들의 맏아들, {알리스 프레이}와 결혼
  › **타이토스 경** 제러드의 아들, 조이 블레인트리와 결혼
    › › **지아** 타이토스의 딸, 14세 처녀
    › › **재커리** 타이토스의 아들, 12세 소년, 올드타운의 성소에서 훈련 중
  › **키라** 제러드의 딸, 가아스 굿브룩 경과 결혼
    › › **왈더 굿브룩** 키라의 아들, 9세 소년
    › › **제인 굿브룩** 키라의 딸, 6세
루시언 성사 킹스랜딩의 바엘로르 대성소에서 봉직 중

세 번째 아내, 크레이크홀 가문의 {애머레이 부인} 소생
호스틴 경 그들의 맏아들, 벨레나 하윅과 결혼
  › **아우드 경** 호스틴의 아들, 리엘라 로이스와 결혼
    › › **리엘라** 아우드의 딸, 5세 소녀
    › › **앤드로, 알린** 아우드의 쌍둥이 아들, 3세
리테네 부인 루시아스 바이프렌 공과 결혼
  › **엘리아나** 리테네의 딸, 존 와일드 경과 결혼
    › › **리카드 와일드** 엘리아나의 아들, 4세
  › **데이먼 바이프렌 경** 리테네의 아들
사이먼드 브라보스의 베사리오스와 결혼
  › **알레산더** 사이먼드의 아들, 가수
  › **알릭스** 사이먼드의 딸, 17세 처녀
  › **브라다마** 사이먼드의 아들, 10세 소년, 브라보스 상인 오로 텐디리스의 대자로 브라보스에 가 있음
댄웰 경 위나프레이 휀트와 결혼
  › {많은 사산과 유산}
메렛 마리야 대리와 결혼
  › **애머레이** 메렛의 딸, 보통 애미로 불림, 16세의 과부, 블루포크의 {페이트 경}과 결혼
  › **왈다** 메렛의 딸, 일명 뚱뚱한 왈다, 15세 처녀
  › **마리사** 메렛의 딸, 13세 처녀

› **왈더** 메렛의 아들, 일명 작은 왈더, 8세 소년, 캐틀린 스타크 부인의 대자로 윈터펠에 가 있음

{제레미 경} 익사, 캐롤레이 웨인우드와 결혼

　› **산도르** 제레미의 아들, 12세 소년, 도넬 웨인우드 경의 종자

　› **신시아** 제레미의 딸, 9세 소녀, 아냐 웨인우드 부인의 대자

레이먼드 경 베오니 비스버리와 결혼

　› **로버트** 레이먼드의 아들, 16세, 올드타운 시타델에서 훈련 중

　› **말윈** 레이먼드의 아들, 15세, 리스에서 연금술사 견습생 생활 중

　› **세라, 사라** 레이먼드의 쌍둥이 딸, 14세 처녀들

　› **세르세이** 레이먼드의 딸, 6세, 일명 작은 벌

네 번째 아내, 블랙우드 가문의 {알리사 부인} 소생

로타르 그들의 맏아들, 일명 '절름발이 로타르', 레오넬라 레포드와 결혼

　› **티산** 로타르의 딸, 7세 소녀

　› **왈다** 로타르의 딸, 4세 소녀

　› **엠벌레이** 로타르의 딸, 2세 소녀

자모스 경 살레이 페이지와 결혼

　› **왈더** 자모스의 아들, 일명 큰 왈더, 8세 소년, 캐틀린 스타크 부인의 대자로 윈터펠에 가 있음

　› **디콘, 마티스** 자모스의 쌍둥이 아들, 5세

휠렌 경 실와 페이지와 결혼

　› **호스터** 휠렌의 아들, 12세 소년, 데이먼 페이지 경의 종자

　› **메리안느** 휠렌의 딸, 보통 메리로 불림, 11세 소녀

모리야 부인 플레멘트 브락스 경과 결혼

　› **로버트 브락스** 모리야의 아들, 9세, 캐스털리록에 시동으로 가 있음

　› **왈더 브락스** 모리야의 아들, 6세 소년

　› **존 브락스** 모리야의 아들, 3세 아기

티타 일명 처녀 티타, 29세의 처녀

다섯 번째 아내, 휀트 가문의 {사리아 부인}

　› 소생 없음

여섯 번째 아내, 로스비 가문의 {베타니 부인} 소생
페르윈 경 그들의 만아들
벤프레이 경 사촌인 지안나 프레이와 결혼
> **델라** 벤프레이의 딸, 일명 귀머거리 델라, 3세 소녀
> **오스먼드** 벤프레이의 아들, 2세 소년
윌라멘 학사 롱보우홀에서 봉직
올리바 롭 스타크를 섬기는 종자
로슬린 16세 처녀

일곱 번째 아내, 파링 가문의 {아나라 부인} 소생
아르윈 14세 처녀
웬델 그들의 만아들, 13세 소년, 시가드에 시동으로 가 있음
콜마르 종단에 들어가기로 되어 있음, 11세
왈티르 일명 티르, 10세 소년
엘마르 아리아 스타크와 약혼, 9세 소년
시레이 6세 소녀

여덟 번째 아내, 에렌포드 가문의 조유즈 부인
> 현재까지 소생 없음

왈더 공의 사생아
왈더 리버스 일명 '서자 왈더'
> **아에몬 리버스 경** 서자 왈더의 아들
> **왈다 리버스** 서자 왈더의 딸
멜위스 학사 로스비에서 봉직
제인 리버스, 마틴 리버스, 라이거 리버스, 로넬 리버스, 멜라라 리버스 등

◈◈◈ 그레이조이 가문 ◈◈◈

발론 그레이조이. 강철 군도의 영주. 과거 철왕좌에 대항한 반란을 주도했다가 로버트 왕과 에다드 스타크 영주에게 제압. 윈터펠에서 자란 아들 테온은 롭 스타크의 지지자이자 가장 가까운 동료이지만, 발론 공은 북부인들이 남쪽 강역으로 진군했을 때 합류하지 않았다.

그레이조이의 상징은 검은색 바탕에 금색 크라켄. 가언은 '우리는 씨를 뿌리지 않는다'.

발론 그레이조이 강철 군도의 영주, 소금과 바위의 왕, 바닷바람의 아들, 파이크의 사신, 대(大)크라켄호의 선장

알라니스 부인 아내, 할로우 가문 출신

자녀
{로드릭} 그레이조이 반란 당시 시가드에서 참살
{마론} 그레이조이 반란 당시 파이크 성벽에서 참살
아샤 딸, 블랙윈드호의 선장
테온 에다드 스타크 공의 대자

형제
유론 일명 까마귀 눈, 침묵호의 선장, 범법자, 해적, 약탈자
빅타리온 강철 함대의 함대장, 강철 승리호의 주인
아에론 일명 젖은 머리, 익사한 신의 사제

가신
다그머 일명 갈라진 턱, 훈련대장, 거품 고래호의 선장

웬다미르 학사 치료사 겸 조언자

헬리야 성 지킴이

로드스포트 사람

시그린 선박 장인

휘하 영주

로드스포트의 보틀리 공

아이언홀트의 윈치 공

할로우의 할로우 공

올드윅의 스톤하우스

올드윅의 드럼

그레이트윅의 굿브러더

그레이트윅의 멀린 공

그레이트윅의 스파르

블랙타이드의 블랙타이드 공

솔트클리프의 솔트클리프 공

솔트클리프의 선덜리 공

⚜ 라니스터 가문 ⚜

캐스털리록의 라니스터 가문은 철왕좌에 대한 권리를 주장하는 조프리 왕의 중요 지지자로 남아 있다. 그들의 상징은 진홍색 바탕에 금색 사자이다. 라니스터의 가언은 '내 포효를 들으라!'.

타이윈 라니스터 캐스털리록의 영주, 서부의 관리자, 라니스포트의 방패, 그리고 왕의 수관으로 하렌홀에서 라니스터군을 지휘하고 있음

{조안나 부인} 아내, 사촌으로 출산 중 사망

자녀
제이미 경 일명 킹슬레이어, 동부의 관리자이자 킹스가드 단장, 세르세이와 쌍둥이
세르세이 왕비 로버트 왕의 과부, 제이미와 쌍둥이, 섭정대비 겸 호국공
티리온 일명 꼬마 악마로 불리는 난쟁이

형제
케반 경 첫째 동생
　› **도르나** 케반 경의 아내, 하리스 스위프트 경의 딸
그들의 자녀
　› **란셀 경** 로버트 왕의 종자였다가 사후 기사 서임을 받음
　› **윌렘** 마틴과 쌍둥이, 종자, '속삭이는 숲'에서 포로로 잡힘
　› **마틴** 윌렘과 쌍둥이, 종자
　› **제이네** 2세 소녀
젠나 누이, 에몬 프레이 경과 혼인
　› **클레오스 프레이 경** 젠나의 아들, '속삭이는 숲'에서 포로로 잡힘

› **티온 프레이** 젠나의 아들, 종자, '속삭이는 숲'에서 포로로 잡힘

{타이겟 경} 둘째 동생, 매독으로 사망

› **달레사** 타이겟의 미망인, 마브랜드 가문

› **타이렉** 타이겟의 아들, 왕의 종자

{제리온}, 막냇동생, 바다에서 실종

› **조이** 제리온의 서녀, 11세

스태퍼드 라니스터 경 사촌, 고 조안나 부인의 남자 형제

› **세레나, 미리엘** 스태퍼드 경의 딸들

› **대븐 경** 스태퍼드 경의 아들

휘하 영주, 대장, 지휘관

아담 마브랜드 경 애시마크의 후계자, 타이윈 공의 별동대와 척후대를 지휘

그레고르 클리게인 경 일명 달리는 산더미

› **폴리버, 치즈윅, 친절한 라프, 던센, 티클러** 등, 그 밑에 있는 병사들

레오 레포드 공

아모리 로치 경 징발대 대장

르위스 리든 딥덴의 영주

가웬 웨스털링 크래그의 영주, '속삭이는 숲'에서 포로로 잡혀 시가드에 억류

로버트 브락스 경, 플레멘트 브락스 경 형제

폴리 프레스터 경 골든투스 출신

바고 호트 자유도시 코호르 출신, '용감한 형제단'이라는 용병대의 대장

크렐린 학사 조언자

마르텔 가문

도르네는 일곱 왕국 중에서 마지막으로 철왕좌에 충성을 맹세한 왕국이었다. 도르네인은 혈통, 관습, 역사 모든 면에서 다른 왕국들과 다르다. 후계 전쟁이 터졌을 때, 도르네 대공은 침묵을 고수하고 아무 역할도 맡지 않았다.

마르텔 가문의 기치는 금색 창에 꿰뚫린 붉은 태양이다. 가언은 '굽히지 않고, 휘지 않고, 꺾이지 않으리'.

도란 니메로스 마르텔 선스피어의 영주, 도르네 대공

멜라리오 아내, 자유도시 노보스 출신

자녀
아리안느 공녀 맏딸, 선스피어의 후계자
쿠엔틴 공자 맏아들
트리스탄 공자 둘째 아들

형제
{엘리아 공녀} 누이, 라에가르 타르가르옌 왕자와 혼인, 킹스랜딩 점령 중에 참살
  › **{라에니스 공주}** 엘리아의 딸, 어린 소녀로 킹스랜딩 점령 중에 살해당함
  › **{아에곤 왕자}** 엘리아의 아들, 아기로 킹스랜딩 점령 중에 살해당함
오베린 공자 남동생, '붉은 독사'

가신
아레오 호타 노보스 출신의 용병, 위병대장
칼레오트 학사 조언자, 치료사, 가정교사

휘하 영주

에드릭 데인 스타폴의 영주

선스피어에 충성을 맹세한 주요 가문으로는 조데인, 산타가르, 알리리온, 톨랜드, 이론우드, 윌,
파울러, 데인이 있다.

❧ 티렐 가문 ❧

하이가든의 티렐 공은 딸인 마저리와 렌리의 결혼 이후 렌리 왕 지지를 선언하고, 주요 봉신 대부분을 렌리 아래로 이끌었다. 티렐의 문장은 풀색 바탕에 금빛 장미이다. 가언은 '강하게 자라리'.

메이스 티렐 하이가든의 영주, 남부의 관리자, 변경의 방어자, 리치의 고위 원수, 왕의 수관

알러리 부인 아내, 올드타운의 하이타워 가문 출신

자녀
윌라스 두 사람의 맏아들, 하이가든의 후계자
갈란 경 일명 용사, 둘째 아들
로라스 경 '꽃의 기사', 막내아들, 레인보우가드의 단장
마저리 딸, 15세 처녀, 최근 렌리 바라테온과 결혼

부모
올레나 부인 홀어머니, 레드와인 가문 출신, 일명 가시 여왕

누이
미나 아버의 영주인 팍스터 레드와인 공과 혼인
 › **호라스 레드와인 경** 호버와 쌍둥이, '호러(골칫덩이)'라고 놀림받음
 › **호버 레드와인 경** 호라스와 쌍둥이, '슬로버(침흘리개)'라고 놀림받음
 › **데스메라 레드와인** 16세 처녀
잔나 존 포소웨이 경과 혼인

숙부
가스 일명 방귀쟁이, 하이가든의 대집사

› **가아스 플라워스, 가렛 플라워스** 그의 서자
모린 경 올드타운의 시 경비대 대장
고르몬 학사 시타델의 학자

가신
로미스 학사 조언자, 치료사, 가정교사
이곤 바이어웰 위병대장
보티머 크레인 경 훈련대장
버터범프스 어릿광대, 엄청나게 뚱뚱함

― 밤의 경비대 사람들 ―

밤의 경비대

밤의 경비대는 칠왕국을 보호하고, 어떤 내전이나 왕위 경쟁에도 참여하지 않기로 맹세했다. 전통적으로 반란 시기에 그들은 모든 왕을 예우하고 어느 왕에게도 복종하지 않는다.

제오 모르몬트 밤의 경비대 사령관, 일명 '늙은 곰'

캐슬블랙

존 스노우 모르몬트의 집사 겸 종자, 윈터펠의 서자, 일명 '스노우 나리'

› **고스트** 존의 하얀 다이어울프

아에몬 (타르가르옌) 학사 조언자 겸 치료사

› **샘웰 탈리, 클라이다스** 그의 집사들

벤젠 스타크 제1순찰자, 장벽 너머에서 실종

› **토렌 스몰우드** 선임 순찰자

› **자먼 벅웰** 선임 순찰자

› **오틴 위더스 경, 알라데일 윈치 경, 그렌, 피파, 매타르, 엘론, '시스터맨' 라크** 순찰자들

오델 야윅 제1건설자

› **할더, 알벳** 건설자들

보웬 마시 집사장

› **체트** 집사이며 개 담당

에디슨 톨렛 일명 구슬픈 에드, 음침한 기사 종자

셀라다르 성사 주정뱅이 종교인
엔드류 타스 경 훈련대장

캐슬블랙의 형제들
도날 노이 무기제조인이자 대장장이, 외팔이
세 손가락 홉 요리사
제렌, 래스트, 쿠겐 아직 훈련 중인 신병들
콘위, 구에렌 방랑 까마귀, 장벽을 위해 고아 소년과 범죄자들을 모아들이는 신병 모집자
요렌 방랑 까마귀 선임자
프래드, 컷잭, 워스, 레이슨, 콰일 장벽에 갈 신병들
코스, 제렌, 도버, 커즈, 바이터, 로지, 자켄 하가르 장벽에 갈 범죄자들
초록 손 로미, 겐드리, 타버, 핫파이, 아리 장벽에 갈 고아들

바닷가 이스트워치

코터 파이크 이스트워치 지휘관
  › **알리서 쏜 경** 훈련대장
  이스트워치의 형제들
   › › **대리언** 집사이자 가수

섀도타워

데니스 말리스터 경 섀도타워 지휘관
  › **반쪽 손 쿼린** 선임 순찰자
  › **달브리지** 선임 순찰자
  › **에벤, 바위뱀** 순찰자

왕들의 전쟁 1

얼음과 불의 노래 제2부

1판 1쇄 발행 2001년 2월 10일
2판 1쇄 발행 2006년 1월 5일
개정판 1쇄 발행 2017년 5월 15일
개정판 6쇄 발행 2023년 9월 11일

지은이 · 조지 R. R. 마틴
옮긴이 · 이수현
펴낸이 · 주연선

총괄이사 · 이진희
책임편집 · 이경란
편집 · 심하은 백다흠 강건모 최민유 윤이든 양석한
디자인 · 김서영 이지선 권예진
마케팅 · 장병수 최수현 김다은 이한솔
관리 · 김두만 유효정 신민영

(주)은행나무
04035 서울특별시 마포구 양화로11길 54
전화 · 02)3143-0651~3 | 팩스 · 02)3143-0654
신고번호 · 제 1997-000168호(1997. 12. 12)
www.ehbook.co.kr
ehbook@ehbook.co.kr

ISBN 978-89-5660-157-1 04840
ISBN 978-89-5660-898-3 (세트)